QUER VERLAG

Doro 7/97

Bilder von ihr

Karen-Susan Fessel

Roman

Erste Auflage September 1996

Umschlag und graphische Realisierung von Sergio Vitale unter Verwendung von vier Fotografien der Autorin
Gesamtherstellung: Clausen & Bosse
ISBN 3-89656-007-7
Printed in Germany

Bitte fordern Sie unser Gesamtverzeichnis an:
Querverlag GmbH, Akazienstraße 25, D-10823 Berlin

gewidmet
Anna Karstens
1943 – 1995

I

Sie fehlt mir. Immer noch fehlt sie mir. Sie fehlt mir auf eine Art, daß es mir die Kehle zusammenschnürt, eng und heiß wird sie mir, das Schlucken wird schwer und schwerer, bis es ganz unmöglich scheint. Aber ich reiße mich zusammen.

„Trage es mit Fassung“, hat meine Tante Krüpp zu mir gesagt. Tante Krüpp ist in Wirklichkeit nicht meine Tante, aber ich habe sie immer so genannt. Sie wohnte neben uns, neben meiner Mutter und mir, als ich noch ein Kind war und dann, später, ein junges Mädchen. Tante Krüpp ist die einzig wahre Tante, die ich je hatte. Tante Krüpp, alt, klein und mit leicht verkrümmten Gelenken, die ihr das Aufstehen und das Verrichten alltäglicher Hausarbeiten immer schwerer machen; Tante Krüpp scheint ein Relikt aus einer Vergangenheit, die nicht nur weit an Jahren zurückliegt, sondern auch meine eigene ist. Auch diese liegt weit zurück.

„Trage es mit Fassung“, hat Tante Krüpp gesagt. Ich kann das nicht. Ich habe nie Zeiten gekannt, in denen ich etwas mit Fassung tragen mußte. Ich habe alles so getragen.

Als ich das letzte Mal in Berlin war, traf ich eine alte Bekannte, die ich seit langer Zeit nicht mehr gesehen hatte. Ihr Lachen, als sie mich sah, in einer Bar, die wir früher oft gemeinsam besucht haben, machte mich verdammt froh. Irgendwann fragte sie mich, ob ich noch mit Suzannah zusammen bin. Es hat mir wieder die Sprache verschlagen. Wie oft ist mir diese Frage in den letzten beiden Jahren schon gestellt worden? Immer noch verschlägt es mir die Sprache. Ich konnte nur den Kopf schütteln. Sie gab ihrem Bedauern Ausdruck, und ich fügte hinzu: „Suzannah ist gestorben“.

Ich weiß nicht, warum ich immer diesen Ausdruck benutze, anstatt zu sagen: „Suzannah ist tot." Tot – das klingt so viel klarer, direkter. Und härter. Vielleicht ist es mein Empfinden, das mich dazu bringt, es weicher auszudrücken, weich von der Art einer kratzigen Bastmatte auf einem abgeschabten Fliesenboden. Aber „gestorben" klingt, als sei es erst vor kurzem gewesen, und so ist mir auch: als sei es erst vor kurzem geschehen.

Suzannah ist vor nicht ganz zwei Jahren gestorben, genauer gesagt, vor einem Jahr, acht Monaten und fünfundzwanzig Tagen.

Ich war nicht dabei.

Es ist so still hier. Es ist still, nur manchmal kann ich das Rascheln der Vorhänge hören, oder besser: Ich sehe es. Ich sehe, wie sie sich bauschen in einem kleinen Luftzug, der durch die angelehnten Fenster in die Wohnung dringt. Die Vorhänge sind aus weißem, durchsichtigen Stoff und reichen von der Decke bis auf den Fußboden, eigentlich noch darüber hinaus. Wenn es weht, schleifen sie über das Parkett und werden mit der Zeit grau am Saum. Aber das stört mich nicht. Früher habe ich niemals Vorhänge besessen. Die Vorstellung war mir fremd. Aber hier, in dieser Wohnung, hier liebe ich sie. Ich genieße den Anblick. Und sie schützen mich. Sie verbergen die Stadt, die draußen vor meinem Fenster bebt und pulsiert wie ein einziges großes lebendiges Gewebe.

Es ist still. Die Stille lastet nicht, sie schweigt, flüssig, wie Luft. Sie ist so still wie meine Finger, deren trockene Haut. Ich kann lange Zeit so dasitzen und meine Finger ansehen. Obwohl Sommer ist, seit Monaten, ist die Haut meiner Finger hell. Ich habe von Natur aus helle Haut, aber im Moment wirkt sie fahl. Mir gefällt das. Es entspricht meiner Stimmung, meiner inneren Verfassung. Meiner Seele. Auch sie ist trocken.

Ich weiß nicht, ob das stimmt.

Mein Denken aber hat nichts Fahles an sich. Ich kann gut denken. Besser als lange Zeit, klarer. So klar wie ein Sommermorgen.

Manchmal bewege ich meine Finger. Ich nehme meinen Stift, drehe ihn herum und lege ihn wieder hin. Meine Hände kommen mir in diesen Momenten vor wie eigenständige Wesen, deren Trennung von meinem Körper ich einfach nicht wahrgenommen habe. Aber ich weiß, daß das nicht stimmt. Die Zeit, in der ich das Wissen um mich selbst und meine Körperlichkeit nicht wahrgenommen habe, liegt schon eine Weile zurück. In jener unbewußtem Nebelzeit. Nachdem Suzannah gestorben war.

Das leise Rascheln der Vorhänge knistert in meinen Ohren und erinnert mich an das Gefühl, als ich mit meinen Händen einen anderen Körper berührt habe. Jenen Körper. Suzannahs.

Zwischen beidem – dem Berühren und dem Rascheln – liegt gar kein so großer Unterschied: Es sind Grüße, Grüße aus der Vergangenheit und aus der Zukunft. Und auch sie sind eins. Meine Gegenwart. Ich denke an die Vergangenheit, ich fühle in der Vergangenheit, ich hänge in der Vergangenheit, aber ich lebe für die Zukunft. Die Wohnung, in der ich sitze, die Stadt, in der ich wohne, die Luft, die ich atme, die Bewegungen, die ich mache – all das ist jetzt, aber zugleich nur ein Zustand, ein Übergleiten. Wirklich, aber unbedeutend. Erst die Zukunft wird wieder bedeutend sein.

Es ist so still hier.

Suzannah hatte wunderschöne Füße. Wunderschön, wirklich. Ich finde, es waren außergewöhnliche Füße, ebenso wie ihre Hände. Das Besondere an ihnen war die Verbindung von Kraft und Zierlichkeit, die ihnen eine ganz spezielle Anmut verlieh.

Suzannah war groß, einssiebenundsiebzig, und alle ihre Gliedmaßen waren lang und schlank, auch ihre Hände und Füße, aber anders: Die Gelenke und Knöchel waren kräftig und gleichmäßig, Finger und Zehen liefen nicht, wie bei so vielen anderen Menschen mit langen Gliedmaßen, an den Enden spitz zu, sondern sie behielten ihre Form bei, bis hin zu den sanft gerundeten Kuppen. Als mein Blick das erste Mal auf diese kräftigen Hände fiel, an jenem heißen Tag im August, spürte ich so etwas wie ängstliche Faszination. Ich saß da, nervös und verlegen, und sah auf diese Hände, die mit geschickten Bewegungen die abgeschabte Mappe mit meinen Zeichnungen darin öffneten, und ich fragte mich, wie diese langgliedrige Frau zu solch großen, kräftigen Händen kam, wie sie es schaffte, sie so leicht und flink zu bewegen, ohne dabei plump zu wirken, und ich fragte mich, wie es sich anfühlen mochte, wenn diese Finger mich berühren würden.

Und immer wieder, auch als ich längst wußte, wie es sich anfühlte, immer wieder fragte ich mich, wie es sich für Suzannah anfühlen mochte, mit diesen Fingern zu arbeiten, auf den Auslöser ihrer Kamera zu drücken, die glatte Fläche eines Belichtungsmessers zu umfassen. Woher wußte sie, wie fest sie zugreifen, an welchem Punkt das Gewicht ihrer Knöchel liegen mußte, wie weit sie die Finger zu biegen hatte?

Der starke Kontrast zwischen ihren langen Gliedmaßen und den großen, kräftigen Fingern war so auffällig, daß ich immer eine gewisse Ungeschicklichkeit in ihren Handbewegungen erwartete. Aber ich habe nie erlebt, daß Suzannah etwas zerbrach oder versehentlich zerriß. Sie war unglaublich geschickt mit ihren Händen.

Auch mit den Füßen: Wie oft habe ich zugesehen, wie sie ein Kleidungsstück zielsicher mit den Zehen vom Boden angelte und mir hinhielt. Sie amüsierte sich selbst darüber: „Meine ursprünglichen Fähigkeiten trainieren" nannte sie das. Es gelang ihr sogar, die einzelnen Zehen zu krümmen, ohne daß die anderen sich mitbewegten. Das klingt einfach, aber es ist nahezu unmöglich. Ich habe es oft genug versucht, ohne jeglichen Erfolg.

Ich habe ihre Füße geliebt, den flachen Spann und die weiche Rundung der Ballen, die geraden langen Zehen, von denen einzig der kleine am linken Fuß leicht gekrümmt war, als Folge eines Bruchs, den sie sich als Kind zugezogen hatte. Der zweite Zeh war an beiden Füßen fast genauso lang wie mein kleiner Finger. Und fast genauso beweglich. Verrückt.

Ich erzähle das, weil ich mit bloßen Füßen am Schreibtisch sitze, ein Bein über das andere geschlagen, und der leichte Luftzug, der durch das halbgeöffnete Fenster zieht, streichelt sanft über meine Fußsohle. Es ist ein weiches Gefühl, wie eine Liebkosung, und wenn ich meine Hand über die Sohle lege, kommt es mir vor, als schnitte ich eine Berührung ab, deckte sie zu, und mir fällt auf, als wie intim ich die Berührung der Fußsohle empfinde. Ich glaube, nein, ich weiß, daß niemand mehr meine Fußsohlen berührt hat, seit Suzannah es das letzte Mal tat. Ich kann mich nicht genau erinnern, wann das war; ich wüßte es gern, aber ich weiß es nicht, und es fällt nicht allzu schwer ins Gewicht.

Ich wäge ab, erinnere mich, vergleiche, lege das Gute und das Schlechte nebeneinander, und das Gute, das ist alles, was Suzannah mir gab und ich ihr, und das Schlechte das, was ich ihr nicht gab. Was ich versäumte. Mir ist klar, daß ich mir damit keinen

Gefallen tue. Ich könnte ewig so weitermachen, und die schlechten Dinge, die Versäumnisse, die Fehler, sie würden sich anhäufen und anhäufen, mit jedem Tag, mit jeder Sekunde, denn immer mehr kommt dazu, mit jedem Tag, der verstreicht, häufen sie sich an, weil jeder Tag, den ich lebe, einer ohne Suzannah ist, ein Tag, an dem ich ihr etwas hätte geben können, aber ich kann es nicht mehr, es geht nicht, und deshalb muß ich damit aufhören. Ich muß damit aufhören, aber ich kann es nicht, noch nicht. Ich brauche diese Zeit, ich brauche die Erinnerung und das Bewußtsein um das, was mir fehlt, was mir fehlt.

Es gab diesen Moment, diesen winzigen Moment im Sommer 1988. Wir kannten uns schon zwei Jahre, es war ungefähr um die Zeit, als ich aufhörte wegzulaufen, als ich aufhörte, mich zu wehren, immer weiter zu wehren gegen sie, gegen die Gefahr, die ich spürte. Suzannah hat erst später gemerkt, daß ich da war und ja gesagt hatte. Sie hat erst viel später gemerkt, daß ich mich nicht mehr wehrte. Ich habe es ihr lange Zeit nicht gezeigt; ich wollte nicht, daß sie es wußte, und so wähnte sie mich noch auf der Flucht, während ich schon ruhig neben ihr stand. Es dauerte noch ein Jahr, bis sie es merkte. Nicht, weil sie unaufmerksam oder begriffsstutzig war, ich habe es ihr einfach nicht gezeigt. Ich habe noch ein Jahr so weitergemacht. Ein weiteres Jahr bin ich weggerannt, habe aufbegehrt, um mich geschlagen und sie fortgestoßen. Und so kam es, daß ich drei Jahre gegen sie gekämpft habe und vier Jahre mit ihr.

Nein, nicht gegen sie. Gegen mich.

Um diese Zeit, als ich aufhörte wegzulaufen, im Sommer 1988, da gab es diesen winzigen Moment, in dem ich erkannte, daß ich sie liebte.

Es war in Suzannahs erster eigener Wohnung in der Grolmannstraße, in jener Wohung, in der sie lebte, während ich mein zermürbendes Katz-und-Maus-Spiel mit ihr trieb und kam und ging und immer wieder kam. An jenem Tag war ich am frühen Abend bei ihr aufgetaucht, müde und wachsam zugleich. Ich weiß nicht mehr, wo ich mich herumgetrieben hatte, jedenfalls klingelte ich, sie machte mir auf, wie meist in dieser heißen Jahreszeit mit einem viel zu großen T-Shirt und Trainingshosen bekleidet und schwarzen, ausgebleichten Ballettschuhen an den Füßen. Sie mochte Ballettschuhe, sie trug sie zu Hause oder auch im Atelier, wenn sie nicht barfuß lief. Sie spürte gern den Boden, auf dem sie ging. Die Härte von Strukturen unter ihren Füßen. Ich habe lange gebraucht, um mich an diese Ballettschuhe zu gewöhnen, ich fand sie uncool, zu feminin, viel zu fein. Wie in aller Welt, fragte ich mich manchmal, kann man etwas mit einer Frau haben, die Ballettschuhe trägt?

Sie machte mir auf, lächelte mich an, drehte sich um und sagte im Weggehen: „Ich muß noch was fertigmachen." Sonst nichts. Typisch. Und ich, mißtrauisch und fügsam zugleich, schlenderte hinter ihr her, nahm die Flasche Wasser entgegen, die sie mir aus der Küche reichte, setzte mich ins Wohnzimmer und lehnte den Kopf gegen das Polster des Sofas, während sie im hinteren Teil der Wohnung verschwand.

Ich schloß die Augen und hörte zu, wie sie in ihrer zu einem Fotolabor umfunktionierten Speisekammer kramte, mit Papieren raschelte, Schüsseln leerte, und langsam verschwand meine Unruhe. Ich saß da und sog die Stille in mich auf, diese einmalige Stille, die von den leisen Geräuschen, die Suzannah verursachte, nur noch untermalt wurde. Müdigkeit und Hitze flossen aus mir heraus, und nach und nach entspannte ich mich. So sehr, daß ich kaum hörte, wie sie hereinkam. Als ich die Augen öffnete, legte sie gerade einen Packen Fotopapier in eine Ecke des Zimmers, mitten hinein in die übliche Unordnung, mitten hinein zwischen Fotos, Papierschnipsel, Objektive, Bildbände und Kleidungsstücke, die über den glatten Dielenboden verstreut lagen, und dann setzte sie sich mir schräg gegenüber in den großen Sessel und kratzte sich am Ohr, während sie mich nachdenklich ansah.

„Kannst du eigentlich richtig mit zehn Fingern tippen?" fragte sie und schlug die Beine übereinander, indem sie den Knöchel des einen auf das Knie des anderen legte.

Ich verschränkte die Arme hinter dem Kopf. Meine Gelenke knackten. „Ja. Wieso?"

Sie zuckte die Achseln und sah auf ihren Fuß. „Nur so", sagte sie. „Ich hab nur gerade daran gedacht. Ich hab mich gefragt, ob du das wohl kannst." Sie beugte sich vor, umfaßte ihren Knöchel mit beiden Händen und betrachtete ihre Fußsohle.

Ich sah ihr zu. Die Sekunden verstrichen, alles war still, nur das Brummen vorüberfahrender Autos und entferntes Kinderlachen drangen durch die geöffneten Fenster; ich sah ihr zu, sah zu, wie sie ihre Fußsohlen besah, mit diesem selbstvergessenen Ausdruck im Gesicht, friedlich und ruhig, voller Vertrauen, daß ich dasaß und sie gewähren ließ und daß von mir keine Gefahr drohte. Ich sah ihr zu, und in diesem Moment spürte ich das erste Mal so rein und klar, wie dankbar ich ihr war für dieses Vertrauen, für die Hingabe, mit der sie sich in meiner Gegenwart ganz sich selbst überlassen konnte; ich spürte, wie sich mein Herz weitete, und da, in diesem Moment, in diesem winzigen Moment, erkannte ich, daß ich sie liebte.

Es ist immer wieder dieser Moment, an den ich mich erinnere. Mir kommt es vor, als hätte da alles begonnen. Aber so war es nicht, nicht eigentlich. Es hat schon vorher begonnen, viel früher, nicht zwei Jahre früher, als ich Suzannah das erste Mal begegnet bin, auch nicht, als ich mich endlich aus der düsteren Enge meines jugendlichen Lebens befreite und nach Berlin ging, sondern noch früher. Vielleicht hat es begonnen, als ich klein war, ein kleines Mädchen, als ich das erste Mal Abschied nehmen mußte, als ich vier war und mein Vater starb. Oder noch früher?

Damals, an jenem Sommertag in Suzannahs Wohnung, hatte ich keine Ahnung, welche Tragweite dieser Moment haben, wie sehr sich mein Leben dadurch verändern würde. Aber was ich wußte, was ich verstand, als ich dasaß und Suzannah zusah, war, daß etwas begann, etwas Neues und sehr Bedeutsames, und daß dieses Neue untrennbar mit Suzannah und dem, was sie für mich war, verbunden sein würde, und daß ich es wollte, dieses Neue. Der Weg, der mich bis zu diesem Punkt geführt hatte, war lang und verschlungen, doch er hatte mich hierhin geführt, und jetzt würde es weitergehen, weiter, sehr weit irgendwo hinein, und ich hatte den Verdacht, daß dieses Irgendwo mir sehr gefallen würde.

Ich mag diesen Ort. Ich bin gerne hier. Paris gefällt mir, diese riesige, immer lebendige Stadt, die im melodischen Klang der weichen Sprache schwingt, die ich mittlerweile fast fließend spreche. Mir gefällt meine Wohnung, und mir gefällt die Einsamkeit darin. Sie füllt die Räume aus, das große sechseckige Zimmer mit den zwei überdimensionalen Fenstern, den schmalen, leeren Flur, das Bad und die Küche. Seit mehr als einem halben Jahr lebe ich nun hier in dieser Wohnung, und jedesmal, wenn ich hereinkomme, ist mir, als ob ich nur für ein paar Tage vorbeischauen würde. Ich habe kaum etwas mitgebracht, als ich gekommen bin. Zwei Koffer mit Papieren, Fotos, Büchern, Kleidungsstücken und ein paar Gegenständen, von denen ich mich nicht trennen wollte. Gegenstände wie der Kerzenleuchter aus Messing, den ich besitze, seit ich neunzehn bin. Der kupferne Armreif, den Suzannah mir geschenkt hat. Oder die kleine Kiste aus Holz, die leer herumsteht, weil ich mich nicht entscheiden kann, was ich hineintun soll. Und Theos Halsband, nicht jenes, welches er immer getragen hat, sondern eins, das mein Onkel Paul für ihn aus den Staaten mitgebracht hatte; es ist grün und aus dickem Leder. Ich habe es ihm einmal umgelegt, aber er sah seltsam aus damit, geschniegelt, es paßte einfach nicht zu ihm. Ich habe es trotzdem aufbewahrt. Ich habe immer gedacht, daß ich es noch mal gebrauchen kann, und das denke ich immer noch. Manche Dinge verändern sich nicht.

Als ich hier ankam, hatte ich die Wohnung noch nie gesehen; alles war ohne mein Zutun arrangiert worden: Suzannahs Mutter hatte gehört, daß einer der Tänzer vom Theater nach Amerika ging und seine Wohnung untervermieten wollte; sie hatte ihrer jüngsten Tochter Edna Bescheid gesagt, und Edna hatte Kontakt zu dem Tänzer aufgenommen, sich die Wohnung angesehen und mich angerufen.

„Sie ist genau das richtige für dich“, sagte Edna, und ihre Stimme klang frisch und nur leicht gedämpft durch die Entfernung aus dem Hörer. „Also, ich miete sie jetzt einfach. Du mußt sie nehmen. Du mußt! Glaub mir: Sie ist genau das richtige.“

Und so ist es auch. Die Wohnung ist in der Tat genau das richtige für mich. Das Zimmer ist riesig, und wie die anderen Räume besitzt es roh verputzte und weiß gestrichene Wände. Wenn ich hineinkomme, sehe ich genau auf das kurze Stück Mauer zwischen den beiden großen Fenstern. Die Frontwände sind zur Mitte des Zimmers hin abgewinkelt, zu ihren Seiten knickt der Raum wiederum zu der Wand hin ab, in die die Tür eingelassen ist. Die ungewöhnliche Form des Zimmers hat eine beruhigende

Wirkung auf mich, ich fühle mich wohlaufgehoben darin, und es ist groß genug, um meine spärlichen Habseligkeiten so zu verstauen, daß sie kaum auffallen.

Das einzige, was auffällt, ist der große Tisch mit dem Holzstuhl davor. Wenn ich daran sitze, blicke ich aus dem rechten Fenster, wenn ich mich nach hinten lehne und den Kopf ein wenig zur Seite drehe, kann ich aus dem anderen hinaussehen. Falls ich die Vorhänge beiseite gezogen habe. Was ich oft nicht tue.

Rechts von der Tür liegt die große Matratze, die Edna mir schon in die Wohnung gelegt hatte, als ich ankam. Sie ist dick genug, daß ich nicht friere auf den blanken Holzdielen. Links von der Tür lagern meine Koffer, daneben ein Haufen Kleidungsstücke. Auf eine gewisse Art sieht dieser verwühlte Haufen sogar ordentlich aus. Alles liegt und steht eben ordentlich herum.

Das Bad ist klein. Waschbecken und Badewanne sind aus weißem Emaille. Die Armaturen sind uralt und messingfarben, ebenso wie die dicken verzierten Füße, auf denen die Wanne steht, und wie die Kette, die an dem Toilettenkasten befestigt ist. Das einzige, was neu ist in diesem Raum, das ist der Spiegel, den Michelle mir vor zwei Monaten angeschleppt hat, weniger aus Fürsorglichkeit, wie ich vermute, sondern damit sie sich selbst besser betrachten kann, wenn sie sich zum Ausgehen fertigmacht. Sie will unbedingt, daß ich eine Lampe darüber anbringe, sie meint, das Licht aus der Glühbirne an der Decke gäbe nichts her, aber ich weigere mich. Ich will nichts an den Wänden befestigen, nichts installieren, ich will, daß alles hier ein Provisorium bleibt. Michelle ärgert sich immer wieder darüber, aber ich bleibe hart. Sie legt ohnehin viel zuviel Wert auf ihr Äußeres, finde ich. Dabei ist sie schön, und am besten gefällt sie mir, wenn sie ungeschminkt ist. Aber das ist ihre Sache, ich mische mich da nicht ein.

Auch das trägt dazu bei, daß meine Wohnung ein Provisorium bleibt: Es ist nichts an den Wänden, kein Haken, kein Regal, auch in der Küche nicht. Alles, was ich habe, ist in dem großen Schrank verstaut oder liegt in der Spüle, auf dem Holztisch oder den drei Stühlen. Die Wände aber sind frei.

Nein, nicht ganz. In meinem Zimmer, an der Wand links von der Tür, ist ein Nagel. Dort habe ich ein Foto aufgehängt. Nein, nicht Suzannah ist darauf zu sehen. Aber sie hat es gemacht. Es ist ein Foto von mir, eine Porträtaufnahme, die mein Gesicht im Halbprofil zeigt. Ich sehe mit leicht gesenktem Kopf in die Kamera, meine Haare sind kurz und liegen wie Flaum am Kopf an, meine Haut ist faltenlos und glatt. Auf dem Foto sehe ich sehr jung aus, lange Zeit habe ich gedacht, daß Suzannah es nicht richtig entwickelt hat, aber das stimmt nicht; damals habe ich so ausgesehen, sehr jung, viel jünger, als ich es jetzt bin. Das Foto ist etwa sieben Jahre alt, es stammt noch aus unserer Anfangszeit, es stammt noch aus der Zeit vor jener, die begann, nachdem ich Suzannah zusah, wie sie ihre Fußsohlen betrachtete. Es stammt weit aus der Vergangenheit, aber ich erkenne mich darin wieder, und ich erkenne auch mein jetziges Ich darin wieder.

Meine Wohnung liegt im dritten Stock eines alten Hauses mit stuckverzierter Fassade. Die Straße ist ruhig und eng; direkt gegenüber kann ich in die Stube eines alten Ehepaares sehen, das jeden Abend damit verbringt, schweigend in den Fernseher zu starren. Schräg gegenüber liegt ein winziger Park, in dem sich abends zuweilen Liebespaare treffen. Ich brauche nur die Straße hinaufzulaufen, und schon beginnt die leichte Steigung, die sich im Gewirr kleiner Gassen und breiter Straßen hinauf zum Montmartre erhebt. Von außen sieht das Haus wie ein ganz normales Pariser Wohnhaus aus, aber der Anblick täuscht: Innen ist alles verwinkelt und widerspricht jeglichen statischen Berechnungen; die Treppe verläuft in unregelmäßigen Abständen gebogen, an unbenutzbaren Nischen und Wohnungstüren entlang, von denen nicht zwei auf einer Höhe liegen. Es gibt eigentlich keine richtigen Stockwerke, sondern jede Tür liegt ein paar Stufen höher als die vorhergehende. Ich weiß nicht, was der Architekt sich dabei gedacht hat, aber kein Hausbewohner kann in seine Wohnung gelangen, ohne erst ein paar Stufen hinauf- oder hinuntersteigen zu müssen. Auch bei mir ist das so: Wenn ich meine Wohnungstür öffne, muß ich drei Stufen hinaufsteigen, um den Flur zu erreichen. Man denkt, jetzt hat man es geschafft, und dann geht es noch höher hinauf – oder wieder tiefer hinunter.

Aber so ist es eben im Leben. So ist es oft.

Vor ein paar Monaten hat eine frühere Arbeitskollegin in Berlin – wir haben beide eine Zeitlang in derselben Kneipe bedient – mir etwas gezeigt, worauf sie enorm stolz ist. Mehr noch, es bedeutet ihr so viel, daß sie ihr ganzes Leben damit zubringen will.

Sie schaute mich mit einem bedeutsamen Blick an, der besagte, daß sie sich die Entscheidung, es mir zu zeigen, reiflich überlegt hatte, dann sagte sie: „Schau mal!“ und knöpfte ihr Hemd auf. Langsam, dabei den Blick erwartungsvoll und zugleich wissend auf mein Gesicht gerichtet, öffnete sie vier Knöpfe und zog das Hemd ein wenig zur Seite. Darunter trug sie ein schwarzes T-Shirt mit dem Schriftzug „You are leaving the American Sector“, wie sie früher, bevor die Mauer fiel, in Mode gewesen waren. Auf dem Rücken steht dieser Satz groß in drei Sprachen untereinander, vorne nur in einem kleinen Kästchen auf der linken Brust. Ihr Finger zeigte genau auf dieses Kästchen.

„Was?“ fragte ich.

Sie sagte: „Fühl mal“ und drückte meinen Daumen auf die Stelle. Ich dachte, sie wolle mich auf die Beschaffenheit der gummierten Buchstaben aufmerksam machen, aber dann spürte ich eine schmale, längliche Erhebung unter dem Hemd.

„Schorf“, bemerkte ich, aber sie schüttelte den Kopf. Auf mein Verlangen hin zog sie das T-Shirt nach unten, um mir eine glatte, vier oder fünf Zentimeter lange Narbe zu zeigen, die noch nicht ganz verheilt war. Ich nickte.

„Rasiermesser?“

„Nein“, sagte sie, und ihre Mundwinkel sanken vor Stolz ein wenig nach unten, „Skalpell. Lea ist die erste Frau, von der ich mich habe schneiden lassen.“ Ich nickte erneut, aber da interessierte es mich schon nicht mehr.

Ich konnte ihren Stolz, ihr Gefühl, eine extrem bedeutungsvolle Erfahrung gemacht zu haben und am eigenen Leibe sichtbar für alle lebendige Ewigkeit zu tragen, erkennen, bestätigen, sogar mitfühlen, aber es interessierte mich nicht. Es erschien mir wie ein verschwommenes Relikt aus meiner eigenen Vergangenheit, wenngleich ich diese Erfahrung gar nicht gemacht habe. Es hätte passieren können, vielleicht, wenn es wichtig gewesen wäre. Dinge, die hätten passieren können, und Dinge, die geschehen sind, gleichen sich im Rückblick aneinander an, so daß es keinen Unterschied mehr macht, ob oder ob es nicht geschehen ist. Alles, was ich mir mit Suzannah hätte vorstellen können, ist geschehen. Ich trage ungeheuer viel mit mir herum. Manchmal, wenn ich zufällig mein lächelndes Spiegelbild in einer Schaufensterscheibe entdecke, sehe ich mich, wie ich Suzannah angelächelt habe. Früher habe ich mich nie so gesehen. Aber sie hat mich so gesehen.

Was ich am meisten vermisse? Das ist eine dieser Fragen, die ich am liebsten auf die Müllhalde der menschlichen Sprache werfen würde. Am meisten vermissen … läßt sich das je so klar beantworten? Am meisten gibt es nicht. Es gibt nur viel, viel und noch mal viel. Dennoch stelle ich mir diese Frage selbst immer wieder. Ich war glücklich mit ihr.

Sie hat mir gutgetan, sie war gut mit mir. Natürlich war ich ihr nah, so nah, wie Liebende sich sein können. So nah, wie Menschen sich sein können? Das heißt nicht viel, denn ich weiß, daß man sich, egal wie groß die Liebe ist, nie sehr nahe sein kann. Am nächsten war ich ihr in jenen Momenten, wenn ich in ihre Armbeuge gekuschelt dalag, nackt und warm, oder wenn ich meine Wange an ihre legte, mein Gesicht an ihrem Hals vergrub und ihren Duft tief einatmete, ganz tief, bis nichts mehr in meine Lungen hineinging. Dann hielt ich den Atem an und lauschte auf mein Herz, in der Gewißheit, daß mit jedem Pochen aus meinen Lungen Sauerstoff in mein Blut transportiert wird, Sauerstoff aus der Luft, die nur aus Suzannahs Duft besteht, Sauerstoff, der durch mein Blut in mein Herz und da hindurch getragen wird. So habe ich immer wieder einen Teil von Suzannah in meinem Herzen getragen. Wie kann es größere Nähe geben?

Diese erste Nacht. Diese erste Nacht, die wir miteinander verbracht haben. Ich muß immer wieder daran denken. Jetzt, aus dem Abstand der Jahre heraus, von diesem immer noch fremden Ort aus kann ich sehen, wie sich schon in jener Nacht die Fäden zwischen uns verdichteten, jene Fäden, die mit der Zeit zu einem fest verwobenen Seil wurden, das uns eng und stark aneinander binden sollte. Alles war bereits da, in dieser ersten Nacht – die Nähe, die Angst, das Glück und auch die Trauer. Es war alles da.

Wir saßen uns an dem runden Holztisch gegenüber, von dem die Reste unserer Mahlzeit schon abgeräumt waren, und schwiegen, zum erstenmal in den vergangenen vier Stunden. Mir war heiß, das T-Shirt klebte mir am Rücken, und meine Hände zitterten leicht. Ich hoffte, daß sie es nicht sah; ich war ohnehin schon verlegen genug. Sie drückte ihre Zigarette im Aschenbecher aus, der bis an den Rand gefüllt war mit den unzähligen Kippen, die wir gemeinsam geraucht hatten, blickte auf und sagte: „Gehen wir?"

Ich nickte, unfähig, einen Ton hervorzubringen, und stand etwas zu hastig auf, so hastig, daß mein Stuhl ins Wackeln geriet und ich ihn nur mit einer schnellen Bewegung festhalten konnte. Ich wurde rot, einen Moment fühlte ich mich haltlos, der Situation nicht gewachsen, eine namenlose Angst schoß in mir auf, ich spürte, wie sich meine Finger um die Stuhllehne krampften. Feucht waren sie und irgendwie taub, das geschnitzte Muster der Lehne preßte sich schmerzhaft in meine Handflächen, ich bekam keine Luft; nein, dachte ich, nein, das geht nicht, ich kann das nicht, laß es sein, das hier ist gefährlich; ich schloß die Augen, versuchte, mich zu sammeln, und als ich sie wieder öffnete, sah ich direkt in Suzannahs Gesicht, in ihre dunkelgrün schimmernden Augen, die mich eindringlich und doch auch unaufdringlich musterten. Ich sah das leichte, ruhige Lächeln, das sich um ihre Lippen kräuselte, und im nächsten Augenblick fing ich mich wieder. Sie stand mir gegenüber, in der für sie typischen, vollkommen entspannten Haltung, die Schultern gerade und die Arme locker herabhängend, und sah mich an. Gequält verzog ich die Lippen, ihr Lächeln vertiefte sich, und dann sah sie zur Seite, zur Bar, wo der Kellner, der gerade bei uns abkassiert hatte, damit beschäftigt war, unsere Rechnung in die Kasse einzutippen. Ich betrachtete Suzannahs Profil, und ich wußte, daß ich nicht davonlaufen würde, weil es gar nicht mehr ging.

Ich hatte sie einen Tag zuvor kennengelernt. Es war August; natürlich weiß ich das genaue Datum, ich habe das nicht vergessen, es war der 14. August. Damals dachte ich noch, daß aus mir eine halbwegs passable Zeichnerin werden würde, und an diesem Tag sollte ich erstmals Gelegenheit bekommen, meine Arbeiten dem Redakteur einer ziemlich bekannten Illustrierten vorzustellen. Sowohl Dennis, mein Mitbewohner, als auch mein Onkel Paul hatten mich seit Monaten gedrängt, etwas in dieser Hinsicht zu unternehmen. Sie waren meine andauernde Stubenhockerei leid und wohl auch die nicht versiegen wollende Aneinanderreihung von mehr oder minder ausgearbeiteten Zeichnungen, die sie immer wieder beurteilen sollten. Paul hatte mir eines Tages eine Liste von Zeitschriftenverlagen auf den Schreibtisch geknallt. „Entweder du rufst jetzt überall an und versuchst, einen Vorstellungstermin zu bekommen, oder du verbrennst deine Sachen und redest nie wieder davon, daß du Zeichnerin werden willst."

Ich glaube, im Grunde war niemand, ich selbst eingeschlossen, wirklich davon überzeugt, daß ich es mit meinem neuentdeckten Talent zu etwas bringen würde, aber einen Versuch schien es mir wert. Und so kam es, daß ich an diesem heißen Sommertag mit meiner Zeichenmappe unterm Arm vor dem Verlagsgebäude stand und zögerte, die Treppe hinaufzugehen. Dort oben, hinter den weiß gestrichenen Holztüren, saß der erste fremde Mensch, der meine Zeichnungen zu Gesicht bekommen würde, und von seinem Urteil hing einiges für mich ab. Ich wußte genau, daß seine Einschätzung mehr bedeutete als die erste in einer langen Reihe von kommenden; ich wußte, daß ich nicht genug Energie haben würde – und auch nicht genug Ehrgeiz –, um mein Glück immer wieder aufs neue zu versuchen. Es war verdammt gut möglich, daß ich, wenn dieser Redakteur meine Zeichnungen für schlecht befand, die Mappe zuklappen und für alle Zeiten in der hintersten Ecke meines Schrankes begraben würde. So war es kein Wunder, daß ich, als ich endlich die Treppe hinaufstieg, am liebsten wieder umgekehrt wäre; und weil das nicht ging, weil mein Stolz das nicht zuließ, schleppte ich mich also hinauf, und dabei kam es mir vor, als ob ich rückwärts ginge, so als seien Gewichte an meinen Fersen befestigt, die meine Füße unweigerlich wieder nach hinten zogen, wenn ich sie vorwärts setzte.

Drinnen empfing mich eine wohltuende Kühle. Dunkel gemusterter Teppich bedeckte den Boden der weißgestrichenen Halle, von der rechts und links Türen abgingen. An den Wänden hingen großformatige Bilderrahmen, die ausgewählte Titelbilder aus den letzten zwei Jahren zur Schau stellten. Es gab keinen Empfangstresen, dafür aber prangte an der Tür ganz rechts ein Messingschild mit der Aufschrift „Anmeldung". Ich holte tief Luft, klopfte an und trat ein. Eine Blondine mittleren Alters mit einer goldgeränderten Brille, die bedrohlich weit vorne auf ihrer Nasenspitze saß, blickte lächelnd von ihrem Schreibtisch auf. Das Lächeln zerbröckelte allerdings leicht, als sie mich näher in Augenschein nahm.

„Ja bitte?"

Ich nannte meinen Namen, erklärte mein Anliegen und blickte betont gleichgültig aus dem Fenster, während sie mit spitzen Fingern einen Knopf auf ihrer Gegensprechanlage drückte und mit zuckersüßer Stimme hineinsprach. Ohne hinzusehen, wußte ich, daß sie mich abschätzend musterte. Ich hatte mich extra feingemacht und mir auf Dennis' Anraten hin eins seiner taubenblauen Jacketts ausgeliehen. Aber da waren immer noch meine ausgetretenen Cowboystiefel, die zerrissene, wenngleich saubere Jeans und meine viel zu kurzen Haare, und als die Sekretärin ihr Gespräch beendet hatte und ich wieder zu ihr hinsah, war mir klar, daß ich, wenn es nach ihr gegangen wäre, auf dem schnellsten Wege wieder hätte verschwinden sollen. So aber setzte sie erneut ein brüchiges Lächeln auf und bat mich zu warten, bis der Herr Schuhmacher mich hereinbitten würde.

Draußen ließ ich mich benommen auf einen der umherstehenden Freischwinger fallen und trommelte ungeduldig auf meiner Mappe herum. Was versprach ich mir eigentlich von diesem Vorstellungsgespräch? Wollte ich wirklich ernsthaft versuchen, mich in einem Metier zu etablieren, in dem sich andere, weitaus fähigere Leute gegenseitig auf die Füße traten? Ich hatte noch nicht einmal eine Kunsthochschule besucht, geschweige denn irgend etwas veröffentlicht, von ein paar Comics in meiner alten Schülerzeitung einmal abgesehen. Alles, was ich vorzuweisen hatte, waren ein paar Zeichnungen und eine seit genau vier Monaten bestehende Begeisterung, mich eingehend mit Bleistift und Radiergummi zu beschäftigen. Ich saß da und fühlte, wie mir der Mut sank, wie jene Unbeständigkeit, die mich seit Jahren durchs Leben trieb, von mir Besitz ergriff, da öffnete sich eine der Holztüren, und eine Frau trat heraus. Und augenblicklich vergaß ich alles, worüber ich mir gerade noch Gedanken gemacht hatte.

„Ja", rief sie nach hinten in den Raum hinein, „ich melde mich, wenn ich zurück bin, aber diesmal wäre ich Ihnen dankbar, wenn Sie mir die Andrucke schneller zuschicken würden. Bis dann!" Ihre Stimme war angenehm dunkel und leicht kratzig, so als wäre sie kürzlich heiser gewesen und hätte sich noch nicht ganz davon erholt. Sie zog die Tür zu und setzte sich in Bewegung, wobei die Fototasche, die ihr von der Schulter hing, schwer hin und her baumelte. Ich starrte sie unverhohlen an. Vielleicht war es ihr Gesicht, dessen scharfgeschnittene Züge auf aufregende Weise mit den schmalen, aber weich geschwungenen Lippen in Kontrast standen, vielleicht waren es ihre lässigen Bewegungen, vielleicht war es auch einfach ihre ganze Ausstrahlung, die einer weltgewandten, energischen und irgendwie geheimnisvollen Frau Anfang Dreißig; auf jeden Fall war ich fasziniert. Im Vorbeigehen warf sie mir einen kurzen Blick zu, und etwas in meinen Augen mußte sie alarmiert haben, denn an der Tür hielt sie inne, drehte sich langsam um und kam zurück.

Unmittelbar vor mir blieb sie stehen, und ich sah zu ihr auf. Plötzlich war ich mir der Schäbigkeit meines Aufzugs nur zu deutlich bewußt, und liebend gern hätte ich meine alte, abgeschabte Mappe, die Jörn, Pauls Freund, gestern für mich herausgekramt hatte, gegen eine neue, ordentliche ausgetauscht.

„Entschuldige, wenn ich dich einfach anspreche", sagte sie und fuhr sich mit einer Hand durch ihr schulterlanges Haar, „aber vielleicht hast du Lust, mit mir einen Kaffee trinken zu gehen?"

Vor Überraschung blieb mir die Sprache weg. „Ich kann nicht", brachte ich nach einem Moment mühsam hervor.

Sie blieb abwartend stehen und sah mich an. Das war eine ihrer herausstechenden Charaktereigenschaften, wie ich später noch feststellen sollte: Sie wartete immer solange ab, bis ich mich von selbst erklärte.

„Ich hab einen Termin", fügte ich schließlich hinzu. Unter ihrem durchdringenden Blick, der nicht die Spur eines Lächelns zeigte, schoß mir das Blut ins Gesicht.

„Und danach?"

„Danach hab ich Zeit, also, ich ..." Ich fing an zu stottern. Endlich lächelte sie.

„Wenn du Lust hast", sagte sie und schulterte ihre Fototasche noch mal, „schräg gegenüber ist ein Café, da bin ich die nächste Stunde über zu finden."

Die Tür hinter ihr ging auf, und ein grauhaariger, aber noch recht junger Mann schaute heraus.

„Frau Liersch?"

„Ja!“ Eilig sprang ich auf. Sie grinste mich an.

„Viel Glück“, sagte sie, drehte sich um und ging. Und ich rannte hastig auf die Tür zu, so hastig, daß ich fast über meine eigenen Füße gestolpert wäre.

Herr Schuhmacher blickte mir mit hochgezogenen Augenbrauen entgegen, und ich glaube, in diesem Moment war es schon fast entschieden. Alles war entschieden in diesem Moment.

Er sah sich meine Zeichnungen gar nicht richtig an. Zügig blätterte er eine nach der anderen um, nur manchmal verweilte sein Blick etwas länger, und währenddessen fragte er mich langsam aus. „Und bisher haben Sie …“

Ich schwieg, weil ich nicht wußte, was ich darauf antworten sollte. Unter meinem Hintern machte der glatte Ledersitz ein quietschendes Geräusch, als ich unbehaglich ein Stück nach vorn rutschte.

„Äh … was hatten Sie bisher noch gleich gearbeitet?“ setzte er noch einmal an.

„In der Gastronomie.“

„Ah ja.“ Seine Miene war undurchdringlich.

Das Rascheln der Blätter erfüllte den Raum. Ich sah aus dem Fenster, hinter dem sich zwei schlanke, zarte Birken in einer leichten Sommerbrise wiegten, und ich fragte mich, ob diese Frau wirklich auf mich warten würde.

Der Redakteur klappte meine Mappe zu und legte seine gefalteten Hände darauf. Die Geste hatte etwas Abschließendes, und noch bevor er den Mund aufmachte, wußte ich, was er sagen würde, und auch, daß es mich gar nicht mehr interessierte.

„Tja, Frau Liersch, ich kann Ihnen nicht viel Hoffnung machen. Sie sehen ja, wir haben eine sehr begrenzte Auswahl an Illustrationsmöglichkeiten jeden Monat. Und es gibt natürlich auch schon andere Illustratoren, die für uns tätig sind. Aber Ihre Zeichnungen haben durchaus etwas Vielversprechendes, und ich würde vorschlagen, wir verbleiben so, daß ich Sie anrufe, wenn sich etwas ergibt.“

Kurz darauf stand ich wieder in der Halle. Herr Schuhmacher hatte mich artig hinauskomplimentiert, und noch bevor die Tür hinter mir zugefallen war, hatte ich ihn bereits wieder vergessen. Natürlich wußte ich da noch nicht, daß sein Gerede nicht nur leeres Geschwätz gewesen war; nein, ein paar Wochen später hörte ich tatsächlich von ihm, er rief mich an und gab mir einen Auftrag für eine Zeichnung, die Illustration einer Umfrage. Es sollte der einzige Auftrag sein, den ich je erhalten würde. Aber an diesem 14. August, als ich da in der Halle stand, mit durchgeschwitztem Hemd und verstrubbeltem Haar, berührte mich die Frage meiner zeichnerischen Laufbahn schon gar nicht mehr sonderlich. Was mich berührte, war der Gedanke an diese Frau mit den dunklen, zurückgeworfenen Haaren, diese unglaublich schöne Frau, die, wenn sie es sich nicht anders überlegt hatte, im Café schräg gegenüber auf mich wartete.

Ich wollte nicht hierbleiben, in der Halle, wo jeden Moment die Sekretärin oder, schlimmer, der Redakteur die Tür öffnen konnte. Aber ich wollte auch noch nicht in das Café gehen. Ich war einfach noch nicht bereit dazu. Das einzige, was mir einfiel, war schließlich, mein Jackett auszuziehen und tief durchzuatmen. Augenblicklich fühlte ich mich wohler. Ich zog mein T-Shirt ein Stück weit aus dem Bund meiner Jeans, atmete noch einmal tief durch und trat ins Freie.

Die grelle Sonne traf mich wie ein Schlag ins Gesicht. Ich hatte vergessen, wie heiß es war, und die trockene Luft schien sich bei jedem Atemzug tief in meine Lungen zu brennen. Unablässig donnerten Autos und Lastwagen auf der vierspurigen Straße vorüber, Motorräder knatterten dröhnend Auspuffgase in den Himmel, und die Fußgänger liefen, gedrängt von dem Wunsch, der Hitze zu entkommen, eilig vorbei. Schräg gegenüber, von ausgedörrten Rosenbüschen eingerahmt, die in quaderförmigen Betonkästen ihr Dasein fristeten, lag das Café. Die rot-weiß gestreifte Markise war voll ausgefahren, und an den kleinen weißen Plastiktischen drängelten sich die Gäste. Ich schirmte die Augen mit der Hand ab und sah hinüber. Sie war nicht da. Einen Moment überlegte ich, ob ich mich davonmachen sollte, aber dann siegte meine Neugier. Ich wartete eine Lücke im fließenden Verkehr ab, rannte über die Straße und trat in das schattige Dunkel des Cafés.

Sie saß an einem der hinteren Tische und betrachtete konzentriert und mit einem selbstvergessenen Ausdruck im Gesicht ein paar Fotos, die sie vor sich ausgebreitet hatte. Ich stand still da und ließ ihren Anblick auf mich wirken. Sie wäre mir auch an jedem anderen Ort der Welt aufgefallen, und das lag nicht nur an der Art, wie sie leicht vornübergebeugt dasaß: die langen Beine in den verblichenen Cordhosen übereinandergeschlagen, einen Ellbogen auf dem Tisch aufgestützt, rührte sie mit einer Hand in ihrem Kaffee, mit der anderen fuhr sie sich nachdenklich durchs Haar. Der Moment währte nur kurz, denn im nächsten Augenblick hob sie den Kopf und sah direkt zu mir herüber, und ich setzte mich in Bewegung und ging langsam auf sie zu, wobei mir das laute Klacken meiner Absätze auf den glatten Fliesen nur zu deutlich bewußt war.

„Hallo“, sagte sie und machte eine einladende Geste mit der Hand. „Setz dich. Das ging ja schnell.“

Ich zuckte mit den Schultern und ließ mich auf dem Stuhl ihr gegenüber nieder. Plötzlich fragte ich mich, worüber wir sprechen sollten. Ich für meinen Teil hatte nicht das Gefühl, in der Lage zu sein, irgendwelche Belanglosigkeiten austauschen zu können.

Aber dazu kam es auch gar nicht. „Ich hoffe, ich hab dich nicht allzusehr überfallen“, sagte sie und schob die Fotos zu einem Haufen zusammen. „Es ist nicht unbedingt meine Art“, sie blickte zu mir auf und hob die Augenbrauen, „aber es hat mich einfach so überkommen.“ Sie sah mich abwartend an, und als ich mit den Schultern zuckte, begann sie zu grinsen. „Was möchtest du trinken?“

„Eine Cola, bitte.“ Ich wich ihrem Blick aus, und während sie beim Kellner, der wie aus dem Nichts aufgetaucht war, bestellte, betrachtete ich unauffällig das oberste Foto auf dem Haufen. Es zeigte eine Gruppe dunkelhäutiger Kinder beim Baden in einem Fluß.

„Atlanta“, sagte sie.

Ertappt lehnte ich mich zurück und tastete nach meinem Jackett. In der Innentasche fand ich meinen Tabak, zog ihn hervor und öffnete das Päckchen.

„Nur zu“, sie hörte nicht auf, mich zu mustern, „du kannst sie dir gerne ansehen.“

„Vielleicht später.“ Ich spürte, wie ich unter den Achseln zu schwitzen begann. Verlegen drehte ich mir eine Zigarette. Immer noch spürte ich ihren forschenden Blick auf mir.

Sie schnalzte leise mit der Zunge, lehnte sich ebenfalls zurück und zog eine Schachtel Zigaretten aus ihrer Westentasche. Es war eine von diesen Westen aus grobem Stoff, auf denen Unmengen von Taschen aufgenäht sind, so eine, wie sie Fotografen im Fernsehen tragen.

„Du bist Fotografin“, stellte ich fest.

„Ist nicht zu übersehen, wie?“ Sie lachte. „Ja. In der Hauptsache mache ich Reisereportagen. Wie findest du Schuhmacher?“

Überrumpelt sah ich auf und direkt in ihre Augen. Sie waren grün, ein erstaunlich dunkles Grün, so dunkel, daß es fast ins Blaue tendierte, und im hellen Licht der Nachmittagssonne erkannte ich die kleinen goldenen Sprenkel in der Iris.

„Ganz in Ordnung“, sagte ich langsam. „Aber irgendwie hat er etwas Schleimiges.“

„Das liegt an der Art, wie er sich immer leise räuspert, bevor er zum Sprechen ansetzt.“ Sie beugte sich vor, um mir Feuer zu geben, und unsere Finger berührten sich flüchtig. Ein Schauer durchlief mich, und ich hatte Mühe, mich auf das zu konzentrieren, was sie gesagt hatte. Vorhin war mir das gar nicht aufgefallen, aber jetzt, wo sie es erwähnte, fiel mir wieder ein, wie jeder Satz, den Schuhmacher hervorgebracht hatte, von einem leisen Räuspern eingeleitet wurde, so als müßte er immer erst einen Kloß im Hals herunterschlucken, bevor er sprechen konnte. Ich grinste.

„Stimmt. Gut beobachtet.“

Sie lachte amüsiert und leckte sich leicht mit der Zunge über die Oberlippe, und ich spürte, wie mir der Schweiß ausbrach.

Der Kellner brachte meine Cola. Sie schmeckte abgestanden, aber das war mir egal. Gierig trank ich in großen Schlucken, und dabei hatte ich das Gefühl, um ein Haar vor dem Verdursten gerettet worden zu sein.

„Ich habe mich gar nicht vorgestellt“, sagte sie, wieder ernst geworden. „Ich bin Suzannah Hugo.“

Ich verstand ihren Namen nicht auf Anhieb. Sie mußte das erwartet haben, denn sie lächelte verschmitzt und erklärte: „Suzannah vorne mit S, in der Mitte mit Z und hinten mit H. Und Hugo wie der französische Schriftsteller, falls dir das was sagt.“

„Bist du Französin?“

„Ja. Aber ich bin als Kind viel in Deutschland gewesen. Meine Mutter ist Deutsche.“ Sie streckte eine Hand über den Tisch, und ich sah verdutzt darauf nieder, bevor ich meine eigene hineinlegte.

„Thea … Liersch.“ Es war lange her, daß ich mich bei einem privaten Anlaß mit Vor- und Zunamen vorgestellt hatte.

„Ganz schön förmlich, wie?“ Sie hielt immer noch meine Hand, und die Berührung mit ihrer kühlen, glatten Haut verursachte ein leises Kribbeln in meinem Bauch.

„Allerdings“, sagte ich. Wir sahen uns in die Augen, und nach einem Moment ließ sie meine Hand los und fuhr sich wieder durchs Haar.

„Na ja, das kann man ja ändern. Am besten fangen wir gleich damit an.“ Sie lächelte, und ich lächelte zurück.

Und es änderte sich wirklich. Es dauerte nicht lange, da waren wir in ein angeregtes Gespräch vertieft. Ich erfuhr, daß sie neunundzwanzig war, ursprünglich aus Paris kam, seit einem Jahr in Bremen wohnte und vorhatte, in Kürze nach Berlin zu ziehen. Und sie erfuhr, daß ich mich mit Gelegenheitsjobs durchschlug und daß meine Karriere als Zeichnerin soeben offensichtlich beendet worden war, noch bevor sie überhaupt begonnen hatte. Während die Sonne langsam sank und der Feierabendverkehr zu- und wieder abnahm, während sich die Tische um uns herum leerten und wieder von neuen Gästen in Beschlag genommen wurden, redeten und redeten wir, und jedesmal, wenn wir uns in die Augen sahen – und das geschah immer häufiger –, verdichtete sich in mir die Gewißheit, daß ich dabei war, eine ganz außergewöhnliche Bekanntschaft zu machen. In jeder Hinsicht außergewöhnlich.

Schließlich sah ich mir tatsächlich ihre Fotos an. Ich betrachtete Landschaften, in denen ich nie gewesen war, und Menschen, die ich nie kennenlernen würde, und dabei lauschte ich ihrer rauhen Stimme, die von Situationen und Begebenheiten erzählte. Ich sah ihren Fingern zu, wie sie auf die eine oder andere Stelle tippten und mit weichen Bewegungen über das glatte Papier strichen. Am Ende überwand ich sogar meine Scheu und zeigte ihr meine Mappe, und ich genoß es, ihren zurückhaltenden Kommentaren zu folgen, aus denen nur zu deutlich hervorging, daß sie meine Arbeit nicht schlecht, aber auch nicht gerade umwerfend fand.

Irgendwann schlug sie meine Mappe zu und sah auf ihre Armbanduhr.

„Oh, ich muß gehen. Ich habe eine Verabredung.“

Sie begann ihre Sachen zusammenzuräumen, dann hielt sie inne.

„Thea. Würdest du morgen mit mir essen gehen?"

„Ja", sagte ich, viel zu schnell.

„Gegen acht? Ich könnte dich abholen. Bis dahin überlege ich mir was. Oder hast du einen Wunsch?"

„Nein."

„Und wo finde ich dich?"

Ich dachte kurz nach. Schließlich schrieb ich ihr Pauls Adresse und Telefonnummer auf.

Sie musterte den Zettel und sah fragend zu mir auf. „Paul?"

„Das ist mein Onkel. Wenn was ist, kannst du mich dort am besten erreichen. Ich stehe morgen um acht vor der Tür."

Sie wollte etwas sagen, aber dann schien sie es sich anders zu überlegen. Sie sah mich an, und wenn ich bis dahin noch einen Zweifel gehabt hatte, in welcher Hinsicht sie sich eigentlich für mich interessierte, dann wurde er in diesem Moment endgültig ausgeräumt. Es ist schwer, so etwas zu beschreiben: den plötzlichen Moment der Erkenntnis, daß es beiden um das gleiche geht, das instinktive Begreifen, aus einem Spiel mit lauter unbekannten Faktoren auf einmal in eine ernsthafte Gleichung hinübergeglitten zu sein. Sie sah mich eine ganze Weile an, und dann begann sie langsam zu lächeln. Ich lächelte zurück.

Draußen verabschiedeten wir uns hastig voneinander. Es war, als ob das milde Licht der Abendsonne uns beide verlegen machte.

„Bis morgen", sagte sie. Ich nickte, und dann drehten wir uns gleichzeitig um und gingen schnell in entgegengesetzte Richtungen davon. Hinter der nächsten Straßenecke hielt ich an und atmete tief aus. Die Luft hatte sich ein wenig abgekühlt, und ich blieb eine ganze Weile stehen, reglos, mit wackeligen Knien und vor Anspannung leicht verkrampften Muskeln. Ich fühlte mich benommen und unwirklich. Das Blut schoß mit rasender Geschwindigkeit durch meine Adern, und mein Herz schlug schnell und kraftvoll.

In dieser Nacht schlief ich schlecht; immer wieder wachte ich auf und sah ihr Gesicht vor mir, und als ich am Morgen erwachte, wußte ich undeutlich, daß ich von ihr geträumt hatte. Irgendwie schlug ich mich durch den Tag, bemüht, cool zu bleiben, aber es gelang mir nicht. Ich besuchte Dennis auf der Arbeit, ging bei meiner besten Freundin Dörthe vorbei und auf einen Sprung ins

Swing, aber ich war nicht in der Lage, mich auf irgend etwas oder jemanden zu konzentrieren. Die Stimmen und Gesichter rauschten an mir vorbei, der Boden, auf dem ich stand oder ging, schien nachzugeben und immerzu zu beben, und ich war heilfroh, als die Sonne endlich ihren langsamen Abstieg zum Horizont begann. Um sechs ging ich zu Paul, wo ich niemanden außer Theo antraf, der schwanzwedelnd an mir hochsprang. Ich duschte lange und so heiß, wie es ging, dann zog ich mich an und nahm Theo mit auf einen kleinen Spaziergang durch den nahegelegenen Park, und dann war es endlich acht Uhr.

Ich hatte kaum zwei Minuten vor dem Haus gestanden, als ein klappriger cremefarbener Citroën um die Ecke bog und vor dem Haus hielt. Suzannah beugte sich über den Beifahrersitz und stieß die Tür auf, und meine Beine begannen zu zittern. Sie schien genauso nervös zu sein wie ich, denn sie sah mich nur kurz an und dann wieder zur Seite, gab Gas, kaum daß ich die Tür geschlossen hatte, sah mich wieder an, und dann ließ sie die Kupplung zu schnell kommen. Das Getriebe knirschte vernehmlich, der Wagen hustete und stotterte und blieb mit einem gewaltigen Ruck mitten auf der Straße stehen. Hinter uns hupte ein wütender Taxifahrer, aber Suzannah reagierte nicht. Sie drehte sich zu mir um und betrachtete mich in aller Ruhe. Langsam ließ sie ihren Blick über mein Gesicht schweifen, und dann sagte sie: „Du bist also wirklich gekommen."

„Du ja auch."

Sie fing an zu lächeln, und ich grinste zurück. Das Taxi rauschte in einem rasanten Bogen an uns vorbei. Und Suzannah startete den Wagen erneut und fuhr los.

Die Zeit verging wie im Fluge. Stunde um Stunde saßen wir uns gegenüber, aßen, sprachen, sahen uns an; jeder ihrer Blicke war wie ein Streicheln, ihre Stimme wie ein Bett, auf dem ich ruhte, jedes ihrer Worte wie ein Anker, den sie mir zuwarf, ich hielt ihn fest und warf ihn zurück, und als wir aufbrachen, war unter all der Aufregung, all dem Begehren ein Gefühl der Nähe und Verbundenheit gewachsen, das mich beruhigte und zugleich zutiefst erschreckte.

In den vergangenen Stunden hatte es geregnet, und ein feiner Nebel hing in der Luft. Diesmal würgte Suzannah den Wagen nicht ab. Schweigend fuhren wir die kaum belebten Straßen entlang und lauschten dem satten Zischen der Reifen auf dem nassen Asphalt. Als wir die Yorckbrücken passierten, legte ich den Kopf in den Nacken und sah durch das Seitenfenster in den fahlen Himmel, den die mächtigen Brückenpfeiler in ungleichmäßige Rechtecke zerrissen.

Die Bautzener Straße ist eine ruhige Seitenstraße, die zwischen den Yorckbrücken und der Monumentenbrücke an den S-Bahngleisen entlangführt. Auf der rechten Seite erhebt sich eine lange Reihe von vierstöckigen Mietshäusern; gegenüber verläuft eine niedrige Mauer, in die in unregelmäßigen Abständen Tore eingelassen sind, die zu verschiedenen Handwerksbetrieben und Werkstätten führen. Aus verschmutzten Laternen fiel schwaches Licht auf den verlassenen Bürgersteig, als wir aus dem Wagen stiegen. Ich fühlte mich benommen und unwirklich. Suzannah schloß ab und kam um die Kühlerhaube herum zu mir.

„Es ist nicht besonders komfortabel bei mir", sagte sie und steckte die Hände in die Hosentaschen. Langsam gingen wir nebeneinander her. Ich hätte sie gerne berührt, aber ich traute mich nicht. Unsere Schultern waren einen halben Meter voneinander entfernt, ein halber Meter, angefüllt mit Fremdheit, Distanz und Begehren.

„Es ist eine Art Kelleratelier, das einem Freund von mir gehört. Wenn ich hier bin, schlafe ich dort. Karl ist ein ziemlich unordentlicher Typ; ich hoffe, das stört dich nicht." Sie blieb vor einer Holztür zu ebener Erde stehen, von der grüner Lack in dicken Schichten abblätterte. Auf der rechten Seite hing neben einem durch ein verrostetes Gitter geschützten Fenster ein windschiefer Briefkasten, der mehrfach aufgebrochen worden war, den vielen Dellen und Kratzern nach zu urteilen. Das Türschloß sah aus, als wäre es seit Ewigkeiten nicht benutzt worden.

„Nett", sagte ich.

„Wart's ab, bis du drinnen bist." Sie steckte den Schlüssel ins Schloß, und mit einem leisen Quietschen öffnete sich die Tür.

Es dauerte einen Moment, bis Suzannah den Lichtschalter fand. Ein Geruch nach Farbe, Terpentin und Staub hing schwer in der Luft. Fahles Licht fiel aus einer nackten Glühbirne an der Decke. Wir standen auf einer kleinen Plattform, von der drei Stufen nach unten in einen quadratischen Raum führten. Neugierig sah ich mich um. Über den gesamten Holzfußboden verstreut lagen Kleidungsstücke, Werkzeuge und Zeitschriften. Unter dem Fenster stapelten sich Unmengen von Fotos, Papieren, Kamerazubehör, Schreibzeug und anderen Materialien auf einer einfachen Holzplatte von überdimensionalen Ausmaßen. An den Wänden, von denen der Putz abbröckelte, hingen Fotos in verschiedenen Größen, deren Ecken sich nach außen wölbten. Zu meiner Rechten, im Schatten eines verbogenen Regals, dessen Bretter unter der Last der achtlos hineingestopften Kleidungsstücke gefährlich durchhingen, lag eine schmale Matratze auf dem Fußboden. Eine dunkelrote Wolldecke war sorgsam darüber gebreitet. Am Kopfende stand eine altmodische schwarze Ledertasche mit silbernen Schnallen. Daneben war eine morsche Holztür in die Wand eingelassen.

Vorsichtig folgte ich Suzannah dorthin. Der kleine Raum dahinter diente offensichtlich als Küche, links lehnte neben einem uralten Kühlschrank ein wackeliger Spültisch an einen ziemlich verdreckten Gasherd, rechts waren zu meiner Überraschung eine Reihe blitzsauberer Chrombecken an der Wand befestigt.

„Unser Labor", erklärte Suzannah. „Für Schwarzweiß-Entwicklungen."

„Das machst du selber?"

Sie schmunzelte. „Ja, für gewöhnlich schon. Du kennst dich damit nicht aus, oder?"

„Nein. Ich kann gerade mal eine Polaroid-Kamera bedienen, aber wenn ich ehrlich bin, weiß ich noch nicht mal, wie ich da einen Film einlegen soll."

Unschlüssig blieb ich stehen. Suzannah griff nach oben und schaltete eine Lampe ein, die über den Becken hing. Ein leises Summen ertönte, und die Küche wurde in ein rötliches Licht getaucht. Schlagartig begann ich zu schwitzen. Das Gefühl der Ruhe, das mich, seit wir das Restaurant verlassen hatten, begleitet hatte, war verflogen, und ich wußte auch warum. Wir würden miteinander schlafen, wir waren kurz davor, und ich hatte Angst. Weil sie mir so sehr gefiel.

Suzannah öffnete den Kühlschrank auf und holte zwei Bierflaschen heraus.

„Möchtest du ein Bier?“

Ich nickte. Sie öffnete beide Flaschen und reichte mir eine. Ich nahm sie und hielt mich daran fest. Die Flasche war eiskalt.

Suzannah drückte die Kühlschranktür mit dem Absatz zu und lehnte sich dagegen. In dem rötlichen Licht sah sie unwirklich aus, so unwirklich, wie ich mich fühlte.

„Auf uns“, sagte sie leise und hob ihr Bier. Nach einem Moment tat ich es ihr gleich. Über unsere Flaschen hinweg sahen wir uns an. Langsam ließ ich meinen Blick über ihr Gesicht wandern, von den Augen hoch zur Stirn, auf der sich bereits die ersten Ansätze jener Falten zeigten, die sich mit den Jahren immer mehr vertiefen würden, über die hohen Wangenknochen bis hinunter zu ihrem energischen Kinn, über die fein geformten Lippen und die gerade geschnittene Nase wieder hinauf zu ihren Augen, die mich immer noch unverwandt ansahen. Jeden Zentimeter Haut, jeden Flecken ihres Gesichts prägte ich mir ein, und wenn es einen Knopf gegeben hätte, mit dem ich mir ihren Anblick tief in die Netzhaut hätte einbrennen können, so hätte ich ihn in diesem Moment gedrückt. Denn plötzlich fürchtete ich, sie nach dieser Nacht nie wiederzusehen. Ich wußte bereits, daß ich mehr von ihr wollte. Mehr, als ich mir vorstellen konnte, und mehr, als ich in diesem Augenblick zu glauben bereit war. Als mir aufging, in welchen Dimensionen ich da gerade dachte, setzte ich hastig die Flasche an die Lippen und trank. Eiskalt und würzig rann mir das Bier die Kehle hinunter in meinen aufgewühlten Magen.

Suzannah streckte einen Arm aus und legte mir die Hand um den Nacken. Einfach so. Und ich bewegte mich, wie von Schnüren gezogen, auf sie zu. Sie legte ihre Arme um mich; ich stellte meine Flasche irgendwo hinter ihrem Rücken ab, mit halbem Ohr hörte ich, wie sie umfiel und das Bier leise gluckernd hinauslief, aber das störte mich nicht. Ich zog Suzannah fest an mich, spürte mit meinen Fingern ihre Rückenmuskeln, die sich dehnten und wieder zusammenzogen, als sie mich noch enger an sich preßte. Ich roch den süßen und herben Duft nach Hitze und Schweiß, und dann küßte ich ihren Hals, ließ meine Lippen über die zarte Haut gleiten, über ihre Wange hinauf bis zu ihrem Ohr. Sie fühlte sich unglaublich weich an, so weich, daß mir schwach in den Knien wurde, und dann drehte sie ihren Kopf zu mir, und nach einem Moment, nach einem kurzen Moment des Zögerns küßten wir uns. Und ich versank in ihrem Mund.

Es ist nie wirklich einfach beim ersten Mal, nicht, wenn man verliebt ist. Die Vorstellung, die Liebe, die frisch entflammte Liebe befähige uns zu einem perfekten Liebeserlebnis, bei dem jeder Handgriff, jede Berührung stimmt, bei dem es kein Zögern, keine Unsicherheit, keine Angst gibt, sie ist eine Mär. Es ist immer ein Wandern auf unsicherem Weg, und jedes Stocken, jedes Verharren wird zu einem Stein, über den man zu stolpern droht und es so manches Mal auch tut. Und warum sollte es auch anders sein? Der Mensch, den man so sehnlich begehrt und endlich in den Armen hält, ist einem fremd, seine Vorlieben und Wünsche sind einem unbekannt, sein Körper hat Berührungen erfahren – und gemocht oder als unangenehm empfunden –, die wir nicht im geringsten erahnen können. Und so ist immer eine Art zarter Unbeholfenheit dabei in jeder ersten Nacht. Und so war es auch mit Suzannah.

Wie im Fieber fühlte ich mich, als wir, Arme und Beine fest ineinander verschlungen, die paar Schritte von der Küche zum Bett taumelten. Mir war heiß, meine Kleider klebten mir am Leibe, und die Luft schien aus warmfeuchtem Nebel zu bestehen, der bei jedem Atemzug sirrend durch meine Kehle zischte. Es gab einiges Gerangel, als wir, behindert durch die rote Wolldecke, in der sich unsere Beine verfangen hatten, versuchten, uns gegenseitig auszuziehen. Meine Finger verhakten sich in ihren Gürtelschlaufen, und als sie mir das Hemd über den Kopf zog, wurde mein Ohr unsanft nach oben gequetscht. Wir sprachen kein Wort, und ich glaube, ihr Gesicht, gerötet von der Hitze und Aufregung, spiegelte denselben ernsthaften, erregten und auch ein wenig ängstlichen Ausdruck wider wie meins.

Es dauerte eine Ewigkeit, bis wir endlich nackt waren, und die ganze Zeit über hörte ich ihren Atem, leise zunächst, dann immer heftiger, bis er sich zu einem Stöhnen verstärkte. Ich sog ihren Duft in mich ein, spürte ihren Körper, der sich straff und fest in seiner weichen Hülle aus zarter Haut auf und an mir bewegte, und unser Schweiß vermischte sich und machte uns rutschig und glatt. Und dann saß sie auf mir, ihre kleinen runden Brüste reckten sich vorwärts, aus halbgeschlossenen Augen sah sie auf mich hinab, und endlich wich der Ernst aus ihren Zügen, sie lächelte, lächelte mich an, „Thea“, sagte sie, „langsam, mach langsam“, und noch während sie sprach, während ich zusah, wie ein Tropfen Schweiß ihre Schläfe hinunterlief, am Kinn entlang und von dort aus auf meinen Bauch fiel, während ich zusah, wie ihre Schultern sich spannten, wie sie ihren Kopf zurückwarf und ihre Hüften nach vorn gleiten ließ, währenddessen schob ich meine Hand sanft unter ihren Hintern, zwischen ihr Fleisch und meins, und langsam, langsam ertastete ich feuchte Haut und Locken und Lippen, glitt weiter und weiter, und einen Moment verharrte ich, sie warf den Kopf herum, sah mich an, ihre dunklen Augen loderten auf, und dann war ich in ihr.

Nach und nach nahm ich die Außenwelt wieder war. Immer noch brannte die Glühbirne an der Decke und warf ihr fahles Licht in den Raum. Der Kühlschrank schnaufte und verstummte dann. Sie lag matt und heiß neben mir, einen Arm über meine Brust gelegt, ihr Kinn nur einen Fingerbreit von meiner Schulter entfernt. Ich spürte mein Herz klopfen, immer noch schnell. Als sie sprach, war ich fast erschrocken, so sehr war ich in meiner eigenen Welt versunken.

„Nimm mich in den Arm“, flüsterte sie. Ich sah sie an. Ihre Augen waren schwer, trunken von satter Lust, und als ich mich halb zu ihr drehte und meine Arme um sie legte, schmiegte sie sich an mich und seufzte auf. Ich konnte ihr Lächeln an meiner Wange spüren. „Thea“, sagte sie leise. Und dann schlief sie ein.

Soweit ich mich erinnern konnte, war auch ich immer schnell eingeschlafen. Ich war eingeschlafen, wenn Probleme oder Streit drohten, ich war eingeschlafen, wenn der Sex vorbei und die Frau oder der Mann neben mir bereit war, über die Unklarheiten in unserem Verhältnis zu sprechen. Ich war eingeschlafen, wenn die Atmosphäre, gereinigt von Aufruhr und Lust, in jenen benommenen und leichten Zustand hinüberwechselte, der es einfacher macht, Dinge anzusprechen, die sonst nie zur Sprache kommen. Ich war eingeschlafen, oder ich war gegangen. Aber in dieser Nacht tat ich keines von beidem.

Ich lag lange wach. Lange Zeit, während Suzannahs gleichmäßiger Atem tiefer und tiefer wurde und sie ab und zu im Schlaf seufzte, lag ich still da, hielt sie geborgen in meinem Arm und starrte auf den bröckelnden Putz an der Wand. Immer wieder sah ich die gleichen Bilder, sah ihren Körper, der sich mit mir bewegte, ihre Arme, die sich um mich schlangen, und ich sah ihr Gesicht, fast schmerzhaft verzogen vor Lust, dasselbe Gesicht, das jetzt an meiner Schulter lehnte, die scharf gemeißelten Züge weich und entspannt. Ich war viel zu aufgeregt, um zu schlafen. Etwas Gewaltiges war passiert, etwas ganz Besonderes, und ich wußte, daß das, was geschehen war, Folgen haben würde. In meinem Inneren war etwas ins Wanken geraten, wie Mühlsteine schoben sich meine Empfindungen hin und her und rieben aneinander, und hinter all meiner Aufregung spürte ich, wie sich ein Gedanke, der ganz tief aus dem verschlossenen Kern meiner Hoffnungen kam, mit aller Kraft nach vorn in mein Bewußtsein zu schieben versuchte. *Es ist ernst, Thea. Mit dieser Frau ist es ernst.* Nein. Sie ist nur eine … eine weitere Frau in meinem Leben. *Nein. Sie ist mehr. Sie ist die andere Frau in deinem Leben. Und du weißt es.*

Irgendwann löste ich mich von ihr, tappte auf nackten Füßen zum Fenster und öffnete es weit. Die morschen Holzflügel knarrten bedenklich, und ein Schwall kühler Luft drang ins Zimmer. Eine Weile stand ich da und sah in den fahlen Himmel, der sich weit hinten bereits heller zu färben begann. Ein Vogel zwitscherte laut, und ein Frühaufsteher hastete auf dem gegenüberliegenden Bürgersteig vorbei, seine Aktentasche dicht an sich gepreßt, mit gesenktem Kopf und angewinkelten Armen, als hoffte er, von niemandem entdeckt zu werden.

Was ich wollte, war der Himmel, weit und unermeßlich, und als ich die schmutzigen weißen Vorhänge zugezogen hatte und wieder zum Bett zurückging, blieb ich einen Moment stehen und sah auf Suzannah hinab. Sie lag still da, ihr Gesicht unter dem dunklen zerzausten Haar halb verborgen, ihr Brustkorb hob und senkte sich unter den regelmäßigen Atemzügen, und ein Arm lag quer über den Platz gebreitet, auf dem ich kurz zuvor noch gelegen hatte. Im Schlaf hatte sie nach mir gegriffen, und als ich ihre Hand leicht anhob, unter ihren Arm schlüpfte und mich an sie schmiegte, zog sie mich eng an sich und atmete tief aus. Ihr Griff war fest, und er war immer noch fest, als ich endlich einschlief, ihren Duft in meiner Nase, ihre Brust an meiner, ihre Beine um meine geschlungen, und das, so war mein letzter Gedanke, bevor ich einschlief, das würde von nun an wieder und wieder und wieder so sein, egal, wie sehr ich mich auch dagegen wehrte. Suzannah, sie würde mein Himmel sein.

Ich habe in den letzten Tagen nicht gewußt, was ich hier in Paris eigentlich tue. Was ich im Begriff bin zu tun. Ich glaubte, es sei eine Phase, wie ich sie schon kenne. In den vergangenen zwei Jahren gab es immer wieder Phasen, in denen die Erinnerungen so dicht und ungefiltert aus mir herausbrachen, daß ich gezwungen war, darin zu leben, für eine Woche, zwei, manchmal kürzer, manchmal länger. Aber jetzt glaube ich, daß es an der Zeit ist, mich wirklich hineinzubegeben. Die ganze Geschichte zu erzählen, eine Geschichte, die kein Ende hat. Vielleicht hat sie eins, aber ich kann es mir nicht vorstellen.

Die Vergangenheit holt mich nicht ein, sie ist immer da. Ich muß nur hineingehen. Ich weiß, was das bedeutet. Eine Reise in die Vergangenheit mit Suzannah ist immer auch eine Reise in meine eigene. Manchmal scheint sie mir ebenso unbekannt wie die Zeit in Suzannahs Leben, in der ich sie nicht kannte, ihre Kindheit, ihre Jugend, all die Jahre ihres Seins als erwachsene Frau, bevor sie in mein Leben trat und ich in ihres. Mein Unwille, mich zu binden, Nähe zu fremden Körpern zu empfinden, Trauer zu zeigen, geht weit zurück. Wie eine Spur, die sich in der Ferne verläuft, kann ich meinen Weg verfolgen.

Es war schon Mittag, als ich an jenem Tag das Kelleratelier in der Bautzener Straße verließ. Die Sonne stand hoch am Himmel, und die Luft flimmerte in der Hitze. An einem Imbiß in der Yorckstraße kaufte ich mir eine Dose Cola und schlürfte sie langsam in kleinen Schlucken, während ich weiterging. Ich hatte ein gummiartiges Gefühl in den Beinen, meine Bauchmuskeln schmerzten, das Sonnenlicht stach mir unangenehm grell in die Augen, aber trotz meiner Müdigkeit fühlte ich mich hellwach. Der Schlaf, den ich schließlich doch noch gefunden hatte, war wenig erholsam gewesen; wirre Träume durchzogen den Morgen, der langsam heraufdämmerte, und immer wieder war ich aufgewacht, unruhig, mit einem Gefühl der Besorgnis, die sich sogleich gelegt hatte, wenn ich Suzannahs Körper dicht an mir spürte. Kurz bevor sie erwachte, war ich hochgeschreckt, und dann konnte und wollte ich nicht mehr einschlafen. Still lag ich neben ihr, lauschte ihrem gleichmäßigen Atem, und als ich spürte, wie sie sich regte, schob ich mich ein Stück von ihr fort. Vielleicht hatte ich Angst, sie könne beim Aufwachen erschrecken, mich neben sich zu sehen, Angst, in ihren Augen ein fades und gleichgültiges Gefühl zu lesen, aber was dann kam, entschädigte mich reichlich für all meine Sorgen. Sie räkelte sich unruhig, schnaufte kurz, dann öffnete sie die Augen, sah mich an, erst verhangen und dann ganz klar, und schließlich streckte sie einen Arm zu mir herüber, zog mich an sich und flüsterte: „Wow! Es war kein Traum. Du bist da."

Langsam schlenderte ich die Bülowstraße entlang. Ein offenes Coupé mit zwei Frauen darin schoß vorbei, ihre langen Haare flatterten im Wind, und ich sah ihnen nach und spürte die Freiheit, die sie umgab, während sie in ihrem schmucken Flitzer durch die Stadt rasten, die Freiheit, sich bewegen zu können, unabhängig zu sein, ungebunden, die Freiheit, die Arme in den Fahrtwind zu strecken, die Nase in die Luft zu heben und an nichts zu denken, außer an das, was Spaß machte. So ähnlich fühlte ich mich auch in diesem Moment, ich konnte tun und lassen, was ich wollte, ich konnte hingehen, wo ich wollte, ich hatte keine Verpflichtungen, keine Arbeit, die meine Anwesenheit erforderte, keinen Menschen, der ungeduldig auf meine Rückkehr wartete. Ich hatte acht köstliche Tage vor mir, acht Tage, in denen ich mich nach Lust und Laune vergnügen konnte, und dann wäre wieder Freitag, und Suzannah wäre wieder in der Stadt, und vielleicht würde ich sie sehen.

Ich hatte Paul bei der Arbeit vermutet, aber er war zu Hause. Als ich die Wohnungstür aufschloß und Theo mir hechelnd entgegensprang, kam er, barfuß und mit nacktem Oberkörper, aus seinem Arbeitszimmer und lehnte sich gegen den Türrahmen. Mit einer Hand kratzte er sich die Brust, mit der anderen hielt er seine viel zu weite Jeans am Bund zusammen. Es war nichts Neues für ihn, daß ich nach einer durchgemachten Nacht vorbeikam, aber etwas an meinem Anblick schien ihm ungewöhnlich vorzukommen. Argwöhnisch kniff er die Augen zusammen.

„He, welch strahlendes Lächeln!"

„Ist ja auch ein schöner Tag." Ich gab Theo einen letzten Klaps auf sein strubbeliges Fell, schob seine nasse Nase sanft beiseite und ging an Paul vorbei in die Küche. Im Spiegel über der Spüle sah ich mein vor Übermüdung fleckiges Gesicht und dahinter Paul, der mich interessiert beobachtete.

„Da ist doch was vorgefallen", sagte er lauernd.

Ich zuckte die Achseln. Ich hatte Paul nicht erzählt, daß ich Suzannah kennengelernt hatte, und er wußte auch nichts von meiner gestrigen Verabredung. Nicht, weil ich es verheimlichen wollte, es war einfach meine Art. Ich behielt wichtige Dinge gern erst einmal für mich. Nicht zuletzt, weil ich eine Abneigung dagegen hatte, zuzugeben, daß ich mich auf etwas freute, was dann vielleicht doch nicht geschah. Aber als wir uns dann am Küchentisch gegenübersaßen, beide mit einer frischen Tasse Kaffee vor uns und Theo zu unseren Füßen, beschloß ich, ihn ins Vertrauen zu ziehen. Und außerdem wollte ich seinen Rat.

„Glaubst du, es ist ein schlechtes Zeichen, wenn man das Gefühl hat, jemand, den man gerade erst kennenlernt, könne einem gefährlich werden?"

Paul zog die Augenbrauen hoch, so hoch, daß sie fast seinen Haaransatz berührten. „Jemand im herkömmlichen Sinne oder im ganz besonderen?"

„Im ganz besonderen."

„Sieh mal einer an. Mir schwant, da hat eine unvergeßliche Begegnung stattgefunden." Er stupste Theo mit dem bloßen Fuß an, und zur Antwort klopfte Theos Schwanz laut und vernehmlich auf den Fußboden. „Und wer ist die Glückliche? Kenn ich sie?"

Ich wurde rot. „Nein. Sie ist nicht von hier. Und ich habe die Frage ernst gemeint."

Paul lehnte sich zurück und verschränkte die Arme vor der Brust. „Also, bei diesen spärlichen Informationen kann ich nur eines dazu sagen: Wenn man das Gefühl hat, jemand könne einem gefährlich werden, würde ich mich zuerst fragen, in welcher Hinsicht. Fühlt es sich bedrohlich an, dann würde ich sagen, es ist ein schlechtes Zeichen. Aber wenn es sich so anfühlt, als ob alte Krusten aufbrechen und es an die Substanz geht, als ob es wirklich berührt, dann finde ich, lohnt es sich, genauer hinzusehen. Das ist zwar auch gefährlich", er zuckte mit den Achseln und lächelte schief, fast entschuldigend, „aber ich persönlich glaube, berührt zu werden, das ist das Beste, was einem passieren kann. Und speziell in deinem Fall halte ich das für besonders gut." Er beugte sich vor und rührte demonstrativ in seinem Kaffee.

Das konnte ich nicht auf mir sitzen lassen. Paul wußte genau, wie er mich in Rage bringen konnte, ohne mich zu verletzen, und vielleicht war das einer der wesentlichen Punkte, weshalb wir uns so gut verstanden: Er schaffte es immer, seine Kritik auf eine Weise zu äußern, daß ich Lust bekam, mich damit auseinanderzusetzen.

„Wieso das denn? Was soll das heißen, speziell in meinem Fall?"

Das Lächeln um seine Mundwinkel verriet, daß er sich köstlich über meine Empörung amüsierte. „Weil du, liebe Thea, trotz deiner jungen Jahre ein verdammt ausgekochtes Früchtchen bist. Du läßt so wenig an dich heran, daß auch die hartgesottenste Braut sich an dir die Zähne ausbeißt. Es kann nichts schaden, wenn du mal ein bißchen ins Schleudern kommst."

Hätte jemand anders gewagt, mir das zu sagen, wäre alles aus und vorbei gewesen. Ich hätte ohne zu zögern meinen Stuhl nach hinten geschoben, wäre aufgestanden und aus dem Haus marschiert, um nie wieder zurückzukommen. Aber es war eben Paul, der das sagte, mein Onkel Paul, der mich von Kindesbeinen an kannte, der mich von Herzen liebte und sich in etwa ausrechnen konnte, welche Erfahrungen und Erlebnisse mich zu diesem „ausgekochten Früchtchen" gemacht hatten. Er wußte nur zu genau, welches Glatteis er da betrat; Glatteis, auf dem schon so manch ein anderer böse ausgerutscht war. Und er betrat es dennoch.

Ich starrte ihn entrüstet an, aber er rührte weiter unverdrossen in seinem Kaffee. Dann hob er den Blick. „Erzähl doch mal", sagte er listig. „Wer hat dich denn so außer Fassung gebracht?"

Unterm Tisch legte Theo zufrieden schnaufend seine Schnauze auf meinen Fuß. Durch meinen Stiefel hindurch spürte ich die Wärme, die von dem kräftigen Hundekörper ausging, und es war nicht nur das wohlige Gefühl des Geborgenseins, das mich letztendlich dazu brachte, Paul die ganze Geschichte zu erzählen. Ebensosehr waren es Pauls Augen, die wie das Spiegelbild meiner eigenen in mich hineinsahen. Es war der Anblick des alten Küchenschranks, in dem ich schon tausendmal nach dem Kaffee gesucht hatte, der sich nie an derselben Stelle befand, es waren die weiß verputzten Wände mit den dunklen Riefen, die das ewige Hin- und Herrücken der Möbel hinterlassen hatten, es war das Bewußtsein, in Sicherheit zu sein, an dem einzigen Ort, an dem es so etwas wie Sicherheit für mich überhaupt gab.

Man könnte jetzt denken, ich hätte bis dato nie eine nähere Beziehung zu einem anderen Menschen gehabt. Aber das stimmt nicht, nicht ganz jedenfalls. Abgesehen von meiner Mutter – und Paul natürlich – hatte es Freundschaften gegeben, und Liebesbeziehungen auch. Immerhin war da Wenzel; die zwei Jahre, die ich mehr oder weniger mit ihm zusammen verbracht hatte, zählten die etwa nicht? Und Debbie. Und …

Sicher, die meisten meiner zahlreichen Verhältnisse hatten sich durch eine Konzentration auf sexuelle Aktivitäten ausgezeichnet und dadurch, daß ich mich ziemlich schnell wieder aus dem Staube machte, sobald Ansprüche, ausgesprochen oder unausgesprochen, sich in die Luftigkeit der leicht getroffenen Verabredungen schlichen. Aber es war nicht so, daß ich mich nie und gar nicht geöffnet hätte. Nein. Ich habe sehr wohl etwas von mir gegeben und gezeigt, und ich habe mich auch geöffnet, aber eben nur so weit, wie ich es wollte. Was eben nicht unbedingt sehr viel war, verglichen mit dem, was Standard scheint. Da wimmelt es nur so von Menschen, die sich in symbiotischer Verschmelzung einander und eben nur einander zuwenden, Leute, die binnen Monatsfrist zusammenziehen und sich fortan in der Enge der gemeinsamen Wohnung tagein, tagaus in die Augen sehen, weil nichts anderes mehr da ist, was des Ansehens lohnt, Menschen, die sich gegenseitig ihr Herz ausschütten und dann – rummsbumms! – mit der Nase voran auf den harten Betonboden krachen, weil die Leere des Gegenübers sie eben auch nicht auffangen kann.

Es kommt alles wieder, nicht wahr? Es kommt alles wieder. Jetzt in diesem Moment, wo ich davon erzähle, fühle ich mich genauso, wie ich mich damals fühlte, es ist ein anderes Gefühl als nur Erinnern oder Sich-Einfühlen. Ich fühle mich wirklich so. Ich spüre wieder diese nagende Angst, die ich empfand, als ich Paul von meiner ersten Nacht mit Suzannah erzählte, diese Furcht in mir, diese – erst heute sehe ich das so – Verbitterung bei dem Gedanken an Liebe und symbiotische Beziehungen und Verschmelzen und all das.

Was nach jener ersten Nacht mit Suzannah begann, ist für mich deshalb im nachhinein nicht erstaunlich. Damals aber war ich überrascht, ich lernte eine ganz neue Seite in mir kennen, und ich sollte sie in den nächsten Jahren immer besser kennenlernen. Gründlich, sozusagen.

Irgendwann im Laufe der folgenden Woche kippte mein Gefühl. Und anstelle der Sehnsucht, die mich bis dahin durch die Tage getrieben hatte, war da auf einmal ein grenzenloser Widerwille. Mit jedem Tag, der verging, verblaßte die Erinnerung an die wunderschönen Stunden, die ich mit Suzannah verbracht hatte, statt dessen schob sich jenes Gefühl in den Vordergrund, das ich in Pauls Küche so vage empfunden hatte, jene Unsicherheit, jene Angst, Suzannah könnte mir gefährlich werden.

Eines Nachmittags saß ich in einem Straßencafé in der Goltzstraße, es war ein schöner Tag, die Nachtschwärmer waren, angelockt durch den hellen Sommertag, schon mittags aus ihren Löchern gekrochen und hockten mit bleichen Gesichtern und dunkel geränderten Augen an den Tischen um mich herum, ich sah hoch, blickte einer langbeinigen Frau hinterher, die, ihren Hintern auf höchst interessante Weise schwenkend, an mir vorbeilief, und plötzlich war ich mir sicher, daß Paul mit seiner Einschätzung daneben gelegen hatte. Suzannah war nicht gefährlich im guten Sinne, sondern im schlechten. Sie war bedrohlich. Punkt. Aus.

Freitagabend traf ich mich mit Dörthe, meiner besten und, wenn ich ehrlich war, einzigen Freundin, verbrachte eine lange Nacht im *Dschungel* und schleppte mich dann mit zu ihr nach Hause. Den Samstagvormittag hing ich im *Café Dralle* herum, ging kurz zu Hause vorbei, wo Dennis und ich ein schweigsames Abendessen zu uns nahmen – er spürte genau, daß irgend etwas im Busch war, aber er ließ mich in Ruhe –, verabredete mich mit ihm für später im *Kumpelnest* und ging dann zu Paul, um Theo zu einem Spaziergang abzuholen.

Paul runzelte die Stirn, als er mich sah. „Da hat eine Suzannah angerufen. Das ist doch jene welche, nicht wahr?"

Ich nickte widerwillig.

Er fügte hinzu: „Dreimal hat sie angerufen. Gestern abend, heute vormittag und gerade eben."

„Ach." Ich war nicht in der Stimmung zu reden. Theo schaute mich erwartungsvoll an, während ich ihm sein Halsband umlegte.

„Sie hat eine Nummer hinterlassen."

Ich zuckte die Schultern und fischte die Leine vom Garderobenständer.

Paul räusperte sich. „Hör mal, ich will dir ja nicht reinreden, aber willst du dich nicht wenigstens mal eine Minute mit dem Gedanken auseinandersetzen, sie zurückzurufen?"

Ich war schon an der Tür. „Nein", sagte ich, „will ich nicht."

„Und was soll ich ihr sagen? ‚Tja, tut mir leid, aber Thea hat's sich anders überlegt.'?"

Ich drehte mich um und sah ihn an. Es war nur zu deutlich, daß er mein Verhalten mißbilligte, aber was ging ihn das an? Ich mißbilligte es ja auch, aber das brauchte außer mir niemand zu wissen.

„Sag ihr einfach, du hast mich nicht gesehen und du weißt nicht, wo ich stecke."

„Wie du willst." Paul verzog den Mund. In seinen Augen konnte ich lesen, was er dachte: Feigling. Es war mir egal. Dann war ich eben ein Feigling. Na und? Ich ging raus und schloß die Tür leise hinter mir. Noch im Flur konnte ich das Zischen hören, mit dem Paul durch die zusammengebissenen Zähne blies. Mit Sicherheit schüttelte er dabei den Kopf, aber auch das war mir egal.

Irgendwann in dieser Nacht stand ich vor Wenzels Tür. Ich erinnere mich gut an den trüben Glanz, den die fahle Flurbeleuchtung auf die poppigen Sticker an der Tür warf. Wenn ich mir eines hoch anrechne an diesem Wochenende, dann, daß ich nicht klopfte. Ich drehte mich um und lief langsam den ganzen Weg bis nach Hause, und Wenzel blieb von einer weiteren verwirrenden Begegnung mit mir verschont.

Am nächsten Tag rief ich Paul an, um mich für mein Benehmen zu entschuldigen.

„Tja", sagte er langgedehnt in den Hörer. Der Verkehr auf dem Oranienplatz rauschte so laut, daß ich mir ein Ohr zuhalten mußte. Die Wände der Telefonzelle waren mit einer widerlich schleimigen Flüssigkeit verschmiert. Ich starrte darauf und versuchte nicht darüber nachzudenken, um was für ein Zeug es sich dabei handelte.

„Weißt du, Thea, du mußt wissen, was du tust. Um mich geht es dabei ja nicht. Ich kenne deine Art, auch wenn ich finde, du könntest mal lernen, die Dinge etwas gelassener zu betrachten."

„Tut mir leid, wenn ich unfreundlich zu dir war", sagte ich. Ich hatte das gerade schon einmal gesagt. Mir war es ein bißchen peinlich, derart offensichtlich vom Thema abzulenken, aber etwas anderes fiel mir nicht ein. Von rechts kam ein Mann, der mit seinem Trenchcoat viel zu warm für diese Jahreszeit angezogen war. Er sah mißmutig durch die Scheibe und dann demonstrativ auf seine Uhr. Ich drehte mich zur anderen Seite um.

„Es hielt sich noch in Grenzen. Aber hör mal – wenn du mich fragst, sie klingt verdammt sympathisch. Und sie hat eine gute Art."

Wider Willen wurde ich neugierig. „Wieso?"

„Sie regt sich nicht auf und klingt auch nicht genervt, sie fragt einfach nach dir. Ich meine, sie könnte ja auch sauer werden oder so, nicht wahr?"

Für einen kurzen Moment schlugen seine Worte eine Kerbe in meinen Panzer. Plötzlich verspürte ich ein unglaublich starkes Verlangen, Suzannah zu sehen, ihre Stimme zu hören, und fast war ich eifersüchtig auf Paul, weil er gerade eben mit ihr gesprochen hatte. Aber der Moment verging rasch.

„Sie hätte kein Recht, sauer zu sein", antwortete ich. „Wir waren schließlich nicht verabredet."

„Oh", sagte Paul und verstummte. Ich steckte einen Finger durch die schmutzige Hörerschnur und wand sie langsam um meine Hand.

„Na, vielleicht wart ihr nicht gerade mit Worten verabredet, aber innerlich offensichtlich schon, nicht wahr?"

Ich schwieg beharrlich. Meine Hand war jetzt ganz und gar umwickelt, und als ich sie wieder von der Schnur befreite, zeichneten sich schwarze Streifen auf den Fingern ab. Angewidert wischte ich sie an meiner Lederhose ab.

Paul seufzte. „Jedenfalls soll ich dir ausrichten, daß sie heute abend wieder wegfährt. Du kannst sie noch bis zwanzig Uhr unter der Nummer erreichen, die sie dagelassen hat. Willst du sie haben?"

„Nein." Ich drehte mich um. Der Mann im Trenchcoat stand immer noch da und wippte ungeduldig auf den Füßen.

„Sicher?"

„Ja, sicher. Ich muß aufhören. Mach's gut."

„Mach's auch gut."

Gleichzeitig legten wir auf. Als ich die Zelle verließ, ging mir auf, was Paul da angedeutet hatte. Wenn Suzannah ihn gebeten hatte, mir zu sagen, daß ich sie bis zwanzig Uhr noch erreichen könnte, dann ahnte sie vermutlich, daß ich mich einfach verleugnen ließ. Ich fragte mich, was sie sich dabei dachte. Ich hoffte, daß sie nicht traurig war, sondern wütend, so wütend, daß sie mich nie wiedersehen wollte und bald vergessen würde.

Ich steckte die Hände in die Hosentaschen und setzte mich in Bewegung. Erst nach ein paar Metern merkte ich, daß ich einen Kloß im Hals hatte, und so sehr ich auch schluckte, er ging nicht weg.

Um zehn Uhr abends fühlte ich mich sicher genug, um in meine Lieblingsbar zu gehen, die ich das ganze Wochenende über gemieden hatte, weil ich sie Suzannah gegenüber erwähnt hatte. Ich trank ein Bier und im Anschluß daran sofort das nächste, und nach einer Weile war ich soweit, daß ich mich umsehen konnte. Mit einem Gefühl der Beruhigung erkannte ich eine ganze Reihe von Gesichtern, Gesichter von Leuten, deren Anwesenheit mich seit drei, vier Jahren in wohltuender Regelmäßigkeit bei meinen nächtlichen Streifzügen begleitete. Mit einigen hatte ich mich schon unterhalten, getrunken, mich amüsiert, andere kannte ich nur vom Sehen, und auch wenn sie nicht unbedingt zu meinen Freunden zählten, so hatten wir doch alle etwas gemeinsam: Wir schlugen uns die Nächte um die Ohren, eine eingeschworene Gemeinschaft von Nachtvögeln und Trunkenbolden.

Mit dem dritten Bier begann der Schmerz von mir zu weichen. Der Zug war abgefahren, Suzannah war fort, und die ganze Sache hatte sich erledigt. Ich atmete aus. Und dann stellte ich endlich die Alarmsirenen ab und wandte mich dem nächsten Bier zu.

Ich hatte schon eine ganze Weile mit aufgestützten Ellenbogen an der Theke gesessen und friedlich vor mich hin gestarrt, unberührt vom Trubel um mich herum, als jemand dicht hinter mir meinen Namen sagte. Ich drehte mich um.

Es war Suzannah. Ich fühlte mich, als ob mir jemand mit voller Wucht die Faust in den Magen gerammt hätte. Für einen Moment schien sich alles zu drehen, dann sah ich wieder klar. Suzannah stand einfach da und schaute mich an. Unter ihrer ausgebleichten Jeansjacke trug sie eine Art Bustier, und mein Blick blieb daran hängen. Ich brachte es nicht über mich, ihr in die Augen zu sehen.

„Hallo, Thea."

Endlich sah ich auf. Ihre Augen waren dunkel, und für einen Moment konnte ich nichts darin lesen außer Ruhe. Kein Schmerz, keine Enttäuschung, keine Wut. Nur Ruhe.

„Ich dachte, du bist schon weg." Meine Stimme klang lahm, so als wäre meine Zunge am Gaumen festgezurrt.

Sie bewegte sich nicht. „Ich konnte nicht fahren, ohne dich gesehen zu haben."

„Na, das hast du jetzt ja." Ich griff nach meiner Bierflasche und begann das Etikett vom Flaschenhals abzukratzen.

Sie ließ mich nicht aus den Augen. Langsam löste sich das Etikett. Kleine silbrige Teilchen fielen auf den schmierigenn Tresen.

„Hör mal", sagte ich langsam. „Es war schön, ja, ja. Aber mehr will ich nicht, einmal hat gereicht. Einmal ist genug, okay?" Ich legte soviel höfliches Desinteresse in meine Stimme, wie es nur ging. Das muß reichen, dachte ich. Das muß reichen. Mit einem Ruck riß ich den Rest des Etiketts von Flaschenhals. Und dann begann ich langsam zu zählen. Bei zehn würde sie weg sein. Vielleicht sogar bei acht, wenn ich Glück hatte. Aber ich war noch nicht einmal bei fünf angekommen, als sich ihre Hand in mein Blickfeld schob und auf meine Finger legte. Ich starrte sie an, diese Hand mit den kräftigen, langen Fingern, die mich noch vor acht Tagen auf eine Art berührt hatten, die mich immer noch schaudern machte, wenn ich nur daran dachte. Ich sah wie gelähmt zu, wie sie mir über die Knöchel strich, ihre Finger zwischen meine schob und sich, als hätten wir das hundertmal geübt, mit ihnen verschränkte. Ich sah unsere Hände an, wie sie dalagen und in perfekter Form eine Einheit bildeten, und dann brach mein ganzer Widerstand in sich zusammen, ich drehte mich zu ihr um, im gleichen Moment beugte sie sich vor, und dann küßten wir uns, erst zart, und dann so gierig, daß mir Hören und Sehen verging.

Wie kann ich den Duft dieser Frau beschreiben, wie den weichen und doch festen Griff, mit dem sie meinen Nacken umfaßt hielt, wie die Wärme ihrer Haut unter meinen Lippen? Ich weiß noch, daß wir eine endlose Weile ineinander verschlungen dastanden und daß mit jeder Sekunde ein Stück jener Mauer, die ich in mir errichtet hatte, abbröckelte und zu Staub zerfiel, bis alle Härte verschwunden war und nichts davon übrigblieb außer einem Gefühl vager Trauer und das Bewußtsein, einen aussichtslosen Kampf verloren und einen anderen, ungleich vielversprechenderen gewonnen zu haben, wenigstens ein Stück weit.

Erst, als jemand von hinten unsanft gegen meinen Barhocker stieß, lösten wir uns voneinander. Suzannah lehnte sich gegen den Tresen, und ich schob mich auf meinem Sitz zurecht. Verlegen sahen wir uns an.

„Ich kann das nicht", sagte sie und steckte eine Hand in die Hosentasche. Ihre Mundwinkel zitterten leicht.

„Was kannst du nicht?"

„Ich kann das nicht einfach so stehenlassen, als hätten wir nur ein kleines Abenteuer gehabt. Dazu war es zu viel." Sie strich sich mit einer Hand eine Haarsträhne hinters Ohr, und ich stellte fest, daß die Art, wie sie das tat, mir bereits vertraut war. Wenn ich auch sonst kaum etwas über Suzannah wußte – ich kannte die Art, wie sie sich die Haare hinters Ohr strich, und für einen Moment fragte ich mich, ob es nicht solche Gesten waren und das Gefühl, das sie in einem hervorriefen, die den weiteren Lauf der Dinge bestimmten. Hätte Suzannah die Hand ein wenig schräger gehalten, hätte sie anders am Tresen gelehnt, auf eine Art, die mir nicht gfiel – hätte ich dann womöglich wieder das Interesse an ihr verloren dagestanden, würde ich dann bereits wieder das Interesse an ihr verloren haben? Der Gedanke brachte mich zum Lächeln, und als sie mich fragend ansah, bereitete es mir einige Mühe, mich an das, was sie eben gesagt hatte, zu erinnern.

„Lachst du mich an oder aus?" fragte sie.

„Ich lache dich an. Willst du etwas trinken?"

Sie nickte, und ich bestellte zwei Bier. Ich wollte unser Gespräch nicht weiter vertiefen, aber ich wußte, daß ich nicht darum herumkommen würde. Suzannah nahm ihre Flasche fest in beide Hände.

„Thea, ich weiß nichts von dir, so gut wie gar nichts, aber das, was ich sehe, gefällt mir. Und ich bin – vielleicht bin ich zu alt für solche Spielchen wie Weglaufen und Hinterherrennen."

„Und warum bist du dann hier?"

„Weil ich dich sehen mußte, um zu wissen, was du da machst."

Ich sah sie an. „Und weißt du das jetzt?"

Sie hielt meinem Blick stand. „Ich glaube schon. Ein Spielchen ist es jedenfalls nicht."

„Nein, es ist kein Spielchen. Es ist Ernst. Ich bin nicht gut in diesen Dingen."

Sie nickte langsam. „Ich bin jedenfalls nicht hier, um dir etwas zu stehlen."

„Aber du bist auch nicht nur hier, um mir was zu geben."

„Nein", sagte sie fest, und dann grinste sie leicht. „Ich will etwas von dir haben."

Wir sahen uns an, und ich hatte das Gefühl, daß sie ganz genau verstand, was mit mir los war, und daß es sie weder anfeuerte noch abschreckte, sondern einfach nur bestätigte – worin auch immer.

Ein hagerer Typ mit Nickelbrille und Irokesenschnitt schob sich zwischen uns, und ich sah mich um. Unter die zahlreichen Stammgästen hatte sich mittlerweile eine ganze Reihe Touristen gemischt, die mit hilflos-neugierigem Gesichtsausdruck herumstanden und sich an ihren Getränken festhielten. Ein junges Pärchen, er in Bundeswehrhosen und Lederweste, sie in einem enganliegenden Nylonkleid und einer mit Unmengen von Reißverschlüssen verzierten Jacke, stand direkt vor mir und stritt leise. Das Zischen ihrer Stimmen untermalte das allgemeine Stimmengewirr. Aus den kleinen Lautsprecherboxen über dem Tresen drang der harmonische und sonore Gesang einer Soul-Band aus den Siebzigern und vermischte sich mit den Rauchschwaden, die von den unzähligen Zigaretten aufstiegen. Ich fühlte mich wohl. Dies war meine Welt, und ich war froh, daß Suzannah mich darin aufgesucht hatte.

Der Typ mit der Nickelbrille machte sich mit drei Bierflaschen in jeder Hand davon. Suzannah hatte ihre Jacke ausgezogen. Das, was ich vorhin für ein Bustier gehalten hatte, entpuppte sich als enganliegendes Trägerhemd, unter dessen tiefem Ausschnitt sich die Rundungen ihrer Brüste deutlich abzeichneten. Ich starrte ungeniert hin. Plötzlich wurde mir klar, daß ich Suzannah um ein Haar niemals wiedergesehen hätte, schließlich hatte ich alles getan, um diese Begegnung zu verhindern. Bei dem Gedanken wurde mir flau im Magen.

„Was wäre, wenn du mich hier nicht gefunden hättest?"

Sie musterte mich ruhig. „Ich weiß nicht", sagte sie. „Vielleicht gar nichts. Ich hätte ab und zu noch an dich gedacht, und eines Tages hätte ich dich vergessen."

Ich versuchte, mir nichts anmerken zu lassen, aber der Schreck war wohl nur zu deutlich an meinem Gesicht abzulesen, denn nach einer Sekunde, in der sie mich schmoren ließ, schmunzelte sie. „Ach komm, Thea. Weißt du, was passiert wäre? Ich wäre mit einem miesen Gefühl im Bauch nach Malaysia geflogen, hätte mich wochenlang mit der Frage rumgeschlagen, ob du wirklich so cool bist, wie du vorgibst, und ob diese eine heiße Nacht alles war, was ich von dir erwarten kann, und dann wäre ich wiedergekommen und hätte versucht, dich zu finden, und womöglich hätte ich dich auch gefunden, mit irgendeiner gutaussehenden Dame im Arm vermutlich, und du hättest mich angesehen mit diesem eiskalten Blick, der mir ganz deutlich zu verstehen gegeben hätte: ‚Was willst du denn, Alte?' Nicht wahr, das ist es, was du dir vorgestellt hast, oder?"

„Scheiße", murmelte ich, betroffen und belustigt zugleich.

„Ja, genau, Scheiße." Sie sah mich streng an, aber da war immer noch dieses Schmunzeln um ihren Mund herum.

„O Thea", sagte sie, und die Art, wie sie es sagte, mit ihrer heiseren Stimme, in diesem Tonfall, in dem Zärtlichkeit und Ärger ganz dicht beieinander lagen, trieb mir fast die Tränen in die Augen. Ich faßte nach ihrer Hand, und sie ließ sie mir.

„Was hast du da eben von Malaysia gesagt?" fragte ich, um meine aufgewühlten Gefühle zu verbergen.

Sie stützte sich mit einem Ellbogen auf dem Tresen ab. „Ich fliege morgen abend für fünf Wochen nach Malaysia, für eine Fotoreportage. Deswegen muß ich auch gleich losfahren. Ich muß morgen abend um halb sechs in Frankfurt sein."

„Oh", sagte ich. Ihre Hand lag locker in meiner, und ich fuhr mit einem Finger über die Innenseite ihrer Handfläche. Die Haut dort war seidig und weich, und ohne nachzudenken hob ich ihre

Hand hoch und küßte sie. Unsere Blicke begegneten sich, Suzannahs Augen waren dunkel und schwer, ich konnte Traurigkeit darin erkennen und Begehren, und ich wußte, daß sie das gleiche in meinen Augen lesen konnte.

„Fünf Wochen?"

Sie nickte. „Werde ich dich wieder suchen müssen?"

Ich schwieg eine Weile. „Ich glaube nicht", erwiderte ich dann. „Aber ich kann dir nichts versprechen. Ich kann nicht."

„Ich will keine Versprechen. Ich will etwas anderes", sagte sie, und dann küßte sie mich.

Als wir auf die Straße traten, stand der Mond hoch am Himmel, und der Lärm des vergangenen Tages war den hallenden Schritten später Fußgänger und dem gelegentlichen Röhren eines vorbeifahrenden Autos gewichen. Die heruntergelassenen Rolläden der Geschäfte glänzten matt im trüben Licht der Straßenlaternen. Sie wirkten müde, so müde wie die zerfetzten Plakate, die von den Mauern herabhingen.

„Wenn ich könnte", sagte Suzannah neben mir, „würde ich bleiben, für ein paar Stunden. Aber nicht einmal dafür reicht die Zeit."

„Dann nimm mich mit bis zur Grenze."

Sie blieb stehen, den Autoschlüssel in der Hand, und betrachtete mich mit einem unergründlichen Ausdruck in den Augen. Meine Worte hallten in meinem Kopf wie Donnergrollen.

„Mit Vergnügen", erwiderte sie schließlich, und dann schloß sie mir die Autotür auf und ging herum zur Fahrertür, und ich stieg ein, lehnte mich tief in den Sitz und sah in den faden Nachthimmel hinauf.

Es war eine lange Fahrt, leise schnurrte der Wagen die stillen Straßen entlang, vorbei an den hoch aufragenden Fassaden der dunklen Häuser. Bäume, Straßenschilder, Laternen zogen in einer endlosen Reihe vorbei. Von Reklametafeln blinkten mir sinnlose Wörter entgegen. Ampeln leuchteten im Dunkel, als sprächen sie eine eigene Sprache, die ich nicht verstand. Irgendwann schob ich eine Hand zwischen Suzannahs Schenkel, und nach einem Moment rückte sie leicht zu mir herüber. Warm und fest hielten ihre Schenkel meine Hand umspannt, und als ich sie ein Stückchen weiter nach oben gleiten ließ, fühlte ich, wie eine Sehnsucht mich überkam, Sehnsucht, Suzannah zu berühren, nackt mit ihr zu sein, ihre Haut zu spüren und ihren Atem, der mein Ohr streifte und meine Brüste und meinen Bauch. Ich wandte den Kopf und sah ihr Profil, und an der kleinen Kerbe, die sich in ihrer Wange gebildet hatte, erkannte ich, daß auch sie diese Sehnsucht spürte.

„He", flüsterte ich, und sie drehte mir das Gesicht zu.

„Später", sagte sie leise, „wenn du es aushalten kannst", und als ich eine Weile danach in Dreilinden im Schatten der Raststätte stand und dem alten Citroën nachsah, wie er in die Auffahrt zur Grenze einbog, an einem der Kontrollhäuschen hielt und schließlich hinter den Schranken verschwand, da dachte ich immer noch darüber nach, was sie wirklich damit gemeint hatte. Es ging nicht nur um Wollen und Wünschen, sondern auch um die Fähigkeit, etwas auszuhalten, und was ich alles würde aushalten müssen, davon hatte auch sie damals keine Ahnung. Aber selbst wenn sie es gewußt hätte, ich glaube, sie hätte es mir zugetraut. Und jetzt, heute, weiß ich, daß ihr Vertrauen gerechtfertigt war. Ich werde es aushalten. Alles.

II

Es ist nicht das erste Mal. Es ist nicht das erste Mal, daß jemand stirbt, der ungeheuer wichtig für mich gewesen ist. Es ist noch nicht einmal das erste Mal, daß der mir wichtigste Mensch stirbt. Und es wird wahrscheinlich auch nicht das letzte Mal gewesen sein.

Manchmal glaube ich, meine Abwehr Suzannah gegenüber, mein Um-mich-und-gegen-sie-Schlagen in der ersten Zeit hatte damit zu tun. Ich wollte diese Liebe nicht, weil ich fürchtete, es könne wieder passieren, eines Tages, dann, wenn ich am wenigsten darauf vorbereitet wäre. Rumms! – etwas passiert, und wieder stehe ich da, und der Mensch, dem ich mein Herz geöffnet habe, ist fort. Und genauso ist es ja dann auch gekommen.

Ich könnte glauben, das sei mir einfach bestimmt. Beweise dafür gäbe es genug. Aber ich kann so nicht denken, und ich will es auch nicht. Oder ich könnte zumindest besser damit umgehen. Doch auch das kann ich nicht. Nach außen hin vielleicht. Aber in Wirklichkeit nicht. Wenn andere sagen, daß ich ziemlich gut damit umgehe, dann deshalb, weil ich so ruhig bin. Aber das bedeutet nicht, daß ich irgend etwas anders oder sogar besser mache als früher. Ich war jedesmal ruhig.

Schließlich kenne ich den Tod. Nein, das ist falsch, aber ich kenne – ich weiß, wie eng Tod und Leben zusammenhängen. So eng, daß es schwer ist, beides auseinanderzuhalten. Und manchmal denke ich, daß es gar nicht geht. Oder daß es auch gar nicht notwendig ist. Warum sollte man auseinanderhalten, was zusammendrängt? Ach, verdammt! Wenn jemand stirbt, ist der Tod mitten im Leben, und diejenigen, die weiterleben, müssen sich davon freimachen. Irgendwie kriegt man es hin. Ich habe mich freigemacht, jedesmal.

Aber diesmal ist es schwerer. Es ist anders. Denn ich will mich nicht freimachen. Mit all meinen Wurzeln hänge ich an Suzannah, ich kann sie nicht lassen, nicht loslassen, und nachts wache ich auf, weil ich von ihr geträumt habe. In meinen Träumen ist sie lebendig, und wenn ich erwache, und ein anderer Mensch liegt neben mir, so erschrecke ich zutiefst. Ich habe nie Schuldgefühle, ich habe eher das Gefühl des Fremdseins, des Fremdseins in mir selber, an diesem Ort, neben diesem Menschen, dessen Körper den meinen berührt hat und mehr, aber es bleibt ein Körper, den ich nicht kenne und nie so gut kennen will wie den von Suzannah. Selbst für Wenzel gilt das, Wenzel, den ich vor Jahren und nun wieder in meinen Armen gehalten habe, er bleibt mir fremd. Er ist nur ein Fleisch für mich, und das weiß er auch.

Wenzel findet übrigens auch, daß ich gut damit umgehe. Weil ich so ruhig bin. Wenzel hat keine Ahnung.

Ich bin ruhig, und ich bin cool. Jetzt.

Damals war ich nicht cool. Auch nicht, als ich vor Suzannahs Trauerfeier einfach abhaute und mich in unserem Haus in Roggow versteckte, bis Dennis und Paul mich eine Woche später dort aufspürten. Sie nahmen mich wieder mit zurück nach Berlin, und als ich ein paar Tage später Marina traf, die Suzannahs beste Freundin gewesen war, sagte sie: „Ganz schön cool, einfach so abzuhauen." Ich erinnere mich genau daran, wir standen auf dem Winterfeldtmarkt, zwischen dem Falafel-Stand und der Bude mit den Wollsocken; durchnächtigte Szene-Typen, ältere Ehepaare und Freaks mit Hunden drängten an uns vorbei, spärliche Sonnenstrahlen kämpften sich durch den wolkenverhangenen Oktoberhimmel, es hatte in der Nacht geregnet, und die Luft war noch trüb und mild von Feuchtigkeit. Ich sah zu Boden, auf ein zerschlagenes Ei, aus dessen breitgetretenem Dotter irgendein Schuhabsatz lange schmierige Fäden gezogen hatte, wir standen wortlos voreinander, ich hob den Kopf und sah Marina an, sah in ihre Augen, die mich mitleidig und zugleich vorwurfsvoll musterten, mein Kopf war leer, ich wußte nichts zu reden, und dann sagte sie leise: „Ganz schön cool, einfach so abzuhauen."

Ich zuckte mit den Schultern und dachte: Nein, das war überhaupt nicht cool. Ganz und gar nicht. Ich war nicht cool. Als ich vier war, war ich cool. Ich war vier, als mein Vater starb.

Wir hatten Bilder gemalt an jenem Tag. Jeder von uns hatte ein großes Blatt bekommen und immer zwei von uns zusammen ein nagelneues Päckchen Wachsmalkreide, auf dessen Papphülle ein buntes Pferdchen prangte. Es war das erste Mal, daß ich einen solchen Karton eigenhändig öffnen durfte, und ich weiß noch, wie stolz ich war, weil es mir gelang, die spröde Pappe dabei nicht aufzureißen. Ich malte eine Sonne, und ein Haus, und als ich die Umrisse fertig hatte, begann ich das Ganze auszumalen, in allen Farben, die ich zwischen die Finger bekam. Als die ersten Mütter kamen, um ihre Kinder abzuholen, waren aus den glatten, festen Wachsstäbchen verbogene, warme Klumpen geworden, aber das störte mich nicht.

Weil ich nur ein paar Häuser weiter wohnte und meine Mutter mich regelmäßig erst ganz am Schluß abholte, durfte ich weitermalen, und so saß ich da, ganz versunken in die prächtige Farbenwelt, die da vor mir entstand, bis das Kindergartenfräulein mir eine Hand auf die Schulter legte und sagte: „So, Thea, und nun mußt du auch aufhören. Zieh dich mal an." Ich war so begeistert von meinem Bild, daß ich, im Gegensatz zu sonst, wenn ich aufgefordert wurde, etwas zu beenden, nicht aufbegehrte. Ich zog artig meine Jacke an, die das Kindergartenfräulein mir hinhielt, ließ mir die Mütze zubinden und steckte die Hände in meine Fäustlinge, während ich immer wieder auf mein Werk schielte. Erst, als ich das Bild mit ihrer Hilfe zusammengerollt hatte und fest in der Hand hielt, fiel mir auf, daß meine Mutter noch gar nicht da war.

„Wo ist denn meine Mama?"

„Sie kommt sicher gleich", sagte das Fräulein, und so stellte ich mich an die Tür und sah durch die spiegelnde Glasscheibe auf die stille Straße hinaus, während das Fräulein hinter mir die Stühle auf die Tische stellte und emsig durch den Raum fegte. In der Ferne sah ich die letzten Kinder an der Hand ihrer Mütter zwischen geparkten Autos, sauber gekehrten Einfahrten und schmucken Kastanien verschwinden. Jeden Moment rechnete ich damit, daß meine Mutter, wie immer in Eile und ohne Mantel, aus der Tür unseres Hauses auftauchen würde, das ich von meinem Standpunkt aus gut im Blick hatte, ein einfaches Zweifamilienhaus mit gelber Fassade und einem winzigen Vorgarten, auf dessen verwildertem Rasen nur ein kümmerlicher Ginsterbusch stand. Aber meine Mutter tauchte nicht auf.

Nach einer Weile kam das Kindergartenfräulein, fertig angezogen, und nahm mich an der Hand. „Lauf schon mal, ich schließe noch ab und komm dann nach. Vielleicht hat deine Mutter etwas auf dem Herd stehen", sagte sie. Ich lief los, das Bild in der Hand, mein Kindergartentäschchen in der anderen, und jeder Schritt war eine Wohltat. Der Rest des Tages gehörte mir und meiner Mutter, vielleicht würden wir später meinen Vater besuchen gehen, der immer so müde war, wegen des klitzekleinen Blumenkohls in seinem Kopf, und der deshalb seit ein paar Tagen im Krankenhaus lag, wo er sich so richtig ausruhen konnte, und ich würde ihm mein Bild zeigen und, wenn er nicht zu müde war und wieder einschlief, Fingerhakeln mit ihm spielen, ein Spiel, das er sich nur für mich ausgedacht hatte und bei dem ich immer gewann. Ich schaffte es immer als erste, alle seine Finger einmal anzutippen und dann meinen Zeigefinger um seinen zu hakeln.

Ich war gerade an der Gartenpforte angekommen und mühte mich, den alten, verrosteten Riegel aufzuschieben, da hörte ich das Kindergartenfräulein etwas rufen. Ich sah zu ihr hin, sie deutete in meine Richtung und rief noch einmal etwas, dann hörte ich jemanden von der anderen Seite rufen, und als ich mich umdrehte, kam meine Mutter auf mich zugelaufen, mit weit geöffnetem Mantel, dessen Saum wild um ihre Waden schlug, ohne Hut und mit zerzaustem Haar. Dann war sie da und bückte sich, sie breitete die Arme aus und lächelte mich an, mit einem merkwürdig verzogenen Mund. Ich blieb stehen, das Bild fiel mir aus der Hand, und meine Mutter rief leise, mit einer ganz hohen Stimme: „Ach, Thea, da bist du ja. Ach, Thea!" Ich konnte mich nicht rühren. Sie hockte mit ausgebreiteten Armen da und rief immer wieder leise meinen Namen, und die ganze Zeit über sah ich auf die Tränen, die zu beiden Seiten ihrer Nase eine glänzende Spur zogen, und ich konnte mich einfach nicht rühren.

Mein Vater war immer so müde, weil er einen klitzekleinen Blumenkohl im Kopf hatte. Anfangs lag er in unserem Wohnzimmer auf der Couch, im Halbdunkel, denn die Rolläden waren heruntergelassen, weil das Licht seinen Augen weh tat. Das war ungefähr um die Zeit, als ich in den Kindergarten kam, und ich war ziemlich böse, weil nun ich an seiner Statt jeden Morgen das Haus verließ. Mir schien das ungerecht, denn sonst war er immer soviel weggewesen. Warum konnten wir jetzt nicht alle drei zu Hause bleiben?

Eines Nachmittags erklärte mir mein Vater das Ganze. Ich saß auf seinem Schoß und zupfte an seinen Fingern, während meine Mutter in der Wohnung umherlief und Wäsche von einem Zimmer ins andere trug. Ich starrte auf die schwach behaarten Fingergelenke meines Vaters, die sich neben meinen wie die eines Riesen ausnahmen, und er erzählte mir mit leiser, müder Stimme, warum unser Leben so verdreht war: Eines Morgens war ein kleiner Blumenkohl durch die Luft geflogen, weil er nicht mehr in der Erde sein mochte, und da war mein Vater des Weges gekommen. Der Blumenkohl hatte sich gedacht: Dieser Mann sieht so nett aus, und er hat so ein freundliches Gesicht, vielleicht kann ich erst einmal bei ihm wohnen. Und schwupps! war der kleine Blumenkohl durch die Nase in den Kopf meines Vaters geflogen – und das konnte er, ohne daß mein Vater es merkte, so klitzeklein war der Blumenkohl –, und nun schlief er tief und fest in meines Vaters Kopf, weil es dort so schön dunkel und still war, genau wie in der Erde, wo der Blumenkohl bisher gewohnt hatte. Aber wie alle kleinen Wesen wächst auch ein Blumenkohl heran, und nun wurde er immer größer und schwerer. Weil mein Vater jetzt so schwer zu tragen hatte, tat ihm der Kopf weh, und er war immerzu müde.

Die Geschichte leuchtete mir ein, aber ich fand, daß man doch etwas dagegen unternehmen mußte. „Kann denn der Blumenkohl nicht einfach aufgeweckt werden? Sag ihm doch, er soll wieder hinausfliegen, weil er dir weh tut!"

Mein Vater verzog die Lippen und strich mich übers Haar. „So einfach geht das nicht. Der Blumenkohl ist viel zu schwer zum Fliegen, und er ist zu groß, um durch die Nase zu passen. Paß auf, Thea, es gibt nur ein Mittel dagegen: Der Blumenkohl muß sterben. Und wenn etwas stirbt, zerfällt es zu Staub, und dann ist wieder alles in Ordnung."

„Und wie machst du, daß er stirbt?" fragte ich leise, und meine Stimme zitterte dabei, denn mir war unheimlich bei dem Gedanken, daß da etwas im Kopf meines Vaters zu Staub zerfiel.

Mein Vater richtete sich ein wenig auf und schob mich ganz nach vorne auf seine Knie. „Das geht ganz von selber", sagte er und sah auf. Sein Blick traf den meiner Mutter, die, ohne daß ich es bemerkt hatte, hereingekommen war und mit verschränkten Armen im Türrahmen stand. Sie sahen sich an, und obwohl ich noch zu klein war, um zu verstehen, was zwischen ihnen vorging, spürte ich doch die Traurigkeit, die die Luft verdichtete.

„Papa", sagte ich und zupfte meinen Vater am Ärmel. Er wandte mir das Gesicht zu, und seine Augen hatten einen abwesenden Ausdruck, so als sei er gerade aus weiter Ferne zurückgekehrt. Dann lächelte er.

„Aber bis dahin muß ich mich gut ausruhen, verstehst du? Damit ich wieder gesund und munter werde." Er zog mich an sich und vergrub sein Gesicht in meinem Haar.

„Aber ich könnte doch bei dir bleiben", sagte ich. Er schlang seine Arme noch fester um mich, so fest, daß es fast weh tat.

„Nein", flüsterte er und begann mich in seinen Armen zu wiegen. „Das geht nicht. Weißt du, Thea, einer muß immer aus dem Hause gehen, einer muß immer gehen, und weil ich es nicht kann, mußt du es jetzt tun. Du gehst eben an meiner Stelle."

„Und Mama?" fragte ich und lugte unter seinem Arm hindurch zur Tür, aber meine Mutter stand nicht mehr dort.

„Mama muß bei mir bleiben", flüsterte mein Vater, und dann spürte ich, wie etwas Warmes auf meinen Kopf tropfte.

„Weinst du, Papa?" fragte ich. Mein Vater drückte seine Nase in mein Haar und küßte mich.

„Ja, weil ich so müde bin. Und jetzt lauf mal und hol mir dein Pu-der-Bär-Buch." Er ließ mich los, und ich sprang von seinem Schoß. Unter tränennassen Wimpern hindurch lächelte er mich an. „Es wird alles wieder anders werden. Und nun lauf schon, Thea."

Mein Pu-der-Bär-Buch lag in der Küche, und als ich es vom Tisch nahm, sah ich durchs Fenster meine Mutter im Garten. Sie stand mit dem Rücken zu mir an der Wäscheleine, neben sich einen Korb mit frischgewaschener Wäsche. In der Hand hielt sie ein weißes Laken, aber sie machte keine Anstalten, es aufzuhängen, sie stand einfach da, regungslos, und sah in die Ferne. Ich beobachtete sie eine Weile, dann ging ich langsam ins Wohnzimmer zurück. Mein Vater lag auf dem Rücken, einen Arm zum Schutz gegen das Licht über die Augen gelegt, und schlief. Ich wußte, daß ich ihn nicht wecken durfte, aber trotzdem stellte ich mich dicht neben ihn und sagte leise: „Papa? Ich hab das Pu-der-Bär-Buch geholt. Papa?“ Aber er wachte nicht auf. Schließlich setzte ich mich in eine Ecke auf den Boden und schlug mein Buch auf.

Es wurde wirklich alles anders. Ziemlich bald, nachdem mein Vater gestorben war, zogen wir fort aus dem gelben Haus in eine kleine Wohnung am Stadtrand. Sie lag im zweiten Stock eines Sechsfamilienhauses unweit der Uni-Klinik, in der mein Vater gearbeitet hatte. Von der Siedlung bis zur Klinik waren es nur ein paar Minuten zu Fuß, und nach ein paar Monaten nahm meine Mutter dort eine Stelle in der Verwaltung an, und ich wechselte in den klinikeigenen Kindergarten.

Ich gewöhnte mich schnell an die Umstellung. Von nun an ging ich morgens an der Hand meiner Mutter den schmalen Fußweg zwischen der Siedlung und dem angrenzenden Wald entlang bis zum Hintereingang der Klinik, wo sie mich bei meinem neuen Kindergartenfräulein ablieferte und dann eilig die Treppen hinauf durch die große Glastür mit der roten „1“ darauf verschwand. Nachmittags gegen zwei wanderten wir denselben Weg wieder zurück, und wenn meine Mutter sich dann eine Weile hinlegte, lief ich runter zum Spielplatz, den man von unserem Küchenfenster aus gut im Blick hatte.

Ich gewöhnte mich schnell an die Umstellung. Woran ich mich allerdings nicht gewöhnte, das war die Abwesenheit meines Vaters. So sehr ich auch jedesmal hoffte, daß er zu Hause wäre, wenn wir aus der Klinik kamen, es geschah nie. Meine Mutter hatte mir erklärt, daß er nun im Himmel wäre und wir ihn eines Tages dort wiedersehen würden, aber insgeheim hoffte ich doch, daß er zurückkäme, und wenn auch nur auf einen kurzen Besuch. Ich wußte, daß man sich besuchen konnte, auch wenn man weit fort wohnte, denn wir bekamen ja auch Besuch von meiner Tante oder von meinen Onkeln. Und ich nahm meine Pflicht sehr ernst, an meines Vaters Statt aus dem Hause zu gehen. Ich wußte, daß es wichtig war und daß, wenn ich nur brav meine Aufgabe erledigte, alles anders werden würde.

Aber mein Vater kam nie wieder, da war immer nur die bedrückende Leere, die uns empfing, wenn wir heimkamen, und da war die Leere in den Augen meiner Mutter, die ich von Zeit zu Zeit entdeckte, wenn sie dastand und aus dem Fenster in die Ferne sah, genauso wie damals im Garten unseres alten Hauses. Und es dauerte sehr, sehr lange, bis das anders wurde.

Zwei Wochen hörte ich nichts von Suzannah. In diesen zwei Wochen nahm das Leben seinen Lauf, ohne daß etwas Weltbewegendes geschah, von ein paar Kleinigkeiten abgesehen. Ich kündigte meinen Job im *Usus*, einem Szenecafé, und nahm einen anderen an. Statt im *Usus*, wo erschöpfte Charlottenburger Szenegänger mit rotgeäderten Augen morgens um vier mißmutig in ihre Gläser starrten, stand ich nun im *Dragoner* hinterm Tresen und schenkte Bier, Cola und Kaffee aus. Statt der Nachtschicht arbeitete ich nun von sechs bis eins.

Wenn das *Usus* ein Auffangbecken für gestrandete und abgestürzte Zecher darstellte, so war der *Dragoner* quasi ihre Startbasis; hier tranken die Leute noch einen Kaffee, bevor sie in die unaufhörlichen Strudel von Rhythmus, Drogen und Vergnügen eintauchten. Statt der rotgeäderten Augen waren es nun blanke, frische, von der Vorfreude noch ungetrübte, die mich über die Theke hinweg musterten. Aber auch das änderte nicht viel.

Obwohl ich nun früher Schluß hatte, kam ich dennoch genauso spät nach Hause, allzuoft ließ ich mich mitziehen, wanderte nach Feierabend mit irgendeiner trinklustigen Gruppe in die nächste Bar, bis ich frühmorgens aus dem letzten Lokal wankte, in dem ernüchternden Bewußtsein, all mein sauer verdientes Geld gleich wieder auf den Kopf gehauen zu haben.

Dennis, der seit kurzem jeden Morgen um neun das Haus verließ, um im Gehörlosenzentrum Akten zu sortieren und Seminare und Kurse zu organisieren, legte mir zuweilen eigentümlich verkürzt formulierte Botschaften in die Küche: DU BIST DRAN: BROT, MILCH UND MEHL! – GIBT EINTOPF HEUTE ABEND – SPÄTER IM KUMPELNEST – KOMM? Ich nahm die Zettel in die Hand, auf denen die krickeligen Großbuchstaben ihren Gebrauchswert als abstrakte Zeichen ohne Laut- und Tonverbindung deutlich signalisierten, rollte sie zu kleinen Röhren und starrte durch sie hindurch aus dem Fenster, müde und träge. Manchmal gingen auf der anderen Straßenseite bereits die Rolläden hoch, durch den kleinen runden Ausschnitt von Dennis' Botschaften sah ich meinen Nachbarn zu, wie sie sich auf den Tag vorbereiteten, Brote schmierten, Kaffee aufsetzten, die Morgenzeitung aufschlugen, und ich schleuderte meine Schuhe von mir, schleppte mich ins Badezimmer, wo mich meine eigenen rotgeäderten Augen aus dem Spiegel anstarrten, und ging zu Bett. Aber so müde ich auch war, ich konnte nicht einschlafen. Stundenlang lag ich wach, versuchte, die richtige Position zu finden. Wenn gar nichts mehr half, zerknautschte ich das Kissen zwischen meinen Armen und vergrub mein Gesicht darin. Aber so tief ich auch den Geruch des Kissens in mich einsog, ich konnte nicht den Hauch ihres Duftes darin ausmachen. Wie auch?

Suzannah. Sie fehlte mir so.

Eines samstags nachmittags war ich bei Paul, um Theo abzuholen. Paul putzte sich die Zähne, und Jörn, sein Freund und Mitbewohner, war nach einer kurzen Begrüßung wieder in seinem Zimmer verschwunden, als das Telefon klingelte.

„Gehst du ran?" rief Paul mit undeutlicher Stimme aus dem Bad. Hinter Jörns Tür rührte sich nichts. Ich schlenderte durch den Flur zum Telefon und hob ab. Der Hörer war wie tot.

„Hallo?" fragte ich.

Ein Piepsen ertönte, dann hörte ich das Echo meiner eigenen Stimme, leise und verzerrt. „Hallo?"

„Thea?" Ihre Stimme knallte in mein Ohr wie eine Granate. Ich stand still und wagte mich nicht zu rühren.

„Thea? Bist du das?"

Ich atmete tief aus. „Suzannah?"

„Ja! Ich wollte dich mal anrufen." Sie war es wirklich. Ihre Stimme klang heiser und tief, atmosphärisches Rauschen drang durch den Hörer, aber sie war es, unzweifelhaft, dicht an meinen Ohr.

„Ja", sagte ich. Ich spürte, wie meine Knie nachgaben, und mühsam stützte ich mich mit einer Hand an der Wand ab.

„Wie geht es dir?"

„Gut", erwiderte ich. „Ja, gut. Und du? Was machst du gerade?"

„Ich stehe mitten im Busch. Hier gibt es eine Telefonstation, aber soweit ich sehen kann, sonst nur Bäume und seltsame Pflanzen. Ich ... ich wollte dich mal anrufen. Anscheinend hab ich Glück gehabt, du sitzt ja wohl nicht den ganzen Tag vorm Telefon, oder?"

„Nein", sagte ich und schluckte. Ich starrte auf meine Hand und dachte angestrengt nach. Mir fiel nichts ein, was ich sagen könnte. Ich versuchte, sie mir vorzustellen, dort, wo sie jetzt war, mitten im Busch, in ihrer Weste mit den vielen Taschen vermutlich, wahrscheinlich stand die Kamera irgendwo neben ihr am Boden, und ihr Hemd war schweißgetränkt. War es dort überhaupt heiß? Und was trug sie in so einem Klima?

„Was hast du an?" fragte ich plötzlich.

Ich hörte sie leise lachen. Mein Herz machte einen Satz.

„Nichts. Na ja, doch, wenn ich es mir so recht überlege, habe ich eigentlich eine ganze Menge an. Socken, Wanderstiefel, einen Overall."

„Deine Weste nicht?"

Wieder lachte sie, und mein Herz schmolz zu einem dicken Klumpen zusammen, der langsam nach unten sackte.

„Nein. Der Overall hat 'ne ganze Menge Taschen, weißt du. Die reichen völlig aus." Es zirpte und surrte in der Leitung, eine Sekunde lang dachte ich, die Verbindung wäre unterbrochen, dann war ihre Stimme wieder da. „Thea. Ich komme übernächste Woche nach Berlin. Am Freitag wahrscheinlich. Bist du da?"

„Ja", flüsterte ich. Meine Ohren waren plötzlich ganz heiß.

„Was?"

„Ja", wiederholte ich lauter und dann noch einmal. „Ja, ich bin da."

„Kann ich dich Freitag abend unter dieser Nummer erreichen? So ab acht?"

„Ja, klar. Ja, kannst du, meine ich."

„Okay." Wieder zirpte es im Hörer. „Ich muß Schluß machen."

„Ja", sagte ich.

„Okay. Mach's gut."

Ich umklammerte den Hörer. „Okay."

„Ich leg dann jetzt auf."

„Ja … Suzannah?"

„Ja?" fragte sie, und auf einmal klang ihre Stimme unglaublich weich. Meine Kehle schnürte sich zusammen, und einen Moment lang konnte ich nicht antworten.

„Nichts", sagte ich schließlich. „Mach's auch gut. Bis dann."

„Bis dann." Es knackte vernehmlich, und dann war die Leitung tot.

„Wer war das?" rief Paul aus dem Badezimmer. Als ich nicht antwortete, kam er zur Tür und musterte mich. „Verstehe", sagte er dann und ließ mich allein.

Ich nahm langsam die Hand von der Wand. Auf der Tapete zeichnete sich ein feuchter Fleck ab, in der Form meiner gespreizten Finger. Und mein Herz fühlte sich immer noch an wie ein dicker Klumpen, der immer weiter nach unten sackte. Ich lehnte den Kopf an die Wand und schloß die Augen. Die Welt wirbelte dicht hinter meinen Lidern umher, wirr und wild, und ich wußte nicht mehr, wie ich mich je wieder sicher darin bewegen sollte.

Wenn Suzannah mich heute sehen könnte: Ich bin ruhiger als je zuvor. Aus freien Stücken bewege ich mich nicht von der Stelle. Seit Tagen bin ich nicht ausgegangen, obwohl Michelle alles Erdenkliche tut, um mich dazu zu bringen. Sie wirft mir vor, ich sei störrisch wie ein Esel, und die ganze Stubenhockerei würde mir nur schaden. Aber gleichzeitig läßt sie mich in Ruhe. Ohne daß wir darüber sprechen müssen, weiß sie, daß ich dabei bin, etwas Wichtiges zu erledigen, und sie weiß auch, daß es notwendig ist, mich dabei nicht zu stören. Natürlich stört sie mich doch, fortwährend, aber es ist ein Stören, das eher mit Fürsorge zu tun hat als mit Einmischung. Jetzt zum Beispiel liegt sie in der Badewanne und summt dabei vor sich hin.

Michelle und Suzannah haben sich nie gesehen. Ich habe Michelle erst hier in Paris kennengelernt. Es war in der ersten Woche, nachdem ich hergezogen bin. Ich war rastlos, brauchte Ablenkung und so etwas wie eine Sichtung des Umfeldes, in dem ich von nun an für ungewisse Zeit leben würde, und so machte ich mich auf, die Bars rund um den Montmartre zu erkunden. Allein. Edna, Suzannahs jüngere Schwester, hatte vorgeschlagen, mich zu begleiten, aber ich wollte nicht. Ich wollte allein sein. Endlich allein sein.

Das ist vielleicht schwer zu verstehen, aber es war so. Schließlich war das einer der wichtigsten Gründe, warum ich Berlin verlassen habe. So sehr sie mir auch beigestanden haben, Dennis, Paul und Dörthe, in dieser schlimmen Zeit nach Suzannahs Tod, ich mußte gehen. Raus aus dem schützenden Kokon der Freundschaft. Fort aus Berlin. Natürlich vermisse ich meine Freunde, das wohlige Gefühl der Geborgenheit, das ich in Pauls und Dennis' Gesellschaft empfinde, die Gespräche mit Dörthe, aber ich muß allein sein.

Ich bin es ohnehin, nicht wahr? Suzannah ist gestorben, und ich bin allein. Und ich muß es auch sein.

Und deshalb hatte ich ganz gewiß nicht vor, hier in Paris irgend jemanden in mein Leben zu lassen. Auch in jener Nacht kurz nach meiner Ankunft hatte ich nichts dergleichen im Sinn. Es war eine regnerische Dezembernacht, eine Nacht, wie ich hier schon so manche erlebt habe, Pariser Regenwetter, wenn ein Zischen in der Luft liegt, das niemals verklingt, ein Zischen, das von den regennassen Reifen vorbeisausender Autos herrührt, ein Zischen, das von den mickrigen Bäumen trieft und in jedem Tritt auf dem Pflaster mitklingt. Ich war spät aufgebrochen und zuerst in einer kleinen Bar um die Ecke eingekehrt, wo ich zwischen einer Anzahl schnurrbärtiger Männer in schlampiger Joggingkleidung am Tresen einen Espresso getrunken hatte, ohne mich von ihren neugierigen und doch höflich distanzierten Blicken stören zu lassen. Ich nehme an, daß ich für ihre Verhältnisse seltsam aussah, bleich, mit langem, nach hinten gegelten Haar und mit einer dicken Lederjacke bekleidet, die bei jeder Bewegung knarrte. Als ich bestellte, musterte mich der Wirt auf jene für die Pariser typische Art, die ich mittlerweile zu deuten gelernt habe: In den erhobenen Augenbrauen und dem zu einem leichten Lächeln verzogenen Mund wird ein fast gleichgültiges Interesse deutlich, in dem auch sexuelle Neugier ihren Platz findet. Dieses Taxieren hat weniger etwas Herablassendes als vielmehr etwas Einladendes; es wirkt wie eine gelassene Aufforderung, die ich annehmen kann oder auch nicht. Ich nehme sie nie an. Ich weiß nicht, ob es an mir liegt oder an den Männern, auf jeden Fall werde ich in Ruhe gelassen, und genau das will ich ja schließlich auch.

Das Gegenteil war der Fall, als ich eine Weile später eine Schwulenbar betrat, die mir Edna empfohlen hatte. In dem nur schwach beleuchteten, mit blauem Plüsch ausgekleideten Raum traten sich die Gäste gegenseitig auf die Füße. Auf einer schmalen Empore legte ein schwitzender DJ mit Baseballkappe unermüdlich die neuesten Discosongs auf, und die Lautsprecher zu beiden Seiten der winzigen Tanzfläche vibrierten im Takt der Bässe.

Soweit ich es überblicken konnte, war ich die einzige Frau im ganzen Raum. Doch der Schein trog. Ich hatte mich kaum zwischen den gedrängt stehenden Männern zum Tresen durchgeschlagen und ein Bier bestellt, als ich neben mir eine ziemlich große Frau mit auffallend blonden Haaren bemerkte, die mich mit einem spöttischen Blick musterte. Ich sah sie kurz an und wandte mich wieder meinem Bier zu. Sie hörte nicht auf, mich anzustarren, und nach einer Weile fühlte ich mich belästigt.

„Ist irgendwas?" fragte ich, bemüht, Suzannahs Pariser Akzent möglichst originalgetreu nachzuahmen.

„Ah!" rief sie. „Eine Frau, eine wirkliche Frau, und noch dazu eine so schöne!"

„Ja und? Was soll daran so besonders sein?" Mir wurde klar, daß ich für den Abschluß des Abends das falsche Etablissement ausgesucht hatte, denn nichts konnte ich im Moment weniger ertragen als Gedränge und laute Musik. Fortwährend wurde ich angestoßen und geschubst, und der Lärm reizte meine an Stille gewöhnten Ohren bis aufs Unerträgliche.

„Was bist du? Deutsche?"

Ich zuckte entnervt mit den Achseln.

„Ich wette, du bist Deutsche. Du hast so etwas Melancholisches in deinen Augen." Die Blondine verzog ihren Mund zu einem breiten Grinsen, dann legte sie eine ziemlich große Hand auf den Tresen und tippte mit dem Zeigefinger auf meinen Bierdeckel, und noch während mein langsam arbeitendes Gehirn diese große Hand, die tiefe Stimme und das feminine Äußere addierte und sich anschickte, das Ergebnis der Rechnung auszuspucken, noch währenddessen beugte sie sich vor und sah mir in die Augen. „Du siehst so verloren aus, und ich bin sowieso verloren, wie wär's, wenn wir einen darauf trinken?"

„Ich trink doch schon einen", erwiderte ich und hob mein Bier. Ich wollte meine Ruhe haben, und ich hatte nicht vor, mich für den Rest des Abends von dieser frechen Transe behelligen zu lassen. „Ich möchte mich nicht unterhalten."

Sie tat so, als hätte sie nichts gehört, rief dem Keeper etwas zu, und ein paar Sekunden später standen zwei halbgefüllte Cognacgläser vor uns.

„Hör mal, ich habe gesagt, ich möchte mich nicht unterhalten."

„Weil du nicht weißt, was du mit mir reden sollst", sagte sie und schob mir eins der Gläser zu.

„Und wie kommst du darauf, daß wir uns irgendwas zu sagen hätten?" Ihre offensive Art ärgerte mich zwar, aber insgeheim erheiterte sie mich auch.

„Oh", sagte sie und prostete mir zu. „Ich könnte mich mit dir zum Beispiel über die Qualität verschiedener Lippenstiftsorten unterhalten, nicht wahr?"

Das war so absurd, daß ich lachen mußte.

„So was erwartest du doch, oder?"

„Nein, eigentlich nicht. Ich würde bei dir eher auf Schwulenklatsch tippen oder Klagen darüber, wie schwer es ist, einen gutaussehenden Typen zu finden, der dazu noch was in der Birne hat." Damit hoffte ich sie zum Schweigen gebracht zu haben, aber ich hatte mich geirrt.

„Da hätte ich in der Tat einiges zu bieten. Aber darüber kann ich mit jedem andern hier im Raum genausogut reden. Nicht wahr, *chérie*?" Sie langte nach hinten und schob das Gesicht eines jungen Mannes, der sich neugierig über ihre Schulter gebeugt hatte, zur Seite.

„Aber Michelle", sagte er entrüstet.

„Geh schon, geh spielen, Kleiner." Sie lächelte mir verschwörerisch zu, und der Typ schob ab.

Ihre Augen waren grün, und rechts von ihrer leicht gebogenen Nase prangte ein perfekt geformter runder Leberfleck, der ihrem Gesicht eine reizvolle Note gab. Sie war schön, wenn auch für meinen Geschmack zu stark geschminkt. Das männliche Element, das ihre Züge einmal beherrscht haben mußte, war, so sehr ich auch danach suchte, nicht mehr zu erkennen.

„Ja, sieh mich nur genau an“, sagte sie und grinste. Ich fühlte mich ertappt, und mehr aus Verlegenheit denn, weil ich es wirklich wollte, griff ich nach dem Cognacglas und hob es.

„Na gut. Und worüber willst du mit mir reden?“ Ich ging in die Offensive.

Sie hob ihr Glas ebenfalls und stieß leicht klirrend damit an meines.

„Erst über mich, und dann über dich. Und in einer halben Stunde verhandeln wir neu.“

Und so kam es, daß ich, ganz ohne es zu wollen, doch jemanden kennenlernte, den ich jetzt nicht mehr in meinem Leben missen möchte. Und jetzt liegt dieses Weib genüßlich in meiner Badewanne und ruft nach mir. Vermutlich will sie erneut versuchen, mich zu überreden, mit ihr auszugehen, aber da hat sie sich geschnitten. Heute nicht. Bald wieder, aber heute nicht.

Ob Suzannah und Michelle sich gemocht hätten? Vielleicht. Aber ehrlich gesagt, weiß ich es nicht. Obwohl ich sieben Jahre mit Suzannah zusammen war, habe ich bis zuletzt nie im voraus sagen können, ob sie jemanden, den ich ihr vorstellte, mögen würde. In der Hinsicht habe ich mich meistens gründlich verschätzt. Was das anging, war Suzannah unberechenbar. Komisch, nicht wahr? Aber so war es. Es war eines der vielen Rätsel, die sie mir bis zuletzt aufgegeben hat. Und vermutlich waren es – nicht nur, aber zu einem großen Teil – genau diese Rätsel, die sie für mich so faszinierend machten.

Ich habe Suzannah nie ganz ergründet. Und das wäre auch so geblieben.

Die ersten Jahre nach dem Tod meines Vaters habe ich nur verschwommen in Erinnerung. Ich weiß, daß ich kein einfaches Kind war, obwohl es nach außen hin zunächst den Anschein hatte. Wir wohnten weiterhin in der Siedlung am Stadtrand, und der Wald, der gleich hinter der langen Reihe schmucker Sechsfamilienhäuser begann, wurde zu meinem ganz persönlichen Abenteuerspielplatz, den ich nach und nach erkundete. Ganze Nachmittage verbrachte ich, allein oder mit irgendwelchen Nachbarskindern, von deren Gesichtern mir heute kein einziges mehr präsent ist, auf den Trampelpfaden, die sich wie zugewucherte Spuren einstiger Bewohner zwischen den Laub- und Nadelbäumen dahinzogen. Ich kannte mich besser aus als jedes andere Kind, beim Versteckspielen war ich unschlagbar. Meine Lieblingsbeschäftigung war, mir immer neue Wege durch das kühle, schattige Unterholz zu bahnen, um dann, verborgen im dichten Gestrüpp, Tiere zu beobachten.

Als ich in die zweite Klasse kam, beschloß ich, daß es an der Zeit sei, mir ein Baumhaus zu bauen, aber ich wollte auf keinen Fall, daß die anderen Kinder davon erfuhren. Wochenlang schleppte ich heimlich Holzreste und Dachlatten, die ich aus dem Vorgarten einer der Nachbarn stahl, durch den Wald, bis ich mir schließlich eine notdürftige Behausung zurechtgezimmert hatte, die vom bloßen Ansehen schon zusammenzukrachen drohte. Aber sie hielt, und so saß ich über Jahre hinweg in meinem Baumhaus, das die Bezeichnung im Grunde nicht verdiente, weil es sich nur knapp einen Meter über dem Boden befand, in der Gabelung einer hinter hohen Brombeerbüschen versteckten zwergwüchsigen Kastanie.

Ich war gern allein, und mein Baumhaus schien mir genau der richtige Ort dafür. Niemand störte mich beim Lesen und Träumen, keiner wollte etwas von mir, und gleichzeitig entfloh ich der Leere zu Hause, die sich noch verstärkt hatte, seit ich in die Schule gekommen war und meine Mutter nicht mehr nur vormittags, sondern auch nachmittags arbeitete. Weil ich mich schon früh als selbständig erwies, betrachtete meine Mutter es als förderlich, wenn ich lernte, meine Nachmittage eigenständig zu gestalten, und ich war ihr dankbar dafür. Die freien Tage ohne Aufsicht gaben mir Gelegenheit, mich ausgiebig meinen Träumereien zu widmen, und das kostete ich aus, weil mir mit Beginn der Schulzeit nur noch wenig Zeit dafür geblieben war.

Die Schule machte mir von Anfang an keinen Spaß. Ich haßte das erzwungene Herumsitzen in geschlossenen Räumen, das gemeinschaftliche Liedersingen und die zähe Endlosigkeit, mit der Rechenschritte und Erdkundeaufgaben wiederholt wurden, damit auch noch der letzte in der Klasse die Antworten verstand. Ich sah einfach nicht ein, warum ich mich in einen Ablauf pressen lassen sollte, der meinen Bedürfnissen ganz und gar nicht entgegenkam. Und so war es kein Wunder, daß ich nicht mitmachte und statt dessen in Gedanken versunken zum Fenster hinaussah oder Unfug trieb. Das Geschimpfe der Lehrerin, wenn ich wieder einmal den Unterricht störte, indem ich mit meinem Lineal Papierkügelchen durch die Klasse schleuderte, beeindruckte mich nicht im geringsten. Ich war frech und aufsässig und gab pausenlos Widerworte, und mehr als einmal wurde meine Mutter in die Schule zitiert, um von meiner Weigerung zur Mitarbeit in Kenntnis gesetzt zu werden.

Nach solchen Vorladungen folgte jedesmal eine Zeit, in der ich dazu verdammt wurde, nachmittags gewissenhaft meine Schularbeiten zu erledigen. Mutter sorgte dafür, daß ich dabei von Tante Krüpp beaufsichtigt wurde, der alten Dame, die nebenan wohnte und mich nur zu gerne mit Tee und Keksen bewirtete. Ich mochte es, bei ihr zu sein; ihr runzeliges Gesicht und das Geräusch der unablässig klappernden Stricknadeln waren mir mehr als ein Ausgleich für den Zwang, die verhaßten Aufgaben machen zu müssen. Abends überprüfte meine Mutter dann die Ergebnisse. Aber eine derartige Konsequenz hielt sie nie lange durch. Wenn ich wollte, konnte ich mich durchaus anstrengen, und es machte mir keine Mühe, für eine gewisse Zeit alle Aufgaben schnell und sicher hinter mich zu bringen. Meine Mutter, erleichtert darüber, daß es mir offensichtlich nicht an Intelligenz, sondern nur an der nötigen Konzentration zu fehlen schien, ließ in ihrer Aufmerksamkeit daraufhin regelmäßig nach, und so dauerte es nicht lange, bis ich nachmittags wieder durch den Wald streifte, mit einem Butterbrot und einem Buch in der Tasche.

Als kleines Kind war ich munter und laut gewesen, aber je mehr ich heranwuchs, desto stiller und in mich gekehrter wurde ich, während meine Mutter die gegenteilige Entwicklung durchmachte. Vielleicht war es das Nachlassen der Trauer um meinen Vater, vielleicht der rege Kontakt mit den vielen Menschen auf ihrer Arbeitsstelle, aber vielleicht war es auch nur ihre robuste und lebenslustige Natur, die sich allmählich durchsetzte – aus der traurigen und verhärmten Frau, die ich aus den ersten Jahren nach dem Tod meines Vaters in Erinnerung hatte, wurde eine gesellige und äußerst fidele Person, die eine rasch wachsende Anzahl von Freundinnen und Bekannten um sich scharte und bei jeder Betriebsfeier, bei jedem Siedlungsfest nur zu gern gesehen war. Nur folgerichtig war es also, daß meine Mutter begann, sich in der evangelischen Kirchengemeinde zu engagieren, und bald war sie es, die Gesprächsgruppen und Tombolas organisierte und auf deren tatkräftige Mithilfe der Pastor und die Nachbarn nicht mehr verzichten mochten. Es war um diese Zeit, als meine Mutter ihr Faible für ehrenamtliche Gemeindearbeit entwickelte, und die Begeisterung dafür behielt sie bis zu ihrem Tod in unverminderter Ausprägung bei.

Zwangsläufig kam auch ich in den Genuß ihrer vielfältigen Aktivitäten. Bei mehr als einem Kirchenfest stand ich mißmutig hinter dem Kuchenstand und hörte mir die überschwenglichen Kommentare der Gemeindemitglieder über das tüchtige Wesen meiner Mutter an. Nicht, daß ich sie nicht geliebt oder ihre Art, unser Leben zu gestalten, verurteilt hätte, nur war es so, daß wir uns immer mehr auseinanderentwickelten und ich ihr nach und nach entglitt. Wo sie laut war, war ich leise, und wenn sie sprach, dachte ich an andere Dinge. Der ungehemmte Redefluß meiner Mutter hatte zwar zwangsläufig auf mich abgefärbt, aber ich sprach kaum je darüber, was mich wirklich bewegte.

Mit der Zeit entwickelte sich eine Gewohnheit in unserem Umgang miteinander, die wir nie wieder ablegten. Nicht ich, das Kind, war es, das nach Hause kam und von seinem Tag erzählte, sondern meine Mutter. Sicher, sie fragte mich immer wieder aus, nach dem, was ich so machte und auch, was ich dachte, aber ich antwortete nur das Nötigste. Meine Mutter aber war kein Mensch, der schweigen konnte oder wollte, und wenn ich nicht sprach, dann redete eben sie. Unser beider Mitteilungsbedürfnis unterschied sich extrem voneinander, und so war es unausweichlich, daß ich schon früh in meiner Kindheit begann, jene Technik der Kommunikation zu entwickeln, die ich bis heute meisterhaft beherrsche und die zu durchbrechen nur ganz wenigen Menschen gelungen ist: zuzuhören und gleichzeitig mit den Gedanken woanders zu sein, ohne tatsächlich etwas zu verpassen, und zu reden, lebendig zu wirken, ohne wirklich etwas von mir zu erzählen.

Erst Suzannah hat es geschafft, mich dazu zu bringen, aus mir herauszugehen, für Momente, für kurze Zeit.

Vorhin, als ich vom Einkaufen zurückkehrte, beladen mit frischem Obst und Gemüse und dem unausweichlichen französischen Weißbrot, ich kam gerade rein und hatte eben meine Einkäufe auf dem Küchentisch abgelegt, da klingelte das Telefon, und ich wußte instinktiv, daß es Paul war. Für gewöhnlich telefonieren wir abends, aber seit Paul nur noch halbtags arbeitet, kommt es schon mal vor, daß er mich tagsüber anruft. Es ist immer ein Moment der Angst dabei, wenn ich seine Stimme höre, mein Herz zieht sich leicht zusammen, ich warte eine Sekunde ab, und in dieser Sekunde versuche ich, aus seiner Begrüßung herauszuhören, wie es ihm geht und ob er schlechte Nachrichten hat.

Aber heute hatte er keine schlechten Nachrichten, nur die, daß er mich vermißt, und ob das schlecht oder gut ist, weiß ich nicht. Ich vermisse ihn ja auch. Wir redeten eine Weile über Alltäglichkeiten – mittlerweile sind eben solche Dinge wie Pauls T-Zellen-Status oder seine Weigerung, prophylaktisch mit einer AZT-Behandlung zu beginnen, zu Alltäglichkeiten geworden –, und dann fragte er mich, was ich so treibe. Ich wußte keine Antwort, jedenfalls keine, die auch nur annähernd beschreibt, was ich wirklich tue.

Natürlich habe ich Paul erzählt, daß ich angefangen habe, die ganze Geschichte aufzuschreiben, daß ich meistens zu Hause bin und ab und zu ausgehe, allein oder mit Michelle, manchmal auch mit Edna, daß ich hin und wieder Suzannahs Mutter besuche, wo ich wie ein kleiner, unbeachteter und doch geliebter Teil der Familie mit um den Tisch sitze und von allen in Ruhe gelassen werde; es ist eine Wohltat; Suzannahs Mutter, Edna, Olga, ihre ältere Schwester, alle erinnern sie mich an Suzannah, in ihren Gesten, ihren Gesichtern, selbst in ihrer Körperhaltung und der Art, wie sie sprechen, erkenne ich Suzannah wieder, und keine von ihnen dringt in mich und fragt mich aus; ich erzähle Paul, daß ich lese, einfach nur dasitze und aus dem Fenster sehe, daß ich manchmal in Parks liege und Museen besuche, ganze Vormittage in Bistros herumhänge, wo ich einen *café au lait* nach dem anderen trinke und mich darin übe, französische Zeitungen gründlich von vorne bis hinten durchzulesen. Ich erzähle, daß ich mir angewöhnt habe, stundenlang in der Badewanne zu liegen und mit den Zehen im erkaltenden Wasser zu plätschern, das einzige Geräusch in der Stille der Wohnung, daß ich nachts wachliege und mich erinnere, an Menschen, die ich gekannt habe und die aus meinem Leben verschwunden sind oder auch nicht. Aber was ich wirklich tue?

Ich wohne den Schmerz fort. Das ist es, was ich tue. Seit langem wohne ich den Schmerz fort. Aber noch nicht lange genug.

Mein Großvater väterlicherseits war eine Koryphäe auf dem Gebiet der Pathologie. Nachdem er als Jugendlicher wegen ungebührlichen Betragens vom Gymnasium seiner Heimatstadt geflogen war und von da an jeden Morgen die stundenlange Busfahrt in die nächstgelegene Kleinstadt unternahm, deren höhere Schule sich gnädig bereit erklärt hatte, den aufsässigen, aber intelligenten Burschen aufzunehmen, vertrank und verspielte er während seines Studiums mit der eifrigen Hilfe seines Bruders das gesamte Erbe des Vaters, welches aus mehreren Stadthäusern, einem riesigen Gutshof und einer Spinnerei bestand.

Während die Mutter und die zwei jüngeren Schwestern sich gedemütigt und nahezu mittellos in eine winzige Mietswohnung zurückzogen und dort eines besseren Schicksals harrten, heiratete Ludwig, der ältere Sohn, die Tochter eines Chefarztes des Münchner Klinikums Großhadern und ließ sich dort, wohlumsorgt unter den Fittichen seines Schwiegervaters, als Chirurg nieder. August, mein Großvater, hatte nichts Besseres zu tun, als unverzüglich ins Sündenbabel Berlin zu reisen und dort die jungen Damen von Adel der Reihe nach zu umgarnen, bis er, mehr aus Zufall denn aus eigenem Bemühen, die Stelle eines Assistenzarztes an der Charité angeboten bekam.

In den folgenden zwei Jahren machte der eher liederliche Charakter meines Großvaters eine geradezu grandiose Metamorphose durch: Zum einen stürzte er sich mit Feuereifer in seine Studien und überflügelte selbst seine Vorgesetzten an Arbeitseifer, zum anderen ließ er die Finger von den nächtlichen Vergnügungen inklusive adliger Damen und richtete sein Augenmerk statt dessen auf die dürre, unscheinbare Tochter eines dänischen Bauern, der nach Berlin gekommen war, um in der Holzgroßhandlung seines Schwagers ein Dasein als Lagerarbeiter zu fristen.

Marie, meine Großmutter, mit ihrem unerschütterlich ruhigen und gleichmütigen Wesen, das nur schwerlich zu beeindrucken war, muß August nur noch mehr dazu angestachelt haben, seine Leistungen zu verbessern. War es der Drang, endlich mal ein staunendes Aufleuchten in ihren Augen zu sehen, der ihn dazu brachte, die Verbindung zwischen drei unerklärlichen Krankheitsfällen, gekennzeichnet durch eiternde Geschwüre an Füßen und Händen und tränende Augen, die sich in kurzer Zeit zu einer schwärenden Entzündung und dann einem Schwinden des Augenlichts wandelten, zu suchen? Oder war es der unglückliche Ausdruck in den Augen der Kranken, die, da die Ärzte ihrem Leiden in vollkommenem Unwissen achselzuckend gegenüberstanden, welcher in Augusts Inneren eine Saite anrührte, die bis dahin verborgen geblieben war?

Jedenfalls bewies er Marie, seinen Vorgesetzten und sich selbst sein überragendes Können, als er anläßlich seiner Doktorarbeit die Krankheitsfälle als einem identischen Erreger zugeordnet zusammenführte und den Erreger gleich mitpräsentierte. Die Fachwelt staunte, und August, der inzwischen seine Marie geehelicht hatte, wurde als Oberarzt nach Breslau geschickt, wo er in rascher Folge eine Tochter und fünf Söhne zeugte, von denen der dritte später mein Vater wurde. Doch auch mit diesen Ehren entging mein Großvater nicht dem Kriegseinsatz, und so versorgte er in Rußland die Soldaten seines Bataillonszuges, alldieweil Großmutter sich mit den sechs kleinen Kindern auf den langen, beschwerlichen Weg heim ins zerfallende Reich machte. Nach einem Jahr Kriegsgefangenschaft kehrte August 1946 zu seiner hungrigen Großfamilie zurück, die in einem kleinen Dorf in der Nähe von Flensburg Aufnahme gefunden hatte, und in der überschwenglichen Wiedersehensfreude produzierten August und Marie sogleich ihr nächstes, siebtes und letztes Kind. Das war mein Onkel Paul.

Am Tag vor Suzannahs Rückkehr aus Malaysia rief ich Paul an, um ihm mitzuteilen, daß ich am nächsten Abend bei ihm auf einen wichtigen Anruf warten würde. Er lud mich zum Essen ein.

„Bring Dennis mit. Jörn und ich haben ihn eine ganze Weile nicht gesehen."

„Aber ich habe nicht viel Zeit."

„Macht ja nichts", sagte er. „Wir können uns auch ohne dich mit Dennis amüsieren." Ich konnte sein breites Grinsen förmlich durch den Hörer hindurch spüren.

Dennis freute sich über die Einladung. Er und Paul verstanden sich ziemlich gut; für Paul war Dennis so etwas wie der kleine Bruder, den er nie gehabt hatte, und Dennis mochte die Ruhe, die von Paul ausging.

Entgegen meiner sonstigen Gewohnheit benutzte ich nicht meinen eigenen Schlüssel, sondern die Klingel. Jörn öffnete. Er war noch nicht ganz angezogen, sein Hemd war nur halb zugeknöpft und gab den Blick auf seine dichtbehaarte Brust frei. In einer Hand hielt er das Telefon.

„Nur herein. Hallo, Dennis." Er faßte nach dem Hörer, den er zwischen Schulter und Kinn geklemmt hatte, und trat ein Stück zur Seite, um uns vorbeizulassen. „Ja, sie ist es", sagte er in den Hörer. „Du hast Glück. Für dich, Thea." Er hielt mir das Telefon hin.

Mein Herz machte einen Satz. Vorsichtig nahm ich den Hörer aus Jörns ausgestreckter Hand entgegen und holte tief Luft.

„Ja?"

„Wenn es Paul und Jörn nicht gäbe", sagte Dörthe, „wüßte ich wirklich nicht, wie ich dich erwischen sollte. Ich war diese Woche schon zweimal im *Dragoner*, aber jedesmal hattest du frei."

„Ach, du bist's!" Erleichtert lehnte ich mich gegen die Wand. Dennis und Jörn verschwanden in der Küche, und aus dem Wohnzimmer kam Theo angelaufen, wild mit dem Schwanz wedelnd und einen monströsen Büffelhautknochen im Maul. Ich tätschelte ihm den Kopf.

„Wen hast du denn erwartet?"

Ich zögerte, aber dann gab ich mir einen Ruck. Dörthe wußte ohnehin Bescheid. „Suzannah."

„Ach ja, heute ist der große Tag, nicht wahr?" Sie gluckste vergnügt. „Ich will dich auch nicht lange aufhalten. Wie ist es, kommst du am Wochenende mal vorbei?"

Blitzschnell überschlug ich die nächsten Tage. Ich hatte mir freigenommen, erst am Dienstag mußte ich wieder arbeiten. Während ich eine Hand in Theos dichtes Fell versenkte, wurde mir bewußt, daß nichts mehr von jener Vorsicht übriggeblieben war, die mich vor ein paar Wochen noch dazu gebracht hatte, vor Suzannah davonzulaufen. Ich wollte Zeit mit ihr verbringen. Soviel Zeit wie nur möglich.

„Am Wochenende nicht. Dienstag abend vielleicht?"

„Klar", sagte Dörthe, und dann lachte sie. „Meinst du, du bist bis dahin schon wieder aus dem siebten Himmel zurück?"

„Weiß nicht", sagte ich. „Gibt es den überhaupt?"

„Find's doch raus."

Jörn kam aus der Küche. Im Gehen knöpfte er sein Hemd zu. „Lade Dörthe doch auch ein, aber nur, wenn sie Derek mitbringt." Er verdrehte schwärmerisch die Augen, und ich mußte grinsen. Jörns unverhohlene Leidenschaft für schwarze Männer war ein ewiger Stein des Anstoßes zwischen ihm und Paul, und Derek, Dörthes neueste Eroberung, verkörperte genau seinen Typ.

Ich brauchte seine Einladung nicht weiterzugeben. „Danke, aber ich hab schon was vor", sagte Dörthe. „Und richte Jörn ruhig aus, daß er sich nichts einzubilden braucht. Derek interessiert sich nicht für behaarte Männerbrüste."

„Wird gemacht. Bis Dienstag dann."

„Schön. Thea, hör mal ..."

„Was?"

„Mach dir nicht ins Hemd", sagte sie leise. „Wird schon gutgehen."

In der Küche roch es aromatisch nach in Butter gebratenen Zucchini und Auberginen. Auf der Anrichte stapelte sich Geschirr und Besteck, und der Küchentisch war vollgestellt mit Obstschalen und Salatschüsseln. Paul stand mit dem Rücken zur Tür und verteilte Tomatenscheiben auf mehrere Teller. Dennis lehnte daneben und sah ihm aufmerksam dabei zu. Als ich eintrat, blickte er fragend zu mir herüber, und ich schüttelte schnell den Kopf und formte Dörthes Namen mit den Lippen. Dennis nickte.

„Onkel." Ich küßte Paul auf die Wange. Sie war verschwitzt, und an dem unruhigen Blick, den er mir zuwarf, spürte ich, daß er mit irgend etwas zu kämpfen hatte. „Was nicht in Ordnung?"

„Ach, doch, ja." Mit energischen Bewegungen legte er die Tomatenscheiben zurecht. Die Abendsonne fiel durch das Küchenfenster und warf einen goldenen Schein auf sein verbissenes Gesicht. Dennis und ich sahen ihn beide an. Schließlich blickte er auf. „Wenn ihr es genau wissen wollt: Ich bin eifersüchtig." Seine Augen glitten von mir zu Dennis. „Jörn war heute nacht aus, und ich bin eifersüchtig. Das legt sich schon wieder."

Dennis fing an zu grinsen. Pauls Miene glättete sich langsam. Dennis pflückte eine Weintraube aus der Obstschale, warf sie in die Luft und fing sie geschickt mit den Lippen auf. Dazu machte er eine wegwerfende Handbewegung. Paul lächelte.

„Jaja, schon gut. Ich weiß, ich soll drauf scheißen. Tu ich auch. Tu ich jedesmal. Los, geht schon mal rein. Wir haben übrigens noch einen Gast. Jehuda. Du kannst die beiden schon mal miteinander bekannt machen, Thea. Ich komm dann gleich."

Jehuda stand an der Bar und hielt mit einer Hand die verschiedenen Flaschen prüfend gegen das Licht. Mit den Fingern der anderen tippte er im Takt der leisen Jazzmusik, die dezent aus den Boxen in den Zimmerecken klang, auf dem polierten Holz der Theke umher. Als wir eintraten, drehte er sich ruckartig zu uns um. Nach einem Moment verzog sich sein dunkles, schmales Gesicht mit den mandelförmigen Augen zu einem breiten Grinsen.

„Hallo, Thea."

„Hi, Jehuda. Lange nicht gesehen."

Er zuckte die Achseln. „Ich war eine Weile in der Heimat. Geschäftlich. Nun ja." Seine Augen flitzten zu Dennis, musterten ihn kurz und kehrten dann wieder zu mir zurück.

Jehuda stammte ursprünglich aus Trinidad, aber er lebte seit über zehn Jahren in Berlin. Wie Jörn war er technischer Zeichner, die beiden hatten sich über ihren Beruf kennengelernt, und irgendwann hatte es da auch mal ein Techtelmechtel gegeben, aber das war lange her. Ich hoffte nur, daß Jehudas Anwesenheit nicht der Grund für Pauls Eifersuchtsanfall war.

„Jehuda, das ist Dennis, mein Mitbewohner. Dennis – Jehuda."

„Hi." Jehuda ließ sein charmantestes Lächeln aufblitzen. Dennis nickte höflich.

Einen Moment lang betrachteten sich die beiden lauernd, dann schlug Jehuda übertrieben fröhlich die Hände zusammen. „Na denn", sagte er. „Ich mix uns mal was zu trinken. Was darf's sein, Thea?" Geschäftig drehte er sich zur Bar um.

„Was hast du denn anzubieten?“ Ich lehnte mich neben ihn. Dennis ließ sich aufs Sofa fallen, verschränkte die Arme und legte den Kopf in den Nacken. Theo sprang neben ihn und plazierte den Kopf mit einem wohligen Seufzer auf Dennis' Oberschenkel.

„Wie wär's mit einem Martini sour?“ Jehuda hob die Martiniflasche und schwenkte sie leicht.

„Gerne.“

Gekonnt zog er drei Gläser aus dem Schrank und machte sich an die Arbeit. Seine Bewegungen waren elastisch und geschmeidig, und daran, wie lässig er mit den Flaschen hantierte, merkte ich, daß er Eindruck schinden wollte. Aber ganz bestimmt nicht bei mir.

„Und du, Dennis?“ fragte Jehuda munter, ohne sich umzudrehen.

Dennis sah weiter an die Decke. Jehuda verharrte abwartend.

„Du mußt dich schon umdrehen, wenn du willst, daß Dennis dich versteht“, sagte ich. „Dennis ist gehörlos.“

Jehuda reagierte genauso, wie ich erwartet hatte. Er verzog keine Miene. Gelassen füllte er zwei Gläser, reichte mir eins und drehte sich dann langsam zu Dennis um. Dennis sah ihn an.

Jehuda hob sein Glas und machte eine fragende Geste.

Dennis betrachtete ihn ausdruckslos. Jehuda gab ein leises Schnaufen von sich, warf mir einen kurzen, unsicheren Blick zu und tippte an sein Glas. Dann malte er mit einer Hand ungeschickt ein Fragezeichen in die Luft.

Es gibt im allgemeinen zwei Arten, mit denen die Leute auf Gehörlose reagieren. Entweder begreifen sie die Gehörlosigkeit des Gegenübers als Herausforderung und legen sich mit pantomimischen Gesten und forschenden Blicken derart ins Zeug, daß ihre Aufmerksamkeit schließlich ins Aufdringliche umschlägt, oder aber sie reagieren mit Scheu und Verlegenheit, verfallen nach und nach in tiefstes Schweigen und bewegen sich so gut wie gar nicht mehr, bis sich ihre Unfähigkeit zu agieren für den Gehörlosen nur noch als Abscheu interpretieren läßt. Dennis kannte diese beiden Arten nur zu gut, und er konnte sie beide nicht leiden. Aber etwas an Jehudas Hilflosigkeit schien ihn zu rühren, denn nach einem Moment sagte er: „Du kannst ruhig sprechen, ich kann von den Lippen lesen.“

Jehuda versuchte seine Verblüffung darüber, daß Dennis, wenn auch mit knarzender, tonloser Stimme, reden konnte, mit einem schiefen Grinsen zu überdecken. „Okay", sagte er laut, wobei er sich bemühte, extrem deutlich zu artikulieren. „Was möchtest du trinken?"

Dennis deutete auf das Glas, das Jehuda in der Hand hielt. Jehuda, offensichtlich irritiert von dem plötzlichen Wechselspiel zwischen Reden und Schweigen, kniff die Lippen zusammen und atmete im nächsten Moment tief aus. „Okay, also auch einen Martini sour."

Er drehte sich zur Bar um und machte sich erneut an die Arbeit. „Und ihr wohnt also zusammen?" fragte er, und aus seiner Stimme konnte ich die Ungläubigkeit heraushören. Die meisten Menschen halten Gehörlosigkeit für eine extrem schwere Behinderung, ganz im Gegensatz zu vielen Betroffenen selbst. Dennis zum Beispiel empfindet es einfach als Anderssein. Als ein Anderssein, mit dem er es, zugegebenermaßen, ziemlich schwer hat in einer Welt, die selbst visuelle Reize immerzu mit akustischen verknüpft.

„Ja, seit ein paar Monaten", sagte ich und sah zu Dennis hinüber. Er kniff lässig ein Auge zusammen und zwinkerte mir zu. Er sah ziemlich zufrieden aus, und ich wußte nur zu gut, was er dachte. Auf seine bescheidene Art hatte er soeben einen Treffer erzielt.

Jehuda und ich setzten uns zu Dennis, und während Dennis abwechselnd zu uns beiden herüber und dann wieder aus dem Fenster sah, begann Jehuda, locker mit mir zu plaudern. Gleichzeitig beobachtete er Dennis unauffällig. Plötzlich verengten sich seine Augen, er verstummte und stellte sein Glas auf dem niedrigen Couchtisch ab. Dennis hatte angefangen, den Schallplattenständer, der neben dem Sofa stand, zu inspizieren. Gemächlich zog er eine Scheibe nach der anderen heraus, betrachtete die Cover und las die Begleittexte auf der Rückseite. Dazu wippte er gleichmäßig mit dem Fuß im Takt der Musik. Mit einer Hand streichelte er Theo, der lang hingestreckt neben ihm lag.

Ich war es gewohnt, daß Dennis seine Gehörlosigkeit manchmal als Schutzschild einsetzte. Er war Meister darin, nicht ansprechbar zu sein. Er wußte genau, daß andere keine Chance hatten, ihn in ein Gespräch einzubeziehen, wenn er sie einfach nicht ansah. So zwang er sie, körperlich aktiv zu werden, wenn sie Kontakt zu ihm aufnehmen wollten. Und die meisten Menschen überlegten es sich zweimal, ob sie Dennis' Aufmerksamkeit auf sich zogen, indem sie aufstanden und sich in sein Blickfeld stellten oder ihn gar kurz berührten, damit er sich ihnen zuwandte. So verhinderte Dennis es, in belanglose, oberflächliche Plaudereien verwickelt zu werden – eine Kunstfertigkeit, um die ich ihn schon so manches Mal beneidet hatte. Aber das war es nicht, was Jehuda in diesem Moment so irritierte. Er starrte wie gebannt auf Dennis' Fuß, der sich rhythmisch im Takt der Musik hob und senkte. Dann sah er mich fragend und auf eine gewisse Art verschwörerisch an. „Erstaunlich, nicht wahr?" fragte er leise.

Ich reagierte überhaupt nicht darauf. Ich rede nie über Dennis, wenn er mich nicht dabei sehen kann.

Jehuda wandte den Blick ab. Ich sah zu, wie er angestrengt nachdachte. Und obwohl ich nicht die Absicht hatte, ihm des Rätsels Lösung – nämlich die schlichte Tatsache, daß Dennis die Musik zwar nicht hören, ihre Vibrationen aber sehr wohl spüren konnte – nahezubringen, empfand ich dennoch auf einmal eine gewisse Zuneigung für Jehuda. Immerhin war er sensibel genug, sich soweit in Dennis' Welt hineinzuversetzen, daß ihm diese nur scheinbare Ungereimtheit überhaupt aufgefallen war.

Plötzlich hob Dennis den Kopf und sah Jehuda geradewegs in die Augen. Jehuda hielt seinem Blick stand. Nach ein paar Sekunden fing Dennis an zu lächeln. Ganz langsam lächelte Jehuda zurück. Und ich stellte mein Glas ab, stand auf und ging in die Küche.

Jörn und Paul standen engumschlungen neben dem Herd und flüsterten leise miteinander. Die Salatteller waren fertig angerichtet, und der Gemüseauflauf dampfte auf der Anrichte vor sich hin.

Ich schlenderte zurück in den Flur und fühlte mich auf einmal wie ein Fremdkörper in einer seltsam undurchsichtigen Welt aus Spannungen und vorsichtigen Annäherungen. Theo kam aus dem Wohnzimmer getrottet. Mit seinen treuen braunen Augen sah er zu mir auf und wedelte leicht. Er sah genauso verloren aus, wie ich mich fühlte.

„Na, mein Süßer“, sagte ich leise und hockte mich vor ihm hin. Er schob seine feuchte Schnauze zwischen meine Hände. Ein leicht muffiger Geruch stieg aus seinem Fell auf und wehte in meine Nase. Ich legte mein Gesicht auf seinen weichen Hundekopf und schloß die Augen. Theo schnaufte zufrieden. Und dann klingelte das Telefon.

Das ganze Essen über konnte ich mich auf nichts konzentrieren. Bei jedem Satz, der an mich gerichtet wurde, mußte ich nachfragen, die Witze, die sorglos in die Runde geworfen wurden, glitten an mir vorüber, und wenn Paul, Jörn oder Dennis mich nachdenklich ansahen, fühlte ich mich ertappt. Während die anderen sich entspannt und gelöst unterhielten, wurde ich mit jeder Sekunde nervöser. Mittendrin, gerade, als ich einen Bissen von dem köstlichen Auflauf zu mir nehmen wollte, fiel mir ein, daß Suzannah vielleicht mit mir essen gehen wollte, und ich legte schlagartig die Gabel wieder zurück. Die gebratene Aubergine fiel mit einem Klatschen mitten auf den Glastisch. Ich versuchte, sie wieder aufzuspießen, verfehlte sie aber und stieß statt dessen mein Wasserglas um. Jehuda bekam die volle Ladung aufs Bein und sprang hastig auf. Alle verstummten.

„Ich glaube“, sagte Jörn bedächtig, „Thea braucht etwas zur Beruhigung.“ Er ging zur Bar und schenkte mir einen Cognac ein. „Hier.“

„Tut mir leid“, sagte ich, an niemand besonderen gerichtet, und dann stürzte ich den Cognac in einem Zug hinunter, lehnte mich zurück und sah in die Runde.

„Wann kommt sie denn?“ fragte Paul.

„Jetzt irgendwann. Sie hat vom Rasthof Walsleben aus angerufen. Das ist irgendwo hinter Magdeburg, glaube ich.“

„Ach, es kommt noch jemand?“ fragte Jehuda interessiert.

„Thea wird abgeholt.“ Jörn schenkte sich auch einen Cognac ein und kippte ihn in einem Zug hinunter. „Walsleben ist übrigens nicht hinter Magdeburg, sondern kurz vor Neuruppin. Sie müßte eigentlich jeden Moment hier sein.“

„Wirklich?“ Der Schweiß brach mir aus. Abrupt stand ich auf und lief zur Tür. „Wo ist denn mein Rucksack? Ich brauche mein Haargel.“

Im nächsten Moment klingelte es an der Tür. Ich blieb stehen und drehte mich um. Alle vier sahen mich an. Ich versuchte ein Grinsen. „Ich bin noch nicht fertig“, sagte ich matt.

Paul stellte sein Glas ab und stand auf. „Ganz ruhig. Ich mach das schon. Geh ins Bad und mach dich schön. Obwohl du das eigentlich nicht nötig hast.“

„Und mein Rucksack?“ Meine Stimme versagte. Pauls Gesicht, der Couchtisch, selbst die Tapeten, alles schien sich auf einmal zu drehen.

Dann war Paul vor mir und reichte mir meinen Rucksack, gab mir einen leichten Klaps auf die Schulter und drehte mich behutsam in Richtung Badezimmer. „Geh schon.“

Wie auf Eiern schwankte ich ins Bad, verriegelte die Tür hinter mir und lehnte mich dagegen. Ich hörte, wie Paul zur Tür ging, öffnete, etwas sagte, Theo bellte einmal kurz auf, und dann vernahm ich Suzannahs heisere Stimme und ihr Lachen. Meine Knie gaben nach, und ich rutschte an der Badezimmertür zu Boden. Vollkommen bewegungsunfähig blieb ich hocken und starrte auf die abgetretenen Badezimmerfliesen. Erst als das Stimmengemurmel im Wohnzimmer wieder einsetzte, vermochte ich, mich aufzurichten. Auf wackeligen Beinen ging ich zum Waschbecken und starrte in den Spiegel. Meine Augen glänzten fiebrig, und auf den Wangen hatte ich rote Flecken. „Ogottogott!“ sagte ich leise. „Lieber Gott, hilf mir. Mach irgendwas. Mach, daß ich mich ganz normal benehmen kann.“

Ich verbrachte eine Ewigkeit im Badezimmer. Ein ums andere Mal fuhr ich mir durchs Haar, zupfte an einer Strähne, um sie gleich darauf wieder anders zu legen, immer wieder ließ ich mir kaltes Wasser über die Hände laufen, und zweimal versuchte ich ergebnislos, meine Blase zu entleeren. Schließlich fand ich selbst, daß ich die Begegnung nicht mehr länger aufschieben konnte. Ein letztes Mal begutachtete ich mich im Spiegel, dann öffnete ich die Tür und ging langsam durch den Flur.

Ich war so durcheinander, daß ich Suzannah im ersten Moment gar nicht entdeckte. Erst als sie sich von ihrem Platz zwischen Paul und Dennis auf dem Sofa erhob und um den Tisch herum auf mich zukam, sah ich wieder klar. Sie trug ein dunkles Jackett und Jeans, die an den Knien zerrissen waren, ihre Haare waren nach hinten gekämmt und wellten sich hinter den Ohren, und ihre Augen waren noch grüner, als ich sie in Erinnerung hatte.

„Hallo, Thea", sagte sie.

„Suzannah." Aus dem Augenwinkel bemerkte ich, daß die anderen sich bemühten, nicht zu uns herüberzusehen. Mit Ausnahme von Theo. Seine braunen Augen wanderten aufmerksam von Suzannah zu mir, und seine Schlappohren waren so weit wie möglich in die Höhe gerichtet. Als Suzannah noch einen Schritt auf mich zukam, begann er vorsichtig mit dem Schwanz zu wedeln.

„Da bist du ja", sagte Suzannah. Ihre Mundwinkel zitterten leicht.

„Du ja auch."

Einen Moment verharrten wir voreinander, sahen uns an, ihre Augen zogen mich an, wie zwei Magnete zogen sie mich an, zogen mich vorwärts, hin zu ihr, und dann stolperte ich vorwärts, öffnete meine Arme, und sie kam hinein, legte ihre Hände auf meinen Rücken, preßte mich an sich, und ich vergrub meine Nase an ihrem Hals. Ich hörte sie atmen, dicht an meinem Ohr, und ich vergaß alles um uns herum, nur sie war noch da, sie und ich, wir beide, Suzannah und ich.

Das Ganze ist neun Jahre her. Eine Ewigkeit. Aber immer noch weiß ich genau, was an diesem Abend geschah, ich weiß genau, wie ich mich fühlte, als wir die nächste Viertelstunde anstandshalber in Pauls Wohnzimmer verbrachten. Ich kann mich an die Blicke erinnern, die Suzannah mir zuwarf, an den Klang ihrer heiseren, kehligen Stimme, wenn sie auf Pauls und Jehudas Fragen nach ihrer Reise und ihrem Beruf antwortete, und an die Wärme, die in mir hochkroch, als mir bewußt wurde, daß Paul, Dennis und Jörn sie ungemein sympathisch fanden, daß sie kein Fremdkörper war in dieser Gemeinschaft, die mein Leben so sehr bestimmte, sondern ein mit Interesse und Freundlichkeit aufgenommener Gast, dem bereits in diesen paar Minuten mit größerer Offenheit begegnet wurde als Jehuda. Fast fühlte ich mich ein wenig schutzlos, als wir die Wohnung verließen, mir war, als ob ich aus einem sicheren Hort hinaus in eine gefährliche Welt träte, wo stürmische Winde bliesen und ich allein auf mich gestellt war.

„Und was machen wir jetzt?" Suzannah steckte die Hände in die Hosentaschen und sah mich an. Milde Septemberluft umwehte uns. Hinter Suzannahs Rücken ragte das rohe Backsteingemäuer der Dennewitzkirche steil in den dämmerigen Abendhimmel. Zwei Tauben flatterten müßig daran empor.

„Ich weiß nicht. Möchtest du essen gehen?"

Sie schmunzelte. „Hast du nicht gerade gegessen?"

Ich zuckte die Achseln.

Sie sah mich ruhig an, immer noch mit diesem leichten Schmunzeln um den Mund herum.

„Komm", sagte sie plötzlich. „Ersparen wir uns doch das ganze Drumherum. Nimmst du mich mit zu dir?"

Vielleicht klingt das so, als hätte sie damit ihre Absicht ausgedrückt, möglichst schnell und ohne Umschweife mit mir ins Bett zu kommen. Aber so war es nicht. Und ich habe es auch nicht so verstanden, auch wenn mir in jenem Moment die Knie weich wurden. Sie wollte ungestört mit mir sein. Und sie wollte keine Zeit damit verlieren, sich vorsichtig an mich heranzutasten. Das war auch nicht nötig. Es war klar, was los war. Und wenn ich selbst danach immer wieder, über lange Zeit hinweg, dieser Klarheit ausgewichen bin, sie verneint, abgestritten, ihr zu entfliehen versucht habe, so ist Suzannah nie mehr davon abgerückt. Und das hat unser Verhältnis von Anfang an bestimmt.

„Und wie lange wohnst du jetzt hier?" Sie stand in der Küchentür und betrachtete Dennis' und meinen kärglichen Hausrat. Viel gab es nicht zu sehen. Einen Tisch mit drei verschiedenen Stühlen, einen alten Schrank mit handgeschnitzten Einlegearbeiten, den Dennis in einem Anfall von Arbeitseifer mit chinesischem Zeitungspapier beklebt und dann lackiert hatte, einen altersschwachen Gasherd, eine zerkratzte Emaillespüle.

„Fast ein Dreivierteljahr. Wir wollen schon die ganze Zeit über renovieren, aber irgendwie kommen wir nicht dazu."

„Vielleicht habt ihr auch einfach keine Lust." Sie drehte sich langsam um ihre eigene Achse und besah den Flur, der sich durch achtlos abgerissene Tapeten auszeichnete, und die Holztüren, von denen die weiße Farbe abblätterte. Ich wurde rot.

„Wir sind beide nicht besonders häuslich." Ich ging an ihr vorbei und setzte Kaffeewasser auf. Ihre Augen verfolgten jede meiner Bewegungen.

„Und wo bist du, wenn du nicht zu Hause bist?"

Ich sah vom Kessel auf und begegnete ihrem offenen Blick. „Unterwegs eben. Setz dich doch."

Sie kam näher, zog sich einen Stuhl heran und ließ sich rittlings darauf nieder. Ihre grünen Augen musterten mich weiterhin.

„Willst du oder kannst du nichts darüber erzählen?"

Ich stellte den Kaffee wieder in den Schrank zurück und drehte mich zu ihr um. Sie hatte die Arme über der Sitzlehne verschränkt und ihr Kinn darauf gelegt.

„Ich weiß nicht, wie du lebst, aber für mich gibt es keinen Ort, an dem ich richtig zu Hause bin", sagte ich langsam. „Es gibt Plätze, an denen ich mich aufhalte, gerne sogar, dieses ist auch so ein Platz, aber ich hänge nicht daran. Ich bin gerne woanders."

„Und woran hängst du?" frage sie leise.

Ich beobachtete den Wasserkessel. Die Sekunden verstrichen. „An Erinnerungen." Mein Tonfall ließ, wie ich hoffte, offen, ob ich das ernst meinte.

Als ich sie ansah, lächelte sie.

Ich trug zwei Tassen zum Tisch und hockte mich vor ihr nieder. Sie legte einen Arm um meine Schulter und zog mich ein wenig dichter an sich heran. „Ich komme nicht als Feindin", flüsterte sie. Ihr Atem strich über mein Ohr. Ein Schauer lief mir über den Rücken, und unwillkürlich zuckte ich zusammen.

„Das wird sich noch herausstellen." Ich starrte auf die abgeschabte Tischkante, die sich auf meiner Augenhöhe befand. Ich wußte genau, daß ich, wenn ich Suzannah jetzt ansähe, weglaufen würde. Ich würde weglaufen und sie sitzenlassen, und ich würde nicht zurückkommen, ehe sie gegangen war. Aber etwas in mir zweifelte daran, daß sie gehen würde. Oder daß ich es so lange aushalten würde, bis sie gegangen war.

„Ja", sagte sie schlicht. Ihr Körper war dicht neben meinem, warm und fest, und langsam lehnte ich mich an sie und bettete mein Gesicht an ihre Brust. Ich hörte ihr Herz schlagen, stark und regelmäßig.

„Was ja?"

„Das wird sich noch herausstellen."

Ich spürte, wie sie den Kopf beugte. Ihre Lippen berührten mein Haar. „Das wird sich noch herausstellen", wiederholte sie leise. Sie zog mich noch enger an sich, und ich legte meine Arme um sie und lauschte weiter dem Pochen ihres Herzens. Und in diesem Moment glaubte ich ihr.

Ich kann mich an so weniges aus meiner Kindheit erinnern. Ich weiß Bruchstücke, Einzelheiten, von denen ich mich immer frage, wieso ich sie behalten habe, scheinen sie doch so unwichtig und willkürlich ausgewählt aus einem riesigen Fundus an Erlebnissen. Suzannah hat immer gefunden, daß das Schweigen, das ich über meine Kindheit legte, an Verbissenheit grenzte. „Hast du eigentlich irgendwas zu verbergen?" fragte sie mich mehr als einmal. „So wie du dich verhältst, könnte man denken, du hättest gar keine Kindheit gehabt, oder wenn doch, dann eine, in der du fürchterliche Dinge angestellt hast." Wenn sie weicher gestimmt war, sagte sie: „Oder es ist eine, in der Fürchterliches mit dir angestellt worden ist." Egal, was sie sagte, es tat mir weh. Ich wußte, daß sie recht hatte, aber in welcher Hinsicht, war mir ein Rätsel. Ich kann mich einfach an so wenig erinnern. Aber an eine Begebenheit erinnere ich mich genau, und vielleicht nur deshalb, weil sie mir heute, aus dem Abstand der Zeit heraus, wie ein Probelauf erscheint für etwas, das später geschah. Damals allerdings hätte ich nicht ahnen können, daß Jahre später Paul und sein Zuhause tatsächlich zu meiner Heimstatt werden würden. Und das sind sie, mit Unterbrechungen, auch immer geblieben.

Es war im Frühsommer 1974 oder 1975, ich war elf oder zwölf Jahre alt, nein, ich glaube, elf. Ich war noch ein richtig kleines Mädchen.

Ich verstand gar nichts. Ich begriff nur, daß ich in einem Zug saß, um den Hals einen Brustbeutel mit meiner Fahrkarte, meinem Namen und meiner Adresse. Meine Mutter hatte immer Angst, daß ich verlorenging.

Als der Zug nach stundenlanger Fahrt endlich Berlin erreichte und zwischen den Häuserschluchten mit ihren rissigen Fassaden in den Bahnhof Zoo einfuhr, begann ich auf einmal zu fürchten, daß Onkel Paul nicht da sein würde. Daß er nicht käme, um mich abzuholen. Und als ich ausstieg, meinen kleinen Koffer in der Hand, da hatte auch ich Angst, daß ich verlorengehen würde.

Ich weiß noch, daß es komisch war. Onkel Paul stand auf dem Bahnsteig, und er sah so alt aus. Dabei war er sehr jung damals, er kann höchstens Anfang Zwanzig gewesen sein. Aber für mich sah er, inmitten des Gewirrs von Menschen unter dem metallenen Dach des Bahnhofs, für mich sah er alt aus. Vielleicht lag es daran, daß er einen Schnäuzer trug, der sein weiches Gesicht verhärtete, den noch nicht ganz ausgereiften Konturen einen anderen, markanteren Schnitt gab. Er sah mich sofort, kam auf mich zu, ein Grinsen im Gesicht, nahm mich in den Arm, dann meinen Koffer in die Hand, und wir gingen fort. Ein vorbeieilender Mann stieß mich grob zur Seite, und ich hätte gerne meine Hand in Onkel Pauls gelegt, aber ich traute mich nicht. Er sah einfach so alt aus und fremd. Er sah zu mir herunter, streckte seine Hand aus und sagte: „Na, Titi? Halt dich lieber fest, sonst wirst du mir noch fortgeschleppt." Kaum hatte er das gesagt, fühlte ich mich auf einmal ganz sicher, und ich wußte, daß ich seinen Schutz nicht mehr brauchte, aber dennoch legte ich meine Hand in seine, und sie war warm und umschloß meine Finger, und ich begann mich zu freuen.

Die Zeit war seltsam, die Stadt war riesig, sie kesselte mich ein, ich fühlte mich klein und winzig, immer wieder. Die Kinder kamen mir so anders vor, Kinder in meinem Alter, vor allem die Mädchen. Ich war wirklich eine Landpomeranze, ich hatte keine Ahnung, was ihre Gesten, ihre Bewegungen bedeuteten, es schien mir immer etwas Geheimnisvolles in dem zu sein, wie sie sich bewegten, was sie taten, wie sie miteinander sprachen. Sie wirkten abgeklärt und klug. Auf eine städtische Art klug. Und ich, ich war auf eine ländliche Art dumm. Manchmal sehe ich heute noch Kinder in Berlin, aber auch hier in Paris, Kinder an der Hand ihrer ärmlich gekleideten Eltern, zu Besuch in der Stadt, und die Augen dieser Kinder, groß, etwas ängstlich und neugierig, sie erinnern mich daran, wie ich wohl ausgesehen habe, damals, als ich Paul das erste Mal besuchte.

Es war faszinierend, bei Onkel Paul zu sein. Ich weiß noch, daß es mich irritierte. Er wohnte allein in einer Dreizimmerwohnung.

Wenn ich aus dem Fenster sah, konnte ich keine Bäume entdecken, nicht einmal den Himmel, nur Fassaden, Fenster, Gardinen und rissigen Putz, der im trüben Licht der verdunkelten Sonne zu mir herüberstarrte.

Onkel Paul war damals im letzten Abschnitt seiner Ausbildung zum Zahnarzt. Dennoch hatte er viel Zeit für mich. Ab und zu ging er fort, aber nur für ein paar Stunden – ich weiß nicht, was er tat, vermutlich arbeitete er, ich habe ihn nicht danach gefragt, auch später nicht. Irgendwie wollte ich es nie wissen. Ich glaube, das hätte das Geheimnis der Zeit, die ich bei ihm verbrachte, zerstört, in ein anderes Licht gestellt, und auch heute noch erinnere ich mich gerne daran, an diese Zeit, die mir damals so unwirklich erschien, weil Dinge wie Arbeit nicht existierten.

Wenn Onkel Paul fortging, war ich allein in dieser Riesenwohnung. Oft ging ich einfach in den Zimmern umher, sah mir alles an, blieb stehen, schloß die Augen und roch und hörte die Fremdartigkeit um mich herum. Zuweilen kam ein anderer Mann, auch er hatte einen Schnäuzer, und seine Haare waren noch länger als die von Onkel Paul. Wenn er kam, blitzten Onkel Pauls Augen, sie alberten herum, und einmal buken wir zusammen einen Kuchen. Der andere Mann – ich weiß seinen Namen nicht mehr –, er beachtete mich kaum, war aber freundlich. Er blieb über Nacht, doch ich konnte nie herausfinden, wo er schlief. Nur, daß er manchmal morgens mit am Küchentisch saß und mit mürrischer Miene Kaffee trank, ohne zu sprechen. Ich schätze, er war einfach ein Morgenmuffel.

Irgendwie herrschte eine schwüle Atmosphäre in Onkel Pauls Wohnung, um so schwüler, als alles so aufgeräumt und sauber war. Mir leuchtete das nicht ein, ich verband schwül mit dicht gedrängt stehenden Gegenständen, Unordnung und dem Geruch von Schweiß. Aber all diese Charakteristika trafen auf Pauls Wohnung nicht zu, und erst viel später verstand ich, daß die Atmosphäre von der Dichte der Stimmungen herrührte und deren Intensität. Die Blicke zwischen Paul und seinem Freund, die Verstohlenheit in ihren Bewegungen, das Unausgesprochene, die Zurückhaltung, all das verengte die Räume, machte sie dichter, als tausend Möbelstücke, als fortgesetzte Unordnung es je gekonnt hätten, und ich, klein und unwissend, fing etwas auf und merkte nicht, was.

Als Kind ist es einem unmöglich, äußere Umstände und Ereignisse mit räumlichen Zuständen in Verbindung zu bringen. Ich konnte mir nicht vorstellen, daß irgend etwas das Sein in Onkel Pauls Wohnung verändern könnte. Es erschien mir unendlich in der Zeit und im Raum. Je fragiler, je instabiler ich mich selbst in der Welt fühlte, desto bleibender, beständiger erschienen mir damals die Orte, an denen andere lebten. Das waren Fixpunkte, in denen ich, wenngleich ich dort nicht zu Hause war, ruhen konnte. Denn sie blieben. Sie blieben gleich, während alles andere sich unaufhaltsam veränderte – ich, die Menschen, mein Leben.

Manchmal wunderte ich mich, daß so wenig Spinnweben zu sehen waren. So alt erschien mir die Welt, die um mich herum war.

Onkel Paul kümmerte sich rührend um mich. Er ging mit mir Hamburger essen, ins Aquarium, spazieren, selbst in den Botanischen Garten, auf einen Rummelplatz ging er mit mir. Und doch fühlte ich mich seltsam fremd und hohl in seiner Gegenwart. Vielleicht war er zu jung? Vermißte ich meine Mutter? Es fehlte eine Wärme, eine kleine Wärme, vielleicht die Wärme einer weiblichen Hand. Ich weiß nicht, und ich weiß es auch jetzt noch nicht. Aber ich weiß, daß ich schon damals spürte, daß Paul und mich etwas ganz Besonderes verband. Vielleicht war es das unbewußte Wissen, daß ich eines Tages selbst den Weg gehen würde, den Onkel Paul gegangen war. Eines Tages würden wir uns ansehen und wissen, daß wir beide Ähnliches durchgemacht hatten bis hin zur Erkenntnis, dem Eingestehen und der Verteidigung, daß wir das eigene Geschlecht liebten. Denselben Weg – von der ersten Qual bis zum ersten Aufatmen und darüber hinaus. War es das, was uns verband? Vielleicht. Vielleicht war es das wirklich.

„Ist deine Mutter immer noch so aktiv in der Gemeindearbeit?" fragte mich Paul an einem dieser Tage. Er hockte neben mir und hatten einen Arm durch den Zaun des Nasenbärgeheges geschoben. Der Nasenbär saß in einiger Entfernung still auf seinen Hinterbeinen und betrachtete uns mit einem, wie es mir vorkam, selbstgefälligen Grinsen. Pauls verblichene Jeansjacke war an den Aufschlägen umgekrempelt, und ich hatte beschlossen, es ihm, sobald ich auch eine Jeansjacke besäße, gleichzutun. Und so ein rotes Tuch wie er wollte ich auch haben, er hatte es lässig in die rechte Gesäßtasche seiner Jeans gesteckt (noch jetzt, nach jahrelanger Erfahrung mit der Schwulenszene, vergesse ich immer wieder, welche Bedeutung dieser Tuch-Code eigentlich hat; ich bekomme die Farben der Tücher alle durcheinander und ihre Plazierung erst recht).

„Ja", sagte ich und begann nervös an seinem Ärmel zu zupfen, denn der Nasenbär hatte sich aufgerichtet und war ein Stück nähergekommen, „aber sie macht jetzt meistens was mit alten Leuten." Die Sonne schien schräg durch die hohen Hecken und warf glitzernde Punkte auf das dunkelgefleckte Fell des Nasenbärs, der innegehalten hatte und sich jetzt duckte.

Paul sah den Nasenbären wie gebannt an. „Seniorenarbeit, was?" fragte er, ohne mich anzusehen. Ich kannte dieses Wort, aber ich mochte es nicht aussprechen. Für mich klang es wie ein medizinischer Ausdruck, und medizinische Ausdrücke hörte ich ohnehin genug in meinem Leben.

„Ja, so Kaffeetrinken und Kartenspielen, und manchmal tanzen sie auch und fahren alle zusammen irgendwohin."

Der Nasenbär machte plötzlich einen Sprung auf Pauls Arm zu, und Paul wich hastig zurück. Er streckte die Beine und fuhr sich mit beiden Händen durch das lange Haar. Dann sah er zu mir herüber, und ein seltsam mitleidiger Ausdruck trat in seine Augen. „Deine Mutter ist schon 'ne verrückte Nudel, Thea, aber trotzdem ist sie schwer in Ordnung. Warst du schon mal mit auf einem dieser Ausflüge?"

„Ja, zweimal. In den Ferien. Wir fahren ja sonst nirgendwohin, deshalb findet Mutter immer, das sei eine gute Gelegenheit, mal rauszukommen." Mit Schaudern erinnerte ich mich an den letzten der beiden Ausflüge; zwischen lauter alten Leuten eingeklemmt, hatte ich im Bus gesessen und nach draußen gestarrt, wo hinter regennassen Bäumen alte Gemäuer aus dem verhangenen Nebelschwaden auftauchten. Ausflüge mit den Senioren, das hieß, sich am Ende einer langen Reihe von schick zurechtgemachten alten Damen – und ein paar vereinzelten Herren, denen das Unbehagen über die fehlende männliche Gesellschaft an den hängenden Mundwinkeln deutlich abzulesen war – auf endlosen Besichtigungstouren durch alte Schlösser und pittoreske Parkanlagen zu schleppen und dabei den eigenen Träumen nachzuhängen, die nichts mit dem pausenlosen Geknarze alter Stimmen zu tun hatten, das von allen Seiten auf mich eindröhnte.

Paul schob mich zurück auf den Gehweg und legte mir den Arm um die Schultern. „Irgendwann wirst du vielleicht noch mal froh sein über das, was deine Mutter tut. Spätestens dann, wenn du deinen eigenen Kram machst. Nimm's nicht so schwer, Thea, es gibt Schlimmeres als das."

„Was denn?" fragte ich ernst.

Mit kleinen Schritten schlenderten wir nebeneinander her auf den Zooausgang zu. Immer noch stand eine lange Schlange am Einlaßschalter an. Kleine Kinder an der Hand ihrer Väter, ganze Familien und auch Gruppen von Jugendlichen. Sie alle strebten danach, das zu sehen, was ich und Paul gerade gesehen hatten, und ich kam mir wichtig und stolz und ihnen allen unendlich überlegen vor, als wir das Drehkreuz passierten und den Zoo hinter uns ließen.

Paul ließ sich Zeit mit der Antwort. „Nun ja", sagte er, „zum Beispiel, gar keine Mutter zu haben oder krank zu sein oder Liebeskummer zu haben oder Depressionen. Weißt du, was Depressionen sind? Das ist, wenn man so unglücklich ist, daß man nicht weiterleben möchte."

Ich dachte darüber nach. Als wir beim Eisstand ankamen, wo Paul mir ein riesiges Schokoladeneis mit Schokoglasur kaufte und sich selbst auch eins, wußte ich, daß das alles auf mich nicht zutraf. Ich hatte eine Mutter, ich war gesund und kannte weder Liebeskummer noch Depressionen. Aber damals war ich eben elf Jahre alt.

Später waren es nicht mehr Senioren, sondern Behinderte, mit denen meine Mutter arbeitete. Sie fing damit an, als ich vierzehn war, und ungefähr zur selben Zeit begann mein eigentliches Leben. Ich weiß nicht, wie ich das richtig erklären soll, aber mir ist immer, als hätte mein Leben begonnen, als ich vierzehn war. Die Zeit davor, sicher, ich habe sie gelebt, ich war Thea, Thea in klein, und doch auch schon Thea, wie sie heute ist, aber dennoch ist es so, als ob mein Leben davor abgeschnitten wäre und erst begonnen hätte, als ich vierzehn war.

Damals passierten vier wichtige Dinge gleichzeitig. Ich lernte Marc kennen, ich hatte das erste Mal Sex mit einem Jungen, meine Mutter schenkte mir einen Hund, ein winziges, braungeflecktes Fellbündel, das ich Theo nannte, was ich geradezu revolutionär fand. Die Tatsache, daß ich meinem Hund die maskuline Version meines eigenen Namens gab, führte, so stellte ich mir das damals vor, meiner Umgebung deutlich vor Augen, wie wenig ich von der traditionellen Rollenverteilung hielt. Und ich fing an, gegen die festgelegten Regeln der provinziellen Gesellschaft aufzubegehren, was beinhaltete, daß ich die Konfirmation verweigerte und immer häufiger im Unterricht fehlte.

Ich weiß, daß alle, selbst meine Mutter, annahmen, es bestünde ein Zusammenhang zwischen meinem zunehmenden Schuleschwänzen und der Tatsache, daß meine Mutter zwar nur noch halbtags in der Krankenhausverwaltung arbeitete, dafür aber ungleich mehr Stunden mit der Betreuung ihrer Behindertengruppe verbrachte, aber das war nicht der Fall. Ich hatte einfach keine Lust mehr auf die spießigen Lehrer, die mich immer öfter wegen meiner aufsässigen Haltung und meines Zuspätkommens rügten. Ich hatte keine Lust mehr auf meine langweiligen Klassenkameraden, und vor allem hatte ich keine Lust mehr, meine kostbare Zeit damit zu verbringen, Definitionen über den Begriff der Tugend zu schreiben oder mathematische Formeln auszurechnen. Andere Dinge waren aufregender. Bücher von Hesse oder Handke anstatt der moralinsauren Jugendromane Hans-Peter Noacks, die wir im Unterricht bis zum Überdruß interpretieren mußten, das heimliche Haschischrauchen im selbstverwalteten Jugendzentrum in der Innenstadt, Musik von *Ton Steine Scherben* oder Eric Burdon, diese Dinge waren es, die mich interessierten. Ganz zu schweigen von den langhaarigen Jungs, die ich bei den Treffen der Anti-Atomkraft-Bewegung oder auf Festivals kennenlernte, zu denen ich mit Marc, meinem besten Freund und Klassenkamerad, trampte.

Marc war der einzige in jener harten Zeit, mit dem ich uneingeschränkt zurechtkam. Wir waren gleichaltrig, und uns verband ein Gefühl der Einsamkeit, der Andersartigkeit inmitten einer Welt voller angepaßter Jugendlicher, denen gute Noten, die Tanzstunde und die richtige Sportart über alles gingen. Marc war ein eher schmächtiger, schlaksiger Junge mit blondem Haar und verschlafenen Augen, die er hinter einer runden Nickelbrille versteckte. Obwohl er eigentlich recht gut aussah, hatte er wenig Erfolg bei den Mädchen. Jetzt, Jahre später, frage ich mich, ob es nicht an mir lag, daß er nirgendwo so recht landen konnte. Die Mädchen fanden mich durchweg seltsam, und vermutlich glaubten alle, daß Marc und ich etwas miteinander hatten, aber das stimmte nicht. Wir waren einfach beste Freunde, und bis ich aus Münster wegging, sind wir das auch geblieben.

Ich glaube, in den drei Jahren, die Marc und ich miteinander befreundet waren, haben wir uns nicht ein einziges Mal ernsthaft gestritten. Unsere Freundschaft war getragen von jenem harmonischen Einklang, wie man ihn nur in frühen Jugendjahren findet, wenn die Lust auf das Leben und die Bereitschaft, Neues zu erkunden, so groß ist, daß jeder Gedanke, jede Tat eines Freundes es wert scheint, überprüft und gegebenenfalls selbst übernommen zu werden. Und so war es auch bei uns. Ständig fiel uns etwas ein, das wir umgehend ausprobieren, sehen, kennenlernen, erleben mußten. Und nach und nach erweiterten wir unseren Aktionsradius. Waren es zu Anfang noch stillgelegte Fabriken oder verwitterte Ruinen kurz hinter der Stadtgrenze, die wir erkundeten, so fingen wir nach einer Weile an, in den nahegelegenen Ruhrpott zu trampen und uns dort die Städte anzusehen. Gleichzeitig mit dem Kiffen entdeckten wir die benachbarten holländischen Grenzstädte, wo man in den sogenannten Coffie-shops ganz selbstverständlich Haschisch kaufen konnte. Die Welt erschien uns ungeheuer groß und abenteuerlich, was hatten wir also im provinziellen Münster verloren? So war es nur logisch, daß wir in den Ferien gemeinsam per Anhalter durch Europa reisten. Mit Marc an einer Seite – und Theo an der anderen – sah ich zum ersten Mal das spanische Mittelmeer, mit ihm zusammen badete ich in der italienischen Adria, und Marc stand neben mir, als ich von den hohen, zerklüfteten Felsen hinunter auf die Höhlen der Ardèche schaute.

Wir erlebten so vieles gemeinsam. Aber woran ich mich am besten erinnere, das waren die vielen Nächte, die ich bei ihm verbrachte. Als die ersten blauen Briefe wegen Schwänzens bei meiner Mutter eintrafen, wurde die Atmosphäre bei mir zu Hause zunehmend gespannter. Meine Mutter schimpfte nicht, statt dessen begann sie mich auszufragen. Was tat ich, wohin ging ich, wenn ich nicht in der Schule war, mit wem war ich zusammen? Wie stellte ich mir mein Leben vor, wenn ich jetzt, mit fünfzehn, nicht lernen würde, mich zu konzentrieren? Wie wollte ich zurechtkommen, geschweige denn eine vernünftige Arbeit finden, wenn ich nicht bereit war, dafür auch etwas zu tun? Ihre bohrenden Fragen kamen so schnell hintereinander, daß ich nicht in der Lage war, auch nur eine davon zu beantworten. Unsere Auseinandersetzungen endeten meist damit, daß sie in ihrem Zimmer verschwand und ich in meinem, um mich dann später, wenn ich sie eingeschlafen wähnte, aus der Wohnung zu schleichen.

Marc wohnte nicht weit entfernt, sein Zimmer lag unmittelbar über der Garage, die seine Eltern seitlich an das Einfamilienhaus angebaut hatten. Um es zu erreichen, mußte ich nur das stabile Rosenspalier hinaufklettern, ein paar Schritte über das Garagendach laufen und schließlich auf einen kleinen Sims steigen. Marcs Fenster stand immer offen für mich. Es ließ sich auch von außen öffnen, denn Marc, der sich für alles interessierte, was mit Bauen und Basteln zu tun hatte, hatte ein Spezialschloß mit zwei Griffen konstruiert. Kaum war ich durch das Fenster geschlüpft, zog er den Schlafsack unter seinem Bett hervor und warf ihn mir zu, und ich rollte mich gemütlich auf dem alten Sofa auf der anderen Seite des Zimmers zusammen und drehte uns noch einen Joint. Unzählige Nächte haben wir so miteinander verbracht, er in seinem Bett, ich auf dem Sofa, und oft lagen wir bis zum Morgengrauen wach und redeten. Das heißt, hauptsächlich redete Marc, ich beschränkte mich aufs Zuhören und auf eine gelegentlich eingeworfene Frage oder Bestätigung. Seine Stimme hatte etwas Beruhigendes; ich mochte die Art, wie er sprach, das Kieksen, das an den noch nicht lange zurückliegenden Stimmbruch gemahnte, seinen sanften Tonfall, das abgehackte Verstummen, wenn Marc sich seiner Sache nicht ganz sicher war. Der Klang seiner Stimme, die durch das Halbdunkel des Zimmers zu mir herüberdrang, war wie ein träge fließender Strom und meine Müdigkeit das Floß, auf dem ich sachte darauf entlangglitt, bis hinüber in den Schlaf. Und noch heute meine ich manchmal kurz vorm Einschlafen Marcs jugendliche Stimme zu hören, die mir von Träumen erzählt, von Träumen und Wünschen eines Lebens als Erwachsener, eines Lebens, das nun, da wir beide die Dreißig überschritten haben, nicht mehr in der Zukunft liegt, sondern schon in der Vergangenheit.

Marcs Eltern haben uns nie bei unseren nächtlichen Zusammenkünften erwischt, und selbst wenn, glaube ich nicht, daß sie sich groß darüber aufgeregt hätten. Sie waren gemütliche, ruhige Leute, die sich in harter Arbeit ein eigenes Geschäft für Sanitärinstallationen aufgebaut hatten, und Marc, der als Nachzügler zehn Jahre später als sein nächstältester Bruder geboren war, genoß ziemlich viele Freiheiten. Er war der einzige aus der Familie, der je eine höhere Schule besucht hatte, und ich denke, seine Eltern ließen ihn mit einer Mischung aus Stolz, Respekt und auch Erschöpfung seine eigenen Wege gehen, auf denen sie ihm ohnehin nicht zu folgen vermochten. Mich behandelten sie immer freundlich und herzlich, für sie war ich wahrscheinlich all die Jahre über Marcs beste Freundin, ohne daß sie sich mehr dabei dachten. Womit sie natürlich auch recht hatten. Vielleicht hat Marc das gestört, vielleicht wünschte er sich, daß sie ihm eine Liebschaft mit mir zutrauten, vielleicht hätte er gerne gewollt, daß man ihm ein wenig mehr skeptischen Argwohn entgegengebracht hätte, aber mir war es recht.

Und ich war froh, daß meine Mutter mir keine lästigen Fragen in bezug auf Marc stellte. Sie kannte und mochte ihn, und ich glaube, sie wußte genau, wohin ich nachts so manches Mal verschwand.

Meine Mutter, sie fehlt mir ebenfalls. Wenn ich ehrlich bin, dann fehlt sie mir jetzt mehr als damals, in der ersten Zeit nach ihrem Tod. Dafür habe ich mich in jener ersten Zeit mehr geschämt und mich gegrämt, darüber, wie oft wir uns gestritten hatten, wie aufsässig und unleidlich ich ihr gegenüber gewesen war. Aber jetzt verzeihe ich mir das. Es war nun mal eine schwierige Zeit, und ich konnte nicht anders, als mit ihr zu streiten. Ich bin überzeugt, daß wir uns, hätte sie länger gelebt, nach einer Weile wieder besser verstanden hätten. Ihr Tod hat uns die Möglichkeit genommen, miteinander zu einem harmonischen Stand der Beziehung zu finden; zu jener Zeit, als sie starb, veränderte ich mich viel zu schnell, als daß sie reibungslos mit mir hätte Schritt halten können. Und auch sie veränderte sich; ich sah es, aber ich wollte es nicht sehen. Im überschäumenden Egoismus der Jugend fand ich, meine Entwicklung habe Vorrang, und vielleicht hatte sie das ja auch. Und ich wollte nicht, daß meine Mutter mich auf meiner Entwicklung begleitete, so wie ich das heute wollen würde. Aber so ist das eben, sie starb, und ich bin nur froh, daß wir in den letzten Monaten zuvor noch ein bißchen zueinander fanden. Da war ich siebzehn, und die ersten Stürme der Jugendzeit hatten sich wieder gelegt.

„Thea", sagte meine Mutter, „sei so nett und bring doch eben diese Teller in die Küche zum Abwaschen. Und du könntest auch mal dahinten bei den Senioren nach dem Rechten schauen. Ich glaube, Frau Schulte möchte noch ein Stück Kuchen, aber du weißt ja, sie kann nicht so gut laufen." Sie deutete hinüber zu den Obstbäumen, unter denen eine Gruppe älterer Kirchenmitglieder um einen Kaffeetisch herum versammelt saß.

Ich betrachtete meine Mutter, die hinter dem Grill heftig ins Schwitzen geraten war. Ihr dunkler Pagenschnitt war aus der Form geraten, einzelne Strähnen hatten sich daraus gelöst und hingen ihr wild ins Gesicht. Sie hatte in den letzten Jahren etwas zugenommen, ihr fülliger Busen war in einen engen, spitzwinkligen Büstenhalter gezwängt, der unter der Schürze, genau dort, wo sich das bunte Blumenmuster durch eine schiefe Naht querlegte, zwei scharfe Kanten bildete. Ich konnte die leichten Schweißflecken unter ihren Armen erkennen, deren ausgefranste Ränder in der Vielfarbigkeit der Blumen verschwanden. Sie sah kurz auf und blickte mich fragend an, und ich nickte, nahm den Stapel Teller auf und ging los. Theo, der die ganze Zeit über mit wachsamem Blick unter dem Grill gesessen hatte, in der Hoffnung, das eine oder andere Würstchen zu bekommen, würdigte mich keines Blickes. Seine braunen Hundeaugen fixierten meine Mutter, und als sie kurz zu ihm hinunterschaute, wedelte er freudig.

Es war eines der unzähligen Gemeindefeste, bei denen meine Mutter die gute Fee spielte. Aus irgendeinem Grunde war ich diesmal mitgekommen, vielleicht, weil ich, bei allen Differenzen zwischen uns, die seltene Gelegenheit, mit meiner Mutter etwas zu unternehmen, nutzen wollte. Der Gemeindegarten war voller Menschen, Kinder rannten übermütig spielend zwischen Erwachsenen in Freizeitkleidung umher, in einer Ecke stand kichernd eine Gruppe von Konfirmanden beisammen, und weiter hinten unterhielten sich die Damen aus dem Kirchenchor eifrig über die Vorzüge der jeweiligen Torten, die die einzelnen beigesteuert hatten. Soeben hatte der Posaunenchor ein Ständchen gehalten, und drüben, beim Sandkasten, bereitete die Kirchenschwester mit Hilfe des Diakons ein Eierlaufspiel vor. Buntgestreifte Bänder wurden als Start- und Ziellinie auf den Boden gelegt, und die ersten Neugierigen kamen herbeigeströmt. Ich brachte die Teller in die Küche, wo eine muntere Schar Frauen jeden Alters eifrig plappernd den Abwasch erledigte, und dann schlenderte ich zum Kaffeetisch der Senioren, um mich nach deren Wünschen zu erkundigen.

Als ich näherkam, blickten die Nächstsitzenden auf, und mehrere wässrigblaue Augenpaare musterten mich wohlwollend.

„Da ist ja die Thea! Wie schön, daß du dich auch mal wieder blicken läßt. Wie geht's uns denn, kleines Fräulein?"

„Gut geht's mir. Möchten Sie, daß ich Ihnen noch etwas Kuchen bringe?"

Ich war erleichtert, als sie reihum verneinten. Tante Krüpp, die am Kopfende des Tisches saß und in ihrem hellen Kostüm wie ein alternder Brokatengel in Lebensgröße aussah, zwinkerte mir verschwörerisch zu. Gemächlich wanderte ich zurück zum Grill. Der erste Eierlauf war bereits in vollem Gange. Ein kleiner Junge mit einem grünen selbstgestrickten Pullunder rannte unter lautem Jubel als erster ins Ziel. Als Kind war ich ebenso gelaufen wie er, mit hochrotem Kopf, die Beine weit nach außen gesetzt, und während ich ihm zusah, kam ich mir plötzlich uralt vor. Es war erst ein paar Jahre her, daß ich ebenfalls beim Eierlauf mitgemacht hatte, und doch schien ein ganzes Leben zwischen mir und diesen Kindern zu liegen, die da aufgeregt und mit fuchtelnden Armen ihre Eier verglichen.

Meine Mutter stand nicht mehr allein hinterm Grill; der Pastor, ein großgewachsener Mann mit beginnender Halbglatze und einer mächtigen roten Nase, hatte sich zu ihr gesellt. Theo saß immer noch unter dem Grill, zaghaft schnupperte er am Hosenbein des Pastors, und sein pelziges Hundegesicht trug einen skeptischen Ausdruck. Wie ich konnte er den Pastor nicht besonders gut leiden. Ich fand, daß er ein schleimiger Heuchler war, der auf der Kanzel der Gemeinde schöntat und insgeheim den jungen Mädchen lüstern nachstarrte, und nicht zuletzt deswegen hatte ich vor drei Jahren meine Konfirmation verweigert. Meine Mutter hatte sich nach einigen lautstarken Auseinandersetzungen damit abgefunden, aber der Pastor beobachtete mich seither mit Unwillen und, was ich noch weniger ertragen konnte, mit Besorgnis.

„Thea!" rief er jetzt. „Wie nett, daß du wieder dabei bist."

So, wie er es sagte, klang es, als ob ich nur kurze Zeit auf Abwege geraten und nun wieder in den Schoß der Kirche zurückgekehrt sei, und meine friedliche, leicht melancholische Stimmung verschwand im Nu.

„Ich wollte mal sehen, was meine Mutter so macht", erwiderte ich achselzuckend und fischte mir ein kleines Würstchen vom Grill.

„Hier, nimm ein Brötchen dazu", sagte meine Mutter und hielt mir eins hin. Ich nahm es und biß hinein.

„Thea", setzte der Pastor an, und seine Stimme nahm einen salbungsvollen Tonfall an, „ich habe gerade deiner Mutter davon erzählt. Wir haben eine neue Jugendgruppe gegründet, die über Themen von heute diskutiert, und da dachte ich, daß du dich uns vielleicht anschließen möchtest."

Ich kaute auf meinem zähen Brötchen herum und sah vorsichtig meine Mutter an. Sie war mit den Würstchen auf dem Grill beschäftigt, und ihr Gesicht ließ nicht erkennen, was sie über den Vorschlag dachte. Ich schluckte und sah zum Pastor auf, der mich forschend ansah.

„Ich glaube, das ist nichts für mich", sagte ich so höflich wie möglich.

Der Pastor fuhr sich mit der Hand über die Stirnglatze und räusperte sich gewichtig. „Es sind lauter junge Leute in deinem Alter, wie alt bist du noch gleich, siebzehn, nicht wahr?" Ich nickte, und er fuhr fort: „Wir sprechen über ganz wichtige Dinge wie zum Beispiel die Verantwortung des jungen Menschen gegenüber der Umwelt."

Wieder sah ich hilfesuchend zu meiner Mutter, aber sie hielt immer noch den Blick auf die Würstchen gerichtet. Allerdings hatte sie angefangen zu grinsen. Theo rückte näher an mich heran und sah durchdringend auf mein Brötchen.

„Darüber rede ich schon woanders", sagte ich, und als das pikierte Schweigen des Pastors geradezu unerträglich wurde, fügte ich hinzu: „In der Schule und mit meinen Freunden."

Selten hatte ich so wenig überzeugend gelogen. Meine Mutter biß sich auf die Lippen, um nicht laut herauszuprusten, und wedelte mit einer Hand den aufsteigenden Rauch zur Seite.

Der Pastor seufzte leise und reckte sich dann. „Nun, du kannst ja noch mal darüber nachdenken. Du bist immer herzlich willkommen. Jeden Mittwoch um achtzehn Uhr im Konfirmandenzimmer." Er lächelte freundlich – und besorgt – und stelzte von dannen.

Meine Mutter stemmte eine Hand in die Seite und sah lachend zu mir auf. „Na, wäre das nicht vielleicht wirklich was für dich? ‚Die Verantwortung des jungen Menschen gegenüber der Umwelt!'"

Wir grinsten uns an. Auf einmal mußte ich daran denken, wie rar solche Momente zwischen uns geworden waren. Meiner Mutter schien es ebenso zu ergehen.

„Ach, Kind", sagte sie leise, und ein wehmütiger Zug schlich sich um ihren Mund. Nachdenklich betrachtete sie mich. In ihren Augen spiegelte sich die Trauer darüber, daß ich ihr in all der Hektik und Aufregung der letzten Zeit irgendwie abhanden gekommen war. Seit langem schon ging ich meiner Wege, seit langem entfernten wir uns unaufhaltsam voneinander, die einstige Vertraulichkeit war auf solch kurze Momente der Nähe, wie wir sie gerade erlebt hatten, reduziert, und die Zeit hatte begonnen, ihren Schleier darüber zu legen. Deutlich sah ich in ihren Augen, daß sie sich fragte, wer ich eigentlich war, ich, dieses große, kräftige Mädchen mit den langen braunen Haaren und dem Gesicht, das dem ihres verstorbenen Mannes so sehr ähnelte.

„Ich wünschte, du würdest nicht so schnell erwachsen werden, Kind", sagte meine Mutter, und dann streckte sie die Hand aus und strich mir schnell über die Wange, bevor sie sich wieder den Würstchen zuwandte.

„Mama", sagte ich, und meine Mutter sah auf. Doch bevor ich weitersprechen konnte, weiteten sich ihre Augen, und ein abenteuerlustiger Ausdruck erschien auf ihrem Gesicht.

„Oh, jetzt sind die Erwachsenen dran! Da muß ich unbedingt mitmachen! Paßt du einen Moment auf?“

Eilig streifte sie die Schürze ab und hielt sie mir hin, und im nächsten Moment rannte sie schon auf den Sandkasten zu, wo sich die erste Gruppe für den Eierlauf der Erwachsenen bereitmachte. Ich stellte mich hinter den Grill und fing an, die Würstchen zu wenden. Theo stupste mich vorsichtig mit der Schnauze an, und entgegen aller Gewohnheit nahm ich eins vom Grill und warf es ihm zu. Mit zwei, drei gierigen Bissen war es vertilgt, und Theo leckte sich die Schnauze, wedelte kurz und setzte sich wieder in Bettelpositur.

Der Gong, der den Start des Eierlaufs anzeigte, erklang, und ich sah auf. Aus der Masse kichernder Frauen und aufgeregt brummender Männer tauchte meine Mutter auf und setzte sich zielstrebig an die Spitze. Mit ausgestrecktem Arm das Ei vorsichtig auf dem Löffel balancierend, hastete sie eilig die Spur entlang. Ihr ganzer Körper zitterte vor Aufregung, und ihr konzentriert gesenkter Nacken bebte. Sogar aus der Entfernung konnte ich erkennen, daß sie eisern die Lippen zusammengepreßt hielt und zugleich vor Erregung schnaubte. Unbeirrbar lief sie ins Ziel. „Erste!“ schrie sie laut und warf jubelnd die Hände in die Luft. Das Ei und der Löffel flogen in die Höhe. Meine Mutter kümmerte sich nicht darum. Fröhlich hüpfte sie inmitten der beifallklatschenden Gemeindemitglieder umher und lachte laut. Bei jedem Hopser wogten ihre Brüste auf und ab.

So war sie, meine Mutter, immer auf Achse, immer in Bewegung, und so ist sie dann ja auch gestorben.

„Komm schon“, sagte Suzannah. „Zier dich nicht so. Betrachte es als einen Gefallen, den du mir tust. Stell dir vor, wie ich in einsamen Stunden in meinem kleinen Fotolabor stehe und du aus dem Becken auftauchst, immer wieder du, in Nahaufnahme, genau so, wie du jetzt bist, mit diesem höllisch kratzbürstigen Ausdruck in deinen wunderschönen Augen.“

„Nein“, sagte ich fest. Ich griff nach dem Stock, den Theo mir treuherzig entgegenhielt. Das morsche Holz war von seinem Geifer durchfeuchtet, und ich wußte genau, daß Theo nicht loslassen würde, hätte ich erst einmal zugepackt. „Gib her“, befahl ich ihm. Theo wedelte und trat einen Schritt zurück.

Suzannah ließ die Kamera sinken, hängte sie sich über die Schulter und hakte beide Daumen in den Bund ihrer Jeans. „Du willst mir also keinen Gefallen tun“, stellte sie fest.

„Nein“, wiederholte ich. Blitzschnell griff ich nach dem Stock. Theo knurrte leise und zerrte daran, aber ich war stärker. Eine Weile maßen wir uns mit Blicken, dann ließ er überraschend los. Aus dem Gleichgewicht gebracht, torkelte ich zurück und prallte gegen Suzannah. Sie schlang von hinten die Arme um meine Hüften. „Warum nicht?“ flüsterte sie.

„Warum sollte ich?“ Ich versuchte mich ihrem Griff zu entwinden. Sie küßte mich auf den Nacken. Mein Widerstand erlahmte. Ich fühlte mich schwach auf den Beinen; eine wohlige Schwäche, die daher rührte, daß wir den ganzen Tag miteinander im Bett verbracht hatten. Und den Tag davor auch. Genau wie am Wochenende zuvor, als Suzannah aus Malaysia zurückgekommen war.

Der Tiergarten war voller Spaziergänger, die es wie wir nicht versäumen wollten, einen der letzten Spätsommertage unter freiem Himmel zu verbringen. Obwohl fern im Osten bereits die Dämmerung heraufzog, rannten allenthalben Jogger in verschwitzten Trainingsanzügen herum, die Grillgeräte der zahlreichen türkischen Familien waren noch voll in Betrieb, und verstreut über die ausgedehnten Grasflächen lagerten immer noch Sonnenbadende mit nackten Oberkörpern.

Theo stieß ein verächtliches Schnauben aus und trottete davon. Suzannah und ich folgten ihm langsam.

„Du wirst das bereuen“, sagte sie. „Eines Tages wirst du bereuen, daß du es verpaßt hast, mich diesen Tag für dich einfangen zu lassen. Du wirst irgendwo sitzen und dich erinnern, etwas wird dich an diesen Tag erinnern, und du wirst wünschen, daß es ein Bild davon gäbe.“ Sie sah von der Seite zu mir herüber, die Mundwinkel zu einem kleinen Lächeln verzogen.

Ich vergrub die Hände in den Hosentaschen und wich einem Tennisball aus, der von irgendwoher gerollt kam und vor meinen Füßen liegenblieb. „Werde ich nicht“, sagte ich. „Ich brauche keine Fotos, um mich zu erinnern. Ich hab alles im Kopf. Außerdem – sag nicht, daß ich es bereuen werde. Das habe ich zu oft gehört.“

Sie blinzelte leicht. „Von deiner Mutter.“

Ich schwieg eine Weile. „Wie kommst du darauf?"

Sie zuckte die Achseln. Wir verließen den großen Weg und bogen in einen kleineren ein, der entlang einem Bach verlief.

„Weil du so etwas Verstocktes an dir hast. Diese Art von Verstocktheit, die man vorrangig den eigenen Eltern gegenüber aufbringt."

„Sprichst du aus Erfahrung?"

„Nein", sagte sie und blieb stehen. Eine Strähne fiel ihr ins Gesicht. Die untergehende Sonne beleuchtete von hinten den Umriß ihres schlanken, hochaufgerichteten Körpers. Sie sah unglaublich schön aus, vor allem, als sie zu lächeln begann.

„Ich hoffe, ich konkurriere nicht mit deiner Mutter", sagte sie.

„Tust du nicht."

„Bist du sicher?"

„Ja."

Wir hatten noch nicht über meine Mutter gesprochen. Suzannah wußte nicht, daß meine Eltern tot waren. Sie wußte so wenig von mir. Ich wandte den Blick ab und sah auf den Boden. Wir standen auf einem Meer aus Kieselsteinen, Tausende von Steinchen breiteten sich unter unseren Füßen aus, bis zu den Rändern des Weges, wo dichtes Gras einen natürlichen Schutzwall bildete.

„Glaube ich nicht. Wir konkurrieren doch ständig, alle miteinander, um irgend etwas, irgend jemanden."

„Ach", sagte ich, plötzlich verärgert. „Und worum konkurrierst du dann, wenn du da so sicher bist?"

Sie verschränkte die Arme vor der Brust und verlagerte das Gewicht von einem Bein aufs andere. „Mit allen, die dir je nahegestanden haben", fing sie an aufzuzählen. „Angefangen bei deinen Eltern und Verwandten über deine Freundschaften bis hin zu all den Frauen und Männern, mit denen du bislang zusammenwarst." Ich wollte sie unterbrechen, aber sie schüttelte abwehrend den Kopf. „Dann weiter mit deinen Wünschen, deinen Vorstellungen von einer Traumfrau ..."

„Also, das ...", setzte ich an, aber sie ließ mich nicht ausreden.

„... deinen Ängsten, deinen Sehnsüchten und nicht zuletzt deinem Zorn."

„Meinem Zorn?!"

Sie lachte. „Siehst du? Du bist sauer." Sie ließ den Blick an mir heruntergleiten und grinste dabei in sich hinein. Ich merkte, daß ich die gleiche Haltung angenommen hatte wie sie. Mit verschränkten Armen standen wir uns gegenüber. Theo hatte sich zwischen uns gelegt und nagte an einem Stück Baumrinde.

„Du hast den Hund vergessen."

„Nein." Sie schob das Kinn vor. „Mit dem konkurriere ich nicht. Kommt überhaupt nicht in Frage. Der Rest reicht schon."

Eine leichte Brise fuhr durch die Bäume. Ein bräunlich verfärbtes Birkenblatt schwebte vorbei. Sich in kleinen Kreisen um sich selbst drehend, fiel es langsam zu Boden. Ich sah zu Suzannah.

„Wann kommst du wieder?"

Sie streckte die Hand aus und fuhr mir leicht über die Wange. „Sobald ich kann. Willst du eigentlich, daß es immer so weitergeht?"

„Was meinst du damit?"

„So, wie es ist. Ich bin fort, dann komme ich wieder, wir sehen uns ein, zwei, drei Tage, dann bin ich wieder weg. Es hat etwas Unwirkliches, nicht wahr?"

Etwas an der Art, wie sie sprach, machte mir angst. „Weiß nicht. Ja, schon."

Ihre Augen verdunkelten sich. Sie musterte mich eindringlich, dann warf sie den Kopf zurück und pustete sich eine Haarsträhne aus der Stirn.

„Glaubst du, du könntest mehr von mir ertragen?"

„Du sprichst in Rätseln", entgegnete ich hart.

„Zornige Thea. Immer auf der Hut." Sie schaute mich noch einen Moment lang an, dann richtete sie den Blick in die Ferne. „Ich glaube schon", sagte sie, mehr zu sich selbst. Sie sah mich wieder an. „Ich will dich richtig kennenlernen, Thea. Wirklich."

„Ich rede nicht viel. Ich halte nichts davon, alles zu erzählen."

Sie fing an zu lächeln, so weich, daß mein Magen sich zusammenzog. Etwas von dieser Weichheit schien von ihr auf mich überzugehen. Ich spürte, wie sich der harte Knoten aus Abwehr langsam in mir löste.

„Darum geht es doch gar nicht, Thea", sagte sie. „Darum geht es doch gar nicht."

Aber ich hörte schon gar nicht mehr richtig zu. Ich war bereits in den Anblick ihrer Lippen versunken, ihrer feingeschwungenen Lippen, die in einem sanften Bogen bis zu den beiden kleinen Kerben rechts und links der Mundwinkel verliefen, und der Gedanke an die Zukunft oder die Vergangenheit schwand aus meinem Bewußtsein. Nur die Gegenwart hatte darin noch Platz, die Gegenwart und vielleicht auch noch der Moment, an dem ich mich vorbeugen und sie küssen würde. Und ich konnte schon jetzt ihre Lippen auf meinen spüren.

Der Bus schwankte leicht, als er in die langgestreckte Einfahrt zum Parkplatz einbog. Links verlor sich die steile Felswand entlang der Serpentine in der Ferne; auf der rechten Seite, weit unten im Tal, schimmerten die Ziegeldächer eines kleinen Dorfes im hellen Sonnenlicht. Der Busfahrer gab noch einmal Gas, ließ den Motor aufheulen und hielt kurz darauf am Rande der Aussichtsplattform.

Ein hüfthohes Holzgeländer verlief um den Rand der fullballplatzgroßen Fläche. An einer Stelle klaffte eine meterlange Lücke, die Enden der zersplitterten Holzplanken waren mit einem rotweißen Signalband verknüpft, das in der Sonne glitzerte. Darunter erstreckte sich die tiefe, waldige Berglandschaft.

„So, kommt, Kinder, alle aussteigen! Ist das nicht wunderschön hier?“ Mutter war, kaum daß der Bus gehalten hatte, aufgesprungen und zum Ausstieg geeilt. Munter in die Hände klatschend, beaufsichtigte sie ihre Schützlinge beim Aussteigen. Ich wartete, bis der letzte, ein dicklicher Junge mit mongoloiden Gesichtszügen, ungelenk aus dem Bus gehopst war, dann schlenderte ich langsam hinterher.

Mutter sah mir mit leuchtenden Augen entgegen. „Gefällt es dir, Thea? Ich finde nichts schöner als die Berge, wenn ich ehrlich bin. Diese Weite – und diese Erhabenheit!“

Ich nickte, aber sie hatte sich schon umgedreht. Flink ließ sie den Blick über die kleine Gruppe schweifen, versicherte sich, daß alle mitgekommen waren und auch die anderen Betreuer, zwei Erzieherinnen mittleren Alters und ein lethargisch wirkender Zivildienstleistender, an Ort und Stelle waren, dann sprang sie behende auf den geteerten Parkplatz hinunter und klatschte erneut in die Hände.

„So, alle mal herhören! Weil ihr so lieb seid, gibt es jetzt erst mal für jeden ein Eis, und dann wollen wir uns das hier mal so richtig anschauen!“

Ein Murmeln durchzog die Gruppe. Diejenigen, die den Sinn hinter Mutters Worten verstanden hatten, blickten mit offenen Mündern und glänzenden Augen zu ihr auf, die anderen stierten unbeteiligt vor sich hin.

Zu Beginn der Fahrt waren mir die Bewegungen, Gesten und Geräusche der geistig behinderten Jugendlichen noch unverständlich und ein bißchen unheimlich erschienen. Mittlerweile, nachdem ich drei Tage in ihrer Gesellschaft verbracht hatte, erschrak ich nicht mehr darüber. Ich hatte gelernt zu deuten: Wenn Jürgen mit der abgewinkelten Hand immer wieder auf seinen Oberschenkel schlug, so hieß das, daß er sich nicht wohl fühlte, vielleicht sogar ein wenig Angst hatte, und Kathrins leises Wimmern war ein Zeichen dafür, daß sie nicht verstand, wo wir waren und was wir hier taten.

Mutter umrundete die Gruppe und marschierte zielstrebig auf den Eisstand zu, der an der kleinen Begrenzungsmauer, die den Parkplatz von der Serpentinenstraße trennte, aufgebaut war.

Der Eisverkäufer hatte alle Hände voll zu tun. Mehrere Familien mit kleinen Kindern scharten sich um den Stand. Weiter vorne, in der Nähe des Geländers, standen einige Ehepaare und betrachteten die Aussicht, und soeben stieg eine weitere Reisegesellschaft aus einem Bus, der hinter unserem eingeschert war. Unser Trupp setzte sich in Bewegung, und ich schloß mich ihm an.

„Thea, hilfst du mir kurz mit dem Kleinen? Ich muß mal eben verschwinden.“ Ralf, der Zivildienstleistende und einzige mitreisende Mann, sah mich treuherzig an. Seinem schuldbewußten Blick konnte ich entnehmen, daß er nicht etwa vorhatte, ein menschliches Bedürfnis zu befriedigen. Mit Sicherheit wollte er hinter den dichten Büschen, die den Parkplatz zur Ostseite hin säumten, einen Joint rauchen.

„Oder willst du mit?“ fragte er leise.

Ich schüttelte den Kopf und legte meine Hand auf Tobias' Schulter. Tobias war klein und schmächtig, und die meiste Zeit des Tages brabbelte er unzusammenhängende Sätze vor sich hin.

„Geh schon“, sagte ich. „Ich pass auf. Laß dir ruhig Zeit.“

Ralf verschwand, nachdem er einen forschenden Blick zu den anderen geworfen hatte. Der Rest der Gruppe stand, um Mutter geschart, vor dem Eisstand und lauschte ihren Ausführungen mehr oder weniger gebannt.

Ich zog Tobias näher an mich heran und blickte hinunter in sein kleines Gesicht mit den kindlichen Zügen. Seine grauen Augen sahen durch mich hindurch; er hatte den Kopf leicht zurückgelegt und den Mund zu einem schiefen Grinsen verzogen. „Häbrättaataa“, murmelte er leise, und sein Blick flog unruhig von den steilen Felshängen über uns zu meinem Gesicht und wieder zurück.

Die Stimme meiner Muter schallte zu uns herüber. „So, wer hat denn noch kein Eis? Na, alle sind versorgt? Nein, du hast noch keins, und was möchtest du? Vanille, nicht wahr? Du magst doch Vanille.“ Sie beugte sich zu dem Eisverkäufer und gab die Bestellung weiter, und ihr beigefarbener Sommermantel spannte sich wie eine zweite Haut um ihre drallen Hüften. Als sie sich mit dem Eis in der Hand wieder umdrehte, fiel ihr Blick auf mich, und sie lächelte mit einemmal breit und winkte mir ungestüm mit der Hand, in der sie das Eis hielt, zu.

Als ich ihr gesagt hatte, daß ich gerne an der Fahrt teilnehmen würde, war sie so verblüfft gewesen, daß sie im ersten Moment nicht antworten konnte. „Du willst mit?“ hatte sie dann gefragt, und in ihrer Stimme hatte ein für sie gänzlich untypisches Zittern gelegen. „Du? Aber warum denn?“

Ich hatte nur mit den Achseln gezuckt. Um keinen Preis hätte ich zugegeben, daß ich zu dem Entschluß gekommen war, uns könnte ein wenig mehr Interesse meinerseits für das, was sie tat, und vor allem dafür, wie sie es tat, wieder ein wenig näherbringen. Ich wollte wissen, wie sie mit den Behinderten umging; ich wollte sehen, warum sie solche Begeisterung empfand für die schwierige Aufgabe, die sie sich gewählt hatte. Ich wollte sie beobachten, um zu sehen, wer sie eigentlich war, meine Mutter.

„Es ist Sommer, und ich habe Ferien, da dachte ich, ich fahre mal mit. Tante Krüpp versorgt Theo solange. Vielleicht kann ich mich ja auch ein wenig nützlich machen“, antwortete ich. Meine Mutter sah mich nachdenklich an, so als ob sie spürte, daß das nicht die ganze Wahrheit war, aber dann schlug sie die Hände zusammen und sagte: „Wie schön, Thea! Ich freue mich."

Und das tat sie. Jedesmal, wenn sie mich im Kreise ihrer Schützlinge entdeckte, sah sie für einen Moment überrascht aus, aber dann glitt unweigerlich ein zufriedenes Lächeln über ihre Züge, in dem sich Anerkennung und Stolz die Waage hielten. So war es auch, als ich mich mit Tobias zwischen den anderen, die genüßlich ihr Eis schleckten, nach vorne schob.

Mutter streckte mir ein Fünfmarkstück entgegen. „Hier, kauf Tobias auch ein Eis und dir eine Cola oder was du willst. Wir gehen schon mal vor." Sie deutete mit dem Kinn hinüber zum Geländer der Aussichtsplattform.

„Okay", sagte ich und sah ihr nach, wie sie energisch davoneilte, gefolgt von der ganzen Gruppe und den beiden Erzieherinnen. Am Geländer, dicht vor dem rot-weißen Signalband, blieb sie stehen und drehte sich zu den Jugendlichen um. Eine Weile sah ich zu, wie sie wild mit den Händen gestikulierte und lauthals irgendwelche Erklärungen abgab, aber sie war zu weit entfernt, als daß ich ihre Worte hätte verstehen können. Der Anblick war erheiternd: meine Mutter mit zerzaustem Haar und glühendem Blick im hellen Sonnenlicht, hinter ihr die Berge und das tiefe, steil abfallende Gestein, vor ihr eine Schar geistig behinderter Jugendlicher, die selbstversunken ihr Eis leckte und verständnislos, aber gleichsam fasziniert zu ihr hinübersah. Ich fragte mich, wieviel sie von Mutters weitschweifigen Erklärungen verstanden. Aber vielleicht war das gar nicht so wichtig. Wichtig war die Energie, die Mutter ausstrahlte, ihre Bereitschaft, sich voller Eifer ins Leben zu stürzen und etwas von ihrer Begeisterung auf die ihr Anvertrauten zu übertragen.

Lächelnd wandte ich mich ab und bestellte ein Eis für Tobias. Als ich es ihm reichte, sah er unsicher zu mir hoch, dann streckte er vorsichtig beide Hände aus, und ich legte seine Finger behutsam um die Waffeltüte, bis ich sicher sein konnte, daß er sie festhalten würde. Als er die Zunge ausstreckte und von dem Eis kostete, warf ich einen kurzen Blick nach hinten. Die Jugendlichen standen dichtgedrängt beieinander, flankiert von den beiden Erzieherinnen, die sich leise über ihre Köpfe hinweg miteinander unterhielten. Meine Mutter war noch ein Stück zurück getreten und hatte die Arme weit ausgebreitet. Hinter ihr flatterte das Signalband im Wind. Wortfetzen drangen undeutlich zu mir herüber. „Berge … Landschaft … Ritterzüge …"

Meine Mutter ballte eine Hand zur Faust und zog mit der anderen ein imaginäres Schwert aus einer unsichtbaren Scheide. Die Jugendlichen sahen ihr gebannt zu. Ich drehte mich wieder zu Tobias um.

Sein Mund war eisverschmiert, und sein Gesicht nahm langsam einen verklärten Ausdruck an, während er an mir vorbei zu Mutter sah. Ich holte meine Zigaretten aus der Jacke und zündete mir eine an. Als ich wieder aufblickte, hatte sich Tobias' Gesichtsausdruck abrupt verändert. Seine Augen waren zu kleinen Schlitzen zusammengekniffen, seine Lippen hatten sich soweit zurückgezogen, daß es aussah, als würde er die Zähne fletschen, und als seine Hände sich plötzlich krampfartig streckten, rutschte ihm das Eis zwischen den Fingern hindurch und klatschte auf den geteerten Boden.

„Tobias?"

Er reagierte nicht. Seine Augen waren starr auf einen Punkt hinter mir gerichtet. Und im gleichen Moment hörte ich eine Art Summen, ein unruhiges Geraune, das für einen Moment anschwoll und wieder verebbte. Ich drehte mich um.

Ich stand stocksteif da, und ich wußte, daß ich diesen Anblick mein Leben lang nicht vergessen würde. Aber es war nicht das zerrissene Signalband, dessen lose Enden über dem Abgrund flatterten, es war nicht der Staub, der von der Plattformkante hochwirbelte, und es waren auch nicht die entsetzten Gesichter der beiden Erzieherinnen, die sich unauslöschlich in mein Gedächtnis einprägten. Es war der Anblick der behinderten Jugendlichen, ihr fassungsloses Staunen, das verlegene Grinsen in den runden Gesichtern, die zu einem O geformten, eisverschmierten Münder und darüber diese weitaufgerissenen Augen, die wie gebannt in die Leere starrten, in diese schreckliche, gähnende, abgrundtiefe Leere.

III

Manchmal geht gar nichts mehr. Manchmal hocke ich hier, eingewoben in ein Gespinst aus Trauer und Sehnsucht, und habe das Gefühl unendlicher Bewegungslosigkeit. Dann kann ich mir nicht vorstellen, jemals wieder aus diesem Stillstand herauszufinden. Nichts kann mich herausreißen. Auch Michelle nicht, die wie ein Wirbelwind durchs Zimmer fegt und mit ihren langen Fingern die Vorhänge beiseite zieht: „Siehst du? Draußen scheint die Sonne. Geh raus. Du lebst noch. Setz deinen Arsch in Bewegung. Hör auf, dich zu verkriechen." Sie bringt mir Tageszeitungen mit, knallt sie auf meinen Schreibtisch und zwingt mich, die Schlagzeilen laut vorzulesen: „Kohl in Jerusalem freundlich aufgenommen. Bosnisch-kroatische Armee entwickelt neue Strategie. UNO-Geiseln freigelassen." Dann strahlt sie mich triumphierend an. Ich weiß nicht, was an diesen Schlagzeilen freudig stimmen könnte, aber für Michelle scheint es da einen Zusammenhang zu geben. „Siehst du, das Leben geht weiter", sagt sie. „Überall passiert was, egal wie, egal was, aber es geschieht was. Und das ganz gewiß nicht, weil all diese Leute zu Hause sitzen und *denken.*"

„Ich denke nicht nur, ich schreibe das alles auf."

„Aber nur für dich. Komm, Thea, gib es zu, du denkst nur. Und dadurch alleine passiert nicht genug." Sie wischt meine Notizen zur Seite und setzt sich vor mich auf die Tischplatte, direkt auf die Zeitungen. „Wenn ich nur *gedacht* hätte, dann würde ich jetzt immer noch in irgendeinem miesen Nachtclub als frustrierte Transe versauern. Ich würde mir immer noch meinen Schniedel zurückbinden, hoffen, daß er irgendwann von selber abfällt, und den Rest der Zeit damit verbringen, irgendwelchen geilen Böcken einen abzurubbeln. Mein Tippsenjob ist zwar auch nicht gerade der größte Hit, aber es kann ja nicht jedem eine Erbschaft in den Schoß fallen, so wie dir. Egal. Denken allein reicht nicht aus, Thea. Du mußt auch was *tun*."

„Ich kann nichts tun. Ich kann mir nur Klarheit verschaffen."

Michelle läßt das nicht gelten. „Du kannst in der Zwischenzeit das Leben betrachten, wenn du schon nicht dran teilnimmst. Du mußt planen, Baby. Du mußt dir Leute ansehen, mit Menschen zu tun haben, du mußt vorwärtsgehen. Okay, nehmen wir an, du bist irgendwann aus dieser Phase heraus, hast etwas abgeschlossen, was dann? Willst du dann weiter hier so herumhocken? Und feststellen, daß du den Anschluß verpaßt hast?"

Natürlich trifft sie damit den Nagel auf den Kopf. Ich habe nicht die geringste Ahnung, wie es weitergehen wird. Ich habe meine Sachen gepackt, bin hierhergekommen, und hier sitze ich nun, und die Zukunft ist mir ein absolutes Rätsel. Ich weiß nur, daß ich, wenn ich nicht ein für allemal aufräume mit dem, was passiert ist, immer so weitermachen werde. Immer wieder werde ich mit Vollgas leben, bis es nicht mehr geht, und mich dann davonmachen. Es wird mich immer wieder einholen.

Michelle sagt, sie könne das schon verstehen. „Aber", meint sie, „so, wie du jetzt drauf bist, wird sich alles ebenfalls wiederholen: Eines Tages bist du fertig mit Denken und Erinnern, und dann wirst du wieder abhauen. Und diesmal ist es dann Paris und alles, was damit zu tun hat – mich eingeschlossen –, das du zurückläßt. Das sehe ich nicht ein. Wenn, dann will ich wenigstens auch was von dir gehabt haben."

Ich weiß eigentlich nicht, woher sie die Berechtigung nimmt, mich für sich beanspruchen zu wollen, aber es ist was dran. Wir haben einen Kompromiß gefunden: Ich werde mehr unternehmen. Und sie wird nicht mehr versuchen, heimlich eine andere Lampe im Bad aufzuhängen. Aber das scheint ohnehin nicht mehr nötig zu sein. Michelle behauptet nämlich, sie habe eine neue Kosmetikerin entdeckt, die ihr beibringt, sich dezent und mehr ihrem Typ entsprechend zu schminken. „Immerhin habe ich die ganze Mühe nicht auf mich genommen, um den Rest meines Lebens wie ein Papagei herumzulaufen", sagt sie.

Ich kann ihr nur recht geben. Wie ich schon sagte, ungeschminkt gefällt sie mir besser. Ich mag das Androgyne an ihr, das dann deutlicher zutage tritt. Aber für Michelle bedeutet ihr Äußeres weit mehr als nur eine Geschmacksfrage. Und erstaunlicherweise legt sie Wert auf mein Urteil, obwohl ich mich wirklich frage, warum in aller Welt sie mich in dieser Hinsicht für kompetent hält. Die Gelegenheiten, an denen ich mich geschminkt habe, kann ich an einer Hand abzählen. Allerdings – ich bin unbestreitbar eine Frau, und noch dazu eine, die Frauen liebt, und zwar nicht unbedingt maskulin wirkende Frauen. Ich trage grundsätzlich Hosen und liebe Frauen, die nicht grundsätzlich Hosen tragen. Insofern könnte man mich natürlich doch als Spezialistin für weibliches Äußeres betrachten.

Ich hätte nie gedacht, daß ich einmal zur Beraterin in Sachen Schminken werden würde. Aber so ist es gekommen, und das alles ergibt schon seinen Sinn. Und wenn es die Zeit mit sich bringt, werde ich ihn auch erkennen.

Onkel Ludwig übernahm die Vormundschaft über mich. Es war ausgerechnet der Onkel, den ich am wenigsten leiden konnte. Die Familie, schockiert von den Ereignissen, hatte sich scheinbar verschworen, alles auf den ältesten Bruder meines Vaters abzuwälzen. Onkel Paul versuchte, diese Aufgabe zu übernehmen, aber ihm wurde einstimmig beschieden, daß er zu jung dafür sei.

Drei Tage nach Mutters Tod, die ich in der Obhut verschiedener Gemeindemitglieder verbrachte, die sich gegenseitig die Klinke in die Hand gaben, kam Ludwigs Frau, Rena. Sie traf mit zwei riesigen Koffern ein und einem Gesichtsausdruck, der nur zu deutlich verriet, wie aufgeregt sie war, die Verantwortung für eine elternlose Minderjährige zu übernehmen. Dabei wäre ich so gut alleine zurechtgekommen. Aber niemand wollte das glauben.

Rena saß in der Wohnung, putzte, räumte auf und schminkte sich, drei Wochen lang, und sie hatte Mühe zu verbergen, wie sehr sie sich über die unverhofft gewonnene Freiheit freute. Sie war wie ein junges Mädchen, und sie wußte offensichtlich überhaupt nichts mit mir anzufangen. Ab und zu fiel ihr der Anlaß ein, der sie hergeführt hatte, und ein sorgenvoller Blick huschte über ihr Gesicht. Dann versuchte sie, etwas zu tun, mitleidsvoll zu sein, teilnehmend; sie legte mir die Hand auf die Schulter und murmelte ein paar tröstende Worte, aber im Grunde genommen war sie hilflos. Sie hatte überhaupt keine Ahnung.

Das machte nichts; ich war ihr nicht böse. Woher sollte sie auch wissen, was in dieser Situation angebracht war; sie hatte nie mit Kindern zu tun gehabt und mit Jugendlichen schon gar nicht. Sie war froh, ihrem Mann, ihrer Öde, ihrer Langeweile entronnen zu sein. Deshalb ließ ich sie schalten und walten. Sollte sie doch tun und lassen, wonach ihr gerade war. Und als Gegenleistung machte sie mir auch keine Vorschriften. Zuweilen fragte sie mich pflichtbewußt, was ich vorhatte, wo ich hinging und mit wem, und ich antwortete ihr kurz, abgehackt und präzise. Ich log noch nicht einmal, ich sagte die Wahrheit, eine Wahrheit, mit der sie ohnehin nichts anzufangen wußte. Die Namen, Verabredungen, Orte, die ich ihr nannte, sie sagten ihr nichts. Allein die Tatsache, daß ich bereitwillig Auskunft gab, befriedigte sie zutiefst.

In der Zwischenzeit ging die innerfamiliäre Debatte über meine Zukunft weiter. Sollte ich nicht lieber ganz zu Ludwig und Rena nach München ziehen? Oder in eine fremde Stadt, um alles zu vergessen, nach Hamburg vielleicht? Dagegen sprach natürlich, daß ich kurz vor dem Abitur stand. Aber so ganz allein …

Zu Anfang redete ich noch mit, ich ging ans Telefon und argumentierte mit meinen Onkeln und Tanten, plädierte dafür, einfach in Ruhe gelassen zu werden, aber nach einer Weile schwieg ich nur noch. Sollten sie sich doch um mich streiten. In ein paar Monaten würde ich volljährig sein und machen, was ich wollte. Und bis dahin gedachte ich dasselbe zu tun. Und was das war, wußte ich ziemlich genau.

„Durchhalten, Thea, durchhalten“, sagte Onkel Paul am Telefon, und seine Stimme klang eine Spur zu energisch. „Das geht schnell rum. Die Zeit vergeht wie im Nu, Thea.“

Und ich ging zur Schule, ich tat so, als ginge ich zur Schule. Ich saß mit Marc hinter der morschen Bretterverschalung der stillgelegten Betonfabrik und rauchte einen Joint nach dem anderen. Ich nahm Theo auf endlose Wanderungen durch den Wald mit und sah zu, wie er laut bellend im Unterholz verschwand, um einem Kaninchen hinterherzujagen, das er doch nicht fangen würde. Und ich dachte nach. Ich dachte an Mutter. Wahrscheinlich hätte sie gewollt, daß jemand da war. Daß jemand um mich war. Aber ich wollte das nicht. Sie hatte mich allein gelassen. Also war ich allein.

Dann beschlossen sie, daß ich bis zum Schulabschluß in Münster bleiben sollte. Zunächst für einen Monat in der Wohnung, in der Obhut von Tante Krüpp, die mir das Essen machte und gelegentlich vorbeischaute, und die Kirchenschwester würde sich ebenfalls um mich kümmern. Danach würde ich das letzte halbe Jahr bis zum Abitur zum Pastor ziehen; er hatte ein Extrazimmer im Pfarrhaus, eine Art Einliegerwohnung. Da wäre ich gut aufgehoben.

„Da kannst du alleine sein", sagte Onkel Ludwig, als er Tante Rena wieder abholte, und schaute mich wohlwollend an. „Da hast du deine Ruhe und trotzdem Familienanschluß. Das kann doch ganz nett werden, meinst du nicht auch, Thea?"

„Marc!" Ich hatte leise gesprochen, aber er begriff sofort. Unauffällig löste er sich aus dem Kreis unserer Klassenkameraden und folgte mir den ausgetrampelten Pfad um das Oberstufenzentrum herum bis zu der kleinen, von außen nicht einsehbaren Ecke, in der wir beide für gewöhnlich die Pausen miteinander verbrachten. Die Betonwände waren mit Graffiti verschmiert, und zahllose Zigarettenkippen auf dem mit Kies bestreuten Boden zeugten davon, daß wir nicht die einzigen waren, die die Vorzüge dieses Ortes zu schätzen wußten.

Ich steckte die Hände in die Taschen meiner Jeans und lehnte mich gegen die Wand. Marc schob mit dem Zeigefinger seine Brille ein Stück die Nase hoch und kratzte sich am Kopf. Das Haar hing ihm über den Kragen seiner abgewetzten Cordjacke.

„Wo bist du denn gewesen?" fragte er. „Ich dachte, du kommst heute auch. Du weißt doch, nächste Woche schreiben wir den Physiktest."

„Ich will mich von dir verabschieden, Marc."

Er starrte mich verständnislos an. „Was soll denn das heißen? Komm, Thea, das geht nicht. Wir müssen uns langsam mal ranhalten. Das haben wir doch neulich noch besprochen."

Ich zog eine angebrochene Schachtel Zigaretten aus der Hosentasche und hielt sie ihm hin. Zögernd sah er darauf, dann nahm er sich eine heraus. Ich gab uns beiden Feuer.

„Ich haue ab, Marc. Ich mach nicht mehr weiter. Ich schmeiße die Schule."

Unsicher sah er mich an, dann senkte er den Blick. Ein kummervoller Ausdruck schlich sich in seine Miene. „Das kannst du doch nicht machen", sagte er und starrte auf seine Zigarette.

Ich stieß den Rauch aus. „Doch. Ich hab's mir gründlich überlegt. Ich will nicht mehr."

Er sah zu mir auf. In seinen Augen konnte ich Schmerz lesen, und sein Begreifen, daß es mir ernst war. Er wirkte nicht überrascht, kein bißchen. Nur traurig.

„Wann?" fragte er. Die Pausenglocke schrillte. Marc zuckte zusammen und fuhr sich mit der Hand durchs Haar.

„Jetzt gleich. Ich hab meinen Rucksack schon dabei."

Er pustete auf die Glut, dann warf er die Zigarette zu Boden und zerdrückte sie mit dem Absatz seiner ausgelatschten Bundeswehrstiefel. Eine Weile schwieg er, dann blickte er auf. „Und Theo? Nimmst du ihn nicht mit? Soll ich solange auf ihn aufpassen?" Seine Stimme klang hoffnungsvoll.

„Theo hab ich zu Tante Krüpp gebracht. Sie paßt erst mal auf ihn auf, bis ich ihn hole. Ich hab ihr gesagt, daß ich zu Onkel Paul muß, um irgendwas zu klären mit einem Studienplatz." Ich mußte grinsen, und nach einem Moment verzog sich Marcs Mund ebenfalls zu einem schiefen Lächeln.

„Du mußt gehen. Physik fängt an", sagte ich.

„Ja." Aber er blieb stehen und sah mich an, und sein Gesicht wurde ganz schlaff. Schließlich fuhr er sich mit der Hand über die Stirn und zuckte die Achseln.

„Ja, dann", sagte er. „Mach's gut, Thea."

Ich stieß mich von der Wand ab, und wir umarmten uns kurz. Dann schlurfte er davon, in gebeugter Haltung, so als würde ein unendlich schweres Gewicht auf seinen Schultern lasten. Ich sah ihm nach, bis er um die Ecke verschwunden war.

Ich weiß nicht, warum ich Theo nicht gleich mitgenommen habe. Ich glaube, ich hatte irgendwie das Gefühl, ich müsse das Ding erst mal allein durchziehen, ganz alleine. Nicht, daß Theo dabei im Weg gewesen wäre, nein, weiß Gott nicht. Immerhin war er der einzige, der mir geblieben war, er war mein einziger Schutz, und das war mir auch klar. Aber immerhin bestand die Möglichkeit, daß die nächsten Wochen sehr turbulent verlaufen würden, und ich wollte Theo da nicht mit hineinziehen. Ich wollte zunächst einmal die Lage sondieren und ihn dann nachholen. So tauschte ich meinen einzigen Schutz gegen den seinen. Und heute weiß ich, daß ich deshalb so handelte, weil ich unbewußt darauf baute, Theo Paul übergeben zu können, bis alles geregelt wäre.

Ich hatte überhaupt nicht vor, mir eine eigene Wohnung zu suchen. Ich hatte vor, Leute kennenzulernen, das Nachtleben zu erkunden, vielleicht auch einen Job zu finden, der mich mehr recht als schlecht über Wasser halten würde. Und ich hatte vor, achtzehn zu werden. Und dann, aber erst dann, würde ich wieder auftauchen.

Die Bautzener Straße wirkte verlassen. Noch bevor ich herangekommen war, sah ich, daß die verwitterte Holztür zu Suzannahs Kelleratelier einen Spalt weit offen stand. Ich atmete tief durch, dann klopfte ich an und trat ein.

Suzannah kniete mitten im Raum und kramte in einem Karton, der bis an den Rand mit Fotos gefüllt war. Sie war nicht allein. Neben ihr hockte ein Mann, dessen schwarzes, von grauen Strähnen durchzogenes Haar ihm in wilden Locken in die Stirn fiel. Sein Gesicht war hager und eingefallen, und als er zu mir aufblickte, war ich für einen Moment überrascht von der Farbe seiner Augen. Sie waren hellblau, so hell, daß sie fast silbrig wirkten, und die dichten schwarzen Brauen darüber verliehen seinem Blick eine Intensität, die mich verlegen machte.

„Thea." Suzannah stand auf und wischte sich die Hände an ihrem fleckigen Overall ab. „Komm rein. Wir sind gleich fertig. Das ist Karl, mein Kollege und – Vermieter, sozusagen."

„Dir gehört dieses Atelier also", sagte ich, als ihn begrüßte. Karls Händedruck war angenehm fest, und er hielt meine Hand.einen Moment lang in seiner, während er mich musterte.

„Diese Rumpelkammer hier, genau", erwiderte er, und ein kleines Grinsen stahl sich auf seine Lippen. Aus der Nähe betrachtet, wirkte er jünger, als es zunächst den Anschein gehabt hatte, aber vielleicht war es auch nur das Lächeln, das seinem Gesicht einen jungenhaften Anstrich verlieh.

„Tut mir leid, daß ich dich mit dem Chaos hier alleine lasse, Suzannah, aber ich muß los." Er griff sich einen Mantel, der über das Regal geworfen war, und schlüpfte hinein. Suzannah kam zu mir und legte einen Arm um meine Taille.

„Ich finde mich schon zurecht, alt genug bin ich ja."

Karl lachte. „Die magische Grenze hast du jedenfalls überschritten." Er reichte ihr einen Schlüsselbund. „Hier. Und denk daran, daß du den Boiler nicht über Nacht laufen läßt."

„Alles klar. Melde dich."

Er nickte, dann wandte er sich zum Gehen. „Macht's gut, ihr beiden." Sein Blick flog noch einmal wohlwollend von Suzannah zu mir und wieder zurück, dann stieg er die Stufen zur Tür hinauf.

Als seine Schritte auf der Straße verklungen waren, steckte Suzannah den Schlüsselbund in ihre Hosentasche und sah mich an. Trotz ihrer Bräune wirkte sie bleich, und unter ihren Augen lagen dunkle Ränder.

„Du siehst müde aus", sagte ich.

Sie zuckte die Achseln, dann lächelte sie. „Ich bin ein bißchen geschafft, aber es gibt noch einiges zu tun. Ich muß ein paar Sachen ins Auto tragen, hilfst du mir?"

Während sie mir zeigte, was ich einpacken sollte, und selbst ein paar Geräte und Bilder zusammenräumte, betrachtete ich sie verstohlen. Obwohl ihre Erschöpfung nicht zu übersehen war, sprach aus ihren Bewegungen dennoch eine erstaunliche Energie. Es war, als ob in ihrem Inneren ein Motor schnurrte, der sie unablässig auf Trab hielt. Mit flinken Fingern sortierte sie einen Stapel Fotos, legte die einen in einen Karton und warf die anderen aufs Bett, wo sich bereits ein ganzer Haufen stapelte.

„Suzannah, was hat Karl mit der magischen Grenze gemeint?"

Sie blickte von ihrem Karton auf und zögerte einen Moment, bevor sie antwortete. „Die Dreißig", sagte sie dann.

Ich starrte sie an. „Du bist dreißig? Seit wann?"

„Seit dem 21. August", erwiderte sie und wandte sich wieder ihren Fotos zu. Ein kleines Grinsen umspielte ihren Mund.

Ich fuhr fort, die Einzelteile einer Nikon in einer Kiste zu verstauen, und rechnete dabei nach. Am 14. hatten wir uns kennengelernt. Am 16. war sie nach Bremen zurückgefahren und ein paar

Tage später wiedergekommen. Ihr Geburtstag war auf jenes Wochenende gefallen, an dem ich mich hatte verleugnen lassen, bis sie mich schließlich in der *Oranienbar* aufgespürt hatte.

„Na, hast du's?" fragte sie leise. Ich blickte auf. Mit unbewegter Miene sortierte sie weiter ihre Fotos.

„Das war der Freitag, an dem du wiedergekommen bist und ich nicht da war", antwortete ich langsam.

Sie nickte, ohne den Blick zu heben. „Das ist nicht ganz richtig. Du warst zwar da, aber nicht für mich."

„War ja wohl kein besonders schöner Geburtstag." Ich wäre am liebsten im Erdboden versunken, so unangenehm war mir die Erinnerung.

„Sag das nicht, immerhin habe ich mich bis acht Uhr abends wie verrückt gefreut", sagte sie. Sie warf die restlichen Fotos aufs Bett, klappte den Karton zu und stand auf.

„Worüber?"

„Na, über die Vorstellung, dich abends zu sehen." Sie grinste, und ich erwartete, einen Vorwurf in ihren Augen zu lesen, aber es war keiner darin. Sie sah mich einfach nur an, und die Zärtlichkeit in ihrem Blick machte, daß ich mich erst recht schämte.

„Und außerdem bist du ja jetzt da."

„Ja", erwiderte ich, und plötzlich schien dieses eine Wort unendlich viel Gewicht zu besitzen. Ich war weggelaufen, und sie hatte mich wiedergefunden, dann war sie gegangen und wiedergekommen, und ich auch, und ich dachte an all die Stunden, Tage und Wochen, die seither vergangen waren, all diese Ängste, diese Zweifel, die mein Herz zerrissen hatten. Dieses Warten, und diese Furcht, nicht zu wissen, wer sie war, wer ich war, was all dies bedeutete, und dieser Zorn, dieser unbändige Zorn in mir darüber, daß mein Gefühl für sie wuchs und wuchs, immer weiter wuchs, so sehr ich mich auch dagegen wehrte; aber nichts half, kein Weglaufen, kein Abwenden, der Alkohol half nicht, den ich in rauhen Mengen in mich hineinschüttete, wenn es mich überkam. Die Ablenkung in den lächelnden Gesichtern der anderen Frauen half ebensowenig. Und was blieb, das waren die Stunden, die ich im Bett lag, wenn sich draußen die Morgendämmerung über die Stadt hereinstahl wie ein magerer Dieb mit nichts in der Tasche als ein paar Krümeln. Die Stunden, in denen ich wachlag und an sie dachte, sie vor mir sah, ihre Stimme hörte, die Stunden, in denen ich mich so schmerzlich nach ihr sehnte, daß ich in dieser Sehnsucht zerfloß. Und hier waren wir beide, ganz selbstverständlich hockten wir uns gegenüber und sortierten Papiere, Fotos und Geräte, und genauso selbstverständlich würden wir den Rest des Tages miteinander verbringen.

„Bist du soweit?" fragte Suzannah.

Ich sah auf die Kamera hinunter und stellte fest, daß ich sie schon längst vollständig eingepackt hatte, ohne es zu bemerken.

„Warum räumen wir das hier eigentlich alles zusammen?"

Suzannah bückte sich und hob ihren Karton hoch. „Ich brauche ein paar Sachen. Und Karl hat sein Zeug abgeholt, er hat ein Stipendium bekommen und geht für ein halbes Jahr nach Spanien. Bist du so nett und nimmst die beiden Kartons da drüben? Dann brauchen wir nur einmal zu laufen."

Die Sonne schien schräg über die kleine Straßenmauer. Welkes Laub wehte über die Straße und den Gehsteig. Suzannah steuerte zielstrebig auf den alten Citroën zu, der mit beiden Vorderrädern in einer Blumenrabatte geparkt war. Seufzend stellte sie die Kartons ab und wuchtete die Kofferraumklappe hoch.

Verblüfft starrte ich hinein. Der gesamte Wagen war vollgestopft mit Tüten, Kisten und Säcken, auf dem Beifahrersitz stand eine arg mitgenommene Palme, und auf der zurückgeklappten Rückbank stapelten sich Kartons.

„Was ist das denn?"

Suzannah hob einen der beiden Kartons hoch und quetschte ihn ächzend in den Fond. „Ach so", sagte sie und sah mich über das Wagendach hinweg an. Ihre grünen Augen leuchteten vergnügt. „Ab heute bin ich Berlinerin. Ich ziehe in Karls Wohnung. Hab ich dir das nicht erzählt?"

So war sie, Suzannah. Sie brachte es immer wieder fertig, mich zu verblüffen, all diese Jahre über, von Anbeginn an, mit einer Leichtigkeit, die mich heute noch erstaunt. Nicht, daß sie vergaß, mir von bestimmten Dingen zu erzählen. Es war eher so, daß sie es nicht für nötig befand, über Dinge zu reden, die sie vorhatte. Sie nahm etwas in Angriff und setzte mir die Ergebnisse dann vor, aber sie hielt nichts davon, mit irgendwelchen unausgegorenen

Plänen hausieren zu gehen. Mag sein, daß sie es auch verhindern wollte, über etwas zu diskutieren, es in Frage zu stellen oder von jemand anderem in Frage stellen zu lassen. Im Grunde aber war sie schlicht und einfach eine Frau der Tat. Gut möglich, daß dies eine der Ursachen war, warum sie mir bis zum Schluß ein Rätsel geblieben ist. Aber so war sie eben.

Ich hatte immer das Gefühl, daß Suzannah neben dem Leben, das ich mit ihr lebte, viele andere lebte, andere Leben, in denen sie plante, sich etwas vorstellte, überlegte und handelte, aber ich bekam nur wenig davon mit. Was ich sah, waren die Resultate, und mit der Zeit begriff ich, daß das nicht etwa bedeutete, daß sie mich aus ihren Überlegungen ausschloß. Nein, sie schloß mich mit ein, auf eine unvergleichlich leichtfüßige Art schloß sie mich mit ein, wenn sie ein neues Atelier anmietete oder eine Fahrt vorbereitete, denn sie dachte mich immer mit. Es gab immer einen Platz für mich in all diesen Entschlüssen und Entscheidungen, einen Platz, den sie mir anbot und den ich annehmen oder ablehnen konnte. Aber er war da, dieser Platz.

Wieviel Zweifel, wieviel Ängste, wieviel zermürbende Gespräche über Zustimmung und Ablehnung hat Suzannah mir und uns wohl damit erspart, indem sie dafür sorgte, daß ich nicht mit einbezogen wurde in den Prozeß der Planung und Entscheidung? Jetzt, im nachhinein, begreife ich erst, wie schlau sie das alles eingefädelt hat. So behielt sie ihr eigenes Leben und ich meines, und überall dort, wo wir uns unabhängig voneinander entschieden, sie zusammenzulegen, da taten wir es auch, schnell, spontan und aus dem Bauch heraus.

Ich habe mich so frei gefühlt mit ihr, und so geborgen. Und wenn ich daran denke, wie es war mit ihr, wie es war, mit ihr zu leben, auf diese luftige, unberechenbare Art, dann wird mir um so mehr bewußt, wie allein ich jetzt bin. Und wie unfrei ich lebe, in meinem Käfig aus Trauer und Sehnsucht, in meinem Nebel aus Erinnerung. Ich will wieder mit ihr leben. Aber ich muß es ohne sie tun.

Kurz nachdem ich mich von Marc verabschiedet hatte und bis zur nahen Autobahnauffahrt gelaufen war, nahm mich ein langmähniger Hippie mit bis nach Berlin, in einer Ente, die nach Katzenpisse roch und deren Auspuff von Zeit zu Zeit ein verdächtiges

Husten von sich gab. Als wir Dreilinden passierten und kurz danach das monumentale Gebäude des ICC, das sich zwischen den verschlungenen Autobahnen emporschraubte, bekam ich Ohrensausen. Der Hippie fragte mich mit sanfter Stimme, ob ich noch mit auf einen Tee zu ihm wollte, aber ich lehnte dankend ab. Am Moritzplatz stieg ich aus, warf die Tür hinter mir zu und hatte zugleich das Gefühl, damit die Tür zu meinem früheren Leben zuzuschlagen. Ein Trugschluß, wie sich herausstellen sollte, aber in jenem Moment, als ich meinen alten Bundeswehrrucksack schulterte, nach den zerknitterten Geldscheinen tastete, die ich nur hinten in die Hosentasche gesteckt hatte, und loswanderte, hinein nach Kreuzberg 36, da war mir, als ob die ganze Enge der letzten Jahre von mir abfiele und unter den Absätzen meiner alten Sportschuhe zermalmt würde, und mit jedem Schritt wuchs meine Zuversicht.

Gleich am ersten Abend kam ich mit zwei angepunkten Jungs in zerrissenen Jeansjacken und fleckigen Arbeitshosen ins Gespräch. Nach ein paar Bier in einer der düsteren Kneipen am Heinrichplatz folgte ich ihnen in ein besetztes Haus in der Manteuffelstraße, wo sie mir eine alte Matratze in der Ecke eines riesigen Zimmers überließen, das den einzigen bewohnbaren Raum auf der ganzen Etage darstellte. Auf mehrere Lager verteilt, schliefen dort an die zwanzig Leute, und als ich, zusammengerollt auf meiner Matratze, im Dunkeln noch eine letzte Zigarette rauchte und dem Atmen, Schnaufen und leisen Schnarchen meiner Zimmergenossen lauschte, kam ich mir vor wie in die Steinzeit zurückversetzt, als die Menschen noch zusammen in Höhlen hausten und sich gegenseitig im Schlaf wärmten.

Es war nicht schwer, Leute kennenzulernen. Kreuzberg war voller Menschen, die aus dem Nichts aufgetaucht schienen. Sie alle umgab ein abenteuerliches Flair, niemand wirkte so, als ob er eine Vergangenheit besäße; ohne Aufsehen zu erregen, gliederten sie sich schnell ein in den Trupp buntgekleideter junger Leute, die die Straßen bevölkerten, von einem besetzten Haus ins nächste, von einer rauchverhangenen Kneipe in die andere zogen. Und ich zog mit.

Manchmal, wenn ich auf einem durchgesessenen Sofa saß und aus einem blinden Fenster ins trübe Dunkel starrte, fühlte ich mich schwach und klein, mutlos, die Welt stürzte auf mich ein, und meine Schultern waren nicht breit genug, die Last aufzufangen. Ich fragte mich, wo ich hingehörte, was ich eigentlich wollte, wo mein Leben mich hinführen sollte, aber auf keine dieser Fragen wußte ich eine Antwort. Wenn mir jemand einen Joint reichte, der von den vielen Lippen, die bereits daran gezogen hatten, schon ganz durchgefeuchtet war, nahm ich ihn, ohne zu zögern. Ich inhalierte den scharfen Rauch, stieß ihn wieder aus und hörte meinen Magen knurren, und dann stand ich auf, nahm meinen Rucksack und ging, zu irgendeinem Imbiß an irgendeiner Ecke, kaufte einen Döner Kebab und wartete darauf, daß sich der Weg, den ich gehen würde, weiter vor mir ausbreiten würde, und das geschah dann auch, in Gestalt eines Mannes, einer Frau oder einer ganzen Gruppe, mit denen ich ins Gespräch kam, und wieder zog ich weiter.

Eine Nacht verbrachte ich mit einem gutaussehenden dunkelhaarigen Punk in seiner Wohnung, einem dunklen Loch ohne Heizung, über dessen Wände leicht vergilbte Bettlaken gespannt waren; ich spürte seine kräftigen Hände auf meinen Brüsten und drückte mich eng an ihn, und als ich sein Stöhnen hörte, das in abgehackten Stößen tief aus seiner Kehle kam, schloß ich die Augen und spürte ein Brennen hinter den Lidern. Und ich zog ihn noch näher an mich heran. Als er eingeschlafen war, ging ich.

Ein pummeliges Mädchen, kaum älter als ich, die mir in einem Off-Kino über den Weg gelaufen war, verschaffte mir einen Job. Drei Tage beaufsichtigte ich eine Horde vier- bis fünfjähriger Kinder in einem alternativen Kinderladen, dessen Betreiber den größten Teil des Tages kiffend hinter einem Bambusparavent saß, dann reichte es mir. Kurz darauf fand ich eine Stelle als Küchenhilfe, aber als ich in der zweiten Spätschicht über einem noch ungeschälten Kartoffelberg einschlief, sprach sich der Koch nachdrücklich dafür aus, mich zu entlassen. Es machte nichts, ich brauchte ohnehin nicht viel Geld.

Zwei Wochen später wachte ich eines Morgens in einem fremden Bett auf und betrachtete den Zettel, der neben mir auf dem Kopfkissen lag: *Ich mußte zur Uni. Fühl dich ganz wie daheim (haha)!* Und ich stellte fest, daß ich Mühe hatte, mich an das Gesicht des Verfassers zu erinnern. An der Wand gegenüber des Bettes hing ein Tagesabreißkalender, und eine Weile starrte ich wie blind auf das Datum, dann rappelte ich mich hoch. Es war Zeit. Zeit, einen Verwandtschaftsbesuch zu machen.

Ich brauchte nur eine Viertelstunde bis zur Bülowstraße. Als ich die Türklingel drückte, hörte ich ein Bellen, und im ersten Moment dachte ich, meine Phantasie hätte mir einen Streich gespielt. Aber dann vernahm ich dieses unverwechselbare Scharren von dicken Pfoten, jenes charakteristische Winseln, und als endlich die Tür aufging, schoß Theo heraus und sprang mir laut hechelnd entgegen. Ich bückte mich und umarmte ihn, und ich glaube, so sehr hatte ich das Sabbern und Geifern aus seiner dicken Hundeschnauze nie zuvor genossen.

Nach einer Weile bemerkte ich ein Paar derbe Männerstiefel direkt vor meiner Nase. Ich sah auf. Onkel Paul stand da, die Arme vor der Brust verschränkt, und blickte ernst auf mich herunter.

„Und so was wird demnächst volljährig", sagte er streng.

Langsam richtete ich mich auf. Theos Schwanz schlug aufgeregt gegen meine Knie.

„Wie kommt denn Theo hierher?" fragte ich, und meine Stimme kickte dabei weg.

Onkel Paul trat einen Schritt zur Seite und winkte mich herein. „Wie wohl", sagte er. „Mit dem Auto natürlich. Oder denkst du, er ist die ganze Strecke gelaufen?"

Mit zitternden Knien folgte ich ihm in die Wohnung. Ich konnte nicht erkennen, ob er wirklich wütend war oder nur so tat. Als er sich umdrehte, entdeckte ich, daß er lächelte, aber in seinen Augen flackerte Ärger, jener Ärger, den ich ihm ohne Zweifel bereitet hatte, und noch etwas anderes – eine Spur von Schmerz, von Enttäuschung.

„Also wirklich", sagte er, „was denkst du dir eigentlich? Haust einfach ab, kein Mensch weiß, wohin, und den Hund läßt du einfach da? Du kannst deinen Hund doch nicht einfach einer armen, alten Frau aufbürden. Sie hätte fast einen Herzinfarkt bekommen, als sie merkte, daß du durchgebrannt bist! Weißt du eigentlich, daß Ludwig die Polizei verständigt hat? Du hättest wenigstens mal anrufen können."

„Aber ich wäre doch wiedergekommen", sagte ich schwach. „Ich hätte Theo doch noch geholt. Ich wollte nur, daß er in Sicherheit ist, bis ich was geklärt habe."

„Und – hast du was geklärt?"

Er starrte mich an, aber sein Lächeln war breiter geworden.

„Na ja, nicht so richtig", sagte ich leise.

Und dann, endlich, nahm er mich in die Arme. Ich hielt ihn umklammert, und langsam wich die Anspannung von mir. Ich hielt Paul umarmt und drückte meine Nase an seine Schulter, und nach einer Weile, als ich wieder klar sehen konnte, bemerkte ich den Geruch, der von ihm ausging, einen intensiven Geruch nach Leder. Ich trat einen Schritt zurück, um Paul genauer zu betrachten. Er trug ein Flanellhemd und brandneue Lederhosen, über seiner Oberlippe sproß ein adrett getrimmter Schnäuzer, und seine Haare waren zu einem messerscharfen Bürstenhaarschnitt rasiert, den ich vorher gar nicht bemerkt hatte.

„Damit du's gleich weißt", sagte Paul, „Theo bleibt erst mal hier, bis du eine Wohnung hast."

„Kann ich vielleicht auch ein bißchen hierbleiben?" fragte ich vorsichtig.

Paul musterte mich mit hochgezogenen Augenbrauen, aber bevor er antworten konnte, kam ein kleiner, stämmiger Mann aus der Küche. Seine nackte Brust war dicht behaart, und wie Paul trug er eine Lederhose und feste Stiefel.

„Tagchen", sagte er und fuhr sich mit einer Hand über sein kurzes Haar, das sich an den Schläfen und der Stirn bereits zu lichten begann. Seine braunen Augen blinzelten vergnügt. Er war mir auf Anhieb sympathisch.

„Das ist meine Nichte Thea", erklärte Paul. „Und das ist Jörn."

„Na, da ist ja das verlorene Kind", sagte Jörn und grinste fröhlich. „Paul springt seit einer Woche im Dreieck wegen dir. Aber ich hab ihn beruhigt. Ich hab gesagt, das Mädchen wird schon wieder auftauchen. Wenn sie ein bißchen was aus der Familie mitbekommen hat, wird sie jedenfalls so einigermaßen patent sein. Und? Schon steht sie vor der Tür. Wie wär's mit einem Kaffee?"

Ich sah den unruhigen, fast verlegenen Blick, den Paul mir zuwarf, und das unmerkliche Zucken in seinen Schultern, als Jörn ihm die Hand auf den Rücken legte, und schlagartig begriff ich.

„Wohnst du auch hier?" fragte ich Jörn.

Er grinste breit. „Worauf du dich verlassen kannst, Schätzchen. Du brauchst allerdings nicht Onkel zu mir zu sagen." Vergnügt zwinkerte er mir zu. „Jetzt kommt mit in die Küche." Er trottete pfeifend voran, und Paul und ich folgten ihm.

Ich setzte mich hin, stützte die Ellbogen auf den Tisch und legte mein Kinn hinein. Eine ganze Weile saß ich so da, Theo zufrieden wedelnd zu meinen Füßen, und sah auf Paul, auf diesen großen, kräftigen Mann, der anstatt in Jeans in Leder steckte und auf einmal zu einem wilden Kerl geworden war. Ich dachte an Mutter und was sie wohl dazu gesagt hätte, und dann fing ich an zu weinen, und während ich weinte, während die ersten Tränen meine Wangen hinunterliefen und Onkel Paul den Arm um mich legte und Jörn mitfühlend den Kopf schüttelte und dabei Kaffeewasser aufsetzte, während dieser Minuten, die den Auftakt zu einer langen Reihe von Jahren bilden würden, begriff ich, daß mein Leben wieder begann. Endlich wieder begann.

Suzannah kam später als ich nach Berlin und ging früher. Aber die Zeit – und die Intensität dieser Zeit – ließ die Differenz verschmelzen. Sie hat diese Stadt so sehr bewohnt, sie erkundet und dort, wo sie es für wert befand, ihren Stempel hinterlassen. All die Wohnungen, Ateliers, die sie gemietet, all die Orte, die sie betreten, all die Plätze, Situationen, Menschen, die sie mit ihrer Kamera festgehalten, notiert, gebannt hat ... Ich dagegen habe die Stadt durchlaufen, ihr Leben mitgelebt, das, was sie mir bot, in Anspruch genommen, davon gezehrt.

Heute kommt es mir vor, als hätte ich mich in den ersten Jahren, bevor Suzannah in mein Leben trat, genau darauf vorbereitet. Sie aber brauchte keine Vorbereitungszeit. Sie kam einfach wie ein Wind in die Stadt, in mein Leben, wir formten unseres daraus, und als sie ging, nahm auch ich Abschied, langsam, bis ich selbst ging, und nun bin ich hier, in Paris, in der Stadt, in der Suzannah den größten Teil ihres Lebens verbracht hat.

Ich weiß nicht, wie lange ich hierbleiben werde. Ich weiß nicht, wo ich dann hingehen werde. Manchmal glaube ich, daß ich einen anderen Ort finden muß, einen Ort, der nicht besetzt ist von der Vergangenheit, einen Ort, an den ich keine Erinnerungen habe. Aber oft, wenn ich hier so sitze, an meinem Schreibtisch, und hinausblicke auf das Haus gegenüber, auf die Menschen, die sich dort an den Fenstern bewegen, die mir nichts bedeuten und doch langsam einen festen Bestandteil meines momentanen Lebens bilden, dann glaube ich fast, daß die Zeit dafür noch nicht reif ist, vielleicht auch nie sein wird.

Es kann sein, daß ich zurückgehe. Berlin aber wird dann eine andere Stadt für mich sein. Eine Stadt ohne sie. Eine Stadt, die ich nicht mehr mit Suzannah verbinden kann. Sie wird niemals mehr dort sein für mich.

Michelle sagt, ich solle endlich aufhören zu rauchen. Sie behauptet, man könne schon von weitem sehen, daß ich den ganzen Tag nichts anderes täte als dasitzen, denken und rauchen, so vergilbt seien meine Vorhänge.

Sie übertreibt maßlos. Und sie raucht selbst wie ein Schlot. Allerdings habe ich ihre Predigt zum Anlaß genommen, die Vorhänge abzunehmen und zu waschen. Jetzt sitze ich also vor den nackten Fenstern, und was mich verwundert, ist die Tatsache, daß ich selbst mich ganz und gar nicht nackt fühle dabei. Das Ehepaar von gegenüber kann mich nun in aller Ruhe bei meinem Tun beobachten, aber das stört mich nicht. Ich habe das Gefühl, als hätte sich erneut ein Kokon um mich geschlossen, der mich einhüllt, warmhält und verbirgt, verbirgt vor Blicken, vor der Welt und vor allem vor der Einsamkeit. Ich fühle mich nicht einsam. Ich fühle mich.

Vor mir auf dem Tisch liegt der Brief, den Michelle vorhin mit heraufgebracht hat. Sie besitzt einen Schlüssel für meine Wohnung, und geschickt, wie sie ist, hat sie herausgefunden, daß sich mit dem Wohnungsschlüssel auch mein Briefkasten öffnen läßt, und zwar, indem man ihn verkehrt herum in das Schloß steckt und nur bis zur Hälfte hineinschiebt. Ich mag es, wenn Michelle mir die Post hochbringt. Vor allem, weil sie schon beim Eintreten lauthals verkündet, wer mir geschrieben hat.

„Wenzel“, rief sie diesmal. „Würdest du mir endlich mal erklären, wer das eigentlich ist? Das ist schon der fünfte oder sechste Brief von ihm in den letzten Monaten. Ich verlange Informationen.“

„Die bekommst du. Aber nicht jetzt“, sagte ich.

Ich werde ihr von Wenzel erzählen. Ich bin sogar ziemlich sicher, daß sie ihn kennenlernen wird. Irgendwann demnächst werde ich seinen Vorschlag annehmen und ihn einladen. Aber nicht jetzt. Ich habe keine Zeit für ihn, ich habe keine Zeit, darüber nachzudenken, welchen Platz er in meinem Leben einnehmen soll. Noch nicht. Ich muß mein Leben erst wiederfinden.

Ich war überrascht, wie mühelos es Suzannah gelang, sich in Berlin einzuleben. Binnen Wochen wußte sie besser als ich Bescheid, was für Veranstaltungen stattfanden, welche Ausstellungen sehenswert waren und wo sich die besten Kneipen befanden. Und sie knüpfte Kontakte. Es dauerte keinen Monat, da hatte sie auch schon den ersten größeren Auftrag für eine Stadtzeitung an Land gezogen, und kaum drei Wochen später besaß sie einen Vertrag für ein Fotobuch. Dann, als der erste Schnee fiel, bekam sie das Angebot, in einer kleinen, aber ziemlich bekannten Galerie ihre Fotos aus Atlanta auszustellen. Ich war zutiefst beeindruckt, aber ich gab mir Mühe, mir nichts davon anmerken zu lassen. Sie selbst tat so, als nähme sie all das auf die leichte Schulter. Und wahrscheinlich tat sie das auch.

Zu der Zeit wußte ich noch wenig davon, aber die Mühelosigkeit, mit der Suzannah ein anvisierter Schritt nach dem anderen gelang, war nur die kontinuierliche Weiterentwicklung ihres bisherigen Werdeganges. Mit achtzehn, nach dem Abitur, war sie nach London gegangen, um dort zwei Jahre lang Kunst zu studieren. Danach hatte sie eine angesehene Pariser Fotoschule besucht, im Anschluß daran eine Weile als Theaterfotografin gearbeitet, bevor sie mit ihrer damaligen Freundin Jeanette für ein Jahr nach San Francisco zog. Nach ihrer Rückkehr hatte sie angefangen, als freie Fotografin für politische Magazine zu arbeiten. Ihre ersten Aufträge für ein Reisemagazin hatten sie nach Afrika geführt. An der Elfenbeinküste war ihr ein Bremer Fotograf begegnet, der ihr eine feste Stellung in seiner Agentur anbot. Suzannah hatte angenommen, müde vom Umherziehen, von der unsicheren Auftragslage und den vielen Komplikationen, die ihr als alleinreisende Fotografin in einem fremden Erdteil die Arbeit erschwerten.

Deutschland war für Suzannah kein unbekanntes Land, und auch die Sprache war ihr von klein auf geläufig. Sie sprach akzentfrei, denn ihre Mutter stammte aus einem kleinen Dorf in

Niedersachsen, und als Kind hatte Suzannah einen Großteil der Ferien auf dem alten Bauernhof ihrer Großeltern verbracht. Aber schon bald nach ihrer Ankunft in Bremen hatte sie gespürt, daß weder die Stadt selbst noch die feste Anstellung ihrem Drang nach Abenteuer entsprachen. Als ich sie kennenlernte, war der Entschluß, nach Berlin zu gehen, für sie bereits gefaßt.

Suzannahs Art, sich zügig auf ihrem Weg vorwärtszubewegen, rüttelte etwas in mir auf. Mein Leben war in Grundzügen immer noch so wie damals, als ich nach Berlin gekommen war. Es gab keine Steigerung, keine Entwicklung; die einzige, die ich durchmachte und deren Ergebnisse ich an mir selbst beobachten konnte, war eine persönliche, emotionale, aber sonst …

Fünf Jahre lang, seit jenem Tag, an dem ich bei Paul und Jörn in der Küche gesessen und gespürt hatte, daß mein Leben wieder begann, fünf Jahre lang hatte ich mich von einem Kneipenjob zum nächsten gehangelt, mit kleinen Unterbrechungen dazwischen, in denen ich in einer Galerie ausgeholfen, Kinder gehütet oder in einem der winzigen Geschäfte rund um die Oranienstraße Wolle oder Biolacke verkauft hatte. Sooft Paul oder Jörn auch vorsichtig und rücksichtsvoll versuchten, mich dazu zu bewegen, meine abgebrochene Schulausbildung wieder aufzunehmen oder einen Beruf zu erlernen, ich wehrte sie freundlich, aber entschieden ab. Es hatte nichts gegeben, worauf ich hinauswollte, kein Ziel, keinen Weg, der mir vorschwebte und der mich irgendwohin bringen sollte. Die Zukunft breitete sich vor mir aus wie ein großes, weites Feld, ohne Konturen, ohne Richtung, ohne Fixpunkte, auf die ich zusteuern konnte. Was blieb, war ein diffuses Gefühl des Wartens, des Wartens darauf, daß sich die Dinge entwickeln würden, auf welche Art auch immer.

Und ich genoß dieses Leben, dieses stetige Vorantreiben. Ich mochte es, von einem Ort zum anderen zu streifen, von einem Job in den nächsten, für ein paar Wochen ein billiges Zimmer in einer WG zu bewohnen und, noch bevor mich der Ausblick aus meinem Fenster oder die Art, wie meine Wohnungsgenossen das schmutzige Geschirr in der Spüle stapelten, zu langweilen begannen, weiterzuziehen, in das nächste Zimmer, die nächste WG, oder auch nirgendwohin. Bis ich mit Dennis zusammengezogen war, hatte ich nie eine eigene Wohnung gehabt; mein Zuhause, in das ich immer wieder, manchmal nur tageweise, manchmal für Wochen oder Monate, zurückkehrte, war Pauls Wohnung gewesen, in deren Kammer ein schmales Bett für mich bereitstand, dessen durchgelegene Matratze sich im Laufe der Jahre meinem Körper perfekt angepaßt hatte.

Ich habe sie nie gekannt, diese Angst vor der Zukunft, die viele Menschen dazu bringt, ihr Leben in geordnete Bahnen zu lenken. Aber genausowenig habe ich das Gefühl gekannt, aufzugehen in dem, was man tut, etwas zu machen, was den eigenen Fähigkeiten entgegenkommt oder entspricht, zu lernen, sie zu vervollkommnen. Meine Perspektiven haben sich immer aus meinen Erfahrungen, meinen Emotionen heraus gestaltet. Und so ist es immer noch.

Vielleicht ist das dürftig. Aber es alles, was ich habe, alles, was ich kann. Ich wollte immer frei sein, unabhängig, ungebunden. Und ich war es auch. Selbst in den Jahren mit Suzannah war ich frei. Ich habe die Geheimnisse geliebt, die verborgenen Nischen in unser beider Leben, die vielen Dinge, die wir taten und erlebten und von denen die andere nichts ahnte und auch nichts ahnen wollte. Aber das waren nur winzige Ausschnitte aus dem Kaleidoskop unseres Seins. Alles andere haben wir miteinander geteilt. Und ich habe das genossen. Ich habe mein Leben unglaublich gerne mit ihr geteilt. Das fehlt mir. Sie fehlt mir. Suzannah. Sie fehlt mir.

In den ersten Monaten allerdings, nachdem sie nach Berlin gezogen war, wachte ich mit Argusaugen über meine Freiheit. Es machte mich nervös, zu wissen, daß Suzannah in der Stadt war, daß ich ihr jederzeit unverhofft begegnen konnte, daß sie wußte, wo sie mich erreichen konnte, Möglichkeiten hatte, es herauszufinden.

Ich achtete darauf, nicht allzuviel Zeit mit ihr zu verbringen. Zeit, das sollte kein Maßstab sein für das, was uns miteinander verband. Ich war froh, daß auch Suzannah andere Dinge wichtiger fand als mich. Und so versuchte ich, mich auf mich zu konzentrieren und auf das, was ich für gewöhnlich so tat: Freunde besuchen, Partys, Bars, Feste, Konzerte, spazierengehen, ein bißchen zeichnen. Aber immer wieder ertappte ich mich dabei, daß ich plötzlich innehielt, dastand und mich fragte, warum sie nicht bei mir war. Und wenn sie dann bei mir war, wenn wir zusammen auf ihrem Bett lagen, eng umschlungen, mein Arm um ihre Hüfte, ihr Mund dicht an meiner Wange, ihre heisere Stimme in meinem Ohr, dann fühlte ich mich, als wäre ich von einer langen Reise zurückgekehrt.

Doch etwas nagte an mir. Ein Dorn der Unzufriedenheit, ein spitzes, stechendes Gefühl der Bitterkeit.

Heute glaube ich, daß ich in Suzannah ein anderes eigenes Ich gespiegelt sah, ohne es zu reflektieren, ohne es zu erkennen. Nicht, daß ich so wie sie sein wollte, aber sie imponierte mir, zweifellos, und das konnte ich nicht ertragen. Ich traute all dem nicht. Ich traute ihr nicht. Ich traute der Freude nicht, die in ihren Augen aufblitzte, wenn sie mir die Tür öffnete, ich traute ihren geschickten Bewegungen nicht, mit denen sie mir langsam die Hose aufknöpfte, und ich traute ihren nachdenklichen warmen Blicken nicht, mit denen sie mich von Zeit zu Zeit musterte, wenn wir uns gegenübersaßen und ich, wie so oft in dieser Zeit, schwieg.

Alle Frauen, alle Männer, mit denen ich zusammengewesen war, sogar meine Freunde, selbst Onkel Paul – bislang hatte jeder einzelne von ihnen versucht, etwas aus mir herauszulocken, Dinge zu erfahren, die ich nicht preisgeben wollte; ich war es gewöhnt, daß man nachfragte, Antworten forderte, ich war das unablässige Fragen meiner Mutter gewöhnt und das frustrierte, letztendlich in Wut umschlagende Stochern meiner früheren Geliebten. Ich kannte Pauls entnervtes Abwinken ebensogut wie Dörthes nach oben gerollte Augen als Antwort auf mein Schweigen.

Suzannah tat nichts dergleichen. Sie ließ mich in Ruhe. Und eines Tages, es war Ende Januar, hielt ich diese mir unerklärliche Harmonie zwischen uns nicht mehr aus.

Ich saß auf einer der noch nicht ausgepackten Kisten in Karls Wohnzimmer und betrachtete Suzannah dabei, wie sie Negativstreifen an einer Wäscheleine zum Trocknen aufhängte.

„Du willst gar nichts über mich wissen."

Suzannah drehte sich ruckartig um. „Das ist nicht dein Ernst."

„Doch."

Sie starrte mich ungläubig an.

„Stimmt doch, oder? Du willst nie etwas wissen. Du fragst mich nichts; weder was war, noch was ich will."

„Nein", sagte sie ruhig. „Du willst nichts sagen."

Ich sprang von der Kiste herunter. „Du ziehst dein Ding durch und machst und tust, und mich schüttest du mit Liebe oder was immer du dafür hältst, zu. Du erstickst mich, weißt du das?" Ich wußte selbst nicht, was in mich gefahren war. Vor zehn Minuten noch hatten wir uns friedlich gegenübergesessen, matt und satt von der Liebe, dann hatte ich Kaffee gekocht und ihn ins Wohnzimmer getragen, Suzannah hatte die Wäscheleine in den Türrahmen gespannt, ich hatte mich auf die Kiste gesetzt, und dann war etwas in mir aufgebrochen.

„Thea. Was ist los?"

„Du fragst mich noch nicht mal, ob ich was mit anderen habe. Du tust so, als wärst du die einzige Frau, die es überhaupt geben könnte für mich."

Sie schmunzelte leicht, hängte den letzten Negativstreifen auf und ging zum Tisch, um sich Kaffee einzuschenken. Heißer Dampf stieg aus der Kanne auf. „Vielleicht bin ich das ja auch."

„Du fragst nie was", wiederholte ich störrisch.

Sie hob ihre Tasse und nippte daran, während sie mich nachdenklich über den Rand hinweg ansah. „He, ich laß dich kommen, okay? Ich laß dich kommen, und wenn du glaubst, ich interessiere mich nicht für das, was du tust oder getan hast, dann tut mir das leid, weil es nicht stimmt. Aber du hütest dein Leben und deine Vergangenheit wie einen sorgsam angehäuften Schatz. Warum, weiß ich nicht."

Ich verzog verächtlich die Lippen.

„Du schließt mich aus, nicht andersrum", sagte sie ruhig. „Ich akzeptiere das. Was möchtest du? Möchtest du mir von deinen anderen Frauen erzählen? Ich weiß, daß es da welche gibt." Ihre gelassene Miene bekam einen Sprung. „Aber ich will es nicht wissen, klar? Jetzt nicht. Und das hast *du* zu akzeptieren. Ich will es nicht wissen, ganz einfach."

„Du willst mich einfangen." Ich konnte sie nicht ansehen. Mein Blick fiel auf ihr Hemd, das sie noch nicht wieder ganz zugeknöpft hatte. Der Ansatz ihrer Brüste lugte daraus hervor, und ich mußte mich abwenden. „Du willst mich einfangen."

Einen Moment schwieg sie, dann knallte sie zornig die Tasse auf den Tisch. „Leck mich am Arsch, Thea Liersch." Dann sprang sie auf und und ging aus dem Zimmer. Und ich schnappte meine Jacke, rannte durch den Flur und schlug mit einem lauten Knall die Wohnungstür hinter mir zu.

Ich blieb nicht lange fort. Eine halbe Stunde später stand ich wieder vor ihrer Tür. Nach ein paar Sekunden machte sie auf. Eine Weile starrten wir uns stumm an, dann ließ sie die Klinke los.

„Wenn du hier sein willst, dann komm rein“, sagte sie laut. „Aber du hältst dich an meine Regeln, klar? Das ist meine Wohnung, und du bist darin willkommen. Aber nur, wenn du verdammt noch mal aufhörst, dich wie ein störrischer Esel zu benehmen. Und außerdem bin ich beschäftigt.“ Sie ließ mich stehen und verschwand im Wohnzimmer. Ich schloß leise die Tür hinter mir und folgte ihr. Im Eingang zum Wohnzimmer lehnte ich mich gegen den Türrahmen. Suzannah stand am Tisch, über ein paar Papiere gebeugt. Nach einem Moment blickte sie auf. Ihre Augen waren sehr dunkel. Keine von uns sagte ein Wort. In meinem Kopf schwirrten die Gedanken umher, zu viele, als daß ich sie hätte fassen können. Ich wußte nicht, was ich sagen sollte, ich wünschte mir nichts sehnlicher, als daß sie verstand, wie mir zumute war, daß sie verstand, welche Qual es mir bereitete, sie zu begehren und gleichermaßen zu fürchten. Ich wünschte mir, ihr nahe zu sein, so wie vor ein paar Stunden noch, auf die einzige Art, in der ich mich ihr zeigen konnte, ohne Gefahr zu laufen, mißverstanden zu werden, aber der Zorn, die bösen Worte schwebten wie kalte Glassplitter zwischen uns in der Luft.

„Suzannah“, setzte ich an, und dann verstummte ich wieder.

Suzannah richtete sich auf und fuhr sich mit beiden Händen durchs Haar. „Thea“, sagte sie, und ihre Augen bohrten sich in meine. „Ich liebe dich. Das ist alles.“

Es war das erste Mal, daß sie mir das sagte. Ihre Worte trafen mich wie ein Fausthieb in den Bauch. Ich fühlte mich wie ein Schiff, das in voller Fahrt gegen ein Hindernis geprallt war, leckgeschlagen hatte und nun langsam sank. Wenn nicht irgend etwas Unvorhergesehenes passierte, würde ich untergehen. Suzannahs Liebe, sie war das Meer, in dem ich zu versinken drohte. Am liebsten hätte ich sie angebrüllt, daß sie mich endlich in Frieden lassen solle, um dann fortzulaufen, ein für allemal.

Aber ich bin nicht weggerannt. Ich bin stehengeblieben und habe sie angesehen, und irgendwann habe ich mich überwunden und ein paar wackelige Schritte auf sie zu gemacht. Aber ich habe ihr nicht gesagt, daß ich sie liebe. Das hat noch sehr lange gedauert. Als ich es ihr dann gesagt habe, mehr als ein Jahr später, da war es nicht nur das erste Mal, daß ich es zu ihr gesagt habe, sondern das erste Mal, daß ich es überhaupt zu jemandem gesagt habe.

Am Ende ist es tatsächlich so gewesen, wie sie an jenem Tag im Scherz gesagt hatte. Sie war die einzige Frau, die es für mich geben konnte. Meine einzige große Liebe.

Bald nachdem ich bei Paul und Jörn eingezogen war, fing ich an, die homosexuelle Umgebung, in der ich mich befand, bewußter wahrzunehmen. Paul und Jörn waren beide ausnehmend gesellig, an vielen Abenden empfingen sie Besuch. In der Hauptsache waren es Männer, deren Lederhosen besonders eng geschnitten waren, um ihr Gemächte, den Po und die strammen Schenkel möglichst vorteilhaft zur Geltung zu bringen. Sie waren alle um die Dreißig, fröhlich und dem Alkohol zugetan, und es hat in diesen ersten Jahren zahllose Nächte gegeben, in denen ihr lautstarkes Gelächter und Debattieren mich bis tief in die Nacht hinein wachhielt.

Manchmal waren auch Frauen dabei, Kommilitoninnen von Paul oder Freundinnen von Jörn. An eine erinnere ich mich besonders gut, sie hieß Marisa, trug ihr blondes Haar zu einer wilden Strähnchenfrisur geschnitten und ein permanentes Runzeln auf der Stirn, und wenn sie sprach, dann schwang in ihrer Stimme ein leiser Unterton von Besorgnis mit. Sie beobachtete mich verstohlen, wenn ich mit in der Runde saß, und auch wenn sie nur selten das Wort an mich richtete, so war es nicht zu übersehen, daß sie Gefallen an mir fand. Ihre Finger berührten meine Hand immer eine Sekunde zu lang, wenn sie mir etwas reichte, und jedesmal, wenn sie mir Feuer gab, sah sie mir dabei tief in die Augen.

„Du würdest einen prächtigen kessen Vater abgeben", sagte Paul eines Abends zu mir, als wir in der Küche standen und das Geschirr spülten. Aus dem Wohnzimmer drang angeregtes Stimmengewirr zu uns herüber.

„Was meinst du denn damit?"

„Na, ich hab doch Augen im Kopf. Die Frauen himmeln dich an. Marisa sieht immer so aus, als würde sie gleich in Ohnmacht fallen, wenn du reinkommst." Er lachte und stellte ein sauber poliertes Glas in den Schrank. Ich ließ mir seine Worte durch den Kopf gehen. Es war mehr als nur Belustigung, die ich dabei empfand. Ich fühlte mich herausgefordert.

„Vielleicht werde ich das ja auch", sagte ich.

Paul sah mich an. „Was?"

„Ein kesser Vater." Ich beobachtete forschend seine Miene. Lange Zeit reagierte er gar nicht, gleichmütig polierte er ein Glas nach dem anderen, aber ich konnte sehen, daß er Mühe hatte, seine Gesichtsmuskeln unter Kontrolle zu halten. Dann fing er an zu grinsen.

„Ich darf ja eigentlich nichts dazu sagen, immerhin bin ich dein Onkel. Aber da du bald volljährig bist – ich habe bestimmt nichts dagegen. Nur zu, Thea."

Als Marisa mir das nächste Mal tief in die Augen sah, hielt ich ihrem Blick stand und hob nach einer Sekunde eine Braue. Marisa errötete tief und sah weg. Ich ließ sie nicht aus den Augen. Sie kramte in ihrer Jackentasche, kratzte sich im Nacken und sah dann wieder zu mir her. Ich zauberte ein leichtes Lächeln auf meine Lippen. Und sie sah tatsächlich so aus, als würde sie gleich in Ohnmacht fallen.

So fing es also an. Es war nicht etwa so, daß ich mich unter dem Einfluß meiner Umgebung veränderte. Nein, ich hatte auch vorher schon die Zeichen gespürt, ein Kitzeln im Bauch, wenn eine Frau, die ich schön fand, mich ansah, eine gewisse Erregung, die mehr beinhaltete als nur freundschaftliche Zuneigung. Ich habe Männer immer gemocht, auch sexuell, ich habe gerne mit ihnen geschlafen, und in meiner Jugendzeit war ich auch zwei-, dreimal in einen Jungen verliebt. Aber wirklich angerührt, wirklich berührt hat mich erst die Liebe zu Frauen.

Es dauerte nicht lange, bis ich herausgefunden hatte, wo Frauen, die an Frauen interessiert waren, hingingen. Aber ich fühlte mich dort nicht wohl. In kleinen, plüschig eingerichteten Kaschemmen drängten sich Geschöpfe in dicken Strickpullovern und ausgetretenen Turnschuhen und hüpften zu unsäglich veralteter Discomusik umher. Die leeren Bierflaschen wurden in Wäschekörben eingesammelt, die eine stämmige Matrone lauthals schreiend hoch über dem Kopf durch die Menge schleppte, wobei sie mit den Ellbogen rücksichtslos nach links und rechts Püffe austeilte. Abgeschnittene Ledermäntel, so wie ich auch einen trug, kamen zwar hier gerade in Mode, aber die Frauen, die in ihnen steckten, lungerten mit gelangweilten Gesichtern am Rande der Tanzfläche herum. Ich suchte mir andere Orte.

Die erste Frau, mit der ich geschlafen habe, lernte ich schließlich im *Risiko*, einer Szenekneipe in Schöneberg, kennen. Sie stand, ganz in schwarz gekleidet und die Haare nach Elvis-Art zu einer Tolle gerollt, neben mir am Tresen und orderte unaufgefordert drei Lagen Wodka hintereinander für uns beide. Ich war ziemlich angetrunken, als ich ihr in ihre kleine Einzimmerwohnung in der Crellestraße folgte, aber sobald wir nebeneinander auf der schmalen Matratze lagen, die im hintersten Eck ihres vollgerümpelten Zimmers gerade noch Platz gefunden hatte, sobald sie mir mein T-Shirt über den Kopf zog und ihre knochigen Armen um mich legte, sobald ich das erste Mal eine nackte Frauenbrust an meiner eigenen spürte, war ich sofort wieder nüchtern. Es war eine lange, berauschende Nacht, am nächsten Morgen wankte ich auf zitternden Knien und mit sausenden Ohren nach Hause, vollständig erfüllt von dem Gefühl, eine Erfahrung gemacht zu haben, die mich niemals wieder loslassen würde. Und so war es ja auch.

Seither habe ich mit vielen Frauen geschlafen, Frauen, die ich berührt, begehrt, geliebt und auch benutzt habe; aber sie, deren Namen ich vergessen habe, sie war die erste, und die Erinnerung an ihre blasse, weiche Haut, an die Härte ihrer spitzen Knochen, an die Narbe, die sich in einem sichelförmigen Bogen quer über ihre schmale Hüfte zog, habe ich bis heute behalten. Sie war meine erste Frau, ich war siebzehn, und es war im September 1981, an jenem Wochenende, an dem Marc mich zum ersten und einzigen Mal in Berlin besuchte. An jenem Wochenende, an dem ich die Verbindung zu meinem bisherigen Leben endgültig kappte.

Ich weiß nicht, warum ich Marc plötzlich fallenließ. Ich habe mich nach jenem Wochenende nie mehr bei ihm gemeldet. Ich hatte ihm zuvor ein einziges Mal geschrieben, einen kurzen Brief, in dem ich ihm mitteilte, wo ich zu finden sei, und ihn bat, es niemandem weiterzusagen. Paul hatte zähneknirschend eingewilligt, der Familie nicht zu verraten, daß ich bei ihm aufgetaucht war. Nur die Tatsache, daß ich in ein paar Wochen ohnehin volljährig sein würde und es Onkel Ludwig zuzutrauen war, daß er mich bis dahin in ein Heim steckte, hielt ihn davon ab.

Ende September kam Marc für ein Wochenende nach Berlin. Er brachte mir mein Zeugnis mit, das ich Monate zuvor, zu Beginn der Sommerferien, bei ihm hatte liegenlassen. Das Zeugnis der zwölften Klasse Gymnasium, es ist das letzte Zeugnis, das ich bekommen habe, das letzte, was ich wohl je bekommen werde. Ich habe es immer noch irgendwo in einem meiner Koffer.

Paul und Marc kannten sich von früheren Besuchen her, sie begrüßten sich freundlich und mit Handschlag, und als ich die Herzlichkeit in ihren Blicken sah, riß etwas in mir. Ihre Vertraulichkeit störte mich, ich wollte nicht, daß Paul und Marc eine Verbindung aufbauten, eine Verbindung, in die ich dann unweigerlich selbst miteinbezogen wäre.

So war ich frostig und kühl zu Marc, und nach einem seltsam verschwiegenen Tag, den wir miteinander verbrachten, stand ich am nächsten Morgen frühzeitig auf und schlich mich aus der Wohnung. Für den Rest des Wochenendes kam ich nicht zurück. Ich ließ Marc einfach sitzen. Paul kümmerte sich um ihn, aber als ich am übernächsten Tag immer noch nicht zurück war, fuhr Marc wieder ab.

Ich erwartete ein Donnerwetter, aber Paul sagte wenig dazu. Er sah mich mit seinen hellen Augen an und sagte: „Du tust da etwas, was du eigentlich erst mit dreißig oder vierzig tun solltest. Mit siebzehn ist man zu jung, um seine Wurzeln zu zerreißen, finde ich. Aber es ist dein Leben. Allerdings – wenn du noch mal vorhast, die Verantwortung dafür einfach auf mich abzuschieben, dann schmink dir das ab. Ich habe Besseres zu tun, als mich mit geknickten Burschen herumzuschlagen."

Und dabei blieb es. Denn Marc kam nicht wieder. Er schrieb mir noch einen Brief, in dem er mich fragte, warum ich mich so verhalten hätte, was denn geschehen sei, und daß es ihm leid täte, alles. Ich habe nicht auf seinen Brief geantwortet. Ich konnte nicht, und ich wollte auch nicht.

Heute ist mir so, als hätte ich damals die Schmerzen nicht ertragen, von ihm getrennt zu sein, dem einzigen Freund, den ich bis dahin gehabt hatte. Aber so gern ich ihn auch mochte, Marc gehörte zu meiner Vergangenheit. Und mit dieser Vergangenheit wollte ich nichts mehr zu tun haben. So ist er dann aus meinem Leben gefallen, und ich aus seinem.

„Verdammt, Thea, so geht das nicht weiter! Du kannst nicht immerzu weglaufen!“ Suzannah hatte mich mit einer Hand am Kragen gepackt und hielt mich fest, während ich versuchte, mich ihrem Griff zu entwinden. Es war eine jener Situationen, die sich wie ein ewig wiederkehrender Strudel durch unsere Begegnungen zogen. Ich tauchte auf, wir verbrachten ein wenig Zeit miteinander, kamen uns nah, und dann, immer wieder, wurde mir alles zuviel, und ich wollte gehen. Diesmal hatte sie mich gefragt, ob ich sie auf eine Vernissage begleiten würde. Ich hatte nichts anderes vor, ich war vor ein paar Stunden gekommen, hatte sie bei der Arbeit gestört, wir waren zusammen ins Bett gegangen, und jetzt, kaum waren wir wieder angezogen, kaum machte sie einen Vorschlag, den Abend gemeinsam zu verbringen, wollte ich gehen.

„Du haust einfach ab! Ich weiß nicht, ist das Trotz, hast du Angst, oder was ist mit dir los?“
Sie schüttelte mich. Ich versuchte, meine Finger unter ihre zu schieben und ihren Griff zu lockern, aber sie gab nicht auf.

„Sag was!“ flüsterte sie hart. „Erklär dich! Tu irgendwas, aber geh nicht einfach weg.“

Ich war unfähig zu antworten. Meine Nackenmuskeln waren so verkrampft, daß mir der Kopf weh tat.

„Du verhältst dich wie jemand, der so schlimm verletzt worden ist, daß er jetzt immerzu davonläuft, sobald jemand ihm nahekommt. Was ist los mit dir?“

Ich starrte in diese grünen Augen, die mich so sehr faszinierten, und dann lehnte ich den Kopf zurück und gab nach. Gleich darauf ließ sie mich los und stand schwer atmend vor mir.

„Laß mich doch einfach“, sagte ich. „Laß mich doch gehen. Wenn du es ehrlich wissen willst – ich habe kein Vertrauen in

Nähe und Zukunft und all diese Illusionen." Ich merkte, daß ich angefangen hatte zu schreien, aber ich konnte nicht aufhören. „Nähe? Was bedeutet das schon? Niemand bleibt für immer. Du nicht, ich nicht, niemand. Jeder geht irgendwann. Eines Tages ist das hier doch sowieso wieder vorbei. Warum dann noch mehr draus machen? Damit es dann noch mehr weh tut? Ich kann nicht kommen und bleiben. Ich muß immer wieder gehen. Verstehst du das nicht?"

Sie sah mich mit einem solchen Ausdruck des Schmerzes an, als hätte ich ihr ins Gesicht geschlagen, und ich fühlte mich schlecht, so schlecht wie selten zuvor.

„Aber Thea", sagte sie leise, „so kannst du doch immer nur weglaufen, immer nur fortlaufen, fliehen."

„Ja", sagte ich hart, und dann riß ich die Tür auf und lief aus der Wohnung.

Ich fuhr schnurstracks in den *Dschungel*, eine Szenediscothek in der Nürnberger Straße, und dort blieb ich bis morgens um sechs. Als ich dann ging, war ich nicht allein, ich ging mit einer Frau nach Hause, die ich gerade kennengelernt hatte. Sie war blond, hatte große Brüste und ein ganzes Arsenal Ketten und Peitschen in einer Kiste neben ihrem Bett. Ich glaube, die meisten habe ich an ihr ausprobiert, und als ich dann gegen Mittag meine Jacke anzog und ihre Wohnung verließ, während sie mit einem seligen Gesichtsausdruck auf ihrem Bett lag und schon eingeschlummert war, hatte sich irgend etwas in meinem Kopf gedreht.

Aber als ich zu Hause in mein eigenes Bett fiel, hatte ich einen faden Geschmack im Mund. Ich wußte, daß ich mir etwas vormachte. Wieder einmal versuchte ich, alles einfach hinter mir zu lassen. Diesmal würde es mir nicht gelingen. Aber damals, als ich mit Marc und meiner Vergangenheit gebrochen habe, da ist es mir gelungen.

Einmal noch habe ich Marc wiedergesehen. Letztes Jahr, nachdem Suzannah gestorben war, bin ich nach Münster gefahren. Das war, als Dörthe meine depressive Stimmung nicht mehr aushielt. Sie schlug mir vor, durch Frankreich zu fahren. Sie wußte, was ich brauchte. Ich wußte es nicht. Aber sie wußte, daß es gut für mich wäre, nach Frankreich zu fahren und all die Orte aufzusuchen, an denen Suzannah damals gewesen war, damals in ihrer Vergangenheit, die ich nicht kenne und nie kennen werde, in ihrer Kindheit, in ihrer Jugend, auch in ihrer Zeit als erwachsene Frau.

Dörthe und ich hatten verabredet, daß ich sie in Aachen treffen sollte, wo sie sich von Verwandten ein Auto leihen wollte, mit dem wir dann weiter nach Frankreich fahren würden.

Ich weiß nicht, was mich dazu bewog, auf meiner Zugfahrt nach Aachen den Umweg über Münster zu machen. Ich hatte mich gerade in der zugigen Bahnhofshalle in die lange Schlange am Fahrkartenschalter eingereiht, starrte auf den Hinterkopf eines Geschäftsreisenden vor mir, sah zu, wie sich einzelne Schuppen aus seinem Haar lösten und auf den Kragen seines ordentlichen Jacketts fielen, und plötzlich wußte ich, daß ich über Münster fahren würde.

Und so kam es, daß ich am frühen Nachmittag in der hellen Sonne auf dem Bahnhofsvorplatz in Münster stand und das erste Mal seit dreizehn Jahren die Luft jener Stadt einatmete, in der ich aufgewachsen, nie aber heimisch gewesen war. Wie ein Pflänzchen, das man in Ermangelung eines sonnigen Plätzchens kurzerhand in eine schattige Ecke verbannt hatte, so hatte ich mich zeit meines Lebens in Münster gefühlt. Wie fehlgepflanzt.

Die Stadt hatte sich kaum verändert. Der Straßenbelag war zwar erneuert worden, und rund um den Busbahnhof prangten jetzt große Betonkübel mit struppigen, farnähnlichen Gewächsen, aber die dreistöckigen Gebäude, die den Bahnhofsvorplatz umgaben, standen noch genauso da wie in meiner Jugendzeit, und auch die meisten Geschäfte waren schon vor dreizehn Jahren dagewesen. Trotzdem hatte ich den Eindruck, daß der äußere Schein trog. Eine andere Stimmung lag in der Luft, hinter den Mienen der vorbeieilenden Passanten meinte ich eine Unruhe zu spüren, die in Kontrast zu der behaglichen Beschaulichkeit stand, welche mich einst so sehr beengt hatte. Eine Weile stand ich nachdenklich da, dann nahm ich meine Tasche und machte mich auf.

Zuerst besuchte ich Tante Krüpp, die immer noch in derselben Wohnung lebte. Sie mußte jetzt weit über Achtzig sein. Ich hatte ihr von Zeit zu Zeit eine Karte oder einen Brief geschickt, manchmal ein Foto beigelegt. Jedes Jahr zu Weihnachten und zu meinem Geburtstag kam im Gegenzug eine Faltkarte, auf der sie in krakeliger Sütterlinschrift von ihrem Wohlbefinden berichtete.

Sie freute sich sehr, mich zu sehen. „Mein Gott!“ sagte sie, als sie die Tür aufmachte. „Thea! Das letzte, was ich von dir gesehen habe, war dein Hund.“

Sie wirkte älter und gebrechlicher, aber immer noch genauso munter wie eh und je. Ich streckte ihr mein Mitbringsel entgegen, eine Schachtel Pralinen von der Sorte, die sie früher heiß und innig geliebt hatte. Ich war unterwegs zufällig darauf gestoßen. In der Auslage eines kleinen Tabakwarengeschäftes hatte die Schachtel gelegen, und ich war ungemein verblüfft gewesen, daß es diese Marke immer noch gab. Ich hatte geglaubt, sie wäre eingestellt worden, weil die auf der Packung abgebildeten Rosen gar zu altmodisch aussahen.

Tante Krüpp betrachtete die Packung und fing an zu lachen. „Ach Thea, Kind. Daran kann man mal sehen, wie lange du fort gewesen bist. Es ist lieb von dir, aber ich kann diese Pralinen nicht mehr ausstehen. Ich hab mich eines Tages wohl daran überfressen.“

Ich folgte ihr in die Küche. Automatisch hatte ich angenommen, daß alte Leute sich und ihre Gewohnheiten, Vorlieben und Abneigungen nie veränderten. Aber, stellte ich fest, während ich Tante Krüpp dabei zusah, wie sie mit zittrigen Fingern Kaffeepulver in den alten Emaillefilter goß, den ich noch aus Kinderzeiten kannte, alte Leute veränderten sich genauso wie junge. Auch sie hatten eines Tages nichts mehr für Dinge übrig, die sie jahrelang gemocht hatten. Es war nur logisch. Aber ich hatte mir das nie überlegt.

Wir sprachen lange miteinander. Ich erzählte ihr, was passiert war, was ich im vergangenen Jahr gemacht hatte und wie traurig ich war.

„Trage es mit Fassung“, sagte sie, und die runzlige Haut um ihren blassen Mund verzog sich zu einem kleinen Lächeln. „Trage es mit Fassung. Nichts bleibt, wie es ist. Sei froh, daß du so eine große Liebe erlebt hast. Das ist mehr, als die meisten Menschen von sich sagen können.“

Am späten Nachmittag machte ich mich auf den Weg zu Marcs Eltern. Das ehemalige Sanitärgeschäft war einem Versicherungsbüro gewichen, und als ich den Inhaber, einen vierschrötigen Mann mit Halbglatze und moderner Designerbrille, nach dem

Verbleib der Vorbesitzer fragte, sah er mich mürrisch an und murmelte: „Die haben sich zur Ruhe gesetzt. Bergstraße 22."

Ich trat an den Straßenrand und sah zu Marcs ehemaligem Fenster hinauf. Der Griff, den Marc fast fünfzehn Jahre zuvor außen angebracht hatte, war verschwunden, und eine ordentlich geraffte weiße Gardine versperrte die Sicht ins Innere.

Auf dem Weg in die Bergstraße kam ich an einer Telefonzelle vorüber. Einer plötzlichen Eingebung folgend ging ich hinein und schlug im Telefonbuch nach. Nicht nur Marcs Eltern standen drin, sondern auch er selbst, unter einer anderen Adresse. Ich konnte es kaum glauben. Ich hatte angenommen, er sei fortgezogen, aber offensichtlich war das nicht der Fall.

Ein Taxifahrer brachte mich zu der angegebenen Adresse. Die Straße war mir unbekannt, sie lag in einem Neubauviertel, das es früher noch nicht gegeben hatte, ein Stück weit hinter dem ehemaligen Stadtrand. Das Haus, ein Reihenhaus, sah blitzblank aus, die Sträucher im Garten waren sorgsam gestutzt, und neben einem kleinen Zierteich lag ein umgestürztes Dreirad. Das Klingelschild war eines dieser modernen Modelle aus Ton in Form eines heimeligen Häuschens. Ich starrte lange darauf. Vier Namen standen darauf. *Katja & Marc, Nadine & Dorothea.*

Plötzlich öffnete sich die Tür, und vor mir stand Marc. Er trug einen Bart und kurze, nach vorne gekämmte Haare. In seinem Polohemd und den Bundfaltenhosen wirkte er überaus gepflegt. Er sah überhaupt nicht mehr aus wie der Marc, den ich gekannt hatte. Er sah aus wie fünfunddreißig oder vierzig, und um seinen Mund herum hatten sich eine Anzahl leichter Falten in die Haut eingegraben. Einen langen Augenblick stand er mir wie gebannt gegenüber, dann glomm die Erkenntnis in seinen noch immer verschlafen wirkenden Augen auf.

„Mensch Thea!" rief er. „Thea! Ich habe mich schon gefragt, warum diese fremde Frau da so lange vor meiner Tür herumsteht, ohne zu klingeln. Und dann bist du das!" Er grinste breit übers ganze Gesicht. Dann bat er mich hinein.

Die Wohnung war sehr ordentlich und ganz im Ikea-Stil eingerichtet, den ich so verabscheue. Über dem Sofa und den Sesseln im Wohnzimmer lagen schwere gewebte Decken mit indianischen Mustern, und kleine Bilderrahmen mit den Fotos zweier Mädchen im Kleinkindalter waren an den Wänden angebracht. Daneben prangten die obligatorischen Kinderzeichnungen. Ich spürte deutlich, daß die Wohnung die Handschrift von Marcs Frau trug. Er selbst, seine ganze Persönlichkeit schien sich tief in ihn hinein zurückgezogen zu haben, war hinter dem Abziehbild eines netten, ordentlichen Familienvaters verschwunden.

Ich folgte Marc in die Küche, die von einer modernen Einbaugarnitur dominiert wurde. Offensichtlich hatte ich ihn beim Gemüseschneiden gestört, und ich sah zu, wie er mit schnellen Bewegungen den Tisch leerräumte. Eigentlich fand ich, daß er gar nicht so schlecht aussah als Spießer. So, als hätte er sich eines Tages verkleidet und sei dann aus Versehen in die Verkleidung hineingewachsen.

„Möchtest du etwas trinken?" fragte er.

„Ja, gerne. Ein Bier."

Ich hatte meine Antwort scherzhaft gemeint, aber Marc nahm sie ernst. Er öffnete den Kühlschrank und sah unsicher hinein, und schlagartig wußte ich, daß in diesem Haushalt kein Alkohol getrunken wurde. Vielleicht gab es, wenn's hochkam, zu Ostern oder Weihnachten ein gutes Glas Wein. Aber mit Sicherheit befand sich kein Bier im Kühlschrank. Und Marc war es peinlich, mir das zu gestehen.

„Marc!" sagte ich hastig. „Marc! Das war ein Witz. Laß uns einen Kaffee trinken. Ich will kein Bier."

Er schlug die Kühlschranktür zu und drehte sich zu mir um. Und dann hob er die Hand und rückte mit dem Zeigefinger seine nicht mehr vorhandene Brille ein Stück weit nach oben, und in dieser unbeholfenen Geste, die ich so viele Male bei ihm gesehen hatte, lag auf einmal eine solche Traurigkeit, daß es mir die Kehle zuschnürte.

„Also so was. Thea", flüsterte er mit heiserer Stimme, und dann fing er unversehens an zu weinen. Seine Schultern bebten, aus seiner Kehle kamen kleine Schluchzer, und ich konnte nicht hinsehen, aber wegsehen konnte ich auch nicht. Schließlich stand ich auf, trat zu ihm und nahm ihn in den Arm, und er fühlte sich seltsam unvertraut an, so kräftig und breit.

„Warum bist du denn einfach so weggegangen!" sagte Marc leise. „Warum hast du dich nie mehr gemeldet? Na, es ist ja egal, also laß es, du wirst es mir sowieso nicht erklären können. Aber vielleicht wäre alles anders gekommen. Vielleicht wäre ich dann jetzt nicht ... Es ist ja in Ordnung so, aber vielleicht wäre alles anders gekommen, wenn du ..."

„Wenn ich was?"

Marc zuckte die Schultern und sah weg, und der Moment ging vorbei.

Wir haben noch ein wenig miteinander geredet, aber nicht lange. Ich konnte es kaum ertragen, bei ihm zu sein, in diesem adretten kleinen Reihenhaus. Es hat mich frustriert, zu hören, daß er in Köln Geophysik studiert hatte und dann zurückgegangen war, weil er in Münster eine Anstellung bekommen hatte. Es hat mich frustriert, sein verhaltenes, ein wenig beschämtes Lächeln zu sehen, als er davon sprach, wie er seine Frau – sie war Pädagogin und arbeitete mit verhaltensgestörten Kindern – während seiner Studienzeit auf einer Anti-Atomkraft-Demonstration kennengelernt hatte. Und es hat mich frustriert, in seinen Gesten, seinen Bewegungen den Jungen von einst wiederzuerkennen, schwach ausgeprägt, aber immer noch präsent, einen Jungen, dessen Abenteuerlust im Laufe der Zeit verdorrt war, dessen Drang nach Erfahrung sich nicht mehr auf das Unbekannte, sondern auf das Naheliegende, bereits Erfaßte richtete.

Als ich die Reihenhaussiedlung verließ und die asphaltierte Straße in Richtung der untergehenden Sonne entlangschritt, wußte ich, daß Marc diesmal endgültig aus meinem Leben gefallen war. Und ich aus seinem.

Auch Wenzel ist eines Tages aus meinem Leben gefallen. Aber ihn habe ich bewußt hinausgestoßen. Wohl auch, weil er nie wirklich darin gewesen war. Wenzel jedoch ist wiedergekommen. Und ich habe ihn wieder hereingelassen. Ich weiß noch nicht, wie weit. Aber auf eine beiläufige Art gefällt mir, was er tut. Wie sehr er sich bemüht, ohne daß ich es merken soll. Natürlich merke ich es doch. Er glaubt immer noch, daß ich ihn nicht durchschaue, aus dem einfachen Grund, weil *er* mich nicht durchschaut.

Er hat wieder angerufen und gefragt, ob er nächste Woche zu Besuch kommen könne. Ich habe ja gesagt. Wenn er mit mir spricht, ist seine Stimme leicht und heiter. Er spricht zu mir wie zu einem Kind, das immer weiter zurückweicht, weil es sich in die Ecke gedrängt fühlt. Und zugleich schwingt in seinem Ton eine Hoffnung mit, die er seit Jahren mit sich herumträgt, eine Hoffnung, die ich immer und immer wieder zunichte mache. Er weiß nur zu gut, daß er niemals bekommen wird, was er sich wünscht, aber er gibt nicht auf. Ich glaube, er gelangt nach und nach an einen Punkt, an dem er das Unmögliche zurückstellt und das Mögliche in Augenschein nimmt, und ich glaube auch, daß er sich eines Tages damit zufriedengeben wird. Auf eine Art, die mir fremd bleibt, ist er dabei, seinen Traum in Wirklichkeit umzuwandeln, auch wenn das bedeutet, daß der Traum dabei in sich zusammensackt. Ich denke, Wenzel kann damit leben. Er kann damit leben, und mehr noch, er will es auch.

Kurioserweise war Wenzel, der niemals eine ernsthafte Konkurrenz für Suzannah dargestellt hat, der Anlaß für ihren ersten ernsthaften Wutausbruch. Bis dahin war sie mir mit einem unerschütterlichen Gleichmut begegnet, der mich zusehends mißtrauischer machte. Sooft ich mich ihr auch entzog, tagelang verschwunden blieb, auf ihre Anrufe bei Paul, die er mir umgehend übermittelte, nicht reagierte, sie blieb gelassen, wenn ich wieder auftauchte. Vielleicht habe ich nur darauf gewartet, daß sie eines Tages genug davon haben und die Zügel, die sie so locker ließ, endlich straffen würde – aber als es dann geschah, war ich nicht im mindesten darauf vorbereitet.

Es war im März oder April. Der Frühlingsanfang war immer noch nicht in Sicht. Draußen herrschte eisige Kälte, und durch das leicht geöffnete Fenster wehte ein kühler Lufthauch ins Zimmer und strich über unsere verschwitzten Körper. Wir lagen nebeneinander auf Suzannahs breiter Matratze ausgestreckt, ihre Hüfte berührte die meine, mit einer Hand umfaßte sie sanft meinen Nacken, mit der anderen hielt sie ihre Zigarette. Ich sah träge zu, wie sie einen Rauchkringel nach dem anderen an die Decke blies. In meinen Gedanken spürte ich der Heftigkeit nach, mit der wir uns gerade geliebt hatten.

Sex mit Suzannah war wie ein Gewitter, das mit Blitzen, Donner und Regengüssen über mich hereinbrach, so stark, so mächtig, daß es mein ganzes Sein ausfüllte. Manchmal war ich blind vor

Tränen, Schweiß lief mir in die Augen, aber immer war sie da, hielt mich, zog mich zu sich heran, und ich hielt sie. Sie war mir unglaublich nah in diesen Momenten, sowenig wie ich es tat, sowenig nahm sie sich zurück. So sehr ich auch gegen sie kämpfte, es gab diesen Punkt, an dem sie mich wirklich berührte, und ich suchte ihn immer wieder neu. Aber es war nicht der genußvolle, intensive Sex, der mich zu ihr hinzog, sondern das, was dahinter lag.

Ich spürte, wie Suzannah sich leicht bewegte, als sie ihre Zigarette ausdrückte. Dann schob sie sich näher an mich heran.

„Hast du das immer so gemacht?“ fragte sie leise.

„Was?“

„Gehen. Kommen. Unerreichbar sein. Und dann so …“, sie suchte nach Worten, und ich merkte, daß es ihr schwerfiel, sie auszusprechen. „So anders. Für mich fühlt es sich an, als ob du dann wirklich da bist. Das bist du, nicht wahr?“

„Ja.“ Ich schob einen Arm unter ihre Taille und strich über ihre seidige Hüfte. Sie lächelte an meinem Hals.

„Und? Hast du das immer so gemacht?“

Ich dachte darüber nach. „Ja und nein“, sagte ich dann. Ich spürte, wie sie sich an meiner Seite versteifte.

„Mit ja meine ich, daß ich immer gegangen und gekommen bin. Meistens nur kurz, einmal ging es über ein paar Jahre.“

„Wie lange?“

„Zwei Jahre, ungefähr.“

„Und was meinst du mit nein?“

Ich schwieg. Sie machte Anstalten, von mir abzurücken, aber ich hielt sie zurück. „Du weißt doch, was ich gemeint habe.“

„Nein, weiß ich nicht.“

„Ich war bei niemandem so sehr da wie bei dir.“

Nach ein paar Sekunden gab sie ihren Widerstand auf und preßte sich enger an mich. Ich ließ meine Hand über ihren Bauch gleiten und strich mit der Fingerspitze über ihren Nabel. Ohne hinzusehen, hatte ich das Bild vor Augen, ihren perfekt geformten, nach innen gewölbten Nabel mit dem kleinen Grübchen darunter.

„Und wer war die Glückliche?“

„Es war ein Mann. Er heißt Wenzel.“

Sie war überrascht, wenn auch nur für einen kurzen Moment. Sie wußte, daß ich nicht nur mit Frauen geschlafen hatte, aber sie wußte nicht, daß es da mehr als nur kurze Affären gegeben hatte.

„Du warst also richtig mit ihm zusammen", stellte sie fest.

Ich schüttelte den Kopf.

„Bist du verliebt gewesen?"

„Doch, schon. Nein, irgendwie nicht richtig. Ich weiß nicht."

Sie löste sich von mir und setzte sich auf. Über ihrer Nasenwurzel hatte sich eine steile Falte gebildet. Sie griff nach der Zigarettenschachtel, zog eine heraus und zündete sie an. Im matten Licht der Straßenlaternen konnte ich die Wut in ihren Augen erkennen.

„Also, was denn jetzt", sagte sie heftig und stieß den Rauch aus, „soll ich dir alles aus der Nase ziehen?" Sie wandte mir das Gesicht zu, und ein Schauder des Unbehagens lief mir über den Rücken. Das Gespräch nahm eine für meinen Geschmack ungünstige Wendung an.

„Ich weiß nicht genau. Es war eben eine Affäre, aber keine richtig ernsthafte. Von meiner Seite aus nicht."

Sie starrte mich finster an. „So, von deiner Seite aus nicht. Und von seiner aus?"

Plötzlich war es mir unangenehm, nackt vor ihr dazuliegen. Ich zog mir die Decke bis über die Brust und setzte mich ebenfalls auf.

„Er hat das gewußt", sagte ich. „Er hat gewußt, daß keine feste Sache daraus werden würde."

„Aber etwas hat dich immer wieder zu ihm hingezogen?"

„Ja", gab ich zu.

„Aha. Und er hat also den liebenden Trottel gespielt und am Telefon gesessen und darauf gewartet, daß Madame sich meldet, nicht wahr? Aber nein, du warst ja nicht verliebt. Du warst ganz bestimmt nicht verliebt. Das ist nur einfach deine Art, Menschen zu behandeln. Kommen und gehen, bis du keine Lust mehr dazu hast, nicht wahr?"

„Nein, so war es nicht. Ich meine, so ist es nicht." Langsam wurde ich ebenfalls wütend. Und noch wütender machte mich die Tatsache, daß sie mit ihren Vermutungen recht hatte. Wenzel hatte tatsächlich allzuoft am Telefon gehockt und gewartet, daß ich mich meldete. Irgend etwas hatte mich tatsächlich immer wieder zu ihm hingezogen. Und ich hatte das Ganze tatsächlich beendet, als ich keine Lust mehr hatte.

Suzannah stand auf, zog sich ihre Trainingsjacke über, riß das Fenster weit auf und atmete tief ein. Dann drehte sie sich zu mir um.

„Jetzt erklär mir mal, was der Unterschied ist zwischen dem, was du mit ihm hattest, und dem, was du mit mir hast. Und komm mir bloß nicht damit, daß das jetzt was anderes ist. Es fühlt sich nämlich haargenauso an."

„Aber es ist anders", sagte ich kläglich. Ein Schwall eiskalter Luft wehte herein. Ich zog die Decke enger um mich und krümmte mich darunter zusammen. Suzannah schien die Kälte nichts auszumachen. An den Rahmen des offenen Fensters gelehnt, stand sie da, die Arme vor der Brust verschränkt. Die Sehnen an ihrem Hals traten deutlich hervor, und unpassenderweise erregte mich ihr Anblick aufs neue. Ich schluckte und versuchte, mich auf unser Gespräch zu konzentrieren.

„Das sagt doch jeder", erwiderte sie wütend. „Natürlich. Immer, wenn man was mit jemandem hat, ist es was anderes, das ist so eine abgedroschene Phrase, daß ich sie nicht mehr hören kann. Wetten, du erzählst Paul das gleiche über mich wie über Wenzel? ‚Ich bin nicht verliebt, aber irgend etwas zieht mich zu ihr hin'?"

„Nein!"

„Willst du damit sagen, du hättest damals auch behauptet, daß es etwas anderes sei?"

„Nein", wiederholte ich verwirrt. Irgendwie brachte sie alles durcheinander.

„Glaub bloß nicht, daß ich irgendwelche Liebesschwüre von dir will. Aber es hört sich verdammt noch mal so an, als wenn du nicht zu deinen Gefühlen stehst, entweder jetzt nicht oder damals oder überhaupt. Dann sag wenigstens, daß es mit mir auch so ist, aber komm mir nicht mit diesem dämlichen ‚es ist anders'!" Sie trat mit einem Fuß nach ihrer Jeans, die zusammengeknüllt am Boden lag. Ein paar Münzen fielen aus der Hosentasche und klimperten über den blanken Holzfußboden. „Scheiße!" sagte sie nachdrücklich.

Ich betrachtete ihre mahlenden Kiefer und ihre fest zusammengekniffenen Lippen. Mir dämmerte, daß sie nicht nur wütend und verletzt war. Sie war auch eifersüchtig. Eifersüchtig auf meine Vergangenheit, eifersüchtig darauf, daß ein anderer Mensch in einer anderen Zeit das gleiche von mir bekommen hatte, was sie nun bekam. Aber es *war* anders mit ihr. Es war viel mehr. Es war mehr, als ich je zuvor erlebt hatte.

Der Moment war eigenartig. Ich saß da und sah Suzannah an, und ich spürte genau, daß alles auf Messers Schneide stand. Ich wußte, daß es an mir lag, die weitere Richtung unserer Beziehung zu bestimmen. Es lag in meiner Hand, ob ich mich öffnete und sie auf mich zukam oder ob ich mich verschloß und sie sich zurückzog. Ich, nicht sie, hatte die Entscheidung darüber, ob wir miteinander weiterkommen oder unverrückbar in unseren Positionen verharren würden. Und ich hatte Angst.

Sie starrte mich an, dann schnaufte sie laut und vernehmlich und drehte sich wieder zum Fenster um.

„Nützt es was, wenn ich dir etwas darüber erzähle?“ Meine Stimme klang zittrig, und die Worte schienen an Suzannahs schweigendem Rücken abzuprallen. Sekunden verstrichen. Dann wandte sie sich mir zu.

„Frag mich nicht“, sagte sie wütend. „Frag mich doch nicht. Entscheide selber, Thea. Soll ich dir jetzt auch noch erklären, was du tun sollst? Das mußt du schon selber wissen.“ Sie funkelte mich zornig an.

„Komm her“, sagte ich.

„Scheiße, nein.“

„Komm schon, Suzannah.“

„Nein.“ Sie schüttelte den Kopf. Und dann kam sie endlich zu mir herüber.

Jahre zuvor, in meinem dritten Berliner Sommer, knallte die Hitze unbarmherzig auf die Stadt nieder. Aber die hohen Temperaturen waren nur die äußerliche Entsprechung einer Zeit, in der sich lang angestaute Frustrationen und Unzufriedenheiten entluden. Allenthalben entzündeten sich Krawalle, Fotos von umgestürzten Bauwagen, brennenden Kaufhäusern und Polizisten mit Kopfverbänden dominierten die Titelseiten der Zeitungen.

An einem dieser heißen Abende lernte ich Wenzel kennen. Wie so oft in diesen Monaten war ich am Ende einer ausgiebigen

Kneipentour im *Dschungel* gelandet,. Ich stand lässig an die Brüstung des DJ-Cockpit gelehnt und unterhielt mich gerade mit Dörthe, als mein Blick auf einen dunkelhaarigen Mann fiel, der mich von der anderen Seite der Tanzfläche aus durchdringend ansah. Er gehörte zum Stammpublikum des *Dschungel*, ich hatte ihn schon oft gesehen, aber er wäre mir nicht weiter aufgefallen, wenn seine Augen nicht diesen besonderen Ausdruck gehabt hätten, der mich stutzig machte. Ich ließ meinen Blick über ihn hinweggleiten und wandte mich wieder Dörthe zu, aber als ich nach einer Weile erneut zu ihm hinsah, starrte er mich immer noch an, und diesmal verzog sich sein Mund zu einem schiefen Lächeln.

Männer waren für mich zu jener Zeit nicht weiter interessant, ich schätzte sie als Gesprächspartner, amüsierte mich mit ihnen und mochte die Aufmerksamkeit, die sie mir entgegenbrachten, aber mein wirkliches Interesse galt Frauen. Unmerklich, ohne daß ich mich bewußt dafür entschieden hatte, waren Männer aus meinem sexuellen Bewußtsein geglitten; was mich reizte, waren die weichen und festen Körper von Frauen, ihr Geruch, ihre Verschiedenartigkeit, ihre verzerrte Spiegelbildlichkeit zu meinem eigenen Sein und zugleich ihre Andersartigkeit. Und deshalb war ich um so erstaunter, als ich spürte, wie sich etwas in mir verkrampfte und wieder entspannte, als ich Wenzels Blick auffing. Seine hellen Augen wirkten weich in seinem markant geschnittenen Gesicht, dessen Männlichkeit durch das kleine Grübchen am Kinn nur noch betont wurde. Mit dem schwarzen, leicht schäbigen Sechziger-Jahre-Anzug und den dazu passenden spitzen Schuhen war er exakt in der neuesten Szenemode gekleidet.

Als Dörthe sich verabschiedete und mich allein ließ, lächelte er mich noch breiter an. Und dann überquerte er mit langen Schritten die Tanzfläche und stellte sich neben mich.

„Hi“, sagte er. Sein Haar war im Nacken rasiert und fiel ihm vorne in dichten Locken in die Stirn.

Ich nickte. Ich hatte nicht die Absicht, mich mit ihm zu unterhalten.

„Du bist öfters hier, ich hab dich schon ein paarmal gesehen.“

„Ja, und?“

Er lachte, wenig beeindruckt von meiner abweisenden Haltung. Beim Lachen vertiefte sich das Grübchen in seinem Kinn. „Kann ich dir etwas zu trinken holen?"

„Nein, danke." Ich musterte ihn abschätzig, wandte mich zur Seite und schob mir eine Zigarette zwischen die Lippen.

Vor mir klickte ein Feuerzeug. Ich seufzte auf, dann hielt ich meine Zigarette in die Flamme.

„Ich bin Wenzel", sagte er. Er lächelte mich offen an, und wider Willen stellte ich fest, daß er ausnehmend schöne Lippen besaß. Ich betrachtete sie eine Sekunde zu lange, bevor ich mich zusammenriß.

„Hör mal", sagte ich fest und sah ihm direkt in die Augen, „damit du dir nicht erst lang Mühe gibst: Ich stehe auf Frauen."

„Oh", sagte er und hob eine Augenbraue. „Das trifft sich gut. Ich nämlich auch."

So fing es an. Es war jene offene Direktheit, mit der Wenzel sich mir näherte, gepaart mit einer Mischung aus Zurückhaltung und Bescheidenheit, die mich letztlich dazu brachte, auf sein Werben einzugehen. An jenem ersten Abend ließ ich ihn einfach stehen. Beim zweitenmal, ein paar Tage später, schaffte er es, mich in ein längeres Gespräch zu verwickeln, und beim drittenmal ging ich mit ihm nach Hause. Er hatte mich neugierig gemacht.

Wenzel war – und ist es immer noch – einer jener Menschen, die sich nur allzuleicht in eine fixe Idee verrennen und dann unverrückbar daran festhalten, komme, was wolle. Ich denke, dahinter verbirgt sich eine an sich nur schwach ausgeprägte, aber enorm stabile und dauerhafte Bereitschaft zum Leiden, die sich nur auf einen Bereich konzentriert, nämlich auf den der Liebe. In allen anderen Facetten seiner Persönlichkeit zeigten sich bei Wenzel gegenteilige Charaktereigenschaften: Zielstrebig und willensstark verfolgte er seine beruflichen Pläne und rückte seinem festumrissenen Ziel immer näher. Einen Großteil unserer gemeinsamen Zeit verbrachte er damit, mir mit energisch klingender Stimme von seinen Träumen zu erzählen: Er hatte vor, ein eigenes Plattenlabel zu gründen und damit die *independent music* an die Spitze der internationalen Charts zu hieven. Bis es soweit sein würde, sammelte er schon mal Erfahrungen als Bandpromoter und Konzertveranstalter.

Mit seinen blauen Augen, dem gutgeschnittenen Gesicht und der wohlproportionierten Figur war Wenzel eine eindrucksvolle Erscheinung. Aber seine Nachgiebigkeit blieb mir nicht lange verborgen. Und obwohl ich mich beileibe nicht mit einem Mann eingelassen hätte, der nicht jene Empfindsamkeit besaß, wie Wenzel sie mir entgegenbrachte – zugleich stieß sie mich ab. Wenzel war für mich wie ein Punchingball, den man immer und immer wieder zurückboxt und der einem immer und immer wieder entgegenschnellt, ohne wirklichen Widerstand zu bieten, eine Attrappe, stets zu Diensten, immer bereit einzustecken, niemals aber auszuteilen.

Und doch, ich mochte ihn sehr. Ich mag ihn immer noch sehr. Er hat mir viel gegeben, auf seine behutsame Art, die ich wirklich zu schätzen weiß. Heute, aus dem Abstand der Jahre, sehe ich klar, welchen Halt Wenzel mir in jenen unruhigen Zeiten geboten hat. Er war immer da, und so manches Mal, wenn ich nachts bei ihm aufkreuzte, war es seine fast mütterliche Art, mir einen Tee zu kochen, die Papierberge von seinem einzigen Sessel zu räumen und mich hineinzusetzen, die mich über Klippen aus Angst und Verlorenheit hinwegführte. Wenn er dann vor mir auf dem Boden hockte und meine kalten Füße warmrieb, flackerte manchmal ein Gefühl in mir auf, das fast an Liebe grenzte. Aber nur fast.

Ich habe ihn ausgenutzt. Ja, das habe ich. Nicht böswillig, nicht unbewußt, noch nicht einmal ohne sein Wissen. Ich war ehrlich und aufrichtig, ich habe die Grenzen aufgezeigt und ihm die Entscheidung überlassen, ob er sich auf dieses ungleiche Verhältnis einlassen wollte. Und er hat es getan.

Ich weiß nicht genau, wo die eigene Verantwortung für den anderen Menschen aufhört und in die seine übergeht. Es ist nie so einfach, wie man glauben möchte. Fakt bleibt, Ehrlichkeit hin, Eigenverantwortung her: Ich habe Wenzel ausgenutzt. Allerdings werfe ich mir das nicht vor. Was bleibt, ist ein schaler Beigeschmack, vor allem angesichts dessen, daß ich es nun, Jahre später, vielleicht wieder tue.

Und so spielte damals Wenzel tatsächlich den, wie Suzannah es ausdrückte, liebenden Trottel, der am Telefon saß und wartete, daß Madame Thea sich meldete. Oder eben nicht. Oder eben doch.

„Wenzel? Ich bin's."

„Thea! Hallo! Wo steckst du denn?"

Ich sah durch die beschlagene Scheibe der Telefonzelle nach draußen. Es war bitterkalt, und eben marschierte eine von Kopf bis Fuß in Pelz eingehüllte Frau vorüber, im Schlepptau einen schlotternden Herrn im Lodenmantel.

„Ich bin am Ku'damm. Wie geht's dir?"

„Bestens. Wie ist es – kommst du? Kommst du vorbei?"

„Es ist schon ziemlich spät. Zwei Uhr durch."

„Macht nichts. Ich bin sowieso noch wach."

„Okay. Ich bin in einer halben Stunde da."

Wenzels Wohnung war klein und gemütlich, von einem winzigen Flur führte eine Tür ins Bad, eine andere in die Küche und die dritte in das einzige Zimmer, dessen Fenster auf einen düsteren Innenhof hinausging, in dem eine angeschlagene Birke um jeden Lichtstrahl kämpfte.

„Wo hast du gesteckt?" Wenzels Haar war zerzaust, er trug eine dicke, an den Ellbogen geflickte Wolljacke über seinem Overall. Er hatte gearbeitet. Sein Schreibtisch war voller Schallplatten und Poster, auf dem Fußboden stapelte sich ein Haufen Bücher. Ich zog meine Jacke aus und lehnte mich gegen den Ofen, der eine bullige Hitze ausstrahlte.

„Unterwegs. Zuletzt war ich im *Damaschke-Night-Club*, ein neuer Laden in Charlottenburg."

„Und?"

„Na ja", sagte ich. „War nett. Stör ich dich?"

Er schüttelte den Kopf und fuhr sich mit der Hand durchs Haar. „Nein. Gar nicht. Ich habe nur einen Flyer für das nächste Konzert vorbereitet. Willst du mal sehen?"

Er trat zum Tisch, kramte herum und reichte mir dann ein kleines Blatt Papier. Unter einem stilisierten Totenkopf stand in gotischen Buchstaben der Name der Band: *Ayathulla – Punk-Rock aus Barcelona/Spanien.*

„Noch nie gehört, den Namen", sagte ich und gab ihm das Blatt zurück. Er legte es achtlos auf den Tisch, bückte sich und kam mit einer Flasche Bier in der Hand wieder hoch. Während er sie mit einem Feuerzeug öffnete, nahm sein Gesicht einen konzentrierten Ausdruck an.

„Aus denen wird noch mal was. Zuerst fand ich sie zu melodisch, aber als ich mir das Demotape zum zweitenmal angehört habe, war ich begeistert. Sie haben diese Power, die irgendwie von hinten ins Hirn reindrückt. Echt gut, die Jungs."

Wenzel selbst hatte überhaupt kein musikalisches Talent. Er war noch nicht einmal in der Lage, eine Tonleiter sauber rauf und runter zu singen. Aber er erkannte zielsicher, wenn eine Band gut war oder es irgendwann sein würde.

Ich trat an seinen Schreibtisch und betrachtete das Chaos darauf. Ich sah mir immer gern an, womit er sich beschäftigte und vor allem, wie er es tat. Wenzels hastig hingekritzelte Notizen, seine Strichlisten und Tabellen, die ihrer ganz eigenen, für mich vollkommen unverständlichen Logik folgten, seine sorgsam sortierten und gestapelten Plattenhüllen und Demobänder wirkten auf mich wie die Spuren eines emsigen, unsichtbaren Tieres, das mit nahezu wahnwitzigem Eifer einer immens wichtigen Tätigkeit nachgeht, ohne daß deren Ergebnis offenbar wird. Was Wenzel tat, hatte nichts, so gar nichts mit meinem eigenen Leben zu tun. Und doch war es mir nahe.

Wenzel legte einen Arm um meine Taille und drückte mich leicht an sich. Ich lehnte mich gegen ihn.

„Du riechst gut", sagte er und küßte mich auf den Hals. „Wie der Wind. Kalt und frisch." Seine Lippen wanderten über meinen Hals hinab bis zum Schlüsselbein und dann wieder hinauf. Behutsam nahm er mein Ohrläppchen zwischen die Lippen und saugte leicht daran. Ich schloß die Augen und lehnte mich noch mehr gegen ihn. Nach einem Moment legte er auch seinen anderen Arm um meine Taille und fuhr mit beiden Händen langsam seitwärts an meinem Bauch entlang bis hoch zu meinen Brüsten. Ich spürte, wie sich seine Muskeln verhärteten und sein Atem sich verflachte, bis er in kleinen schnellen Seufzern an mein Ohr strich. Ich schob mein Becken nach hinten, bis ich seinen steifen Schwanz an meinem Hintern fühlte.

„Thea", flüsterte Wenzel heiser, „du warst eine ganze Weile nicht mehr hier. Ich hab dich vermißt."

„Was hast du vermißt? Mich oder meinen Körper?"

„Beides", erwiderte er, aber seine eigene Antwort schien ihn schon gar nicht mehr zu interessieren. Er war damit beschäftigt, leise und geschickt meine Hose aufzuknöpfen und mitsamt meinem Slip nach unten zu streifen, und für einen Moment schob er sich von mich weg, um seinen eigenen Reißverschluß aufzuziehen. Als er sich wieder an mich drängte, lag sein Schwanz heiß und pochend zwischen meinen Pobacken, und das leichte Zucken in seinen Lenden verriet mir, wie schwer es ihm fiel, sich zu beherrschen.

Wenzel war ein sehr geschickter, einfühlsamer Liebhaber, der auch in der größten Erregung nie vergaß, auf mich zu achten. Mir kam es oft vor, als würde er bei mir wachen, sorgsam darauf bedacht, die Nähe zu halten, während ich mich in den weiten Gefilden der Lust vollkommen verlor. Aber als ich in jener Nacht so dastand, mit beiden Handflächen leicht auf dem Tisch abgestützt, und mich seinen kräftigen, geschmeidigen Fingern überließ, empfand ich ein diffuses Gefühl der Distanz, das sich mit jeder Berührung, mit jedem Tasten nur noch mehr verstärkte, und zugleich wuchs meine Lust.

Ich lauschte auf Wenzels Atem, auf das leise Seufzen, als sich sein heißer Schwanz zwischen meine Schenkel schob und nach von drängte. Und dann überkam es mich einfach, ich spannte mich an und lenkte ihn zwischen meinen Beinen hindurch, und wieder, und wieder neu, und nach einem Moment, als er begriff, daß ich ihm den Einlaß versperrte, gab er sich geschlagen und seiner Gier nach und ließ mich ihn führen. Und während seine Hände meine Brüste umklammert hielten und meine Schenkel seinen Schwanz, während sein heißer Atem gegen mein Ohr stieß und seine Lenden gegen meinen Po, während ein Teil meines Bewußtseins mit seiner Lust verschmolz und anderer Teil wach und seltsam unbeteiligt unser Treiben verfolgte, verstand ich auf einmal eine Wahrheit über Wenzel und mich.

Das, was wir gerade taten, war symptomatisch für unsere ganze Beziehung, gültig für immer. Näher würde Wenzel mir nie kommen. Er würde immer nur dicht an mich herankommen, nie aber wirklich in mich hinein. Und letztlich genügte ihm das.

Ich war ihm nicht treu. Es gab ein paar Frauen während der knapp drei Jahre, in denen unsere ungleiche Liebschaft ihren Lauf nahm, Frauen, mit denen ich einmal ins Bett ging, zweimal, manchmal auch über längere Zeit. Und so war es kein Wunder, daß alles endete, als ich mich dann in eine von ihnen verliebte. Tatsächlich war es sogar Wenzel, der Debbie und mich miteinander bekannt machte, ein Umstand, der sein Selbstbewußtsein nachhaltig beschädigt hat. Selbst heute noch, Debbie ist lange vergessen, runzelt er verärgert die Stirn, wenn ihm wieder einfällt, daß er es war, der mich über Wochen hinweg gedrängt hatte, mit zu jenem Konzert zu kommen, bei dem eine amerikanische Hardrock-Band ihren Berliner Einstand gab. Ich erinnere mich noch gut daran, wie ich unten vor der Bühne stand und zu der blonden, in eine zerfetzte Leopardenjacke gehüllten Sängerin aufsah, deren anzügliches Grinsen sich von Minute zu Minute vertiefte.

Die Begegnung mit Debbie war kurz, aber äußerst intensiv. So intensiv, daß ich für nichts anderes mehr Zeit fand. Zwei Wochen verbrachten wir miteinander, von früh bis spät, vierundzwanzig Stunden am Tag. Als sie schließlich in die Staaten zurückflog, blieb ich ausgelaugt und verwirrt zurück, mit einem Gefühl unendlicher Sehnsucht, das allerdings schnell verflog. Wochen später fand ich ein kleines Päckchen mit einer Kassette von Debbie im Briefkasten. Ich hörte sie mir auf meinem altersschwachen Kassettenrecorder an, und als die ersten Akkorde ihres neuesten Songs erklangen, den Debbie, wie sie schrieb, mir gewidmet hatte, schoben sich die letzten Brocken von Sehnsucht zu einem festen Klumpen zusammen und rutschten in einem fast schmerzhaften Gleiten an ihren endgültigen Platz. Er ist immer noch da, dieser Klumpen, friedlich und still ruht er in mir, und manchmal, wenn ich im Radio einen von Debbies Songs höre, dann regt er sich ein bißchen, dehnt und streckt sich, bevor er sich anschließend wieder behaglich zusammenrollt.

Debbies Band hat den Sprung in die Charts tatsächlich geschafft. Ironischerweise stellte ihr Erfolg zugleich Wenzels einzigen größeren aus jener Zeit dar, da er reihenweise Bands promotete. Eine Zeitlang wurden sie recht oft im Radio gespielt, und auch jetzt kommt es noch vor, daß ich in einem Bistro stehe und irgendwo über mir klingt eine Stimme aus den Lautsprechern, die ich nach ein paar Sekunden als Debbies erkenne. Vor ein paar Tagen erst habe ich sie gehört, es war ausgerechnet jener Song, den Debbie mir gewidmet hatte: „*Be my bitch*“, sang sie, „*be my bitch and I'll be yours*“, und ich mußte lachen. Es ist so lange her.

Verflogen war mit Debbies Abreise dann allerdings auch das Gefühl, das Wenzel und mich aneinander gebunden hatte. Er hatte genug.

Wenzel hatte sich bis dahin jedesmal über meine Frauengeschichten aufgeregt, aber ich ließ ihn jedesmal achselzuckend stehen. Was er tat, war seine Sache, was ich tat, meine. Ohnehin nahm er beileibe nicht den Raum in meinem Leben ein, den er sich wünschte und der ihm vielleicht auch gestattet hätte, den einen oder anderen Anspruch an mich zu stellen.

Ich weiß noch, wie Paul einmal darauf drängte, Wenzel kennenzulernen, und wie wütend ich daraufhin wurde, so als verlange Paul von mir ein Zugeständnis, das meine persönliche Freiheit bis ins Innerste hinein beschnitt.

„Ich möchte ihn einfach gerne mal kennenlernen."

„Das ist doch nicht so wichtig. Er ist nicht so wahnsinnig wichtig, daß du ihn unbedingt kennenlernen müßtest." Ich stand am Eingang zur Küche. Paul lehnte mir gegenüber, in der Hand einen Ordner, in dem sich die Unterlagen zur Gründung seiner eigenen Zahnarztpraxis befanden, mit der er sich seit Wochen herumschlug. Er sah müde aus, müde und angespannt, und ich spürte, daß er sich Sorgen machte.

„Warum versteckst du ihn?"

„Ich verstecke ihn nicht." Wenn es nach mir gegangen wäre, hätte ich Wenzels Existenz am liebsten verschwiegen, er störte das Bild der jungen Lesbe, das ich gerade Paul gegenüber standhaft zu verteidigen gedachte. Aber Paul hatte eines Tages eine Packung Kondome im Flur gefunden, die mir aus der Tasche gerutscht sein mußte, und als er feststellte, daß sie weder Jörn noch ihm gehörten, stellte er mich zur Rede, bis ich zugab, daß ich sie in der Tat regelmäßig benutzte. Daß es einen Mann in meinem Leben gab, schien Paul weder zu stören noch zu überraschen, wohl aber, daß er ihn bislang noch kein einziges Mal zu Gesicht bekommen hatte.

„Aber du bringst ihn nie mit."

„Wozu denn? Damit ich auf meiner Neunzig-Zentimeter-Matratze mit ihm vögeln kann?" Bockig verschränkte ich die Arme vor der Brust. Paul starrte mich schweigend an. Seine Augenbrauen senkten sich bedrohlich, aber ich sah, daß er nicht nur verärgert war. Er war auch verletzt, verletzt über die Feindseligkeit, die ich ihm entgegenschleuderte.

„Ich möchte mein Leben leben, und ich möchte es so leben, wie ich es will", fuhr ich fort, um das unheilvolle Schweigen zu übertönen. „Red mir bitte nicht rein."

Paul drückte den Aktenordner fest an seine Brust. Einen Moment lang tat er mir leid, und ich schämte mich dafür, daß ich ihn auf diese Art anfuhr, aber zugleich empfand ich tiefen, ingrimmigen Groll. Groll auf die wechselhaften Gefühle, die mir das Leben schwermachten, auf die Unfähigkeit, mich für irgendwas oder jemanden zu entscheiden, und auch Groll auf jene Menschen, die mich darin nur noch unterstützten, indem sie mir freie Hand ließen, um dann unvermittelt näher hinzusehen und gleichsam aufgeschreckt irgendwelche Forderungen an mich zu stellen. Und als Paul nach einem langen Schweigen antwortete, fühlte ich mich in meinem Groll nur noch bestärkt.

„Ich will dir weiß Gott nicht reinreden. Wieso auch? Du tust ohnehin, was du willst, und das sollst du meinetwegen auch. Aber du kannst es drehen und wenden, wie du willst, ich fühle mich trotzdem verantwortlich für dich. Auch wenn du das nicht hören möchtest", setzte er hinzu, als ich mein Gesicht verächtlich verzog, „es ist so. Klar bin ich dein Freund, aber ich bin auch dein Onkel."

Meine Oberarme taten mir weh, so fest grub ich meine Finger hinein. „Du kannst zehnmal mein Onkel sein, Paul. Trotzdem will ich nicht, daß du mir reinredest. Ich bin kein Kind mehr. Und ich hätte nicht gedacht, daß du genauso bist."

Ich drehte mich um und wollte gehen, aber er hielt mich fest. „Wie wer?"

Ich versuchte, mich seinem Griff zu entziehen, aber er ließ nicht locker. Der Aktenordner rutschte ihm aus dem Arm und schlug mit einem dumpfen Geräusch auf dem Boden auf.

„Wie alle anderen", sagte ich, und mir war deutlich bewußt, wie kindisch sich das anhörte.

„Wer denn?" Er hielt mich immer noch fest. Ich sah ihm in die Augen. Zum ersten Mal, seit ich mich erinnern konnte, fiel mir der winzige schwarze Strich in der Iris seines rechten Auges auf, und je länger ich hinsah, desto größer schien er zu werden.

„Laß mich los."
„Antworte mir."
„Wie meine Eltern", sagte ich, und es war, als ob ich ihn geschlagen hätte. Er zog seine Hand zurück und blieb stehen, mit herabhängenden Armen, und in seinem Gesicht las ich die Bestürzung und das Erschrecken, aber zugleich auch die Erkenntnis, daß ich gar nicht wußte, wovon ich sprach, er aber sehr wohl.
„Du bist kein Kind mehr", sagte er, und als ich aus seinem Mund die Worte hörte, die ich ihm gerade noch entgegengespuckt hatte, schoß ein heißes Brennen in meine Kehle.
„Ich bin nie eins gewesen", erwiderte ich, und dann drehte ich mich um und ging in mein kleines Zimmer, wo ich mich aufs Bett warf und mir die Decke über den Kopf zog, und erst als eine ganze Weile später etwas gegen meine Hüfte stieß und ich mit der Hand danach tastete und Theos struppigen Kopf fühlte und seine kalte Schnauze, die sich zielsicher in meine geöffnete Hand schob, da erst hörte ich auf zu zittern.

Jahrelang habe ich sie weit von mir gewiesen, fortgeschoben, weggedrängt, mit bestem Gewissen habe ich sie verneint, ungläubig den Kopf geschüttelt auch nur beim leisesten Gedanken daran, daß ich sie in mir trüge. Aber sie war da. Und auch heute noch, hier, mitten in Paris, in meiner kleinen, sauberen, aufgeräumten Wohnung, deren blanke Dielen und kahle Wände mir ein tiefes Gefühl der Ruhe vermitteln, selbst hier noch und jetzt fällt es mir schwer, ihr nachzuspüren, so sauber und glatt fühlt sich die Trauer an, hinter der sie verborgen liegt, aber ich weiß, daß sie noch da ist. Und sie ist immer da gewesen, all die Zeit, all die Jahre. Wut.
Sie sind einfach gegangen. Sie sind alle einfach gegangen.
Zeitlebens, solange ich mich erinnern kann, haben andere Menschen auf meine Stärke vertraut. Mein Vater, der mich an seiner Statt aus dem Hause schickte. Meine Mutter, die mich schalten und walten ließ, in der sicheren Überzeugung, mich ohnehin nicht beeinflußen zu können. Und dann, später, die Männer und Frauen, die meine Souveränität niemals in Frage stellten und sich insgeheim daran aufzurichten versuchten.
Zu Anfang glaubte ich, auch Suzannah gehöre dazu. Manchmal habe ich sie gehaßt für ihr nachsichtiges Schweigen, für die kleine

Bewegung, mit der sie ihre Schultern hob und dann fallen ließ, als wolle sie mir signalisieren: Tu, was du nicht lassen kannst. Dann wieder habe ich sie dafür geliebt. Als ich begriff, daß sie es ernst meinte, verdächtigte ich sie der Schwäche. Ich war schon vorbereitet auf den Moment, an dem sie mich mit traurigen Augen ansehen und den Mund öffnen würde, um die feigen kleinen Worte herauszulassen, die mich zum Dableiben bewegen sollten und doch nur bewirkten, daß ich endgültig ging.

Aber es ist nie passiert. Sie hat nicht auf meine Stärke vertraut. Sie hat mir vertraut. Und ich bin dageblieben.

Manchmal schieben sich die Gesichter übereinander, in meinem Kopf, nachts, wenn es ruhig geworden ist, wenn nur vereinzelt Schritte von draußen zu hören sind, eilige Schritte, gemächliche Schritte, Schritte, die in der Dunkelheit verklingen.

Manchmal kann ich sie nicht mehr unterscheiden, die Gesichter, die Trauer macht sie gleich, ihre Konturen verschwimmen, und ich weiß nicht mehr, wem meine Trauer eigentlich gilt.

Meine Mutter war arglos und lebendig, ihre unbewußte Naivität machte sie unangreifbar; was immer sie tat, sie stand niemals still dabei, immer hüpfte sie von einem Fuß auf den anderen, kratzte sich am Rücken und fuhr sich mit der Hand durch das Haar. Wenn ich sie dabei beobachtete, erschien sie mir wie ein unschuldiges Kind, so als wäre sie unbemerkt in die Rolle geschlüpft, die eigentlich mir, dem wirklichen Kind, zugedacht war. Wenn ich mich mit ihr stritt, sah sie mit ihren blauen Augen zu mir auf, mit ihren Augen, die den meinen so ähnlich waren, und erstaunt formte ihr Mund ein kleines O, ihre Stirn runzelte sich; sie wußte nie, warum ich nicht so war, wie sie immer glaubte, sie wußte nie, was ich eigentlich war, sie sah mich an wie ein Kind das andere, nur daß sie schon lange keins mehr war. Und ich auch nicht.

In all den Jahren, nachdem sie gestorben war, habe ich, so gut es ging, kaum an meine Mutter gedacht. Wenn, wenn überhaupt, dann spürte ich Trauer, vage, unbestimmte Trauer, sie fühlte sich an wie ein kleines Loch in meinem Bauch, und manchmal kam es mir vor, als ob ich schuld wäre an allem. Ich habe es nicht schützen können, jenes Kind, das meine Mutter war. Ich habe im entscheidenden Moment noch nicht einmal hingesehen; ich habe nicht hingesehen, und sie ist gestürzt. Ich habe nicht hingesehen, und genauso schwer, so fühlt es sich an, wiegt die Last, als hätte ich sie geschubst. Ich habe nicht hingesehen, und als ich es tat, war es zu spät. Ich war nicht da, und nicht dagewesen zu sein ist wie schuldig zu sein. Aber wer, fragte ich mich dann, wer hat denn nicht aufgepaßt? Ich nicht auf sie? Sie nicht auf sich? Und warum, verdammt, warum mußte sie bis zuletzt das Kind sein, das ich niemals war?

Und dann, Jahre später, habe ich wieder nicht hingesehen. Wieder war ich nicht da. Ich war noch nicht einmal in der Nähe.

Auch Suzannah ist einfach gegangen.

Als ich mich ein paar Stunden nach dem Streit mit Paul auf Zehenspitzen aus meinem Zimmer schlich, war meine Wut längst verraucht. Ich fühlte mich schwach und müde, alles, was ich wollte, war ein Schluck Wasser, und dann nichts als schlafen.

Aus dem Wohnzimmer drang Papiergeraschel, durch den schmalen Spalt in der Tür sah ich Jörns behaarte Hand, die den Aschenbecher aus meinem Blickfeld zog.

„Deinen Job möchte ich aber auch nicht haben", sagte er plötzlich.

Ich hörte, wie Paul einen Aktenordner zuklappte, und ich konnte mir vorstellen, wie er dasaß, mit sorgenzerfurchter Stirn, mit einem angekauten Bleistift über seine Wange strich und die Finger der anderen Hand im Schoß verkrampfte. Ich hatte ihn oft so gesehen in den letzten Wochen. Abend für Abend saßen Paul und Jörn beieinander, still, auf komplizierte Rechnungen und Überlegungen konzentriert. Die Abendgesellschaften waren auf unbestimmte Zeit verschoben, und jetzt erst, als ich dastand, im dunklen Flur, in den nur der Lichtschein aus dem Wohnzimmer fiel, jetzt erst ging mir auf, daß für die beiden eine neue Zeit angebrochen war. Eine Zeit des Planens und Bilanzierens. Nur ich, ich hatte keinen Anteil daran. Ich wollte gerade weitergehen, da hörte ich, wie Paul sagte: „Es liegt nur an der Hierarchie in der Klinik, weißt du. Deswegen bin ich so geschafft. Ich glaube, wenn ich erst mal meine eigene Praxis habe, wird sich das im Handumdrehen ändern."

Jörn seufzte. „Paul, das meine ich nicht."

„Was genau meinst du denn?"
„Thea. Sie ist schwierig."
Ich stand stocksteif da und horchte angestrengt, und eine endlos scheinende Weile verging, bis Paul antwortete. „Sie ist nicht schwierig, Jörn. Sie hat nur Angst."
So warm seine Stimme auch klang, so verständnisvoll seine Worte auch waren, in diesem Moment, als ich allein im dunklen Flur stand und ein Frösteln über mich glitt, fühlte ich mich verraten. Nicht sein Wissen um mich, geboren aus Liebe und Sensibilität, blieb in mir haften, sondern die schlichte Tatsache, daß er mir trotz dieses Wissens nicht helfen konnte.
Wie alle Liebenden stand auch Paul hilflos vor der Tatsache, daß er erkennen, verstehen, begreifen konnte, nicht aber helfen. Liebe schützt nicht vor Einsamkeit. Manchmal verstärkt sie sie noch.
Ich habe mit Paul nie direkt über jenen Abend gesprochen. Die Zeit verging und mit ihr die Intensität jener Nacht, in der ich schlaflos dalag und mich weit, weit fort wünschte, in ein anderes Leben. Die Zeit verging, und ich zog wieder einmal aus, in eine andere WG, ich jobte einige Monate lang in einer Galerie, wo meine Tätigkeit darin bestand, stundenlang an einem Tisch zu sitzen, in Zeitschriften zu blättern, Kaffee zu schlürfen und dann und wann die Besucher zu beobachten, wie sie mit gereckten Hälsen die Bilder betrachteten.
Paul eröffnete seine Praxis, Theo trat sich einen Splitter in die linke Pfote und brauchte zwei Monate, bis er wieder vernünftig laufen konnte, Wenzel schloß sein Grundstudium ab, Dörthe verliebte sich neu, ich schmiß den Galeriejob und fing an, stundenweise in Pauls Praxis zu arbeiten, und alles beruhigte sich. Eines Tages aber, als es mir nicht gelang, ein bestimmtes Krankenblatt zu finden und Paul mich gutgelaunt damit aufzog – „Das kann doch nicht so schwierig sein!" sagte er –, da kroch die Erinnerung in mir hoch.
„Ich bin nicht schwierig", entgegnete ich. „Ich habe nur Angst." Mein Tonfall war ernst, aber es sollte ein Scherz sein, einer, den ich für mich ganz allein machte. Doch Paul verstand die untergründige Botschaft sofort. Er sah mich nachdenklich an.
„Thea", sagte er leise. „Warum hast du gelauscht?"
Ich habe mich so geschämt.

Ich bin gespannt, wie Michelle Wenzel finden wird. Ich kann sie mir schon jetzt vorstellen, lässig auf meinem Bett ausgestreckt, die langen Beine übereinandergeschlagen, wird sie ihn unauffällig taxieren. Wenn er sie ansieht, werden ihre grünen Augen jenen unbeteiligten, freundlichen Ausdruck annehmen, den sie so ausnehmend gut beherrscht. Wenzel wird nicht wissen, was er von ihr zu halten hat, er wird in seinem perfekten Englisch mit ihr über Belanglosigkeiten plaudern und die Blicke, mit denen sie ihn mustert, sobald er woanders hinschaut, wie Nadelstiche auf seiner Haut spüren. Und dann, wenn er wieder fort ist, wird Michelle mir ihr Urteil verkünden, gnadenlos wird sie Wenzel auseinandernehmen, mir die Vor- und Nachteile seines Verhaltens darlegen und anschließend ihre Prognose für Wenzels und meine weitere Beziehung verkünden. Ich weiß nicht, warum, aber ich vermute, sie wird relativ ungünstig ausfallen. Und das wird mich kaum berühren. Ich habe meine eigene Prognose schon längst erstellt.

Ich habe keine Angst, daß Michelle Wenzel kennenlernt und nicht für gut befindet; ich finde es eher interessant, wie ein Experiment, dessen Ausgang meine Einstellung Wenzel gegenüber in keinster Weise beeinflußen wird. Früher habe ich mich gescheut zu hören, was Paul, Jörn und Dörthe über ihn zu sagen hätten. Ich wußte kaum, was Wenzel für mich bedeutete. Ich wußte nur, daß er keinen großen Raum in meinem Leben einnehmen sollte, vielleicht sogar, weil er ihn, hätte ich ihn auch nur ein wenig mehr integriert, tatsächlich eingenommen hätte.

Ich habe immer so getan, als wäre Wenzel zu unbedeutend, um ihn meinen Freunden vorzustellen, aber insgeheim fürchtete ich mich davor. Ihre Ablehnung ihm gegenüber hätte die meine unweigerlich nach sich gezogen, ihre Zustimmung allerdings auch. Denn selbst wenn jeder und jede Wenzel als den idealen Partner für mich bezeichnet hätte – was ich bezweifele –, ich habe ihn niemals wirklich gewollt. Aber ich hatte Angst, daß sich das eines Tages ändern könnte.

Jetzt jedoch, wo keine Gefahr mehr besteht, daß Wenzel mein Herz doch noch erobern könnte, jetzt ist diese Angst vorbei. Und es gibt keinen Grund mehr, ihn meinen Freunden nicht vorzustellen.

Im Gegensatz zu Wenzel hat Suzannah schnell Einlaß in mein Leben gefunden, obwohl ich es zunächst keineswegs darauf anlegte. Aber im Licht der späteren Ereignisse erscheint es mir nicht mehr, wie ich zuerst noch glauben wollte, als ein Zufall, daß Dennis, Jörn und Paul sie gleich zu Anfang kennenlernten, an jenem Abend, als sie mich nach ihrer Malaysia-Reise bei Paul abholte.

Ich denke, ich habe es unbewußt von Anfang an so gesteuert. Und so unwillig ich zunächst noch reagierte, wenn die drei sich immer wieder angelegentlich nach dem Stand der Dinge erkundigten, nach einer Weile nahm ich Pauls Einladung an, Suzannah zum Abendessen mitzubringen. Und ich habe mich wiederum nicht lange gesträubt, als Suzannah vorschlug, Dörthe und ihren Freund Derek zu ihrer ersten Ausstellungseröffnung einzuladen. Und langsam ließ auch die Qual nach, die mir diese ersten Zusammentreffen bereiteten. Ich saß nicht mehr ständig auf glühenden Kohlen.

In meinen stärksten Momenten redete ich mir ein, daß ich nur testen wollte, ob sie alle miteinander konnten, in meinen weniger starken Momenten, daß es durchaus interessant, aber nicht besonders wichtig sei, zu wissen, ob meine Freunde sie mochten. Aber wenn ich ehrlich war, dann gestand ich mir ein, wie enorm viel es mir bedeutete, nicht nur das Urteil der anderen, sondern auch was Suzannah von ihnen hielt. Sie wurde zusehends wichtiger für mich.

„Ich mochte Wenzel schon", sagte Dörthe aus heiterem Himmel. Wir saßen nebeneinander auf einer der harten Holzbänke, die rund um die Tanzfläche des *SO 36* aufgereiht waren. Die Feuerschluckernummer, die den Tanzabend zugunsten irgendeines Solidaritätsprojektes einleiten sollte, war gerade vorüber. Die Artisten, ein muskulöser Dunkelhaariger mit vor Anstrengung gerötetem Gesicht und seine magere Assistentin, räumten ihre Utensilien von der Bühne, und über uns begann sich langsam die Lichtorgel zu drehen, während leise Soulmusik aus den Lautsprechern rieselte. Hinter uns hockte Derek, einen griesgrämigen Ausdruck im Gesicht, und zupfte das Etikett von seiner Bierflasche. Er maulte, wie schon den ganzen Abend über, aber Dörthe und ich beachteten ihn nicht. Wir sahen beide zum Tresen hinüber, an dem Suzannah stand, die langen Beine leicht gespreizt, einen Arm auf die Theke gestützt, und sich mit einem Mann unterhielt, den ich noch nie gesehen hatte. Sie trug ihr taubenblaues Jackett, das ich nicht ausstehen konnte, weil ich fand, daß sie darin bieder aussah. Ihre weit geschnittenen Jeans hingen über die Hacken ihrer Cowboystiefel bis auf den Boden.

„Ich mochte Wenzel schon“, wiederholte Dörthe, und ihr bedeutungsschwangerer Tonfall machte mich stutzig. Aber noch bevor ich nachhaken konnte, redete sie weiter. „Aber *sie* finde ich wirklich besonders.“

„Und warum?“ Ich versuchte, unbeteiligt zu klingen, trank einen Schluck Bier und reichte die Flasche an Dörthe weiter. Sie nahm sie und hielt sie einen Moment in der Hand. Ihre Augen ruhten verträumt auf Suzannah.

„Sie hat so etwas Unangestrengtes an sich.“ Dörthe setzte die Flasche an die Lippen und gab sie mir wieder zurück. „Sie sieht aus, als ob sie jeden Moment auskostet, ganz egal, was los ist, damit er ihr ja nicht verlorengeht.“ Sie lächelte mich an. „Sie genießt.“

Ich wußte nicht, was ich darauf entgegnen sollte, ich war mir nicht einmal sicher, ob ich überhaupt verstand, was sie meinte, und so zuckte ich mit den Achseln und nippte wieder an meinem Bier.

„Guck doch“, sagte Dörthe und deutete mit dem Kinn auf Suzannah.

Und dann sah ich es auch. Suzannah stand da, ein Bein vorgeschoben, das andere leicht angewinkelt, und strich sich mit einer Hand leicht über den Bauch. Ihre Lippen waren leicht geschürzt, und mit einem fast gnädig wirkenden Blick sah sie gelassen auf ihren Gesprächspartner hinab, der pausenlos auf sie einredete, wobei er die Hände zu Hilfe nahm, um mit schwungvollen Gesten die Bedeutung dessen, was er sagte, zu unterstreichen. Suzannah stand einfach so da, nichts in ihrem Gesicht ließ erkennen, ob sie seinen Worten wirklich zuhörte oder sie einfach durch sich hindurchgleiten ließ, aber es war nicht zu übersehen, daß sie sich wohl fühlte.

„Weißt du noch, wie irritiert du warst, als du Wenzel kennengelernt hast?“ Dörthe grinste mich an, und in ihren Augen spiegelte sich das Licht der roten Laternen, die an den Wänden befestigt waren.

„Klar.“ Ich erinnerte mich nur zu gut daran. Nach der ersten Nacht mit Wenzel war ich schnurstracks zu Dörthe gefahren, die zu jener Zeit zusammen mit ihrem damaligen Freund Cal, einem schwarz-amerikanischen DJ, eine winzige Einzimmerwohnung in Schöneberg bewohnte. Dörthe war gerade damit beschäftigt, ihren Kühlschrank abzutauen, und als ich atemlos hereinstürmte, wies sie mir einen Platz am Küchentisch zu und fuhr fort, angebrochene Tofupackungen und Käseschachteln aus den Fächern zu nehmen und auf dem Tisch zu stapeln. Ich war so aufgeregt, daß ich kaum abwarten konnte, bis Cal, der einem Schwatz nie abgeneigt war, die Küche verlassen hatte.

„Dörthe“, platzte ich heraus, sobald er die Tür hinter sich geschlossen hatte, „was würdest du sagen, wenn ich dir erzählen würde, daß ich was mit ’nem Typ hab?“

Dörthe studierte mit unbewegtem Gesicht das Tiefkühlfach, dann warf sie den Lappen, den sie in der Hand hielt, hinein, kam zu mir, setzte sich mir gegenüber und faltete die Hände im Schoß. „Ich würde sagen, erzähl mal“, sagte sie schlicht.

Ich hatte ihr brühwarm von der vorangegangenen Nacht berichtet und aufmerksam ihr Gesicht beobachtet, und als ich geendet hatte, saß sie immer noch still da, blickte mich an und verzog keine Miene. „Mach halt“, hatte sie gesagt. „Irgend etwas wird dabei schon rauskommen. Es kommt, wie’s kommt.“

Bei der Erinnerung an jenen Nachmittag vor vier Jahren, an meine Aufregung und Dörthes überaus coole Reaktion mußte ich schmunzeln.

„Tja“, sagte Dörthe, „scheint ewig lange her zu sein. Aber manchmal weiß man schon im voraus, was passieren wird – oder eher, was nicht passieren wird. Wenzel hat es ja irgendwie nie so richtig gebracht, aber ich weiß nicht, ob es daran lag, daß er ein Mann ist.“

„Und?“ fragte ich leise, und Dörthe begriff sofort, worauf ich hinauswollte. Sie wandte mir das Gesicht zu, und ein kleines, vielsagendes Lächeln umspielte ihren Mund.

„Thea, das weißt du selbst. Du tust ja gerne so, als ob das alles nichts Besonderes wäre, aber ich kenne dich zu gut. Dich hat’s total erwischt. Und das beruht, darauf verwette ich meine linke Hand, auf Gegenseitigkeit. Du und Suzannah, ihr habt da ein Riesending zu laufen.“

Etwas streifte meinen Arm, und als ich aufsah, entdeckte ich Derek, der mit hängenden Schultern an uns vorbei zum Ausgang schlurfte. Dörthe erwiderte ungerührt meinen fragenden Blick.

„Schlechte Stimmung“, sagte sie achselzuckend. „Der Herr fühlt sich wahrscheinlich wieder mal vernachlässigt.“ Sie spitzte die Lippen und schnalzte mit der Zunge.

Eine Weile saßen wir schweigend nebeneinander und betrachteten das Getümmel, dann, gerade als ich aufstehen wollte, um uns neue Getränke zu besorgen, sah ich Jörn, der am Eingang aufgetaucht war und langsam auf die Theke zuging. Ich stieß Dörthe an. Sie folgte meinem Blick.

„Er sieht schlecht aus“, stellte sie fest.

Seit einiger Zeit schien Jörn etwas von seinem Schwung verloren zu haben. Er wirkte zunehmend müde und abgespannt, und jetzt, während ich beobachtete, wie er sich an den Tresen stellte und geduldig wartete, bis der Keeper sich ihm zuwandte, fiel mir auf, daß er an Gewicht verloren hatte. Seine einst so kräftige Gestalt hing mehr in seinen Kleidern, statt daß sie sie ausfüllte, die Wangenknochen traten unter der straff gespannten Haut spitz hervor, und seine Augen lagen tief in ihren Höhlen. Er stand direkt neben Suzannah, ohne daß beide sich bemerkten, und sein Blick huschte unstet über die Menge, bevor er auf Dörthe und mir haften blieb. Erst als ich den Arm hob und ihm zuwinkte, erkannte er uns. In gemächlichem Tempo kam er auf uns zu.

„Hallo, ihr beiden“, sagte er ruhig. „Macht mal Platz für ’n alten Mann.“ Ich rückte ein wenig zur Seite, und Jörn ließ sich schwerfällig neben mir nieder.

„Bist du allein? Ist Paul nicht mitgekommen?“

Er schüttelte den Kopf. „Nein“, sagte er langsam, „er hat doch dieses Zahnärztetreffen. Ich wollte eigentlich zu Hause bleiben, aber irgendwie hat es mich doch noch hinausgetrieben. Ich hab übrigens draußen deinen Kerl getroffen.“ Er nickte Dörthe zu. „Sah ganz schön bedient aus, der Knabe.“

„Ach, er spielt sich bloß wieder mal auf.“ Dörthe hob die Achseln und ließ sie wieder fallen.

„Vielleicht braucht er mal Abwechslung." Ein mattes Lächeln zog durch Jörns Gesicht, und der Anblick verursachte mir eine Gänsehaut. Sein Lächeln war nur ein schwacher Abklatsch des breiten Grinsens, das er für gewöhnlich zur Schau stellte, sobald er Dörthe mit seinen anzüglichen Bemerkungen neckte. Plötzlich hatte ich Angst um ihn. Ich öffnete schon den Mund, um ihn zu fragen, was mit ihm los war, aber dann tat ich es doch nicht. Vielleicht war es der Respekt vor seiner Intimsphäre, die ich mit dieser Frage zu verletzen drohte, vielleicht war es Furcht, seine Antwort zu hören, vielleicht war es auch Scham, Scham darüber, daß ich erst jetzt erkannte, wie sehr er sich verändert hatte, auf jeden Fall brachte ich nichts über die Lippen. Jörn saß halb zusammengesunken neben mir, stierte auf die Tanzfläche, auf der sich die ersten Besucher mit noch unbeholfenen Bewegungen auf die Musik einstimmten, und seine Hand umkrampfte seine Bierflasche. Auch Dörthe war in Schweigen verfallen. Sie zog ihren Tabak hervor und drehte sich eine Zigarette, und an ihren sorgfältigen Bewegungen erkannte ich, daß sie sich ebenfalls unbehaglich fühlte.

„Ach ja, eh ich's vergesse, ich hab was für dich." Jörn stellte die Flasche auf dem Boden ab, langte mit einer Hand in seine Jackentasche und tastete darin herum. Schließlich zog er einen zusammengefalteten Zettel heraus, sah einen Moment lang mit gerunzelter Stirn darauf und reichte ihn mir. „Ein Freund von mir hat sich mit einem Kollegen zusammengetan, sie haben eine Anwaltskanzlei eröffnet. Sie brauchen da noch jemanden, der ihnen mit den Akten und dem ganzen Kram zur Hand geht. Ich dachte, das wäre vielleicht was für dich."

Ich faltete das Papier auseinander. Zwei Namen und eine Telefonnummer standen darauf, darunter eine Adresse in Kreuzberg.

„Jan Heuchler und Gerd Zabato", las ich vor. „Welcher ist dein Freund?"

„Jan. Ich glaube sogar, daß du ihn kennst, er war schon ein paarmal bei uns. Ein großer Blonder mit einer Narbe auf der Wange, ungefähr hier." Jörn hob eine Hand und deutete mit dem Finger in Höhe seines Wangenknochens, dann ließ er sie kraftlos wieder sinken.

Ich erinnerte mich vage an einen schlanken Mann dieses Namens, der sich bei Pauls geselligen Abendeinladungen vor allem dadurch hervorgetan hatte, daß er schweigsam in der Runde saß und vor sich hin lächelte.

„Der Stille?“ fragte ich.

Jörn nickte abwesend. Scheinbar hatte er Suzannah entdeckt, denn er starrte aufmerksam in ihre Richtung.

„Und wie kommst du auf mich?“

Jörn sah mich an. „Ich dachte, vielleicht möchtest du dich mal verändern.“

Es dauerte einen Moment, bis ich begriff, daß er den Ausdruck im förmlichen Sinne verwendet hatte.

„Beruflich, meinst du.“

Er lachte kurz auf. „Na sicher, was denkst du denn?“

Verlegen faltete ich den Zettel wieder zusammen und steckte ihn hinten in meine Hosentasche, und als ich wieder aufsah, erblickte ich Suzannah, die sich endlich von ihrem Gesprächspartner losgeeist hatte und mit langen Schritten auf uns zukam.

„Hallo Jörn“, sagte sie und streckte die Hand aus. Jörn ergriff sie. Ich sah zu, wie sich ihre Hände fest umeinander spannten und dann wieder losließen.

„Du siehst ziemlich erschlagen aus. Bist du krank?“

Alle sahen wir auf und starrten sie an. Niemand von uns sagte etwas. Suzannahs Augen verengten sich. Ich fragte mich, ob sie instinktiv spürte, daß sie mit ihrer Frage ein Tabu gebrochen hatte. Wenn es so war, dann ließ sie sich davon nicht im mindesten beeindrucken. Ihre Augen flogen über mich und Dörthe hinweg, bevor sie sich wieder auf Jörn richteten. Und als er antwortete, wurde mir erneut bewußt, wie feige ich gewesen war.

„Ich weiß nicht“, sagte er langsam. „Mir geht es schon seit einer ganzen Weile nicht gut. Vielleicht hab ich mir was eingefangen. Ich denke, ich sollte mich mal durchchecken lassen.“

Suzannah warf mir einen auffordernden Blick zu, und ich rutschte näher zu Dörthe. Suzannah setzte sich zwischen Jörn und mich und legte mir den Arm um die Taille. Ihre Hand schob sich unter meinen Gürtel, und während ich dem leichten Druck ihres Arms nachgab und mich gegen sie lehnte und zuhörte, wie sie sich weiter mit Jörn unterhielt und ihm all die Fragen stellte, die zu stellen ich versäumt hatte, währenddessen ging mir auf, wie sehr ich diese Berührung ersehnt hatte, wie tröstlich es war, von Suzannah gehalten zu werden, wie gerne ich sie an mir spürte, ich, die ich mich bis vor kurzem noch mit Händen und Füßen dagegen gesträubt hatte, in aller Öffentlichkeit umarmt, gehalten, geküßt zu werden. Für Suzannah mochte es ganz selbstverständlich sein, für mich war es neu, und als ich Dörthe ansah, las ich in ihren Augen, daß auch sie das erkannte. Nachdenklich sah sie mich und Suzannah an, dann lächelte sie langsam, und das Lächeln verschwand erst, als sie an uns vorbei zu Jörn schaute.

Wir haben es damals alle gespürt. Wir haben gespürt, daß etwas auf uns zukam, dem wir nicht würden ausweichen können. An jenem Abend sind die ersten Schatten einer dunklen Wolke auf uns gefallen, einer Wolke, die sich schon seit langem, ohne daß wir es bemerkt hatten, über uns zusammenballte, die sich im Laufe der Zeit mehr und mehr verdichtete, bis sie begann, die Sonne zu verdunkeln.

Und wenn ich an das Frösteln zurückdenke, das mich an diesem Abend erfaßte, so ist es vor allem die Erinnerung an Suzannahs Arm, ihre weiche Brust an meiner Seite, an ihre Hand unter meinem Gürtel, die mir deutlich macht, wie sehr mir ihre Wärme damals geholfen hat, wie sehr sie mich geschützt hat, damals und in all den Jahren danach, wie sehr ich ihre Wärme vermisse, wie sehr ich vermisse, wie sie mich hielt.

IV

Diese homosexuelle Generation stirbt früh. Es ist nichts Ungewöhnliches mehr, den Partner noch vor der Zeit zu verlieren. Ich teile diese Erfahrung mit unzähligen anderen. Ich mache das durch, was unzählige andere bereits durchgemacht haben und unzählige andere noch durchmachen werden. Und von Tag zu Tag werden es mehr. Aber das macht es nicht leichter. Und es macht es nicht schwerer. Es ändert nichts.

Manchmal glaube ich, daß das Schwierige an der Trauer ihre Formlosigkeit ist. Trauer findet, ebenso wie die Zeit, keine Form, sie fließt dahin, ballt und windet sich, so wie sich das lichtlose Band einer regennassen Straße zwischen tropfenden Bäumen entlangschlängelt und in der Ferne verschwindet.

Wenn ich Michelle so ansehe, wie sie sich auf meiner Matratze räkelt, eine Illustrierte mit kreischend-bunten Schlagzeilen auf jeder Seite vor sich aufgeschlagen, die Finger einer Hand in ihr langes, blondes Haar verwickelt, die andere Hand ruht vergessen zwischen ihren Schenkeln, dort, wo sich vor Jahren eine Wölbung erhob, eine Wölbung, von der nichts geblieben ist als die Erinnerung daran, schmerzlich, anders und so gar nicht mit Michelles heutigem Sein zu vereinbaren. Wenn ich sie so ansehe, bin ich dankbar für ihre Nähe und zugleich verdrossen über die Wärme, mit der sie mich begleitet in diesen seltsamen Zeiten. Manchmal wünschte ich, es wäre kälter um mich herum, und doch weiß ich, ich würde in dieser Kälte erfrieren. Es ist nur so ein Gefühl, aber ich denke, es ist diese ewige Schärfe der Trauer, die in mir zu Kristallbrocken gefroren ist, Brocken mit scharfen Kanten und Ecken, die glatt und hart an meiner Weichheit ritzen.

Kurz nach jenem Abend im *SO 36* fand Suzannah die Wohnung in der Grolmannstraße. Sie erzählte mir eines Abends davon, nachdem wir im Kino gewesen waren. Wir traten nebeneinander aus dem hellerleuchteten Foyer auf die Straße hinaus, sie steckte die Hände in die Hosentaschen, legte den Kopf in den Nacken und sagte: „Ich hab eine Wohnung gefunden." Ich war ziemlich überrascht, ich hatte mir, ganz im Gegensatz zu ihr, keine Gedanken darüber gemacht, wo sie hinziehen würde, sobald Karl, der ihr seine Wohnung für ein halbes Jahr überlassen hatte, zurückkäme, und sie hatte mit mir auch so gut wie gar nicht darüber geredet.

Als ich sah, wie sie dastand und in den dunstigen Sommerhimmel hinaufschaute, stieg ein leichtes Gefühl des Neids in mir auf, das ich zuerst gar nicht als solches identifizierte. Aber später, zu Hause, sie lag neben mir und dämmerte dem Schlaf entgegen, ihre langen Gliedmaßen ruhten entspannt auf dem zerknitterten Laken, ihr Gesicht trug noch die zarten Rötungen der Hitze, ihre Haut über dem Schlüsselbein schimmerte feucht, da erkannte ich, woher die widersprüchlichen Gefühle rührten, die ihre sorglos dahingeworfene Bemerkung in mir ausgelöst hatte.

Zu jener Zeit hatte ich immer noch nicht verwunden, daß Jörn mich ein Jahr zuvor praktisch vor die Tür gesetzt hatte. Auch später ist es mir nie ganz gelungen, ihm diesen Vertrauensbruch – und so empfand ich es damals – zu verzeihen. Obwohl ich letztlich Jörn zu verdanken hatte, daß ich mit Dennis zusammenzog – eine Entscheidung, die zu den besten gehört, die ich in meinem Leben getroffen habe –, unser vorher so ausgezeichnetes Verhältnis hat sich niemals wieder ganz regeneriert. Aus meiner Sicht hatte Jörn mich zutiefst verletzt, indem er mich hinausstieß, aus meinem Zuhause hinauskatapultierte, einem Zuhause, das ich ganz selbstverständlich als das meine okkupiert hatte. Von selbst wäre ich niemals gegangen. Und ich bin mir sicher, auch Paul hätte mich niemals dazu gedrängt, unser Zusammenleben hatte sich als angenehme Konstruktion erwiesen, meine wenigen Auszüge waren immer nur von kurzer Dauer gewesen, keiner von uns hatte sie jemals als endgültige Veränderung betrachtet, und ich hatte eine solche auch nie ernsthaft in Betracht gezogen. Daß Jörn anders darüber dachte, daß er nicht zufrieden war mit der nach und nach gewachsenen Konstellation, das merkte ich erst, als ihm eines Tages der Geduldsfaden riß.

Im Frühling 1986 herrschte dicke Luft in der Bülowstraße. Paul und Jörn waren kurz zuvor von einem dreiwöchigen Amerikatrip zurückgekehrt, und die Spannungen zwischen ihnen verdüsterten die Atmosphäre. Soviel wie ich aus Paul herausbekommen hatte, war der Anlaß für ihre Streitigkeiten ein junger Schwarzer, dem Jörn sich offensichtlich ein wenig zu ausgiebig gewidmet hatte. An und für sich waren Seitensprünge kein allzu großes Problem für die beiden, aber diesmal schien Jörn es ein bißchen zu weit getrieben zu haben. Bei jedem noch so nichtigen Anlaß fuhr Paul aus der Haut, und Jörn wandte sich beleidigt ab.

Erst einen Tag zuvor war ich dazugekommen, als Paul, noch feucht vom Duschen und ein Handtuch nachlässig um die Hüften geschlungen, Jörn mit blitzenden Augen ein dreckiges Hemd entgegengeschleudert hatte.

„Wasch deinen Kram doch selber! Vor allem das Zeug, das du anhattest, als du dich mit diesem Kerl da rumgedrückt hast!"

Jörn hob das Hemd auf und warf es zurück in den Wäschekorb. „Paul, reg dich ab."

„Ach, halt's Maul. Vor meinen Augen, so was muß man sich mal vorstellen. Zum Kotzen! Und du hast noch nicht mal ein Kondom benutzt!"

Jörn schob angriffslustig das Kinn vor. „Warum sollte ich? Machen wir doch nie. Weder du noch ich. Also, was soll das?"

„Aber bei so einem schmierigen kleinen Mistkerl. Wer weiß, was der dir alles angehängt hat. Tripper oder sonst was."

Jörn hatte nur mit den Schultern gezuckt und war in seinem Zimmer verschwunden, und Paul hatte mir in einem Zornesanfall die Tür vor der Nase zugeknallt.

In der Tat hatte Paul Wochen später tatsächlich ein kleines Geschwür an seiner Eichel entdeckt, und noch lange, nachdem es längst abgeheilt war, diente eben jenes Geschwür bei der geringsten Mißstimmung zwischen ihm und Jörn zum Anlaß für einen lautstarken Streit. Heute finde ich es unglaublich, welche Bedeutung eine harmlose Feigwarze annehmen konnte im Vergleich zu jener anderen, weitaus folgenreicheren Krankheit, mit der Jörn sich damals infiziert hatte. Aber im Frühling 1986 wog eine Feigwarze eben noch ungleich mehr.

Die dicke Luft hielt immer noch an, als ich eines Nachmittags nach Hause kam. Aus Jörns Zimmer schallte laute Musik, Theo lag wie ein Häufchen Elend im Flur, und von Paul war nichts zu sehen oder zu hören.

Ich ging in die Küche und suchte in der Schublade nach dem Dosenöffner, um Theo sein Futter zu geben, als Jörn hinter mir im Türrahmen erschien. Eine Weile sah er mir wortlos zu, dann wurde mir das Schweigen zu dumm. Ohne mich umzudrehen, schob ich die Lade wieder zu und begann im schmutzigen Besteck zu kramen.

„Hast du den Dosenöffner gesehen?"

„Ich glaube, du solltest dir langsam mal eine eigene Wohnung suchen."

Im ersten Moment registrierte ich überhaupt nicht, was er gesagt hatte. Alles, was ich mitbekam, war seine Weigerung, mir bei meiner Suche behilflich zu sein. Und ich hatte nicht vor, auf seine schlechte Laune einzugehen.

„Ich brauche keine Wohnung, ich brauche nur diesen verdammten Do…"

„Ich glaube doch."

Seine Stimme klang eisig. Ich ließ die Hand sinken und wandte mich um. Jörn stand aufrecht da, die Arme vor der Brust verschränkt. Hinter ihm klingelte das Telefon. Keiner von uns beiden rührte sich.

„Ist dir eigentlich mal aufgefallen, wieviel Anrufe ich allein in dieser Woche für dich entgegengenommen habe?"

Sprachlos starrte ich ihn an.

Ungerührt redete er weiter. „Ich wette, der ist auch für dich. Willst du nicht drangehen? Oder soll ich das tun? ‚Nein'", er senkte die Stimme, „‚es stört mich ganz und gar nicht, wenn ihr alle hier anruft. Es ist zwar eigentlich mein Anschluß und der meines Freundes, aber wir wohnen hier ja sowieso zu dritt. Nein, eigentlich war das nicht geplant, es war nur vorübergehend so gedacht. Aber nun ist es eben so gekommen. Ja doch, Paul und Thea finden das anscheinend auch ganz in Ordnung, und was ich davon halte, das ist nicht so wichtig. Nach ein paar Jahren wird man eben nicht mehr danach gefragt.'" Er hob die Schultern und ließ sie wieder fallen. Das Telefon verstummte.

Noch am selben Abend lehnte ich im *Kumpelnest* am Tresen und wartete darauf, daß Dennis endlich einmal zu mir hersehen würde. Als er es tat, winkte ich ihm. Er kam zu mir herüber und beugte sich vor.

„Steht dein Angebot von neulich noch? Oder hast du schon einen Mitbewohner gefunden?"

Dennis' Zeigefinger verneinte. Seine Augen glitten forschend über mein Gesicht.

Ich deutete auf meine Brust und hob eine Augenbraue. Dennis fing an zu grinsen. Und dann hielt er mir die Hand hin. Ich schlug ein.

Ich habe es genossen, mit Dennis zusammenzuwohnen. Auch wenn wir niemals dazu gekommen sind, den Flur zu tapezieren, in unserer gemeinsamen Wohnung entwickelte ich zum erstenmal ein Gespür dafür, wie es sein konnte, wenn man einen Ort mit allen Sinnen in Besitz nahm.

Die beiden Zimmer mit den schlecht ziehenden Kachelöfen, aus denen bei ungünstiger Wetterlage der Rauch hervorquoll und die ganze Wohnung in eine Qualmhöhle verwandelte, die Küche mit den uralten, zersprungenen Fliesen über der Spüle, das Klo mit der altersschwachen Campingdusche darin, deren Boiler nach jedem Benutzen stundenlang ein sprödes Husten von sich gab – ich habe diese Räume gemocht. Obwohl ich dort nie ganz und gar heimisch geworden bin, war es doch die erste Wohnung, in die ich nicht mit dem Vorsatz eingezogen bin, mir das Treiben dort so lange, wie ich lustig war, anzusehen und mich dann wieder zu Paul zu verziehen. Natürlich war mir diesmal der Rückweg versperrt, aber auch ohne diese Fluchtmöglichkeit wäre ich dort wohnen geblieben. Dennis und ich gaben nämlich ein hervorragendes Gespann ab. Von Kindheit auf an Selbständigkeit gewöhnt, gingen wir beide unserer Wege, in dem angenehmen Bewußtsein, früher oder später zu Hause auf den anderen zu treffen.

Manchmal verging eine Woche, ohne daß wir uns sahen, dann wieder verbrachten wir mehrere Abende hintereinander in unserer Wohnung, jeder von uns in sein jeweiliges Tun vertieft. Ich mochte es, bei geöffneter Tür auf dem Bett zu liegen, zu lesen oder einfach nur an die Decke zu starren und dabei mit halbem Ohr auf Dennis zu lauschen, der in der Wohnung umherging, in seinen Schubladen kramte, zeichnete oder bastelte.

Im Gegensatz zu mir war Dennis ein sehr kreativer Mensch und immerzu mit irgend etwas beschäftigt. Sein Zimmer stand voller Skulpturen, die er selbst zusammengebaut oder aus Ton geformt hatte; an den Wänden hingen Unmengen von Zeichnungen, die zumeist nackte Männer darstellten und regelmäßig durch neu angefertigte ersetzt wurden. Die leisen Geräusche, die bei Dennis' vielfältigen Aktivitäten aus seinem Zimmer drangen, hatten eine beruhigende Wirkung auf mich, und ich bin überzeugt davon, daß es Dennis' Behaglichkeit ausströmende Emsigkeit war, die mich dazu gebracht hat, es selbst mit dem Zeichnen zu versuchen. Mein Ehrgeiz hat zwar nicht lange angehalten – nach und nach habe ich erkannt, daß ich weniger zeichnen wollte als Zeichnerin sein –, aber jene Wochen, bevor ich Suzannah kennenlernte, in denen ich eifrig übers Papier gebeugt an unserem Küchentisch saß, möchte ich nicht missen.

Dennis war in einem Dorf in Norddeutschland aufgewachsen. Seine Eltern betrieben einen mehr schlecht als recht gehenden Viehhandel, und Dennis als der älteste Sohn war ursprünglich für dessen Übernahme bestimmt. In seinen sarkastischen Momenten bezeichnet Dennis seine Gehörlosigkeit als seine Rettung, die ihn vor einem Schicksal als homosexueller Bauer, von der Dorfgemeinschaft verfemt und ausgestoßen, bewahrt hat. Denn im Alter von fünf Jahren erkrankte Dennis an Meningitis, deren zu späte Behandlung ihn schließlich das Gehör kostete. Bis dahin hatte er jedoch schon ein ungefähres Verständnis von Sprache erlangt und konnte auch schon selbst relativ gut sprechen, eine Tatsache, die sich ihm heute im Umgang mit Hörenden als unschätzbarer Vorteil erweist, denn es gelingt ihm mühelos, von den Lippen zu lesen.

Seine ersten Schuljahre verbrachte er auf einer Sonderschule in der nächstgrößeren Stadt, und erst kurz nach seinem elften Geburtstag waren seine Eltern bereit, ihren defekten Stammhalter in ein Internat zu geben, wo er inmitten von anderen gehörlosen Kindern die Gebärdensprache, die Codes und Zeichen erlernte, die für ein Leben am Rande überlebensnotwendig waren. In der angeschlossenen Ausbildungsstätte hatte er eine Tischlerlehre absolviert und war einen Tag nach der erfolgreichen Prüfung nach Berlin gezogen, wo er seitdem zwischen Phasen der Arbeitslosigkeit und solchen, in denen er einer festen Anstellung nachging, hin und her pendelte. Schwule Tischler, hatte er mir erklärt, gebe es ebenso selten wie gehörlose Tischler, und um diese Sonderstellung auszugleichen, arbeite er an manchen Abenden im *Kumpelnest*, einer vollständig mit Plüsch ausgekleideten Bar unweit der Potsdamer Straße, die sich zu einem mehr oder minder inoffiziellen Treffpunkt der schwulen Gehörlosen gemausert hatte.

Dennis ist, auch wenn es auf den ersten Blick so scheinen mag, keineswegs schweigsam. Auf seine Art spricht er unablässig, seine Mimik, seine Gesten, all die verschiedenen Nuancen seines Lächelns, sie zeugen beredt von seiner ungeheuren Ausdrucksfähigkeit. Dennis' Stimme, die er regelmäßig trainieren muß, damit sie geschmeidig bleibt und nicht monoton, hölzern, knarrend klingt, spielt nur eine untergeordnete Rolle innerhalb seiner Kommunikationsmöglichkeiten. Dennoch benutzt er sie oft, wenn auch selten gezielt. Die abrupten, gutturalen Laute, die manchmal aus seiner Kehle hervorstoßen, ganz unwillkürlich und so verselbständigt, daß er sie nicht einmal bemerkt, sie schneiden wie ein lauter falscher Ton in die relativ harmonisch orchestrierte, klanglich fließende Welt, in der wir Hörenden uns bewegen.

Vielleicht ist die ganz andere Klangwelt der Gehörlosen etwas, woran sich Hörende niemals gewöhnen können. Wie ich mich vielleicht auch niemals ganz daran gewöhnen werde, daß Dennis' Gesicht sich manchmal, wenn er sich mit anderen Gehörlosen unterhält, zu einer rohen, fast fratzenhaften Grimasse verzieht; plötzlich, für einen Moment, wird Dennis zu einer fremdartigen groben Gestalt, meine Nähe zu ihm gerät ins Wanken, ich fühle mich ihm fern und erkenne in ihm nicht mehr den Mann, mit dem ich mich seit Jahren verbunden fühle, dann wieder glättet sich sein Gesicht, und mein Fremdeln verschwindet.

Gehörlose unterhalten sich niemals lautlos, wie mit abgeschaltetem Ton. Ein permanentes Zischen, Schnalzen und Saugen durchsetzt ihre Gespräche, extrem schnelle Klicklaute wechseln sich mit halben, schwerfällig artikulierten Sätzen und deutlich erkennbaren Worten ab. Und doch klingen diese oftmals unsinnig erscheinenden Laut- und Silbenfolgen erstaunlich melodisch, wie ein fremdartiges Intonieren, das entfernt an Walgesänge erinnert.

Wäre ich Malerin, so malte ich Bilder von Gehörlosen, von ihren fließenden Gebärden, ihren unglaublich beweglichen Fingern und Händen. Wäre ich Fotografin, so fotografierte ich ihre Münder, diese weit geöffneten Lippen, zwischen denen die Zunge hervorschnellt und wieder verschwindet. Ihre Art, auf eine extrem sichtbare Weise zu artikulieren, fasziniert mich. Denn sie zeigt, ähnlich wie ein Foto, auf dem in tausendfacher Vergrößerung ein Stück Haut zu sehen ist und damit all die kraterförmigen Poren und Pusteln, sie zeigt das Unattraktive der Lautsprache, die groben, heftigen Bewegungen der Lippen, Zungen und Münder, die wir Hörenden unentwegt ausüben, aber nicht registrieren, weil der Vorgang des Sprechens zu schnell geht, so wie wir die Haut als glatt empfinden, weil wir ihre eigentliche Struktur nicht ertasten. Wahrscheinlich ist es eine logische Konsequenz, daß Dennis körperliche Mängel jedweder Art niemals als beschämend, sondern als natürlich und wertneutral empfindet. Und ich glaube, das hat auf mich abgefärbt.

Überhaupt habe ich viel von Dennis gelernt. Die Grundkenntnisse der deutschen Gebärdensprache zum Beispiel. Oder die gesteigerte Fähigkeit, mit Blicken zu sprechen. Vor allem aber habe ich von ihm gelernt, die Welt hin und wieder mit ganz anderen Augen zu sehen, mit den Augen eines Beobachters, der in sich ruhend aus sich herausschaut, ohne aktiv daran teilhaben zu müssen oder auch nur zu wollen.

So habe ich ihn auch kennengelernt, auf einer Party. Ich weiß nicht mehr, wer sie veranstaltete, nur daß sie in einer riesigen Dachwohnung am Fraenkelufer stattfand und mehr als hundert Leute versammelt waren. Im Schlepptau irgendeiner Kneipenbekanntschaft war ich dort gelandet und streunte von einem Raum in den nächsten, auf der Suche nach einem vertrauten Gesicht. Auf dem Dachgarten stieß ich zu einer Gruppe, die einem hageren Mann mit langen Rastalocken dabei zusah, wie er einen Leuchtstab geschickt durch die Luft wirbelte. Der Stab flog in ebenmäßigen Kurven in die Höhe und zog drei, vier perfekte

Achten hintereinander, die in der Nachtluft noch eine Weile nachleuchteten. Ein kleiner Typ mit Nickelbrille beugte sich vor und griff nach dem Stab, aber sein Besitzer zog ihn schnell außer Reichweite.

„Nichts da, ist nichts für ungeschickte Finger." Er hob den Stab und begann ihn elegant über dem Kopf kreisen zu lassen, als er ihm plötzlich aus der Hand flog und über die Brüstung der Terrasse im Dunkel verschwand. Während die Zuschauer sich hastig zum Geländer begaben und nach unten schauten, stampfte der Mann mit den Rastalocken wütend mit dem Fuß auf und verließ mit trotzig vor der Brust verschränkten Armen den Dachgarten. Ich mußte über diese alberne Demonstration kindlicher Verärgerung lachen, und als ich mich umschaute, entdeckte ich, daß ich nicht die einzige war.

Ein blonder, schlanker Bursche mit kurzgeschorenem Haar und einem kleinen silbernen Ring im rechten Ohr grinste ebenfalls vor sich hin, und als er meinen Blick bemerkte, lächelte er mich verschwörerisch an und ahmte sogleich die trotzige Geste des Leuchtstabbesitzers nach, und zwar derart gekonnt, daß ich noch mehr lachen mußte. Als kurz darauf eine allgemeine Diskussion über Leuchtstäbe und Signalbojen einsetzte, stellte ich fest, daß der Blonde ebensowenig wie ich vorhatte, sich daran zu beteiligen. Er ließ die Augen über die Runde schweifen, lächelte dann und wann, wenn jemand einen Witz machte, blickte zuweilen über die Brüstung hinaus auf das still daliegende Ufer des Landwehrkanals, und nach einer Weile schien es ihm langweilig zu werden, denn er drehte sich um und ging auf die Terrassentür zu. Der kleine Typ, der vorhin so hastig nach dem Stab gegriffen hatte, rief ihm mit alkoholschwangerer Stimme hinterher: „Ej du, kommste wieder? Kannste mir noch 'n Bier mitbringen, ej?"

Der Blonde drehte sich nicht einmal um, sondern ging weiter und verschwand im Inneren der Wohnung.

„Keine Manieren mehr, die Jugend heute", maulte der Kleine. Ich wartete einen Moment, dann ging ich ebenfalls hinein. Ich fand den Blonden an die Küchentür gelehnt, von wo aus er das muntere Treiben im angrenzenden Zimmer, das mittels einer enormen Verstärkeranlage zur Disco umfunktioniert worden war, beobachtete. Ich stellte mich neben ihn und registrierte aus dem

Augenwinkel die leere Bierflasche, mit der er langsam gegen seinen Oberschenkel schlug.

„Soll ich dir noch ein Bier mitbringen?"

Er zuckte mit keiner Wimper. Ich wiederholte meine Frage, lauter diesmal, aber wieder reagierte er nicht. Ich begann mich schon zu fragen, ob er tatsächlich so arrogant war, wie es den Anschein hatte, da drehte er den Kopf, entdeckte mich, und über sein schmales Gesicht mit den weit auseinanderstehenden Augen zog ein Grinsen. Wie zur Begrüßung tippte er sich mit dem Finger an die Stirn.

„Ich hab dich gerade zweimal gefragt, ob ich dir auch noch ein Bier mitbringen soll. Aber du bist ja ganz vertieft in die Musik."

Er sah mich an, kniff die Lippen zusammen, zeigte dann auf sein Ohr und öffnete gleich darauf die Hand. Ich fand sein seltsames Verhalten von Sekunde zu Sekunde irritierender.

„Hä?"

Er seufzte, klemmte sich die leere Flasche zwischen die Schenkel, legte beide Hände auf die Ohren und verzog das Gesicht. Dann schüttelte er den Kopf, und endlich fiel bei mir der Groschen.

„Ach so", sagte ich dümmlich, „du hörst nichts." Im gleichen Moment fand ich es unsinnig, daß ich gesprochen hatte, schließlich hatte er mir gerade eben zu verstehen gegeben, daß er mich nicht hören konnte. Aber im nächsten Moment sagte er mit einer knarzenden, viel zu lauten Stimme: „Stimmt genau. Ich bin Dennis."

„Thea", erwiderte ich, und noch bevor ich darüber nachdenken konnte, wie in aller Welt ich jetzt mit ihm kommunizieren sollte, nahm er mir die Flasche aus der Hand, stieß mit dem Boden seiner eigenen dagegen, zeigte auf sich und dann zum Bad, wo das Bier, wie ich gesehen hatte, in der Wanne gekühlt wurde, und bedeutete mir, ihm zu folgen.

Und so kam es, daß wir beide über eine Stunde lang im Bad saßen, ich auf dem Wäschekorb und er auf dem Wannenrand, und uns mit Händen, Füßen und Worten unterhielten, anfangs stockend, dann immer flüssiger, und als wir schließlich gemeinsam die Party verließen und in die *Oranienbar* gingen, Dennis' Stammkneipe und bald darauf auch die meine, da hatte ich bereits im Gefühl, daß dieser blonde Bursche mit dem verschmitzten Grinsen und den großen braunen Augen so etwas wie ein Freund für mich werden könnte. Und das ist er dann ja auch geworden.

Während wir zusammenwohnten, waren es die Alltäglichkeiten, die wir miteinander teilten; Alltäglichkeiten wie einkaufen, abwaschen, Kohlen bestellen, ausgehen und Partys und Kneipen besuchen. Aber auch Alltäglichkeiten wie der immer wiederkehrende Ärger über die gleichen Dinge; Dennis konnte es nicht ausstehen, wenn ich die Zellophanhüllen meiner Tampons auf dem Waschbeckenrand liegenließ, und ich fand es abscheulich, daß er ständig vergaß, nach dem Pinkeln den Klodeckel wieder herunterzuklappen. Er war genervt, wenn ich mehrere Tage hintereinander verkatert im Bett verbrachte und darüber das Einkaufen vergaß, und ich konnte es nicht leiden, wenn er, der im allgemeinen nur wenig Alkohol trank, in eine seiner melancholischen Phasen verfiel, sich bis zur Besinnungslosigkeit besoff, mit irgendeinem Kneipengast Streit anfing, der in eine wilde Prügelei ausartete, und hernach zwei Tage deprimiert in seinem Zimmer hockte. Aber all das wog nichts gegen das beruhigende Gefühl gegenseitiger Akzeptanz, und mehr noch, es wog nichts gegen die Momente, in denen der Kern unserer unzerreißbaren Freundschaft zutage trat.

Nie vergesse ich jene Nacht, in der ich gegen zwei Uhr morgens nach Hause kam. Ich war bei Dörthe gewesen, wir hatten ein langes, tiefsinniges Gespräch geführt, das sich im wesentlichen um unsere Zukunft gedreht hatte – aber welches Gespräch drehte sich damals eigentlich nicht um dieses Thema? Als ich nach Hause kam, war ich einigermaßen deprimiert. Dörthe, die dabei war, ihr Betriebswirtschaftsstudium abzuschließen – neben dem Bankwesen das langweiligste Betätigungsfeld, das ich mir vorstellen konnte, noch Jahre später begreife ich nicht, was die lebenslustige Dörthe in diesem überaus trockenen Metier zu suchen hat –, hatte durchblicken lassen, daß sie mit einem Job in den Staaten liebäugelte und lieber heute als morgen aus Berlin verschwinden würde. Ich hingegen stand mit leeren Händen und keinerlei Perspektive da.

Ich schloß die Tür auf und ging in die Küche. Auf dem Herd stand ein Topf, zwischen Deckel und Griff war ein Pappschild gesteckt mit nur einem einzigen Wort darauf: SUPPE. Ich legte das Schild beiseite, stellte die Kochplatte an und öffnete den Küchenschrank. Wie üblich war das Geschirr wild übereinandergestapelt, und ich stierte eine Weile auf das Durcheinander, bevor ich mich entschied, vorsichtig einen Suppenteller, dessen Position recht unbedenklich aussah, herauszuziehen. Aber ich hatte ihn kaum berührt, als der ganze Geschirrberg ins Wanken geriet, und eine Sekunde später rutschte auch schon der erste Topf hinunter, gefolgt von mehreren Tassen, Tellern und Pfannen. Der Lärm war ohrenbetäubend, der Krach schien kein Ende zu nehmen. Wie in Zeitlupe schlitterte ein Geschirrstück nach dem anderen aus dem Schrank und zu Boden, und es gelang mir nicht, auch nur ein einziges aufzufangen. Entgeistert betrachtete ich das endlose Fallen und fragte mich, welche physikalischen Gesetze dieses lange, lange Geräusch verursachten. Ich war heilfroh, daß Dennis den Lärm nicht hören konnte.

Als die Geschirrlawine endlich zum Stillstand gekommen war, suchte ich die einzige unversehrt gebliebene Schale heraus und füllte ein paar Kellen Suppe hinein. Während ich den letzten Löffel aß, spürte ich mehr, als daß ich es hörte, daß Dennis hereingekommen war. Ich drehte mich um, und da stand er, mit verschlafenen Augen und verstrubbeltem Haar, und sah mit neutraler Miene vom Scherbenhaufen auf dem Boden zu mir herüber.

– Ich dachte, es ist mein Vibrations-Wecker. Alles in Ordnung mit dir? fragte er mit langsamen Gebärden, und ich fing an, haltlos zu kichern. Er fiel mit ein, und wir kicherten immer noch, als wir kurz darauf in unsere Zimmer gingen.

Es ist schon immer eine einzigartige Art von Freundschaft mit Dennis gewesen. Eine einzigartige, eigenartige Art von Freundschaft.

Ich tue nichts. Ich trauere, aber sonst tue ich nichts. Michelle ist überzeugt davon, daß es mir guttäte, wenn ich, zumindest zeitweise, einer Beschäftigung nachginge. Sie hat mir vorgeschlagen, für eine Woche die Rollen zu tauschen: „Schließlich kannst du im Zehn-Finger-System tippen. Und du glaubst gar nicht, wie anregend so ein Job als Sekretärin sein kann. Du kämst mit Sicherheit auf andere Gedanken, Schätzchen!“

Sie hat bestimmt nicht ganz unrecht damit. Nicht, daß ich es nötig hätte, für meinen Lebensunterhalt zu sorgen. Dafür ist schon gesorgt. Suzannah hat dafür gesorgt.

Aber es stimmt nicht, daß ich, wie Michelle mir prophezeit, über kurz oder lang den Kontakt zur „rauhen Wirklichkeit" verliere, wenn ich so weitermache. Das hier ist die Wirklichkeit. Und sie ist vielleicht rauher als das, was da draußen vor meinem Fenster so vor sich geht.

Und im übrigen weiß ich nur zu genau, wie anregend und ausfüllend das Tippen von Briefen und das Sortieren von Akten sein können.

Eines Tages, kurz bevor Suzannah in die Grolmannstraße zog, leerte ich die Taschen meiner Jeans, um sie ins Waschcenter zu bringen, und entdeckte dabei den zusammengefalteten Zettel, den Jörn mir Wochen zuvor im *SO 36* gegeben hatte. Eine Weile studierte ich die hingekritzelten Buchstaben mit der Adresse der Anwaltskanzlei, dann beschloß ich, dort vorbeizugehen, obwohl ich mir ausrechnen konnte, daß der Job längst vergeben sein würde.

Der Mehringdamm lag nur einen Katzensprung entfernt, und die Fassade des alten vierstöckigen Gebäudes zeigte an, daß sie schon einmal bessere Tage gesehen hatte. Langsam stieg ich die nach Bohnerwachs riechenden Treppenstufen hinauf und zog mein Hemd gerade, bevor ich die Klingel neben dem provisorisch angebrachten Pappschild mit der Aufschrift *Heuchler & Zabato – Notare und Rechtsanwälte* drückte.

Eine junge Frau mit aschblonden, zu einer modischen Fransenfrisur geschnittenen Haaren öffnete mir, und beim Anblick ihres lässig um den Hals geschlungenen indischen Tuches und der über und über mit kleinen Spiegelchen verzierten Seidenbluse wußte ich hundertprozentig, daß sie gleich mit sanfter Stimme zu sprechen anfangen würde.

„Guten Tag", sagte sie weich.

„Sind die Chefs da?"

Sie sah mich einen Moment unschlüssig an, dann nahm ein gedrungener schwarzhaariger Mann, der hinter ihr aufgetaucht war, ihr die Antwort ab.

„Zu wem möchten Sie denn?"

„Zu Ihnen, wahrscheinlich. Wenn Sie Herr ..." ich zog den Zettel aus meiner Tasche und las davon ab, „... Zabato sind."

„Das bin ich."

Ich streckte ihm die Hand entgegen. „Ich bin Thea. Jörn Wagner hat mir Ihre – eure Adresse gegeben."

Ein erhellendes Blitzen zog durch seine dunklen Augen, und er nahm meine Hand und schüttelte sie fest. „Thea, ja. Jan hat deinen Namen erwähnt. Komm rein."

Er führte mich durch einen langen Gang, während die junge Frau sich wieder an ihrem Schreibtisch, der in der Mitte des geräumigen Flurs plaziert war, zu schaffen machte. Die Kanzlei war noch nicht ganz fertig eingerichtet, Bücher und Aktenberge türmten sich auf dem Fußboden, und ein schwacher Geruch von Farbe und Lösungsmitteln hing in der Luft. Im letzten Zimmer am Ende des langen Flurs saß jener blonde Mann mit der Narbe auf der Wange, an den ich mich von Jörns Beschreibung her vage erinnern konnte. Bei unserem Eintreten stand er auf und kam mit Riesenschritten um den Tisch herum. Ich hatte ihn bisher nur still und zurückhaltend erlebt, aber jetzt wirkte er wie ausgewechselt.

„Thea!" sagte er munter. „Es ist zwar schon eine ganze Weile her, aber du hast dich kaum verändert. Wie geht's? Und wie geht's Paul und Jörn?"

„Ganz gut, danke. Ich bin zwar ziemlich spät dran, aber ich dachte, ich guck mal rein. Jörn sagte, ihr bräuchtet vielleicht noch jemanden. Aber wie es aussieht, habt ihr ja schon eine Hilfe gefunden."

Jan lachte. „Laß das bloß Uschi nicht hören. Sie ist ausgebildete Renogehilfin und beschwert sich schon, daß sie lauter Hilfsarbeiten verrichten muß. Uns fehlt nämlich so eine Art Mädchen ...", er kam ins Stocken, dann klatschte er die Handflächen zusammen und gab sich einen Ruck, „... so was darf man ja eigentlich gar nicht sagen, aber es ist eben so, wir brauchen jemanden zum ..."

„Kaffeekochen", sagte ich trocken.

Er schmunzelte. „Wir hatten eigentlich mehr an Archivieren und Tippen gedacht. Und ein bißchen saubermachen." Er sah mich fast entschuldigend an, und ich fand ihn noch sympathischer als ohnehin schon.

„Wieviel?“ fragte ich.
„15 Mark erst mal. Und auf Lohnsteuerkarte.“
Ich wurde rot. Eigentlich hatte ich die Stundenzahl gemeint.
„Und wie oft?“
„Ungefähr zwanzig Stunden die Woche, aber du kannst dir aussuchen, wann du arbeiten willst, vorausgesetzt, du hast Interesse.“
Ich sah von Jan zu Gerd, dessen kantiges Gesicht mit den dunkelbraunen Augen auf eine südländische Abstammung schließen ließ. Er schien der Nachdenklichere, Verschlossenere von beiden, ganz der clevere Geschäftsmann; hinter seinem Lächeln vermeinte ich ein Mißtrauen zu lesen, eine Art gärende Aggression, und ich beschloß instinktiv, ihm einstweilen mit Vorsicht zu begegnen.
„Jan hat ziemlich geschwärmt von diesen geselligen Abenden bei deinem Onkel, aber ich hatte bislang ja noch nicht die Ehre.“ Gerd lächelte, und ich zuckte die Achseln.
„Zur Zeit sind die beiden nicht allzu gesellig.“
Jan setzte sich auf die Schreibtischkante und klopfte sich mit seinem Kugelschreiber aufs Knie. „Paul hat sicher allerhand zu tun mit seiner Praxis. Und Jörn sieht auch ganz schön mitgenommen aus. Na ja, die Zeiten ändern sich. Die fröhlichen Studententage sind eben vorbei. Jetzt beginnt der Ernst des Lebens. Für dich ist es hoffentlich noch 'ne Weile hin. Aber du bist sowieso keine Studentin, oder?“
„Nein.“
„Bist du arbeitslos gemeldet?“ Gerd sah mich forschend an.
„Nein. Ich bin … ich bin nicht arbeitslos gemeldet, nein.“
Ein mißbilligender Zug schlich sich um Gerds Mund, aber ich hatte nicht die Absicht, deutlicher zu werden.
„Jörn sagte, du arbeitest hauptsächlich als Tresenkraft?“ Jan lächelte mich an, und ich spürte förmlich, wie Gerd sich bei seinen Worten verkrampfte.
„Ja. Aber ich hab auch schon eine Menge Büroarbeiten gemacht, in einer Taxizentrale zum Beispiel.“
„Sieht so aus, als ob wir uns einig werden könnten.“ Jan sah fragend zu Gerd, und als der nach einem unmerklichen Zögern nickte, streckte er mir wiederum die Hand entgegen. „Also, willst du noch mal drüber schlafen, oder …?“

Ich ergriff seine dargebotene Hand. „Ich liebe spontane Entschlüsse", sagte ich und hatte das gute Gefühl, eine richtige Entscheidung getroffen zu haben. Hätte mir damals allerdings jemand prophezeit, daß ich mehr als sechs Jahre lang in dieser Kanzlei arbeiten würde, ich hätte abgewunken. Für mich war es damals nur ein anderer Job, wenn auch zur Abwechslung mal einer auf Lohnsteuerkarte. Aber manchmal kommen die wirklichen Veränderungen ganz unspektakulär daher. Manchmal sehen die Dinge auf den ersten Blick ganz unscheinbar und gewöhnlich aus und wachsen erst im Laufe der Zeit zu dem heran, was sie eigentlich schon von Anfang an gewesen sind.

Nach einigem Hin und Her – es gab Schwierigkeiten mit dem Mietvertrag und den Vormietern, die einen überhöhten Abstand forderten und schließlich doch davon abrückten – zog Suzannah im August 1987 in die Grolmannstraße. Die Wohnung – zwei Zimmer, Küche, Bad – lag im obersten Geschoß eines typischen Berliner Altbaus und war in einem äußerst heruntergekommenen Zustand. Suzannah hatte eines der Zimmer leergeräumt, flüchtig gefegt und ihre Sachen hineingestellt, und als ich sah, wie sie fluchend den Wasserhahn in der Küche bearbeitete, um den verrosteten Boiler in Gang zu setzen, und dabei ein Stück morschen Putz aus der Wand riß, beschloß ich, mir ein paar Tage freizunehmen, um ihr beim Renovieren zu helfen.

Die Arbeit in der Kanzlei hatte sich als Glücksfall erwiesen. Da Jan und Gerd sich meist in der Besetzung abwechselten, legte ich meine Arbeitszeiten so, daß ich hauptsächlich mit Jan zusammentraf oder aber meine Abende allein dort verbrachte, wobei ich die Ruhe genoß. Ich war jedesmal stolz, wenn ich wieder einen Aktenstapel beiseite geschafft hatte. Wenn die wichtigsten Arbeiten erledigt waren, schlenderte ich mit dem Staubsauger in der Hand gemächlich durch das leere Büro, hing meinen Gedanken nach und lauschte den Geräuschen, die von draußen hereindrangen, dem Brummen vorbeifahrender Autos, den Schritten der Fußgänger und dem Grölen der Betrunkenen, die aus einer der zahlreichen Kneipen entlang dem Mehringdamm nach Hause torkelten.

„Du brauchst mir nicht zu helfen", sagte Suzannah.

„Weiß ich. Ich möchte aber."

Der Boiler gab ein sprotzendes Husten von sich und fing an zu brummen. Suzannah sprang ein Stück zurück und sah mich triumphierend an.

„Na, wer sagt's denn?" Sie fuhr sich mit der Hand durch das lang gewordene Haar und wischte sich den Schweiß von der Stirn. „Darauf trinken wir einen", sagte sie und ging aus der Küche, wobei sie ihre schlabberige Jogginghose mit beiden Händen hochzog. Ich folgte den staubigen Spuren, die ihre ausgelatschten Sportschuhe auf dem schmutzigen Fußboden hinterließen. Im Vorbeigehen zog sie eine Bierflasche aus ihrem Rucksack und öffnete sie mit ihrem Feuerzeug, eine Geste, die mich immer wieder mit Bewunderung erfüllte, weil ich sie selbst trotz jahrelangen Übens immer noch nicht beherrschte. Sie hockte sich auf die Fensterbank, und ich lehnte mich zwischen ihre Beine und sah hinaus. Auf der anderen Straßenseite, vor einem neueröffneten indischen Imbiß, standen Tische und Stühle auf dem Gehsteig. Ich betrachtete die Gäste, die ihre späte Abendmahlzeit verschlangen. Es waren hauptsächlich junge Leute in schicker Designerkleidung.

„Wenn du das ernst meinst, dann nehme ich mir ein paar Tage frei", sagte Suzannah dicht an meinem Ohr. Ich sog tief die Luft ein. Zwischen den Abgasen, Essensgerüchen und einem leichten Duft nach Blumen konnte ich ihren Geruch deutlich ausmachen, ein Geruch nach Bier und frischem Schweiß.

„Soll das heißen, daß du gar nicht geplant hast, hier zügig alles zu renovieren?"

„Nein", sagte sie und pustete in die Bierflasche, „und ich wundere mich, daß du davon ausgegangen bist. Seit wann bist du denn so zielstrebig?"

Sie grinste mich an, und ich zog mit der einen Hand die Bierflasche ein Stück weit hinunter und küßte sie auf den Mund. Ihre Lippen waren warm und feucht, und ich versank darin wie in einem weichen Bett.

Vielleicht ist es mir damals sogar weniger darum gegangen, ihr zu helfen, als vielmehr mich selbst in ihrem Leben zu manifestieren. Heute weiß ich, daß ich ihrer Wohnung auf subtile Art meinen Stempel aufdrücken wollte. Nicht, daß Suzannah immerzu an mich erinnert werden sollte, nein, aber sie wäre umhüllt von mir, umgeben von mir, in den geweißten Wänden würde meine Arbeit stecken, meine Hände wären es, die die Holzdielen lackiert hätten, ich hätte den Herd an die richtige Stelle gerückt und den Küchenboden mit Linoleum ausgelegt.

Am nächsten Tag befreiten wir sämtliche Wände von den vergilbten Rauhfasertapeten, grundierten den fleckigen Putz und schafften es sogar, Küche und Badezimmer komplett neu zu streichen. Ich stellte erstaunt fest, daß wir ein gutes Team abgaben. Jede von uns werkelte schweigend vor sich hin, im Flur lief das Radio, und manchmal erschien Suzannah in der Tür, betrachtete mich einen Moment und verschwand dann wieder, ohne ein Wort zu sagen. Einmal schlich ich mich durch den Flur in die Küche, wo sie gerade die Wände abrollte, und sah ihr eine Weile dabei zu, ohne daß sie mich bemerkte.

Es war wie eine kleine Prüfung, der ich sie unterzog. Ich stand da und beobachtete sie, ihr konzentriertes Gesicht, ihren durchgebogenen Rücken, ihre langen Arme, zwischen denen die Teleskopstange wie ein ungeladenes Gewehr steckte, und wartete darauf, daß ich etwas entdeckte, was mir nicht gefiel. Ich wartete darauf, daß mir etwas aufstieß, vielleicht die Art, wie sie strich, oder das Gesicht, das sie dabei machte. Ich wartete auf eine Ungeschicklichkeit, die ihre Souveränität als Fassade entlarven würde, auf ein unsympathisches Geräusch. Aber nichts dergleichen geschah.

Nicht, daß Suzannah in meinen Augen perfekt gewesen wäre; nein, es gab einige Dinge, die mich an ihr störten, zum Beispiel, daß sie immer, wenn ich sie jemandem vorstellen wollte, schon weitergegangen war. Nie schien sie die Ruhe zu haben, die paar Sekunden abzuwarten, bis ich mich zu ihr umdrehte, um sie bekanntzumachen. Jedesmal war sie schon weitergegangen, und ich konnte nur mit den Achseln zucken und gerade noch auf ihren sich entfernenden Rücken weisen. Das machte mich rasend, genau wie ihre Angewohnheit, beim Autofahren immerzu einen neuen Sender im Radio zu suchen; einmal habe ich vor lauter Wut das Radio einfach abgestellt, und daraufhin herrschte geschlagene zehn Minuten lang wütendes Schweigen. Oder ihre Art, die Stimme zu einem verständnisvollen, in meinen Ohren ängstlichen Flüstern zu senken, sobald sie mit einem Behördenvertreter telefonierte. Ich haßte das, und mir wollte nicht in den

Kopf, wieso jemand wie Suzannah, die eine recht freizügige und antiautoritäre Erziehung genossen hatte, sich derart unterwürfig geben konnte.

Aber all das waren nur Kleinigkeiten, die nicht weiter ins Gewicht fielen, und so sehr ich mich auch bemühte, mehr und mehr davon auf die Waagschale der Zuneigung zu werfen, damit sie letztlich zu Suzannahs Ungunsten ausschlug und ich einen Grund fände, sie doch nicht zu lieben, es funktionierte nicht. Sie gefiel mir mit jedem Tag mehr.

Abends gingen wir in unseren farbenbespritzten Klamotten in den nahegelegenen *Diener*, ein Restaurant der gehobenen Klasse. Die mißbilligenden Blicke der Kellner prallten an uns ab, wir bestellten zwei Flaschen Sekt und kehrten Stunden später auf unsicheren Beinen zurück in die Wohnung, in der es durchdringend nach Farbe roch, saßen stundenlang in der Badewanne und schliefen dann, nachdem wir uns notdürftig abgetrocknet hatten, müde und zufrieden auf Suzannahs durchgelegener Matratze ein, und am nächsten Morgen machten wir weiter.

Gegen zwölf verließ Suzannah die Wohnung, um neue Farbe zu besorgen, und ich hatte gerade die Fensterfront des größeren Zimmers gestrichen und saß erschöpft auf dem halbleeren Farbeimer, als es klingelte.

Ich wankte zur Tür und öffnete. Draußen stand eine Frau mit feuerrotem lockigem Haar, das bis auf den Kragen ihrer weichen Lederjacke fiel. Hinter ihr lehnte ein sehniger Schwarzer, ein Basecap verkehrt herum auf dem Kopf.

„Hi“, sagte die Rothaarige und hob affektiert eine Hand, wobei sie die Finger nacheinander zu einer Art Winken bog. „Es steht zwar nicht dran, aber ich nehme an, hier wohnt Suzannah Hugo?“

Auch ohne ihren französischen Akzent hätte ich augenblicklich gewußt, wen ich vor mir hatte. Die roten Locken, die schmale Nase und die hellen Augen, die ihrem Gesicht etwas Vogelähnliches verliehen – es konnte sich nur um Jeanette handeln, Suzannahs frühere Freundin, mit der sie ein Jahr in Paris und ein weiteres in San Francisco zusammengelebt hatte.

Ich bat die beiden herein. Jeanette tänzelte den Flur entlang, der Schwarze tippte sich grüßend an die Stirn und ging mit federnden Schritten hinterher, nur ich blieb unschlüssig stehen. Als ich ihnen endlich folgte, stand Jeanette im großen Zimmer und drehte sich einmal um ihre eigene Achse, während sie mit leicht hochnäsiger Miene das Tohuwabohu um sich herum betrachtete.

„Nicht schlecht, nicht schlecht", sagte sie und klatschte in die Hände. Ohne mich eines Blickes zu würdigen, ging sie in den Flur und begutachtete die anderen Räume. Ich trabte hinterher.

„*Alors, alors.*" Jeanette drehte sich um, sah an mir vorbei und blies die Backen auf. Dann rief sie etwas auf französisch, das ich nicht verstand, und gleich darauf kam ihr Begleiter aus dem größeren Zimmer. Jeanette redete auf ihn ein, und schließlich sah sie mich an. „Ist Suzannah nicht da?"

„Sie kommt gleich wieder. Sie ist kurz einkaufen gegangen."

„Äh?" Jeanette spitzte die Lippen und sah mich fragend an.

„Sie kommt gleich zurück." Ich brachte es nicht über mich, die beiden zu fragen, ob sie etwas trinken wollten. Aber genausowenig wußte ich sonst, was ich mit ihnen anfangen sollte. Ich wünschte mir brennend, Suzannah würde zurückkommen und mich von dieser Sorge entbinden.

Jeanette musterte mich langsam von oben bis unten. Dann zeigte sie eine makellose Reihe schnurgerader Zähne. „Und wer bist du?"

„Thea."

Sie nickte gleichgültig. Offensichtlich sagte ihr mein Name nicht das geringste. „Und du malst hier, ja?"

Ich spürte, wie ich errötete. Ich war mir nicht sicher, ob ihr Deutsch so gut war, daß sie erahnen konnte, wie abschätzig sich ihre Frage anhörte, aber das änderte nichts daran, daß ich sie äußerst unsympathisch fand. Also antwortete ich gar nichts. Sie starrte mich stumm an, drehte wieder eine Pirouette auf dem Absatz und beschied mir dann: „Wir warten. Gibt es hier einen Stuhl?"

Ich zeigte auf die Küche, und Jeanette sagte wieder etwas zu ihrem Begleiter. Dem Tonfall konnte ich entnehmen, daß es nicht gerade eine schmeichelhafte Bemerkung war. Dann verschwanden sie in der Küche. Ich verzog mich ins Wohnzimmer.

Ich war so wütend, daß ich den Pinsel kaum halten konnte. Die Lust, mich auszuruhen, war mir vergangen. Verbissen malte ich die Ecken aus und lauschte dabei den Geräuschen, die aus der

Küche kamen. Ich hörte, wie Jeanette kicherte und sich laut mit ihrem Begleiter unterhielt, dann kreischte sie auf und gackerte gleich darauf von neuem los, während er ein brummendes Lachen hören ließ. Ich verdrehte die Augen und biß die Zähne zusammen.

Zehn qualvolle Minuten später drehte sich der Schlüssel im Schloß, und ich hörte, wie Suzannah hereinkam. Gleich darauf erklangen trippelnde Schritte, ein aufgeregtes Kreischen, und dann setzte ein überdrehtes Geplauder ein, von dem ich nicht das geringste verstand. Nach ein paar Minuten kam Suzannah ins Wohnzimmer, ihre Augen leuchteten, und als ich sah, daß sie sich über den Besuch auch noch freute, der hinter ihr neugierig zu uns hereinlugte, war mir die Laune endgültig verdorben.

„So eine Überraschung! Ihr habt euch sicherlich schon miteinander bekannt gemacht, oder?"

„Nein", sagte ich, „die beiden haben sich mir noch nicht vorgestellt." Ich zog einen sorgfältigen Strich mit dem Pinsel und betrachtete eingehend mein Werk.

Suzannah räusperte sich leise. „Das ist Thea, und das sind Jeanette und Kenny, ihr Freund. Sie sind gerade auf der Durchreise nach Prag."

Ich sah auf und nickte den beiden zu. Meine Feindseligkeit stand mir anscheinend nur allzu deutlich ins Gesicht geschrieben, denn Suzannah zuckte ein wenig zusammen. Kurzentschlossen schob sie Jeanette und Kenny aus der Tür, nicht ohne mir einen fragenden Blick zuzuwerfen, den ich mit einer ausdruckslosen Miene beantwortete.

Nach einer Viertelstunde hatte ich sämtliche Ecken gestrichen, und es gab nichts mehr für mich zu tun. Ich hockte eine Weile auf dem leeren Farbeimer und ärgerte mich vor mich hin, während ich versuchte, das muntere Geplauder aus der Küche zu überhören, dann lehnte ich mich aus dem Fenster. Die heiße Sommerluft hing wie ein dichter Nebel über der Straße, und ich spürte, daß ich Kopfschmerzen bekam. Als ich mich umdrehte, stand Suzannah in der Tür.

„Möchtest du Kaffee?"

Ich schüttelte den Kopf. Sie trat einen Schritt ins Zimmer und sah mich aufmerksam an.

„Was ist los?“

„Nichts.“ Ich schaute weg.

Sie zögerte. „Komm“, sagte sie dann, und nach einem Moment folgte ich ihr widerstrebend.

Jeanette und Kenny hatten auf einem der drei vorhandenen Stühle Platz genommen, das heißt, Kenny saß und Jeanette hockte auf seinen Knien. Suzannah setzte sich ihnen gegenüber, und ich stellte mich demonstrativ ans Fenster. Unauffällig beobachtete ich Jeanette.

Ihr ganzes affektiertes Benehmen, die schrille Stimme und die hohen Lacher, die aus ihrer Kehle kamen, dazu die Art, wie sie lasziv auf Kennys Schoß herumrutschte und gleichzeitig Suzannah vielsagende Blicke zuwarf, all das machte mich wahnsinnig. Mir war absolut unverständlich, wie Suzannah mit dieser unechten Person so lange hatte zusammensein können. Sie paßten überhaupt nicht zusammen. Suzannah war klug, Jeanette offensichtlich dumm und oberflächlich, Suzannah war natürlich, Jeanette künstlich und noch dazu überheblich, Suzannah war lässig gekleidet, Jeanette dagegen ein Modepüppchen. Das einzige, was mir an Jeanette nicht aufstieß, war ihr gutes Körpergefühl, das sich in den geschmeidigen, selbstsicheren Bewegungen ausdrückte. Vielleicht lag es daran, daß sie Tänzerin von Beruf war, denn in ihren Gesten lag etwas Graziöses, eine Anmut, die ich in ihrer Perfektion abstoßend und zugleich beneidenswert fand. Vor meinem inneren Auge sah ich mich neben ihr, verglich meinen kräftigen, ganz gewiß nicht geschmeidigen Körper mit ihren zarten Gliedmaßen, und ich kam mir plötzlich plump und ungeschlacht vor, wie ich da mürrisch in der Ecke lehnte. Für einen Moment konnte ich mir vorstellen, daß Suzannah und Jeanette guten Sex gehabt hatten, wild, leidenschaftlich und ungeheuer abwechslungsreich, und ein heißes Gefühl der Eifersucht schoß in mir hoch.

Kopfschüttelnd sah ich aus dem Fenster in den Hinterhof, wo eine hohe lichte Birke sich dem Himmel entgegenreckte. Zweifel befielen mich. Wenn Suzannah es Jahre mit Jeanette ausgehalten hatte, was wollte sie dann mit mir? War Jeanette vielleicht der Typ Frau, auf den Suzannah insgeheim stand? War ich nur ein Notbehelf, die Ausnahme von der Regel, akzeptabel für eine Zeit, aber gewiß nicht auf Dauer? Und, was noch schlimmer war: Wenn

Suzannah Jeanette geliebt hatte, war sie dann nicht im Grunde ganz anders, als ich glaubte, verkannte ich womöglich ihr wahres Wesen?

Suzannah hatte anscheinend beschlossen, auf mein unterkühltes Benehmen nicht weiter einzugehen. Sie unterhielt sich mit Jeanette auf französisch, und die Tatsache, daß ich so gut wie gar nichts von ihrem Gespräch verstand, verärgerte mich nur noch mehr. Aber richtig fuchsteufelswild wurde ich erst, als ich mitbekam, daß Jeanette Suzannah „Sue" nannte, auf amerikanische Art ausgesprochen, mit stimmlosem S. Diese Intimität gab mir den Rest.

Als Kenny und Jeanette endlich Anstalten machten, aufzubrechen, stellte ich fest, daß sich meine Finger derart um den Kaffeebecher verkrampft hatten, daß ich sie nur mit Mühe davon lösen konnte.

„Auf Wiedersehen", sagte Jeanette zu mir, küßte Suzannah auf die Wange und wandte sich zur Tür. Im Gehen legte sie Kenny den Arm um die breiten Schultern. Bevor sie endgültig verschwanden, drehte sie sich noch einmal um. „Bis nachher!" Sie winkte, und die Tür fiel hinter ihnen ins Schloß.

Ich stellte den Kaffeebecher auf dem Fensterbrett ab und lockerte meine verspannten Schultermuskeln.

„Du kannst sie nicht leiden", sagte Suzannah. Sie stand im Türrahmen und betrachtete mich. Um ihren Mund zuckte es, und ihre Augenwinkel waren von einem Netz kleiner Lachfältchen überzogen.

Ich zuckte mit den Achseln. „Trefft ihr euch später?"

Sie ließ mich nicht aus den Augen, und ihr Lächeln vertiefte sich noch. „Ich hoffe, du kommst mit."

„Bestimmt nicht." Meine Stimme klang grob.

„Sie ist nicht so, wie sie wirkt."

„Ach nein? Es geht mich sowieso nichts an." Ich drehte mich von ihrem Lächeln weg und sah wieder hinaus auf die Birke.

„Doch."

„Nein."

Ich spürte ihre Hand auf meiner Taille. Sanft drehte sie mich zu sich um. Ihre Augen waren dicht vor meinen. „Warum bist du so eifersüchtig?"

„Bin ich absolut nicht. Schon gar nicht auf die."

Sie fing an zu lachen. „Doch, das bist du. Du brauchst es ja nicht zuzugeben, aber es ist so."

„Was in aller Welt findest du an mir, wenn du ... ach, vergiß es."

Sie schlang die Arme um mich und zog mich an sich, ohne sich an meinem Widerstand zu stören. „Also, es dürfte mir schwerfallen, jetzt alles aufzuzählen, ohne was zu vergessen, aber ich kann's ja mal versuchen. Da wären erst mal deine unwiderstehlich schlechte Laune, dein Widerwille, dich auf mich einzulassen, deine Angewohnheit abzuhauen, wenn's brenzlig wird, deine schönen Augen und ... ach ja, dein Körper. Ich glaube, dein Körper ist das Wichtigste."

Ich brauchte einen Moment, um zu begreifen, daß sie mich auf den Arm nahm. „Mach dich nicht über mich lustig", sagte ich mit erstickter Stimme.

„Doch." Sie küßte mich auf den Hals. „Mach du dich nicht selber verrückt. Du bist gerade mal aus der Pubertät heraus, wie sollst du da auch schon so richtig mit dir zurechtkommen." Sie fing an zu kichern.

„Also ist es meine Jugend." Ich meinte es ernst. Und auch ihre Stimme wurde ernst, als sie antwortete.

„Mir gefällt deine Jugend. Aber mir gefällt auch deine Reife, das weiß ich jetzt schon."

„Das kannst du doch noch gar nicht wissen."

„Ich kann sie jetzt schon sehen. Ich kann sehen, wie du dich veränderst. Und du kannst das bei mir auch sehen."

Ich grübelte lange darüber nach. Und je mehr ich darüber nachdachte, desto ruhiger wurde ich. Es stimmte. Wir veränderten uns. Wir reiften, jede für sich und beide zusammen. Und es würde nie aufhören. Es würde keinen Stillstand geben. Und genau das war es, was mich beruhigte, was mich weicher stimmte, was meine Ecken und Kanten abschliff. Wir würden uns weiterentwickeln. Und vielleicht war es gar nicht so schlimm, sich dabei zuzusehen. Vielleicht bedeutete es nicht, daß wir uns unweigerlich hemmten, zerstörten, gegenseitig erdrückten.

Und auch wenn ich an jenem Abend tatsächlich nicht mitging zu Suzannahs Treffen mit Jeanette und Kenny, auch wenn ich ihre Wohnung verließ und am nächsten Tag nicht zurückkam und auch ein paar weitere Tage nicht, auch wenn es so aussah, als wäre alles beim alten, als würde ich mich ihr wieder entziehen, als wäre sie mir zu nahegetreten und ich bräuchte erst einmal wieder Abstand, um zurückkehren zu können – etwas hatte sich verändert. Ich hatte angefangen, meine Mauern abzutragen. Stein um Stein, Zentimeter für Zentimeter. Und als ich endlich, viel später, damit fertig war und ängstlich über den Steinhaufen lugte, war Suzannah schon auf der anderen Seite und half mir hinüber.

Ich hätte es ohne sie niemals geschafft. Sicher, wäre sie nicht gewesen, dann hätte es für mich auch nichts zu schaffen gegeben. Aber ich hätte es nie geschafft, mich zu überwinden, wenn sie nicht so hartnäckig gewesen wäre. Sie sagte, sie hätte gespürt, daß ich wollte. Ich fragte sie, ob sie wirklich glaube, daß man um jemanden kämpfen könne. Sie sagte, sie hätte nicht gekämpft. Sie hätte nur getan, was sie mußte. Weil sie wußte, daß es richtig war.

Ich weiß noch, wie es mir früher oft ergangen ist. Ich hatte es nicht, ich hatte es einfach nicht, dieses Gefühl, bleiben zu wollen, immer wieder bleiben zu wollen. Es hat nie gereicht. Manchmal dachte ich, ich wäre nur zu feige, zu unreif. Ich stellte mich nicht, ginge, bevor die andere ging. Aber es hat nie gereicht.

Mit allen, die ich interessant fand, wollte ich schlafen. Und danach fand ich sie nicht mehr interessant. Ich habe mir meine Träume immer wieder selbst zerstört. Ich habe sie kleingemacht, immer kleiner, ich habe sie getötet, und dann, dann hatte ich keinen Grund mehr zu bleiben.

„Wie, was machst du?" fragte sie verschlafen und richtete sich halb auf. Ihr Haar war kurz, so kurz, daß noch nicht einmal der Schlaf es zerwühlen konnte. Sie hatte blaue Augen und ein kleines Grübchen in der rechten Wange, wenn sie lächelte, und bis vor ein paar Minuten hatte mich das ungeheuer angezogen. Genau fünf Tage lang hatte mich dieses Grübchen angezogen, bis vor ein paar Minuten, bis sie eingeschlafen war und ich ihr dabei zugesehen und mein Herz sich aus dem Nichts mit einer kalten, hauchdünnen Eisschicht überzogen hatte.

„Ich muß gehen."

„Warum? Ich dachte, wir frühstücken morgen gemütlich zusammen …" Sie blinzelte und stützte sich auf einen Ellbogen.

„Ich muß gehen", wiederholte ich.

„He, das finde ich jetzt aber blöd." Sie setzte sich auf und wickelte die Bettdecke um ihren Oberkörper. Fahles Licht fiel aus dem Flur ins Zimmer. Das Bett knarrte, als ich mich hinsetzte, um meine Stiefel anzuziehen.

„Tut mir leid, aber ich muß gehen."

Sie verzog die Lippen. „Dann tut es dir auch nicht leid."

Ich stand auf und zögerte. Sie sah mich an, und ich entdeckte, daß das Grübchen auch erschien, wenn sie wütend wurde.

„Stimmt", sagte ich. Und dann ging ich.

Es war nicht immer so. Es hat nicht immer nur ein paar Tage gedauert, bis ich das Interesse verlor. Mit Ulla zum Beispiel habe ich Monate verbracht. Dann, eines Abends, saß ich da und sah zu, wie sie weinte. Sie weinte bitterlich. Und ich saß da und sah zu, reglos, die Hände im Schoß verschränkt. Ich fühlte mich unwohl, fast hatte ich ein schlechtes Gewissen. Sie saß da und weinte, und das Komische war, daß ich sie so gut verstehen konnte, daß ich verstehen konnte, warum sie weinte. Ulla besaß durchaus liebenswerte Eigenschaften: eine gewisse Schludrigkeit, eine fast naive Kindlichkeit, ungehemmte Sinnenfreude. Sie waren wirklich liebenswert, diese Eigenschaften. Nur, daß ich sie nicht lieben konnte. Jemand anders würde es können. Deswegen hatte ich bei all dem schlechten Gewissen kein allzu schlimmes Gefühl. Es war nur seltsam, zu wissen, daß etwas oder jemand liebenswert war, und dennoch nicht lieben zu können. Und so ging es mir oft.

Bis zu jenem Moment in der Grolmannstraße, in Suzannahs Wohnung, als sie dasaß und ihre Fußsohle betrachtete, ganz in sich selbst versunken. Ich habe sie angesehen, ihr Haar, ihre Augen, ihr konzentriertes Gesicht, ich habe sie angesehen und gewußt, daß ich sie liebe. Und so ist es geblieben.

Einmal, ein einziges Mal hat Suzannah mich auf eine ihrer Reportagereisen mitgenommen. Es war nicht das erste Mal, daß sie es vorgeschlagen hatte, aber es war das erste Mal, daß ich einwilligte. In ihrem neuen Wagen, einem roten Kadett aus dritter Hand, fuhren wir quer durch Deutschland und die Niederlande bis an den kleinen Flecken Erde, der die holländische Westküste mit der belgischen verbindet. Wir hatten Theo dabei, und während

Suzannah tagsüber durch die kleine Gemeinde und die angrenzenden Dörfer streifte, auf der Suche nach idyllischen Motiven für ein neugegründetes Reisemagazin, nahm ich Theo auf endlos lange Spaziergänge mit, stand am Strand, sah aufs Meer hinaus und ließ mir die kalte Seeluft ins Gesicht wehen.

Ich erinnere mich so gut daran, weil ich mich in jenen zehn Tagen ungeheuer ausgeglichen fühlte. Mein Leben hatte sich gewandelt, war leicht und gerade geworden, etwas in mir, das lange Zeit immer wieder still aufgeseufzt hatte, war verstummt. Ich war wach und klar, und wenn ich Suzannah ansah, las ich in ihren Augen dieselbe Klarheit. Ich stand am Meer und horchte in mich hinein, wie ich es schon als Kind getan habe, wenn mich jenes altvertraute Gefühl der Panik erfaßte, deren Ursprung ich niemals habe ergründen können. Als Kind habe ich mich dann auf mein Bett geworfen, den Kopf ins Kissen vergraben und mit mir selbst gesprochen, Fragen um Fragen gestellt – Was ist nicht in Ordnung? Weint mein Vater im Himmel? Ist meiner Mutter etwas passiert? – und auf Antworten gewartet, die nicht kamen. Und manchmal dann kamen sie doch in Gestalt meiner Mutter, die unversehrt zu Tür hereinschneite, in Gestalt eines Spielzeugs, auf das mein tränenverhangener Blick gefallen war und das mich von meinem Gram ablenkte.

In Holland stand ich am Strand und horchte in mich hinein, etwas, so schien es mir, war trügerisch an dieser Harmonie. Ein schwaches, aber hartnäckiges Gefühl der Unruhe bohrte sich in meine Gedanken, aber so sehr ich auch horchte, ich bekam keine Antwort.

Was habe ich gespürt? Habe ich es gespürt? Tage später, als ich meine Wohnungstür aufschloß und Suzannah den Vortritt ließ, weil sie meinen schweren Seesack trug, als ich die Tür öffnete und Theo hastig hineinlief, ein bißchen zu hastig, und gleich darauf fröhlich zu bellen anfing, als Suzannah den Seesack an der Schwelle zur Küche absetzte, den Kopf drehte und erstaunt fragte: „Du? Was machst du denn hier?", da wußte ich augenblicklich, daß etwas in der Tat nicht stimmte. Und als Paul mit aschfahlem Gesicht aus der Küche kam und mich ansah und ich das Zittern in seinen Mundwinkeln bemerkte und seine krampfartig ineinander verschlungenen Hände, da wußte ich auch, was es war, das nicht stimmte.

Auf der Fahrt zum Krankenhaus saß Paul schweigend im Fond und starrte vor sich hin. Er hatte nicht viel gesagt, nur daß Jörn mit einer seltenen Form von Lungenentzündung auf der Intensivstation lag, daß es ihm langsam wieder besserzugehen schien und daß er, Paul, Jörns erschöpften Schlaf genutzt hatte, um erst zu Suzannahs und dann zu meiner Wohnung zu fahren und dort eine Nachricht für uns zu hinterlassen.

„Paul“, sagte Suzannah nach einer Weile. „Hat er einen Test gemacht?“

Jeder von uns hatte die Schlagzeilen gelesen, jeder von uns hatte das kontinuierliche Ansteigen der Infektionszahlen verfolgt, alle hatten wir uns gefragt, ob Jörns beharrliche Weigerung, seine Symptome ernst zu nehmen, nicht ein deutliches Zeichen dafür war, daß er nur zu genau ahnte, was mit ihm los war, so wie auch wir es längst ahnten. Und dennoch war es ein Schock, als Paul antwortete.

„Ja. Es ist Aids.“

Ich faßte nach hinten und berührte seine Finger. Sie waren kalt und rauh, und obwohl er sie nicht bewegte, spürte ich, daß er die Berührung als wohltuend empfand. Ich sah zu Suzannah. Sie hatte beide Hände fest um das Lenkrad gelegt und blickte in den Rückspiegel. Ihr Mund war angespannt. Ich kannte sie gut genug, um zu wissen, daß sie auf etwas wartete, aber ich wußte nicht, worauf, und erst als Paul ihre unausgesprochene Frage beantwortete und mein Herz für einen winzigen Moment aussetzte, erst als mir Übelkeit in heißen Wellen durch den Magen und bis in die Kehle schoß, erst da wurde mir bewußt, wie wenig mir meine Ahnung genützt hatte, wie sehr ich die Folgen ausgeblendet hatte, sollte die Ahnung zur Gewißheit werden.

„Und ich habe es auch“, sagte Paul.

Michelle erstaunt mich, wirklich. Sie hat mich zwei Tage lang schmoren lassen. Ich mußte ihr schließlich androhen, die nächsten drei Wochen keinen Fuß mehr vor die Tür zu setzen und sie nicht einmal auf die Wiedereröffnungsparty ihres Lieblingsetablissements, jene Bar nämlich, in der wir uns kennengelernt haben, zu begleiten. Erst dann hat sie sich herabgelassen, mir ihre Meinung bezüglich Wenzel zu verkünden.

„Was soll ich sagen?" setzte sie in der rauchigsten Tonlage, die sie finden konnte, an. „Er ist eben ein Mann und nicht gerade einer von der schlechtesten Sorte. Aber du weißt ja, wie das mit den Männern so ist: Sie taugen zu vielen Dingen, zum Reden, Amüsieren, fürs Bett – ab und zu jedenfalls", an dieser Stelle zwinkerte sie mir zu und verzog den Mund zu einem lüsternen Schmollen, „aber irgendwie fehlt ihnen doch das gewisse Etwas."

Manchmal, wenn Michelle so gönnerhaft daherredet, könnte ich sie schütteln, bis ihr die Luft wegbleibt, aber diesmal – wie auch all die Male zuvor – beherrschte ich mich und starrte sie durchdringend an, um ihr weitere Einzelheiten zu entlocken. Anfangs ließ sie sich davon nicht im mindesten beeindrucken, sie zupfte gelassen an ihrem Haar herum, hielt sich dann und wann eine Strähne dicht vor die Augen und suchte die Spitzen nach Spliß ab, wobei sie, wie alle Menschen in dieser Haltung, ziemlich dämlich dreinsah, aber nach einer Weile konnte sie sich dann doch nicht mehr zurückhalten.

„Weißt du noch, wie wir die Treppen zur U-Bahn runtergegangen sind und Wenzel nicht mehr weitergehen wollte, als er die Taschenkontrollen entdeckte?" Sie warf mit Schwung ihre Mähne nach hinten.

Selbstverständlich wußte ich, was sie meinte. Wenzel hatte sich geweigert, die U-Bahn zu benutzen, als ihm klar wurde, daß die Bombenattentate, von denen Paris zur Zeit erschüttert wird, bittere Realität sind und nicht nur eine unwirklich erscheinende Bedrohung, von der er mit einem gelinden Schauer im sicheren Berlin aus den Zeitungen erfahren hat.

„Er hat nach deinem Arm gegriffen wie ein kleiner Junge, der seine Mama sucht, und nicht wie ein Mann, der seine Freundin beschützen will." Michelle verschränkte die Arme vor ihren üppigen Brüsten, die sie immer als „das größte Pfund, mit dem ich wuchern kann" bezeichnet, und sah mich triumphierend an, als sei damit alles gesagt.

„Er kennt das eben nicht. In Berlin ist U-Bahn fahren die sicherste Sache der Welt, vom Osten mal abgesehen, aber da hält er sich eben kaum auf", verteidigte ich Wenzel schwach.

Michelle verdrehte die Augen. „Paß auf", sagte sie dann und stupste mir mit einem grellrot lackierten Fingernagel in den

Bauch, „er gibt vor, daß er dir einen sicheren Hafen bieten will, aber eigentlich möchte er bei dir unterkriechen. Überleg dir, ob du wirklich ein Kuscheltier brauchst."

Natürlich hat sie recht, und das ist es ja, was mich so ärgert. Tatsächlich gibt Wenzel sich gerne den Anschein, als ob seine männliche Brust das beste Mittel sei, um mich aus meinem Schmerz herauszuholen und fortan sicher durchs Leben zu geleiten, aber das Absurde daran ist ja, daß er weiß, daß ich wiederum weiß, daß er diese Kraft nur vorgibt. Und genau deshalb kann ich mich nicht ernsthaft darüber aufregen. Ich spiele mit dem Gedanken, mich an ihn anzulehnen, wie mit einem Ball, der glatt und rund in meiner Hand liegt und federnd in die Höhe hüpft, sobald ich ihn hochschnellen lasse, in der Gewißheit, daß ich ihn auffangen werde und, sobald ich die Lust daran verliere, zur Seite legen kann. Es hat keine Eile, nichts drängt mich, auch nicht Wenzels beharrliches Insistieren, und das begreift er, auch wenn er so tut, als ob er es nicht wahrhaben wollte.

„Komm zu mir zurück", sagte er, als wir gestern in der Küche saßen und Espresso tranken. Die Sonne fiel schräg durchs Fenster auf den Tisch, ein Strahl schien direkt auf Wenzels Hand, jene große, kräftige Hand mit den breiten, leicht eckig geformten Fingern, die mich Stunden zuvor mit einer altvertrauten Sanftheit zum Stöhnen gebracht hatten.

„Ich war nie bei dir", sagte ich. „Wohin also sollte ich zurückkommen?"

Er öffnete den Mund, um mir zu widersprechen, aber dann überlegte er es sich anders. Er preßte die Lippen zusammen, nickte langsam und sah mich an, und der müde, aber keineswegs resignierte Ausdruck in seinen Augen verriet mir, daß er mir durchaus abnahm, was ich da sagte, nicht aber daran dachte, es zu akzeptieren, weder heute noch beim nächstenmal, solange nicht, bis er irgendeinen Sieg erzielt haben würde, so klein er auch wäre.

Wenzel war der erste Mensch, mit dem ich geschlafen habe, nachdem Suzannah gestorben war. Es war Wenzel, und es ist gut, daß er es war. Ich war immer noch in meiner Trauer erstarrt, und so sehr ich mich auch vor dem Moment fürchtete, einen anderen Körper zu berühren, von ihm berührt zu werden, jenes tief verschüttete Gefühl der Lust in mir emporsteigen zu lassen, so sehr sehnte ich mich auch danach. Auch auf die Gefahr hin, daß ich in Tränen ausbrechen, um mich schlagen, mich zusammenkrümmen und noch tiefer in mich zurückziehen würde – mir war klar, daß ich diesen Schritt eines Tages würde tun müssen, wenn ich nicht für den Rest meines Lebens dahinvegetieren wollte.

Und so war es Wenzel, der mich mit der ihm eigenen Sanftheit aus meiner Ecke herauslockte. Er war es, der meinen gefühllos gewordenen Körper nach und nach mit einem kleinen Netz aus Berührungen bedeckte, der mir die Taubheit mit jedem Streicheln seiner warmen Hände aus der Haut zog. Ich kannte ihn, ich wußte noch, wie er sich anfühlte, ich erinnerte mich an seine Art, die Hüften zu bewegen, an das leichte Zucken seiner Muskeln und die kratzige Weichheit seiner Wangen. Und als er mich langsam mit seinen starken Armen vorsichtig an sich heranzog, im gnädigen Dunkel der Nacht, geschützt zwischen den dünnen Laken, gewiegt vom sanften Schaukeln der Matratze, da spürte ich, wie mich ein Hauch jener lange vergangenen Nähe zu ihm durchwehte; ich war dankbar, daß ich ihn kannte, daß er kein Fremder war. Und zugleich war ich froh über die gewachsene Fremdheit zwischen uns, über die Distanz, die es verhinderte, daß diese Nähe zu groß wurde; und ich war froh, daß sein Körper in seiner Männlichkeit und Härte nicht im mindesten jenem anderen glich, den ich so grausam vermißte.

Es hätte keine Frau sein können und auch kein Fremder, es hatte Wenzel sein müssen, Wenzel, Geliebter aus früheren Zeiten, Wenzel, so fremd und vertraut.

„Das wird nicht einfach verpuffen", sagte Paul. „Dafür ist es jetzt zu spät. Irgendwas müssen sie tun."

„Wahrscheinlich läuft es darauf hinaus, daß sie alle ausreisen lassen und die Grenzen dann noch mehr abschotten als zuvor." Jan lehnte sich behaglich zurück und nippte an seinem Wein.

„Das glaube ich nicht", widersprach Dörthe entschieden. „Wenn sie das tun, wird es immer so weitergehen, bis die DDR ein leeres Land geworden ist."

„Vielleicht gehen sie auch alle wieder zurück. Überlegt doch mal, es sind alles junge Leute mit kleinen Kindern, sie sehnen sich nach dicken Autos, schnellem Geld und guten Wohnungen, und sie werden das hier nicht bekommen." Jörn schwenkte sein Cognacglas und sah nachdenklich hinein.

„Aber das werden sie erst nach einer Weile feststellen. Bis dahin ist schon längst wieder alles anders", sagte ich.

„Natürlich ist dann alles anders." Gerds Stimme hatte diesen leicht überheblichen Tonfall angenommen, den ich schon so oft an ihm bemerkt hatte, vor allem im Umgang mit Klienten, die er in seiner Meinung nach unwichtigen Verfahren wie Diebstahl, Betrug in kleinem Rahmen und dergleichen vertrat. Er saß leicht vornübergebeugt auf seinem Stuhl, die Hände locker zwischen den Knien baumelnd, und blickte arrogant in die Runde.

Paul hatte meinen beiläufig hingeworfenen Vorschlag aufgenommen und meine beiden Arbeitgeber zum Essen eingeladen. Mir war nicht ganz wohl dabei, meine leichte Abneigung Gerd gegenüber hatte sich in den vergangenen Monaten nicht etwa gelegt, sondern nur noch verstärkt, ohne daß ich hätte sagen können, warum. Aber ich tröstete mich mit dem Gedanken, daß die Ablenkung Paul und Jörn vielleicht guttun würde, jetzt, wo das Gröbste überstanden und Jörn wieder einigermaßen hergestellt schien. Und der Abend hatte sich auch ganz gut angelassen, was nicht zuletzt an Dörthe lag, die ausnehmend guter Laune war, weil ihr Traum, in den Staaten zu arbeiten und zu leben, in greifbare Nähe gerückt war. Sie hatte eine Assistentinnenstelle an der New Yorker Uni angeboten bekommen.

„Ich jedenfalls werde das dann alles aus der Ferne beobachten", gab sie mit einem zufriedenen Seufzer von sich.

Jörn sah schmunzelnd zu ihr hinüber. „Vielleicht kommst du auch wieder schnell zurück, weil dir dein neuer Lover langweilig geworden ist. Oder weil du das dicke Auto, das schnelle Geld und die gute Wohnung nicht gefunden hast."

„Vincent ist klasse, und das weißt du genau, mein Lieber", versetzte Dörthe. „Du willst ihn mir bloß madig machen, weil du wieder mal eifersüchtig bist, daß ich so einen geilen Typ hab."

Jörn hob beschwichtigend die Hand. Er und Dörthe lachten sich an.

„Was ist denn so geil an ihm?" erkundigte sich Gerd.

„Er ist schwarz", sagte ich und kicherte. Suzannah und Paul stimmten mit ein. Gerd warf Paul einen halb forschenden, halb mitleidigen Blick zu, dann lachte er betont fröhlich mit. Aber ich sah, wie es hinter seiner Stirn arbeitete.

„Und", fuhr Dörthe fort, „schnelles Geld und 'ne gute Wohnung habe ich schon. Vincents Apartment ist groß genug für uns beide. Das einzige, was ich nicht habe, ist ein schnelles Auto, aber darauf lege ich eigentlich keinen großen Wert." Sie grinste. „Was sollte ich in New York denn auch damit anfangen? Es gibt da ja schließlich ein ausgezeichnetes U-Bahn-Netz."

„Hier auch." Gerd zuckte mit den Achseln, hob einen Mundwinkel und knipste sein Lächeln an. „Wozu in die Ferne schweifen", deklamierte er lautstark, „denn das Gute liegt so nah."

Jörn stellte sein Glas auf der Tischplatte ab, auf der fettige Ringe, die von Gläsern und Tellern stammten, noch von den Spuren unserer Mahlzeit zeugten. „Nicht unbedingt", sagte er leise und verschränkte die Hände im Nacken.

„Paul, du wolltest doch die Tarotkarten holen", sagte Suzannah, als das entstandene Schweigen unbehaglich zu werden begann. Entspannt lehnte sie neben mir in der Sofaecke und streichelte Theo, der sich neben ihr auf dem Boden ausgestreckt hatte.

Paul sprang auf, lief zum Bücherregal, zog ein Etui heraus und kam zum Tisch zurück. „Okay", sagte er, „wer will?"

Ich drückte mich demonstrativ tiefer in die Polster, aber Paul hatte bereits die Karten gemischt und hielt sie mir verdeckt hin. Seine Augen lächelten. „Los, komm schon, Thea, tu's für mich."

„Aber ich glaube nicht dran", wehrte ich ab. Seit Jahren malträtierte mich Paul schon mit diesen Karten, aber bislang hatte ich mich erfolgreich dagegen behaupten können.

„Los, Thea, mach schon. Du sollst ja auch nicht dran glauben, du sollst nur ziehen." Dörthe setzte sich gespannt auf. Auch Suzannah hatte sich erwartungsvoll aufgerichtet und sah mich auffordernd von der Seite an.

„Wieso denn ich?"

„Weil du jetzt endlich einmal dran bist."

Paul wedelte mit den Karten vor meiner Nase. Ich seufzte, dann gab ich nach und zog eine heraus. Die Vorderseite zierte ein farbenfrohes Gemälde, das eine verschwommene Figur in einem rosa Gewand zeigte. Segnend hielt sie die Hände über ein Königspaar, zu deren Füßen ein schwarzes und ein weißes Kind standen.

„,Die Liebenden'", las ich vor. Allgemeiner Jubel brach aus. Nur Suzannah und Jörn blieben still.

„Gib mal das Buch", sagte Dörthe. Sie nahm es aus Pauls Hand entgegen, blätterte darin herum und fand nach einigem Suchen die richtige Seite. „,Stichworte: Zwilling, Liebe, Anziehung, Annäherung, Verbindung, Vereinigung der Gegensätze durch Liebe, Bewußtwerdung durch Beziehungen.'" Sie grinste in sich hinein und las weiter: „,Wenn diese Karte gezogen wird, kann dies auf eine wunderbare Beziehung hinweisen. Neue Wege des persönlichen Wachstums und der Integration eigener Grundsätze eröffnen sich in der Zuwendung und Auseinandersetzung mit dem Partner.'"

„Wow!" Jan hob sein Glas.

„Paßt auf, es wird noch besser. ,Affirmation: Liebe ist kein Problem, das es zu lösen gilt, sondern ein Mysterium, das gelebt werden muß.'" Dörthe klappte das Buch zu und sah beifallheischend auf. Die ganze Runde grölte, mit Ausnahme von Jörn, der die Augen geschlossen hatte und in sich hineinzulauschen schien.

„Ihr seid blöd! Das heißt doch gar nichts", sagte ich verlegen. Ich brachte es nicht über mich, Suzannah anzusehen, aber als Paul ihr die Karten hinhielt, beugte sie sich vor und griff danach, und ich konnte das Lächeln um ihre Lippen herum sehen. Sie zog eine Karte heraus, steckte sie aber wieder zurück, ohne sie anzusehen und nahm eine andere.

„Und?" fragte Dörthe gespannt. Suzannah drehte die Karte langsam herum und hielt sie in die Mitte, so daß alle die Vorderseite sehen konnten.

„Die Liebenden", erklärte sie bedeutungsschwanger, und ein erneuter Jubelsturm brach los. Ich bemühte mich mitzulachen, aber insgeheim war mir nicht danach. So wenig Bedeutung ich diesen Karten auch beimaß, ich mußte zugeben, daß mir ein solches Zusammenspiel nicht ganz geheuer war. Erst als Suzannah kurz ihre Hand auf meinen Nacken legte und leicht zudrückte, entspannte ich mich.

In rascher Folge zogen die anderen ihre Karten, was jedesmal aufs neue Anlaß zu Erheiterung gab, und als letztem hielt Paul Jörn die Karten hin. Jörn sah einen Moment nachdenklich zu ihm auf, dann zog er eine Karte heraus, musterte sie kurz und schob sie wieder zwischen die anderen.

„Und?“ Mittlerweile war auch ich neugierig geworden.

„Die nehme ich nicht. Ich lass mich nicht verarschen“, sagte Jörn ruhig.

„Was war es denn?“ Gerd starrte ihn eindringlich an. In seiner Haltung lag etwas Lauerndes, und ich glaubte eine versteckte Feindseligkeit zu spüren, die ich mir nicht ganz erklären konnte. Aber als ich sah, wie Gerd kurz zu Paul sah und wie Paul seinem Blick nach einem Moment auswich, keimte eine vage Vermutung in mir auf, die gleich darauf bestätigt wurde, als Jörn die Augen hob und Gerd mit kühler Miene musterte.

„Warum willst du das wissen? Hast du ein besonderes Interesse an mir?“ fragte er.

Gerd zuckte die Achseln. „Interessiert mich eben. Alle anderen haben es ja auch gesagt.“

„Es war die falsche Karte“, sagte Jörn ausdruckslos.

„Aber welche?“ Gerd gab nicht auf. Eine Weile maßen sie sich mit Blicken, dann fing Jörn an zu lächeln, und es war jenes Lächeln, das er sich, wie ich aus Erfahrung wußte, für Leute aufhob, die er nicht wirklich respektierte, aber mit Höflichkeit zu behandeln gedachte. Und deshalb wunderte es mich nicht, als er schließlich erklärte: „Es war der Turm. Er steht für Heilung und Transformation. Und deshalb lehne ich die Karte ab.“

„Aber du hast sie doch gezogen“, insistierte Gerd. Wieder sah er zu Paul, und dann taxierte er Jörn von neuem. Er wirkte wie eine Katze, die eine Maus gefangen hat und sich nun genüßlich daranmacht, sie zu quälen. Aber was immer er auch im Schilde führte, es glitt an Jörn ab wie Regentropfen von einer Fensterscheibe.

„Manchmal, mein Freund“, sagte Jörn leise, „manchmal verarscht einen das Leben selbst. Aber man kann sich immer entscheiden, ob man sich verarschen läßt. Ich entscheide mich grundsätzlich dafür, mich nicht verarschen zu lassen. Gib her, Paul.“ Er winkte Paul, der die Auseinandersetzung wie gebannt verfolgt hatte, und als Paul sich vorbeugte und ihm die Karten erneut hinhielt, zog Jörn mit sicherem Griff eine heraus und drehte sie herum.

„Der Wagen“, sagte er und sah zu Paul auf. „Neuanfang, Wechsel, spiritueller Weg. Ich ordne mein Leben und mache mich bereit für den Neubeginn.“

Ich war verblüfft, daß Jörn sich so gut mit den Tarotkarten auskannte. Irgendwie hatte ich immer angenommen, daß nur Paul sich damit beschäftigte.

In Pauls Wange zuckte es. Unwillkürlich fuhr er mit der Hand hinüber und ließ sie dann langsam wieder fallen. Jörns Augen bohrten sich in seine, ein Strom floß zwischen ihnen, fast greifbar deutlich, dann wandte Jörn den Kopf und betrachtete Gerd.

„So einfach ist das, verstehst du", sagte er ruhig. „Man nimmt das an, was man annehmen will. Nichts anderes. So einfach ist das."

Und es war Gerd, der schließlich den Blick senkte.

„Fällt dir eigentlich was auf?" fragte Paul.

„Nein, aber dir anscheinend."

Er lachte und hielt mir eine abgetrocknete Pfanne hin. Wir standen in der Küche und spülten das schmutzige Geschirr, während die anderen sich noch im Wohnzimmer unterhielten. Unzählige Male hatte wir beide das schon getan, unzählige Male hatten Paul und ich uns im Laufe eines geselligen Abends in die Küche zurückgezogen, vorgeblich, um Ordnung zu schaffen, in Wirklichkeit aber, um uns in Ruhe und außer Hörweite über die Gäste und die vorangegangenen Gespräche unterhalten zu können. Ich hatte diese Vertraulichkeit schon immer geliebt, sie war im Laufe der Zeit zu einem Ritual geworden, einem Ritual, das für mich untrennbar mit meiner Beziehung zu Paul verbunden war. Die Küche, das war der Ort, an dem wir Neuigkeiten austauschten, der Ort, an dem wir uns stritten und wieder versöhnten. Die Küche war unser ganz privater Marktplatz, der Fixpunkt in unser beider bewegter Leben.

„Ihr vertauscht langsam die Rollen, du und Suzannah", sagte Paul. „Erinnerst du dich, daß du früher immer ziemlich still warst, wenn wir zusammen gegessen oder eine Party besucht haben? Statt dessen hat Suzannah geredet und geredet. Und jetzt ist es umgekehrt."

Ich schob die Pfanne in den Küchenschrank und nahm einen tropfenden Teller aus der Ablage. Es war etwas dran an dem, was er sagte. Ich erinnerte mich nur zu gut an die ersten Male, die Suzannah und ich in Gesellschaft anderer verbracht hatten. Suzannah hatte sich pausenlos unterhalten, mit diesem und jener gesprochen, gescherzt, diskutiert und manchmal auch gestritten, und ich hatte mich so manches Mal unwohl dabei gefühlt, weil es mir schien, als hätte ich im Vergleich zu ihr allzu wenig zu sagen. Aber das hatte sich verändert. Jetzt, seit längerem schon, war ich die Gesprächigere von uns beiden. Auch wenn wir alleine waren. Suzannah war ruhiger geworden, und als ich so darüber nachdachte, konnte ich nicht entscheiden, ob das eine positive oder eine negative Entwicklung darstellte. Aber ich hatte nicht den Eindruck, daß es uns schlecht damit ging. Als ich Paul nach seiner Meinung fragte, stützte er die Hände aufs Spülbecken und starrte nachdenklich auf den Boiler.

„Ich glaube, ich finde das gut. Mir kommt es vor, als hättet ihr euch gegenseitig gezähmt." Er lachte leise. „Ihr wirkt beide entspannter als früher. Dir hat es ja ohnehin nicht schaden können, aus deiner Schweigsamkeit herausgerissen zu werden, und Suzannah – vor ein, zwei Jahren schien sie mir manchmal ein kleines bißchen überdreht, so als ob sie vor lauter Nervosität nicht aufhören könnte zu reden, aber eigentlich etwas ganz anderes will. Ihr seid miteinander wirklich glücklich geworden, nicht wahr?"

Ich ließ fast den Teller fallen, den ich gerade in den Schrank stellen wollte. Pauls Stimme hatte etwas erschreckend Brüchiges. „He", sagte ich. „Du klingst aber komisch."

Er senkte den Kopf und sah auf seine Hände, die noch feucht von Abwaschwasser waren. „Jörn wird gehen", sagte er leise.

„Eines Tages, aber nicht jetzt, Paul. Es geht ihm doch ziemlich gut."

„Davon rede ich nicht. Er geht von mir fort."

Ich legte das Küchentuch auf die Tischkante, von wo aus es mit einem sanften Flattern zu Boden glitt, und lehnte mich neben ihn.

„Er findet, die Zeit ist gekommen für eine Veränderung. Er meint, daß wir eigene Wege gehen sollten, ohne uns aus den Augen zu verlieren."

„Das kann doch nicht sein."

„Doch. Du weißt, wie pragmatisch Jörn ist. Er weiß, genauso wie ich es weiß und du auch, daß ihm nicht mehr allzuviel Zeit bleibt. Er sagt, daß er in dieser Zeit noch vieles erleben will, einfach anders leben. Es hat nichts damit zu tun, daß er mich nicht mehr liebt, aber er will seine Zeit nutzen."

„Aber dazu muß er sich doch nicht von dir trennen. Was heißt das überhaupt, ‚er will seine Zeit nutzen'?"

„Er sucht andere Lebensformen. Er will noch einmal alleine leben, und er will auch noch ein paar andere Sachen erleben. Ich weiß nicht, sicher auch andere Männer. Oder einen noch. Ich weiß nicht. Er sagt, es sei zuwenig, das, was er seit Jahren lebt, einfach so weiterzuleben und dann zu sterben. Er will noch etwas anderes."

„Aber ich dachte, es ist so gut mit euch, gerade jetzt, die ganze letzte Zeit …"

„Das ist es ja auch. Darum geht es nicht. Ihm jedenfalls nicht. Mir schon. Aber ich bin ja auch nicht krank. Er geht, Thea. Das weiß ich."

Ich war fassungslos. Aber ich kannte Jörns Willensstärke nur zu gut. Wenn er eine Entscheidung getroffen hatte, dann hielt er daran fest und ließ sich durch nichts davon abbringen. Nur daß er das auch auf Paul und sich bezog, hätte ich nie im Leben gedacht. Für mich waren die beiden seit jeher eine Einheit; eine Einheit, bestehend aus zwei sehr unterschiedlichen, aber fest miteinander verbundenen Männern, die ich mir einfach nicht getrennt vorstellen konnte, es sei denn, durch den Tod.

„Nun ja, einen Vorteil hat es." Paul stieß sich vom Spülbecken ab und fuhr sich mit den Händen durch sein kurzes abstehendes Haar. „Wenn er sagt, daß er mich weiter in seinem Leben haben will, dann wird das auch so sein. Jörn ist absolut zuverlässig. Schon immer gewesen. Vielleicht ist mir das ja irgendwann ein Trost." Er lächelte bitter und richtete sich auf.

„Was gibt's denn hier so Ernstes zu bereden? Darf ich reinkommen?"

Paul und ich drehten uns ruckartig um. Gerd stand in der Küchentür, die Hände in den Hosentaschen, ein charmantes Lächeln im Gesicht. Sein Blick ruhte auf Paul, und es war ein Blick, der mich schaudern ließ, denn darin lag nicht nur eine unverhüllte Aufforderung, sondern zugleich Siegesgewißheit, und Paul reagierte darauf. Er wurde blaß, und dann errötete er langsam.

Manchmal, wenn es schlimm wird, wenn die Erinnerungen mich zu erdrücken drohen und ich spüre, daß ich der Übermacht, mit der sie auf mich einstürmen, nicht mehr standhalten kann, dann besuche ich Suzannahs Familie. Eigentlich ist es Suzannahs Mutter, die ich besuche, aber ich treffe sie selten alleine an. In ihrem Haus unweit des Theâtre de la Bastille herrscht ein ständiges Kommen und Gehen, ihre jahrzehntelange Sekretärinnen- und Dolmetscherinnentätigkeit für das Theater hinterläßt immer noch ihre Spuren; Tänzer, Musiker, Dramaturgen und andere Besucher geben sich die Klinke in die Hand, und oft sind auch Suzannahs Schwestern da: Edna, die jüngere, die genauso alt ist wie ich und mit der mich mittlerweile eine herzliche Freundschaft verbindet, und Olga, die mit ihrem Mann und den beiden Söhnen in Lyon wohnt, aber jede Woche zu Besuch kommt.

Als ich gestern am frühen Abend vorbeischaute, saßen Mutter, Töchter und zwei junge Männer, die mir als Kollegen von Edna vorgestellt wurden, beisammen und besahen sich vergilbte Zeitungsausschnitte und Premierenhefte aus den fünfziger und sechziger Jahren. Erst beim näheren Hinsehen habe ich die Familienähnlichkeit zwischen dem jungen Mann, der in verschiedenen Tanzposen auf den Fotos abgebildet war, und Suzannah und ihren Schwestern entdecken können.

Suzannahs Vater war Franzose russischer Abstammung, dessen Eltern in den frühen Dreißigern nach Paris eingewandert sind; auf den Bildern sieht er grazil und schmächtig aus, von einer fast ätherischen Schönheit, und in den feingeschwungenen Augenbrauen und den hohen Wangenknochen kann ich jene androgyne Anmut erkennen, die er ausnahmslos allen seinen Töchtern vererbt hat. Er ist 1971 mit knapp vierzig Jahren an einem Herzinfarkt gestorben. Suzannah hat mir oft davon erzählt, von seinem abrupten Tod mitten in einer Aufführung, und von der orientierungslosen Zeit in den Jahren danach, in der es Suzannahs Mutter nur schwer gelang, wieder Fuß zu fassen. Suzannah war fünfzehn, als ihr Vater starb, und bis sie zweieinhalb Jahre später nach England ging, um dort Kunst zu studieren, schwankte ihre Mutter zwischen dem festen Entschluß, in Paris zu bleiben, und dem ebenso festen Entschluß, nach Deutschland zurückzugehen, wo sie geboren und aufgewachsen ist.

Wenn ich Suzannahs Mutter so ansehe, wie sie zufrieden und fröhlich dahockt und in stakkatohaftem Französisch unaufhörlich plappert, kann ich mir kaum vorstellen, daß sie je mit diesem Gedanken gespielt hat. Sie erscheint mir französischer, dem Lande und seiner Sprache verhafteter als viele gebürtige Franzosen, und es kommt mir fast so vor, als würde sie mit mir nur widerwillig deutsch sprechen. Sie hat mich noch nicht einmal gefragt, ob ich ihren Geburtsort kenne. Ich selbst habe das angesprochen, eines Nachmittags, ich habe ihr erzählt, daß Suzannah und ich einmal in Haren vorbeigefahren sind und den alten Bauernhof besichtigt haben, auf dem Suzannah nahezu jede Sommerferien verbracht hat. Suzannahs Mutter hat nur die Augenbrauen hochgezogen, gelächelt und gesagt: „Ach ja? Ich wette, die alte Scheune steht nicht mehr." Sie hatte recht. Und es gab nichts mehr dazu zu sagen.

Suzannahs Mutter redet nie von Deutschland oder ihren Jugendjahren, aber um so öfter von ihrem Mann, und wenn sie das tut, in leicht hingeworfenen Bemerkungen und Andeutungen, aus denen weniger Schmerz als vielmehr Wärme und Zärtlichkeit sprechen, dann leuchten ihre Augen in einem sanften Grün, von dem ich mir immer vorstelle, daß auch Suzannahs Augen so geleuchtet hätten, wenn sie älter geworden wäre und an ein bedeutungsvolles Erlebnis in ihrer Vergangenheit zurückgedacht hätte.

Ich bin gern bei Suzannahs Mutter, ich fühle mich aufgenommen dort und zugleich in Ruhe gelassen. Ich spüre die tiefe Sympathie, die sie, Edna und Olga mir entgegenbringen, obwohl wir nie darüber sprechen. Sie wissen, daß ich mich von etwas erhole, von dem auch sie sich, auf andere Art, erholen. Sie kennen nicht meinen Schmerz, aber das, worum ich trauere.

Allen dreien ist eine nahezu lässige Art zu eigen, mit dem Verlust umzugehen. Mir kommt es vor, als ob sie den Tod leicht und friedlich in ihr Leben miteinweben, Leiden, Schmerz und Tragik haben darin keinen Platz, nur Anerkennung, Liebe und Erinnerung. Zu Anfang hat mich diese Unbefangenheit manchmal erschreckt, aber heute genieße ich es, wenn Olga mitten im Gespräch auflacht und sagt: „Das hätte Suzannah sagen können. Sie hat auch immer gefunden, daß das Theater ein müder Haufen alter Knochen ist." Sie vergessen nicht, aber sie leiden auch nicht.

Suzannahs Mutter fragt mich nie, wie es mir geht und was ich mache, aber manchmal legt sie mir die Hand auf die Schulter und läßt sie dort einen Moment ruhen, und das allein zeigt mir, daß ich, so fremd wir uns auch sind und immer bleiben werden, dazugehöre. Dort, in dem Haus, in dem Suzannah die meisten ihrer Jugendjahre verbracht hat, unter den Menschen, mit denen sie aufgewachsen ist, bin ich ebenso willkommen wie ein streunender, liebgewonnener Hund, der ab und an auftaucht, sich zwischen den vertrauten Menschen zusammenrollt, Wärme und Geborgenheit tankt, bevor er sich wieder aufmacht, hinaus in die kalte und feindliche Welt.

Ich bin froh, daß Suzannah und ich nie zusammen hier gewesen sind. Ich habe ihre Familie kennengelernt, als wir während unserer Reise an die Mittelmeerküste einen kurzen Halt in Lyon einlegten und in die laute, fröhliche Welt der Familienfeier anläßlich von Olgas vierzigstem Geburtstag eintauchten. Aber wir waren nie zusammen hier in Paris, und das ist gut so, denn nichts in diesem Haus erinnert mich an unser gemeinsames Leben, aber alles erinnert mich an Suzannah.

Ich bin diesen Menschen fremd und nah zugleich. Die Distanz zwischen uns bleibt für immer, aber es ist eine verstandene Distanz. Unsere Erinnerungen verbinden uns. Und sie spinnen mich in jene Wärme ein, die Suzannah über mich gelegt hat wie ein schützendes weiches Tuch. Damals, als alles sich so sehr veränderte. Als ich überall ein Fremdkörper war. Nur bei Suzannah nicht.

Wenn ich an jenen Sommer und Herbst 1989 denke, dann denke ich vor allem an das Gefühl der Enge, das sich um mich zusammenzog. Zugleich fiel alles auseinander. Das Gefüge meiner Welt war ins Wanken geraten, und nicht nur das ihre. Fern von mir, von dem, was ich tat und dem, was ich dachte, zerrissen ganze Nationen, kleine osteuropäische Länder entstanden, blutige Kriege brachen aus, halbe Völker wanderten aus und hin und her und dann ins Nirgendwo, so jedenfalls kam es mir vor. Die Fernsehnachrichten waren voll von Berichten über Kämpfe, politische Verhandlungen und aufkeimende Befreiungsbewegungen, denen ich nicht mehr folgen konnte. Es erinnerte mich an damals, als ich in der zehnten Klasse gegen eine Fensterscheibe gelaufen war, wochenlang im Bett gelegen hatte und hinterher feststellen mußte, daß ich den Anschluß an den Russischunterricht komplett verloren hatte. Auch jetzt kam ich nicht mehr mit, weder bei dem, was in der Welt passierte, noch bei dem, was in meiner unmittelbaren Umgebung geschah. Alles veränderte sich – wo ich auch hinsah, nichts war mehr so, wie es gerade eben noch gewesen war.

Den Anfang machte Dörthe, die im August in die Staaten ging, mit zwei vollgestopften Koffern in den Händen, einem breiten Grinsen im Gesicht und dem glücklichen Vincent an ihrer Seite. Kurz darauf warf Dennis seine sämtlichen Kunstwerke auf den Müll und nahm eine feste Stelle als Sekretär im Gehörlosenzentrum an, was zur Folge hatte, daß er unseren nächtlichen Vergnügungstouren fast gänzlich entsagte. Jörn zog aus seiner und Pauls gemeinsamer Wohnung in eine kleine Zweizimmerwohnung in Friedenau. Paul stürzte sich mit nie dagewesenem Eifer in die längst fällige Erweiterung seiner Praxis und wich hartnäckig allen Versuchen aus, über die Situation zu reden.

Selbst Suzannah schien mir verändert. Das vergangene Jahr über hatte sie sich hauptsächlich auf künstlerische Fotografien konzentriert, mit deren Entwicklung und Überarbeitung sie viel Zeit zu Hause verbrachte. Oft hatte ich ihr dabei zugesehen, hatte auf dem Sofa gesessen und sie betrachtet, wie sie mit gerunzelter Stirn über einen Kontaktbogen gebeugt dasaß und dann und wann mit einem leisen Seufzer das eine oder andere Foto markierte und beiseite legte. Jetzt nahm sie in kürzester Zeit einen Reiseauftrag nach dem anderen an, fuhr in der einen Woche nach Frankreich, reiste in der nächsten nach New York, um kurz darauf nach Thailand zu fliegen. Ich kam nicht mehr mit bei dem, was sie tat. Aber ich kam ohnehin nicht mehr mit. Alles, jeder bewegte sich, nur ich schien stillzustehen. Und meine Irritation wuchs mit jedem Tag.

Im November fiel die Mauer. Ich hatte den späten Nachmittag und den frühen Abend in der Kanzlei verbracht und war, nachdem ich den letzten Aktenstapel sortiert hatte, einem Impuls folgend nicht nach Hause, sondern in die Grolmannstraße gelaufen, quer durch die ganze Stadt. Theo, den ich in der letzten Zeit fast immer bei mir hatte, freute sich über den unverhofften Auslauf.

Schnüffelnd und schwanzwedelnd lief er vor mir her und wälzte sich, unbeeindruckt von meinen Versuchen, ihn zu mehr Eile anzutreiben, ausgiebig auf jeder Rasenfläche, an der wir vorbeikamen. Als ich Suzannahs Wohnung betrat, verdichtete sich die Leere in mir, die ich den ganzen Tag über wie ein kaum merkliches Kratzen im Hals empfunden hatte, zu einem festen Kloß in meiner Kehle. Ich stellte Theo eine Schale Wasser hin umd schlenderte langsam von einem Zimmer zum anderen.

Suzannah war zehn Tage zuvor nach Thailand geflogen, und seither hatte ich die Wohnung nicht wieder betreten. Auf dem Küchentisch lagen die Visitenkarten, die Suzannah am Morgen ihres Abflugs noch eilends aus ihrer Brieftasche sortiert hatte. Das Geschirr von unserem letzten Frühstück stand im Waschbecken, die Kaffeereste in den Tassen waren zu tiefbraunen harten Ringen getrocknet. Im Wohnzimmer lag Suzannahs Lieblingsjeans mit umgestülpten Beinen auf dem Boden. Ich hob sie auf, faltete sie zusammen und legte sie aufs Sofa. Theo rollte sich auf dem abgetretenen Perserimitat vor dem Fernseher zusammen, legte den Kopf auf die Pfoten und sah treuherzig zu mir auf. Ich schlang die Arme um meinen Oberkörper und ließ den Blick durch den Raum schweifen.

So oft schon war ich hier gewesen, so viele Abende hatte ich mit Suzannah in diesem Zimmer verbracht. Was vor zwei Jahren mit unregelmäßigen kurzen Besuchen begonnen hatte, die ich, so wie es mir gerade paßte, in mein hektisches Leben eingebaut hatte, war zu einem konstanten Fluß des Beisammenseins geworden, einem Fixpunkt, zu dem ich immer wieder zurückkehrte. Wir beide, Suzannah wie auch ich, waren oft unterwegs, aber selten gemeinsam. Suzannah besuchte ständig irgendwelche Vernissagen, Kunstausstellungen und Konzerte. Nur selten wußte ich, wo sie gerade war und was sie unternahm, genausowenig wie sie wußte, in welcher Kneipe, auf welcher Party, bei welchen Freunden ich mich gerade herumtrieb. Aber wir hatten nie Schwierigkeiten gehabt, uns zu finden, wenn wir das Bedürfnis danach empfanden; wie von einem Instinkt getrieben, trafen wir aufeinander. Wenn ich kam, war sie da, wenn sie, was selten vorkam, mich zu Hause, auf der Arbeit oder bei Paul aufsuchte, fand sie mich dort. Wir hatten uns kaum einmal verpaßt, es war nie vorgekommen, daß meine Sehnsucht, sie zu sehen, nicht am gleichen Tag, spätestens am nächsten, gestillt worden war.

Und jetzt, als ich allein in ihrer verlassenen Wohnung stand, mit einem diffusen Gefühl der Verlorenheit, verloren in den umwälzenden Veränderungen, die sich um mich herum vollzogen, jetzt erkannte ich, wie sehr ich Suzannah tatsächlich vermißte, wie vertraut und unentbehrlich mir die Stunden mit ihr geworden waren. Ich brauchte sie, und das war etwas, was ich nie für möglich gehalten hatte. Sie war mehr als ein Teil meines Lebens. Sie war ein Teil von mir geworden. Und das erste Mal seit langer Zeit spürte ich den Keim der Angst in mir wachsen.

Ich hatte eine ganze Weile so dagestanden, die Arme um meinen Oberkörper geschlungen, als ein entferntes Gehupe nach und nach anschwoll und langsam in mein Bewußtsein drang. Ich ging zum Fenster und sah hinaus. Die Straße, die kurz zuvor noch wie ausgestorben dagelegen hatte, bevölkerte sich zusehends. Aus den Hauseingängen kamen Leute und liefen zu kleinen Grüppchen zusammen, Fenster wurden geöffnet, und Köpfe schauten hinaus. Ich beugte mich ein Stück vor. Ein kleiner beiger Wagen kam vom Savignyplatz heraufgeknattert. Erst, als ihm ein zweiter folgte und dann ein dritter und nach und nach weitere, ging mir auf, daß etwas an diesen Autos ungewöhnlich war. Und dann erkannte ich, daß es sich bei allen um dasselbe Modell handelte, klein, eckig und mit kurzen Auspuffrohren, aus denen dicke graue Rauchwolken in die winterliche Luft stiegen. Und ich brauchte noch einen Moment, bis ich mich erinnerte, daß ich diese Autos bislang ausschließlich im Osten gesehen hatte. Es waren Trabis.

Wenn ich heute die Zeitungen aufschlage, die Michelle mir mitbringt, steigt wieder ein ähnlich irritiertes Gefühl in mir hoch wie zu jener Zeit. Wieder gelingt es mir nicht, die internationale politische Entwicklung im Auge zu behalten. Ich begreife einfach nicht mehr, was in Bosnien und Kroatien vor sich geht. Längst habe ich den Überblick verloren. Aber eigentlich hatte ich ihn nie. Michelle gegenüber erkläre ich diesen Umstand mit meinen mangelnden Sprachkenntnissen, wobei ich ihr verschweige, daß auch die deutschen Zeitungen und Zeitschriften, die ich mir von Zeit zu Zeit besorge, mir nicht mehr auf die Sprünge helfen können.

Aber Michelle meint ohnehin, mein Gefühl, den Anschluß verpaßt zu haben, läge an meiner auf Inwendigkeit gerichteten Konzentration. Und wenn ich auch versucht bin zu glauben, sie bezeuge mir damit ihr Verständnis und ihre Zustimmung, so werde ich sogleich eines Besseren belehrt: Im übrigen, behauptet Michelle, erinnere ich sie an einen unreifen Pickel. Man drückt und drückt, aber es kommt einfach nichts raus.

Wie wütend mich das macht, wenn sie so lässig daherredet! Aber insgeheim bringt es mich auch zum Lachen. Tatsächlich habe ich allmählich das Gefühl, daß etwas von der Schwere, die in meinen Knochen haftet, von mir weicht. Manchmal, wenn der Spätsommerwind bis in diese kleine, enge Straße dringt und die Gardinen vor meinem Fenster sanft bewegt, um Millimeter nur, aber ich höre das Rascheln und sehe den zarten Bogen, den der Stoff beschreibt, bevor er sich wieder glättet, dann fühle ich manchmal so etwas wie eine heitere, weiche Gelöstheit, und dann habe ich eine Ahnung davon, wie es sein kann, wenn der Schmerz und die Trauer sich in Erinnerung kristallisieren. Und dann glaube ich fast, daß es eines Tages so sein wird.

Suzannah kam vier Tage später zurück, und bis dahin war ich schon an einem Punkt, an dem sich meine Angst, meine Verlorenheit und Irritation in Aggression verwandelt hatten. Ganz entgegen meiner sonstigen Gewohnheit hatte ich nicht gewartet, bis sie mich auf der Arbeit anrief, sondern war, zutiefst genervt von den neugierigen Menschenmassen aus Ost und West, die die U-Bahn und die Straßen verstopften, am frühen Nachmittag zu ihrer Wohnung gefahren. Suzannah war kurz vor mir gekommen, und ihre Taschen lagen noch unausgepackt im Flur.

„Hallo Theo, hallo Thea“, sagte sie und tätschelte Theo den Kopf, bevor sie mir einen flüchtigen Kuß auf die Wange gab und im Badezimmer verschwand.

„Stör ich?“

„Nein“, rief sie und drehte den Wasserhahn auf. „Ist ja unglaublich, was hier los ist.“

„Ich verstehe dich nicht“, sagte ich barsch. „Red lauter.“

Sie kam mit einem Handtuch zurück in den Flur und trocknete sich das Gesicht ab, während sie mit einer Hand in ihrer Reisetasche kramte. „All diese Leute, Wahnsinn. Ich habe kaum was mitbekommen in Thailand, erst auf dem Flug von Frankfurt aus habe ich eine Zeitung ergattert."

Ich starrte sie an, aber sie war ganz und gar mit dem Inhalt ihrer Tasche beschäftigt. Ihr Haar war von der Sonne gebleicht und ihre Haut gebräunt, und während ich dastand und auf ein Zeichen der Aufmerksamkeit wartete, wuchs meine Wut rapide an.

„War's schön? Hast du dich gut erholt?"

Sie schien den leicht giftigen Unterton in meiner Stimme nicht zu bemerken. Gleichmütig zuckte sie mit den Achseln und zog ein paar schmutzige Socken aus der Tasche, begutachtete sie und warf sie zur Seite. „Es war okay. Sag mal, warst du schon drüben?"

Ich drehte mich um und ging in die Küche. „Was soll ich denn da?" murmelte ich, aber entweder hatte sie mich nicht gehört oder beschlossen, meine patzige Antwort einfach zu ignorieren, denn sie reagierte nicht.

Während ich Wasser aufsetzte und die beiden Kaffeetassen abwusch, hörte ich, wie Suzannah ins Wohnzimmer lief und den Fernseher einschaltete. Nach ein paar Minuten kam sie in die Küche, einen aufgerissenen Brief in der Hand und das Telefon unter den Arm geklemmt. Sie hatte sich umgezogen und trug saubere Cordhosen, einen dicken grünen Wollpullover und feste Winterstiefel mit breiten Sohlen.

„Danke", sagte sie, als ich ihr eine volle Tasse reichte. „Ich muß schnell telefonieren. Jimmys Wohnung wird frei, vielleicht wäre das was für mich."

„Seit wann willst du umziehen?"

„Seit gar nicht. Aber sie ist größer. Ich brauche mehr Platz."

Sie setzte die Tasse so hastig auf dem Tisch ab, daß der Kaffee überschwappte, stellte das Telefon daneben und wählte.

„Und wer ist Jimmy?"

Endlich blickte sie auf, aber nur kurz. Und sie sah mich noch nicht einmal richtig an, während sie in den Hörer lauschte. Ich kannte diesen Ausdruck in ihren Augen, jenen flüchtigen, verschleierten Ausdruck, der besagte, daß sie mit ihren Gedanken, mit ihrer ganzen Aufmerksamkeit sonstwo war, aber gewiß nicht bei mir. Es passierte nicht oft, daß sie derart abwesend war, aber wenn es geschah, war ich fast immer ein wenig beleidigt. Doch noch nie hatte ich mich so ausgegrenzt gefühlt wie in diesem Moment. Ich nahm meine Tasse und ging an ihr vorbei aus der Küche.

Im Wohnzimmer lagen ein Stapel Reiseprosekte, Zeitungsausrisse und Fotografien über den Boden verstreut. Der Fernseher lief und zeigte die neuesten Nachrichten, und ich schaltete ihn so heftig aus, daß mir der Finger schmerzte. Während ich mit halbem Ohr Suzannah lauschte, die sich aufgedreht und heiter mit jemandem am Telefon unterhielt, hockte ich mich hin und nahm die Fotos in Augenschein. Es waren Abzüge auf billigem, kartonartigen Papier, das sich an den Rändern leicht wellte. Offensichtlich waren sie eilig und unter schlechten Bedingungen hergestellt worden. Auf manchen waren sogar Wasserflecken oder gelbliche Verfärbungen zu erkennen, die, wie ich mittlerweile von Suzannah wußte, von einer zu kurzen Entwicklungszeit herrührten. Sie entsprachen bei weitem nicht jener Qualität, die ich von Suzannahs Arbeit gewohnt war, aber selbst jetzt, im trüben Licht der Tischlampe und ungeachtet der Knicke und Risse im Papier konnte ich ahnen, wie kunstvoll und perfekt die Aufnahmen später, auf dem Hochglanzpapier eines teuren und exklusiven Reisemagazins wirken würden. Ich nahm ein Foto nach dem anderen hoch. Suzannah schien sich ganz auf idyllische Szenen konzentriert zu haben: Palmen und tropische Bäume säumten lange, glatte Strandflächen, von wilden Dschungelpflanzen tropfte Tau, lachende Kinder badeten in einem kleinen Wasserfall.

„Wollen wir nachher noch zusammen zum Brandenburger Tor fahren?“ hörte ich Suzannah ins Telefon fragen, und ich schob die Fotos mit einer schnellen Handbewegung zusammen und kickte den ganzen Haufen mit der geballten Faust in die Ecke des Zimmers, wo sie auseinanderstoben und verstreut liegenblieben.

„Ich muß gleich los, die Wohnung ansehen“, sagte Suzannah von der Tür her. Sie hatte ihre dicke Winterjacke bereits angezogen und wand sich gerade einen Schal um den Hals. „Danach fahre ich mit Jimmy zum Brandenburger Tor. Kommst du mit?“

„Was hast du vor? Willst du mal wieder ein paar lachende Fratzen fotografieren? Deutschland, wie es lacht und schunkelt?“

„Wenn sich die Gelegenheit ergibt, ja.“ Sie warf einen Blick auf das Chaos, das ich angerichtet hatte, und sah mich mit hochgezogenen Augenbrauen an.

Ich setzte mich aufs Sofa. Sie war in Eile, aber ich hatte nicht vor, sie schnell gehen zu lassen. Wenn sie nicht von selbst auf den Gedanken kam, sich mir zuzuwenden, dann würde ich sie eben dazu zwingen.

„Du suchst dir immer nur das Schöne aus, stimmt's? Du fährst für viel Geld in der Weltgeschichte rum und fotografierst kitschige Postkartenmotive, aber was dahinter steckt, das interessiert dich nicht, oder?" Ich deutete auf die Fotos in der Ecke. „Das da ist das heitere Thailand. Und wenn du zum Brandenburger Tor gehst, dann wirst du wieder heitere Leute fotografieren, besoffene, grölende Kerle, die sich im Grunde einen Scheißdreck darum kümmern, ob der Osten auf oder zu ist oder mit Sang und Klang vom Erdboden verschwindet. Aber das ist dir ja genauso egal. Hauptsache, du findest ein schönes Motiv, nicht wahr?"

Suzannah stand still da und sah zu mir herüber. Ihr Gesicht war bleich geworden. Einen Moment lang dachte ich, sie würde darauf eingehen, sie würde sich verteidigen, mir eine Antwort hinwerfen, an der ich hören konnte, daß ich sie berührt hatte, aber dann warf sie den Kopf zurück, grinste spöttisch und zog den Reißverschluß ihrer Jacke hoch.

„Wenn dich irgend etwas an mir stört, dann sag es mir direkt und nicht hintenrum." Sie steckte die Fäuste in die Hosentaschen. Als ich nichts erwiderte, zuckte sie mit den Achseln. „Ich muß los. Tschüs. Viel Spaß noch auf meinem Sofa." Sie drehte sich um und ging, und als die Tür hinter ihr ins Schloß fiel, beugte ich mich vor und legte die Stirn auf die Knie.

Jörns Wangen waren von einem eitrigen Hautausschlag bedeckt, und er hustete stark, als er mir den Weg ins Zimmer wies, aber ansonsten schien es ihm gutzugehen.

„Allmählich wäre ich aber auch beleidigt gewesen, wenn du dich nicht bald hättest blicken lassen", sagte er und bedeutete mir, mich in den Sessel an der Fensterfront zu setzen. Es war der mit rotem Samtstoff bezogene, der jahrelang in seinem alten Zimmer gestanden hatte, und als ich mich darin niederließ, fand ich wider Erwarten, daß er wirkte, als hätte er sich schon immer in diesem Raum befunden.

Es war fast unerträglich warm. Jörn hatte die Heizung auf die höchste Stufe gestellt, und ich zog nach einer Anstandsminute meinen Pullover aus und krempelte die Ärmel meines langen Unterhemdes hoch.

„Ich friere ständig", sagte Jörn erklärend und reichte mir ein Bier, an dem das kondensierte Wasser in langen Tropfen hinunterlief. „Wo kommst du her?"

„Ich war unterwegs", antwortete ich ausweichend.

Er nickte, hob die Faust und hustete kurz hinein. Es war ein trockenes, rauhes Husten, das tief aus seiner Lunge kam. „Hast du Paul heute gesehen?"

„Nur gesprochen. Ich ...", ich zögerte kurz, dann fuhr ich fort, „ich wollte mit ihm ins Kino gehen, aber er hatte schon was vor." Paul war kurz angebunden gewesen, wie meistens in letzter Zeit, und ich hatte das deutliche Gefühl, daß er irgend etwas vor mir verbarg.

„Er entwickelt sich zu einem vielbeschäftigten Mann." Jörn grinste halbherzig, dann wurde er ernst. „Das ist gut. Er gewöhnt sich um."

Ich betrachtete ihn nachdenklich, den Mann, mit dem ich jahrelang zusammengewohnt hatte und der auf einmal aus meinem Blickfeld verschwunden war. Ich hatte geglaubt, wenn ich ihn besuchte, würde das seltsame Gefühl der Verlorenheit sich legen, aber das Gegenteil war der Fall. In diesen wenigen Monaten schienen wir uns bereits weiter voneinander entfernt zu haben, als ich es für möglich gehalten hätte.

„Fühlst du dich manchmal einsam?" fragte ich.

Jörn rutschte ein wenig auf seinem Bett nach hinten und zog seine Strickjacke enger um die Schultern. „Nein", sagte er ruhig. „Ich fühle mich nicht einsam. Ich fühle mich mehr bei mir selbst. Natürlich fehlt mir Paul, und die Wohnung, all das, was mein Leben bestimmt hat, auch du fehlst mir manchmal und deine nervigen Stippvisiten, aber es fühlt sich richtig an. Ich stehe mir selbst nicht mehr im Weg."

„Hast du dir vorher wirklich so sehr im Weg gestanden?"

Er lächelte leicht, und ein neuerlicher Hustenanfall ließ ihn zusammenzucken. „Ja sicher", erwiderte er, als das rauhe Geräusch verklungen war, „wenn wir uns nicht bewegen, stehen wir uns doch selbst im Weg. Und den anderen auch. Und sie uns."

„Das ist mir zu hoch.“

„Nein, ist es nicht. Das liegt daran, daß du immer noch versuchst, um alles drumrum zu schleichen. Du hast immer, solange ich dich kenne, dein eigenes Ding durchgezogen. Was dir dabei in den Weg kommt, rennst du um oder umgehst es. Wenn du hinsehen würdest, würdest du merken, daß auch die anderen sich bewegen. Manchmal kann man auch zusammen vorankommen. Wenn genug Platz da ist.“

Ich stöhnte auf. „Kannst du nicht mal deutlicher werden?“

Er lachte. „Weißt du, warum Paul und ich solange zusammenwaren? Weil wir uns beide bewegt haben. In eine ähnliche Richtung. Wir hatten Zeit, weißt du, wir hatten Zeit, unendlich viel Zeit. Er hat sie immer noch, aber ich habe sie nicht mehr. Weißt du noch, wie sehr sich Paul immer über meinen Drang aufgeregt hat, viel alleine zu unternehmen, für mich zu sein, Dinge zu tun, von denen ich ihn ausgeschlossen habe?“ Wieder hustete er, und sein Gesicht wurde von der Anstrengung ganz rot. Als er mich wieder anblickte, konnte ich die geplatzten Äderchen im Weiß seiner Augen deutlich erkennen, und ich fragte mich, ob sie erst gerade eben entstanden waren oder ob ich sie vorher nur nicht bemerkt hatte. „Das ist ein Teil meines Lebens, den ich noch ausschöpfen will. Hätten wir Zeit, so hätte ich es auch mit ihm probiert. Dann wäre auch Platz dafür gewesen. So aber ...“ Er wischte unbestimmt mit einer seiner großen Hände durch die Luft.

„... hat Paul dir im Wege gestanden“, beendete ich den Satz für ihn.

Jörn nickte langsam. „Ich wollte dahin, wo er stand. Pech bloß, daß ich das, was ich vorhatte, jetzt zum größten Teil nicht mehr tun kann.“

Verlegen senkte ich den Blick und betrachtete seine knochigen Knie, die unter dem Stoff seiner dicken Hose hervorstachen.

„Dennoch ist es gut. Ich habe nicht das, was ich wollte, aber etwas anderes. Ruhe. Zeit zu überlegen. Allein zu sein. Das Leben ist tatsächlich unberechenbar. Aber ich würde nie behaupten, daß es mir nicht genug Möglichkeiten bietet.“

„Findest du das wirklich?“ Ich glaubte nicht, daß er genug Möglichkeiten hatte. So, wie es mit seiner Gesundheit aussah, waren ihm die meisten davon versperrt. Und es sah nicht so aus, als ob sich das wieder ändern würde.

Jörn grinste. „Es gibt immer eine Wahl. Etwas zu tun oder zu lassen. Und ich denke, was auch immer man tut, man sollte es richtig tun."

„Ganz oder gar nicht?"

„Nein", sagte er fest und hustete kurz. „Ganz. Alles andere ist feige."

Zwei Tage hörte ich nichts von Suzannah, und auch ich meldete mich nicht bei ihr. Ich fühlte mich grauenhaft. Statt ihr zu zeigen, wie sehr ich fürchtete, daß sie mir entglitt, hatte ich sie angegriffen, und meine Angst wuchs mit jeder Stunde. Dennoch war ich außerstande, diesen Zustand des Wartens zu beenden; ein winziger Teil meines Denkens klammerte sich daran fest, daß ich mit meinen Vorwürfen recht gehabt hatte, daß es stimmte, wenn ich Suzannah der Oberflächlichkeit, der Schönfärberei bezichtigte.

Am zweiten Tag arbeitete ich von neun Uhr an bis in den Abend hinein in der Kanzlei, und als alle bis auf Gerd bereits gegangen waren, wurde mir klar, daß ich nur noch geblieben war, weil ich hoffte, Suzannah würde sich melden. Einen anderen Ort, an dem sie mich telefonisch hätte erreichen können, gab es nicht mehr. Dennis und ich besaßen kein Telefon, Dörthe war fort, und Suzannah wußte genausogut wie ich, daß ich zur Zeit kaum noch bei Paul anzutreffen war, vor allem, seit ich Theo ganz zu mir genommen hatte. Paul sah sich momentan nicht in der Lage, ohne Jörns zuverlässige Mithilfe für ihn zu sorgen. Ich fand das hart, weniger für Theo oder für mich, sondern für Paul selbst. Mehr als acht Jahre hatte der Hund bei ihm gelebt, und ich wußte genau, wie sehr er Paul ans Herz gewachsen war. Aber Paul mußte selbst wissen, was gut für ihn war.

Für mich war es jedenfalls gut, Theo bei mir zu haben. Ich hing an ihm wie eh und je, und als ich an diesem Abend müßig mit einem Staubtuch über die Zierleiste im Flur wischte, war ich überaus froh, sein leises Schnarchen vom Türvorleger her zu hören.

Ich stand direkt neben Gerds Bürotür und hatte gerade beschlossen, für heute aufzuhören, als drinnen das Telefon klingelte. Für eine Sekunde erstarrte ich, aber als Gerds förmlicher Begrüßungston sich zu einem vertraulichen Flüstern senkte, beruhigte ich mich. Ich wischte ein letztes Mal über den Lichtschalter und drehte mich um, da hörte ich, wie Gerd lachte und mit zärtlicher Stimme sagte: „Ach, Paule, mach dir darum keine Sorgen. Mir ist es ernst damit. – Ja. Ja, wirklich. Du kannst davon halten, was du willst, ich werde dich einfach immer wieder einfangen." Gerd lachte auf, und das Säuseln in seiner Stimme nahm ein für meine Begriffe schon groteskes Ausmaß an, als er weitersprach. „*Sweetheart*, ich kann nicht so laut sprechen, Thea streicht hier noch rum. – Nein, nein. Ich *liebe* Geheimnisse."

Es gab unzählige Pauls, sagte ich mir, während ich Fuß um Fuß rückwärts setzte, bis ich gegen die Verbindungstür zur Küche stieß. Es gab unzählige Pauls und unzählige Liebhaber in Gerds Leben, von denen ich lieber gar nichts wissen wollte. Unzählige Male hatte ich dieses säuselnde Flüstern aus Gerds Büro vernommen, unzählige Male schon hatte dieser Tonfall in mir ein schwaches Gefühl des Ekels hervorgerufen. Es mußte keinesfalls mein Onkel Paul sein, den Gerd da gerade am Telefon umgarnte, mit dieser süß-schmalzigen Stimme, die auf mich so falsch wirkte wie eine nachgemachte Rolex.

Aber es war mein Onkel Paul. Ich wußte, daß er es war. Ich erinnerte mich nur zu gut an sein Erröten, als Gerd ihn Monate zuvor in der Küche der Bülowstraße so durchdringend angesehen hatte. Und ich wußte, warum Paul sich in der letzten Zeit dermaßen ausweichend verhalten hatte, warum er mir mehr als einmal nicht erzählen wollte, mit wem er den Abend verbringen würde, warum er abgewunken hatte, als ich ihn nach einem Liebhaber fragte.

Ich hatte Skrupel, meinen eigenen Schlüssel zu benutzen, aber als sich auch nach dem dritten Klingeln nichts rührte, sperrte ich schließlich auf.

Die Wohnung war kalt und leer. Theo tapste unsicher vor mir her. Ich hatte schon seit längerer Zeit bemerkt, daß er schlechter sah als früher, aber ich traute mich nicht, Licht zu machen. Ich fühlte mich wie ein unerwünschter Eindringling, und als ich die Tür hinter mir ins Schloß fallen ließ, erschrak ich selbst über den Lärm.

Sie hatte aufgeräumt. Die leeren Tassen und Flaschen, die Papiere und Zettel, die normalerweise überall herumstanden und

-lagen, waren verschwunden. Im schwachen Schein der Straßenlaternen wirkten die Zimmer verlassen, nicht nur für einen Tag oder Abend, sondern für alle Ewigkeit. Die Kehle wurde mir eng, als ich das ordentlich gemachte Bett sah, und in einem Anfall von Panik riß ich die Schranktür auf. Aber ihre Sachen waren noch da, fein säuberlich zusammengelegt und gestapelt, und als ich in der Kommode nachsah, entdeckte ich, daß sie auch ihre Notizhefte geordnet und Kante auf Kante gelegt hatte. Ich wanderte ins Wohnzimmer zurück, sah Theo an, der mich aufmerksam mit aufgestellten Ohren beobachtete, und machte Licht.

Auf dem Tisch lagen zwei Mappen, eine war offensichtlich neu und mit einem wasserfesten Überzug versehen, die andere bestand aus schäbiger, abgegriffener Pappe. So, wie sie nebeneinander dalagen, sahen sie aus, als warteten sie darauf, abgeholt zu werden, und ich konnte meiner Neugierde nicht widerstehen, setzte mich aufs Sofa und schlug sie auf.

Die neue Mappe enthielt gestochenscharfe Farbaufnahmen, und als ich sie rasch durchblätterte, sah ich, daß es sich um neue Abzüge jener Fotos handelte, die ich vor zwei Tagen so wütend in die Zimmerecke geschleudert hatte. In Farbe und auf Hochglanzpapier waren die Landschaftsporträts von einer nahezu schmerzhaften Klarheit, jedes Palmenblatt, jeder Streifen Sand war so deutlich und scharf akzentuiert, daß es mir fast in den Augen weh tat.

Aber was mich verblüffte, war der enorme Kontrast zu jenen Fotos, die sich in der anderen Mappe befanden. Sie zeigten dieselbe Landschaft, denselben üppig wuchernden Dschungel, dieselben klaren Strände, aber auf ihnen wirkte die Schönheit der Natur düster, schwer, von Dunkelheit überschattet. Ich beugte mich vor und studierte sie, verglich sie mit den anderen Aufnahmen, und nach und nach vergaß ich, was mich eigentlich hierhergeführt hatte. Manchmal waren es kleine Details, die mir erst nach einer Weile auffielen, der Hinterkopf eines Fischers, der in seinem Boot dem Sonnenuntergang entgegenfuhr, durch die lichten Haare war die Kopfhaut zu sehen, und ein Stück zerrissenen Ärmels flatterte schräg aus dem Bildrand hinaus. Oder das zerbrochene Holz eines Pfahls, der, kaum zu erkennen, am Rand eines Weges lag. Ich schloß die Augen, spürte, wie es unter den Lidern brannte, und dann öffnete ich sie wieder und schaute weiter. Lange Zeit saß ich da und verglich die Fotografien, nahm eine um die andere zur Hand, ließ meinen Blick verweilen, und je mehr ich sah, desto mehr wuchs meine Scham.

Als Theo aufsprang und zur Tür lief, die gleich darauf geöffnet wurde, wagte ich nicht, mich zu rühren. Ich sah weiter auf die Fotos, und erst als Suzannah neben mich trat und ich die Wärme, die sie ausstrahlte, an meiner Seite spürte, blickte ich auf.

Sie sah ernst zu mir hinunter, unter ihren Augen lagen tiefe Ringe, und die Haut um ihren Mund war straff und hell.

„Warum sind sie so verschieden?“ fragte ich, und meine Stimme gehorchte mir kaum. Suzannah bewegte sich nicht.

„Es ist der Blick“, sagte sie nach einer Weile. „Es ist einfach der Blick, mit dem du sie ansiehst. Es kommt darauf an, was du suchst.“

„Aber du suchst doch das Schöne, nicht wahr?“

Sie zog langsam ihre Jacke aus, ließ sie zu Boden gleiten und setzte sich neben mich. Ich rückte ein Stück von ihr ab.

„Ich glaube nicht, nein. Ich suche das Fremde. Es gibt verschiedene Formen des Fremden. Manche sind nett anzusehen, manche nicht. Aber in allen steckt etwas, vor dem wir uns fürchten. Sieh her“, sie zog eines der Hochglanzfotos heraus und hielt es auf Armeslänge von sich fort, „siehst du die Wölbung des Baumes dort? Diese Blätter, die da so schlaff herunterhängen? So etwas kennen wir hier nicht. Diese eigentümliche Form. Sie ist fremd. Ich mag so etwas. Ich mag es, das zu zeigen. Das Fremde zu zeigen und es näherzubringen. Ein Stück.“

„Und das?“ Ich zeigte auf die Fotos in der alten, abgegriffenen Mappe.

Sie starrte darauf nieder. „Das ist die dunkle Seite des Fremden. Die, die wir nicht so gerne sehen. Auch du nicht. Auch wenn du mich dafür verurteilst, daß ich sie dir nicht zeige.“

Ich konnte nichts dagegen tun, die Tränen schossen mir heiß in die Augen, meine Kehle brannte, und ich schlug die Hände vors Gesicht und preßte die Handballen auf meine Lippen.

„Du solltest aufhören, so hart zu sein. Gegen dich, und auch gegen mich“, sagte Suzannah leise an meiner Seite. „Hör auf damit. Ich bin hier, und ich bleibe hier. Ich gehe erst, wenn du mich wirklich nicht mehr haben willst. Hör auf damit.“

Die Tränen tropften zwischen meinen Fingern hindurch auf meine Knie. „Ich hab dich so vermißt", flüsterte ich und wischte mir über die Wangen. Ich konnte Suzannah nicht ansehen. „Ich hab dich vermißt, und du warst so gleichgültig."

„Ich war nicht gleichgültig. Aber du warst sofort bereit, mich anzugreifen. Schon als du hereingekommen bist."

„Nein", schluchzte ich, und dann, als ich erkannte, daß ich der Wahrheit auszuweichen versuchte, setzte ich hinzu: „Es tut mir leid."

„Was?"

„Es tut mir leid, daß ich immer so schrecklich zu dir bin." Ich schluchzte hemmungslos.

Durch einen Tränenschleier hindurch sah ich, wie Suzannah sich erhob. „Schrecklich?" fragte sie. „Hast du schrecklich gesagt? Warte mal eine Sekunde."

Sie ging zur Tür, und ich weinte noch lauter. „Geh jetzt nicht weg!"

Aber sie verschwand. Nach ein paar grausam langen Sekunden kam sie wieder zur Tür herein.

„Tja", sagte sie und verschränkte die Arme vor der Brust. „Ich hab mir so was schon gedacht. Ich habe nachgeguckt, aber ...", sie zuckte die Achseln, „Schrecklich ist heute abgereist. Ohne eine Adresse zu hinterlassen." Sie verzog den Mund zu einem schiefen Grinsen und hob die Hände zu einer bedauernden Geste.

Ich schniefte laut auf, und dann, als ich sah, wieviel Mühe es sie kostete, ernst zu bleiben, mußte auch ich lachen.

Sie war wieder da. Sie war da.

Jahre später gab es einen Tag, an dem ich, zermürbt und entkräftet von zuwenig Schlaf und zuviel Sorgen, wegen irgendeiner Kleinigkeit vollends aus der Haut fuhr und Suzannah, die nicht die geringste Schuld an der Situation trug, anschrie. Als ich mich beruhigt hatte und ihr später gestand, wie ich mich schämte, daß ich so schrecklich ungerecht zu ihr gewesen war, zog sie nur eine Augenbraue hoch, sah mich durchdringend an und sagte: „Oh, da ist Schrecklich ja wieder! Hallo! Wir dachten doch, du wärst auf Nimmerwiedersehen verschwunden!"

Mit Suzannah an meiner Seite war es mir nahezu unmöglich, depressiv zu sein. Es war sogar schwierig, mich selbst nicht leiden zu können. Sie schaffte es immer wieder gründlich, mich aufzumuntern. Vielleicht, weil sie mich manchmal einfach nicht ernst nahm, mich und meine schwarzen Launen.

Für Suzannah war das Leben spannend, wenn auch oft genug anstrengend, aber nicht auf jene Weise, die einem das ganze Tun vergällt und die eigene Existenz schwer und trübe erscheinen läßt. Frustration empfand Suzannah als etwas, das sie in Blitzesschnelle niederziehen konnte, aber genauso plötzlich, wie diese negativen Stimmungen sie ereilten, genauso plötzlich verschwanden sie auch wieder. Ihr Gefühlsleben schien mir ein Auf und Ab, bei dem das Auf bei weitem überwog. Und gerade in dieser Sprunghaftigkeit selbst lag eine Beständigkeit, die Suzannah zu einem ausgeglichenen Wesen machte. Für sie wog alles gleich viel – und war deshalb stabil.

Suzannah hat mir so manches Mal einfach nicht gestattet, in jenes düstere, abgrundtiefe Loch zu springen, an dessen Rand ich schon bereitwillig stand. Auch ich habe gelernt, das für sie zu tun, später, als ich endlich weich genug war, um stark zu sein. Wir haben es gelernt, in all den Jahren. Einander zu halten.

Jetzt, aus der Gegenwart heraus betrachtet, erkenne ich, wie sich immer und zu jeder Zeit ein dichter und fest gesponnener Faden durch mein Leben zog. Heute sehe ich, daß alles, was geschah, aufeinander aufbaute, daß jedes Erlebnis ein Stein war, an den der nächste nahtlos paßte, so daß nach und nach ein stabiler und trittsicherer Pfad entstand, auf dem ich lief. Aber damals erkannte ich nichts dergleichen. Mir schien, als ob jede Phase in meinem Leben nichts mit der vorherigen zu tun hätte. Als ob ich von einer Eisscholle auf die andere spränge und kaum, daß mein Stand sich gefestigt hatte, die vorige wieder davontrieb, ohne daß eine nächste in Sicht war; eine nächste, auf die ich mich retten könnte, wenn die jetzige dahinschmolz, was unweigerlich geschehen würde.

Alles hat seinen Sinn, nicht wahr? Ich glaube manchmal, daß es das war, was mich am Leben erhielt, dieser Glaube daran, daß hinter allem eine leitende Kraft verborgen war, ein tieferer Sinnzusammenhang bestand. Aber diesen Sinn entdeckte ich nicht. Was ich entdeckte, das waren die Dinge an der Oberfläche. Dinge, die ich sofort als richtig, als passend erkannte, zum Beispiel, wie jemand aussah, was er tat und wie die Umstände dort hineinpaßten. Ich erkannte die Ordnung darin. Und in ihrer Oberflächlichkeit meinte ich die Wahrheit zu erkennen. Darüber, wie Dinge sind.

Aber es war nicht die ganze Wahrheit. Die Wahrheit liegt in der Mitte des Lebens verborgen. Sie ist gar nicht so einfach zu finden, diese Mitte. Aber ich habe es zumindest versucht. Und Suzannah gab mir den Raum.

Ich war spät dran, aber das lag nicht an mir, sondern an Theo, dessen Lauftempo sich von Woche zu Woche verlangsamte. Für die Strecke zur Kurfürstenstraße hatten wir mehr als eine Stunde gebraucht, doppelt so lange, wie ich veranschlagt hatte. Auf der Treppe stieß Theo ein gequältes Seufzen aus, und ich faßte unter sein Halsband und geleitete ihn langsam das letzte Stück hinauf.

„Du hast wirklich ein unverschämtes Glück. Ziehst einfach in eine komplett renovierte Wohnung, und ich sitze immer noch in meiner alten Bude." Karls sonore Stimme drang durch die angelehnte Wohnungstür. Ich trat in den Flur und stieß die nächstgelegene Zimmertür auf.

Suzannah, Karl und Marina, eine Freundin und Kollegin der beiden, saßen auf dem Sofa, das in der Mitte des großen Zimmers seltsam fehl am Platze wirkte, und tranken Sekt.

„Ihr seid ja schon fertig."

„Ja", sagte Karl und schlug sich an die Brust. „Alles schon erledigt. Ihr braucht euch eigentlich nur noch ins Bett zu legen und den Fernseher anzuschalten."

„Ich kann mir was Besseres vorstellen." Suzannah blinzelte mir zu und hob ihr Glas. „Willst du den letzten Schluck?"

Ich nahm ihr das Glas ab und schlenderte zum angrenzenden Schlafzimmer. Die Möbel standen schon an Ort und Stelle. Suzannahs Lieblingsfoto, ein mit Selbstauslöser aufgenommenes Porträt von uns beiden, hing über dem Bett, und nur ein paar Umzugskartons in der Ecke zeugten davon, daß sie gerade erst eingezogen war.

Ich hatte den gesamten Umzug verpaßt, weil Jan und Gerd in den letzen Tagen meine Hilfe bei einer eiligen Prozeßsache dringend benötigt hatten, und jetzt, als ich aus dem Fenster auf den darunterliegenden Park hinausblickte, kam es mir merkwürdig vor, daß die ganze Prozedur des Packens, des Ein- und Ausziehens so spurlos an mir vorübergegangen war. Von einem Tag auf den anderen, so schien es mir, hatte Suzannah ihre Wohnung gewechselt, und ich hatte mich mit dem Gedanken noch gar nicht vertraut gemacht.

Theo schnüffelte ausgiebig an den Kartons und ließ sich dann ächzend auf dem Perserimitat nieder, seiner angestammten Schlafunterlage, die Suzannah unter das Fenster gelegt hatte. Er leckte sich über die angegraute Schnauze und schloß behaglich die Augen.

Ich lief zurück durch das Wohnzimmer, um den Rest der Wohnung in Augenschein zu nehmen. Bei meinem ersten Besuch vor gut zwei Wochen war Jimmy, der Vormieter, noch nicht ausgezogen. In der Zwischenzeit hatte die Hausverwaltung die Wohnung renovieren lassen, und im hellen Weiß der untapezierten Wände und mit Suzannahs wenigen Möbeln darin wirkten die Räume groß und freundlich. Neben den beiden Zimmern umfaßte die Wohnung Küche, Bad und eine Kammer, in der Suzannah sich ihr Fotolabor einzurichten gedachte, sowie einen weiteren kleinen Raum, der direkt hinter der Eingangstür lag. Ich war auf dem Weg dorthin, als Suzannah, Karl und Marina in den Flur traten.

„Warte“, sagte Suzannah zu mir. Sie verabschiedete sich von Karl und Marina, schloß die Tür hinter ihnen und wandte sich mir zu. Ich bemerkte einen nervösen Zug um ihren Mund.

„Wie findest du die Wohnung?“

„Sie hat eine gute Ausstrahlung. Und es wirkt, als würdest du hier schon eine ganze Weile wohnen.“

„Ich habe zwei Tage nichts anderes gemacht, als mich einzurichten.“ Ihre grünen Augen ruhten nachdenklich auf meinem Gesicht. Es war, als ob sie mich prüfend musterte, aber ich konnte mir nicht im geringsten vorstellen, weswegen.

„Ich habe das kleine Zimmer noch nicht gesehen“, sagte ich.

„Ich weiß.“ Sie machte keine Anstalten, sich zu bewegen. Sie stand da und musterte mich, und langsam fragte ich mich, ob etwas an mir anders war als sonst.

„Ist irgendwas?“

Sie zuckte mit den Achseln, ein kleines Lächeln blitzte über ihr Gesicht, dann drehte sie sich um, öffnete die Tür zum kleinen Zimmer und bedeutete mir einzutreten.

Ich wußte fast augenblicklich, wofür der Raum bestimmt war. Es gab einen winzigen Moment, indem ich es nicht begriff, eine kurze Sekunde, in der ich mich fragte, was sie mit der Einrichtung bezweckte, aber dann, als die Erkenntnis in mir hochstieg, verschwand mein Erstaunen, und an seine Stelle trat ein Gefühl der Ungläubigkeit – der Ungläubigkeit und der Verlegenheit, die prickelnd mein Rückgrat hinaufschoß und sich in einem heißen Tosen durch meinen Kopf zog. Ich trat einen Schritt vor und dann noch einen, bis ich in der Mitte des kleinen Raumes stand, und sah hinaus aus dem Fenster auf den zur Seite hin offenen Innenhof, in dem einige mit Reif überzogene Sträucher der eisigen Winterluft trotzten. Ich sah hinaus und bemühte mich, zugleich die Gegenstände in diesem Zimmer wahrzunehmen, den kleinen, dunkel gebeizten Tisch unter dem Fenster mit dem Stuhl davor, den Metallspind an der rechten Wand und das schmale Eisenbett an der gegenüberliegenden Seite. Das Bett war schon gemacht, Decke und Kissen mit jener pastellfarbenen Wäsche bezogen, die ich so sehr mochte, und die kleinen Quader und Vierecke darauf flimmerten zu mir herüber. Etwas Glitzerndes lag auf dem Kissen, und ohne genauer hinzusehen, wußte ich, daß es ein Schlüssel war.

„Ich dachte nur, für den Fall, daß du mal Lust hast, ein paar Tage am Stück …“ Suzannah brach ab. Ich trat noch einen Schritt vor, stützte die Hände auf den Tisch, dann drehte ich mich um.

Sie stand regungslos da, die Arme hingen seitwärts an ihrem Körper herab, ihr Gesicht war wachsam und angespannt, aber der prüfende Ausdruck in ihren Augen hatte sich verloren, war einem stillen Fragen gewichen.

„Ein wunderschönes Zimmer.“ Ich schluckte.

„Ich dachte nur, weißt du, als Ausweichmöglichkeit, wenn du mal Besuch hast“, sagte sie. „Sonst kann man es ja auch als Gästezimmer benutzen.“

Ich strich mit den Fingerspitzen über die Bettkante. Das Eisen fühlte sich rauh und spröde an. „Ein schönes Bett. Wo hast du es her?“

„Ach, gefunden. Ich habe dir den Schlüssel hingelegt, dann kannst du auch kommen, wenn ich nicht da bin."

Ich nickte, unfähig, sie anzusehen.

„Den für die Grolmannstraße hattest du ja auch, das war doch recht praktisch."

„Ja." Ich sah auf und begegnete ihrem Blick, und genau wie sie lächelte ich darüber, daß wir beide uns mit unserem lässigen Gerede etwas vormachten, daß wir die Bedeutung dessen, was geschah, herunterzuspielen versuchten, eben weil wir uns beide nicht trauten, es klar und deutlich auszusprechen. Sie bot mir zaghaft an, mit ihr zu leben, und ich nahm ebenso zaghaft an.

„Willst du auch noch eins?" Paul hob seine Bierflasche und ließ sie einmal auf der Theke kreisen. Ohne eine Miene zu verziehen, sah ich zu, wie er die Vorführung beendete, indem er den Flaschenhals zwischen zwei Finger nahm und umherschwang. Schließlich stellte er die Flasche wieder hin und sah mit einem fast schüchternen Grinsen zu mir auf.

Ich versuchte zu lächeln, aber es gelang mir nicht richtig. Paul kniff die Lippen zusammen, sog hörbar die Luft ein und stand auf. „Ich bring dir eins mit."

Er zwängte sich an drei jungen Männern mit Schirmmützen und bunten Jacken vorbei, umkurvte ein sich küssendes Pärchen und steuerte auf Dennis zu, der ganz am Ende der Theke lehnte und sich mit dem Barkeeper des *Kumpelnests* unterhielt.

Sie unterbrachen ihr Gespräch nur für die Dauer, die es brauchte, damit Paul seine zwei Bier bekam, es reichte gerade für das Lächeln, das zwischen Dennis und Paul hin und her ging, dann nahmen sie ihre Unterhaltung wieder auf. Ich versuchte, ihren fließenden, raschen Bewegungen zu folgen, aber sie waren zu schnell für mich. Das, was Dennis mir bislang von der Gebärdensprache beigebracht hatte, reichte gerade soweit, daß ich ein paar wenige Ausdrücke erkennen konnte.

Paul kam zurück. „Du hast mir noch nicht gesagt, was dich an Gerd wirklich stört. Kannst du das überhaupt?" Er tippte mit seiner Flasche leicht an meine und setzte sie an die Lippen.

„Es ist nur so ein Gefühl. Ich traue ihm einfach nicht über den Weg."

„Er war es nicht, der es geheimhalten wollte", stellte Paul klar.

„Das sagst du jetzt zum drittenmal. Aber genau das verstehe ich nicht. Warum hast du ein solches Geheimnis daraus gemacht? Wenn du so auf ihn stehst, dann kann es dir doch egal sein, was ich darüber denke."

„Meinst du", sagte Paul und schnippte einen Tabakkrümel von der Theke. Ich schwieg verdrossen.

„Ich wollte mir erst sicherer sein, bevor ich mich deinen Aversionen stelle."

„Und jetzt bist du dir sicher?"

„Sicher genug." Paul nahm einen großen Schluck. Seine Oberlippe glänzte feucht, als er die Flasche wieder abstellte.

Zum wiederholten Male wünschte ich mir, daß er seinen Schnäuzer nicht abrasiert hätte. Sein Gesicht wirkte nackt, ließ seine Verletzlichkeit deutlich erkennen, und das machte den Gedanken, daß er mit dem kühlen, unberechenbaren Gerd eine Liaison eingegangen war, nicht gerade erträglicher für mich.

„Du bist moralisch, Thea."

„Quatsch!"

„Du kannst es nicht ertragen, daß ich Jörn nicht die Stange halte."

In einer anderen Situation hätte ich die Zweideutigkeit, die sich in diesen Ausdruck hineininterpretieren ließ, wahrscheinlich witzig gefunden. „Nein. Ich finde nur ..." Ich ließ meinen Gedanken unausgesprochen. Ich sah nicht, wie wir die Sache klären sollten. Ich konnte ja noch nicht einmal genauer definieren, was mich derart irritierte.

„Wie auch immer, es sollte sich nicht zwischen uns stellen." Ich trank mein Bier aus und sah zu Dennis. Als hätte er meinen Blick gespürt, drehte er sich um, sah von mir zu Paul und machte dann mit der rechten Hand die Gebärde für „gehen".

„Dennis fragt, ob wir aufbrechen."

Paul seufzte und erhob sich. Seine Augen ruhten auf meinem Gesicht, und für einen Moment fühlte ich mich unbehaglich, weil ich wußte, daß er mein plumpes Ablenkungsmanöver durchschaute und es mir übelnahm.

Die Nacht war eisig, die Temperatur war in den letzten Tagen auf weit unter Null gefallen. Bis auf zwei Betrunkene, die vor dem türkischen Restaurant an der Ecke herumlümmelten, lag die Lützowstraße still und verlassen da. Dennis wartete gar nicht erst ab, bis Paul und ich unsere Jacken zugeknöpft hatten. Eine zerknickte Bierdose vor sich her kickend, lief er auf die Kreuzung zu.

„Auch wenn du es nicht moralisch nennst", nahm Paul zu meinem Ärger den Faden wieder auf, „auf irgendeine Art wertest du mein Verhalten dennoch als negativ." Sein Atem stieg in weißen Wölkchen in die kalte Luft.

„Nicht dein Verhalten. Die Umstände." Einer meiner Jackenknöpfe hatte sich in meiner Strickweste verhakt. Ich zerrte ungeduldig daran herum. Paul streckte die Hand aus, und ich wich zurück. Er verschränkte die Arme vor der Brust und sah zu, wie ich den Knopf umständlich aus ein paar heraushängenden Fäden befreite.

Endlich hatte ich es geschafft. Ich warf einen Blick zu Dennis, der sich langsam der Ecke näherte und der Bierdose einen übermütigen Tritt versetzte. Das Scheppern hallte laut zu uns herüber.

„Die Umstände sind, wie sie sind." Paul fixierte mich scharf. „Ich kann sie nicht ändern. Aber ich kann das Beste draus machen."

Ich hörte, wie vor uns jemand undeutlich etwas rief. „Na, dann ist ja alles in Ordnung." Ich hatte keine Lust mehr zu streiten. Es hatte keinen Sinn. Wir würden uns ohnehin nicht einig werden, vielleicht, weil es bei dieser Sache für uns schlichtweg keine Einigung gab.

„Die Dinge verändern sich, Thea. Ich weiß nicht, warum du auf einmal so sehr an der Vergangenheit festhältst. Das hast du sonst nie getan. Du bist doch immer die Unbeständige, Flexible, allem Neuen Aufgeschlossene." Wieder erklang das metallene Scheppern der Bierdose.

„Die Dinge ändern sich eben", sagte ich grob. Ich haßte dieses Gespräch, ich haßte die Art, wie Paul mich musterte, mit zu Schlitzen zusammengekniffenen Augen, wie ein Gegner, der auf einen Schwachpunkt in der Deckung seines Gegenübers lauert, bereit zuzuschlagen, ehe der andere es tut.

Die Stille zwischen uns wurde durch einen erneuten Ruf durchbrochen. „He, du dumme Sau, ich hab gesagt, du sollst mit dem Krach aufhören! Hast du Tomaten auf den Ohren oder was?"

Ich blickte zur Kreuzung, gerade rechtzeitig, um zu sehen, wie einer der beiden Betrunkenen auf Dennis zustürzte, der die Ampel fast erreicht hatte und munter weiter gegen die Dose trat.

„Dennis!" Der Schrei kam tief aus meinem Inneren und gellte mir in den Ohren. Der Typ packte Dennis am Ärmel und riß ihn grob zu sich herum. Im gleichen Moment sprang sein Kumpan hinzu.

Ich sah den Schlag kommen. Dennis nicht. Seine Augen waren verständnislos und fragend auf den Typen gerichtet, der ihn festhielt. Ich sah, wie der andere hinter ihm blitzschnell die Faust hob und sie mit aller Kraft auf Dennis' Schulter sausen ließ. Augenblicklich knickten seine Beine unter ihm zusammen. Paul und ich rannten gleichzeitig los.

Es dauerte endlos lange, bis wir bei ihm waren, endlose Sekunden kämpften wir uns voran, durch eiskalte Luft, die schwer wie Nebel zwischen uns und Dennis zu hängen schien, und während dieser endlosen Sekunden schlugen die beiden Männer immer wieder auf Dennis ein. Kurz bevor wir sie erreichten, ließen sie von ihm ab und liefen davon, und ich weiß noch, wie sehr mich die Schnelligkeit erstaunte, mit der sie den verlassenen Bürgersteig entlangrannten und in einem Hauseingang verschwanden.

Und dann waren wir endlich bei Dennis angelangt, der zu Boden gesunken war, beugten uns über ihn, sahen das Blut, das in einem stetigen Strom aus seiner Nase rann und seine Jacke befleckte. Während ich meine Hände unter seinen Kopf schob und ihn ein wenig anhob, schwoll sein linkes Auge zusehends an. Dennis würgte und gab ein mattes Ächzen von sich, und als er endlich sein unverletztes Auge öffnete und zu mir aufsah, konnte ich den Schmerz darin aufleuchten sehen wie das grelle Licht einer Feuerwerksrakete, die das Dunkel der Nacht zerreißt.

Pauls Finger tasteten flink über Dennis' Gesicht, tasteten seine Schulter ab, seine Arme, faßten nach seinem Puls. „Kannst du mich hören?" fragte er. „Dennis, kannst du mich hören?"

Dennis hustete und würgte erneut, und dann spuckte er einen Klumpen blutigen Schleims aus.

„Dennis!" In Pauls Stimme schwang Panik.

Ich löste meinen Blick von Dennis' zerschlagenem Gesicht und sah Paul an, und ich glaube, daß uns im selben Moment aufging, was wir beide, erst ich und dann er, gerade getan hatten. Wir hatten Dennis gerufen. Für einen Augenblick hatten wir vergessen, daß er uns nicht hören konnte. Wir sahen uns an, und dann richteten wir unsere Blicke auf Dennis, der langsam wieder zu sich kam und mit seinem gesunden Auge fassungslos zu uns emporschaute. Erst als Dennis' Mund sich zu einem zittrigen „Was?" verzog, trauten wir uns, wieder zu sprechen, aber dieses Mal erreichten ihn unsere Worte.

Dennis hatte, außer einigen Platzwunden und Prellungen, keine ernsthaften Verletzungen davongetragen. Nachdem er uns endlich überzeugt hatte, daß es keinen Sinn hatte, die Polizei zu rufen, schleppten wir ihn durch die Lützowstraße und den Park am Ende der Flottwellstraße zu Pauls Wohnung. Die ganze Zeit über spürten wir, wie er in unseren hinter seinem Rücken verschränkten Armen zitterte. Als wir die Treppen hinaufstiegen, verzog sich sein Gesicht zu einem schmerzverzerrten Grinsen, schwer lehnte er sich gegen mich, und ich konnte seinen schnellen Puls durch unsere dicken Jacken hindurch fühlen.

Paul wischte ihm mit einem feuchten Waschlappen das Gesicht sauber und verarztete seine Wunden, während ich mich damit abmühte, seine Schuhe aufzubinden und ihn aus seiner schmutzverkrusteten Hose zu befreien. Schließlich lag er, eine kühlende Eispackung quer über dem Auge, in Pauls Bett und winkte erschöpft ab, als ich die Tasse mit heißem Tee erneut an seine Lippen zu setzen versuchte.

– Schon gut, ich bin okay, ich möchte nur schlafen. Seine Hände waren matt, die Gebärden kamen langsam und schwach. Als er seine Augen schloß, war es das leichte Lächeln um seine Lippen herum, das mich endgültig beruhigte.

Paul lehnte am Fenster und sah hinaus, eine Zigarette zwischen den Lippen. Als ich hinter ihn trat, bot er mir wortlos auch eine an. Schweigend standen wir da und rauchten, lauschten dem leisen Zischen der Glut, und während mein Blick auf die gegenüberliegende Kirche fiel, die geisterhaft gen Himmel ragte, schwollen die Aufregung und Frustration zu einem Band aus Schmerz an, das sich einem festen Reif gleich um meine Stirn legte und all die Fragen, all die quälenden Fragen erstickte.

„Laß uns schlafen gehen", sagte Paul leise.

Schweigend benutzten wir das Bad, trockneten die Feuchtigkeit von unseren müden Gesichtern, schweigend gingen wir in das Zimmer, wo Dennis' ruhige Atemzüge die Stille erfüllten, schweigend zogen wir uns aus und krochen unter die breite Decke, legten uns zu Dennis, jeder an eine Seite, und als ich mein Gesicht an Dennis' Hals legte und seinen leichten Geruch nach Schweiß roch, als ich meinen Arm ausstreckte und vorsichtig über seine Brust legte, bis meine Finger Pauls Schulter berührten, da spürte ich, daß auch Paul sich so dicht wie möglich an Dennis schmiegte, daß sein Arm sich über Dennis' Bauch schob und nach mir tastete, vorsichtig, leise und sanft, um den Schlafenden nicht zu wecken. Über Dennis' Körper hinweg fanden sich unsere Hände, und gleichzeitig streckten wir unsere freien Arme über seinen Kopf hinweg nacheinander aus, bis wir am Ende eng aneinander geschmiegt dalagen, Dennis in unserer Mitte, eingehüllt von unseren Körpern; drei Menschen, eng und fest und weich ineinander verschlungen.

Es war das erste und letzte Mal, daß wir so beieinander gelegen haben; es war das erste Mal und das letzte Mal zugleich, und die Erinnerung daran wohnt in mir wie ein kostbar gehüteter Schatz, den ich nur manchmal, im Dunkel der Nacht, hervorhole und besehe, bevor ich ihn wieder zurücklege, zurück in die Tiefe meines Herzens, dorthin, wo er bleiben wird bis ans Ende meiner Tage.

Von Woche zu Woche wurde Suzannah rastloser. Ich weiß nicht, was der Auslöser für ihre Unruhe war, und auch sie konnte es mir nicht sagen. Aber oftmals, wenn sie sich unbeobachtet fühlte, nahm sie eine seltsame Haltung an, weich, ein wenig schlaff, so als könne ihr Körper die gewohnte Spannung nicht mehr aufrechterhalten. Und hinter ihrer Stirn arbeitete es. Immer öfter war sie abwesend, nicht richtig bei der Sache, einige Male geschah es, daß ich sie mehrmals beim Namen rufen mußte, bevor sie sich ihrer angefangenen Mahlzeit bewußt wurde und den Löffel wieder aufnahm.

Sie war pausenlos unterwegs. Alltagsfotos aus der im Zerfall begriffenen DDR hatten Hochkonjunktur, und Suzannah stürzte sich mit Feuereifer in die neue Aufgabe. Sie legte sich einen neuen

Wagen zu, wieder einen Kadett, dessen Türen beim Öffnen und Schließen erbärmlich quietschten, und brach jeden Tag aufs neue zu mehrstündigen Fototouren ins Umland auf, meist allein, oft mit Karl oder Marina, mit der sie sich immer mehr anfreundete, und manchmal kam auch ich mit. Aber nur selten. Ich hatte mehr als genug zu tun.

Jan und Gerd hatten eine Auszubildende eingestellt, eine kleine dürre Blondine, die meist ein wenig ängstlich hinter ihren dicken Brillengläsern hervorlugte, und es blieb mir überlassen, sie in die weniger komplizierten Aspekte des Kanzleibetriebes einzuführen. Zeitgleich ging Uschi, die langjährige Renogehilfin, in Mutterschaftsurlaub, und es stellte sich als gar nicht so einfach heraus, eine zuverlässige Ersatzkraft zu finden. Jan und ich kamen überein, daß mir die zahlreichen Überstunden nicht mit zusätzlichem Lohn, sondern mit freien Tagen abgegolten würden; ich hatte instinktiv das Gefühl, daß ich diese freie Zeit bald dringend brauchen würde. Fast jeden Tag war ich erst gegen neun Uhr mit der Arbeit fertig, und die Abendstunden nutzte ich, um Jörn, dessen Gesundheitszustand sich immer mehr verschlechterte, zu besuchen, mit Theo spazierenzugehen oder bei Paul vorbeizuschauen.

Unser Verhältnis hatte sich fast wieder normalisiert. Manchmal gab es Momente der Spannung, vor allem, wenn Gerd bei unseren Treffen dabei war, was immer öfter vorkam, aber wir bemühten uns. Ein Teil meines Herzens war sogar bereit, Gerd zu akzeptieren, mich mit ihm mehr als notwendig zu unterhalten, herauszufinden, was Paul an ihm mochte, aber ein anderer sträubt sich beharrlich dagegen. Und ich wußte, daß das so bleiben würde. Gerd schien mir einfach nicht der richtige Partner für Paul zu sein, und wenn Paul und ich über Jörn sprachen oder einen gemeinsamen Besuch bei ihm verabredeten, dann meinte ich in seinen Augen ein dunkles Sehnen zu entdecken, das mich in meiner Ansicht nur noch bestätigte. Aber wir redeten nicht mehr darüber. Wir hatten die klassische Patt-Situation erreicht, und es gab nichts anderes zu tun, als abzuwarten und sich damit zu arrangieren.

Dennis' und meine Wohnung war schon immer nur eine Zwischenstation auf meinem Weg von irgendwoher nach irgendwohin gewesen, aber jetzt begann sich das vage Gefühl, dort zu

Hause zu sein, immer mehr zu verflüchtigen. Die wenigen Male, die ich in meinem eigenen Bett übernachtete, fühlte ich mich fehl am Platz; schon waren die Geräusche, die von der Zossener Straße hereindrangen, und das unablässige Husten des Rentners, der über uns wohnte, ungewohnt geworden. Meine Bettwäsche fühlte sich fremd und klamm an, und einmal wachte ich nachts auf und wußte einen Moment lang nicht, wo ich mich befand. Wenn ich nach einem meiner seltenen Kinobesuche heimwärts strebte, stellte ich fest, daß meine Schritte mich unweigerlich zur Kurfürstenstraße geführt hatten. Und wenn ich dann das Tapsen von Theos Pfoten hinter der Tür hörte und das leise Jaulen, mit dem er mich begrüßte, wurde mir klar, daß ich ihn nicht nur dorthingebracht hatte, weil Suzannahs Wohnung auf dem Weg zum Kino lag. Von Anfang an hatte ich vorgehabt, die Nacht dort zu verbringen.

Sie kam oft spät. Das kleine Zimmer war mir schon längst zu einem vertrauten Ort geworden. Stundenlang lag ich auf dem schmalen Eisenbett, sah aus dem Fenster und träumte vor mich hin. Manchmal, wenn ich kam und die Fotostapel und frisch getrockneten Negativstreifen im Wohnzimmer davon kündeten, daß Suzannah dagewesen und wieder fortgegangen war, besah ich mir ihre Ausbeute des Tages, die Aufnahmen der alten Häuser, der ärmlich gekleideten Menschen, der glücklichen Gesichter, die mit weit aufgerissenen Mündern in eine Banane bissen, und ich fragte mich, wo das Fremde geblieben war, das sie doch angeblich suchte. Aber es dauerte nie lange, bis ich es entdeckte, versteckt in den rissigen Fassaden, den auf alt getrimmten Jeansjacken, den slawischen Gesichtszügen. Sie machte ganze Arbeit, und ihre Bilder wurden von Tag zu Tag besser, intensiver und trauriger zugleich.

In der Stille der Wohnung kam mir mehr als einmal der Gedanke, ob sie soviel fort war, weil sie es nicht ertragen konnte, daß ich ihr Angebot wirklich angenommen hatte, ob sie vor ihrer eigenen Courage flüchtete, aber im tiefsten Herzen glaubte ich nicht daran. Es war etwas anderes, was sie trieb, und nun, wo ich selbst stärker und ruhiger wurde, ließ sie sich vollends hineinfallen.

Eines Abends kam sie freudestrahlend herein.

„Ich habe ein Atelier gemietet“, sagte sie. „Fünfzig Mark, kannst du dir das vorstellen? Auf einem Dach in Mitte. Unglaublich.“ Sie warf ihre Jacke zu Boden und ließ sich neben mich auf das Sofa fallen.

„Wozu?“ Ich legte einen Arm um sie und zog sie an mich. Sie roch nach Winterwind und frischgefallenem Schnee, und ihre Wange war eisig, als ich mit der Nase daran entlangfuhr.

„Zum Arbeiten.“ Sie kuschelte sich an mich und seufzte.

„Du arbeitest doch schon wie der Teufel.“

„Stimmt“, erwiderte sie, „aber es reicht noch nicht. Da oben kann ich richtig gute Studioaufnahmen machen, das Licht ist phantastisch.“ Sie schlang die Arme um mich, und obwohl sie mich fest an sich preßte, war ich diejenige, die uns beide hielt. „Es reicht noch nicht“, sagte sie leise, und ich legte meine Hand auf ihren Nacken, drückte ihren Kopf sanft an meinen Hals und streichelte ihr weiches Haar.

„Es reicht noch nicht“, hatte sie gesagt, und dieser kurze Satz begleitete mich die kommenden Monate hinweg, hing mir im Ohr, wenn ich die Betriebsamkeit sah, mit der sie Magazine durchblätterte und Fotobücher studierte, immer auf der Suche nach Vergleichen, auf der Suche nach Motiven, die sie selbst aus einem anderen Blickwinkel, einer anderen Sicht einzufangen gedachte. Er zog durch meine Gedanken, wenn ich ihr zusah, wie sie in ihrem Atelier Kamerastative aufbaute, Lampen in die richtigen Positionen setzte und mit Marina und Karl die nächsten Aufnahmen besprach. Er war immer da, dieser Satz, schwebte mit in ihren angespannten Gesichtszügen, in ihren hektischen Gesten, in ihrem befreiten Lachen, wenn sich aus dem schlierig-trüben Dunkel der Entwicklerlösung genau jenes Bild herauskristallisierte, das ihr inneres Auge längst vor sich gesehen hatte.

Ich sah zu, sah, wie jene Schaffenskraft in ihr vollends erblühte, wie die Unruhe immer mehr von ihr Besitz nahm, je weiter sie sich voranarbeitete, und zugleich wurde ich selbst ruhiger, wurde zur Beobachterin, zur stillen Teilhaberin an ihrem Sein. Und so paradox es mir zuerst erschien, um so klarer wurde mir nach und nach, daß ich langsam, aber stetig aus einer Art seelischen Finsternis herausglitt. Mir war, als ob ich erwachte, als ob ich die Dinge schärfer und klarer sah, frei von jenem Hauch aus Düsterkeit und Ängsten, die jedes Wachsen, jedes Wenden mit Zögern und Furcht belegt hatten.

Das Atelier in Mitte besaß in der Tat phantastische Lichtverhältnisse, aber bald schon zeigten sich die negativen Seiten, die der günstigen Miete zugrunde lagen. Das Wasser aus dem einzigen Wasserhahn floß in einem immer trüberen Braun heraus, nach und nach versagten die Lichtschalter, und der Schimmelgeruch, der aus den modrigen Wänden aufstieg, begann unerträglich zu werden. Es dauerte keine zwei Monate, bis Suzannah schon ein neues Atelier aufgetan hatte, ein paar Straßen weiter; diesmal waren es zwei riesige Räume in einer Dachwohnung, aber auch hier hielt sie es nicht lange aus.

Der Sommer warf seine ersten Strahlen auf die Stadt, als Suzannah, Marina – Karl hatte mittlerweile ein eigenes Atelier gefunden – und ich sämtliche Geräte und Utensilien erneut fünf Stockwerke hoch schleppten, hinauf auf einen monströs anmutenden Dachaufbau in der Johannes-Dieckmann-Straße. Die riesigen Fensterfronten, die von meterlangen vergilbten Gardinen eingerahmt wurden, gaben den Blick über den Gendarmenmarkt bis hin zum Scheunenviertel frei.

Suzannah fühlte sich wohl in dieser luftigen Enklave. Und sie verdoppelte ihre Aktivitäten.

„Ach, Mist!“ Sie drehte sich ruckartig zu mir um. Es war spät, und wir standen vor unserer Haustür. Ich hatte sie im Atelier abgeholt, und wir waren, behindert durch den einsetzenden Samstagabendverkehr und die zahlreichen aus dem Boden sprießenden Baustellen, so zügig wie möglich nach Hause gefahren und hatten gerade eben nach langer Suche einen Parkplatz gefunden.

„Ich habe meinen Kalender vergessen.“ Sie kaute ungeduldig auf ihrer Lippe und begann mit verzweifeltem Gesichtsausdruck in ihrem Rucksack zu kramen.

„Ich muß noch mal zurück. Ich bin in einer guten halben Stunde wieder da. Ich brauche das verflixte Ding, da stehen die Termine für morgen drin.“ Sie zog den Reißverschluß des Rucksacks zu und drehte sich zur Fahrertür, die Autoschlüssel in der Hand.

„Gib her“, sagte ich. Sie sah erstaunt zu mir auf.

„Komm schon, gib mir die Schlüssel. Ich fahr dich hin.“

Sie schüttelte den Kopf. „Quatsch! Geh du schon mal nach Hause. Ich …“

Ich beugte mich vor und wand ihr die Schlüssel aus den Fingern. „Los, setz dich rein.“

Ich fuhr selten, aber das allein war es nicht, was Suzannah sich sträuben ließ. Es war das erste Mal, daß ich ihr schlichtweg Einhalt gebot. Als sie sah, daß ich mich nicht umstimmen ließ, gab sie nach, ging ums Auto herum und setzte sich gehorsam auf den Beifahrersitz. Ihr Gesicht war müde und erschöpft, und als ich den Wagen aus der Parklücke herausmanövrierte, schloß sie die Augen und lehnte den Kopf zurück. Ich gab Gas und fuhr los.

„Du läßt die Kupplung nie zu schnell kommen.“ Suzannah streckte die Beine aus.

„Nein. Das überlasse ich dir. Niemand kann das besser als du.“

Aus dem Augenwinkel sah ich, wie sie schmunzelte. Obwohl sie unbestritten die bessere Fahrerin von uns beiden war, gelang es ihr mit schöner Regelmäßigkeit, den Motor abzuwürgen. Eine Zeitlang hatte mich das wahnsinnig aufgeregt, mittlerweile aber amüsierte ich mich nur noch darüber, vor allem, seit ich herausgefunden hatte, daß sie die Kupplung zuweilen absichtlich zu schnell kommen ließ, um mich zu necken.

Nach einer Weile spürte ich ihre Hand auf meinem Schenkel. Ich legte meine Rechte darauf und drückte sie sanft.

„Ich habe Angst“, sagte sie leise und unvermittelt.

Schweigend überholte ich einen Radfahrer. Ich wollte, daß sie weitersprach, von sich aus, ohne daß ich sie dazu ermunterte.

„Ich habe Angst, daß ich das, was ich erreichen will, nicht schaffe.“ Als ich zu ihr hinübersah, hatte sie die Augen immer noch geschlossen, und das Licht der Straßenlaternen, das in regelmäßigen Abständen auf ihre Züge fiel, ließ die Falten entlang ihrer Nase deutlich hervortreten.

„Ich habe Angst, nichts zu schaffen. Es ist so viel, und ich weiß gar nicht, wo ich anfangen soll.“

Ich schwieg immer noch, und ihre Hand drückte sich fester in meinen Schenkel.

„Angst vorm Leben, manchmal.“

„Das habe ich auch“, sagte ich leise. Sie öffnete die Augen und sah mich an.

„Aber das sagst du nie.“

„Du auch nicht. Bis eben jetzt. Aber ich dachte mir schon, daß es Angst ist, die dich treibt. Der unschlagbare Faktor. Motor allen Schaffens. Es wird nie genug sein, nicht wahr?“

„Nein.“ Sie schmunzelte leicht, dann seufzte sie und bettete ihren Kopf an meine Schulter, und vorsichtig fuhr ich weiter, umkurvte sanft die tiefen Schlaglöcher, die sich allenthalben in den abgefahrenen Straßenbelägen auftaten, behutsam trat ich auf die Bremse, wenn ich an einer Ampel halten mußte, und ebenso langsam fuhr ich wieder an, und die ganze Zeit über war ich mir der Verletzlichkeit ihres Körpers, der feinen Brüchigkeit ihrer Stimmung nur zu deutlich bewußt.

„Du bist da“, sagte sie irgendwann leise. „Ich fühle mich schwach. Und ich glaube, ich fühle mich so, weil ich weiß, daß du jetzt da bist.“

Und das war ich auch.

Aber sie war nicht schwach. Sie war weich.

Es war immer nur um mich gegangen. Jetzt ging es auch um sie. Ich hatte eine Ewigkeit gebraucht, um genug Vertrauen zu fassen, daß ich mich in ihre Arme schmiegen konnte. Und erst, als ich weich genug war, um es zu tun, konnte auch sie sich in meine Arme schmiegen. Meine Weichheit hat mich stark gemacht. Danach habe ich Weichheit nie mehr mit Schwäche verwechselt.

V

Ich weiß, es gibt die Gefahr des Heroisierens, des nachträglichen Idealisierens, wenn jemand gestorben ist. Alle Welt tut das, Verstorbene werden zu zärtlichen, überaus gerechten Göttern der Vergangenheit, die man selbst nie, niemals, um keinen Preis verlassen hätte. Dabei trennen sich die Leute allenthalben, große Lieben gehen vorbei, langjährige Beziehungen brechen auseinander, Leute, die ein Herz und eine Seele waren, haben sich plötzlich nichts mehr zu sagen. „*Shit happens*", wie Michelle sagt. Aber ich hätte Suzannah nicht verlassen. Das weiß ich. Ich habe sie immer noch nicht verlassen.

Vielleicht wäre sie gegangen, eines Tages. Keine Ahnung. Die Zeit, die wir nicht hatten, hätte es gezeigt. Aber ich glaube es nicht.

Vielleicht bin ich geübt, den Blick zur Realität zu halten, weil ich es sehr oft erlebt habe, daß Suzannah nicht da war. Die ganze Zeit über waren wir immer wieder getrennt, für Tage, Wochen, einmal für fast zwei Monate. Was das bewirkt hat? Ob wir nicht so gut miteinander gelebt hätten, wenn da nicht immer wieder diese Phasen der Trennung gewesen wären? Wir sind uns über diesen Punkt nicht einig geworden. Suzannah glaubte es, ich nicht. Aber ich war ja auch diejenige, welche diese Trennungen gerne gemieden hätte. Vielleicht nicht zu Anfang, aber später. Suzannah hingegen genoß es zu reisen, beweglich zu bleiben, und sie genoß es auch, mich eine Weile nicht zu sehen, obwohl sie mich ebenso vermißte wie ich sie. Ich glaube, das hatte etwas mit unserer grundsätzlich verschiedenen Einstellung gegenüber der Zeit zu tun.

Suzannah war eher eine Kurzfristige und ich eine Langfristige. So nenne ich das, die Tatsache, daß ich selbst, im Gegensatz zu Suzannah, lange brauche, um intensiv wahrzunehmen. Mir reicht es nicht, etwas – ein fremdes Land, eine neue Stadt, ein unbekanntes Stück Natur – nur einmal und kurz zu sehen. Ich will dort Zeit verbringen, dort leben, darin verwoben sein. Nur so kann ich in die Tiefe gehen, nur so kann ich intensiv wahrnehmen. Am liebsten hätte ich ein Leben, das fünfhundert Jahre dauerte, damit ich an hundert verschiedenen Orten jeweils fünf Jahre leben könnte. Suzannah war da anders. Sie wollte nirgendwo lange bleiben. Sie mochte es, kurz hier, kurz dort zu sein, neue, fast flüchtige Eindrücke aufzunehmen und damit etwas anzufangen. Das hieß nicht, daß sie oberflächlicher war. Es bedeutete, daß sie flexibler und spontaner war als ich. Und besser loslassen konnte. Suzannah brauchte Abwechslung. Ich hingegen Sicherheit.

Früher habe ich immer gedacht, es verhielte sich genau andersherum. Ich war durch mein Leben gerannt, ohne mich zu binden, ohne mich niederzulassen, ohne fest zu sein, in etwas, mit etwas. Ich hatte das als Flexibilität und Unabhängigkeit angesehen. Aber nach und nach erkannte ich, daß nicht sie, sondern ich es war, die Zeit brauchte, sich einzurichten, die sich nach Wiederholungen sehnte, nach Gewohnheiten, nach einem Rhythmus. Ich brauchte Zeit, viel Zeit, für alles mögliche, um mich sicher darin bewegen zu können. Suzannah nicht. Ihre Bewegungssicherheit lag in ihr selbst. Und wenn sie etwas brauchte, dann einen Menschen. Mich.

Ich war nicht die einzige, die verzweifelt einen Parkplatz suchte. Vor mir umrundete ein grüner Kombi nun schon zum drittenmal das Flughafenzentrum, und an meiner Stoßstange hing ein buntlackierter Jeep, dessen Fahrer sich sichtlich nervös die Haare raufte. Gerade als ich entnervt aufgeben und in die Einfahrt zur gebührenpflichtigen Parkebene einbiegen wollte, hatte ich Glück. Direkt vor mir schob sich ein VW-Bus aus einer Haltebucht, und ich setzte schwungvoll in die freigewordene Lücke hinein.

Während Theo gemächlich aus dem Wagen stieg, angelte ich den Blumenstrauß vom Beifahrersitz und schlug die Tür zu. Ich war spät dran. Im Laufen überflog ich noch einmal das Telegramm, das ich am Abend zuvor in Suzannahs Briefkasten gefunden hatte: „Ankomme morgen 12.15 Tegel, hol mich.“ Ich faltete das Telegramm wieder zusammen und stellte mich zwischen die automatischen Glastüren, bis Theo hindurchgetrottet war. Er wanderte einfach weiter, und nach einem Blick auf die Anzeigetafeln stellte ich fest, daß er tatsächlich die richtige Richtung eingeschlagen hatte.

Das Telegramm beunruhigte mich noch immer. Es war nicht Suzannahs Art, mir auf diese Weise ihre Ankunft mitzuteilen, und noch ungewöhnlicher war es, daß sie mich ausdrücklich bat, sie abzuholen. Aber am meisten irritierte mich, daß sie eine Woche früher zurückkam als geplant. Sie war schon einmal in Malaysia gewesen, damals, als wir uns gerade kennengelernt hatten, ebenfalls mit Oliver, einem dicken, munteren Reisejournalisten, der sie schon bei vielen Aufträgen in Asien und Südamerika begleitet hatte. Für diese Reportage waren ursprünglich fünf Wochen Reisezeit angesetzt gewesen. Das Ganze kam mir ziemlich suspekt vor. Ich hoffte nur, daß alles in Ordnung war.

Aber es war nicht in Ordnung. Suzannah erschien zuerst. Hinter einer Schar braungebrannter, vergnügter Touristen trat sie langsam aus dem kleinen Verbindungsgang in die Empfangshalle hinaus, in der Hand ihre Reisetasche. Ungläubig starrte ich auf ihr eingefallenes Gesicht mit den spitz hervortretenden Wangenknochen. Sie war unglaublich blaß, so blaß, daß die Haut fast grünlich wirkte. Ihre Arme baumelten kraftlos herunter, und die Fotoausrüstung, die ihr über die Schulter hing, schien sie fast zu Boden zu ziehen. Als sie den Blick hob und langsam über die Wartenden gleiten ließ, erschrak ich noch einmal. Sie sah erschöpft aus, fast apathisch, und ihre Augen glänzten fiebrig. Theo lief wedelnd auf sie zu, und nach einer Sekunde setzte auch ich mich in Bewegung.

Sie entdeckte mich erst, als ich bei ihr angelangt war. Ein schwaches Lächeln zog über ihre trockenen, aufgesprungenen Lippen, sie versuchte sich aufzurichten, und die Fototasche glitt ihr von der Schulter. Ich bekam den Riemen gerade noch zu fassen, bevor sie auf dem Boden aufschlug.

„Mein Gott, Suzannah! Was ist denn passiert?“

Sie antwortete nicht. Die Reisetasche rutschte ihr aus den Fingern, und dann schwankte sie vorwärts und lehnte sich gegen mich. Ich legte die Arme um sie und drückte sie leicht, und der aromatische Duft des Blumenstraußes, den ich immer noch in der Hand hielt, vermischte sich mit ihrem durchdringenden Geruch nach Schweiß und Staub.

Aus dem Gang tauchte Oliver auf. Er sah keinen Deut besser aus als Suzannah. Seine Haut wirkte fahl, das stumpfe Haar hing ihm strähnig in die Stirn, und sein T-Shirt und die schmutzige Khaki-Hose schlotterten ihm am Leibe. Wenn ich mich nicht täuschte, mußte er ungefähr fünf, sechs Kilo abgenommen haben, etwas mehr als Suzannah.

„Wie seht ihr denn aus?" Ich hielt Suzannah auf Armeslänge von mir und musterte sie. Sie vergrub ihr Gesicht in den Blumen und zuckte die Achseln.

„Wir haben uns irgendwas eingefangen." Oliver krümmte sich leicht und strich sich mit schmerzverzerrter Miene über den Bauch.

„Das sehe ich. Seit wann? Gibt's da unten keine Ärzte?"

Oliver antwortete nicht. Er hielt sich die Hand vor den Mund und würgte. Suzannah ließ den Blumenstrauß sinken und lehnte sich wieder gegen mich. Die Leute um uns herum traten vorsichtshalber ein paar Schritte zurück und musterten uns neugierig aus respektvollem Abstand. Aus dem Augenwinkel sah ich zwei Sicherheitsleute langsam auf uns zukommen. Ein paar Meter entfernt blieben sie stehen und beratschlagten sich leise. Ich bückte mich, nahm Suzannahs Gepäck hoch und legte den Arm um sie.

„Schaffst du es alleine, Oliver?"

Er nickte schwach, griff nach dem Gurt seiner Tasche und sah mich vertrauensvoll an. Als ich mich in Bewegung setzte, folgte er mir mit unsicheren Schritten. Seine Tasche schleifte quietschend hinter ihm her.

Das nächstgelegene Krankenhaus war das Westend, und ich glaubte mich zu erinnern, daß Paul mir irgendwann einmal von einer dort eigens für tropische Krankheiten eingerichteten Station erzählt hatte. Das war zwar, wie sich herausstellte, nicht der Fall, aber dennoch behielten sie die beiden gleich da. Bevor sie Suzannah, die mit geschlossenen Augen auf einem Rollbett lag, auf die Isolierstation brachten, beugte ich mich noch einmal zu ihr hinunter. Sie öffnete die Augen und sah mit verhangenem Blick zu mir auf. Eine überwältigende Angst durchfuhr mich, Angst, daß Suzannah aus diesem Zustand des fiebrigen Dahindämmerns vielleicht nicht mehr erwachen würde. Ich küßte sie sanft auf die Wange. Ihre Haut war zart und trocken wie Seidenpapier.

„Stell dir vor, ich hätte nicht kommen können", flüsterte ich. „Stell dir vor, ich wäre nicht dagewesen. Warum habt ihr Olivers Freundin nicht auch Bescheid gegeben?"

„Weil ich wußte, daß du kommst. Daß ich mich auf dich verlassen kann." Sie lächelte mich an, es war mehr ein Zähneblecken als ein Lächeln, dann schloß sie die Augen, und ein kräftiger Pfleger schob sie davon.

In den nächsten zwei Wochen pendelte ich zwischen Kanzlei, Wohnung und Krankenhaus, wo Suzannah und Oliver sich mit Hilfe von Antibiotika langsam wieder von ihrer Amöben-Ruhr-Infektion erholten. Jedesmal, wenn ich in den Wagen stieg, entdeckte ich auf dem Rücksitz den Blumenstrauß, der von Tag zu Tag weiter verdorrte, und jedesmal nahm ich mir vor, ihn bei der nächsten Gelegenheit zu entsorgen, aber ich vergaß es immer wieder.

Auf den endlos scheinenden Fahrten zum Krankenhaus und zurück dachte ich über Suzannahs Bemerkung nach. Sie hatte sich auf mich verlassen – auf mich, die ich, solange ich mich erinnern konnte, immer unzuverlässig gewesen war, ständig unterwegs, ohne Garantie, daß ich überhaupt wiederkäme. Sie verließ sich auf mich. Ich war stolz und glücklich, aber zugleich hatte ich Angst vor der Verantwortung, die ihr Vertrauen implizierte.

Nach zwei Wochen wurde sie entlassen. Die Abdomen-Sonographie hatte sowohl bei ihr als auch bei Oliver ergeben, daß, wie zu befürchten gewesen war, keine Leberzysten als Folge der Infektion entstanden waren. Als ich sie abholte, war sie immer noch schwach auf den Beinen und ausgezehrt, aber ihr Gesicht hatte langsam wieder einen normalen Farbton angenommen, und sie hatte ein bißchen an Gewicht zugelegt. Dennoch beobachtete ich sie mit Besorgnis, als ich die Wagentür öffnete und ihr hineinhalf.

„Oh, wie nett!"

Ich beugte mich vor und folgte Suzannahs amüsiertem Blick. Auf der Rückbank lag der verdorrte Blumenstrauß, dessen Blüten mittlerweile jegliche Farbe verloren hatten.

„Ein Blumengesteck!" Sie lachte und ließ die Fingerspitzen über die trockenen Blätter streifen, die leise unter der Berührung raschelten. „Hast du heimlich einen Ikebana-Kurs belegt?"

Ich wurde rot. „Das war alles eigentlich ganz anders gedacht." Ich ging um den Wagen herum und stieg ein. Sie sah mich nachdenklich an.

„Sonst noch was?" fragte sie.

Ich ließ den Motor an und blickte in den Rückspiegel. Ein gelber BVG-Bus schob sich langsam an uns vorbei. „Ja. Ich wollte dir etwas vorschlagen. Aber ich weiß nicht, ob es der richtige Zeitpunkt ist. Du bist müde und mußt erst mal ankommen und überhaupt."

„Ehrlich gesagt, ich bin mir nicht sicher, ob es den vielbeschworenen richtigen Zeitpunkt überhaupt gibt. Entweder ist jeder Moment der richtige Zeitpunkt oder keiner. Wie auch immer. Spuck's aus, Thea. Ich hoffe, es ist etwas Erfreuliches."

Der Bus war vorbeigezogen. „Das hoffe ich auch", sagte ich und drehte das Lenkrad herum.

– Ich ziehe aus.

Dennis nahm endlich die Hände aus der Schublade, deren Inhalt er gerade akribisch durchsucht hatte, drehte sich ganz zu mir herum und verschränkte die Arme vor der Brust. Ich war mir fast sicher, daß er geahnt hatte, was ich ihm sagen würde. Seit ich in sein Zimmer gekommen war, hatte er sich bemüht, meinem Blick auszuweichen, nicht ganz und gar, aber seine Augen folgten meinen Gebärden einen Tick zu langsam, flogen immer wieder ein paar Zentimeter an den meinen vorbei.

– Ich hoffe, du bist nicht sauer, aber ich muß das machen.

Unwillkürlich machte er eine schnelle Bewegung, halb zur Seite gedreht, so daß ich sie nicht erkannte.

„Was?"

– Warum? wiederholte er langsamer.

– Ich zahle Suzannah Miete für das Zimmer. Sie wollte nicht, aber ich will es. Und zwei Mieten sind zu teuer für mich.

– Nein, bedeutete er barsch.

Ich zuckte geschlagen die Schultern. Jetzt war ich diejenige, die auszuweichen versuchte.

– Du willst bei ihr sein.

„Ja." Meine Stimme klang rauh, und ich war froh, daß er sie nicht hören konnte.

Er nickte langsam. – Ich verstehe. Das ist gut und traurig zugleich. Werden wir uns noch oft sehen?

„Klar", erwiderte ich.

Er sah zu Boden, dann blickte er wieder auf. – Und warum läßt du es nicht so, wie es ist? Du brauchst gar keine Miete zahlen. Die Miete hier ist doch sowieso ein Witz. Du könntest das Zimmer nutzen, wann du Lust hast. Ich glaube nicht, daß ich mit jemand anderem hier wohnen will.

Ich schüttelte langsam den Kopf. „Ich will Nägel mit Köpfen machen, Dennis."

Er sah mich forschend an, und dann fing er an zu grinsen. „Du willst wirklich bei ihr sein. Hättest du das jemals gedacht?" fragte er mit seiner knarzenden, tonlosen Stimme, und das Grinsen sprengte fast seine Mundwinkel.

– Nein.

– Aber ich. Er deutete gewichtig auf seine Brust, dann formte er mit den Händen ein überdimensionales Herz und verdrehte schwärmerisch die Augen.

„Du Arsch", sagte ich leise, und dann grinste ich auch.

Es ist heiß im August, und die Hitze, die mich morgens empfängt, wenn ich die Vorhänge zur Seite ziehe und die Fenster öffne, sie erinnert mich daran, daß ich nicht mehr weiß, wie sich der Winter anfühlt. Jeden Sommer ist sie vergessen, die beißende Kälte, die durch die Hosenbeine pfeift und meine Ohren in zwei taube Stückchen Knorpel und Fleisch verwandelt. Ich weiß nicht mehr, wie sich der Winter anfühlt, aber es gibt Erinnerungen, mit denen ich das Gefühl so deutlich an mich heranholen kann, daß ich wieder eintauche in die Kälte, den Wind, den klaren Geruch der eisigen Luft.

Roggow ist es, woran ich mich erinnere. Das Krachen meiner Stiefel auf verharschtem Schnee, wenn ich über die kurzgemähten und vom Winter zur Leblosigkeit verurteilten Felder ging, das Rascheln der Grasstoppeln, von denen der Schnee absprang wie Wachs von einer Kerze, in die man zu stark gepustet hat, und Theos aufgeregtes, vom Alter heiser gewordenes Bellen, wenn er in der Ferne ein Reh entdeckte. Die klamme Kälte in den seit Wochen unbeheizten Räumen, der zugefrorene Wasserhahn im Schuppen.

Das Haus steht leer. Es ist eine Schande, ich weiß, aber dennoch. Ich habe es nicht über mich gebracht, es zu vermieten, und sei es auch nur für eine Zeit. Paul sieht ab und zu nach dem Rechten, manchmal fährt Dennis hin, um sich dort ein paar Tage mit seinen gelegentlichen Liebhabern zu verlustieren, aber ansonsten steht es leer.

Roggow ist wunderschön. Dicht an der Grenze zu Polen im südlichen Mecklenburg-Vorpommern gelegen, schmiegt sich das kleine Dorf mit den wenigen Häusern, von denen die Hälfte verlassen steht, weich in eine Talmulde zwischen ausladenden Feldern und leicht ansteigenden Hügeln. Im Zentrum des Dorfes dümpeln im Sommer ein paar Enten auf einem kleinen Weiher, über den eine alte Eiche ihre knorrigen Äste spannt. Der verschlafene Flecken ist ausschließlich über vier unbefestigte Wege erreichbar; von Bröllin aus breitet sich eine endlose Anreihung üppiger Felder vor einem aus, der Moment, in dem man die letzte Kuppe überquert hat und plötzlich die verschlafene Ansammlung alter Gebäude entdeckt, hat mich jedesmal aufs neue verzaubert.

Suzannah entdeckte das Dorf ganz zufällig auf einer ihrer Fototouren mit Karl. Aufgrund fehlender Wegweiser hatten sie die falsche Abzweigung nach Pasewalk genommen, und während Karl sich fluchend über die Landkarte beugte, hatte Suzannah mehr und mehr das Tempo verringert, bis ihr Blick auf das alte Backsteinhaus am Schnittpunkt der vier Wege gefallen war, vor dem mannshohe Sonnenblumen die Köpfe der Sonne entgegenreckten. Beim Anblick der schmutzig-blinden Fensterscheiben war, wie sie sagte, etwas in ihrem Herzen verrutscht; ohne auf Karls Proteste zu achten, der auf zügige Weiterfahrt drängte, war sie ausgestiegen und hatte das Haus umrundet, und mit jedem Schritt auf dem buschigen Gras, das den Garten überwucherte, war in ihr die Überzeugung gewachsen, genau die richtige Anlage für das Erbteil ihres Vaters gefunden zu haben.

Die Nachbarn zierten sich nicht, ihr Auskunft zu geben; entgegen ihrer Befürchtungen stand das Haus nicht unter Obhut der Treuhand, was monate-, wenn nicht jahrelange Rechtsstreitigkeiten und Kaufverhandlungen nach sich gezogen hätte, sondern gehörte einer alten Frau, die es kurz zuvor verlassen hatte, um zu ihrem Sohn in die nächstgelegene Stadt zu ziehen. Es war nicht schwer, sie ausfindig zu machen, und noch leichter war es, mit ihr handelseinig zu werden. Für lächerliche fünfundzwanzigtausend Mark wechselte das Objekt Roggow Nr. 3c die Besitzerin, und keine drei Wochen später waren wir schon das erste Mal dort, um mit tatkräftiger Hilfe von Paul, Dennis und Marina die vier Zimmer bewohnbar zu machen.

Wir sind nicht oft dort gewesen, die Zeit fehlte uns, und wir haben das Haus auch nie ganz fertig renoviert. Bis heute klaffen ein paar faustgroße Löcher in den alten Dachschindeln. Immer noch rinnt braunes Wasser aus den uralten Leitungen, und zwei der Zimmer warten noch auf neue Tapeten, von den abgetretenen schwieligen Holzfußböden, die dringend einen frischen Anschliff nötig hätten, ganz zu schweigen.

Aber Roggow war eine Fluchtburg für uns. Manchmal, wenn es uns überkam und wir uns freimachen konnten, sind wir einfach hingefahren, nachts, in die Dunkelheit hinein, mit Kisten voller Lebensmittel im Kofferraum, ein paar zusätzlichen Decken und dem schwerhörigen Theo auf der Rückbank, der sich mit fortschreitendem Alter auch von solchen unerwarteten Ausflügen nicht mehr aus der Ruhe bringen ließ. Wenn wir ankamen, drehte er mit hoch aufgerichtetem Schwanz und Besitzerstolz in seinem pelzigen Hundegesicht eine gemächliche Runde um das Anwesen, um sich dann höchst befriedigt vor seinem Lieblingsofen in der Küche niederzulassen.

Ich habe es geliebt, dort zu sein. Ich habe das Rauschen des Windes geliebt, der seufzend um das knarrende Gebälk strich, das Prasseln des Regens auf den brüchigen Schindeln. Ich habe das Zwitschern der Vögel am Morgen geliebt, das Kläffen der Hunde im Dorf und vor allem den Anblick von Suzannahs Gesicht im Kerzenschein, wenn sie eine Fingerspitze nach der anderen anleckte, um die Seiten eines Buches umzublättern, jenen selbstvergessenen Ausdruck und das blinde Forschen in ihren Augen, wenn sie den Kopf hob und nach draußen lauschte. Und ich habe auch jene schweren, düsteren Momente geliebt, die wir dort erlebten, Momente wie jenen, als wir erkannten, daß die Zeit uns davonlief und wir nichts, gar nichts mehr dagegen tun konnten.

Es war Februar, die Kälte hielt in jenem Jahr lange an, und ein später Schneefall hatte die Felder und Wiesen unverhofft mit einer zarten weißen Decke überzogen, die in der Sonne glänzte.

Es war Jörns Idee gewesen, nach Roggow zu fahren. Eines Abends hatte er, der seit Monaten zwischen seinem Zuhause, das sich mittlerweile mit Hilfe sämtlicher Freunde in eine gutfunktionierende Pflegestation verwandelt hatte, und der HIV-Station des Auguste-Viktoria-Krankenhauses hin und her pendelte, mich angerufen.

„Thea." Seine Stimme drang schwach durch den Hörer, und ich hatte Theo, der sich in meinem Schoß zusammengerollt hatte, ein Stück beiseite geschoben und den Kopf gesenkt, um besser hören zu können. „Ich möchte gerne für ein paar Tage raus. Und ich möchte gerne, daß ihr mitkommt, du, Suzannah und Paul, so wie damals, als wir in Holland waren. Ich habe die Muschel wiedergefunden, weißt du noch, diese riesige Muschel …"

Ich erinnerte mich gut. Damals, vor Jahren, hatten wir auf einem Strandspaziergang eine weiße, wunderschön geformte Muschel gefunden, die, wenn man sie ans Ohr hielt, ein ständiges Rauschen erzeugte; einen ganzen Abend lang hatten wir vier uns reihum damit vergnügt, vor allem, nachdem wir herausgefunden hatten, daß das Echo der Worte, die einer von uns hineinflüsterte, noch nicht verklungen war, wenn der nächste sie sich schnell genug ans Ohr hielt.

Zwei Tage nach Jörns Anruf waren wir aufgebrochen, mit einer Unzahl Medikamente und Pflegeutensilien im Gepäck, deren Handhabung mir längst schon vertraut war, von denen ich aber immer noch Angst hatte, daß ich sie durcheinanderbringen könnte.

Der erste Tag verlief ruhig und beschaulich. Fast war es wie früher, die Vertrautheit zwischen uns spürbar und unzerreißbar wie ein festgewobenes Band aus Gefühl; lange, nachdem Jörn in einen ermatteten Schlaf gefallen war, saßen wir drei noch um den Kamin und sprachen leise, und Jörns tiefe, gepreßte Atemzüge vermischten sich mit dem Wind, der säuselnd durch die Bäume wehte.

Am zweiten Nachmittag, als ich von einem ausgedehnten Spaziergang mit Theo zurückkam, stand das Essen schon auf dem Tisch. Dampf stieg von einer Schüssel mit weichgekochten Spaghetti auf, der aromatische Duft einer vegetarischen Soße erfüllte das Haus. Suzannah und Paul liefen geschäftig zwischen Tisch und Spüle hin und her, stellten Teller und Tassen zurecht und legten Servietten auf, und selbst Jörn war – ein selten gewordener Anblick – beschäftigt. Mit langsamen, zittrigen Bewegungen arrangierte er das Besteck, die Zunge angestrengt zwischen die Zähne geklemmt. Tiefe Schatten lagen unter seinen Augen, und die dünne Haut an seinem einstmals so kräftigen Hals war von einem Netz feiner Fältchen überzogen.

„Theo wird wirklich alt", sagte ich, während ich meinen schneebestäubten Mantel auszog und über den wackeligen Kleiderständer aus DDR-Zeiten, ein Erbstück der Vorbesitzerin, warf. „Nicht nur, daß er taub wird, ich glaube, langsam sieht er auch nichts mehr. Direkt vor seiner Nase ist ein Reh über den Weg gelaufen, aber meint ihr, er hätte sich davon anspornen lassen? Nichts da. Ich vermute, er hat es noch nicht einmal gesehen."

„Spricht doch eher dafür, daß seine Nase vom ewigen Mülltonnengeschnüffel abgestumpft ist", sagte Paul und stellte Mineralwasser auf den Tisch. „Zwölf Jahre intensives Abfallschnuppern gehen auch an einem Hund nicht spurlos vorüber."

„Dreizehn Jahre. Theo ist dreizehn", sagte ich, irgendwie beleidigt, obwohl ich Paul insgeheim zustimmen mußte. In all den Jahren hatte Theo so gut wie keine Mülltonne außer acht gelassen, aber auch diese, von ihm immer mit großer Begeisterung ausgeübte Angewohnheit schien für ihn in letzter Zeit ihren Reiz verloren zu haben.

Jörn ließ sich schwer atmend nieder, beugte sich zu Theo herab, der sich zu seinen Füßen ausgestreckt hatte, und strich ihm sanft über den Kopf. „Na, mein Alter? Stehst auch schon mit einem Fuß im Grab. Genau wie ich."

„Red nicht so", sagte Paul. Er setzte sich Jörn gegenüber und goß Wasser in die bereitstehenden Gläser. Seine Kiefer waren fest aufeinandergepreßt. Mit einem Schlag war die entspannte Atmosphäre verschwunden.

„Warum denn nicht? Es ist doch wahr." Jörn hatte die Ärmel aufgekrempelt, an seinen dichtbehaarten Unterarmen waren die mageren Muskeln deutlich zu erkennen. Ein unheilvolles Schweigen breitete sich aus. Suzannah und ich sahen uns an. Sie hob leicht eine Augenbraue, und ich zuckte fast unmerklich mit den Achseln. Dann setzten wir uns gleichzeitig hin, Suzannah zwischen Jörn und Paul und ich ihr gegenüber. Während ich meine Serviette auseinanderfaltete, dachte ich darüber nach, daß wir vier schon seit jeher, wann immer wir auch zusammen aßen, diese Sitzordnung einnahmen, zwei Paare über Kreuz, zwei Männer und zwei Frauen um einen Tisch.

„Ich kann das einfach nicht hören." Paul nahm ein Stück Weißbrot und brach es in der Mitte durch. Seine Augen begegneten Jörns, stumm sahen sie sich über die dampfenden Schüsseln hinweg an, bis Paul die Hand ausstreckte und Jörn eine Hälfte des Brotes anbot. Nach einem kurzen Moment griff Jörn danach.

„Brauchst du ja auch nicht mehr allzulange ertragen."

„Jetzt geht das schon wieder los." Pauls verzog wütend den Mund und schob die Spaghetti zu mir herüber. „Bedien dich."

Jörn lachte leise. „Der Zynismus der Todgeweihten, Paul. Laß mir doch meinen Spaß."

Ich reichte, nachdem ich mir aufgefüllt hatte, Suzannah die Schüssel, die sich stillschweigend bediente, bevor sie die Löffel zu Jörn hinüberlegte. Jörn schüttelte den Kopf.

„Herrgott", sagte Paul aufgebracht, „nicht auch noch das! Du ißt jetzt gefälligst was davon. Und erzähl mir nicht, daß du die Nudeln nicht kauen kannst. Sie sind extra weichgekocht. Du *magst* Spaghetti." Er langte nach den Löffeln und begann Jörns Teller zu füllen.

Die Szene hatte, bei aller Beklemmung, etwas Absurdes. Paul, der Haufen um Haufen auf Jörns Teller schaufelte, Jörn, der ihn mit einem schiefen Lächeln beobachtete, und Suzannah und ich, die wir vorsichtig dabeisaßen und uns nicht trauten, einen Ton zu sagen, um die aufgeladene Atmosphäre nicht noch weiter anzuheizen.

„Ich kann nicht soviel essen. Ich kotze das sowieso wieder aus", sagte Jörn. Paul verharrte mitten in der Bewegung. Dann ließ er die Löffel fallen und lehnte sich in seinen Stuhl zurück, wobei er die Augen mit einer Hand bedeckte.

Suzannah zog Jörns Teller zu sich heran, häufelte einen Teil der Spaghetti wieder in die Schüssel zurück und goß ein wenig Soße über den Rest. „So, und ich bin mit Paul ganz einer Meinung, daß du das da essen solltest", sagte sie ruhig. „Du bist zu dünn."

Als Jörn den Mund öffnete, schnitt sie ihm mit einer energischen Handbewegung das Wort ab. „Komm mir jetzt bloß nicht damit, daß du sowieso nicht zunimmst. Das *wissen* wir, Jörn."

Jörn schloß den Mund. Achselzuckend nahm er Löffel und Gabel auf.

„Paul, du kannst dich auch wieder abregen." Ich tippte ihn leicht ans Knie. Er seufzte auf, nahm die Hand von den Augen und machte sich daran, eine Gabel voll Spaghetti aufzurollen. Seine Augen glänzten feucht, und mit einer trotzigen Geste wischte er sie ab.

„Komisch, wie sehr man doch alten Mustern verhaftet bleibt." Jörn beäugte mißtrauisch seinen Teller. In seinen eingefallenen Wangen zuckte ein Muskel. „Und wie sich immer alles wiederholt. Du hast meinen Humor noch nie so recht vertragen können, was?"

„Das ist kein Humor, finde ich." Pauls Stimme klang belegt. „Und warum sollte das auch auf einmal anders sein? Ich bin immer noch der gleiche Mensch mit den gleichen Gefühlen und allem Drum und Dran." Er schob sich die Gabelvoll in den Mund und kaute hastig, ohne aufzusehen. Ein betroffenes Schweigen entstand. Nur das Klirren von Besteck war zu hören und ein leises Schlürfen, als Jörn sein Glas hob und daraus trank.

„Ich auch", sagte Suzannah unvermittelt.

Jörn lächelte ernst. „Ich auch."

Ich mußte mich zweimal räuspern, bevor ich es ebenfalls herausbrachte. „Ich auch."

Wir sahen uns alle an, unsere Blicke flogen über den Tisch, verhakten sich ineinander, wechselten von einem Augenpaar zum nächsten, und eine eigenartige, zerbrechliche Stimmung erfüllte den Raum. Auf einmal wußte ich nicht mehr, ob wir alle die Wahrheit sagten – oder ob jeder von uns log.

Dann beugte Jörn sich vor und sagte sanft: „Sorry, Kleiner. Ich weiß ja."

Paul starrte ihn an. Wieder schossen ihm Tränen in die Augen, aber diesmal wischte er sie nicht weg. „Warum?" fragte er leise. „Warum denn das alles?"

Jörn begegnete seinem Blick, offen, gerade und klar heraus. Als er langsam anfing zu lächeln, wurde auch Pauls Gesicht weich. Und dann, plötzlich, gab Jörn ein ersticktes Keuchen von sich, seine Züge verzerrten sich, ein Krampf zog durch sein Gesicht, ließ seine Lippen zucken, erfaßte den ganzen Körper, und im nächsten Moment schnellte seine Brust ruckartig nach vorn, prallte gegen die Tischplatte, der Teller flog vorwärts, stieß die Schüssel um, Soße ergoß sich über das Tischtuch, ein dumpfes Husten kam aus Jörns Brust, unkontrolliert schlugen seine Arme Gläser und Teller beiseite, ein weiterer Krampf schüttelte ihn, noch einer und dann noch einer, er riß den Mund auf, und ein Schwall dunkelroter Flüssigkeit schoß heraus, spritzte über Tisch und Geschirr, unverdaute Spaghetti klatschten auf den Boden, vermischt mit Soße und Klumpen, die nach geronnenem Blut aussahen, und noch während ich den Stuhl zurückschob und aufsprang und nach Jörns Armen griff, die immer noch wild hin und her schlugen, während Suzannah seinen Kopf zu halten versuchte und Paul, bleich und mit einem Ausdruck grenzenloser Panik im Gesicht, zur Medikamententasche lief, während dieser ganzen entsetzlichen Sekunden spürte ich, wie Jörn mehr und mehr nach Atem rang, wie seine Lungen den Dienst versagten, und ich wußte, wie wir alle es wußten, daß dies nicht nur eine Attacke war. Es war mehr als das, es war zu heftig, zu endgültig, es würde niemals wieder in Ordnung kommen.

Als Jörn ein paar Minuten später wieder zu sich kam, kurz bevor der Notarzt eintraf, den Suzannah von der einzigen Telefonzelle im Dorf aus alarmiert hatte, lag jener trübe Glanz in seinen Augen, der nicht mehr daraus entschwunden ist.

Zwei Wochen später ist Jörn gestorben, und nur für Sekunden, wenn Paul bei ihm war und sich über ihn beugte, hellten sich seine Augen auf; ich war ein paarmal dabei, ich habe gesehen, wie sein Blick sich veränderte, wie ein Leuchten den Schleier durchbrach, ein Leuchten der Liebe, der Liebe seines Lebens, ein Leuchten der Liebe zu Paul.

Manchmal, in meinen philosophischen Momenten, sinne ich darüber nach, woher jene fast magisch erscheinende Verbundenheit rührt, die manche Menschen immer und immer wieder aufeinandertreffen läßt, und wie sie beschaffen ist. Ich vergleiche sie gerne mit der Anziehungskraft zwischen Sonne, Mond und den Planeten; das Bild entbehrt nicht einer gewissen Komik. Nehmen wir zum Beispiel Michelle und mich. Welche von uns beiden ist die Sonne und welche der Mond?

Gestern zum Beispiel bin ich das erste Mal seit Tagen wieder allein aus dem Haus gegangen. Ich habe mich leiten lassen, verleiten lassen von der warmen Nachtluft und dem allmählichen Zerfließen des Sommers. Am Ende landete ich in einer Bar, die ich bisher nur einmal betreten hatten, in jenen Anfangstagen hier in Paris, als ich noch neugierig darauf bedacht war, die Umgebung auszuloten. Ich hatte mich gestern gerade niedergesetzt und begonnen, meinen ersten Pernod zu schlürfen, zufrieden mit meinem Platz an einem Tisch seitlich vor der Eingangstür, die warme Nachtluft wehte mild an mir vorbei, schwatzende Fußgänger flanierten über die Kreuzung, knatternde Mofas brausten die Straße entlang. Ich hatte mich auf ruhige Minuten voller Selbstbeschau eingestellt, ungestört und gemächlich, da sah ich Michelle. Sie stelzte, gewandet in ein knappes rotes Kleid und einen kunstvoll geformten Hut auf dem Kopf, fröhlich auf mich zu, ließ sich an meinem Tisch nieder, als seien wir hier verabredet, und sagte: „Also, das habe ich wirklich im Gespür gehabt, daß du hier bist. Ich bin auch gar nicht erst bei dir zu Hause vorbeigegangen. Ich wußte genau, daß ich dich hier finde. Was sagst du dazu?“

Entsprechend meiner tiefgründigen Stimmung habe ich ihre Frage ernst genommen, minutenlang habe ich eingehend darüber nachgedacht, was ich denn nun dazu zu sagen hätte, aber wie üblich hat Michelle meine Antwort gar nicht weiter interessiert. Sie winkte mit ihrem Hut nach der Kellnerin, die auch prompt herbeigeeilt kam, bestellte einen Campari Orange und lehnte sich entspannt zurück, wobei ihre grünen Augen mich durchdringend musterten. „Soso. Was treibst du denn hier?“

„Wenn du schon wußtest, daß ich hier bin, müßtest du das eigentlich auch wissen."

Sie sah mich verwundert an. „Tja, weiß ich aber nicht."

„Aber das ist doch nur logisch."

Sie wedelte mit einer Hand vor ihrem Gesicht, vermutlich, um sich Kühlung zu verschaffen, dann zuckte sie mit den Achseln. „Thea, manchmal weiß ich nicht im geringsten, wovon du eigentlich redest. Daß ich wußte, daß du hier bist, ist eine Sache, was du hier tust, eine andere."

Schließlich habe ich ihr recht gegeben. Aber trotzdem finde ich, daß die meisten Sachen, auch wenn es auf den ersten Blick nicht so aussehen mag, zusammengehören. Nur wissen wir es nicht immer gleich. So, wie wir manchmal auch nicht wissen, daß wir uns suchen. Erst wenn wir uns gefunden haben.

– Laß uns mal ganz woanders hingehen, hatte Dennis gemeint, und so waren wir in der *Havanna-Bar* gelandet, einer bunt ausgestatteten Kneipe im Clubstil der siebziger Jahre, über deren Theke ein naturgetreu bemalter Haifisch aus Pappmaché baumelte. Obwohl die Bar und vor allem ihre extravaganten Tresendamen einen ausgezeichneten Ruf in der Szene genossen, war ich bisher noch nie hiergewesen. Auch Dennis und seine beiden Freunde Holger und Michael kannten sie nur vom Hörensagen. Der einzige, der hier schon mehrere überaus gesellige und feuchtfröhliche Nächte verbracht hatte, war Klaus, Dennis' neuer Liebhaber und ein sehr unterhaltsamer Zeitgenosse, wie ich fand.

„Wir Ostler waren euch in Sachen Mode eben schon immer ein Stück weit voraus", sagte Klaus und griff nach einem von Holgers Hosenträgern. Er zog ihn nach vorn und ließ ihn wieder zurückschnellen. Instinktiv zog Holger sich die hochgerutschte Jeans wieder nach unten.

„Siehst du", sagte Klaus feixend, „total unpraktisch die ganze Sache. Einmal zupfen, schon sitzt das Beinkleid nicht mehr. Modischer Schnickschnack ohne Funktion. Ich dagegen", er erhob sich von seinem Hocker und präsentierte uns sein Hinterteil, „ich habe den modischen Chic mit einer bequemen Paßform vereint."

Wir alle glotzten auf seinen Hosenbund, der in der Mitte geteilt war und von zweifarbig geschnürten Bändern zusammengehalten wurde.

„Und was soll daran praktisch sein?“ Michael schürzte verächtlich die Lippen.

Klaus setzte sich wieder hin. „Mensch, Junge, hast du keine Phantasie? Ich brauche noch nicht mal die Hose runterzulassen, wenn du verstehst, was ich meine.“ Er grinste triumphierend.

„Und was hat das mit dem Osten zu tun?“ Holger wollte sich nicht geschlagen geben.

„Marke Eigenbau. Selbst ausgedacht, selbst angefertigt. Du glaubst gar nicht, wieviel von den Jungs bei uns solche selbstkreierten Details an ihren Klamotten hatten. Überall Taschen, Litzen, Klappen, und alles sinnreich und sinnlich. Haben wir echt ein Händchen für. Deshalb sind wir ja auch so flink bei der Sache.“ Sein Strahlen war ansteckend, obwohl ich ihm kein Wort glaubte.

„Stimmt, ich hab in meinem ganzen Leben noch nichts selbst genäht. Mußte ich ja auch nicht.“ Michael starrte nachdenklich in sein Glas.

„Na logisch. Konntest ja alles kaufen. Bei uns dagegen – Mangel weckt Erfindergeist.“ Klaus nahm einen kräftigen Zug aus seiner Flasche und zwinkerte mir heimlich zu. Das hennarotgefärbte Haar hing ihm in wilden Strähnen in die Stirn, mit seinen blitzenden Augen und dem buntgeringelten Rollkragenpullover sah er aus wie die männliche Ausgabe von Pippi Langstrumpf. Und genau wie sie war er unschlagbar im Fabulieren, denn gleich darauf öffnete er den Mund und plapperte unverdrossen weiter drauflos.

Dennis betrachtete seinen Liebhaber mit einem leichten Schmunzeln. Während Klaus die nächste Anekdote zum besten gab, lächelte er still in sich hinein. Plötzlich fragte ich mich, wieviel Dennis von solchen in halsbrecherischem Tempo geführten Unterhaltungen, bei dem ein Wort das andere jagte, wirklich erfaßte. Oft schon hatte ich bemerkt, daß er über einen Witz gelacht hatte, den er meines Erachtens überhaupt nicht mitbekommen haben konnte, weil der Sprecher von ihm abgewandt saß oder die Worte so undeutlich artikulierte, daß selbst ich sie nicht verstand. Lachte er nur mit, um Anteil zu haben, zu zeigen, daß er dabei war, wirklich dabei?

Ich sah, wie Dennis Klaus leicht an die Schulter faßte und auf die Zigaretten zeigte. Klaus schob sie zu ihm herüber, warf ihm ein knappes, aber herzliches Lächeln zu und setzte seine Unterhaltung fort.

Mißtrauisch beäugte ich die beiden. Einige Male hatte ich erlebt, wie ein heißer Flirt zwischen Dennis und einem anderen Mann urplötzlich im Sande versiegt war. Dennis erklärte es damit, daß eine Unterhaltung mit ihm für viele Hörende ein sehr mühsames Unterfangen war, weil sie sehr viel Geduld und eine starke Konzentration auf den Gesprächspartner erforderte. Ein zur Seite gesprochener Satz, eine lässig vor den Mund gehaltene Hand, in der eine Zigarette glimmt, und schon war der Faden gerissen, die Konversation unterbrochen. In der schnellebigen Welt der Schwulen, sagte Dennis, käme es zwar vor allem auf nonverbale Kommunikation an, auf Gesten, Blicke und Zeichen, aber wer nicht mithalten konnte im Reigen der flotten Sprüche, wer nachfragen mußte und um Wiederholungen bat, der war schnell wieder aus dem Rennen.

Als Dennis' Blick auf mich fiel, rief ich ihn lautlos an. Er hob fragend eine Braue.

– Wie geht's dir?

– Sehr gut.

Klaus' Hände schoben sich in unser Blickfeld, mit weitausholenden Gesten untermalte er seine Worte, und ich mußte einen Moment warten, bis Dennis mich wieder sehen konnte.

– Amüsierst du dich?

– Ja, bedeutete er, und dann schmunzelte er. – Komm endlich zur Sache. Was willst du wissen?

Ich fühlte mich ertappt. Einer seiner Sinne war ausgefallen, und für gewöhnlich bemühte ich mich, so zu tun, als fiele mir das nicht auf. Aber natürlich fiel es mir auf. Ich reagierte darauf. Und Dennis wußte das nur zu genau.

– Ich frage mich nur, ob du alles mitbekommst, sagte ich langsam.

– Das Gespräch hier?

Als ich nickte, lachte er, stieß den Rauch aus, legte seine Zigarette in den Aschenbecher und erklärte mit schwungvollen Gebärden: – Auch wenn ich manche Worte nicht verstehe, ich verstehe die Stimmung, die Mimik, die Gesichter, das Lachen. Ich verstehe, was los ist, und darauf kommt es doch an, oder?

Ich nickte zögernd.

– Machst du dir Sorgen wegen dem Burschen hier? Keine Bange, das läuft.

Ich hob den Daumen, und er grinste wohlgefällig, und plötzlich fiel mir auf, daß die anderen verstummt waren und Dennis und mich ansahen.

„Das sieht ja richtig elegant aus, wie ihr das macht. Woher kannst du denn Gebärdensprache?" Klaus betrachtete mich interessiert.

„Dennis bringt es mir gerade bei. Ich kann noch nicht besonders viel, aber ich arbeite dran."

„Ich glaube, das sollte ich auch lernen. Sonst krieg ich noch nicht mal mit, wenn vor meiner Nase über mich hergezogen wird." Klaus grinste breit. Dann streckte er die Hand aus und zog Dennis zärtlich am Ohr, und Dennis errötete verschämt. Sein Blick flog an Klaus vorbei, seine Augen verengten sich, dann lächelte er erneut, diesmal aber nicht verlegen, sondern erkennend. Ich drehte mich um.

An der Tür stand Suzannah. Sie hatte uns nicht gesehen; ihr Blick schweifte über den Tresen, dann drehte sie sich zu Marina um, die hinter ihr hereingekommen war. Ich sah zu, wie sie ihre Jacke aufknöpfte, tief durchatmete und ein paar Worte mit Marina wechselte, und während der folgenden Sekunden wurde mir bewußt, daß dies eine der ganz seltenen Gelegenheiten war, in denen ich Suzannah beobachtete, ohne daß sie darum wußte. Für einen Moment fühlte ich mich wie eine Voyeurin, so als ob ich mit meinen Blicken ihre Intimsphäre verletzte, sie täuschte, fast betrog, sie, die sie sich als Fremde unter Fremden wähnte und gab. Und für einen winzigen Moment sah ich sie auch als Fremde, eine hochaufgeschossene, dunkelhaarige Fremde mit grünen Augen und verschlossenen Zügen, in denen Kraft und Beweglichkeit hinter einer deutlich sichtbaren Erschöpfung verborgen lagen. Dann drehte Suzannah sich um und entdeckte erst Dennis, dann mich.

„Es war so entsetzlich anstrengend bei dieser Modenschau", sagte Suzannah zu mir und verlagerte ihr Gewicht auf das andere Bein. „Wir sind einfach in die nächstbeste Bar gegangen." Die

Jungs hatten sich nach einer kurzen Begrüßung wieder ihrem Gespräch zugewandt, und Marina war zum Tresen gegangen, um Getränke zu holen und dabei für die ganze Runde gleich noch Tequila zu ordern.

„So ein Zufall, daß es gerade die *Havanna-Bar* war." Ich legte den Arm um Suzannahs Taille. Sie zuckte fast unmerklich zusammen. Als ich meine Hand unter ihre Jacke schob, spürte ich, wie ihr Rücken sich versteifte.

„Merkwürdig, ja." Sie zog ihr Feuerzeug heraus, um sich eine Zigarette anzuzünden, aber es rutschte ihr aus den Händen und fiel zu Boden. Ich war schneller als sie. Ich hob es auf und hielt es ihr entgegen, und als sie danach griff, berührte ich ihre Hand.

„Kummer? Ärger? Oder ist es dir unangenehm, mich hier zu treffen?"

Sie umfaßte meine Hand. „Nein", sagte sie. „Es ist nur ... es war echt anstrengend. Das Licht hat nicht funktioniert, die Leute waren gräßlich, und eine von diesen Möchtegern-Designerinnen hat sich aufgeführt wie eine Diva. Sie wollte unbedingt, daß ich sie mit aufs Bild nehme, aber das war unmöglich; sie sah aus wie ein Monster in ihrem Paillettenkleid. Ich habe eine halbe Stunde gebraucht, um sie zu überreden, wenigstens ein Jackett überzuziehen, aber ..." Sie verstummte und sah mich an, und dann blies sie die Backen auf und atmete tief aus. „Wenn ich ehrlich bin – ich habe mir so sehr gewünscht, dich zu sehen. Und überhaupt nicht damit gerechnet. Ich bin einfach total aufgeregt."

„Jetzt ist es ja vorbei. Vergiß das Paillettenkleid."

„Nein." Sie richtete sich zu ihrer ganzen Größe auf und sah mich von oben herab an, Schatten fielen auf ihr scharfgeschnittenes Gesicht mit den hohen Wangenknochen, die Ader an ihrer Schläfe pulsierte; sie war wunderschön, sie war so schön, daß ich mich mit einem Mal klein und unansehnlich fühlte. Immer wieder, in all den Jahren, hat es Momente gegeben, in denen ich fürchtete, sie würde plötzlich, von einer Sekunde auf die andere, das Interesse an mir verlieren; etwas würde ihr die Augen öffnen, eine Geste, ein Blick, ein Wort von mir, sie würde mich ansehen und sich fragen, wer ich eigentlich war und was sie im Grunde mit mir zu schaffen hatte, und sie würde mich ansehen und den Mund öffnen und einfach sagen: „Nein. Ich will dich nicht mehr." Dies war einer dieser Momente.

„Nein", sagte sie wieder. „Es hat nichts mit der Modenschau zu tun. Ich bin aufgeregt wegen dir."

So war das mit uns. Die Spannung, sie ist nie versiegt. Was wir auch taten, wie sehr wir auch zusammenrückten, wie nah wir uns auch kamen und wie fremd wir uns zwischendurch auch waren, sie ist nie versiegt. Und wir sind uns niemals langweilig geworden.

Eines Abends im November kam ich nach Hause, stieß die Tür zu meinem Zimmer auf, warf meine Jacke hinein und den Rucksack hinterher, dann, noch während ich mir die Stiefel von den eiskalten und klammen Füßen streifte, drehte ich mich um, und da stand Theo am Ende des Flurs und sah zu mir auf. In den vergangenen Monaten war er nicht nur vollständig ertaubt, sondern auch erblindet, aber dennoch stand er da und sah zu mir auf, die milchigweißen Augen unverwandt auf mich gerichtet, die Schnauze erhoben, die buschigen Ohren gespitzt. Er kam nicht auf mich zu.

Für gewöhnlich schlief Theo, wenn ich nach Hause kam. Meist lag er zusammengerollt auf seinem Perserimitat in der Nähe der Heizung im Wohnzimmer, aber unweigerlich erwachte er nach kurzer Zeit, rappelte sich mühsam hoch und kam zu mir getrottet, um sich ausgiebig streicheln zu lassen, falls ich ihm nicht schon zuvorgekommen war. Jetzt aber stand er einfach da, und nur seine leicht zuckende Schwanzspitze verriet mir, daß er wußte, daß ich da war. Ich betrachtete sein pelziges, fast ganz und gar ergrautes Hundegesicht, auf dem nur noch gelbliche Streifen um die Augen herum und auf der Stirn davon zeugten, welch wunderschön gestromtes Fell er einstmals besessen hatte, dann ließ mich auf die Knie nieder und kroch zu ihm hin, und erst als ich dicht vor ihm war, machte er ein paar unsichere Schritte auf mich zu, schnaufte leise und drückte den Kopf gegen meine Brust. Ich hielt ihn in den Armen und spürte das leichte Zittern, das durch seine vom Alter abgemagerten Flanken ging; ich roch den leicht muffigen Geruch, der aus seinem licht gewordenen Fell aufstieg, ich hörte seinen flachen Atem, und ich wußte Bescheid.

Ich habe es gewußt, die ganzen Stunden über habe ich es gewußt, die Stunden, in denen Theo auf dem Sofa eng an mich gekuschelt dalag, seinen Kopf in meinem Schoß, die Pfoten dicht an den Körper gepreßt. Ich habe es gewußt, als meine Hände durch sein zottiges Fell fuhren und ich das zittrige Schlagen seines Herzens an meinen Fingerspitzen spürte, als er von Zeit zu Zeit die Augen öffnete und blind zu mir aufsah – prüfend, wartend und blind. Ich habe es die ganzen Stunden über gewußt, und dennoch, als es dann soweit war, als Suzannah lautlos auf dicken Socken an uns vorbei in die Küche ging und Theo witternd den Kopf hob, sich schwerfällig aufrichtete, vom Sofa rutschte und ihr auf wackeligen Beinen folgte, dennoch, als es soweit war, kam der Abschied zu schnell.

Ich hörte das dumpfe Geräusch eines Aufpralls, Suzannahs Stimme, die unterdrückt meinen Namen rief, ich sprang auf und lief in die Küche, und da lag Theo, alle viere von sich gestreckt, mitten auf dem Boden.

„Theo“, sagte ich, „Theo, mein Hund“, und ich hockte mich hin, nahm ihn in die Arme, spürte die Endgültigkeit, mit der das Leben aus ihm entwich. Er fing an zu zittern, zuckte und zuckte, dann, als ich mein Gesicht an seine Schnauze legte und sein Speichel meine Wange netzte, schnaufte er tief, einmal noch atmete er aus, röchelte schwach, und schließlich erschlaffte er weich.

Lange Zeit saß ich da, hielt Theo in den Armen, preßte mein Gesicht in sein zottiges Fell und wiegte ihn sanft. Als Suzannah ihre Hand auf meine Schulter legte, schüttelte ich sie ab. Ich schloß die Augen, meine Tränen verklebten sein Fell, ein letztes Mal stieg der Geruch von nassem Hund in meine Nase, vermischte sich mit dem durchdringenden Gestank des Kots, den seine erschlafften Schließmuskeln am Ende nicht mehr hatten halten können, und mir war so weh, daß ich kaum mehr zu atmen vermochte. Ich wollte die Jahre zurück, die Jahre mit meinem Hund. Und ich fühlte mich schrecklich allein.

Wir begruben Theo noch in der gleichen Nacht. Die Fahrt nach Roggow dauerte endlos; schweigend saß ich auf dem Beifahrersitz, in Suzannahs dicke Winterjacke gehüllt, und starrte aus dem Fenster, wo kahle Bäume in einer schnurgeraden Reihe vorbeizogen, dann und wann erhellt vom Scheinwerferlicht eines entgegenkommenden Wagens. Auf dem Rücksitz lag Theo, die Umrisse waren unter seiner Lieblingsdecke nur schwach zu erkennen. Manchmal, wenn der Wagen um eine Kurve bog, streckte ich die Hand aus, berührte seinen leblosen Körper, der nach und nach erkaltete.

Einmal noch trug ich ihn ins Haus, legte ihn vor den Ofen, an den Platz, an dem er so gerne geschlafen hatte, ich kauerte mich nieder, schlug die Decke zurück und betrachtete sein stilles Gesicht, und als Suzannah leise hereinkam, die Schaufel in der Hand, an der Erdreste klebten, da war ich bereit. Wir begruben ihn ganz hinten im Garten, an der Grenze zum Feld. Das flackernde Licht der Petroleumlampe aus dem Schuppen beleuchtete den kalten Boden, schweigend betteten wir das Perserimitat in die nackte Grube, ließen Theo hinab, legten das Halsband dazu und seinen alten durchgekauten Ball. Die erste Handvoll Erde warf ich, dann trat ich zur Seite, starrte blind in die Dunkelheit, lauschte dem dumpfen Geräusch, mit dem die Erde, Schaufel um Schaufel, niederfiel.

„Komm", sagte Suzannah, „wir laufen ein Stück", und als ich die ersten Schritte auf den harten Boden setzte, über stoppeliges Gras, Büschel und Steine hinweg, da spürte ich, wie ich langsam, Schritt für Schritt, Meter für Meter, aus meiner Taubheit erwachte.

Die Nacht war lautlos und kalt. Fahles Mondlicht lag auf den Feldern, strich über kahles Geäst. Es war das erste Mal seit meiner Kindheit, daß ich so ging: kein Tapsen von Pfoten um mich herum, kein leises Hecheln, kein Theo mehr. Suzannah legte den Arm um mich, ihre Finger schoben sich unter den Kragen meiner Jacke; sie waren kalt, so kalt wie mein Herz. An einer Kreuzung blieben wir stehen. Vor uns lag glitzernd ein Teich, Büsche säumten das Ufer, zur Linken begann der Wald.

„Wir sollten umkehren", sagte Suzannah. Ich drehte mich um, und da sah ich ihn, und Suzannah sah ihn auch. Reglos verharrten wir. Ein weißer Schatten im Wald; ich sah den aufgerichteten Schwanz, das rötliche Funkeln der Augen, er war nicht weit entfernt, vier, fünf Meter trennten uns. Ruhig stand der Wolf da, sah uns an, dann, nach ein paar Sekunden, rührte er sich, trat in das Dickicht zurück, drehte sich um und verschwand.

Als das leise Knacken im Gehölz verklungen war, hörte ich nur noch mein eigenes erschrockenes Keuchen. Suzannah nahm meinen Arm. Ihre Augen ruhten auf meinem Gesicht, ihr Atem stieß in kleinen weißen Wölkchen in die Winternacht, und mein Herzschlag beruhigte sich, als ich erkannte, daß sie überhaupt keine Angst gehabt hatte. Und dann dachte ich an Theo, dessen Körper nun in der kalten Erde ruhte, an seinen entfernten Verwandten, der still und allein durch die Nacht streifte, an die Fremdartigkeit dieser vierbeinigen Wesen und die Unmöglichkeit, sie wirklich zu kennen, und für einen Moment, für einen kurzen Moment fühlte ich so etwas wie Frieden.

„Er hätte uns nichts getan", sagte Suzannah später, als wir, jede in eine dicke Decke gewickelt, nah am Ofen saßen und heißen Tee schlürften. „Es wäre einfach nicht richtig gewesen. Es hätte sich falsch angefühlt."

„Fühlt es sich nicht immer falsch an, wenn einem etwas passiert?"

Sie beugte sich vor, stocherte mit der Feuerzange in der geöffneten Ofenklappe und schüttelte langsam den Kopf. „Nein", erwiderte sie, „das finde ich nicht. Es fühlt sich schrecklich an, aber nicht falsch. Immer, wenn mir was passiert ist, zum Beispiel, als ich ganz klein war und mein Opa die Scheunenleiter runtergefallen ist und ohnmächtig wurde und ich ganz verzweifelt bei ihm hockte und nicht wußte, was ich machen sollte, weil niemand auf dem Hof war, den ich zu Hilfe hätte holen können – da fühlte es sich schrecklich an, richtig schlimm, aber nicht falsch. Auch als ich den Fahrradunfall hatte und mir beide Arme gebrochen habe. Ich lag auf dem Boden und fühlte diesen entsetzlichen Schmerz. Es tat so weh, daß mir schlecht wurde, aber es war – es war eben nur ein Schmerz, weißt du. Es war nicht falsch, es tat höllisch weh, aber es war nur ein Schmerz, nur eine Sache, die ich erlebte. Etwas, wo ich durch mußte. Aber es fühlte sich nicht falsch an, verstehst du? Nur unglaublich beschissen." Sie grinste.

„Wann war das?"

„Da war ich zwanzig. Ich war gerade auf dem Weg zur Fotoschule. Ich habe nur kurz zur Seite gesehen, und irgend jemand machte seine Autotür auf, und im nächsten Moment lag ich auch schon auf dem Boden."

„Das hast du mir noch nie erzählt."

Sie lachte leise. „Selbst wenn wir beide hundert Jahre alt würden, hätte ich dir immer noch nicht alles erzählt." Sie schmunzelte, ganz in die Erinnerung versunken, dann spürte sie mein Schweigen. „Was ist?"

„Ich habe offensichtlich kein Gefühl dafür, was falsch oder richtig ist", sagte ich langsam. „Das, was du als so beruhigend empfindest – daß es keine Zufälle gibt und alles in einen größeren Zusammenhang gehört –, genau das empfinde ich als bedrohlich. Ständig kann mir was passieren, und ständig passiert auch was. Wie ein Damoklesschwert, das über mir hängt und jederzeit herunterfallen kann. Es gibt absolut keinen Schutz."

Suzannah rückte näher an den Ofen heran. „Vielleicht gibt es keinen Schutz, aber es gibt das eigene Gefühl, den Instinkt. Ich glaube ganz bestimmt nicht, daß mir nichts zustoßen könnte, aber ich glaube, es ist unmöglich, daß mir etwas geschieht, wenn mein Gefühl ganz und gar dagegen geht."

„Wie optimistisch du bist." Ich starrte finster in die Glut.

„Das ist nicht unbedingt optimistisch. Du weißt, wie ängstlich ich manchmal sein kann. Ich denke nur, daß ich meinen Instinkten trauen kann." Sie begegnete meinem skeptischen Blick. „Ich glaube, daß die Welt und die Natur an sich dem Menschen nicht feindlich gesonnen sind, genauso, wie ich glaube, daß es keine Zufälle gibt, und manchmal, wenn ich nicht weiß, was auf mich zukommt, oder wenn ich mich in einer gefährlichen Situation befinde, dann empfinde ich das Gefühl, daß alles so kommt, wie es kommen soll, als Schutz. Manchmal denke ich, das Gefühl für sich selbst und die Welt, in der man sich bewegt, funktioniert wie ein kleiner Radar, mit dem man sich durchs Leben navigiert."

„Wenn das so ist, dann funktioniert er bei mir nicht. Ich tappe doch blind in jeden Topf Scheiße rein, der nur rumsteht."

„Tust du nicht."

„Tu ich doch."

„Das tust du nicht." Ihre Stimme hob sich. „Du bist kein Pechvogel, und du ziehst das Unglück auch nicht magisch an. Das ist doch alles Unsinn. Du bist nur sensibler als viele andere Menschen, und deshalb machst du auch mehr mit. Gerade dein Radar funktioniert besonders gut. Er kriegt nämlich mehr rein als andere. So viel, daß du manchmal die Augen davor verschließt. Weil du glaubst, damit läßt es sich besser ertragen. Aber das stimmt nicht."

„Ach, und weil ich so einen grandiosen Radar habe, sterben alle um mich herum? Und weil ich die Augen zumache, passiert das Unglück erst recht?"

„Thea, he, Thea, hör auf." Sie wollte nach mir greifen, aber ich riß meinen Arm zur Seite, ließ den leeren Becher fallen und schlug die Hände vors Gesicht.

„Ich wünschte, ich hätte ein bißchen von deinem Gottvertrauen."

„Ich vertraue nicht auf Gott. Nur auf das Leben."

„Und was ist mit dem Tod?"

Zwischen meinen gespreizten Fingern hindurch sah ich ihr nachdenkliches Gesicht. Als sie merkte, daß ich sie beobachtete, rutschte sie zu mir herüber und legte vorsichtig die Arme um mich. Diesmal ließ ich es geschehen.

„Ich weiß es nicht", sagte sie leise. „Dann kommt etwas anderes, nehme ich an. Irgendwas."

„Irgendwas", wiederholte ich, und es sollte höhnisch klingen, aber es kam traurig heraus.

„Keine Ahnung, Thea." Sie streichelte behutsam meine tränennasse Hand. „Es kommt, wie es kommt. Ich glaube, wenn du aufhören würdest, das Leben als Feind zu betrachten, der dir Schaden zufügen will, dann könntest du vielleicht auch den Tod besser annehmen."

„Ach ja. Und wie, Frau Neunmalklug, soll ich das bitteschön anstellen?"

Sie zog meine Hände auseinander und sah mir in die Augen. Ich versuchte, den Kopf abzuwenden, aber sie ließ es nicht zu.

„Weitermachen", sagte sie.

Und dieses Wort, dieses eine Wort klingt mir heute noch in den Ohren.

Heute nacht hat Michelle bei mir geschlafen. Das macht sie manchmal, meistens, wenn wir bis in die Morgenstunden unterwegs waren und sie keine Lust hat, den weiten Weg nach Hause anzutreten. Ein paarmal ist es auch vorgekommen, daß sie, faul auf meinem Bett liegend, einfach über einer Zeitschrift eingeschlafen ist. Ich habe es gern, wenn Michelle bei mir schläft. Ich empfinde ihre Anwesenheit, ihren leisen Atem, die Geräusche, die sie im Schlaf von sich gibt, als beruhigend. Diesmal aber war es anders.

Der ganze gestrige Abend stand unter einem seltsamen Stern. Erst jetzt, am Morgen – Michelle ist längst gegangen und hat mir wie üblich einen Haufen zerrupfter Kleenextücher, eine ausgequetschte Zahnpastatube und eine Pfanne mit angebrannten Rühreiresten hinterlassen –, erst jetzt fühle ich mich wieder halbwegs normal.

Gestern abend gegen neun hat Michelle mich abgeholt. Ich hatte den ganzen Tag geschrieben, und anfänglich sträubte ich mich noch bei der Vorstellung, mein ruhiges Plätzchen aufgeben zu müssen und mich in den Samstagabendtrubel zu stürzen, aber sie hatte mich schnell überredet. Wir sind essen gegangen, und ich glaube, da, in diesem asiatischen Restaurant, das zur Hälfte von einer lauthals durcheinanderschreienden Reisegruppe aus der Schweiz okkupiert war, da fing es an, und zwar in dem Moment, als der Kellner mir mein vegetarisches Reisgericht hinstellte und ich entdeckte, daß das gebratene Gemüse in der Hauptsache aus Blumenkohl bestand.

Ich kann seit meiner Kindheit keinen Blumenkohl mehr essen. Ich finde, daß die Blumenkohlröschen aussehen wie die vom Krebs zerfressenen Gehirnwindungen eines Menschen, und ich bringe es einfach nicht über mich, sie zu zerteilen, aufzuspießen und in den Mund zu stecken.

Michelle bemerkte meinen angewiderten Blick. „Was ist denn?" fragte sie erstaunt. „Hättest du doch lieber Fleisch gehabt?"

„Nein, nein", erwiderte ich und trank hastig einen Schluck Mineralwasser. Geradezu neidisch verfolgte ich, wie Michelle ihre Frühlingsrollen der Länge nach aufschnitt und Sojasauce hineinträufelte.

„Na, dann iß doch." Sie biß mit sichtlichem Appetit in die erste hinein.

Ich stocherte mit der Gabel in den Paprikastreifen herum, die den Blumenkohl garnierten, aber die dickliche Soße, in der sie schwommen, erinnerte mich an Gehirnflüssigkeit, und ich schob den Teller energisch beiseite.

„Ich kann nicht."

Michelle schluckte und hielt inne. „Wieso denn nicht? Ist dir schlecht?"

„Ich kann keinen Blumenkohl essen."

„Hm. Aber Hunger hast du schon?"

Ich nickte, obwohl ich mir dessen gar nicht mehr so sicher war.

Michelle musterte mich nachdenklich, dann griff sie über den Tisch und tauschte kurzerhand unsere beiden Teller aus.

„So. Ist das besser? Oder kannst du etwa auch keine Frühlingsrollen essen?"

„Doch."

„Dann ist es ja gut." Sie machte sich mit herzhaftem Genuß über den Teller her, zerteilte ein Röschen, schob es sich in den Mund und verdrehte schwärmerisch die Augen, bevor sie nach ihrem Weinglas griff. „Köstlich!" Sie kicherte, blinzelte mir zu und aß weiter.

Ich sah ihr dabei zu, und mir war, als ob ich neben mir stünde, als ob ich mir selbst dabei zusähe, wie ich Michelle beobachtete, und nur um dieses seltsam schwebende Gefühl zu vertreiben, sagte ich: „Ich würde dir gerne etwas erzählen. Aber es ist eine traurige Geschichte, und ich weiß nicht, ob ich dir damit nicht vielleicht den Appetit verderbe."

Sie zuckte die Achseln. „Wenn du weiter so lange rumzögerst, dann bin ich ohnehin schon mit dem Essen fertig, bevor du auch nur den Mund aufgemacht hast. Außerdem bin ich hart im Nehmen, das weißt du doch. Erzähl schon." Sie kaute, schluckte und sah mich erwartungsvoll an, während sie auch schon das nächste Blumenkohlröschen aufspießte.

In diesem Moment hatte ich sie so gern wie noch nie zuvor. Ich lächelte sie an, sie lächelte zurück, und dann machte ich endlich den Mund auf und erzählte ihr die Geschichte vom Tod meines Vaters, die Geschichte vom Blumenkohl, der in seinem Kopf herangewachsen war und ihn am Ende getötet hat.

Wenn ich Michelle tatsächlich den Appetit verdorben hatte, so ließ sie sich davon nicht das geringste anmerken. Mit unvermindertem Behagen aß sie weiter, und als ich geendet hatte, war das vegetarische Reisgericht samt Blumenkohl verschwunden. Sie lehnte sich zurück und warf die Serviette auf ihren leeren Teller.

„Du Ärmste. Das ist ja ein richtig ausgewachsenes Trauma, was du da mit dir rumschleppst."

Mißtrauisch beäugte ich sie. „Alle Welt macht traumatische Erfahrungen."

„Na klar. Da kannst du Gift drauf nehmen. Ich zum Beispiel. Ich bin das personifizierte ausgewachsene Trauma. Mein ganzes Leben lang hatte ich das Gefühl, im falschen Film mitzuspielen. Allerdings habe ich das meistens immer noch. Tja." Sie schlug die Hände zusammen und verzog das Gesicht. „Pech." Dann beugte sie sich vor. Unter ihrem forschenden Blick verschluckte ich mich fast an meinem letzten Stückchen Frühlingsrolle.

„Das freut mich, daß du mir mal was erzählst über dich. Man könnte ja meinen, man ist mit einer Frau ohne Vergangenheit befreundet."

„Also wirklich, du spinnst. Ich erzähle dir so viel."

„So, meinst du? Wenn von uns beiden eine redet, dann bin ich das. Du kriegst doch die Zähne kaum auseinander."

„Gar nicht wahr." Ich spürte, wie ich errötete. Schnell sah ich weg. Drüben, an dem langem Tisch direkt vor der Fensterfront, hoben die Schweizer wie auf Kommando ihre Gläser mit Pflaumenschnaps. Unter großem Gejohle prosteten sie sich zu.

„Und was ist mit deiner Mutter?" fragte Michelle lauernd.

Ruckartig wand ich den Kopf und sah sie an. Ihre Augen bohrten sich in meine, und meine Hände fingen an zu zittern.

„Nein, o nein, Michelle. Das nicht auch noch. Das ist gemein. Horch mich nicht aus."

„Meine Güte, du bist aber empfindlich. Siehst du? Ich hab doch gesagt, daß du die Zähne nicht auseinanderkriegst."

Mir fiel keine Erwiderung ein. Sie hatte mich kalt erwischt, und ich spielte einen langen, unbehaglichen Moment mit meinem Besteck herum, bevor ich aufstand und mich auf die Toilette verdrückte.

Ich versperrte eilig die Kabinentür hinter mir und ließ mich auf dem heruntergeklappten Klocdeckel nieder. Ich fühlte mich wie benebelt, und mit jeder Sekunde wurde es schlimmer. Als mir der intensive Parfümgestank ins Bewußtsein drang, der mir schon beim Betreten der Toilette in die Nase gestiegen war, wußte ich auch warum. Suchend sah ich mich um. Auf dem Spülkasten stand eine enorme Ansammlung von Luftreinigern. Fichte, Tannennadel, Bergfrühling, Moschus, alle erdenklichen Geruchsnoten waren vertreten. Jede einzelne verbreite einen stechenden Gestank, der mir das Atmen schwermachte. Fluchtartig entriegelte ich die Kabine und trat in den Vorraum hinaus. Über dem Waschbecken standen drei weitere Luftreiniger, und auch auf dem Fensterbrett entdeckte ich eine ganze Batterie davon. Als ich die Tür öffnete, griffen meine Finger auf Bindfäden. Verdutzt sah ich auf die Klinke nieder. Drei Duftbäume aus Pappe in Tannenform baumelten daran herab.

Michelle sah mir lässig entgegen. Kaum hatte ich mich gesetzt, streckte sie den Kopf vor und schnupperte. „Mein Gott", sagte sie angewidert. „Du riechst ja wie ... wie ..." Sie suchte nach Worten.

„Ich rieche wie fünfzehn verschiedene WC-Luftreiniger."

Es dauerte eine ganze Weile, bis Michelle sich wieder beruhigt hatte, und währenddessen winkte ich den Kellner herbei und bestellte zwei doppelte Pflaumenschnäpse. Michelle setzte das Glas an die Lippen und wischte sich verstohlen die letzten Lachtränen aus den Augenwinkeln. Und ich fragte mich, worüber ich mehr erschrocken war: über die plötzliche Erkenntnis, daß ich im Begriff war, mich das erste Mal seit Suzannahs Tod einem Menschen zu öffnen, oder darüber, daß es mir so lange gelungen war, mich gegenüber allem und jedem zu verschließen.

Wir waren ziemlich angeheitert, als wir die Treppen zu meiner Wohnung hinaufstiegen. Noch während ich suchend mit dem Schlüssel am Schloß herumfummelte, verlosch das Licht im Treppenhaus, und instinktiv faßte Michelle nach mir. Ich spürte, wie ihre Hand an meiner Taille hinunterglitt, bis sie meinen Hosenbund zu fassen bekam und sich daran festhielt, und mit einem leichten Gefühl der Irritation stellte ich fest, daß die Berührung etwas in mir anrührte. Endlich fand ich das Schlüsselloch, öffnete die Tür und knipste das Licht an. Michelle stakste hinein, drehte sich zu mir um, und einen Moment lang verhakten sich unsere Blicke ineinander, eine Spur zu lange sahen wir uns an, keine von uns war fähig, den Blick zu lösen, bis ich die Tür hinter mir zustieß und meine Jacke zu Boden gleiten ließ. Michelle ging an mir vorbei. Ich lief in die Küche.

„Möchtest du noch was trinken, Michelle?"

„Was hast du denn anzubieten?" Ihre Stimme klang rauh. Ich war froh, daß ich ihr Gesicht nicht sehen konnte. Mein Magen fühlte sich komisch an, wie ein kleiner verhärteter Knoten in meiner Mitte. „Wasser, Sekt und Kaffee", sagte ich laut.

Ich hörte, wie Michelle sich in meinem Zimmer bewegte, Kleidungsstücke raschelten, eine Diele knarrte, der Tisch klapperte, als sie dagegen stieß.

„Wasser", antwortete sie undeutlich. Ich machte mich geschäftig daran, die Mineralwasserkiste zu überprüfen, um zu sehen, wie viele Flaschen noch voll waren, stellte umständlich Gläser zurecht und goß ein, und erst, als ich sicher war, daß Michelle bereits im Bett lag, ging ich ins Zimmer.

Michelle lag auf dem Rücken, einen Arm über den Augen. Als ich mich neben sie hockte und das Tablett abstellte, richtete sie sich auf und stützte sich auf einem Ellbogen ab. „Paß mal auf", sagte sie, als sie mir, ohne mich anzusehen, ein Glas abnahm. „Ich mache dir jetzt einen ganz praktischen Vorschlag." Alles in mir spannte sich an, ich stand auf, drehte mich um und zog langsam mein Hemd aus, während ich darauf wartete, daß sie weitersprach.

„Laß mich deine Notizhefte lesen."

Ich verharrte mitten in der Bewegung.

„Ich könnte sie lesen", sagte sie hinter mir, „ich bräuchte nicht mehr zu bohren, du brauchst nicht soviel zu erzählen, und ich weiß trotzdem mehr über dich."

Ich starrte auf die Notizhefte auf meinem Schreibtisch, ein ganzer Stapel war es mittlerweile, und das letzte, was ich gestern erst angefangen hatte, lag zugeschlagen in der Mitte des Tisches.

„Du schreibst das doch nicht alles nur für dich auf." Michelles Stimme klang ernst. „Das kannst du mir doch nicht erzählen."

Wortlos stieg ich langsam aus meiner Jeans, faltete sie sorgsam zusammen und legte sie über die Stuhllehne. Zum zweitenmal an diesem Abend hatte sie mich kalt erwischt. Und zum zweitenmal an diesem Abend wußte ich nicht, was ich antworten sollte. Ich traute mich nicht, Michelle anzusehen; schweigend schlüpfte ich unter die Decke, sorgsam darauf bedacht, sie nicht zu berühren. Nicht im Traum hatte ich bisher daran gedacht, meine Notizhefte jemandem zu lesen zu geben. Mein ganzes Leben stand in diesen großen, schwarzgedeckelten Heften, meine ganze Geschichte, all das, was mich bewegte, seit ich angefangen hatte, mich meinen Erinnerungen zu stellen, mehr, als ich je jemandem erzählt hatte und, wie ich mir sicher war, je erzählen würde. Ich hatte es für mich getan, um meinen widerstreitenden Gefühlen eine Form zu geben, um klarer zu sehen, um die Zusammenhänge besser zu verstehen, um mich selbst zu verstehen.

„Also, was sagst du dazu?“ Michelle lag mit dem Rücken zu mir gewandt. Über ihr lockiges Haar hinweg, das ihr bis auf die muskulösen Schultern hing, sah ich ihre Finger, die den Rand der Wasserflasche umfaßt hielten und das Gewinde entlangfuhren.

Ich brauchte eine kleine Ewigkeit, bis ich antworten konnte. „Ich werde drüber nachdenken.“

Sie nickte, und dann drehte sie sich um und sah mir direkt in die Augen. Das schwache Licht der kleinen Lampe neben dem Bett warf glitzernde Lichtreflexe auf ihr Haar, beleuchtete ihre androgynen, ebenmäßigen Gesichtszüge. Im Schatten schimmerte ihre Haut weich, bis hinunter zu der weichen Kerbe zwischen ihren Brüsten, die unter einem Bustier verschwanden. Sie sah mich an, ihre Augen bohrten sich tief in meine; fast unmerklich bewegten sich ihre Lippen, und dann lächelte sie, vorsichtig fragend und sehr, sehr still. Mein Hinterkopf prickelte, das Prickeln breitete sich aus, zog meinen Rücken hinunter, die Zeit stand still, und dann, eine Sekunde, bevor ich den Arm ausgestreckt und sie berührt hätte, sah ich zur Seite.

Wortlos löschte Michelle die Lampe, und wortlos legten wir uns hin. Ich starrte an die Decke, an der sich der Schatten des Fensterkreuzes abzeichnete, und nach einer Weile schob Michelle eine Hand zu mir herüber. Ich zählte bis zehn, dann faßte ich danach, sanft zog ich ihren Arm über meinen Bauch, und sie rückte dichter heran, legte sich an mich, und bald darauf schlief sie ein. Und bevor ich selbst in den Schlaf glitt, erinnerte ich mich daran, daß ich etwas ähnliches schon einmal erlebt hatte, nicht mit Michelle, nicht in Paris, sondern Jahre zuvor. Schon einmal hatte ich unvermutet, aus heiterem Himmel, Begehren verspürt anstatt freundschaftlicher Zuneigung. Aber damals war es nur ein Moment gewesen, ein kurzer Moment, und er war so schnell vergangen, wie er gekommen war. Diesmal war ich mir nicht so sicher.

– Heirate mich.

Ich war dermaßen verblüfft, daß ich im ersten Moment dachte, ich hätte die Gebärden mißdeutet.

– Was hast du gesagt?

– Heirate mich. Dennis sah mich an. Er saß kerzengerade auf seinem Hocker. Um zwei Uhr nachts war die *Oranienbar* längst überfüllt, und immer noch strömten die Gäste herein, der Keeper kam mit den Bestellungen kaum noch nach. Aus den Lautsprechern dröhnte ein *Abba*-Song nach dem anderen, und die Luft schien nur noch aus Rauch zu bestehen. Wir waren seit Stunden hier, hatten ein ums andere Bier getrunken, angeregt alle möglichen Neuigkeiten durchgehechelt, und mitten im größten Trubel hatte Dennis sich plötzlich aufgerichtet, mich starr angesehen und die Hände gehoben.

„Warum in aller Welt soll ich dich heiraten?"

Ich spürte die Blicke der Umstehenden. Dennis wurde rot.

– Sprich mit mir in meiner Sprache. Energisch schob er das Kinn vor.

Unwillig machte ich die Gebärde für „warum".

Seine Augen waren schwer, als er mir antwortete. – Weil ich es möchte. Ich habe niemanden, der zu mir gehört. Nur meine gräßliche Familie.

– Das stimmt nicht. Du hast Freunde. Und wenn etwas passieren würde, wäre ich doch da. Ich wäre doch sowieso da.

Er schüttelte den Kopf, und gleich darauf nickte er. – Ja, sicher. Aber ich möchte ... ich möchte es einfach gerne.

– Gibt es irgendeinen besonderen Anlaß?

Er schüttelte heftig den Kopf.

– Nein. Nein. Ich habe einfach drüber nachgedacht.

„Tut mir leid, Dennis, aber ich verstehe beim besten Willen nicht, was das soll."

Er zuckte weder mit den Achseln, noch erklärte er sich weiter, er sah mich einfach nur an.

Und über unseren Köpfen schrie sich jetzt Diana Ross die Seele aus dem Leib.

Ich verstand es nicht. Aber Suzannah verstand es. Sie lag auf der Seite und betrachtete mich aufmerksam, während ich nackt auf der Bettkante saß, eine Zigarette rauchte und ihr von Dennis' Bitte erzählte.

„Macht es denn Sinn?“ fragte sie, als ich geendet hatte.

„Aber das weiß ich ja eben nicht. Ich weiß nicht, wie er überhaupt auf diese Idee gekommen ist. Er konnte es mir auch nicht erklären. Oder vielleicht wollte er nicht. Manchmal ist er so unglaublich stur.“

„Und du findest das Ganze völlig absurd?“

„Verdammt noch mal, ja“, sagte ich bockig. „Ich meine ... ich weiß nicht. Was hätte ich denn davon?“

„Du?“ fragte sie und langte an mir vorbei nach den Zigaretten. Ich strich mit einer Hand über ihren Oberarm. Ihre Haut war weich und noch feucht. „Mußt du denn was davon haben?“

Ich stutzte, dann drückte ich meine Zigarette aus. „Ich weiß nicht“, wiederholte ich.

Sie richtete sich auf und rückte näher an mich heran. Ihre Brüste schmiegten sich an meinen Rücken, als sie mich umarmte und ihr Kinn auf meine Schulter legte. „Tu es doch einfach. Es kostet dich nichts. Und für Dennis macht es offensichtlich Sinn. Vertrau ihm.“

Ich starrte schweigend auf ihre Hand.

„Und vielleicht“, sagte sie leise, „vielleicht wäre das für uns beide auch gar nicht mal so schlecht.“

„Was sollte denn für uns daran gut sein?

Sie küßte mich in den Nacken. „Wenn du schwanger wärst, hätte das Kind sogar offiziell einen Vater.“

„Welches Kind denn?“ Im nächsten Moment verstand ich. „Also wirklich, Suzannah.“ Ich war verärgert und betroffen zugleich.

Sie schwieg und küßte mich wieder, und ihr Mund glitt sanft über meinen Nacken bis hinunter zwischen die Schulterblätter. Ich machte mich los und drehte mich zu ihr um. Auf ihren Lippen lag jenes unergründliche Lächeln, das ich nie zu deuten wußte und das mich jedesmal aufs neue mit einer Mischung aus Wohlbehagen und Skepsis erfüllte.

„Hättest du gerne Kinder gehabt?“ fragte ich vorsichtig, jedes Wort abwägend.

Ihr Lächeln vertiefte sich. „Du fragst nicht, ob ich gerne Kinder hätte. Und genauso ist es auch. Ich werde keine Kinder mehr bekommen. Ich bin fünfunddreißig."

„Na und? Das ist doch kein Alter."

„Selbst wenn ich zehn Jahre jünger wäre, ich werde keine Kinder mehr haben. Obwohl ich gerne welche gehabt hätte. Und manchmal möchte ich es immer noch. Manchmal wünsche ich mir, du würdest schwanger werden."

„Oh", sagte ich schwach. Mir war irgendwie unbehaglich zumute, als ich feststellte, daß wir das Thema immer irgendwie umschifft hatten. Und das hatte ganz bestimmt nicht nur an ihr gelegen.

Ihre Hand fuhr sanft meine Wirbelsäule hinauf. „Ich hatte schon immer das Gefühl, daß ich keine Kinder haben werde", sagte sie. „Ich nehme an, das ist mir nicht bestimmt. Und eigentlich sehe ich uns beide auch nicht mit Kindern. Ich versuche es mir vorzustellen, und plötzlich ist das Bild wieder weg. Aber was mit dir ist, das kann ich nicht sagen."

„Aber das gehört zusammen. Wenn du uns beide nicht mit Kindern siehst, dann werde ich eben auch keine haben."

Suzannahs Lippen folgten ihrer Hand. Ich spürte, wie ihre Zunge meine Wirbel umkreiste. Langsam lehnte ich mich zurück.

„Vielleicht", sagte sie, als sie sich über mich beugte und einen Arm unter meine Hüfte schob, mich näher zu sich heranzog, näher und näher, bis meine Brüste die ihren berührten. „Vielleicht."

Dennis nahm meinen Namen an, obwohl er klagte, man könne Liersch mit Hirsch verwechseln, wenn man vom Mund ablas.

Er sah gut aus in seinem schwarzen Anzug mit dem uralten Binder, den Paul aus einer alten Kiste mit Erbstücken von meinem Großvater gekramt hatte, und auch ich kam mir sehr elegant vor mit meinem cremefarbenen Kostüm, dem dazu passenden Hut und den Handschuhen, die mir bis über die Ellbogen reichten. Dennoch gaben wir kein überzeugendes Paar ab. Auf den Fotos, die Suzannah nach der Trauung machte, sehen wir aus wie zwei ungezogene Kinder, die sich am Kleiderschrank ihrer Eltern vergriffen haben; Dennis lächelt stolz und verlegen in die Kamera, und ich sehe ein bißchen verschämt aus, als ob ich gar nicht wüßte, wie mir geschieht, und so war es ja eigentlich auch.

Das Beste an der ganzen Sache war die Party, die wir später im Tiergarten feierten. Wir fuhren direkt vom Standesamt aus hin, in einem Konvoi aus blumengeschmückten Autos mit wegen der Julihitze weit heruntergedrehten Fenstern. An der Stoßstange von Suzannahs altem Kadett war eine Schnur mit Blechdosen befestigt, die so laut klapperten, daß ich kein Wort von dem verstand, was Suzannah und Klaus vorne miteinander redeten. Dennis drückte meine Hand und grinste mich übermütig an, und da fand ich, daß sich der ganze Aufwand schon allein für den Anblick seines fröhlichen Gesichts gelohnt hatte.

Zusammen mit Jan hatten wir sämtliche Formalitäten erledigt, die juristischen Konsequenzen besprochen und schließlich, nachdem alles geklärt war, einen Ehevertrag aufgesetzt. Als ich herausfand, daß Dennis bei seiner Heirat einen Teil seiner in Aussicht stehenden Erbschaft ausgezahlt bekommen würde, fühlte ich mich hintergangen. Fast wäre ich wieder abgesprungen, aber Dennis versicherte mir glaubhaft, daß er bis zu dem Zeitpunkt, an dem er seinen Eltern von unserer bevorstehenden Hochzeit geschrieben hatte, nichts davon geahnt hatte. Und als mir klar wurde, daß ich nicht den geringsten Grund hatte, die beleidigte Leberwurst zu spielen, war ich sogar erleichtert. Zumindest vom finanziellen Standpunkt aus gesehen war Dennis jetzt versorgt. Und alles andere, da war ich mir sicher, würde sich auch noch fügen.

Dennis' Familie kam nicht zur Hochzeit, weder sie noch er, geschweige denn ich selbst, zeigten irgendein Interesse daran. Aber alle anderen kamen. Die Wiese im Tiergarten nahe dem Reichstag wimmelte nur so von Freunden und Bekannten. Ein paar von den Jungs hatten Grills aufgebaut, auf mehreren Tapeziertischen stapelten sich selbstgeschmierte Brote, Salate und andere Köstlichkeiten, und eine ganze Batterie Bierkisten und Sektflaschen stand bereit. Paul hielt eine Rede, in der er, eigentlich ziemlich unpassend, über die Etablierung unserer homosexuellen Lebensweise in einer heterosexuell geprägten Welt schwafelte; es lag wohl am allzu reichlich genossenen Sekt, daß er sich schließlich dermaßen in seinen wohlvorbereiteten Formulierungen verhedderte, bis er kurzerhand abbrach und grölend auf unser Glück anstieß. Binnen kürzester Zeit hatte sich die andächtig lauschende Zuhörerschar in einen beschwipsten und gackernden Haufen verwandelt. Als Suzannah jenes Foto von mir schoß, auf dem ich, den zerdrückten Hut unter den Arm geklemmt, mit geröteten Wangen und handtellergroßen Schweißflecken unter den Armen, mein Sektglas schwenke und dabei leicht schielend in die Kamera grinse, da hatte ich schon längst den Überblick verloren, mit wem ich bereits angestoßen hatte und mit wem noch nicht.

Im Grunde wußte niemand so richtig, warum wir eigentlich geheiratet hatten, niemand außer Dennis, und das ist immer noch so. Ich erinnere mich, daß Paul irgendwann den Arm um mich legte, sich die Schweißperlen von der Stirn wischte und mich fragte, ob ich es nicht bedauerte, daß ich nicht Suzannah hätte heiraten können.

„Ich weiß nicht", erwiderte ich, „eigentlich ist heiraten doch sowieso überholt. Ich meine, wozu?"

„Aus Liebe", sagte Paul. Sein Gesicht nahm einen melancholischen Ausdruck an, sehnsüchtig starrte er in die Ferne, und dann war auf einmal Gerd da und sah uns an, seine Krawatte hing schief über seiner Brust, auf der ein großer Sektfleck prangte, seine Augen waren dunkel und schwer, und plötzlich tat er mir leid. Zum allerersten Mal wallte uneingeschränkte Sympathie für ihn in mir auf. Fast hätte ich den Arm ausgestreckt, um ihn zu berühren, da sagte Suzannah hinter mir: „Aber sie ist doch schon meine Frau, Paul." Unbemerkt war sie zu uns getreten, und ich drehte mich um und lächelte sie an, ihre grünen Augen leuchteten hell im gleißenden Sonnenlicht, grün wie frisches Gras im Mai.

Dennis und ich hatten beschlossen, die Hochzeitsnacht in unserer ehemals gemeinsamen Wohnung zu verbringen. Suzannah und Klaus fuhren uns hin, und als wir die Treppen hinaufstiegen, krümmten wir uns immer noch vor Lachen. Dennis hatte Mühe, das Schlüsselloch zu finden, ungeschickt wich er meinen Knüffen aus und fluchte vor sich hin, und als er es endlich geschafft hatte, rutschte ich auf dem Vorleger aus und setzte mich mit einem harten Plumps auf den Hintern. Fürsorglich streckte Dennis die Hand aus und half mir auf, aber als ich die Wohnung betreten wollte, hielt er mich fest.

„Was denn?“

Er breitete die Arme aus, als ob er ein Kind darin wiegte, dann deutete er auf mich und danach auf die Schwelle.

„O nein, Dennis. Du fällst hin. Ich bin viel zu schwer, mit dem ganzen Sekt und dem Essen im Bauch.“

Ich wollte hineingehen, aber er stellte sich demonstrativ vor die Tür. Seine Mundwinkel zitterten verdächtig, als er versuchte, ernst und entschlossen auszusehen.

„Na gut“, sagte ich und rülpste. Dennis fing an zu kichern, dann steckte er die Arme aus, und ich ließ mich schwer wie ein Mehlsack hineinfallen. Als er mich hochhob, schwankte er bedrohlich, aber er ließ sich nicht aus der Fassung bringen. Mit schlurfenden Schritten wankte er über die Schwelle, mein Kopf stieß schmerzhaft an den Türrahmen, und meine Pumps verkeilten sich in der Klinke. Ächzend und stöhnend tappte Dennis weiter voran, rummste hart mit der Schulter gegen den Kleiderständer, und im nächsten Moment landete ich unsanft auf der Kommode. Dennis knallte die Tür zu und klopfte sich stolz auf die Brust. Und zu meinem hysterischen Kichern gesellte sich jetzt auch noch ein heftiger Schluckauf.

Dennis hatte sich gut vorbereitet. Auf dem Küchentisch stand eine Flasche erlesenen Champagners, überall waren Rosen verteilt, und sogar einen Kassettenrecorder hatte er aufgetrieben. Schwungvoll schenkte Dennis ein, steckte mir einen selbstgefertigten Blumenkranz ins Haar und drückte auf die Play-Taste. Erwartungsvoll sah er mich an. Als die ersten Takte des Donauwalzers erklangen, war ich richtig gerührt. Dennis breitete die Arme aus, und ich schmiegte mich hinein, und dann tanzten wir. Es war gar nicht so schwer. Dennis wartete einfach ab, was ich tat, und dann folgte er mir, vorsichtig auf meine Bewegungen reagierend. Ich war erstaunt, mit welcher Geschicklichkeit es ihm gelang, sich mir anzupassen.

Auch wenn ich selbst nicht gerade eine begnadete Tänzerin bin, finde ich es immer wieder erstaunlich, wie wenige Männer sich anmutig zu bewegen wissen. Die meisten schaffen es nicht einmal, den Rhythmus zu halten, aber Dennis konnte es mühelos. Während wir uns durch die Küche drehten, im Takt zur Musik, die er nicht hören konnte und die ich in vollen Zügen genoß, lag er leicht und schwerelos in meinem Arm, meine Brüste berührten sein Hemd, fast war es, als könnte ich sein Herz schlagen hören. Vielleicht war es diese Art der Nähe, die wir nie zuvor miteinander geteilt hatten, die schließlich dazu führte, daß ich ihn auf einmal mit anderen Augen sah. Als das Lied endete und ich ihn losließ, sah er für einen kurzen Augenblick verdutzt aus, so als hätte ich ihn unvermittelt aus einem wunderschönen Traum gerissen. Er fing an zu lächeln. Wir sahen uns an. Ich spürte die Hitze, die von ihm ausging, auf einmal war ich mir seines Körpers überdeutlich bewußt, ich roch seinen Schweiß, und plötzlich wollte ich ihn, ich wollte ihn berühren, seinen Atem spüren, dicht auf meiner Haut, ich wollte, daß er seine sehnigen Arme um mich schlang, daß er nackt war und ich auch. Ich wollte spüren, wie er sich anfühlte, jeder Zentimeter seiner Haut, seine Muskeln, seine Hände, sein Schwanz.

„Dennis …"

Er schnitt mir mit einer schnellen Geste das Wort ab. Aber seine Augen lächelten. Es war eine der wenigen Gelegenheiten, bei denen er sprach. „Nein", sagte er laut.

Der hölzerne Klang seiner Stimme rief mich in die Wirklichkeit zurück. Die Wirklichkeit war, daß ich einen Schwulen geheiratet hatte, mit dem ich seit Jahren eng befreundet war, daß ich vor einem Freund stand, mit dem ich tief und jetzt auch noch auf eine neue, spezielle Art verbunden war, das war die Wirklichkeit, und nicht jener Rückfall in romantisch verklärte Kindheitsvorstellungen von Heirat und Hochzeitsnacht.

Ich sah nicht weg. Dennis war es, der wegsah. Vielleicht hat er damit unsere Freundschaft gerettet. Aber ich glaube das nicht. Denn es war nur ein Moment, ein kurzer Moment, der so schnell verging, wie er gekommen war.

Ist es jetzt anders?

Nach dem ganzen Trubel mit der Hochzeit beschloß Suzannah, daß es an der Zeit sei zu verreisen. Mir hätte auch ein zweiwöchiger Aufenthalt in Roggow gereicht, aber Suzannah wollte in die Ferne. Sie machte zwei, drei Anrufe bei einigen ihrer französischen Bekannten, und vier Tage später waren wir unterwegs.

In Lyon legten wir einen Zwischenstop ein. Suzannah, die genau wußte, wie schüchtern ich zuweilen in der Gegenwart Fremder war, hatte mir wohlweislich verschwiegen, daß ihre ältere Schwester Olga an jenem Tag ihren vierzigsten Geburtstag feierte. So lernte ich Suzannahs gesamte Familie gänzlich unvorbereitet und auf einen Schlag kennen, ein unvergeßliches Erlebnis. Völlig übermüdet von der Fahrt hatte ich weder die Kraft noch die Gelegenheit, Beklemmung zu empfinden. Betäubt von dem Lärm, den die vielen herumtobenden Kinder verursachten, nickte ich jedesmal, wenn mir jemand eine neue Delikatesse anbot, ließ mich mit Sekt vollaufen und von Edna, Suzannahs jüngerer Schwester, deren frische und unkomplizierte Art mir vom ersten Augenblick an gefiel, in ein langes Gespräch über Berlins Off-Künstler-Szene verwickeln. Suzannahs Mutter nötigte mich, mit ihr und Olgas Mann eine Runde Skat nach der anderen zu spielen. Irgendein entfernter Verwandter, dessen Name mir sofort wieder entfallen war, bot mir russischen Wodka an und zerrte mich, als ich annahm, in die Mitte des Wohnzimmers, um mit mir einen Tanz aufzuführen, bei dem ich eine denkbar schlechte Figur abgab. Als wir am nächsten Mittag nach einem ausgedehnten Frühstück abfuhren, fühlte ich mich wie durch die Mangel gedreht.

„Sie mögen dich“, sagte Suzannah amüsiert, als ihre winkende Verwandtschaft im Rückspiegel verschwand.

Und ich mochte sie auch.

Das Haus befand sich, für die südfranzösische Meeresküste erstaunlich abgeschieden, unweit eines kleinen Badeortes, in dem es von sonnenhungrigen Feriengästen nur so wimmelte. Die Schotterstraße, die aus dem Ort heraus durch sanft gewellte Hügel bis zu unserem Anwesen führte, verlief entlang einer staubigen Mülldeponie, und vielleicht lag es daran, daß sich kaum jemand bis zu uns verirrte. Wer der Straße dennoch folgte, dem bot sich, wenn er ein paar Senken und Hügel durchquert hatte, ein idyllischer Anblick: Zwischen Pinien und Feigenbäumen versteckt, lagen am Ende der Straße zwei kleine Häuser dicht nebeneinander, beide mit Blick aufs Meer.

Unser Domizil besaß zwei winzige Schlafzimmer und einen geräumigen Wohnraum; die weißgekalkten Wände und der gekachelte Fußboden gaben ihm einen mediterranen Anstrich. Das beste am ganzen Haus war die überdachte Veranda, von der eine verwitterte Holztreppe zum Strand hinunterführte. Einmal mehr begriff ich, daß Luxus sich nicht durch den Besitz von Gegenständen, sondern von Raum definieren ließ. Und Raum, Raum für uns besaßen wir wirklich in diesen zwei Wochen, denn der Strand vor unserem Häuschen blieb tagsüber nahezu menschenleer, und nach ein paar Tagen fing ich an, die wenigen Badegäste, die ab und an den Weg dorthin fanden, als Eindringlinge zu betrachten.

Mit jedem Tag, den wir unter der heißen Augustsonne verbrachten, fiel ein Stück Unruhe mehr von mir ab. Ich genoß die Stille, die nur vom Zirpen der Zikaden und dem Rauschen des Meeres durchbrochen wurde, und ich genoß die endlos scheinenden Tage ohne jegliche Verpflichtung. Das einzige, was ich tun mußte, war, morgens die staubige Straße zum Dorf hinunterzulaufen und Milch und Baguettes zu besorgen. Suzannah übernahm das Kochen. Wenn ich auf der Veranda saß und ihr durch die offene Tür beim Zubereiten der Mahlzeiten zusah, dachte ich darüber nach, mit welcher Perfektion wir uns in der Aufteilung der anfallenden Arbeiten ergänzten. Jahrelang war ich vor ihr davongelaufen, und nun ging ich nur noch zum Einkaufen von ihr fort. Mehr denn je war sie der ruhende Pol, zu dem ich immer wieder zurückfand.

„Was denkst du? Du grinst so komisch." Suzannah kam mit einem Laib Brot in der Hand zu mir auf die Veranda. Ihr Gesicht war leicht gebräunt, und die Falten um ihren Mund herum hatten sich in den wenigen Tagen, die wir hier waren, bereits geglättet. Sie sah frisch und ausgeruht aus. Ich griff nach ihrer Hand und zog sie, obwohl sie sich ein wenig sträubte, auf meinen Schoß. Brotkrümel fielen auf mein Hemd, und ich wischte sie fort, bevor ich antwortete.

„Ich denke gerade darüber nach, daß du mein ruhender Pol bist."

„Ist das eine Auszeichnung oder wieder eine von deinen hintergründigen Sticheleien?" Sie sah mir aufmerksam ins Gesicht.

„Das ist das größte Kompliment, das ich dir heute gemacht habe."

Sie lächelte und fuhr mir mit der Hand über den Nacken. Ihre Finger waren kühl, und automatisch lief mir ein wohliger Schauder über den Rücken. Ich lehnte mich ein wenig zurück, in der

Hoffnung, weiter von ihr gestreichelt zu werden. Aber ganz offensichtlich hatte sie nichts dergleichen im Sinn.

„Dein ruhender Pol geht jetzt schwimmen."

„Ich dachte, du machst etwas zu essen."

Sie stand auf und legte das Brot auf den Tisch. „Ich hab's mir anders überlegt. Wenn du essen willst, mußt du warten. Besser noch, du kommst mit. Also?"

Ich seufzte und sah zu ihr auf. Mein ruhender Pol machte keinerlei Anstalten, auf meinen Unwillen einzugehen. Ich gab mich geschlagen und stützte meine Hände auf die Lehnen, um aufzustehen. Aber noch bevor ich mich aufgerichtet hatte, war sie schon die Stufen zum Strand hinuntergelaufen.

„Los!" schrie sie über die Schulter zurück. „Krieg mich doch!"

„Und dein Handtuch?"

„Wozu hab ich *dich* denn?"

Ich rannte ins Zimmer und riß Suzannahs Handtuch vom Stuhl. Meins lag noch auf der Veranda über dem Geländer, und ich zog es im Vorbeilaufen herunter, bevor ich ihr nachrannte. Sie war schon weit draußen, nahe am Wasser, und als ich ihr nachsetzte, wäre ich fast über ihr T-Shirt gestolpert, das im Sand lag. Ein paar Meter weiter fand ich ihre Shorts, und noch ein Stück weiter ihren Slip. Als ich aufsah und die Augen gegen die untergehende Sonne abschirmte, sah ich, wie sie nackt ins Meer hineinlief, ohne auch nur innezuhalten. Es war eines der Bilder, von denen ich sofort wußte, daß sie mir unvergeßlich bleiben würden: Suzannahs schlanke, hochaufgeschossene Gestalt, wie sie sich gegen den roten Feuerball der Sonne und die glatte blaue Fläche des Wassers abhebt, ein nackter Körper im flüssigen Lauf, fliegendes Haar, Gischtspritzer, die um ihre wirbelnden Beine tanzen, und ihre ausgebreiteten Arme, die Handflächen der Sonne entgegengestreckt, so als wolle sie das Meer umarmen. Und in der Ferne der Horizont.

Wir waren ungefähr seit einer Woche dort, als wir uns eines Morgens auf der Veranda gegenübersaßen, den vollgedeckten Frühstückstisch zwischen uns. Suzannah schnippte eine Zigarette aus ihrer Packung und beugte sich vornüber, um sie an der Kerze anzuzünden – sie mochte es, wenn morgens im hellen Sonnenlicht eine brennende Kerze auf dem Tisch stand. Das war allerdings eine Gewohnheit, die ich nicht leiden konnte, und so zog ich mein Feuerzeug aus der Hosentasche und schob es zu ihr hinüber.

„Nicht an der Kerze anzünden. Das ist giftig."

Sie hielt inne, musterte mich aus schrägen Augen und lehnte sich im Stuhl zurück. Nachdenklich drehte sie die Zigarette zwischen den Fingern und sah darauf nieder.

„Was ist?"

Sie sah auf. „Es ist schon erstaunlich", sagte sie, „seit Jahren tun wir beide immer das gleiche. Ich will mir meine Zigarette an einer Kerze anzünden, und dir paßt das nicht."

„Ja. Und?"

„Wir haben ein richtiges Muster entwickelt, ohne es zu proben, ein Muster, das wir niemals durchbrechen. Nie. Und es endet immer damit", sie nahm mein Feuerzeug auf und hielt sich die Flamme an die Zigarette, „daß ich mir tatsächlich die Zigarette mit deinem Feuerzeug anzünde. Immer."

„Weil es eben gesünder ist", sagte ich verteidigend.

„Nein", erwiderte sie bestimmt, „weil du es so willst."

Ich war peinlich berührt. „Findest du, daß ich dich bevormunde?"

Sie stieß genüßlich den Rauch aus und ließ den Blick übers Meer schweifen, bevor sie mich wieder ansah. „Nein, und darum geht es auch nicht. Ich finde es nur erstaunlich, wie sehr wir uns aufeinander abstimmen und voneinander leiten lassen, ohne es bewußt wahrzunehmen. Wir tun so vieles zusammen, und jede von uns denkt nur, sie macht es alleine. Aus freiem Willen, aus sich selbst heraus. Dabei wirken wir immerzu aufeinander ein."

„Beunruhigt dich das?"

„Nein", sagte sie bedachtsam. „Es bedeutet nur, daß wir vielleicht fester miteinander verbunden sind, als wir glauben. Manchmal weiß ich nicht mehr, wo ich aufhöre und du anfängst. Ich weiß, daß ich in meinem Kern allein und unberührbar bin, aber du, du dringst in alle anderen Schichten ein. Du prägst nicht nur mein Leben, du prägst auch mein Sein. Ich bin sicher, daß ich viele Gefühle nicht hätte, wenn es dich nicht gäbe. Ich hätte sie nicht, oder ich hätte andere."

Obwohl ich sie nun sechs Jahre kannte, gelang es mir nicht, von ihrem Gesicht abzulesen, wie ihr zumute war. „Ist das gut oder schlecht?"

Sie löste langsam den Blick vom Meer und richtete ihre Augen auf mich. „Was findest du denn?" fragte sie leise.

Ich zuckte die Schultern.

Sie schmunzelte leicht. „Du weißt es auch nicht."

Sie hatte recht, ich wußte es auch nicht. Aber bei allem Unbehagen, das ihr ernster Tonfall mir einflößte, ich wußte, daß es gut war, wenn wir uns von Zeit zu Zeit ins Gedächtnis riefen, daß wir gar nicht so unabhängig voneinander waren, wie wir uns gerne gaben. Denn das waren wir nicht.

Mein Leben lang war mir meine Unabhängigkeit die höchste Priorität gewesen. So sehr ich mich Suzannah auch verbunden fühlte, so nah wir uns auch kamen, ich habe nie vergessen, daß ich letzten Endes allein bin. Aber erst, als ich begriff, daß wir uns gegenseitig veränderten, daß wir ineinander eindrangen, unser Leben in andere Bahnen lenkten, erst da habe ich verstanden, daß mein Beharren darauf, unabhängig von ihr zu sein, nichts weiter als ein Schutzschild war, ein mit lautem Getöse vor mir hergetragener Schutzschild, hinter dem ich mein Alleinsein erst recht verbarg.

Lieben bedeutet, Einfluß zu nehmen, ob gewollt oder nicht. Lieben bedeutet berühren. Und nur, wer sich berühren läßt, erkennt, wie allein er in Wirklichkeit ist.

Ein paar Tage später kam ich vom Strand und fand auf der Veranda in einem der Korbstühle eine junge Frau vor, die damit beschäftigt war, einen großformatigen Fotoband durchzublättern. Leise und völlig überrascht stieg ich die Stufen hinauf. Als sie mich bemerkte, zuckte sie zusammen, setzte ein verlegenes Lächeln auf, klappte das Buch zusammen und legte es schnell auf den Tisch.

„Hallo."

„Hi." Ich warf mein Handtuch über die Brüstung und lugte auf den Einband. Es war Suzannahs letzte Veröffentlichung, ein Band mit Olivers und ihren Fotoreportagen aus Südamerika. Die junge Frau wußte offensichtlich ebensowenig mit dieser unerwarteten Begegnung anzufangen wie ich, denn nach einem kurzen Blick zu mir hinüber verschränkte sie die Hände im Schoß und zupfte an ihrer leichten Sommerhose herum.

Suzannah rettete uns aus dem peinlichen Schweigen. Mit einem Krug eisgekühlter Limonade und ein paar Gläsern trat sie aus dem Haus. „Thea, das ist Viktoria. Ich hab dir von ihr erzählt. Sie ist auf der Fotoschule in Amsterdam."

„Hallo", sagte Viktoria zum zweitenmal. Ich nickte knapp. Vage erinnerte ich mich. Suzannah hatte vor ein paar Tagen beiläufig erwähnt, daß eine angehende Fotografin auf der Durchreise nach Spanien zum Kaffeetrinken vorbeikommen wollte. Wenn ich mich recht entsann, hatte sie über Karl oder Jimmy Suzannahs Adresse bekommen und ihr einen Brief geschrieben, in dem sie Suzannahs letzten Fotoband über alle Maßen gelobt und um ein persönliches Treffen gebeten hatte.

Daß immer mal wieder junge Fotografen und Fotografinnen auftauchten, um mit Suzannah über ihre Arbeit zu sprechen, war nichts Neues. Solange derlei Treffen in Suzannahs Atelier stattfanden, hatte ich nichts dagegen. Aber daß diese junge Frau mitten in unserem Urlaub erschien und unsere Zweisamkeit störte, ging mir gewaltig gegen den Strich.

„Störe ich euch?" fragte ich kühl.

Suzannah schüttelte den Kopf und setzte sich. „Nein, wir haben schon eine ganze Weile miteinander geredet. Möchtest du auch etwas trinken?"

Widerstrebend zog ich den dritten Korbstuhl heran und ließ mich hineinfallen. Während ich betont gelangweilt an meiner Limonade nippte und die beiden ihr Gespräch wieder aufnahmen, musterte ich Viktoria.

Sie war vielleicht Anfang Zwanzig und für meinen Geschmack ziemlich gutaussehend. Ihr scharfgeschnittenes Gesicht mit den tiefliegenden blauen Augen und dem winzigen herzförmigen Muttermal über dem linken Mundwinkel wirkte beinahe exotisch, und die dunkelrot geschminkten Lippen waren anmutig geschwungen. Mir fiel auf, daß sie ihr kurzgeschnittenes Haar in der selben Art trug wie ich, als ich in ihrem Alter gewesen war: Auf dem Kopf und an den Seiten waren die streichholzlangen Strähnen in die Stirn gekämmt, im Nacken ausrasiert. Irgendwie fachte das meinen Groll nur noch mehr an. Als ich sah, wie aufmerksam und ehrfürchtig sie Suzannahs Fachsimpelei lauschte, wie bewundernd und beinahe schüchtern sie zu ihr hinblickte, ärgerte ich mich nur noch mehr.

Ich lehnte mich tief in den Stuhl zurück, kippte ihn auf die Hinterbeine und legte die nackten Füße auf die Verstrebungen des Holztisches. Die Gläser und der Krug wackelten bedenklich, und ein wenig Limonade schwappte über.

„Sorry", sagte ich, ohne mich zu rühren.

„Soll ich einen Lappen holen?" Viktoria rutschte hilfsbereit auf ihrem Stuhl nach vorne.

„Nein, laß nur. Trocknet ja wieder." Suzannah winkte ab. Sie würdigte mich keines Blickes. Lässig, die langen, sonnengebräunten Beine in den kurzen Shorts übereinandergeschlagen, saß sie da, zog von Zeit zu Zeit an ihrer Zigarette und plauderte entspannt mit ihrer jungen Kollegin. Nach einer Weile hatten die beiden meine Anwesenheit ganz und gar vergessen, versunken in ihr Gespräch, kamen sie von einem Thema aufs nächste, erläuterten Aufnahmetechniken, Entwicklungsprobleme und Belichtungszeiten, und mit jedem Lächeln, das sie sich zuwarfen, mit jeder Geste, mit jedem Satz, den sie von sich gaben, wurde ich wütender. Ganz offensichtlich war Viktoria zutiefst beeindruckt von Suzannah, und Suzannah schien sich schamlos in ihrer Bewunderung zu suhlen.

Als Suzannah schließlich wohlig ihre langen Gliedmaßen streckte und Viktoria einlud, mit uns zu Abend zu essen, war das Maß für mich voll.

„Ich weiß nicht ...", Viktoria warf mir einen vorsichtigen Seitenblick zu. „Ich habe euch doch schon lange genug aufgehalten."

„Unsinn." Suzannah drückte ihre Zigarette aus und stand auf. „Du bist herzlich eingeladen. Stimmt's, Thea?"

Ich kippte meinen Stuhl in die Waagerechte, stand auf und schob meine hochgerutschten Hosenbeine mit den Füßen an den Waden hinunter. „Ich habe keinen Hunger", sagte ich, um einen neutralen Tonfall bemüht. „Ich gehe ein bißchen spazieren."

Suzannah hob eine Augenbraue und sah mich ausdruckslos an. Wie üblich ließ sie sich nicht im mindesten von meiner bockigen Art beeindrucken. „Tja, wie du willst." Sie wandte sich Viktoria zu, die mit betretenem Gesichtsausdruck dasaß und auf die Tischplatte starrte. „Magst du Fisch?"

Zutiefst vergrätzt und mit einem nagenden Gefühl der Unzufriedenheit im Bauch trabte ich ziellos den Strand entlang. Ich hatte es so eilig gehabt, mich zu verabschieden, daß ich mir noch nicht einmal die Zeit genommen hatte, Schuhe anzuziehen, und nach einer Weile bekam ich kalte Füße. Muscheln piekesten in meine Fußsohlen, die frische Abendbrise vom Meer ließ mich in meiner dünnen Hose schlottern, und meine nackten Arme überzogen sich mit einer Gänsehaut. Neben einem Felsen hockte ich mich nieder und fing an, Steine ins Wasser zu werfen. Die Erinnerung daran, wie vertraut, fast intim Suzannah und Viktoria miteinander gesprochen hatten und wie interessiert Suzannah nach Viktorias Arbeit gefragt hatte, ließ mich nicht los. Dieses kollegiale Geplauder über Fotografie, zu dem ich selbst absolut nichts beitragen konnte, hatte ich schon immer gehaßt. Wenn Suzannah erst einmal anfing, über Bedeutung und Möglichkeiten der Fotografie zu sprechen, hörte sie so schnell nicht wieder damit auf. Mit schöner Regelmäßigkeit verdrückte ich mich bei solchen Gelegenheiten.

Natürlich war mir klar, daß ein Quentchen Neid dabei war, wenn ich ihre Begeisterung als theoretisierende Fachsimpelei abtat, genauso wie ich wußte, daß ich insgeheim neidisch war auf die Tatsache, daß ihr Beruf sie durch die ganze Welt führte, an Orte, die ich nie gesehen hatte und auch nie sehen würde, aber diesmal war es etwas anderes. Sie hatte mich wie Luft behandelt, sie hatte nur Augen für dieses junge, hübsche, begabte Ding gehabt, das ihr ganz offensichtlich zu Füßen lag, hingerissen von der überwältigenden Ausstrahlung der welterfahrenen, genialen, überaus charmanten Suzannah. Und ich Trottel hatte auch noch kampflos das Feld geräumt. Aufgebracht schleuderte ich einen letzten Stein ins Wasser und machte mich auf den Rückweg.

Die Veranda war verlassen. Auf dem Tisch standen die Reste des Abendessens. Angewidert betrachtete ich den Fischteller, auf dem nur noch ein paar Gräten lagen, das schmutzige Geschirr und die angebrochene Cognacflasche. Eines der Gläser trug Reste von Lippenstift. Im Vorbeigehen versetzte ich ihm einen Stoß, so daß es zu Boden fiel und klirrend zersprang. Im Haus blieb alles still.

Langsam schlenderte ich durch die leeren Räume. An der Stereoanlage glimmte das rote Lämpchen. Ich kniete mich davor nieder und zog die eingelegte Kassette heraus. Tschaikowsky. Suzannah hatte offensichtlich alle Register gezogen. Ich war versucht, die Kassette auf den Boden zu schmeißen und mit bloßen Füßen zu zertreten, aber dann ließ ich es sein. Ich steckte sie wieder in den Recorder und ging auf die Veranda zurück.

Suzannah stieg eben die Treppe hinauf, in der Hand ihre Trainingsjacke, das Handtuch um den Hals geworfen. Statt der Shorts von vorhin trug sie ihre ausgebeulte Jogginghose, das enganliegende Trägerhemd war einem weiten T-Shirt gewichen.

„Da bist du ja“, sagte sie, als sei nichts vorgefallen, warf die Jacke über das Geländer und fing an, sich das Haar trockenzurubbeln.

Ich fischte mir eine Zigarette aus der Packung auf dem Tisch, zündete sie an und lehnte mich an den Pfeiler, der das Geländer begrenzte. Konzentriert starrte ich aufs Meer hinaus. Suzannah folgte meinem Blick und sah mich dann unter dem Handtuch hervor an.

„Suchst du was?“

„Wo bleibt denn das junge Talent?“

„Viktoria ist schon vor einer halben Stunde gegangen.“ Sie warf das Handtuch beiseite, fuhr sich mit den Fingern durchs Haar und trat zum Tisch.

„Was ist denn da passiert?“ Stirnrunzelnd betrachtete sie das zersprungene Glas.

Ich zuckte die Achseln. „Das lag schon so da, als ich gekommen bin.“

„Und warum hast du es nicht weggefegt?“

Wieder zuckte ich die Achseln. „Ich hab's ja nicht kaputtgemacht. Muß heiß hergegangen sein bei eurem Dinner zu zweit.“

Sie sah mich kopfschüttelnd an. „Du hast einen Knall.“

Hochaufgerichtet ging sie ins Haus, kehrte mit Handfeger und Schaufel zurück und machte sich daran, die Scherben zu beseitigen. Ungerührt blieb ich an den Pfeiler gelehnt stehen und ließ kunstvoll geformte Rauchkringel in die Abenddämmerung steigen.

„Machst du mir hier eine Szene, oder was soll das ganze Theater?“ Suzannah schaute angriffslustig zu mir auf.

Ich schwieg stoisch. „Habe ich nicht nötig“, sagte ich dann. Ich fand mich geradezu umwerfend cool. In vollen Zügen genoß ich das Gefühl, Suzannah mit aller Wucht gegen die Wand laufen zu lassen.

„Du bist lächerlich, wenn du eifersüchtig bist."

„Eifersüchtig? Ich?" Als ich mich umdrehte, rutschte mir meine Zigarette aus den Fingern. Suzannah verschwand mit der Schaufel im Haus. Ich lief hinterher. „Ich bin nicht eifersüchtig!" schrie ich ihren Rücken an. „Was bildest du dir ein? Auf so ein kleines Ding, das wahrscheinlich drei Orgasmen hintereinander bekommen hat, weil es mit der tollen Super-Fotografin an einem Tisch sitzen durfte? Das ist das Albernste, was ich je gehört habe!"

„Finde ich auch." Suzannah ging an mir vorbei auf die Veranda, füllte ihr Cognacglas und setzte sich hin.

„Wie, was findest du auch?"

„Das, was du gerade gesagt hast, ist das Albernste, was ich je gehört habe." Sie setzte das Glas an die Lippen und stürzte den Cognac in einem Zug hinunter.

„Du kommst dir auch noch toll vor, was? Vor meinen Augen mit so einem Huhn zu flirten! Noch ein bißchen Jugend tanken, oder was? Oder macht es solchen Spaß, mit deinen phantastischen Bildern zu prahlen?"

„Fotos. Es sind Fotos, keine Bilder."

„Fotos, Bilder, ist doch scheißegal!"

„Nein, ist es nicht. Und im übrigen prahle ich nicht", erwiderte Suzannah beherrscht. „Ich spreche nur gerne über meine Arbeit, und ich spreche darüber besonders gerne mit jemandem, der sich dafür interessiert."

„Ich interessiere mich wohl nicht dafür?"

„Doch", sagte sie schlicht. Ihre grünen Augen funkelten mich an.

„Aber ich bin nur ein dummer Laie, nicht wahr? Mit mir kann man eben nicht tiefsinnig über das Künstlerdasein theoretisieren. Gott sei Dank erkenne ich wenigstens, was auf den Bildern drauf ist. Sonst könntest du sie mir noch nicht einmal zeigen."

„Du machst dich wirklich lächerlich." Suzannah streckte die Beine aus.

„Sei nicht immer so gottverdammt gelassen!" Ich schlug mit der Faust auf den Tisch. Die Cognacflasche wackelte.

„Laß das sein, verflucht noch mal, Thea! Soll ich vielleicht genauso hysterisch rumschreien wie du?" Suzannah griff nach der Flasche und brachte sie in Sicherheit.

„Hysterisch bin ich also?" Mit geballten Fäusten stand ich vor ihr.

„*Du* hast gerade irgendwelche Probleme. Ich nicht. Setz dich gefälligst hin und sag, was los ist. So rede ich nicht mit dir."

„Nein." Ich blieb stocksteif stehen. Sie schenkte sich nach, trank und schwieg ebenfalls. Eine Weile verharrten wir so, dann ging ich zum Geländer, lehnte mich erneut gegen den Pfeiler und sah zum Strand. Das Meer rauschte, ein paar Möwen krächzten vom Himmel herab. In der Ferne glitt langsam ein Dampfer über den Horizont.

„Ich habe nicht mit Viktoria geflirtet." Suzannahs Stimme klang gepreßt. „Ich habe mich nett mit ihr unterhalten. Die einzige, die sich daneben benommen hat, warst du."

Ich legte meine Finger um den Pfeiler und drückte die Nägel in das weiche Holz.

Sie fuhr fort. „Ich rede gerne übers Fotografieren. Habe ich mich jemals bei dir darüber beschwert, daß du dich mit anderen Leuten über Dinge unterhältst, von denen ich keine Ahnung habe?"

„Ich habe also keine Ahnung."

„Hast du doch auch nicht. Warum solltest du auch? Du bist nun mal keine Fotografin. Na und?"

„Nein", sagte ich mit zusammengebissenen Zähnen, „ich bin weiß Gott keine Fotografin. Ich sortiere Akten."

„Es ist mir doch ganz egal, was du tust."

„Dir ist es aber nicht egal, was *du* tust."

„Wir sind eben verschieden." Ich hörte das Gluckern, als sie sich Cognac nachschenkte. In meiner Kehle brannte es. Liebend gern hätte ich ebenfalls einen Schluck getrunken, aber ich wollte mich partout nicht von meinem Platz am Pfeiler lösen.

„Ich brauche eben eine Aufgabe, ein festumrissenes Ziel in meinem Leben. Du nicht. Was bitte soll an dem einen oder anderen besser sein?"

„Anscheinend brauchst du aber das Gefühl, für das, was du tust, angehimmelt zu werden."

Eine Pause entstand. „Stimmt", sagte Suzannah dann.

Ich hatte einen Triumph zu verbuchen, aber irgendwie schmeckte er fade. Suzannah zündete sich eine neue Zigarette an. Der Dampfer verschwand hinter dem Horizont. Irgendwo fing eine Zikade an zu zirpen. Das Geräusch sägte an meinen Nerven.

„Und wenn so ein junges Ding dich anhimmelt, dann ist es gleich noch mal so schön."

Schnaubend stieß Suzannah den Rauch aus. Als sie antwortete, klang ihre Stimme leicht belustigt. „Findest du dich mittlerweile zu alt für mich, Thea?"

Ich drehte mich um und sah sie an. Im Licht der Dämmerung wirkte ihr Gesicht fast ätherisch. Ich betrachtete die kleinen Falten, die sich um die Augen und entlang der Nasenwurzel in ihre Haut gegraben hatten, Falten, die noch nicht dagewesen waren, als wir uns kennengelernt hatten, und ich dachte daran, daß auch mein Gesicht nicht mehr so glatt war wie früher. Ich war neunundzwanzig. Ich war jetzt fast so alt wie Suzannah damals, als wir uns begegnet waren. Die Zeit hatte bei uns beiden ihre Spuren hinterlassen, und vielleicht war es das, was mich in Wirklichkeit so belastete. Ich war jetzt eine erwachsene Frau, meine Jugend verblich, und manchmal sehnte ich mich danach zurück. Viktoria besaß diese Jugend noch, sie besaß jene unschuldige Naivität, jene ungetrübte Neugier auf das Leben, sie besaß das, was Suzannah damals in mir gesehen und weswegen sie sich vielleicht auch in mich verliebt hatte.

„Weißt du", sagte Suzannah, „weißt du eigentlich, daß ich früher manchmal Angst hatte, du könntest zu jung für mich sein? Erinnerst du dich, daß du mich das ein paarmal gefragt hast? Ich habe das immer verneint. Aber ich habe gelogen." Sie lächelte, als sie mein betroffenes Gesicht sah. „Ich fand dich manchmal wirklich zu jung. Ich habe darauf gewartet, daß du älter wirst. Ich hatte übrigens auch manchmal Angst, daß ich zu alt für dich wäre. Sieben Jahre, das war damals ein ganz schöner Unterschied. Und jetzt, wo ich nie mehr an diesen Unterschied denke, jetzt fragst du mich, ob ich lieber eine Jüngere hätte."

„Weil du …"

„Sei friedlich, Thea."

Und augenblicklich war ich friedlich. Langsam sickerten ihre Worte in mein Bewußtsein, und unwillkürlich entspannte ich mich.

Wieder goß sie sich Cognac nach, und diesmal löste ich mich vom Pfeiler und trat zu ihr. Sie sah mich fragend an, und als ich nickte, reichte sie mir das Glas. Ich nahm es entgegen und nippte an der goldenen Flüssigkeit. Sie sah forschend zu mir auf.

„Hast du eigentlich jemals mit …" Ich hatte Schwierigkeiten, die richtigen Worte zu finden, und ihre Augen verrieten mir, daß sie wußte, was ich sie fragen würde. „Hast du jemals mit jemand anderem geschlafen, seit wir zusammen sind?"

Sie ließ mich nicht aus den Augen, während sie inhalierte und langsam den Rauch gen Himmel blies. Und ich wußte, was sie mir antworten würde.

„Ja", sagte sie. „Früher, zu Anfang. Und dann noch vor einmal ungefähr zwei Jahren."

Ich zog endlich den Korbstuhl heran und setzte mich ihr gegenüber.

„Und jetzt möchtest du wissen, mit wem und wann, nicht wahr?"

Ich nickte und hielt ihr mein Glas hin. Sie schenkte nach.

„Im ersten Jahr gab es da diese Frau aus Bremen. Das war kurz nachdem ich umgezogen war. Es hat sich dann erledigt." Sie lächelte vorsichtig, und als sie sah, daß ich ruhig blieb, sprach sie weiter. „Und dann, weißt du noch, in der Zeit, wo du andauernd verschwunden und wochenlang nicht wieder aufgetaucht bist? Einmal habe ich in einer Bar eine Frau kennengelernt, frag mich nicht, wo das war, ich weiß es nicht mehr. Ich habe mich von ihr mitnehmen lassen. Es war eine Katastrophe. Ich bin mittendrin aufgestanden und gegangen. Dann gab es noch zwei Männer. Der eine gefiel mir sogar, aber …" Sie studierte mein Gesicht, bevor sie weitersprach. „Ich war ein bißchen verliebt in ihn, aber als er mehr wollte, habe ich Schluß gemacht. Das war's."

„Und vor zwei Jahren?"

Sie schmunzelte und schwenkte die Cognacflasche hin und her.

„Sag schon."

Sie stellte die Flasche ab. „Samuel. Als ich auf den Seychellen war."

Augenblicklich war mir klar, warum sie gezögert hatte. „Doch nicht etwa der Kerl auf dem Foto, mit dem du letztes Jahr den Förderpreis gewonnen hast?"

Sie schob die Oberlippe vor und nickte.

„Du Miststück“, sagte ich und mußte grinsen, als ich ihre schuldbewußte Miene sah. Das preisgekrönte Foto hatte monatelang in unserer Küche gehangen. Darauf abgebildet war ein muskulöser Schwarzer von überwältigend ebenmäßigem Körperbau. Was das Foto so eindringlich wirken ließ, war die Art, wie er in die Kamera schaute, während er in einer Hand einen zappelnden Fisch und in der anderen eine verrostete Armbanduhr hielt. In seinen fast schwarzen Augen lag ein Ausdruck tiefer Trauer, vermischt mit unbändiger Wildheit. Ich hatte oft vor dem Foto gestanden und mich nicht daran sattsehen können. Samuel war so ziemlich der schönste Mann, den ich je gesehen hatte, und ich mußte mich sehr zusammenreißen, um einen jähen Anfall von Eifersucht zurückzudrängen.

„Warum so viele Männer?“

Suzannah verschränkte die Hände im Nacken und sah in den Himmel, auf dem sich die ersten Sterne abzuzeichnen begannen. Zu der einsamen Zikade hatten sich mehrere andere gesellt.

„Vielleicht weil du keiner bist.“ Sie sah mich zweifelnd an. „Oder – warum sollte ich eine andere Frau wollen, wenn ich die beste schon habe?“

Ich schob das Geschirr beiseite und legte die nackten Füße auf den Tisch. Gemeinsam lauschten wir dem Gesang der Zikaden. „Du hast ein Talent für den richtigen Zeitpunkt, Thea, weißt du das?“ Suzannah stieß leicht mit der Flasche an mein Glas und setzte sie an die Lippen. Ich sah zu, wie ihr seidig schimmernder Kehlkopf sich beim Schlucken bewegte.

„Ja“, sagte ich zufrieden, „das weiß ich.“

Ich war und bin immer noch der Meinung, daß man manche Dinge nur fragen sollte, wenn man weiß, daß man die Antwort, egal wie sie ausfällt, verkraften kann. Es gilt den richtigen Moment zu erwischen. An jenem Abend in Frankreich am Strand, da habe ich ihn wirklich erwischt.

Ich hatte Suzannah niemals zuvor nach anderen Frauen oder Männern gefragt. Nicht, weil es mich nicht interessiert hätte, und auch nicht, weil ich von ihrer Treue überzeugt war. So manches Mal, vor allem in den ersten Jahren, habe ich mich nächtelang mit der Frage herumgeschlagen, ob sie jemand anderen hatte, immer dann, wenn sich eine von uns von der anderen zu distanzieren suchte. Irgendwann hatten wir eine Art stillschweigendes Übereinkommen geschlossen: Sie fragte mich immer, ich fragte sie nie. Ich habe nicht gefragt, weil ich wußte, daß ich eine Bejahung meiner Frage nicht ertragen hätte.

Keine von uns war eifersüchtiger als die andere. Wir waren es beide. Suzannah wußte von meinen anfänglichen Eskapaden, sie hat sie aus mir herausgebohrt, sie hat nicht lockergelassen, den Mantel des Schweigens zerrissen, jedesmal. Mit untrüglicher Sicherheit wußte sie, wenn etwas vorgefallen war, und jedesmal reagierte sie anders darauf. Mal zuckte sie gelassen mit den Achseln, mal packte sie mich am Kragen und schüttelte mich so lange, bis mir die Luft wegblieb. Einmal waren wir zusammen bei Paul, als eine Frau, mit der ich kurz zuvor eine Nacht verbracht und der ich unüberlegterweise Pauls Adresse gegeben hatte, an der Tür klingelte. Suzannah öffnete, sah diese wildfremde Frau, die verlegen nach mir fragte, blickte auf Theo, der in der fraglichen Nacht dabeigewesen war und zur Begrüßung freudig mit dem Schwanz wedelte, drehte sich auf dem Absatz um und kam wutschnaubend ins Wohnzimmer gestürmt, wo ich nichtsahnend saß. „Du verficktes Luder!“ brüllte sie heiser, und dann jagte sie mich durch die ganze Wohnung, während Paul sich vor unterdrücktem Lachen auf dem Sofa krümmte. Als ich alles gestanden hatte, war die Frau an der Tür natürlich längst verschwunden und unsere Affäre vorbei, und Suzannah saß den Rest des Abends grollend in der Küche.

Sie hat immer sofort gewußt, was Sache war. Und sie hat immer sofort gefragt. Irgendwann, nach zwei, drei Jahren, hat sie damit aufgehört. Aus gutem Grund. Denn sie füllte mich aus. Und sie hat das gespürt.

Heute morgen habe ich Wenzel zum Flughafen gebracht. Jetzt, wo er fort ist, kommt es mir vor, als sei er gar nicht hier gewesen. Wie eine Welle scheint die Zeit vor seiner Ankunft über die zwei Tage seines Aufenthaltes hinüberzuschwappen und mit dem Jetzt zu verschmelzen. Und doch war er hier, das Echo seiner Stimme ist kaum verklungen, noch spüre ich seine Hände auf meinem Körper, ich sehe sein angestrengtes Gesicht vor mir und seine konzentriert zusammengekniffenen Lippen, als er das abgerutschte Kondom aus mir herausfischte. Eigentlich hätte ich schockiert sein müssen über das Mißgeschick, aber ich war es nicht. Alles, was ich dachte, war: Pech. Ich habe meine Arme um ihn geschlungen und ihn dicht an mich gezogen und mein Gesicht in seine weiche, herb duftende Halsbeuge gepreßt, und ich habe an Michelle gedacht und daran, daß sie sich in den ganzen zwei Tagen nicht hat blicken lassen, und ich habe mich gefragt, und das frage ich mich jetzt noch, wann sie wieder auftauchen wird. Ich hoffe, bald.

Als ich Wenzel vorhin auf dem Flughafen verabschiedet habe, in der überfüllten und lärmigen Halle, um uns herum quietschten Gepäckwagen, unablässig schallten Durchsagen aus den Lautsprechern, da streckte er plötzlich die Hand aus, berührte meine Wange und sagte: „Ich komme immer wieder, Thea. Du kannst gar nichts dagegen machen."

„Ich schon", erwiderte ich. „Du bist derjenige, der nichts dagegen machen kann."

Er sah verletzt aus, und ich habe mich kurz geschämt. Aber ich kann nicht anders, als die Wahrheit zu sagen, hart und klar; jedesmal, wenn Wenzel seiner Sehnsucht Ausdruck verleiht, so vorsichtig und behutsam er sie auch in Worte kleidet, jedesmal würde ich am liebsten ein Beil zur Hand nehmen und es krachend zwischen uns in den Boden rammen. Es ist nicht so, daß ich ihn nicht mag, er geht mir auch nicht auf die Nerven. Nein, im Gegenteil: Ich mag ihn wirklich, ich mag es, ihn bei mir zu haben, ich mag es, mit ihm zu reden, mit ihm zu schlafen, ich mag all das. Ich will nur, daß er endlich begreift.

Und es macht mich rasend, daß Wenzel in seinem Bemühen, mich nicht zu verschrecken, zu vordergründigen Zweideutigkeiten Zuflucht nimmt und Eindeutiges mit ihnen meint.

So war es auch, als er an jenem Tag in der Kurfürstenstraße auftauchte, kurz bevor Suzannah und ich zum Karlsbad umzogen. Wir waren seit dem frühen Morgen damit beschäftigt, unser Hab und Gut in Kartons und Kisten zu verstauen, als es gegen Nachmittag schellte. Ich lag im hinteren Zimmer auf dem Fußboden und mühte mich damit ab, eine Lampe, die ich direkt an die

Steckdose verkabelt hatte, wieder daraus zu lösen, und ungehalten über die Störung riß ich das Kabel kurzerhand ab und stürmte in den Flur. Gleichzeitig mit Suzannah gelangte ich bei der Tür an. Sie machte auf. Draußen stand ein Mann, den ich im ersten Augenblick nicht erkannte. Suzannah hingegen wußte sofort, wer er war, obwohl sie Wenzel bislang nur auf Fotos gesehen hatte. Sie ließ den Türgriff los und trat hinter mich zurück.

„Hallo, Thea."

Ich starrte ihn ungläubig an. „Wenzel?"

„Ja", sagte er. „Ich bin wieder da."

Ich hörte, wie Suzannah hinter mir leise den Atem anhielt und ihn dann wieder ausstieß, und mir war klar, daß sie seinen harmlos dahingeworfenen Satz auf die gleiche Weise interpretierte wie ich. Zu dem Zeitpunkt wußte ich noch nicht, daß Wenzel eine ganze Weile in England gelebt hatte und erst kürzlich wieder nach Berlin zurückgekehrt war. Wir hatten uns fünf Jahre lang nicht gesehen. Und dennoch klang dieses „Ich bin wieder da" ganz und gar nicht unverfänglich.

„Er will dich immer noch", sagte Suzannah in der gleichen Nacht, als wir im Bett lagen und das Mondlicht durch die vorhanglosen Fenster auf die blanken Dielen schien, und sie hat es später immer aufs neue wiederholt, jedesmal wenn sie Wenzel begegnete, was nur zwei-, dreimal geschah. „Er will dich immer noch. Er will dich, weil er dich nicht haben kann." Sie schmunzelte wissend in ihr Kissen hinein. „Das allein wäre ja nicht so schlimm. Das Fatale ist nur, daß er meilenweit von sich selbst entfernt ist. So wird er niemals damit aufhören können."

Sie hatte recht. Und von jenem Tag an machten Wenzel und ich da weiter, wo wir fünf Jahre zuvor aufgehört hatten. Es war ein stiller, zäher und aussichtsloser Kampf, der bis heute andauert.

Mit Mitte Dreißig sieht Wenzel besser aus denn je, er gehört zu den Männern, die proportional zum Älterwerden an Attraktivität gewinnen, weil das Täppisch-Jungenhafte aus ihrem Wesen verschwunden ist und sich statt dessen in ihrem Lächeln, in ihren Augen kristallisiert. Jetzt, wo Wenzel viele jener Eigenschaften besitzt, die ich früher an ihm vermißt habe, jetzt, wo seine Launenhaftigkeit, seine unterschwellige Aggressivität sich verwachsen haben, jetzt, wo er zu dem Mann herangereift ist, den ich früher vielleicht hätte lieben können, jetzt will ich ihn nicht mehr. Und doch gehört er zu mir, gehört in mein Leben. Auf eine vertrackte Art sind wir miteinander verbunden, eine Art, die keinen von uns zufrieden macht. Unsere Geschichte liegt wie ein Schleier über den Stricken aus Gefühl, mit denen Wenzel vergeblich an meinem Herz zerrt. Und wie ein dünner, elastischer Faden spinnt sich meine Zuneigung zu ihm an ihnen entlang. Nicht weniger. Und nicht mehr.

Die Wohnung am Karlsbad haben Suzannah und ich gemeinsam entdeckt, durch Zufall, bei einem sonntäglichen Spaziergang. Suzannah und ich besaßen beide nicht diese weitverbreitete Abneigung unserer Generation gegen sonntägliche Spaziergänge, vielleicht, weil wir beide damit keine unangenehmen Kindheitserinnerungen verbanden. Weder sie noch ich waren jemals zu gemächlichen Wanderungen in feiner Kleidung gezwungen worden, wobei die Eltern untergehakt vorausmarschieren und die Kinder gelangweilt hinterdreintrotten. Suzannah und ich sind immer gerne spazierengegangen, gerade sonntags, wenn nur wenige Autos unterwegs sind und die Menschen sich eine langsamere Gangart zulegen. Eigentlich streiften wir mehr durch die Gegend, als daß wir spazierengingen, wir begaben uns in die verrotteten Ecken und Winkel der Stadt, über alte Industriegelände und überwucherte, aufgelassene Bahngleise, Suzannah mit ihrer Kamera über der Schulter und wachem Blick, ich mit den Händen in den Hosentaschen und den Gedanken woanders.

An einem solchen Tag entdeckten wir unsere letzte gemeinsame Wohnung. Wir hatten gerade die kleine Grünanlage in der Nähe des Kulturforums überquert, als Suzannah einen Pfiff ausstieß und auf ein halb fertiggestelltes Bürohaus zeigte. Glänzendblaue Planen verdeckten die marmorierten Wände des fünfstöckigen Gebäudes, und Suzannah, angezogen von der schimmernden Fassade, schlenderte in den Innenhof, um die Rückwand zu begutachten. Ich folgte ihr müßig. Mit dem Anblick, der sich uns bot, kaum daß wir durch die lange Toreinfahrt getreten waren, hatte keine von uns gerechnet. Vor uns stand ein altes Fabrikgebäude, dessen morsche Backsteinfassade sich quer über den Hof zog. An der rechten Front befand sich ein altertümlich anmutendes, dreistöckiges Häuschen mit zwei spitzwinkligen Erkerfenstern unter dem Dach. Eine schmale Treppe führte zu einer zerkratzten Eisentür; links davon rostete ein uralter Fahrstuhl vor sich hin.

Wir waren beide gleichermaßen fasziniert. Auf Zehenspitzen lugten wir in die blinden Fensterscheiben hinein. Drinnen fristeten einige alte Kisten ihr Dasein, Kartonreste und Papierfetzen bedeckten den staubigen Fußboden. Suzannah trat zurück und sah an der Fassade empor. Im ersten Stock hingen vergilbte Vorhänge vor den schmutzstarrenden Fenstern, die darüberliegenden gähnten uns nackt entgegen.

„Sieht aus, als ob es leersteht." Suzannahs Stimme hatte jenen aufgeregten Tonfall angenommen, der, wie ich aus Erfahrung wußte, kommenden Tatendrang ankündigte. Und so war es auch. Ihre Aufregung wuchs, als wir im angrenzenden Fabrikgebäude ein Schild entdeckten, das auf ein Fotografen- und Designerstudio hinwies. Kurzerhand stiegen wir die Treppen hinauf und klopften, und eine Weile später hatte wir die Bekanntschaft eines freundlichen Paares gemacht und die Adresse des Hausbesitzers in der Tasche.

Eine Weile dauerte das Hickhack um die Wohnung an, das Haus stand eigentlich zum Verkauf, aber niemand interessierte sich für das heruntergekommene Gebäude, das ehemals eine Seefruchtvertriebsgesellschaft beherbergt hatte und immer noch leicht nach Fisch roch. Suzannah schaffte es schließlich, den Besitzer zu überreden, uns einen befristeten Zweijahresvertrag zu geben, und als der April ins Land zog, zogen wir um.

Suzannahs erste Handlung bestand darin, die ehemalige Verbindungstür zwischen Wohnhaus und Fabrikgebäude wieder freizulegen, durch die fortan ein reges Kommen und Gehen herrschte. Dorothee und Kai, unsere Nachbarn, hatten nichts dagegen, ihr ohnehin nicht ausgelastetes Studio zur Hälfte Suzannah zu überlassen, und für Suzannah erfüllte sich ein langgehegter Traum: eine Wohnung mit angeschlossenem Atelier, licht, riesig und dennoch separat.

Mir war es recht. Ich bekam das Zimmer gleich neben der morschen Stiege, die vom Eingang hinaufführte, und der Blick auf die Baustelle gegenüber amüsierte mich irgendwie. Ich fühlte mich wie in einer kleinen Festung, die Raum und Zeit überdauerte, und wenn ich die Bauarbeiter dabei beobachtete, wie sie Materialien hin- und hertrugen und mit ihren derben Schuhen durch unseren Hof trampelten, kam ich mir vor wie eine Spionin aus längst vergangener Zeit.

Heute ist aus dem Vorderhaus ein hypermodernes Bürogebäude geworden, den Innenhof ziert ein nobles Restaurant mit halbrunder Glasfassade, aber das Häuschen, in dem Suzannah und ich unsere letzten gemeinsamen Monate verbracht haben, steht wieder leer. Als ich das letzte Mal in Berlin war, habe ich es mir angesehen, aus sicherem Abstand, von der Einfahrt aus. Vielleicht wäre ich sogar hineingegangen und hätte Dorothee und Kai besucht, aber dann habe ich jenen kleinen blauen Aufkleber entdeckt, den Suzannah damals an ihrem Fenster angebracht hat, am mittleren Abschnitt der schmalen dreigeteilten Fenster. Es war ein Aufkleber mit dem Logo einer Cocktailbar, die Suzannah oft besucht hat, und als ich ihn entdeckte, ganz unten rechts an dem Fenster, das ihres gewesen war, konnte ich nicht mehr weitergehen. Ich habe mich umgedreht und bin davongeschlendert, betont langsam, um mir selbst nicht einzugestehen, wie gerne ich davongerannt wäre.

Vom Komfort her war die Wohnung am Karlsbad nicht im mindesten mit unserer vorherigen zu vergleichen. Die Wände waren feucht, ein modriger, leicht fischiger Geruch hing in der Luft, und die Fenster schlossen schlecht und ließen Kälte und Lärm hinein. Vermutlich hätten wir den Winter dort gar nicht überstanden, aber es war April, als wir einzogen, und das kleine abgeschiedene Haus erschien uns beiden wie das Paradies schlechthin. Abends, wenn die Bauarbeiter den Hof verlassen hatten und der ohrenbetäubende Lärm der Maschinen verklungen war, stellten wir uns Stühle in den Hof und saßen dort bis tief in die Nacht bei Mondschein und Kerzenlicht. An heißen Tagen stiegen wir auf das Flachdach des Fabrikgebäudes, auf dem Dorothee und Kai einen Garten mit wild wuchernden Bäumchen und Sträuchern angelegt hatten. Jeder, der kam, beneidete uns um diese kleine Oase inmitten der Stadt, und an manchen Sommertagen bevölkerte ein Dutzend Freunde und Bekannte den Innenhof und gaben sich bei Kartenspielen, Gesprächen und Alkohol dem Müßiggang hin.

Der Umzug hat für uns beide einen Wendepunkt in unserem Leben bedeutet. Es war die erste Wohnung, die wir gemeinsam bezogen, von Anfang an, und wir beide haben uns dort wirklich niedergelassen. Wir hatten einen Ort gefunden, an dem wir bleiben wollten. Nach und nach haben wir unsere außerhäusigen Aktivitäten eingegrenzt und dorthin verlegt. Nach der Arbeit ging ich kaum noch aus. Ich blieb zu Hause und fing an, mich mit den Dingen zu beschäftigen, zu denen ich zuvor nie gekommen war. Ich begann wieder zu zeichnen. Ich schleppte ganze Berge von Büchern aus der nahegelegenen Staatsbibliothek in mein Zimmer und vertiefte mich darein. Und Suzannah gab das Atelier in Mitte auf. Sie konzentrierte sich auf die Fertigstellung ihres dritten und letzten Fotobandes. Sie hörte auf, durch die Weltgeschichte zu reisen. Nur einmal noch nahm sie einen Reiseauftrag an. Ein letztes Mal.

In jenem Sommer gewöhnten Paul und ich uns an, fast täglich zusammen schwimmen zu gehen. Paul hatte beschlossen, sein Immunsystem durch regelmäßigen Sport in Schach zu halten, und ich, die ich vor kurzem mit Entsetzen die ersten Anzeichen des Alters an meinem Körper entdeckt hatte, war überzeugt, die leichte Fettschicht auf meinen Hüften und die im Entstehen begriffene Orangenhaut erfolgreich zurückdrängen zu können. Tag für Tag, meist morgens, bevor wir zur Arbeit gingen, manchmal auch abends, trafen wir uns abwechselnd bei Paul oder bei mir, um zusammen zum Prinzenbad zu radeln, wo wir die Anzahl der zurückgelegten Bahnen von Woche zu Woche erhöhten.

An einem Freitag im Juni war ich auf halbem Wege zu Paul, als ich bemerkte, daß ich meinen Rucksack in der Kanzlei hatte liegenlassen. Unwillig machte ich kehrt, unterquerte mit zusammengebissenen Zähnen die Yorckbrücken, kettete mein Fahrrad hastig an eine Bank und eilte mit großen Sätzen die Treppe hinauf. Die beiden Renogehilfinnen waren schon gegangen, der Empfang war unbesetzt und fein säuberlich aufgeräumt, aber aus Jans Büro vernahm ich leises Gemurmel. So leise wie möglich schlich ich durch den Flur, angelte meinen Rucksack hinter der Küchentür hervor und hastete zurück. Schwer atmend setzte ich mich mitten auf den blankgeputzten Tisch, zog das Telefon zu mir heran und wählte Pauls Nummer. Während ich dem Freizeichen lauschte, ließ ich meinen Blick durch den Raum schweifen. Plötzlich stutzte ich. An der Wand gegenüber lehnte eine schwarze Ledertasche, die mir vertraut vorkam. Nachdenklich starrte ich sie an. Genau in dem Moment, als Paul abnahm und seinen Namen nannte, ging mir auf, woher ich die Tasche kannte. Sie gehörte Suzannah. Ich erkannte sie an den silbernen Schnallen, die ich selbst vor einigen Monaten angebracht hatte, weil die alten nicht mehr richtig geschlossen hatten.

„Hallo?“ fragte Paul.

„Äh … ich bin's.“ Irritiert starrte ich die Tasche an. Wenn sie hier war, mußte auch Suzannah hier sein. Es war ihre alte Arbeitstasche, jene, in der sie ihre Papiere und ihren Kleinkram mit sich herumzutragen pflegte, und ich erinnerte mich gut daran, daß Suzannah sie morgens in der Hand gehabt hatte, als sie zusammen mit mir das Haus verließ.

„Wo steckst du denn? Ich warte schon.“

Es kostete mich allergrößte Mühe, mich auf Paul zu konzentrieren. „Ich bin in der Kanzlei. Ich hatte meinen Rucksack vergessen.“ Ich sah zu Jans Tür. Sie war geschlossen. Ich überlegte, ob ich es wagen konnte, daran zu lauschen, um herauszufinden, ob Suzannah wirklich dort drin war.

„Thea!“ Pauls Stimme klang ungeduldig.

„'tschuldige. Was hast du gesagt?“ flüsterte ich.

„Du hörst überhaupt nicht zu. Willst du nun schwimmen gehen oder nicht?“

Ich hielt die Hand vor den Hörer, um meine Stimme zu dämpfen. „Natürlich, deswegen rufe ich doch an.“ Ich bog mich zur Seite und versuchte, zu Gerds Tür hinüberzuspähen. Vielleicht war auch er noch da. Vielleicht war Suzannah bei ihm und nicht bei Jan. Ich hätte aufstehen und nachsehen können, aber ich traute mich nicht.

„Ich verstehe keinen Ton. Wieso redest du denn so leise?“

„Ist Gerd eigentlich schon zu Hause?“

„Gerd? Nein. Was soll das denn jetzt?“

„Hat er noch einen Termin?“

„Also, Thea, das solltest du nun wirklich besser wissen als ich. Was ist? Willst du noch stundenlang wirres Zeug reden, oder gehen wir schwimmen?“

Ich stand vorsichtig auf und näherte mich zaghaft auf Zehenspitzen Jans Tür. „Ja“, flüsterte ich ins Telefon, „natürlich. Gleich. Eine Sekunde, Paul.“

Das Gemurmel aus Jans Zimmer wurde lauter.

„Wir treffen uns am besten im Schwimmbad“, schlug Paul vor.

Ich war fast bei der Tür angelangt, als sie plötzlich aufging und Suzannah herauskam, gefolgt von Jan. Alle drei blieben wir wie erstarrt stehen.

„Hallo“, sagte ich.

„Hallo, hallo“, äffte Paul mich verärgert nach. „Du nervst langsam, Thea. Also, wann gedenkt Madame denn dort einzutreffen?“ Seine Stimme drang wie die eines wütenden Wichtelmännchens aus dem Hörer.

Suzannah, die mich wie versteinert angestarrt hatte, fing an zu grinsen. Ich spürte, wie ich errötete. Verlegen nickte ich ihr zu. „Äh, sagen wir mal, in einer halben Stunde“, sagte ich ins Telefon.

„So spät?“ Paul war ungehalten. „Erst läßt du mich warten, und dann brauchst du noch mal eine halbe Stunde?“

Jan kratzte sich am Nacken. Sein Gesicht drückte Verwirrung und Besorgnis aus, und ich fragte mich, was in aller Welt er und Suzannah vor mir zu verbergen hatten. Sie sahen aus wie zwei Ehebrecher, die man in flagranti ertappt hat, und daß ich selbst offensichtlich gerade beim Lauschen ertappt worden war, machte die Situation auch nicht viel besser.

„Ja, gut, dann bis gleich.“ In meinem ganzen Leben war Paul mir noch nie lästig gewesen, aber jetzt wünschte ich mir nichts sehnlicher, als ihn endlich aus der Leitung kicken zu können.

„Also, ich fahr dann los.“ Paul seufzte theatralisch und legte auf. Ich tat es ihm gleich, trug das Telefon zum Tisch zurück und bückte mich nach meinem Rucksack.

„Du bist ja noch da“, sagte Jan.

„Ich bin noch mal zurückgekommen. Ich hatte meinen Rucksack vergessen.“ Ich fuhr mir mit der Hand durchs Haar. Eine widerspenstige Strähne fiel mir wieder in die Stirn. Ich schwang den Rucksack auf den Rücken und sah die beiden an.

„Thea.“ Suzannah trat vor mich, die Hände in den Hosentaschen. Mir war klar, daß sie haargenau wußte, was ich dachte. „Guck nicht so beleidigt“, sagte sie und lächelte mich an. „Wir haben nicht gefickt oder so was.“

Ich konnte nicht anders, ich mußte lachen. „Fällt mir ehrlich gesagt auch schwer, mir das vorzustellen. Aber man weiß ja nie.

Was machst du denn hier?" Kaum war die Frage heraus, entspannte sich die Atmosphäre schlagartig.

„Ich habe mich Jans überwältigender beruflicher Kompetenz bedient. Juristische Fragen, wegen dem Buch."

„So toll bin ich nun auch wieder nicht." Jan hob abwehrend die Hand und verschwand im Gang zur Toilette.

Ich erinnerte mich, daß es irgendwelche Differenzen zwischen Suzannah und dem Verleger ihres letzten Fotobandes gab. Wie es schien, hatte er sich nicht ausreichend um die Rechte gekümmert, und nun drohte ein Magazin, das die abgebildeten Fotos als sein Eigentum betrachtete, mit einer Klage. Suzannah hatte davon gesprochen, daß sie sich dringend darum kümmern mußte.

„Und, alles klar?"

„Ja", sagte sie, doch aus irgendeinem Grund klang ihr Tonfall nicht ganz überzeugend. Aber ich wollte nicht nachfragen. Es war ihre Entscheidung, mir davon zu erzählen. Wenn sie es nicht wollte, hatte ich das zu respektieren. Ich streckte die Hand aus, berührte ihr Gesicht und folgte mit dem Mund meinen Fingern. Sie rieb ihre Wange an meinen Lippen.

„Ich muß los. Paul wird sonst sauer. Bis später. Grüß Jan."

Sie nickte, und ich machte mich auf den Weg. Als ich die Tür hinter mir schloß, spürte ich ihren Blick in meinem Rücken.

„Also", sagte Paul und wischte sich durch sein kurzes Haar, daß die Tropfen in alle Richtungen flogen, „noch vier Bahnen, Thea. Keine Müdigkeit vorschützen."

„Ich kann nicht mehr", japste ich. Atemlos nach Luft ringend, hing ich an einer der Seitenstreben des Schwimmbassins. Um uns herum war das sommerliche Badevergnügen in vollem Gange. Auf allen Bahnen kraulten eifrige Schwimmer um die Wette, Jugendliche in knielangen Shorts rannten kichernd die Fliesen entlang, Mütter plantschten mit ihren Kindern am Beckenrand. Verzweifelt fragte ich mich, woher Paul nur die Kraft nahm, in gleichmäßigem Tempo Bahn um Bahn zurückzulegen, ohne aus der Puste zu geraten. Ich hatte mich immer für sportlich gehalten, aber jetzt begann ich daran zu zweifeln.

„Puh!" Paul blies geringschätzig die Backen auf und sah blasiert auf mich herab. Gleichzeitig stieß er mich unter Wasser mit dem

Fuß an. Als ich hinuntersah, fand ich so etwas wie Genugtuung darin, daß unser beider Körper unter Wasser ihre Proportionen verloren und gleichermaßen unförmig wirkten. Pauls Beine, obwohl um einiges länger, wirkten aus dieser Perspektive genauso kurz und dick wie meine.

„Wenn du mithältst, koche ich dir danach bei mir zu Hause ein erstklassiges Miracoligericht."

„Ich will kein Miracoli, ich will ein Bier. Im Biergarten."

„Dem am Ufer?"

„Ja genau, da wo es diese köstlichen italienischen Mahlzeiten gibt. Da freut sich nämlich schon jemand drauf, den ich dazu einladen werde."

„Ach. Du bist verabredet?" Pauls Augen schlossen sich halb. Ein wenig enttäuscht musterte er mich. Neben ihm klatschte ein junges Schwimmtalent an den Beckenrand, wendete elegant und schwamm zügig wieder davon. Paul starrte dem schlanken Männerkörper mit einer Mischung aus Sehnsucht und Neid hinterher.

„Das hatte ich so geplant, ja."

Er sah mich an. Seine Wangen waren leicht gerötet, er sah frisch und munter aus.

„Mit wem bist du denn verabredet, wenn man mal fragen darf?"

Ich ließ ihn ein paar Sekunden schmoren. „Mit dir."

Er grinste erfreut, und ich zwinkerte ihm zu.

„Das ist nett", sagte er. „Kann ich Gerd anrufen, damit er dazustößt?"

Jetzt war es an mir, enttäuscht zu sein. Ich hatte mich auf einen gemütlichen Abend zu zweit gefreut. Erst nach einer Sekunde, als mir Pauls undurchdringlicher Gesichtsausdruck auffiel, begriff ich, daß er mich auf den Arm genommen hatte. Ich trat nach ihm, aber er wich mir geschickt aus und brachte sich zwei Meter weiter in Sicherheit. Direkt neben ihm wendete ein weiterer flotter Schwimmer, und Paul schob sich ein Stück weit aus dem Wasser, um ihn besser beäugen zu können. Zufrieden betrachtete ich Pauls kräftigen Nacken und seine breiten Schultern, die feucht im Sonnenlicht glänzten. Mein Blick wanderte seine Oberarme entlang. Plötzlich fiel mir etwas auf. Ich beugte mich vor. Auf dem rechten Arm schimmerte rötlich ein handtellergroßes Stück entzündeter Haut. Kleine Pusteln bedeckten die Oberfläche. Das sah nicht gut aus. Ganz und gar nicht gut. Ein flaues Gefühl durchzog meinen Magen.

„Paul."

Er drehte sich zu mir um, und als er sah, wohin ich blickte, fuhr seine Hand hoch und legte sich schützend über den Ausschlag. Und an dieser fast automatischen Geste erkannte ich, daß die entzündete Stelle ihm nicht verborgen geblieben war.

„Ja", sagte Paul fest.

Eines Abends saß ich in meinem Zimmer und war dabei, ein altes Schreibtelefon instand zu setzen, das ich auf dem Flohmarkt erworben hatte und Dennis zum Geburtstag schenken wollte, als ich ein lautes Poltern im Flur hörte. Aber ich war noch nicht bei der Tür angelangt, als sie sich von außen öffnete und Suzannah hereinkam, einen Pappkarton in den Armen. Sie wankte an mir vorbei in ihr Zimmer, wo sie den Karton ächzend auf dem Tisch ablud. Ein klirrendes Scheppern hallte herüber.

„Komm mal her", rief sie, „ich habe dir etwas mitgebracht." Ich stieß die Tür zu und folgte ihr. Suzannahs Zimmer machte wie üblich einen unordentlichen Eindruck. Bis auf ihre Eichenkommode und das Bett, in dem wir beide für gewöhnlich schliefen, war es leer, aber allenthalben lagen Papiere, Bücher, Kleidungsstücke und Fotografien herum. Die Wände hatte ich, wie im Rest der Wohnung auch, von ihren Tapeten befreit und den nackten Putz orange pigmentiert. In der abendlichen Dämmerung wirkte der Raum freundlich und warm.

„Hier." Suzannah streckte die Hand aus, und ich nahm eine Tarotkarte entgegen, die sich steif und speckig zwischen meinen Fingern anfühlte.

Als ich sie ins Licht hob, erkannte ich das Motiv. „Die Liebenden. Danke." Ich war gerührt, wie ich es immer war, wenn ich spürte, daß Suzannah sich, genau wie ich, an Begebenheiten erinnerte, die längst zu einem Teil unserer gemeinsamen Geschichte geworden waren.

„Das gefällt mir so gut an dir", sagte sie, während sie sich an die Tischkante lehnte und mich zu sich heranzog, bis ihre Arme ganz um meine Taille geschlungen waren und ihr frischer Schweißgeruch mir in die Nase stieg. „Du versuchst immer, dir nichts anmerken zu lassen. Immer. Und je älter du wirst, desto weniger klappt es." Sie küßte mich auf die Halsbeuge und drückte ihre Nase für einen Moment in meine Wange. Ihr Mund an meiner Haut, ihr Gesicht an meinem Hals, so nah, daß sich jedes Spiel ihrer Mimik in meine Haut einzugraben schien, das waren Empfindungen, die mich immer noch, jedesmal neu, erschauern ließen.

Suzannah lächelte mich an. „Das war ein bedeutsamer Abend, damals bei Paul, nicht wahr?"

Ich nickte.

„Wie geht's ihm?"

„Bestens. Der Hautausschlag ist wieder weg. Laborwerte optimal. Die Helferzellen sind leicht gesunken, aber so minimal, daß es wahrscheinlich nichts zu bedeuten hat."

Sie atmete aus und drückte mich fest an sich, und mein Blick fiel über ihre Schulter hinweg auf den Karton auf dem Tisch. Im ersten Moment erkannte ich nicht, was sich darin befand. Erst als meine Augen sich an das seltsame Gewirr aus Linien und Rundungen eingestellt hatten, sah ich, daß der Karton bis obenhin mit Kupferdraht gefüllt war. Im matten Licht funkelten und glitzerten die spiralförmigen Rollen wie dunkles Gold.

„Was willst du denn damit?"

„Mal sehen", sagte sie und ließ mich los. „Ich fand sie einfach wunderschön." Sie griff nach hinten, zog eine der Rollen heraus und hielt sie zwischen uns in die Höhe. Jetzt, von nahem, sah ich den Staub, der sich in feinen Flocken zwischen dem dünnen Draht festgesetzt hatte. Suzannah bewegte den Arm, und ein leises Klimpern sirrte durch die Luft.

„Wie Gold", sagte sie verträumt. „Das gefällt mir. Leicht und biegsam und doch kaum zu zerstören. Nachgiebig und hart zugleich. Und glänzend." Ich sah zu, wie sie den Draht um ihre Finger wand und zu einem Knäuel bog. Weich schmiegte sich das Kupfer um ihre Hand. Und ich verstand, was sie daran faszinierte. Das Kupfer war, auch wenn ich es damals nicht auszudrücken vermochte, wie Suzannah selbst. Weich, schmiegsam und hart. Und glänzend. Wie dunkles Gold.

Sie hob den Kopf. „Vielleicht mache ich dir einen Armreif daraus. Vielleicht mache ich Objekte daraus. Vielleicht lasse ich das Fotografieren sein und flechte Figuren."

„Du hörst niemals auf zu fotografieren."

Sie blickte mich an, und um ihre Augen lag ein weicher Zug. „Es heißt doch, man muß loslassen, dann kommen neue Dinge auf einen zu."

Ihre Stimme kickte nach unten hin weg, und ich war bei ihr, bevor ihre Augen mich riefen. „Halt mich fest", flüsterte sie, und das tat ich; ich schlang die Arme um sie und wiegte sie leicht, und ihre Traurigkeit floß in mich ein. Ich hielt sie, und ihre Hände verdrehten den Kupferdraht hinter meinem Rücken, während sie mir erzählte, was mit ihr war, und eigentlich war es nichts, nichts Schlimmes, nur der Streß, die viele Arbeit, sie fühlte sich müde und matt, zerbrechlich wie Glas. Es tat gut, sie zu halten, und während ich stand und sie hielt, war ich eins mit mir und mit ihr.

Später, als es ihr besser ging, machte ich uns einen Grog, und dann verbrachten wir den Rest des Abends in meinem Zimmer, wo sie mir zusah, wie ich das Schreibtelefon richtete, polierte und schließlich in Geschenkpapier einwickelte. Wir sprachen kaum, Ruhe schwebte im Raum, und als ich fertig war und zu ihr hinübersah, schlief sie bereits lang auf meinem Bett ausgestreckt. Sie regte sich kaum, zuckte nur leicht, als ich sie auszog und zudeckte. Lange noch blieb ich auf. Ich habe ihren Schlaf bewacht.

Suzannah hat mir tatsächlich einen Armreif aus dem Kupferdraht gemacht. Eines Morgens, als ich schlaftrunken in die Küche taumelte, um mir meinen Morgenkaffee aufzubrühen, lag er auf dem Tisch, glänzend, dunkel und schwer. Sie mußte Stunden damit zugebracht haben, ihn zu flechten. Ein ums andere Drahtstück war akkurat mit dem nächsten verknüpft, der Rand kunstvoll verlötet. Unter meinen Fingern fühlte er sich an wie ein Band aus winzigen erstarrten Wellen. Als ich ihn dicht vor meine Augen hielt, entdeckte ich auf den Rändern winzige Riefen, die von einer Drahtzange herrührten.

Ich habe den Armreif nur einmal getragen. Er paßte schlecht, er drückte am Knöchel und riß mir die Haut auf, und Suzannah schüttelte verwundert den Kopf, als sie ihn an meinem Handgelenk entdeckte. „Du trägst ihn tatsächlich!" sagte sie ungläubig, und obwohl ich genausogut wie sie wußte, daß er nicht zum Tragen gedacht war, konnte ich sehen, daß sie sich freute. Aber sie war es, die den Armreif dann von meinem Handgelenk streifte und in den kleinen Karton im obersten Fach meines Spindes legte, in dem ich meine Erinnerungsstücke aufbewahrte.

Ich habe ihn immer noch. Er war nicht zum Tragen gedacht, sondern als Erinnerung, damals schon, als sie ihn mir gab. Und er erinnert mich, er erinnert mich an jene letzten Wochen mit Suzannah, an das milde Gefühl der Liebe, das leicht in der Luft hing, an das Strahlen in Suzannahs Gesicht. Sie hat von innen heraus geleuchtet. Immer. Wie dunkles Gold. Wie das Kupfer, das sie mir gab.

Heute vor zwei Jahren ist Suzannah gestorben. Ich habe es eben gerade gemerkt, als ich meinen Kalender durchblätterte, auf der unbestimmten Suche nach einem passenden Wochenende für einen Abstecher nach Berlin, worum Paul mich – verschlüsselt zwar, aber dennoch deutlich – in seinem letzten Brief gebeten hatte. Als ich das heutige Datum sah, schnürte es mir für einen Moment die Kehle zu, und meine Lungen schienen plötzlich verstopft, so als weigerten sie sich, die angestaute Luft hinaus-, geschweige denn frische hineinzulassen. Der Moment ging schnell vorbei, vielleicht weil ich den Kalender so energisch zuklappte, daß die Blatthalterung sich dabei öffnete und sämtliche Einlagen herausfielen und ich in der Folge gute zehn Minuten damit beschäftigt war, alles wieder einzuordnen. Ich weiß einfach nicht, was ich mit diesem Datum anfangen soll. Ich wünschte, ich hätte ein Ritual dafür, aber ich habe keines.

Ich habe nur die Bilder in meinem Kopf. Bilder von ihr.

Es war gegen halb sieben, als ich nach Hause kam. Die Dämmerung senkte sich über die Stadt, und die Luft kühlte rasch ab. Ich trat aus der Toreinfahrt hinaus auf den Innenhof und bemerkte Suzannahs Auto, das direkt vor dem Haus geparkt war. Im gleichen Moment kam sie aus der Tür, die Reisetasche in der einen, ein Stativ in der anderen Hand, ihre Fotoausrüstung über die Schulter. Auf den ersten Blick sah ich, daß sie müde war, müde und aufgeregt, wie immer, wenn sie verreiste.

„Du bist ja noch da!"

„Ja", sagte Suzannah, setzte die Tasche ab und fuhr sich mit der Hand durchs Haar.

Ich ging um den Wagen herum und lehnte mich an den Kotflügel. Ich hatte nicht damit gerechnet, sie noch anzutreffen. Sie hatte schon vor über einer Stunde aufbrechen wollen, zu einem Auftrag, der sie nach Österreich führen würde, wo sie ein verlassenes Dorf in den Alpen fotografieren wollte. Seit mehr als einem halben Jahr hatte Suzannah keine Reiseaufträge mehr angenommen. Dieser aber hatte sie gereizt. Die sichtbare, zu Stein gewordene Verlassenheit, wie sie sich ausgedrückt hatte. Und die Tatsache daß es keinen Zufahrtsweg zum Dorf mehr gab. Sie würde auf sich gestellt sein. Und ich fragte mich, wie sie das schaffen wollte, mit all den Geräten und dem Gepäck.

„Ich dachte, du wärst schon weg."

Sie lachte. „Irgendwie bin ich ins Trödeln geraten. Na ja, jetzt habe ich dich noch mal gesehen."

Ich stieß mich vom Wagen ab und nahm sie in den Arm. Sie legte die Hand in meinen Nacken und drückte mich an sich, so wie ich es mochte.

„Und wann kommst du wieder?" flüsterte ich, obwohl ich es längst schon wußte. Ihre Schulter stieß leicht gegen mein Kinn, als sie die Achseln hob. „In drei Tagen wahrscheinlich. Vielleicht auch in vier. Ich rufe dich an."

Wir lösten uns voneinander, und ich half ihr dabei, ihre Tasche und die Ausrüstung im Kofferraum zu verstauen.

„Paß auf dich auf."

„Immer." Sie zwinkerte mir gelassen zu, wir umarmten uns ein zweites Mal, dann öffnete sie die Wagentür und stieg ein. Ich stand auf der Veranda und sah zu, wie sie die Tür zuzog und mit konzentriertem Blick das Armaturenbrett betrachtete, während sie den Wagen anließ. Die alte Karre hustete und gab ein gurgelndes Geräusch von sich, aber schließlich begann der Motor gleichmäßig zu schnurren. Suzannah sah auf, kurbelte das Fenster herunter und rief: „He, Thea! Hör mal hin!"

Und dann ließ sie die Kupplung absichtlich zu schnell kommen, und das Getriebe knirschte vernehmlich. Gequält verdrehte ich die Augen, und wir lachten uns an. Schließlich gab sie Gas und fuhr los. Ich sah zu, wie sie in die Toreinfahrt einbog, und noch bevor der Wagen um die Ecke verschwand, drehte ich mich um und ging hinein.

Das war das letzte Mal, daß ich Suzannah gesehen habe. Später – und heute immer noch – habe ich gedacht, daß sie auf mich gewartet hat, ohne es selbst zu wissen, daß sie ihre Abfahrt unbewußt verzögert hat, um mich noch einmal zu sehen. Und daß ich nicht einmal zugesehen habe, wie sie davongefahren ist. Ich habe nicht abgewartet, bis sie verschwand. Das letzte, was ich von ihr sah, war ihr mir zugewandtes, lächelndes Gesicht, als der Wagen an mir vorbeizog. Und dann war sie fort.

VI

Vor mir auf dem Tisch steht eine Flasche Veterano, die Michelle mir gestern abend vorbeigebracht hat. Ich bin skeptisch, ob ich davon Gebrauch machen soll. Vielleicht täte es mir gut. Vielleicht auch nicht. Denn mir ist ein wenig übel, wie immer, wenn ich daran denke, wie es war, als Suzannah gestorben ist. Aber zugleich fühle ich mich leicht und beinahe schwerelos, als ginge ich auf gefedertem Boden. In den letzten Tagen bin ich manchmal von einem eigenartig satten Frieden erfüllt, und ich frage mich ernsthaft, ob meine Verfassung ein Zeichen dafür ist, daß ich langsam durchdrehe oder, indem ich mich nach und nach an den Kern meines Schmerzes herantaste, Frieden damit schließe. Ich weiß es nicht.

Was ich weiß, ist, daß ich mich gestern und heute früh übergeben habe. Alles scheint durcheinander zu geraten, das Bewußtsein um Körper und Geist, Geist und Seele, Seele und Körper, positive und negative Empfindungen. So wie an jenem Tag vor ein paar Monaten, als ich mit diesen Notizen begann. An jenem Tag, als ich voller Schrecken entdeckte, daß ich meine Erinnerungen nicht nur mit mir herumtrug, sondern in ihnen lebte.

Im Juni diesen Jahres wohnte ich bereits ein halbes Jahr in Paris. Ein halbes Jahr, in dem ich nichts weiter getan hatte, als mich meiner Trauer zu ergeben und in den Tag hineinzuleben – wenn leben überhaupt der richtige Ausdruck ist für jenen trüben, gleichmäßigen Zustand des Treibens, dem ich mich überlassen hatte. An jenem Junitag schien, als ich erwachte, die Sonne direkt in mein Zimmer hinein – damals besaß ich die Vorhänge noch nicht – und überzog die Holzdielen mit einem golden schimmernden Glanz.

Es war der erste wirklich warme Tag des Jahres. Für mich, die ich mich seit vielen, vielen Monaten keinen Deut um die Jahreszeiten geschert hatte, war es, als sei die Sonne zum erstenmal seit über einem Jahr wieder aufgegangen. Ich stand eine ganze Weile da, mit verstrubbeltem Haar und nackten Füßen, und starrte auf die helle Fläche, dann zog ich mich in Windeseile an und stürzte hinaus.

Ich fühlte mich gut, so gut wie schon lange nicht mehr. Ohne Eile streifte ich durch mein Quartier, schlenderte in den kleinen Gassen umher, nahm die Standseilbahn bis Sacré-Cœur und drängelte mich durch das Touristengewimmel auf der Place du Tertre. Ich habe sie nie leiden können, diese Ansammlungen von schwitzenden, glotzenden, kreischenden Menschen. Ich hasse die zufälligen, unvermeidlichen Berührungen mit fremden Leibern, die einem den Weg versperren, das Ausgeliefertsein an die Distanzlosigkeit der anderen. An jenem Tag aber genoß ich all das.

In einem überfüllten Bistro trank ich einen *café au lait*, dann wanderte ich die ganze Strecke zum Parc de Monceau, gemächlich und ruhig. Als ich mich, unglaublich erschöpft, aber ebenso angeregt, dort auf einer Bank niederließ und einem in der Nähe sitzenden Pärchen beim Turteln zusah, ging mir schlagartig auf, warum ich mich so wohl fühlte. Die Lebendigkeit, die freudig angespannte Nervosität, das erwartungsvolle Glücksgefühl, das mir mit jedem Schlag meines Herzens in die Kehle stieg – meine Empfindungen glichen haargenau jenem Zustand, in dem ich mich zuletzt befunden hatte, als ich Suzannah kennenlernte. Ich fühlte mich, als sei ich verliebt. Und einen Moment später begriff ich, in wen.

Suzannah. Ich war verliebt in Suzannah. Immer noch. Sie war tot, und ich war immer noch in sie verliebt.

Die Erkenntnis traf mich wie ein Schock. Von einer Sekunde auf die andere rutschte mir der Boden unter den Füßen weg, und ich stürzte vom Glück direkt in den Schrecken. Zugleich aber fiel ich aus dem gnädigen Zustand der Betäubung heraus, in dem ich mich seit Suzannahs Tod befunden hatte.

Ernüchtert sah ich mich um. Und dann stand ich auf, ging in das nächstbeste Schreibwarengeschäft, kaufte ein Notizheft, lief nach Hause, setzte mich an den Tisch und fing an zu schreiben.

Suzannah ist fort. Aber ich bin noch da.

Ich war nicht dabei. Ich war nicht dabei. Ich war noch nicht einmal in der Nähe. Ich lag zu Hause in meinem Bett, ich habe geschlafen, vielleicht habe ich sogar geträumt, aber ich hatte nicht die leiseste Ahnung, was Hunderte von Kilometern entfernt geschah. Ich habe nichts davon mitbekommen. Und das ist etwas, das ich mir nicht verzeihen kann. Warum habe ich nichts gespürt? Warum habe ich nichts gespürt, nur ein bißchen, ein kleines bißchen, einen Schrecken etwa, der durch meinen Traum gezogen wäre, ein kurzes, unruhiges Erwachen mit einem Gefühl der Verstörung, meinetwegen auch nur ein Zucken in meinen im Schlaf erschlafften Gliedern – aber da war nichts. Ich habe geschlafen, sonst nichts. Und so war es dann das schrille, beharrliche Klingeln an unserer Wohnungstür, das mich weckte.

Ich stützte mich auf und sah nach der Uhr. Der Wecker zeigte kurz nach sieben, und während ich mir hastig ein T-Shirt überzog, in meine Trainingshose schlüpfte und durch den Flur wankte, verwünschte ich Paul nach Kräften. Wir hatten verabredet, daß er mich gegen halb neun zum Schwimmen abholen würde, und ich fragte mich verärgert, welche fadenscheinige Erklärung er dafür vorbringen mochte, daß er mich über eine Stunde zu früh aus dem Schlaf riß.

Aber es war nicht Paul. Es war ein junger Polizeibeamter mit spätpubertären Aknepickeln auf den glattrasierten Wangen, der mir unsicher entgegensah, als ich die Tür aufriß. Einen Moment starrte ich ihn verblüfft an, dann straffte er die Schultern und räusperte sich kurz, bevor er zum Sprechen ansetzte.

„Entschuldigen Sie. Wohnt hier eine Frau Suzannah Hugo?"

Er sprach ihren Namen deutsch aus, aber instinktiv unterließ ich es, ihn zu verbessern.

„Wieso?" Ich sah ihn mißtrauisch an und versuchte, einen klaren Kopf zu bekommen. Soweit ich wußte, hatte Suzannah noch nie im Leben etwas mit der Polizei zu tun gehabt. Ich konnte mir nicht im mindesten vorstellen, in was für einer Angelegenheit dieser Milchbart sie zu sprechen verlangte.

„Unseres Wissens nach ist Frau Hugo hier gemeldet."

Gegen die Meldekartei konnte ich nichts ausrichten. „Ja", bestätigte ich, „sie wohnt hier. Aber man spricht den Namen französisch aus. Hugo." Ich machte es ihm vor. „Wie der französische Schriftsteller."

Er sah mich irritiert an. „Ach so. Und wer sind Sie, bitte?"

„Ich bin Thea Liersch. Ich wohne auch hier."

„Sind Sie eine Angehörige von Frau Hugo?" Noch während er mit der korrekten Aussprache des Namens kämpfte, fiel mir auf, daß er nichts außer seiner Dienstmütze in den Händen hielt. Ein ungutes Gefühl schlich in mir hoch. Wenn er eine Vorladung oder einen Haftbefehl überbringen wollte, hätte er ein Schriftstück dabeigehabt. Ich glaubte nicht, daß Polizeibeamte behördliche Schriftstück zusammengefaltet in die Hosentasche steckten. Aber er hielt keins in der Hand. Nur seine Dienstmütze. Und seine Finger kneteten unruhig den Rand des Schirms, während er auf meine Antwort wartete.

„Ich bin ihre Freundin", sagte ich, und mein ungutes Gefühl verstärkte sich.

Er räusperte sich erneut. „Aber eine direkte Angehörige sind Sie nicht?"

„Wie man's nimmt. Worum geht es denn?"

„Wissen Sie", fragte er, „wie man ihre Angehörigen erreichen kann?"

Ich sah ihm in die Augen, und er wich meinem Blick aus. Und in diesem Moment ahnte ich bereits, worauf er hinauswollte. Ich ahnte es. Aber ich wußte es noch nicht. Es waren die letzten Sekunden, die ich hatte, bevor das Unfaßbare wie eine Bombe in mein Leben einschlug. Und deswegen erinnere ich mich in aller Schärfe daran. Ich erinnere mich an die Übelkeit, die meinen Magen überfiel wie ein feindliches Heer. Ich erinnere mich an das kalte, glatte Metall der Türklinke in meiner Hand und an die fünf, sechs kleinen Pickel, die auf der Oberlippe des Polizisten prangten.

„Sie wohnen in Frankreich", antwortete ich nach einem Moment. „Was ist denn los?"

Ich glaube nicht, daß er es mir eigentlich sagen wollte. Aber er tat es. „Es hat einen Unfall gegeben, in den Frau Hugo verwickelt war." Und dann fiel ihm vermutlich ein, was man ihm in den Psychologiekursen auf der Polizeischule beigebracht hatte, denn er setzte ein vages Lächeln auf und fragte: „Vielleicht könnten wir uns drinnen weiter unterhalten?"

Ich trat einen Schritt zurück und blieb stehen. Ich hatte die Hand nicht von der Klinke genommen. Ich war unfähig, sie loszulassen. Der Polizeibeamte machte einen weiteren Schritt in den Flur hinein, aber als er merkte, daß ich nicht die Absicht hatte, mich von der Stelle zu bewegen, blieb er ebenfalls stehen.

„Was ist mit ihr?“ fragte ich leise.

„Sie ist …“ Er zögerte, und dann gab er sich einen Ruck und sprach schnell weiter. „Es tut mir leid, Ihnen mitteilen zu müssen, daß Frau Hugo bei dem Unfall tödliche Verletzungen erlitten hat.“

Seine Worte hallten in meinem Kopf nach, als kämen sie von weit her.

„Nein“, sagte ich. „Sie erzählen Scheiße.“

Er sah unbehaglich auf seine Mütze nieder, und ich entdeckte eine Reihe winziger Schweißtröpfchen auf seiner Stirn, knapp unterhalb des Haaransatzes. „Es tut mir leid“, sagte er zu seiner Mütze.

In meinen Ohren dröhnte es. Ich machte den Mund auf, dann klappte ich ihn wieder zu, und schließlich öffnete ich ihn erneut. „Sie wollen mir damit sagen, daß sie tot ist?“ Auch meine Stimme schien von weither zu kommen.

Er nickte, ohne mich anzusehen. Plötzlich war meine Kehle ganz eng, und ich versuchte zwei, drei tiefe Atemzüge, ohne Erfolg.

„Wann?“

„Das wissen wir nicht mit Sicherheit, aber der Unfall muß sich gegen ein Uhr ereignet haben.“

„Jetzt ist es aber sieben Uhr morgens“, sagte ich fest, als könne diese Tatsache seine Aussage unbestreitbar widerlegen.

Er sah auf seine Armbanduhr, sichtlich froh darüber, etwas zu tun zu haben. „Gleich halb acht.“

Suzannah war um sieben Uhr abends abgefahren. Ich versuchte, die Anzahl der Stunden, die seither vergangen waren, auszurechnen, aber es gelang mir nicht. Zahlen purzelten in meinem Kopf umher, ohne einen Sinn zu ergeben. Schließlich gab ich es auf.

„Wo?“ fragte ich.

„Bitte?“ Die Schweißtröpfchen auf der Stirn des Polizisten hatten sich vergrößert. Als er aufsah, kullerte eines an seiner Schläfe hinunter, und er wischte sich rasch und verstohlen übers Gesicht.

„Wo soll das passiert sein?“ Plötzlich versagten mir meine Beine den Dienst, und ich knickte leicht in den Knien ein.

„Möchten Sie sich vielleicht setzen?“ fragte er besorgt.

Ich schüttelte den Kopf. „Wo soll das passiert sein?“ So unwirklich, wie mir die ganze Situation vorkam, hatte ich das Gefühl, es sei nur eine Frage der Zeit, bis ich ihn bei einem Widerspruch ertappen würde. Es konnte nicht stimmen, was er mir da erzählte. Ich mußte ihn nur eiskalt erwischen, damit das ganze Lügengerüst, das er sich da zurechtgezimmert hatte, in sich zusammenstürzte.

Der junge Polizist hob die Achseln und ließ sie wieder fallen. „Das kann ich Ihnen nicht genau sagen. Wir …“

„Sie müssen doch wissen, wo das passiert sein soll. Sie wissen doch sonst alles.“

Er zuckte zusammen und warf einen sehnsüchtigen Blick auf die offene Tür. Ich fixierte ihn scharf.

„Verstehen Sie“, sagte er, „ich bin beauftragt, die Angehörigen zu informieren und sie zu bitten, sich mit der zuständigen Dienststelle in Gera in Verbindung zu setzen. Die Kollegen dort können Genaueres zum Unfallhergang sagen. Wenn Sie so freundlich wären, mir mitzuteilen, wie wir die Angehörigen erreichen können?“

„Gera“, murmelte ich. Gera, das konnte stimmen. Suzannahs Weg führte über Gera. Wir hatten uns die Strecke zusammen auf der Karte angesehen. Und wenn Gera stimmte, dann stimmte alles. Vielleicht.

Der Polizeibeamte räusperte sich erneut. Ich sah ihn an. „Ich würde die Angehörigen gerne selbst informieren“, sagte ich.

Er nickte zögerlich. Wahrscheinlich war er sich nicht sicher, ob ein solches Vorgehen seinen Vorschriften entsprach. Dann zog er eine Visitenkarte aus seiner Jackentasche. „Vorne drauf ist die Nummer unserer Polizeidienststelle“, sagte er und zückte einen Kugelschreiber. „Ich schreibe Ihnen meinen Namen dazu – Schlüter –, wenn Sie Fragen haben sollten. Und hinten ist die Nummer der Dienststelle in Gera aufgeführt und der Name des zuständigen Beamten. Es wäre gut, wenn die Angehörigen sich möglichst bald mit ihm in Verbindung setzen würden.“ Eifrig notierte er seinen Namen und reichte mir die Karte. Dann trat er ins Treppenhaus hinaus. Seine Augen streiften mich kurz, bevor sie sich wieder auf die Mütze richteten. Schließlich setzte er sie auf. „Tut mir leid“, wiederholte er.

Ich nickte, und dann schloß ich die Tür, und noch während seine eiligen Schritte auf der Treppe zu hören waren, stieg mir ätzende Magensäure in die Kehle, und ich rannte ins Bad, riß die Klobrille hoch und übergab mich ins Becken, einmal, zweimal und dann noch einmal, bis nichts mehr kam außer grünlichem Gallensaft.

Danach starrte ich in das strudelnde Wasser, mit dem die letzten Reste meines Erbrochenen in die Tiefe gespült wurden, und wie durch eine Lupe sah ich die winzigen Risse in der Oberfläche des Porzellans. Es war, als sprängen sie mich an, bohrten sich durch meine Augen direkt ins Gehirn und fetzten dort wie Messerstiche durch meine Gedanken, bis nur ein einziger übrigblieb. Es konnte nicht sein. Es konnte einfach nicht sein.

Dann saß ich auf meinem Bett, die Hände im Schoß zusammengepreßt, die Augen unverwandt auf das Telefon gerichtet. Irgendwer würde anrufen. Jemand würde anrufen und sagen, daß alles ein Irrtum war. Suzannah würde anrufen. Sie würde anrufen, so wie sie es immer tat, wenn sie irgendwo angekommen war, und sagen: „Hallo, Schätzchen, ich bin's. Ich habe das gräßlichste Hotelzimmer, das du dir denken kannst. Giftgrüne Blumen an den Wänden, stell dir vor! Und wie geht's dir?"

Aber niemand rief an. Statt dessen klingelte es irgendwann erneut an der Tür. Und erst als das Klingeln einem kräftigen Klopfen wich, das sich nach und nach zu einem wütenden Wummern verstärkte, blickte ich auf.

„Thea!" brüllte Paul von draußen. „Mach auf! Du bist doch zu Hause! Wehe, wenn du nicht da bist! Mach auf!"

Langsam stand ich auf und ging in den Flur. Der Weg führte an Suzannahs halbgeöffneter Zimmertür vorbei, und instinktiv drehte ich den Kopf weg. Ich wollte nicht hineinsehen. Ich wollte nicht in dieses leere Zimmer sehen.

Als ich die Türklinke drückte und zu mir heranzog und der Spalt zwischen Rahmen und Tür sich erweiterte, brach mit Paul zugleich die Außenwelt über mich herein. Und mit ihr die Luft, die wie ein unsichtbares Band hin zu Suzannah führte, wo immer sie auch war, die Luft, in der ihr Atem sich verloren hatte, die Luft, in der ihr letzter Schrei verklungen war.

„Na endlich!" Paul trat ein und ließ seinen Rucksack zu Boden fallen. „Ich hatte schon Angst, daß du, kaum ist deine Alte weg, gleich in einem fremden Bett gelandet bist.“ Und dann sah er mich an.

„He“, fragte er nach einer Sekunde, „ist irgendwas?“

Ich drehte mich um und ging zurück in mein Zimmer, wo ich mich wieder aufs Bett setzte und auf das Telefon starrte. Aber jetzt wartete ich nicht mehr darauf, daß es klingelte. Ich wartete auf gar nichts mehr. Nichts hatte mehr etwas mit mir zu tun. Suzannah war tot. Sie war tot.

„Thea?“ Paul stand in der offenen Tür. „Was ist das hier?“

Es kostete mich unendliche Mühe, den Kopf zu heben, aber schließlich gelang es mir, und ich sah, daß er eine Visitenkarte zwischen Daumen und Zeigefinger hielt.

„Das lag im Flur“, sagte er.

Ich zuckte die Achseln. Diese Karte, sie hatte nichts mit mir zu tun. Nichts mehr hatte etwas mit mir zu tun.

Paul kam näher und hockte sich neben mich, und ich senkte den Blick und sah wieder das Telefon an. Es war eines von den neuen, die aussahen, als seien sie im Windkanal getestet worden. Meine Augen schweiften darüber hinweg, und ich fragte mich, welche Funktion sich hinter der R-Taste verbergen mochte.

„Thea?“

Vielleicht stand das R für Rückruf. Aber so etwas, überlegte ich, gab es bei uns in Deutschland nicht. Nur in Amerika, soweit ich wußte. Aber was wußte ich schon.

„Thea.“

Paul sagte später, in diesem Moment hätte er es gewußt. Er legte vorsichtig beide Hände auf meine Knie. Die Berührung war warm, und ich sah vom Telefon auf. Seine Hände waren stark und breit, mit langen kräftigen Fingern, und unter ihnen wirkten meine Knie zart und zerbrechlich, wie die eines Kindes.

Paul sagte nichts. Er ließ einfach seine Hände da liegen und schwieg, und dann hob ich den Kopf und sah ihm ins Gesicht. Seine Augen waren dunkel und ganz ruhig.

„Er hat gesagt ... Suzannah. Suzannah sei tot. Ein Polizist. Er hat gesagt, Suzannah ist tot.“

Ich sah, wie er erschrak. Es dauerte nur kurz, es war ein Zucken in seinen Augen, für den Bruchteil einer Sekunde schienen sich seine Augäpfel tief in ihre Höhlen zurückzuziehen. Dann atmete er tief aus, seine Augen rutschten wieder an ihren gewohnten Platz, und er umfaßte sanft meine Unterarme, die bewegungslos auf meinen Schenkeln lagen.

„Wann war er hier?“ fragte er leise.

„Irgendwann. Er hatte Pickel im Gesicht. Pubertätsakne, glaube ich. Oder Nachpubertätsakne oder wie das heißt. So jung war er nun auch wieder nicht mehr.“

„Was hat er genau gesagt?“

Ich schwieg. Einen Moment lang konnte ich mich an gar nichts erinnern. Ich wußte auf einmal nicht mehr, worüber Paul und ich hier eigentlich redeten. Dann kam die Erinnerung zurück, und mit ihr der Schock.

Paul hielt mich fest. Er hielt mich solange fest, bis das Wimmern aufhörte und mit ihm die Krämpfe, die mich zucken und zittern ließen. Er hielt mich solange fest, bis ich wieder einigermaßen normal atmen konnte. Und dann erzählte ich ihm alles, was der Polizist gesagt hatte.

„Ach Titi“, sagte Paul, als ich geendet hatte, „ach Titi“; jahrelang hatte ich meinen alten Kosenamen nicht mehr gehört, und seine Arme legten sich um mich und drückten mich fest, und während sein Hals sich an mein Gesicht preßte, spürte ich, wie seine Muskeln bebten.

Irgendwann stand Paul auf, nahm das Telefon und ging in den Flur. Reglos blieb ich sitzen und hörte zu, wie er wählte, seinen Namen nannte und dann sprach, ruhig und besonnen, wie er Fragen stellte und Antworten gab, und nach einer Weile waren es nicht mehr die Worte, die zu mir herüberschwebten, sondern nur noch der leise, beherrschte Klang seiner Stimme, und dann drang auch sie nicht mehr zu mir durch.

Irgendwann später, viel später, so schien es mir, kam Paul zu mir zurück, zwang mich mit sachten, aber energischen Bewegungen, mich hinzulegen und die Beine auszustrecken und breitete eine Decke über mich. Dann, auf einmal, war jemand anders im Raum, aber ich hatte die Augen geschlossen und sah nicht, wer es war. Ich hörte Stimmen, die sich leise miteinander unterhielten, eine Hand legte sich auf meine Schulter, irgendwer rief mich beim Namen, aber ich bewegte mich nicht.

Das Telefon klingelte und verstummte, die Türglocke schrillte, Schritte kamen näher, entfernten sich wieder. Der Geruch von frisch aufgebrühtem Kaffee stieg mir in die Nase. Ich lag da, hielt die Augen geschlossen und die Lippen zusammengepreßt und lauschte auf das Pochen meines Herzens und das Rauschen meines Blutes, und ich spürte mein eigenes Wimmern, leise, schwach und tief in meiner Brust.

„Titi", sagte Paul nah an meinem Ohr. Die Qual in seiner Stimme war so groß, daß ich nicht anders konnte, als die Augen zu öffnen. Sein Gesicht war dicht vor mir, verhärmt und faltig, und er sah so unglücklich aus, daß ich für einen Moment das Gefühl hatte, in mein Spiegelbild zu schauen.

„Du mußt Suzannahs Mutter anrufen", sagte er. „Ich kann es nicht tun. Ich bin doch ein Wildfremder für sie."

Hinter seinem Kopf bewegte sich etwas. Ich sah hoch und entdeckte Gerd, der gerade im Begriff war, seine Hand auf Pauls Schulter zu legen. Als er merkte, daß ich ihn ansah, hielt er inne und lächelte schief. Einen Moment lang schwebte seine Hand in der Luft, dann ließ er sie sinken. Hinter ihm stand Kai, unser Nachbar, der uns aus sicherer Entfernung beobachtete. Im Türrahmen lehnte Jan, mit seinem schwarzen Anzug und dem dünnen Lederschlips wie immer korrekt gekleidet. Ich betrachtete die vier Männer, die sich, hilflos in ihrem Bemühen, Hilfe zu leisten, um mich versammelt hatten. Männer, dachte ich, es sind alles Männer, und auf einmal fühlte ich mich doppelt fremd und einsam unter ihnen, wie ein kleines, ängstliches Tier, von ihren Blicken gebannt.

Ich bewegte meine Beine, dann schwang ich sie über die Bettkante und setzte mich aufrecht hin. „Laßt mich allein", sagte ich, und nacheinander verließen sie wortlos den Raum. Paul ging als letzter, und als sich die Tür hinter seinem Rücken schloß, beugte ich mich hinunter zum Telefon. Mein Adreßbuch lag daneben. Es war fürsorglich an der richtigen Stelle aufgeschlagen. Eine Weile starrte ich auf die hastig hingekritzelten Buchstaben, mit denen ich vor langer, langer Zeit sämtliche Adressen und Telefonnummern von Suzannahs Verwandtschaft notiert hatte. Ich konnte mich nicht mehr daran erinnern, wann das gewesen war. Aber ich konnte mich an Suzannahs Stimme erinnern, die mir schnell und fröhlich die einzelnen Zahlen auf französisch diktierte, bis ich vor Ärger fast platzte, weil meine Sprachkenntnisse zu jener Zeit einfach noch nicht gut genug gewesen waren, um sie auf Anhieb zu verstehen.

„Zéro, zéro, trois, trois“, flüsterte ich. Und dann nahm ich den Hörer ab.

Die allermeisten Menschen, denen ein Nahestehender gestorben ist, möchten ihn nach seinem Tod noch einmal sehen. Dieser Wunsch, so heißt es, ist eine gesunde, geradezu heilsame Reaktion auf das Unbegreifliche; der Anblick des Verstorbenen, eine letzte Berührung, ein letzter Kuß machen den Tod zur Realität und den Abschied leichter.

Ich habe Suzannah nicht mehr gesehen. Ich konnte es nicht.

Das letzte, was ich tat, und das einzige, worum ich mich noch kümmerte, bevor ich vollends in jenen Zustand der Betäubung zurückfiel, in dem ich ewige Zeit gefangen blieb, war der Anruf bei ihrer Mutter. Ich dachte nicht lange darüber nach, ich griff zum Hörer und rief sie an, und erstaunlicherweise war es gar nicht so schwer. Suzannahs Mutter stöhnte auf, als ich sagte, daß ihre mittlere Tochter bei einem Autounfall ums Leben gekommen war. Sie stöhnte auf, und dann war einen Moment Stille, und als ihre Stimme wieder durch den Hörer drang, klang sie erstaunlich gefaßt. Sie fragte mich, ob kein Zweifel möglich und wann und wo es passiert sei, und dann sagte sie, daß sie den nächstmöglichen Flug nach Berlin nehmen würde.

Nachdem wir aufgelegt hatten, fiel mir auf, daß sie nicht nach den Details gefragt hatte. Ich hätte sie ihr ohnehin nicht berichten können. Auch ich hatte nicht danach gefragt. Vielleicht, dachte ich, ist solch eine Situation die einzige im Leben, wo man in aller Gänze spürt, wie unwichtig der Verlauf ist, der zu ihr geführt hat. Menschliches Versagen, Fehler, Unachtsamkeit, höhere Gewalt – was auch immer an dem Geschehen beteiligt war, wir können nichts mehr daran ändern. Und wir können auch nichts mehr daraus lernen, um in Zukunft ein ähnliches Geschehen zu verhindern. Der schlimmstmögliche Fall ist eingetreten. Der Tod ist unumkehrbar. Der Tod ist der Tod.

Aber in einem kleinen, abgeschotteten Bereich meines Bewußtseins wußte ich, daß ich mir die Fragen nach dem Wie und

Warum später stellen würde. Und dann mein Leben lang. Und daß sie es waren, die meine Qual bis ins Unermeßliche treiben würden.

Danach klinkte ich mich aus. Alles, was im folgenden geschah, lief am Rande meines Blickfelds an mir vorbei. Von außen betrachtet, sah es vielleicht gar nicht so aus. Ich saß mit all diesen Leuten, die plötzlich aus dem Nichts aufzutauchen schienen, am Tisch in der Küche, trank Kaffee und schwieg. Als der Bestattungsunternehmer eintraf, derselbe, der auch Jörns Beerdigung organisiert hatte, hörte ich seinen Ausführungen höflich zu, antwortete auch auf ein paar seiner Fragen, aber als es um die Auswahl des Sargs ging, drehte ich den Kopf zur Seite und schaute aus dem Fenster. Gegenüber, auf der Baustelle, hob ein Kran unermüdlich Eisenträger in die Höhe. Ich sah nicht etwa weg, weil ich die nüchterne Besprechung der notwendigen Formalitäten nicht ertragen konnte. Es hatte nur einfach nichts mehr mit mir zu tun. Und mit Suzannah schon gar nicht.

Irgendwann im Laufe der sieben Jahre, die Suzannah und ich uns kannten, hatte ich entdeckt, daß meine Liebe zu ihr mit dem Wunsch verbunden war, sie zu schützen, mich um sie zu kümmern. Irgendwie, so unzulänglich und mager das Ergebnis auch ausgefallen war, hatte ich das auch immer geschafft. Jetzt aber wußte ich nicht mehr wie. Das einzige, was mir blieb, war, die Verbindung zu ihr langsam einzuholen, sie an meinem Gefühl in mich hineinzuziehen und mein Bewußtsein darum zu schlingen. Und das tat ich dann.

Später am Tag aß ich eine von den Grünkernfrikadellen, die unsere Nachbarin Dorothee herübergebracht hatte. Während ich mechanisch kaute, hatte ich das Gefühl, meine Mundwinkel würden jeden Moment einreißen, die Kiefer freigelegt und die faden Brösel würden an den Seiten hinausfallen wie faulige Klumpen.

Am frühen Abend trafen Karl und Marina ein, mit bleichen Gesichtern, und an Marinas Nasenflügeln sickerte unablässig ein schwaches Rinnsal Tränen hinab, die sie von Zeit zu Zeit mit einem zerknüllten Papiertaschentuch abwischte. Ich hörte abwesend zu, wie Paul ihnen von dem Unfall berichtete. Kurz vor Gera hatte sich bei einem LKW ein unsachgemäß befestigter Reifen gelöst. Suzannah hatte in dem Versuch, dem auf sie zufliegenden Geschoß auszuweichen, das Steuer nach rechts gerissen, war über den Seitenstreifen geschlittert und frontal in den nächsten Baum gekracht. „Sie hat nichts mehr gespürt", sagte Paul, und diese Floskel aus seinem Mund, die nicht im entferntesten etwas mit der Wirklichkeit zu tun zu haben schien, ließ das Ganze für mich vollkommen absurd klingen. Es kam mir vor, als erzählte Paul von etwas, das er kürzlich im Fernsehen gesehen hatte. Es war einfach absurd.

Als die Nacht hereinbrach und die anderen alle gegangen waren, wollte Paul mich mit zu sich nehmen, aber ich weigerte mich. Schließlich breitete er unsere Gästematratze in meinem Zimmer aus, und die ganze Nacht über lauschte ich den Geräuschen, die er machte, wenn er sich unruhig von einer Seite auf die andere wälzte. Wenn ich die Augen schloß, war ich mir der Schwärze, die hinter meinen Lidern auf mich lauerte, nur zu bewußt. Wenn ich sie öffnete, verschmolzen die Schatten, Lichter und Schemen zu einem stechenden Grau. Es gab kein Entkommen, geschweige denn einen Ort, an den ich hätte fliehen, ein Gefühl, in das ich mich hätte flüchten können. Suzannahs Tod hatte auch mich vom Leben abgeschnitten. Nichts mehr bewegte sich.

Am nächsten Mittag wurde Suzannahs Körper nach Berlin überführt. Zur selben Zeit kamen auch ihre Mutter und ihre Schwestern am Flughafen an. Als sie dann in Suzannahs und meiner Küche standen und mich ansahen, mit diesen Augen, die Suzannahs so sehr ähnelten, da gefror ich zu Stein. Ich konnte nicht einmal die Hand heben, um sie ihnen zu reichen. Ich konnte sie nicht berühren, keine von ihnen.

Als sie aufbrachen, um Suzannah noch ein letztes Mal zu sehen, blieb ich reglos auf meinem Küchenstuhl sitzen. Ich schüttelte noch nicht einmal den Kopf, als Olga mich behutsam fragte, ob ich nicht Abschied nehmen wollte.

Ich wollte nicht Abschied nehmen. Und ich glaubte auch so, daß sie tot war.

Dennis, der kurz zuvor gekommen war, blieb bei mir zurück. Schweigend saßen wir uns am Küchentisch gegenüber. Ich dachte daran, was die anderen gerade taten, wie sie das Leichenschauhaus betraten, von irgendeinem Angestellten einen langen Flur entlang geführt wurden, und dann hörte ich auf zu denken und sah Dennis an, sein vertrautes Gesicht, seinen schweigenden Mund. Auf eine nie zuvor empfundene Weise fühlte ich mich ihm näher als je zuvor. In seiner ganz speziellen Einsamkeit war er mir jetzt, da die Außenwelt nicht mehr wirklich zu mir durchdrang, gleich. Und als er die Augen schloß, tat ich es auch.

Zeitlos zerrann der Tag. Nur für einen Moment fühlte ich etwas anderes als diese stille, düstere Schwere, die meinen Körper, mein ganzes Sein in Besitz genommen hatte. Als alle gemeinsam überlegten, wo Suzannahs Familie übernachten sollte und Olga zaghaft Suzannahs Zimmer erwähnte, wurde mir schlagartig heiß. Wie eine gewaltige Stichflamme schoß der Zorn in mir hoch. „Nein!" brüllte ich. „Nein! Nein! Nein!" Alle erstarrten. Dann fingen sie an, beruhigend und beschwichtigend auf mich einzureden. Dorothee bot ihr Schlafzimmer an, Paul beschloß, etwas zu essen zu besorgen, und die anderen begannen die Küche aufzuräumen. Ich sank auf meinen Stuhl zurück und vergrub das Gesicht in den Händen.

Am Morgen der Trauerfeier quoll unsere Wohnung nahezu über; in der Küche, im Flur, in meinem Zimmer, überall standen und saßen Gäste herum, Freunde, Verwandte, Bekannte, Kollegen. Ich war bereits seit vielen Stunden auf. Ich hatte mich vor einer Weile umgezogen, und nun, da nichts mehr zu tun blieb außer abzuwarten, bis die Zeit gekommen war, stand ich an den Rahmen der Küchentür gelehnt und versuchte, an nichts zu denken. An nichts, am allerwenigsten an die Tatsache, daß wir in einer halben Stunde aufbrechen würden, um ein allerletztes Mal mit Suzannahs Körper zusammenzusein. Mit ihrem Körper, der in einem schlichten Kiefernsarg verborgen lag. Und der, nachdem wir gegangen wären, den Flammen überlassen werden würde.

Paul, der sich leise mit Jan unterhielt, sah auf und warf mir einen prüfenden Blick zu. Ich nickte beruhigend, und dann drehte ich mich um und ging in den Flur. An Suzannahs Zimmertür blieb ich stehen. Ich hatte ihr Zimmer nicht mehr betreten. Ich hatte noch nicht einmal hineingesehen.

Tief atmete ich ein. Dann stieß ich langsam die Tür auf. Das Zimmer war leer. Aber es war nicht mehr unberührt. Der Karton mit den Kupferspiralen stand in der Ecke neben dem Bett, das frisch bezogen und gemacht worden war. Suzannahs Lieblingsjeans und ihr kariertes Hemd lagen ordentlich gefaltet auf der Kommode. Ihre Papiere und Fotos waren zu Haufen geschichtet und gleichmäßig entlang der Wand aufgestapelt.

Meine Kehle verengte sich, und für einen Moment empfand ich ohnmächtigen Zorn. Wie hatten sie es wagen können, Suzannahs Eigentum zu berühren? Ich blieb einen Moment stehen, dann trat ich ein. Vorsichtig setzte ich einen Fuß vor den anderen. Eine instinktive Scheu hielt mich davon ab, die Hand auf den Tisch zu legen, Suzannahs Jeans zu streifen, etwas anzufassen. Als ich mich schließlich auf das Bett setzte, erkannte ich, daß es nicht nur Scheu war, die mich erfaßt hatte. Es war auch eine Art Abscheu, ähnlich vielleicht wie die eines Rehs, das sein Kitz nicht mehr annehmen kann, wenn ihm der Geruch eines Menschen anhaftet.

Ich saß da und verschränkte die Hände im Schoß, so fest, daß mir die Knöchel weh taten. Als ich die Luft einsog, vermeinte ich einen Hauch von Suzannahs Parfum zu riechen, kaum merklich, schon fast verloren unter den anderen Gerüchen, den Gerüchen der Menschen, die seither in diesem Zimmer gewesen waren, sich darin aufgehalten, hier an sie gedacht, zum letztenmal versucht hatten, sich ihr nahe zu fühlen.

Dann stand ich auf und ging lautlos aus der Wohnung, die Treppen hinab und hinaus ins Sonnenlicht.

Es dauerte drei Tage, bis sie mich holen kamen. Drei lange Tage, in denen jede einzelne Sekunde sich zu einer Ewigkeit auszudehnen schien. Drei unendlich lange Tage, in denen der Schmerz mit einer gnadenlosen Heftigkeit in mir wühlte, auf- und niederschwappte wie endlose Wehen. Nur, daß es nichts zu gebären gab.

In Roggow habe ich die schrecklichsten Tage meines Lebens verbracht. Und doch waren sie meine Rettung.

Im Haus war alles unberührt, so, wie Suzannah und ich es Wochen zuvor verlassen hatten. In der Spüle stand das Geschirr von unserem letzten Frühstück. Eine angebrochene Packung Knäckebrot lag auf dem Tisch. An der Wand unter dem Fenster lehnte die Mappe mit Skizzen, die Suzannah bei unserer Abfahrt vergessen hatte. Ich wußte noch, wie sehr sie sich tagelang darüber geärgert hatte. Aber weder sie noch ich hatten Zeit und Lust gehabt, zurückzufahren und die Mappe zu holen. Als ich mich hinsetzte und sie aufschlug, entdeckte ich, daß sich nur drei Skizzen darin befanden. Die willkürlich hingeworfenen Linien und Striche ergaben für mich keinen Sinn. Als mir aufging, daß das für immer so bleiben, daß Suzannah nie mehr Gelegenheit haben würde, sie mir zu erklären, spürte ich, wie sich etwas in mir löste. Und dann begann ich zu weinen, zum erstenmal seit jenem Morgen, an dem der milchbärtige Polizist mich geweckt hatte.

Ich weiß nicht mehr, was ich in diesen drei Tagen eigentlich getan habe. Ich erinnere mich, daß ich an einem Nachmittag stundenlang an der Stelle saß, an der wir Theo begraben hatten, und auf das angrenzende Feld hinausstarrte. Ich vermißte Theo. Ich vermißte sein heiseres Bellen, seine feuchte Nase, mit der er mir immer in die Seite gestupst hatte, wenn ich traurig war. Ich vermißte sein Schnauben und seinen hingebungsvollen Blick, mit dem er Suzannah angesehen hatte, wenn sie ihn streichelte. Stundenlang saß ich da, solange, bis die Sonne hinter den Feldern versank und ich zu frösteln begann.

Eines Morgens trat ich aus dem Haus und bemerkte unsere Nachbarin, eine ältliche, grauhaarige Frau mit rundlicher Figur und kurzen, wabbeligen Oberarmen. Sie stand in ihrem Vorgarten, auf einen Spaten gestützt, und sah zu mir herüber.

„Hallo!“ rief sie. „Wieder mal da? Wo ist denn Ihre Freundin?“

Ich mußte dreimal schlucken, bis ich antworten konnte. „Ich bin diesmal alleine gekommen.“ Sie nickte, winkte mir noch einmal zu und machte sich wieder an die Arbeit, und ich ging rückwärts ins Haus zurück. Es dauerte eine Weile, bis das Zittern nachließ, das meinen ganzen Körper erfaßt hatte.

Ich saß auf Baumstümpfen und Maulwurfshügeln und überlegte mit aller Konzentration, die ich fähig war aufzubringen, was Suzannahs Tod zu bedeuten hatte. Nicht im allgemeinen – das zu ergründen gab ich bald auf, dazu reichte mein Begreifen ohnehin nicht aus –, aber für mich. Es stand außer Frage, daß ihr Tod mir etwas sagen sollte, aber was? Ich war nie jemandem so nahe gewesen wie ihr. Angenommen, wir waren derart verbunden, daß auch ich sterben müßte, um ihr wieder nahe zu sein? Würden unsere Seelen erlöschen, wenn wir nicht beieinander blieben? Aber ich wollte eigentlich nicht sterben. Ich wußte zwar nicht mehr, was ich allein auf dieser Welt anfangen sollte, auf dieser Welt, in der ich alle verlor, die mich mit Leben erfüllten, aber sterben wollte ich nicht. Erkannte ich die Zeichen nicht?

Irgendwann verstand ich, daß ich den Schmerz nicht nur fühlte. Ich selbst war der Schmerz.

Als ich am Mittag des dritten Tages über das Feld aufs Haus zuging und von weitem ein Auto in der Einfahrt stehen sah, spürte ich, wie ein kleiner Funken Freude mein Herz durchzog.

Paul entdeckte mich zuerst und kam mit langen Schritten auf mich zugerannt. Dennis folgte ihm, langsamer, und als er nahe genug herangekommen war, tasteten seine Augen mein Gesicht vorsichtig ab. Mein Mund fühlte sich seltsam an. Als ich sah, wie ihre beiden Gesichter sich glätteten, wurde mir klar, warum. Zum erstenmal seit Tagen hatte ich gelächelt.

„Dennis wußte es", sagte Paul aufgeregt, „er wußte, daß du nur hier sein konntest. Ich habe ihm nicht geglaubt. Ich dachte, du bist sonstwo. Ich hatte schon Angst, du machst irgendwelchen Mist! Mein Gott, bin ich froh, dich zu sehen. Du mußt mitkommen, Thea, du mußt mitkommen."

„Klar komme ich mit", sagte ich, und dann dachte ich an all das, was wir bereden mußten, all die Fragen, die ich würde stellen und all die Antworten, die ich würde hören müssen, und so schwach ich mich auch fühlte, so gerne ich mich auch bis in alle Ewigkeit versteckt gehalten hätte, ich wußte, daß ich jetzt die Kraft dazu hatte.

„Setz dich doch", sagte Jan. Er war sichtlich nervös. Sein Haar war feucht und akkurat gekämmt, gleichmäßige Riefen zogen sich vom Scheitel bis zu den Ohren. In seinem schwarzen Anzug sah er aus wie ein Beichtvater. Dennis und Paul warteten im Vorraum, zusammen mit Marina, Karl und Suzannahs jüngerer Schwester Edna, die bei unserer Ankunft aufgesprungen war und einen tiefen, erleichterten Seufzer ausgestoßen hatte.

Ich zog einen der beiden Lederstühle zu mir heran und setzte mich Jan gegenüber. Zwischen uns auf dem Tisch lagen einige handgeschriebene Papiere. Auf den ersten Blick sah ich, daß es sich um Suzannahs Schrift handelte; ich erkannte die gleichmäßigen, leicht nach rechts geneigten Zeichen mit den charakteristischen

Winkeln und Schleifen. Augenblicklich begann mein Herz schneller zu schlagen.

„Also", begann Jan, um gleich darauf wieder in Schweigen zu verfallen.

„Ich nehme an, das hier ist jetzt geschäftlich", sagte ich.

Er nickte nach einem Moment, nahm seinen Briefbeschwerer in die Hand und spielte darmit herum, ohne aufzusehen.

„Ich … ich bin mir nicht ganz klar darüber, ob du weißt, daß Suzannah ein Testament hinterlassen hat." Er blickte auf.

„Nein", antwortete ich mit trockener Kehle, „das wußte ich nicht."

„Oh." Jan stellte den Briefbeschwerer hin und verschränkte die Hände. „Es stammt vom Juni diesen Jahres."

Schlagartig erinnerte ich mich an jenen Tag, an dem ich Suzannah überraschend in der Kanzlei angetroffen hatte, an jenem Tag, als ich meinen Rucksack vergessen hatte und noch einmal zurückgekehrt war. Ich dachte an die schuldbewußten Gesichter, die Suzannah und Jan zur Schau getragen hatten, und an mein kurz aufgeflackertes Mißtrauen. Sie hatten in der Tat etwas vor mir verborgen. Ein leichter Schauder fuhr mir über den Rücken, und ich richtete mich auf.

„Suzannahs Familie hat mich gebeten, die Eröffnung des Testaments rasch in die Wege zu leiten. Dem steht nichts im Wege. Ich dachte, wir erledigen das am besten noch heute, solange Edna noch da ist. Ihre Mutter und Olga sind bereits abgeflogen. Aber zuvor möchte ich noch etwas anderes mit dir besprechen."

Ich nickte mechanisch, und während ich zusah, wie Jan aufstand, zu seinem Aktenschrank ging und einen Ordner herauszog, versuchte ich, meine wild kreisenden Gedanken zu bändigen. Suzannah hatte ein Testament gemacht. Sie hatte ein Testament gemacht, und kurz darauf war sie gestorben. Hatte sie etwas geahnt? Oder hatte sie, wie es ihre Art gewesen war, einfach nur reinen Tisch gemacht, Vorsorge getroffen, ihr Leben geordnet, in Bahnen gelenkt?

Jan kehrte zum Tisch zurück und schlug den Ordner auf. „Suzannah", sagte er ruhig, „hatte ursprünglich vor – ich erzähle dir das jetzt einfach als Freund –, das Haus in Roggow auf deinen Namen zu überschreiben. Ich habe ihr vorgeschlagen, das mit dir zu besprechen, aber sie war der festen Überzeugung, daß du schlichtweg abgelehnt hättest."

Es war merkwürdig, aus dem Mund eines Dritten zu hören, wie gut Suzannah mich gekannt hatte. Ich hätte ihrem Vorschlag niemals zugestimmt. Auch, wenn ich fand, daß wir beide untrennbar zusammengehörten, hatte ich im Gegensatz zu ihr immer versucht, alles, was mit Geld und Besitz zu tun hatte, getrennt zu halten. Meine Abwehr gegen jegliche derartige Vermengung gipfelte in der Tatsache, daß ich mich schlichtweg geweigert hatte, von Suzannah über ihre finanziellen Angelegenheiten in Kenntnis gesetzt zu werden.

„Also hat sie dir das Haus vermacht", fuhr Jan fort. „Das bedeutet allerdings, daß du eine hohe Erbschaftssteuer zu zahlen hast. Für den Fall hat Suzannah vorgesorgt, indem sie dich als Begünstigte in ihre Lebensversicherung hat eintragen lassen." Er zog ein Formular aus dem Ordner heraus und schob es zu mir hinüber. „Hier. Die Laufzeit hätte zehn Jahre betragen. Du wirst in einigen Wochen die Summe von DM 300 000 ausgezahlt bekommen."

Blind starrte ich auf das Formular. Während meine Gedanken sich überschlugen, blätterte ich die Seiten um. Auf der letzten entdeckte ich die Daten. Suzannah hatte die Lebensversicherung im Juli 1985 abgeschlossen. Knapp drei Jahre später hatte sie mich als Begünstigte eintragen lassen. Zu dem Zeitpunkt hatten wir uns noch nicht einmal zwei Jahre gekannt. Mitten in jener schwierigen Zeit, in der ich noch wie wild um mich geschlagen und sie dabei mehr als nur einmal verletzt hatte, war sie auf den Gedanken gekommen, mich als Nutznießerin ihrer Versicherung einzusetzen. Sie hatte mich prophylaktisch zu ihrer Witwe bestimmt.

Als ich aufblickte, entdeckte ich, daß Jan mich beobachtete. „Ich kann nicht. Das geht nicht", sagte ich. „Das kommt mir vor wie ...", ich brachte das Wort kaum über die Lippen, „wie Leichenfledderei. So, als bekäme ich eine Abfindung. Ich will kein Geld. Ich wollte nie Geld. Ich wollte einfach nur mit ihr zusammensein." Meine Stimme brach, und ich spürte, wie mir die Tränen in die Augen stiegen.

„Thea", sagte Jan leise, und seine Hand schob sich über den Tisch und schloß sich leicht um mein Handgelenk. „Sie war eine wunderbare Frau. Du solltest nicht zurückweisen, was sie dir gegeben hat. Sei froh darüber. Ich glaube, es ist ein Geschenk, mit solch einem Menschen zusammenzusein ... zusammengelebt zu haben."

Ich stützte den Ellbogen auf und verbarg meine Augen in der offenen Hand. Als Jan schließlich aufstand, um Karl, Marina und Edna hereinzuholen, hielt ich ihn zurück.

„Warte", sagte ich. Er blieb stehen und sah aufmerksam zu mir hinunter, sein Gesicht eine Mischung aus Zärtlichkeit und Schmerz.

„Danke. Für alles."

Immer wieder habe ich darüber nachgedacht, ob ich Suzannahs Tod besser hätte verkraften können, wenn sie nicht bei einem Unfall, von einer Sekunde auf die andere, sondern an einer Krankheit gestorben wäre, langsam, über Wochen und Monate hinweg. Wir hätten Zeit gehabt, uns darauf einzustellen, wir hätten uns voneinander verabschieden können; ich hätte mich mit dem Gedanken vertraut machen können, eines nicht allzu fernen Tages ohne sie zu sein. Aber hätte ich das? Und haben wir uns nicht doch voneinander verabschiedet, in jenem Moment, als der Wagen an mir vorbeizog und ich ihr lächelndes, mir zugewandtes Gesicht zum letztenmal sah?

Heute stelle ich mir diese Fragen nicht mehr. Aber in jenen Tagen, als ich mich notgedrungen daran machte, die Spuren unseres gemeinsamen Lebens zu verwischen, so hastig und gründlich wie ein Hausbesitzer, der sein von einem Wirbelsturm verwüstetes Gebäude abreißt, um die Katastrophe nicht mehr vor Augen haben zu müssen; in jenen Tagen wünschte ich mir nichts sehnlicher, als daß es langsamer gegangen wäre, nicht so abrupt.

Binnen vier Tagen räumte ich die Wohnung aus; hektisch, ohne genauer hinzusehen, sortierte ich Wäsche, Bücher und Papiere in Haufen, stapelte Hausrat und Geschirr in Kartons und stellte alles zum Abtransport bereit. Ich öffnete Schranktüren und Schubladen und stopfte Suzannahs Habseligkeiten in Säcke. Gnadenlos wuchtete ich Möbel hin und her, riß Plakate von den Wänden und steckte Briefe und Dokumente in den Badeofen, wo sie zu Bergen grauer Asche verbrannten. Karl kam und transportierte

Suzannahs gesamte Ausrüstung davon. Marina holte die Möbel ab. Edna packte den größten Teil ihrer Fotos und sämtliche Urkunden zusammen und nahm alles mit nach Paris.

Was von unserem gemeinsamen Leben übrigblieb, waren zwei Koffer. Ich hatte nicht nur Suzannahs Leben ausgeräumt, sondern meines gleich mit dazu. In einem Koffer befanden sich meine Kleidung, ein paar alte Zeichnungen und Erinnerungsstücke. Der andere war bis zum Rand voller Fotos. Fotos von Suzannah.

Paul, Dennis, sogar Karl und Marina – alle boten sie mir an, bei ihnen unterzukommen, für kurze Zeit oder für länger. Ich habe ihre gutgemeinten Angebote nicht annehmen können. Ich konnte nicht an die Orte zurückkehren, an denen ich gelebt hatte, bevor Suzannah in mein Leben getreten war. Aber ich wußte auch nicht, wohin ich sonst gehen sollte. Mehr, um niemanden zu kränken, als daß ich es wirklich gewollt hätte, schlief ich eine Nacht bei Paul in meiner alten Kammer, dann eine bei Dennis in meinem alten Zimmer, aber jeden Morgen erwachte ich mit dem Gefühl, jemand habe eine Schlinge um meinen Hals gelegt und ziehe daran.

Vier weitere Nächte verbrachte ich auf der Schlafliege im Abstellraum der Kanzlei. Tagsüber versuchte ich, meine Arbeit wieder aufzunehmen, aber es ging nicht. Die Akten, die ich jahrelang mit Befriedigung sortiert hatte, glitten mir aus den Händen, und wenn ich sie aufhob, wußte ich nicht mehr, in welches Fach sie gehörten und, was noch wichtiger war, welcher Sinn sich dahinter verbarg. Am Morgen des fünften Tages teilte ich Jan mit, daß ich nicht mehr käme. Er bat mich, meinen Entschluß noch mal zu überdenken, einstweilen Urlaub zu nehmen, aber ich schüttelte den Kopf. Es war einfach vorbei.

Drei weitere Nächte übernachtete ich in einer kleinen Pension in Kreuzberg, dann mietete ich mir über die Mitwohnzentrale eine kleine Wohnung in der Kreuzberger Helmstraße, befristet auf ein Jahr. Sie gehörte einer Romanistik-Studentin, die für zwei Semester nach Italien gegangen war. Überall in der Wohnung fanden sich die Spuren einer ungezügelten Indien-Begeisterung, an den Seitenwänden der Bücherregale, an der Tischkante in der Küche, selbst an den Fensterrahmen waren kleine Borten mit indischen Mustern befestigt. Seidentücher schmückten die

Wände, Rattanmatten bedeckten den Boden, und in der Schrankwand war eine Anzahl von indischen Gottheiten aufgereiht, kunstvoll in Speckstein geschnitzt. Jeder, der mich besuchen kam, äußerte sich entsetzt über die Einrichtung, aber mich störte sie nicht. Auf eine gewisse Art fühlte ich mich sogar geborgen in diesen schwülstigen, leicht nach Weihrauch riechenden Räumen. Und es gab ohnehin keinen Ort, an dem ich lieber gewesen wäre. Es gab überhaupt keinen Ort mehr für mich.

„Geht's?" fragten sie mich teilnahmsvoll.

„Ja", sagte ich. Aber es ging nicht.

Irgendwann, nachdem der erste Schock vorbei war, fing ich an, mich über die Tatsache zu grämen, daß ich niemals in Bremen gewesen war. Ich hatte nie gesehen, wie Suzannah in dem Jahr, bevor wir uns kennenlernten, gelebt hatte. Ich mußte immer wieder daran denken, ständig kam es mir in den Kopf.

Dennis sagte, es sei, als ob ich versuchte, durch den Ärger über mein Versäumnis ihren Tod erträglicher zu machen. Erst stimmte ich ihm zu. Aber irgendwann ging mir auf, daß es anders war: Ich entwertete Suzannah. Ich setzte sie herab, ohne es zu wollen, indem ich mir einredete, daß ich sie ja gar nicht so gut gekannt hatte, wie ich mir einbildete, so gut, wie ich glaubte. Es gab so vieles, was ich nie gesehen, von dem ich nie gehört, was ich nie gewußt, nie gefühlt, nie mitgeteilt bekommen hatte. Und wenn ich so vieles aus Suzannahs Vergangenheit nicht gekannt, wenn ich so vieles von ihr und über sie nicht gewußt hatte, dann konnte er doch gar nicht so groß sein, dieser Verlust, den ich jetzt spürte? Aber, fragte ich mich, wenn ich nur um das Gekannte trauerte, um meinen Schmerz erträglicher zu machen, wer trauerte dann um den Rest?

Dieser Gedanke war es schließlich, der mich dazu brachte, aufzuhören, mich um mein Versäumnis zu grämen, mehr über Suzannahs Vergangenheit zu erfahren, als ich dazu noch Gelegenheit gehabt hatte. Nichts wog ein anderes auf. Und was blieb, war der Schmerz.

Selbst jetzt noch, mehr als eineinhalb Jahre später, während ich in meiner stillen, kargen Wohnung sitze, von anhaltender Übelkeit gebeutelt und jener seltsamen Leichtigkeit im Bauch besänftigt, selbst jetzt noch spüre ich sie, die Betäubung, in der ich in den ersten Monaten nach Suzannahs Tod versank. Aber jetzt bin ich es, die sie aufrechterhält. Ich selbst bin es, die mich aussperrt, abschneidet, zurückdrängt in ein Vakuum aus Zeit und Gefühl. Ich habe mich bewußt dazu entschieden, nachdem mir klargeworden war, daß dieser Zustand, wie jeder andere auch, nicht von Dauer sein wird. Ich muß ganz hinein, um wieder daraus hinauszufinden. Denn eines Tages, und ich glaube, der Zeitpunkt rückt näher und näher, werde ich aufstehen und gehen. Ich werde meine Notizhefte zuklappen, meinen Stift hinlegen, aufstehen und gehen. Ich kann nicht sagen, daß ich mich auf diesen Tag freue. Aber so wird es sein, wenn ich weiterleben will. Und das will ich.

Nichts bleibt je gleich. Das Leben ist Wandel.

In jener ersten Zeit nach Suzannahs Tod glaubte ich, daß mein Leben von nun an für immer so bleiben würde, gefangen in dieser Düsternis, die sich von Zeit zu Zeit zu tiefster Schwärze verdichtete. Was mir am meisten zu schaffen machte, waren die Träume, die mich Nacht für Nacht heimsuchten, Träume, in denen ich mich zusammen mit Suzannah an wunderschönen Orten befand, Träume, in denen ich eine überwältigende Glückseligkeit empfand. Und jedesmal erwachte ich mit einem tiefen Gefühl des Grauens. Mitten aus dem süßen Schlaf rutschte ich in den unbarmherzigen Schrecken der Realität.

Tag für Tag quälte mich die Vorstellung, wie Suzannah ihre letzten Sekunden erlebt haben mochte. Immer wieder sah ich durch ihre Augen den auf sie zufliegenden Reifen, ich spürte den Schock, der ihre Glieder für den Bruchteil einer Sekunde bewegungsunfäig machte, ich sah, wie sie das Steuer herumriß, und ich fühlte ihr Entsetzen, ihre abgrundtiefe Einsamkeit, als ihr aufging, daß kein Entkommen mehr möglich war. Pausenlos fragte ich mich, was sie empfunden haben mochte, als der Wagen über den Seitenstreifen schlitterte. Hatte sie geschrien? Hatte sie die Augen zusammengekniffen? Hatte sie gewußt, was mit ihr geschah?

An diesem Punkt blendete ich aus. Ich verbot mir jeden weiteren Gedanken. Und doch sah ich sie vor mir, die grausamen Bilder. Ich sah vor mir, wie die Wucht des Aufpralls Suzannah zurück in den Sitz schleuderte. Ich sah ihren Körper, zusammengekrümmt über das Lenkrad gebeugt, ihre brutal verdrehten Arme und Beine, Blut, das auf das Armaturenbrett tropfte, und in den schlimmsten Momenten sah ich, wie sie atmete, wie sie zum letzten, zum allerletzten Mal krampfhaft die Luft einsog.

Und ich war wie gelähmt. Schweigend, mit bleischweren Gliedern schleppte ich mich durch die Tage. Den Herbst verbrachte ich zum größten Teil in meiner fremdartigen Behausung, wo ich auf dem schmalen Futon lag und durch den kleinen rechteckigen Ausschnitt des Fensters hinaus in den Himmel starrte. Als der erste Frost kam, ging ich Morgen für Morgen die wenigen Schritte zur Amerika-Gedenkbibliothek, um dort an den langen Lesetischen zu sitzen, vor mir ein willkürlich ausgewähltes Buch. Doch nur selten las ich darin, die Wörter und Sätze ergaben ohnehin keinen Sinn mehr für mich. Statt dessen betrachtete ich die Menschen um mich herum, mit einer kalten, klaren Neugier, als studierte ich das Leben, das in mir erloschen war.

Alle Versuche, mich zu einer Aktivität zu bewegen, schlugen fehl. Wie viele Abendessen, bei denen ich still und abwesend dabeisaß, hat es in diesen Monaten gegeben, wie viele Veranstaltungen, Konzerte, Ausstellungen, zu denen Paul oder Dennis mich mitschleppten, und alles ohne Erfolg. Manchmal telefonierte ich mit Edna. Es tat gut, ihre heisere Stimme zu hören, die Suzannahs so ähnlich war, aber die aufmunternden Worte glitten durch mich hindurch, ohne eine Spur zu hinterlassen.

Zwei- oder dreimal schlug Paul mir vorsichtig vor, ärztliche Hilfe in Anspruch zu nehmen, doch ich winkte nur ab. Das letzte, was ich wollte, war, über meinen Zustand, meine Empfindungen, meine Trauer zu reden. Ich hatte nichts dazu zu sagen. Und so schüttelte ich den Kopf und beobachtete Paul, tastete jeden Zentimeter seiner Haut mit den Augen ab. Heute frage ich mich, wie ich damals reagiert hätte, wenn ich das, wonach ich suchte, gefunden hätte: ein im Entstehen begriffenes Melanom, einen Ausschlag, ein sichtbares Zeichen, daß das Virus in ihm nicht mehr schlief. Aber Paul blieb gesund. Und die Zeit, sie zerrann.

Im Mai kam Dörthe zu einem einmonatigen Besuch aus den Staaten. Sie war kaum ein paar Tage da, als sie erklärte, daß sie es nicht mehr aushielte, mich in dieser Verfassung zu sehen. Dörthe war es dann auch, die vorschlug, eine Reise durch Frankreich zu machen, all die Orte aufzusuchen, an denen Suzannah einen großen Teil ihres Lebens verbracht hatte, und sie wischte mein Sträuben mit einer fahrigen Handbewegung hinweg. Wenn ich nicht einwilligte, sagte sie, fasse sie das als persönlichen Affront auf. Sie entlockte mir sogar ein Grinsen mit diesem unbeholfenen Versuch, mir mit dem Verlust ihrer Freundschaft zu drohen, aber es wirkte.

Und so kam es, daß ich auf dem Weg nach Aachen, wo Dörthe mit einem geliehenen Wagen auf mich wartete, einer spontanen Eingebung folgte und einen Abstecher nach Münster machte. So kam es, daß ich nach fast dreizehn Jahren Tante Krüpp wiedersah und Marc; Marc, den als Familienvater verkleideten Freund aus längst vergangener Zeit. Und so kam es, daß Dörthe und ich dann drei Wochen kreuz und quer durch Frankreich fuhren und all die Orte besuchten, von denen ich nur gehört, die ich aber nie gesehen hatte: das Internat in Nizza, wo Suzannah drei Jahre zur Schule gegangen war, den alten, zerfallenen Hof in der Nähe von Aix-en-Provence, der ihrer Familie lange Zeit als Wochenendsitz gedient hatte, die Fotoschule in Paris, an der Suzannah ihre Ausbildung absolviert hatte.

Und dort, in Paris, im Schatten des düsteren Konservatoriums, war es, daß ich das erste Mal daran dachte, Berlin zu verlassen. Auch wenn es dann noch mehr als ein halbes Jahr gedauert hat, bis ich gegangen bin, der Keim war gesät. Und manchmal, wenn ich in der folgenden Zeit meinte, am Grau der Tage zu ersticken, spürte ich, daß ein winziger Teil meines Herzens wieder erwacht war. Ich spürte, daß ich auf etwas wartete. Heute weiß ich, daß ich auf mich selbst gewartet habe. Und es hat eine ganze Weile gedauert, bis ich mir gefolgt bin.

Gestern bin ich aufgewacht, wie seit vielen, vielen Tagen mit trockenem Mund und dieser überwältigenden Übelkeit im Bauch. Das erste, was ich tat, war auf die Toilette zu rennen und mich krampfartig in die Kloschüssel zu übergeben, und während ich mit geschlossenen Augen nach der Spülkette tastete, wußte ich auf einmal, daß es nicht die Erinnerung ist, die diese Übelkeit Morgen für Morgen in mir hervorruft. Und auch dieses seltsame

Gefühl der Leichtigkeit, das mich seit mehr als zwei Wochen begleitet, hat nichts damit zu tun, daß ich mich Stück für Stück aus meiner Betäubung befreie.

Ich bin schwanger, und das ist der Grund.

Ich brauchte noch nicht einmal nachzurechnen. Unter meinen halbgeschlossenen Augen hindurch, während die letzten Speichelreste mir noch von den Lippen tropften, sah ich wieder Wenzels gequälten, beschämten Gesichtsausdruck vor mir und dann sein zögernd-triumphierendes Lächeln, als er mir das abgerutschte Kondom wie eine Trophäe präsentierte. „Ich hab's", hatte er gesagt, „guck mal, ist alles noch drin." Plötzlich mußte ich lachen, ein albernes, hysterisches Kichern stieg in mir hoch. Ich raffte mich auf und stützte mich dabei schwerfällig am Waschbecken ab, und in meiner Vorstellung sah ich mich mit einem riesigen, vorgewölbten Bauch über ein stoppeliges Feld in die Ferne davonstapfen.

Nachmittags habe ich mir einen Schwangerschaftstest in der kleinen Apotheke unweit des Place du Tertre besorgt. Der Apotheker war ein ausnehmend mürrischer Mann mit einer Halbglatze und einem nachlässig gestutzten Schnurrbart. Mit angewidertem Gesichtsausdruck überreichte er mir die weiße Packung und klemmte sich anschließend einen Finger in der Kasse ein. Es gelang mir gerade noch, die Tür hinter mir zu schließen, bevor ich erneut anfing zu kichern. Den ganzen Weg bis nach Hause konnte ich nicht mehr damit aufhören.

Es war der erste Schwangerschaftstest in meinem Leben. Fast hat es mir Spaß gemacht, zuzusehen, wie sich der schmale Plastikstreifen binnen Sekunden verfärbte.

Am Abend lag ich stundenlang auf meinem Bett, die Lichter der Stadt flackerten verzerrt durch die Gardinen herein, und der dünne Stoff bauschte sich unter dem Sommerwind. Nach einer Weile stand ich auf und zog die Vorhänge beiseite. Ich denke, die Zeit, in der ich mich selbst verhüllen mußte, in der ich harte Wände, Ecken und Kanten nicht ertragen konnte und erst recht keinen klaren, ungehinderten Blick hinaus, diese Zeit ist vorbei.

Und dann lag ich da, die Hände auf meinem Bauch, und spürte dem werdenden Leben in mir nach. Ich dachte an Suzannah, an ihren Mund, an die unnachahmliche Art, wie er sich zu einem schmalen Lächeln verzog. Ich dachte an die Form ihres Nackens und die gerade, anmutige Linie ihrer Schultern. Ich dachte daran, wie rauh sich ihre Handflächen manchmal auf meiner Haut angefühlt hatten, im Winter oder in salziger Meeresluft. Ich dachte an den Schweiß auf ihren Brüsten, nachdem wir uns geliebt hatten, an die seidige Kühle ihrer Lippen im Abendwind und daran, wie sie, barfuß im Sessel sitzend, die Beine über die Lehne geschlagen, ihre Zehen gespreizt hatte, wenn sie mir etwas Wichtiges erzählte. Ich dachte an das überwältigende, mich ganz und gar verschlingende Gefühl der Lebendigkeit, das mich durchdrang, wenn unsere beiden Körper miteinander zu verschmelzen schienen, und an Suzannahs Bedauern über die unumstößliche Tatsache, daß wir niemals ein Kind miteinander haben würden. Und ich sah Wenzels Gesicht vor mir, seine strahlenden Augen, in denen Glück und Triumph aufglänzte, nachdem das Staunen hindurchgezogen war. Ich lag wach, lange Stunden, und bevor ich einschlief, war ich zu einer Entscheidung gekommen.

Zehn Tage liegt mein letzter Eintrag zurück. Zehn Tage, in denen mein Leben wieder in Bewegung geraten ist. Es kommt mir vor, als hätte ich mir selbst einen Ruck gegeben, mich mitten hineinkatapultiert in eine Welt, die ich über lange Zeit hinweg nur als unbeteiligte Zuschauerin wahrgenommen habe.

Noch bin ich erschöpft von den Strapazen des Flugs und denen der vorangegangenen Tage, und mir fehlt diese Leichtigkeit, sogar die Übelkeit, an die ich mich schon gewöhnt hatte. Jetzt aber spüre ich meinen Körper, jeden Muskel, jeden Atemzug. Die Schwerkraft ist in meine Glieder zurückgekehrt. Ich schwebe nicht mehr.

Übermorgen werde ich zweiunddreißig Jahre alt. Michelle hat versprochen, mit mir brasilianisch essen zu gehen, und ich freue mich darauf. Als ich zurückkam und die drei Zettel entdeckte, die sie mir in die Küche, auf den heruntergeklappten Toilettendeckel und mein Bett gelegt hatte, tat es mir fast ein bißchen leid, daß ich sie nicht zwischendurch von Berlin aus angerufen hatte. *Vraiment, tu me manques* steht auf allen drei Zetteln, und in Michelles mündlicher Ausdrucksweise hieße das ins Deutsche übersetzt ungefähr soviel wie „Donnerwetter, Schätzchen! Warum bist du eigentlich nicht hier und gehst mit mir aus?“ Ich habe sie auch vermißt, diese unmögliche Person mit den riesigen Füßen und diesem Blick, der angetrunkene Männer dazu bringt, augenblicklich das Weite zu suchen.

Ich bin es gewohnt zu vermissen. Ich werde Suzannah jeden Tag meines Lebens vermissen. Aber eines Tages werde ich mich nicht mehr nach ihr sehnen, mit dieser verzweifelten Heftigkeit, die mir die Kehle zuschnürt und das Schlucken schwermacht. Und das ist, glaube ich, das Höchste, was ich erreichen kann: daß das Sehnen vergeht und das Vermissen bleibt.

Übermorgen werde ich zweiunddreißig, und ich muß daran denken, daß ich jetzt älter bin als Suzannah zu jener Zeit, da sie in mein Leben trat. Ich lernte sie kennen, als sie neunundzwanzig war, und als sie starb, war ich neunundzwanzig. Sieben Jahre haben wir miteinander verbracht, genau dieselbe Anzahl von Jahren, die zwischen ihrer und meiner Geburt gelegen haben. Jetzt wäre sie neununddreißig. Sie ist nicht einmal vierzig Jahre alt geworden.

Ich hätte so gerne miterlebt, wie sie älter und älter geworden wäre. Ich hätte so gerne zugesehen, wie sich nach und nach immer mehr Falten in ihr Gesicht eingegraben und Unmengen von Leberflecken auf ihren Händen ausgebreitet hätten und wie ihr Haar ergraut und eines Tages schlohweiß geworden wäre. Vermutlich hätte ich über all die Zeit hinweg unsere alternden Körper miteinander verglichen; mit Staunen und kaum verhohlenem Neid hätte ich zähneknirschend beobachtet, wie Suzannah all die Jahre über schlank und straff geblieben wäre, während ich immer heftiger mit meinem Gewicht und der erschlaffenden Haut zu kämpfen gehabt hätte. Eines Tages, so stelle ich mir vor, hätten wir wie Pat und Patachon ausgesehen: Suzannah aufrecht und drahtig, ich dagegen, ganz wie meine Mutter, rundlich und früh schon geschrumpft. Ich hätte das alles zu gerne erlebt. Ich hätte sie so gerne als alte Frau geliebt.

Zwei Tage nach meinem Schwangerschaftstest nahm ich den Spätflug nach Berlin. Dennis war außer sich vor Freude, mich zu sehen. Immer wieder zog er mit seinem Finger die Linien meines Gesichts und meines Mundes nach und formte mit den Lippen meinen Namen. Er sah mich aufmerksam an, während ich sprach, und als ich geendet hatte, nickte er.

– Ich sehe es, sagte er und lächelte.

In dieser Nacht schlief ich wohlig, dicht neben seinem warmen, schmalen Körper, und seine tiefen Atemzüge hüllten mich in Vertrauen.

Morgens, beim Frühstück, versuchte er zaghaft, mich dazu zu bringen, meinen Entschluß noch einmal zu überdenken. Ich konnte die Absicht schon in seinen Augen sehen, bevor er zu seinen ungemein präzisen Gebärden ausholte. Sein Haar war verstrubbelt, und wie früher trug er seinen Lieblingspyjama, einen von der Sorte, bei denen man, wenn man den Stoff zwischen den Fingern reibt, den Eindruck hat, zwei Kleidungsstücke auf einmal zu berühren, so glatt ist die äußere Seite und so flauschig die innere.

– Laß dir doch noch ein paar Tage Zeit, sagte Dennis. Du mußt doch nichts überstürzen. Du könntest ein, zwei Wochen hierbleiben und noch mal über alles nachdenken.

– Ich denke seit zwei Jahren über alles nach. Und ich habe mich entschieden.

Die Gebärden gingen mir längst nicht mehr so flüssig von der Hand wie früher, und Dennis registrierte es, ohne mit der Wimper zu zucken. Mit bedächtigen Bewegungen bestrich er sein Brot mit Butter und legte eine Scheibe Käse darauf. Hinter seiner Stirn arbeitete es. Plötzlich legte er das Brot, das er bereits zum Munde geführt hatte, wieder hin.

– Ich würde es aufziehen, sagte er abrupt. Mit dir zusammen, wenn du willst. Er errötete, und dann fügte er mit einem verlegenen Lächeln hinzu: Das Kind hätte sogar verheiratete Eltern.

„Dennis“, sagte ich laut.

Er ließ sich nicht unterbrechen. – Ich hätte gerne ein Kind. Du weißt, daß ich schon immer gerne Kinder gehabt hätte. Ich wäre ganz bestimmt ein guter Vater. Oder traust du mir das nicht zu?

Seine Augen verengten sich.

Ich griff nach der Kaffeekanne und schenkte uns beiden nach.

– Ja, ich glaube auch, daß du ein guter Vater wärst. Aber darum geht es nicht.

Er verschränkte die Arme vor der Brust und setzte sich aufrecht hin.

„Ich muß auf mein Herz hören", sagte ich, so leise, daß ich es selbst kaum hören konnte. Und dann bewegten sich nur noch meine Lippen. „Und mein Herz sagt: nein."

Ich glaube, in diesem Moment dachten wir beide an jene lange zurückliegende Nacht, unsere Hochzeitsnacht. Damals hatte er mein impulsives Ansinnen ebenso prompt und unmißverständlich abgewiesen wie ich jetzt das seine.

Dennis beobachtete mich einen Augenblick über den Rand seiner Kaffeetasse hinweg, dann nickte er langsam. Was er sich allerdings nicht verkneifen konnte, war ein letzter kleiner Seitenhieb.

„Zwei Herzen", sagte er, und ich zuckte zusammen. Ich hatte seine Stimme seit Ewigkeiten nicht mehr gehört, ihren hölzernen, tonlosen Klang. „Nicht eins. Im Moment mußt du auf zwei Herzen hören." Und dann grinste er schief.

Die Tage zwischen dem ersten und dem zweiten Beratungsgespräch verbrachte ich bei Paul. Paul ist immer noch kerngesund; es scheint, daß die homöopathischen Mittel und seine täglichen Yogaübungen angeschlagen haben. Der Wert seiner Helferzellen hat sich wieder stabilisiert. Seit er seine Praxis nur noch halbtags betreibt und die gewonnene Zeit dazu nutzt, sich zu entspannen, zu lesen und – seine neue Leidenschaft – Querflöte zu lernen, geht es ihm besser als je zuvor. Dennoch habe ich den Eindruck, daß er schmaler geworden ist. Auf irgendeine Art scheint Paul sich wieder in den schlaksigen Burschen zu verwandeln, den ich aus meiner Kinderzeit noch gut in Erinnerung habe. Vielleicht bin ich einfach übersensibel, aber als ich ihn zur Begrüßung umarmt habe, vermeinte ich zu spüren, daß seine Energie schwächer pulsiert, ein kleines bißchen kraftloser, ein wenig gedämpft. Mag sein, daß dieser Eindruck nur mein Bemühen widerspiegelt, mich auf die Möglichkeit vorzubereiten, gegen die ich dennoch, trotz aller Erfahrung, nicht und nie gewappnet sein werde: daß ein wichtiger Mensch in meinem Leben stirbt.

Paul zu sehen, seine Gelassenheit zu spüren und die Vertrautheit zwischen uns, die sich all die Jahre gehalten hat, über die guten und schlechten Zeiten hinweg und die Kämpfe, die wir miteinander ausgefochten oder übergangen haben, war wie Balsam für meine Seele. Und ich empfand es als beruhigend, zu entdecken, daß es ihm und Gerd gelungen ist, ihre gegenseitige Zuneigung in eine gut funktionierende Lebensgemeinschaft einzubetten. Sie teilen sich mittlerweile ein Schlafzimmer, etwas, das Paul und Jörn in ihrer jahrelangen Beziehung immer abgelehnt haben. Ich weiß nicht, ob es Liebe ist, was Gerd und Paul verbindet. Ich glaube eher, sie haben sich miteinander eingerichtet. Wenn ich auch meine instinktive Ablehnung gegenüber Gerd niemals werde überwinden können, auch wenn ich nie und nimmer der festen Überzeugung sein werde, Paul und Gerd seien füreinander wie geschaffen – allein die Zeit, die beide nun schon zusammen verbringen, spricht für sich. Das habe ich gelernt: Die Zeit spricht für sich.

An einem Nachmittag besuchte ich den Alten St. Matthäus-Kirchhof, wo Suzannahs Asche begraben liegt. Ich mag diesen Friedhof; wie eine stille, grüne Insel ruht er im Zentrum der Stadt. Nur ein paar Häuserzeilen trennen ihn von der Bautzener Straße, in der das Kelleratelier liegt, in dem ich meine erste Nacht mit Suzannah verbracht habe. Mehr als neun Jahre ist das jetzt her.

Paul begleitete mich. Ohne ein Wort zu sprechen, gingen wir den Hauptweg entlang, bis wir uns an einer Kreuzung trennten. Ich sah ihm nach, wie er mit langsamen, bedächtigen Schritten, die Hände tief in den Taschen seiner Jeans, die gepflegten Grabstellen entlangschritt. Auch Jörn liegt auf diesem Friedhof begraben, und für einen Moment hatte ich das Gefühl, als seien Paul und ich die einzigen Überlebenden einer aussterbenden Gattung. So unterschiedliche Wege wir in unserem Leben auch beschritten haben, diesen einen Weg gehen wir gemeinsam. Gemeinsam suchen wir diesen Ort auf, der das bewahrt, was von den Körpern der Menschen, die wir am meisten geliebt haben, geblieben ist.

Aber ich habe nicht das Gefühl, als sei Suzannah dort. Was da unter den Efeuranken in der dunklen, feuchten Erde liegt, ist ihre Asche. Doch Suzannah ist fort. Sie ist fort. Und nur ich bin noch da.

Ich fürchtete mich ein wenig, als ich die moderne gynäkologische Praxis betrat und der gehetzt wirkenden Sprechstundenhilfe meinen Krankenschein und die erforderlichen Unterlagen überreichte. Ich fürchtete mich vor den Schmerzen, vor den Geräten und vor der Endgültigkeit, mit der das neue Leben in mir wieder aus mir herausgeschabt werden würde. Vor allem aber fürchtete ich mich vor meinen Gedanken.

Aber dann, als es soweit war, als ich mit gespreizten Beinen und ineinander verkrampften Händen auf dem Stuhl lag und dem jungen, schnurrbärtigen Arzt dabei zusah, wie er nüchtern und geschickt sein Handwerk verrichtete, da dachte ich an nichts. Es war, als hätten sich die betäubenden Substanzen vom Unterleib bis hinauf in meinen Kopf ausgebreitet. Ich hatte nicht das Gefühl, daß etwas Besonderes mit mir geschah. Ich hatte gar kein Gefühl.

Später allerdings, als ich auf der Straße stand und der kalte Oktoberwind durch mein Haar fuhr und meine Hosen flattern ließ, da fühlte ich mich einen Moment lang ganz leer, so als hätte ich mich selbst abgetrieben, mich selbst, meine Kindheit, meine Vergangenheit. Als sei mein Leben vorbei.

Etwas ist tatsächlich vorbei. Auch wenn ich nie mit letzter Sicherheit wissen werde, ob das, was ich getan habe, richtig war – ich habe getan, was ich tun mußte. Und mit meiner Entscheidung, dieses Kind nicht zu bekommen, habe ich zugleich eine andere getroffen. Ich habe die Schnüre aus Gefühl durchtrennt, die mich über so lange Zeit mit Wenzel verbunden haben.

Wir haben nicht wirklich darüber gesprochen. Als ich Wenzel am nächsten Tag besucht habe, empfing er mich an der Tür mit einem zurückhaltenden Lächeln. „Setz dich doch", sagte er, und ich setzte mich auf einen der beiden Küchenstühle aus Metall und warf dabei versehentlich das Sitzkissen zu Boden. Wenzel hob es auf, legte es mir aufs Knie und ging zurück zur Anrichte, um die Espressomaschine anzuschalten. Und nach ein paar Minuten, in denen wir schweigend dem Zischen und Pfeifen der Maschine lauschten, stellte ich voller Erstaunen fest, daß wir uns offensichtlich nichts zu sagen hatten.

„Warum bist du eigentlich hier?" fragte Wenzel plötzlich, mit dem Rücken zu mir gewandt.

Ich hatte keine Antwort parat. Und so starrte ich auf die gleichmäßig gerippten Strickreihen seines Pullovers, der über dem Hosenbund zu einem wulstigen Ring gerafft war, bis Wenzel sich mit einem Ruck umdrehte und die Arme vor der Brust verschränkte. Sein Blick flackerte über mich hinweg, bevor er zum

Fenster schweifte, und die Sekunden dehnten und dehnten sich. Als das Schweigen unerträglich zu werden begann, öffnete ich den Mund und brachte die einzigen Worte heraus, die mir einfielen.

„Ich will das nicht mehr."

Wenzel verzog keine Miene. Er sah einfach weiter aus dem Fenster und schwieg. Und erst nachdem er den Espresso in zwei Tassen gefüllt hatte und mir am Tisch gegenübersaß, reagierte er.

„Weißt du, Thea", sagte er langsam und pustete auf seinen Espresso. Feine weiße Dampfschwaden wehten über den Rand der Tasse. „Eigentlich will ich auch nicht mehr. Schon lange nicht mehr."

Wir haben es dabei belassen. Offenbar sind wir beide unabhängig voneinander zu der Einsicht gelangt, daß es keinen Sinn hat, mangelnde Nähe und auseinanderdriftende Bedürfnisse in eine Form pressen zu wollen.

Ich habe Wenzel nicht erzählt, daß ich unser beider Kind habe abtreiben lassen. Ich werde es ihm auch in Zukunft nicht erzählen. Nicht, weil ich ihm den Ärger oder den Schmerz oder was immer er empfinden mag ersparen möchte, sondern weil es ihn nichts angeht. Nicht mehr. Und ich glaube auch nicht, daß er sich noch groß dafür interessieren würde. Es ist einfach vorbei.

Bevor ich gestern abend nach Paris zurückgeflogen bin, sind Paul und ich noch einmal im Tiergarten spazierengegangen. Es war schneidend kalt, der Wind pfiff durch die Bäume und fuhr raschelnd durch das bräunliche Laub. Paul trug seine heißgeliebte Wollkappe mit den herunterklappbaren Ohrenschützern, und mit seiner dicken Steppjacke und den schweren Schnürstiefeln sah er genauso aus, wie ich mir kanadische Holzfäller vorstelle.

„Ich liebe den Herbst", sagte er und stapfte mitten durch einen Laubhaufen. „Ich mag es, wenn die Blätter von den Bäumen fallen und alles kahl und leer wird. Auf einmal kann man viel weiter in die Ferne sehen. Ich mag das. Es hat so etwas Reinigendes. Als ob aller Ballast herunterfällt."

„Die meisten Leute finden das deprimierend", sagte ich und schlug den Kragen meiner Jacke hoch. In Paris war es längst nicht so kalt gewesen. Ich hatte nicht daran gedacht, genügend warme Kleidung mitzunehmen.

„Hach, die Leute finden alles mögliche." Paul breitete die Arme aus und tänzelte ein paar Schritte vorwärts. „Die Leute halten den Herbst für das Ende aller Tage. Die Selbstmordraten steigen an, Depressionen häufen sich, und Alte und Kranke schaffen es gerade noch über Weihnachten hinweg, bevor sie für immer die Augen schließen."

Ein Radfahrer überholte uns schneidig und stemmte sich in die Pedale, um an Geschwindigkeit zu gewinnen. Wir sahen ihm nach, bis er hinter einer hohen Buchsbaumhecke verschwunden war. Paul drehte sich zu mir um. „Der Sommer ist vorbei, und wir haben es wieder geschafft", sagte er. Seine hellen Augen glitzerten in der klaren Luft. Ich wußte genau, was er meinte. Er meinte nicht nur den Sommer, die Hitze, die Anstrengung. Er meinte auch die Zeit, die wir hinter uns gelassen hatten, die Trauer, die Erinnerungen, das gelebte Leben und jenes, das wir hätten leben wollen, aber nicht hatten leben können. Mit jedem Tag, der verging, tat sich ein neuer auf. Mit jedem Herbst, der begann, kündigte sich ein neuer Winter an. So einfach es klang: Das war die Zukunft.

Paul sah mich immer noch an. „Du bist durch, nicht wahr?" fragte er leise.

„Ja, ich glaube schon", sagte ich. „Ich bin durch, weil ich ganz hineingegangen bin."

Ein plötzlicher Windstoß ließ mich zusammenzucken. Mir fröstelte, und ich schlang die Arme enger um meinen Oberkörper. Paul betrachtete mich nachdenklich.

„Und was hast du jetzt vor?" fragte er. Ich legte den Kopf in den Nacken und sah zum Himmel auf, wo in der Ferne ein winziger Hubschrauber seine Kreise zog.

„Mich bewegen", antwortete ich.

So, wie Suzannah einen Teil von mir mitgenommen hat, als sie starb, so habe auch ich einen Teil von ihr mitgenommen, als ich noch einmal, Stück für Stück, Schritt für Schritt, in die Tiefe meines Kummers hinabgetaucht bin. Die Liebe, die sie mir gegeben hat – ich habe sie mitgenommen. Ich werde sie immer in mir tragen. Und mit ihr werde ich weitergehen.

Auch an jenem Tag, an dem ich mich entschloß, Berlin zu verlassen, diese Stadt, die mich wie ein riesiger Krake mit Fangarmen aus Angst, Düsternis und Betäubung umschlungen hielt, hatte ein kalter und schneidender Wind geweht. Feiner Nebel hing in der Luft, als ich an einem Sonntag im November schwer atmend und viel zu dürftig bekleidet mit meiner Bomberjacke und den zerrissenen Jeans die Denkmalplattform auf dem Kreuzberg erstieg.

Als ich mich umsah, war ich überrascht, wie weit die Sicht reichte. Dunklen Bäumen gleich ragten einzelne Gebäude aus einem milchigen Steinwald empor. Weit im Westen konnte ich gerade noch die Konturen der Hochhäuser in der City erkennen, geradeaus lag die Charité, daneben blinkten die roten Lichter an der Spitze des Fernsehturms. Ich sah die Dächer im Häusermeer, rot und braun gedeckt, manche auch schiefergrau, dazwischen helle Schemen, blinde Fensterhöhlen, die von weitem zu mir zurückstarrten.

Ich ließ meinen Blick schweifen und sog die schneidend kalte Luft tief in meine Lungen hinein. Plötzlich mußte ich an meine Jugend denken, an die zahllosen Ausflüge in den Ruhrpott, die Marc und ich unternommen hatten, und an das beklemmende Gefühl des Beengtseins, das ich immer beim Anblick der Autobahnen empfunden hatte, die sich wie ein endloses, alles umspinnendes Netz aus Asphalt durch die zusammengepferchten Stadtlandschaften wanden. Ein Kälteschauer durchfuhr mich, und im selben Moment, noch bevor der vage Gedanke sich zu Worten geformt hatte, beschloß ich, daß ich gehen würde. Vielleicht für eine Zeit. Vielleicht auch für immer.

Und so bin ich gegangen.

Michelles grünes Kostüm aus Wildseide, eines der elegantesten Kleidungsstücke, die sie besitzt, leuchtete mir schon entgegen, als ich gestern abend das brasilianische Restaurant in der Rue Champagne-Première betrat. Ich freute mich so, sie zu sehen, daß ich ihren säuerlichen Gesichtsausdruck zunächst gar nicht wahrnahm. Erst als der Kellner unseren Aperitif brachte, fiel mir auf, daß Michelle bislang nichts außer ein paar einsilbigen Bemerkungen zu unserem Gespräch beigetragen hatte. Ich sah ihr dabei zu, wie sie zum drittenmal innerhalb weniger Minuten versuchte, die Kostümjacke faltenfrei über die Rückenlehne ihres Stuhls zu drapieren.

„Sag mal, Michelle, stimmt irgendwas nicht?“

Sie war offenbar nicht zufrieden mit dem Ergebnis ihrer Bemühungen, denn sie riß die Jacke schwungvoll wieder von der Lehne und faltete sie über ihrem Schoß. Dann seufzte sie tief auf und blickte mich mürrisch an.

„Ehrlich gesagt“, antwortete sie und verschränkte die Hände auf dem Tisch, „ehrlich gesagt, finde ich, daß du mir ruhig vorher Bescheid geben könntest, wenn du vorhast, einfach zu verschwinden. Immerhin besitze ich ein Telefon, und zwar nicht nur zu Hause, sondern auch an meinem Arbeitsplatz.“

Ein leises Schuldgefühl machte sich in mir breit. Bei meiner überstürzten Abreise hatte ich in letzter Sekunde noch daran gedacht, Michelle einen Zettel zu hinterlassen mit der Nachricht, daß ich für ein paar Tage nach Berlin geflogen sei. Ich hatte ihr weder den Grund meiner Abreise mitgeteilt, noch wann ich zurückkehren würde.

„Es macht nicht unbedingt Spaß, Tag für Tag in deiner Wohnung aufzukreuzen, bloß um festzustellen, daß du immer noch nicht wieder da bist.“

„Du bist jeden Tag vorbeigekommen?“ Ich war ehrlich verblüfft.

Sie schüttelte ihre blonde Mähne und sah betont gleichgültig aus dem Fenster. „Ach, na ja. Liegt schließlich quasi auf dem Weg.“

Ich wußte genausogut wie sie, daß meine Wohnung keineswegs auf dem Weg von Michelles Arbeitsstelle zu ihr nach Hause lag. Unbehaglich wand ich mich auf meinem Stuhl. „Tut mir leid, Michelle.“

Sie drehte den Kopf und sah mich an. Überrascht entdeckte ich, daß ihre Augen feucht schimmerten. Dennoch wirkte sie eindeutig wütend. „Mal ehrlich, was soll ich denn denken? Ein knappes Jahr sitzt du wie angenagelt auf deinem dämlichen Stuhl, und plötzlich bist du auf und davon. Ich habe schon fast damit gerechnet, daß du überhaupt nicht mehr auftauchst.“

„Michelle“, versuchte ich sie zu beschwichtigen, „ich kann es dir erklären.“

Sie ließ sich nicht unterbrechen. „Vielleicht wäre ich dir ja eines Tages wieder eingefallen. ‚Ach ja, damals in Paris, da war doch noch jemand? So eine riesige Transe mit blonden Haaren, die war eigentlich ganz nett – wie hat die noch gleich geheißen? Mireille oder so ähnlich?‘“

„Michelle, hör mal …“

„Ja bitte?“ Sie wischte sich mit der Hand über die Augen und funkelte mich an. Am liebsten hätte ich ihre Hand genommen, um sie zu besänftigen, aber ich traute mich nicht. Dann, als ich die hilflose Geste sah, mit der sie ihre Serviette zusammenknüllte, dann tat ich es doch. Michelle war, glaube ich, genauso verdutzt über die unerwartete Berührung wie ich selbst. Für einen Moment sah es so aus, als würde sie ihre Hand zurückziehen, aber dann schlang sie ihre Finger um meine. Über den Tisch hinweg betrachteten wir uns.

„Also, schieß los“, sagte sie schließlich.

Einen Augenblick lang war ich unschlüssig, was und wieviel ich ihr erzählen sollte. Aber dann fand ich, daß Michelle ruhig wissen konnte, was in der Zwischenzeit passiert war. Vor allem in Anbetracht dessen, was ich ihr vorzuschlagen beabsichtigte.

„Ich war schwanger.“

Michelles Augen verengten sich. „Du … warst schwanger?“

„Ja“, sagte ich. „Jetzt bin ich es nicht mehr.“

„Das wird ja immer schöner.“ Ruckartig entzog sie mir ihre Hand. „Du fährst also nicht nur einfach so nach Berlin, sondern du gehst auch noch zum Engelmacher, ohne mir auch nur ein Wort davon zu erzählen?“

„Es kam so plötzlich.“

„Soso. Plötzlich. Und hast du vielleicht sonst noch irgendwas auf Lager, das du mir erzählen möchtest? Vielleicht eine neue Freundin?“

Der Hieb saß. Ich blinzelte sie an. „Nein.“

Michelle nahm ihr Martiniglas und drehte es zwischen den Fingern. „Du warst schwanger“, wiederholte sie tonlos. „Und warum paßt du dann nicht besser auf, wenn du sowieso kein Kind haben willst?“

„Wenzel ist das Kondom abgerutscht.“

Sie stellte das Glas wieder ab. „Wenzel?“ fragte sie entgeistert.

„Ja. An wen dachtest du denn?“

Sie starrte mich nachdenklich an, dann hob sie die Achseln und ließ sie wieder fallen. „Ich weiß auch nicht“, sagte sie verwirrt, „an niemanden eigentlich. Womöglich habe ich mir vorgestellt, daß dir das Wunder der unbefleckten Empfängnis widerfahren ist." Sie schüttelte den Kopf, hob wieder ihr Glas und beobachtete angestrengt die Olive darin. Ein listiger Ausdruck trat auf ihr Gesicht. „Aber wenn es von Wenzel war, kann ich verstehen, daß du es abgetrieben hast."

„Du bist ungerecht. Wenzel ist kein schlechter Kerl."

„Was ist schon gerecht? Es ist auch nicht gerecht, daß du schwanger werden kannst und ich nicht." Sie fixierte immer noch die Olive. „Nicht, daß ich mich unbedingt darum reißen würde. Aber allein die Möglichkeit zu haben, das wäre irgendwie ... wie das Sahnehäubchen obendrauf."

„Ich finde dich auch ohne Sahnehäubchen perfekt."

Michelle blickte auf. Sie wollte etwas sagen, aber ich kam ihr zuvor, indem ich mein Glas hob. „Auf dein Wohl."

„Und auf deines. Herzlichen Glückwunsch zum Geburtstag übrigens. Oder hatte ich dir schon gratuliert?"

„Ich glaube nicht. Du warst viel zu sehr damit beschäftigt, wütend auf mich zu sein."

„Zu recht, das mußt du zugeben."

„Ja doch, ich geb's ja zu."

Michelle gestattete sich ein kleines triumphierendes Lächeln.

Wir stießen an und nippten. Sie ließ mich nicht aus den Augen. „Ach ja", sagte sie auf einmal, „ehe ich es vergesse: Ich habe noch etwas für dich." Sie stellte ihr Glas ab und fing an, emsig in ihrer Tasche zu kramen. Nach einer Weile zog sie ein schmales Päckchen heraus und überreichte es mir. „Für dich."

Vorsichtig faltete ich das mit Blumen bedruckte Papier auseinander. Zum Vorschein kam ein in königsblaues Leder eingefaßtes Etui. Ich warf einen kurzen Blick zu Michelle, die mich gespannt beobachtete, dann klappte ich es auf. Vor mir lag, eingebettet in ein samtiges Futteral, ein kupferfarbener Füllfederhalter. Hauchfeine Riefen zogen sich in sanften Wellen über das Gehäuse. Als ich ihn herausnahm und die Kappe abzog, sah ich die goldene Feder und darüber, am Anfang der Grifffläche, meinen in schmalen Lettern eingravierten Namen.

„Ich hoffe, er gefällt dir", sagte Michelle. Behutsam fischte sie die Olive aus ihrem Glas und legte sie in den Aschenbecher.

Einen Moment lang brachte ich nichts heraus. Als es mir schließlich gelang, klang meine Stimme heiser. „Ja, sehr. Danke."

Michelle lehnte sich zurück, zog eine Schachtel Zigaretten hervor und zündete sich eine an. „Damit kannst du jedenfalls dein Leben lang Notizhefte vollschreiben."

Ich wog den Füller in der Hand. Er fühlte sich gut an, griffig und schwer. „Mein Leben lang schreiben vielleicht. Aber keine Notizhefte mehr. Ich denke, damit bin ich fertig."

Überrascht stieß Michelle den Rauch aus. „Du bist fertig damit?"

Ihr Gesicht trug einen seltsamen Ausdruck, den ich nicht auf Anhieb zu deuten vermochte. Es lag so etwas wie Erleichterung darin, aber auch Furcht.

„Ich habe mir überlegt, daß du meine Notizhefte lesen kannst. Wenn du das noch willst."

„Oh." Michelle starrte mich an, dann nahm sie hastig einen Zug von ihrer Zigarette. Hinter ihrem Rücken näherte sich der Kellner mit den Speisekarten, und ich gab ihm mit einer knappen Geste zu verstehen, daß er noch warten solle.

Michelles Hände zitterten leicht, als sie die Kippe im Aschenbecher ausdrückte. „Aber ja, natürlich", sagte sie. „Natürlich will ich sie lesen. Ich habe nur nicht damit – ich habe gar nicht mehr damit gerechnet." Sie nahm für einen Moment die Hände vors Gesicht und ließ sie dann wieder sinken. „Und was wirst du jetzt tun?"

Ich atmete tief ein. „Ich denke, ich gehe zurück nach Berlin."

Michelle schnalzte mit der Zunge. „Ach", sagte sie, und ein bitterer Tonfall hatte sich in ihre Stimme geschlichen, „so ist das also. Madame geht zurück. Na bitte! Prima." Sie rieb die Hände und klatschte sie zusammen. „Trauerarbeit geleistet, Geschichte vorbei, wir können gehen. ‚Zahlen bitte!'" rief sie einem imaginären Kellner zu und schnippte mit den Fingern.

„Die Geschichte ist nicht vorbei", sagte ich fest. Der Kellner, der Michelles Geste mißdeutet hatte, näherte sich erneut, und diesmal ließ ich ihn gewähren. Mit einem freundlichen Lächeln legte er die Karten aufgeschlagen vor uns auf den Tisch und entfernte sich wieder. Michelle starrte auf die verschnörkelte Schrift, warf mir einen betretenen Blick zu und senkte den Kopf. „Tut mir leid", sagte sie.

„Schon okay." Ich machte keine Anstalten, in die Karte zu sehen. Auch Michelle rührte sich nicht. Ein paar Sekunden herrschte ein beklommenes Schweigen zwischen uns, dann seufzte Michelle. „Du gehst also", sagte sie beherrscht. „Das ist ... das ist wahrscheinlich gut. Eigentlich war es ja auch vorauszusehen. Aber ich müßte lügen, wenn ich jetzt sagen würde, daß ich mich darüber freue." Sie hob ihr Glas und stürzte den Rest Martini hinunter.

Ich gab mir einen Ruck. „Ich habe mich gefragt, ob du nicht vielleicht mitkommen willst."

Michelle verschluckte sich. Ihre Augen sprangen fast aus den Höhlen, als sie versuchte, den krampfartigen Hustenanfall zu unterdrücken. Hysterisch klopfte sie sich mit ihren kräftigen Fingern auf die Brust und schnappte nach Luft. „Ich?" krächzte sie.

Ich nickte.

Michelle hustete erneut. Schließlich beruhigte sie sich. Mißtrauisch beäugte sie mich. „Und als was?"

Ich wich ihrem Blick nicht aus. „Als Michelle."

Sie schürzte nachdenklich die Lippen, und nach einem Moment glitt ein Lächeln auf ihr Gesicht. „Als Michelle", wiederholte sie langsam.

Ich nickte erneut, ohne eine Miene zu verziehen, und dann spürte ich, daß auch meine Lippen sich ganz wie von selbst zu einem Lächeln verzogen.

„Da könnte ich ja glatt mal drüber nachdenken", sagte Michelle und strahlte mich an.

Nicht lange bevor Suzannah gestorben ist, sind wir für einen Tag an die Ostsee gefahren. Boltenhagen, der Ort, an dem wir nach einer gemächlichen Fahrt durch die milde Sommerluft schließlich gelandet sind, lag wie ausgestorben da. Die Saison war bereits vorbei, und nur ein rondellförmiger Imbißstand, hinter dessen Theke eine verhärmte Verkäuferin kauerte, kündete noch von den zahlreichen Badegästen des einst prunkvollen Ostseebades, die mit dem Ende der Ferien wieder abgereist waren.

Das einzige Hotel, das noch geöffnet hatte, war eine riesige Bettenburg mit düsterer Betonverschalung, die sich seltsam fehl zwischen all den in den zwanziger Jahren entstandenen Holzgebäuden ausnahm. Als wir an der Rezeption nach einem Zimmer mit Ausblick fragten, blinzelte uns die Empfangsdame, über deren spitzmäusigem Gesicht sich eine rasant gefönte blonde Haarmähne bauschte, verschwörerisch zu. „Ich glaube, ich habe da etwas für Sie", sagte sie und zog mit geübtem Griff einen Schlüssel vom Brett. Sie führte uns aus der Empfangshalle heraus ein paar Schritte die Promenade entlang zu einem dreistöckigen, etwas heruntergekommenen Gebäude, das mit den hölzernen Balustraden, die sich rings um das rissige Gemäuer zogen, wie eine zur Realität gewordene Zeichnung aus einem schwedischen Kinderbuch wirkte.

Unser Zimmer lag im ersten Stock. An der Stirnseite führte eine Tür auf den Balkon hinaus, der einen ungehinderten Blick auf die Ostsee freigab.

„Das ist unser zweites Haus. Es hat siebzig Betten, aber Sie sind die einzigen Gäste hier", sagte die Empfangsdame und kicherte fröhlich. „Möchten Sie das Zimmer nehmen?"

Suzannah sah mich an. „Auf jeden Fall", sagte sie, während sie mich dabei beobachtete, wie ich mit der Hand über die Bettdecken strich und probehalber auf eine der Matratzen klopfte. Als ich mich umdrehte und ihren Blick auffing, verzog sie ihre Lippen zu einem leichten Lächeln und hob vielsagend eine Augenbraue. Ich wurde rot.

„Fein", sagte die Empfangsdame zufrieden. „Machen Sie es sich ruhig gemütlich. Hier wird Sie keiner stören." Und damit verschwand sie.

Ich glaube, wir haben mehr als zwei Stunden damit verbracht, uns die anderen Zimmer anzusehen, die erstaunlicherweise nicht abgeschlossen waren. Es war aufregend, eine knarrende Tür nach der anderen aufzustoßen und auf die vielen Betten zu sehen, die, frisch bezogen und abgestaubt, auf den Winter warteten. Nach einer Weile blieb Suzannah zurück, und ich ging weiter, stand in den spartanisch eingerichteten Räumen und lauschte den Geräuschen, die Suzannah machte, wenn sie Schubladen aufzog, Fenster öffnete und Wasserhähne auf- und wieder zudrehte. Von Zeit zu Zeit rief sie mich beim Namen, und wenn ich antwortete, hallte meine Stimme laut über die leeren Gänge. Schließlich fingen wir an, uns voreinander zu verstecken, und ich hatte ein mulmiges Gefühl, als ich auf der Suche nach Suzannah lautlos durch die Stockwerke schlich. Aber es war immer wieder Suzannah, die glucksend und lachend aus einem der Schränke heraussprang und mich von hinten umarmte. Es war jedesmal Suzannah, mit wirrem Haar, blitzenden Augen und diesem unwiderstehlichen Grinsen um ihren schönen Mund.

Abends saßen wir stundenlang auf dem Balkon. Vor uns rauschte das Meer, auf dessen leicht gewellter Oberfläche sich der Mondschein brach. Auf dem Boden zwischen unseren Stühlen standen zwei Flaschen Bier und die Reste unserer Mahlzeit: ein Kanten Weißbrot, eine übriggelassene Tomate, ein Stückchen Käse. Suzannahs bloße Füße ruhten zwischen meinen Schenkeln, die Zehen hatte sie unter meinen Gürtel geschoben, und ihre Fersen drückten weich in meinen Schoß.

Als ich meine Hände um ihre Waden legte und sie sanft daran emporgleiten ließ, hob Suzannah den Kopf. Ihre Augen schimmerten dunkel im sanften Licht des Mondes, der voll und rund über uns am nachtblauen Himmel hing.

Sie sah mich einfach nur an, für einen Moment stand die Zeit still, dann spürte ich, wie mein Herz schneller zu schlagen begann. Ganz langsam, wie ich es wohl schon Hunderte Male zuvor getan hatte, ohne daß eins dem anderen geglichen hätte, beugte ich mich vor und streckte die Hände nach ihr aus. Sie sah mir in die Augen, und sie sah mir immer noch in die Augen, als ich aufstand und sie hochzog und ins Zimmer führte. Ihr grüner, unergründlicher Blick ruhte auf mir, als ich ihr das Hemd aufknöpfte und es sacht über ihre Schultern gleiten ließ, von wo aus es mit einem leisen Rascheln zu Boden fiel. Sie sah mich an, als ich mit beiden Händen unter den Bund ihrer Shorts fuhr und sie mitsamt ihrem Slip herunterstreifte, und sie sah mich immer noch an, als sie dann auf der Bettkante saß, nackt, die Arme nach hinten gestützt, ihre langen Beine zu einem leichten Winkel geöffnet. Minuten verstrichen, in denen ich reglos vor ihr kniete, wie gebannt vom samtenen Glanz ihrer Haut, dem glatten Ebenmaß ihres Körpers, der zarten Konturen ihrer Muskeln, die sachte im Mondlicht bebten. Und erst als meine Lippen ihre Haut berührten und meine Zunge sanft über ihre Knöchel glitt, bis hoch zu den Waden und dann weiter hinauf, erst da schloß sie die Augen. Aber nicht ganz.

Sie hat mich immer gern angesehen.

Und das bleibt mir für immer: die Stille, ihr Duft, die Nacht, ihre Schönheit. Das tiefe Grün ihrer Augen im Halbdunkel, mit denen sie mich unter halbgeschlossenen Lidern hervor betrachtete. Und schließlich ihr Atem in meinem Mund. Ihr Atem in mir.

Auf eine unbestimmte Art habe ich immer allein gelebt. Aber auf eine ebenso unbestimmte Art war ich in der Zeit mit Suzannah eben nicht mehr ganz so allein. Sie war *die andere Frau* in meinem Leben.

Früher habe ich immer gedacht, wen ich nicht liebe, den kann ich auch nicht verlieren. Wenn ich mich nicht einlasse, dann kann mir auch nichts passieren.

Aber es ist eben doch passiert. Das Schlimmste, was ich mir vorstellen konnte, ist passiert. Ich habe Suzannah geliebt, und ich habe sie verloren.

Was mich manchmal tröstet, ist der Gedanke, daß ich sie nicht besessen habe. Jetzt, aus der Entfernung, erscheint mir Suzannah wie eine Leihgabe, eine zerbrechliche und ungeheuer kostbare Leihgabe. Eine Leihgabe allerdings, die sie selbst mir überlassen hat. Sie hat sich mir geliehen. Und sie hat mich glücklich gemacht. Das muß reichen. Alles andere liegt bei mir.

Sie ist nicht mehr da. Aber ich bin noch da. Und jetzt bin ich selbst *die andere Frau* in meinem Leben.

Es ist so still hier. Nur das Schaben meines abgenutzten Stiftes auf dem harten Papier durchdringt die Stille; manchmal, wenn ich mich bewege, kann ich das Knarren meines Stuhls hören. Bereits jetzt, obwohl ich noch nicht weiß, wann ich gehen werde, nur, daß es bald sein wird, bereits jetzt vermeine ich zu spüren, wie die Stille sich immer mehr ausbreitet, wie sie sich über die Wohnung legt, über die Gegenstände, die Wände, den Boden.

Als ich heute morgen aufstand und ins Bad ging, kam es mir vor, als seien die Armaturen über Nacht stumpf geworden. Plötzlich sah ich vor mir, wie der messingfarbene Glanz des Wasserhahns nach und nach verblaßt, wie sich langsam eine feine Staubschicht darauf niederläßt und alles mit einem trüben Grau bedeckt. Fast konnte ich das Hallen der Wassertropfen aus dem undichten Hahn hören, überlaut in der erstickenden Stille, die sich schließlich ganz und gar über die Wohnung gesenkt haben wird, bis in den letzten Winkel hinein, sobald meine Schritte zum allerletzten Mal auf der Treppe verklungen sind.

Diese Stille, die mich ein Jahr lang beruhigt und behütet hat, diese Stille, die ich gebraucht, ersehnt und genossen habe, sie hallt bereits jetzt in mir nach. Ich werde gehen.

Ich denke daran, mir wieder einen Hund anzuschaffen. Ich möchte eine Hündin, vielleicht ein wenig kleiner, als Theo es war. Ich denke, es wäre gut, wenn ich wieder einen Hund hätte. Michelle hat sich schon bereit erklärt, ab und an auf ihn aufzupassen. Seit sie sich entschlossen hat, mit nach Berlin zu kommen – allerdings zunächst „auf Probe", wie sie sich ausgedrückt hat –, sprüht sie ohnehin vor Enthusiasmus. Ich glaube, das einzige, was ihre Laune dämpfen kann, ist die überaus komplizierte Frage, welche Kleidungsstücke sie einpacken soll. Jetzt, in diesem Moment, sitzt sie vermutlich ratlos vor ihrem Schrank und rauft sich die Haare.

Der Füller, den sie mir zum Geburtstag geschenkt hat, liegt neben mir auf dem Tisch. Die Verpackung habe ich gestern abend weggeworfen, als ich begonnen habe, meine beiden Koffer durchzusehen. Ich dachte, ich würde vielleicht ein paar Dinge finden, von denen ich mich nun, da meine Zeit hier endet, befreien könnte. Dinge, die sich im Laufe des Jahres so angesammelt haben. Aber ich mußte feststellen, daß es nichts gibt, was ich wegwerfen möchte. Irgendwie hatte ich angenommen, es sei nur Einbildung gewesen, dieses Bild von mir, wie ich dahocke, einsam an meinem Schreibtisch, meine spärlichen, nur auf das Notwendigste beschränkten Habseligkeiten um mich herum verteilt. Es hat mich überrascht zu entdecken, daß ich tatsächlich so gelebt habe. Ich besitze nicht mehr als das, womit ich angekommen bin. Es ist nichts hinzugekommen. Nur der Füller von Michelle, und so habe ich die Verpackung genommen und in den Mülleimer geworfen, um mich wenigstens einer Kleinigkeit entledigen zu können.

Und dann habe ich, während ich den Koffer mit Suzannahs Fotos durchsah, noch etwas gefunden, von dem ich mir nicht sicher war, ob ich es behalten sollte. Es war ein großer brauner Umschlag aus festem Papier, der mitten zwischen den großformatigen Fotos aus Suzannahs Südamerika-Reportage steckte. Als ich den Inhalt herauszog, krampfte sich für eine Sekunde eine eisige Faust um mein Herz. Es war ein Röntgenbild von Suzannahs rechtem Fuß, das ich da in meinen Händen hielt. Ich konnte mich nicht daran erinnern, daß ich es zwischen die Fotos gelegt hatte, ich konnte mich nicht einmal daran erinnern, daß ich es überhaupt jemals gesehen hatte.

Links oben auf dem Rand war in Schreibmaschinenschrift Suzannahs Name, ihr Geburtstag und das Datum der Röntgenaufnahme vermerkt. Das Datum – 24.4.1992 – sagte mir nichts. Aber als ich die Aufnahme schließlich gegen das Licht hielt und die langen, schmalen Knochen studierte, die das Gerüst jenes Fußes gebildet hatten, den ich so oft in den Händen gehalten, gestreichelt und geküßt hatte, fiel mir wieder ein, daß Suzannah in den letzten Jahren vor ihrem Tod öfter über Fußschmerzen geklagt hatte. Eines Tages war sie zu einem Orthopäden gegangen und mit einem Rezept für Einlagen wiedergekommen. Ich glaube nicht, daß sie dieses Rezept jemals eingelöst hat. Oder doch?

Es verwirrt mich, daß ich so vieles nicht weiß und niemals wissen werde.

Eine Weile war ich versucht, das Röntgenbild wegzuwerfen, mich von der Erinnerung und den ungelösten Fragen, die für immer damit verbunden sein werden, ein für allemal zu befreien. Aber dann habe ich es wieder in den braunen Umschlag zurückgesteckt und ihn einfach zwischen die Fotos im Koffer geschoben. Vielleicht werde ich für alle Zeiten diesen – eines Tages vermutlich letzten – sichtbaren Beleg für Suzannahs einstige körperliche Existenz mit mir herumtragen. Röntgenbilder, so habe ich gelesen, halten eine Ewigkeit.

Natürlich gibt es Fotos von ihr, Unmengen von Fotos sogar, auf denen sie zu sehen ist, Ausstellungskataloge, auf deren Innenseite ihr Konterfei prangt, Super-8-Filme, die Freunde von ihr gedreht haben. Und es gibt ihre Fingerabdrücke, die vielleicht, bestimmt sogar noch irgendwo existieren, auf dem Griff des Koffers womöglich, der neben mir steht, auf der Türklinke eines Hotelzimmers in Malaysia, auf der Reling eines Schiffes, mit dem sie den Golf von Neapel überquert hat, unterwegs zu einer ihrer Reportagen über die Flora der Seychellen oder die Korallenriffe vor Madagaskar oder was weiß ich. Und vielleicht liegt irgendwo noch ein Haar von ihr herum, ein Schnipsel ihrer Fingernägel; mag sein, daß irgendwo auf einem einsamen Bergpfad noch der Umriß ihres Fußes zu sehen ist, der sich dort eingeprägt hat, in Staub oder Sand.

Aber eines Tages werden die Spuren, die Suzannah auf dieser Welt hinterlassen hat, verwischt, verblaßt und zerfallen sein, getilgt von der Zeit. Was, das frage ich mich, was ist wirklich von ihr geblieben?

Von Zeit zu Zeit schließe ich die Augen und horche in mich hinein, in mich hinein auf Suzannah. Früher habe ich sie gespürt. Ich habe Suzannahs Anwesenheit gespürt, wie ein zartes Pulsieren von weit, weit fort. Mit der Zeit aber sind die Signale schwächer geworden, schwächer und schwächer, wie die ersterbenden Töne einer Funkverbindung, die sich nach und nach unaufhaltsam im Nichts verliert. Und jetzt weiß ich nicht mehr, ob ich sie noch spüren kann.

Vielleicht ist es so, daß die Toten davongehen, immer weiter davongehen, mit der Zeit, mit den Monaten, mit den Jahren, vielleicht gehen sie fort, immer weiter fort.

Vielleicht sind sie nach einer gewissen Zeit einfach nicht mehr da. Nicht mehr da, wo man sie wähnt. Und vielleicht ist es dann so, daß die Trauer unmerklich ins Leere geht und nur noch sich selbst gilt.

Vielleicht ist mit dem Tod einfach alles vorbei. Aber das glaube ich nicht.

Das glaube ich nicht.